中國古典文學基本叢書

劉禹錫全集編年校注

第一册

〔唐〕劉禹錫 撰
陶 敏
陶紅雨 校注

中華書局

圖書在版編目(CIP)數據

劉禹錫全集編年校注/(唐)劉禹錫撰;陶敏,陶紅雨校注. —北京:中華書局,2019.1(2024.10 重印)
(中國古典文學基本叢書)
ISBN 978-7-101-13601-2

Ⅰ.劉… Ⅱ.①劉…②陶…③陶… Ⅲ.劉禹錫(772~843)-全集 Ⅳ.I214.242

中國版本圖書館 CIP 數據核字(2018)第 276312 號

責任編輯:聶麗娟
責任印製:陳麗娜

中國古典文學基本叢書
劉禹錫全集編年校注
(全六册)
〔唐〕劉禹錫 撰
陶 敏 陶紅雨 校注
*
中 華 書 局 出 版 發 行
(北京市豐臺區太平橋西里 38 號 100073)
http://www.zhbc.com.cn
E-mail:zhbc@zhbc.com.cn
大廠回族自治縣彩虹印刷有限公司印刷
*
850×1168 毫米 1/32 · 82½印張 · 12 插頁 · 1660 千字
2019 年 1 月第 1 版 2024 年 10 月第 5 次印刷
印數:4201-5200 册 定價:308.00 元

ISBN 978-7-101-13601-2

前言

劉禹錫（七七二—八四二），字夢得，其先洛陽人，後遷居滎陽（今屬河南），自稱爲漢中山靖王劉勝之後〔一〕。天寶末年，中原大亂，禹錫隨父親劉緒奔江南，童年在嘉興等地度過，得從詩僧皎然、靈澈等游處學詩。貞元九年（七九三），登進士第，又登吏部取士科，授弘文館校書郎。貞元十二年，以殿中侍御史主持埇橋鹽鐵留務的劉緒病重，卒於揚州，禹錫遂告假東歸。服喪期滿，被淮南節度使兼徐泗節度使杜佑辟爲徐泗節度掌書記。杜佑罷領徐泗，又改爲淮南節度掌書記。貞元十八年，調爲京兆府渭南縣（今屬陝西）主簿。次年冬，登朝爲監察御史，與韓愈、柳宗元同在御史臺。永貞元年（八〇五）正月，順宗即位。不久，劉禹錫遷屯田員外郎，兼德宗崇陵使判官，判度支鹽鐵案，積極參與王伾、王叔文的革新活動。同年八月，順宗退位，革新夭折。十一月，革新參加者都被貶竄，劉禹錫被貶連州（今廣東連縣）刺史，行至江陵（今屬湖北），再貶朗州（今湖南常德）司馬，而且在制詞中有「縱逢恩赦，不在量移之限」的話。元和十年（八一五），劉禹錫和同被貶的柳宗元、韓泰等人奉詔回京，各授遠州刺史，劉禹錫得連州。十四年，老母去世，劉禹錫扶柩北歸。長慶二年（八二二），起爲夔州（今重慶奉節）刺史；四年秋，改和州（今安徽和縣）刺史。寶曆二年（八二六），罷和州，北歸洛陽。

大和元年（八二七），在宰相裴度等人的關照下，劉禹錫授主客郎中分司東都，「官無責詞，始自今日」。次年春，回到長安，爲主客郎中，兼集賢直學士。這時，距永貞元年被貶已經有整整二十四年了。次年，改禮部郎中，仍兼集賢學士。按照慣例，禮部郎中掌尚書省文翰，稱「南宮舍人」，一百天内遷知中書制誥〔二〕。但不久，裴度受到李逢吉等人的排擠，出爲山南東道節度使，劉禹錫也一直未能升遷，大和五年冬出爲蘇州刺史。在蘇州任上因爲賑災有功，賜金紫。八年秋，調任汝州（今河南臨汝）刺史。次年，遷同州（今陝西大荔）刺史。同州是四輔之一，唐代往往作爲臨時安置要員的地方。但這時的劉禹錫已是六十四歲高齡，而且他很快看到了長安上演的「甘露之變」——宦官與朝官相傾軋，十多位宰相、節度使同時被族誅的慘劇，於是在次年，亦即開成元年（八三六）秋，辭官回到洛陽，授太子賓客分司東都，和前此已在洛陽的裴度、白居易詩酒酬和。以後，曾改官秘書監分司，又檢校禮部尚書，兼太子賓客分司，直到會昌二年（八四二）秋因病去世，再也没有離開過洛陽。死後，贈兵部尚書。

劉禹錫是一位樸素唯物主義思想家，也是一位積極從事革新的政治活動家。他多才多藝，擅長書法和音樂〔三〕，在詩歌和散文創作方面，更取得了很高的成就。同時代古文家李翺曾説：「翺昔與韓吏部退之爲文章盟主，同時倫輩，惟柳儀曹宗元、劉賓客夢得耳。」〔四〕稍後的趙璘也説：「元和以來，詞翰兼奇者，有柳柳州宗元、劉尚書禹錫及楊公（敬之）。劉、楊二人，詞翰之外，别精篇什。」〔五〕他的詩歌豪邁俊爽，與白居易齊名，在中唐後期通俗寫實詩派與怪奇詩派之外，卓然自成一家，白居易曾用「詩豪」、「詩稱國手」、「神妙」等一類詞語熱情地稱讚過他。

劉禹錫勤於著述，又很注意自己作品的編録和保存。他除了曾將自己和白居易、裴度、令狐楚、李德裕的唱和詩分别編爲《劉白唱和集》、《洛中集》、《彭陽唱和集》、《吴蜀集》之外，還曾編録己作爲四十卷，大和七年在蘇州刺史任上又删選其中四分之一編爲《劉氏集略》十卷〔六〕。但他自編的四十卷集及自選集《劉氏集略》後皆不傳。《新唐書·藝文志四》著録「《劉禹錫集》四十卷」。此集收入了大和七年以後的作品，不是劉氏自編的四十卷集。卷二七編者記云：「右已上詞，先不入集。伏緣播在樂章，今附於卷末。」似是劉禹錫後人口吻。至北宋初，原集佚去十卷，宋敏求（一〇一九—一〇七九）裒其遺文，編爲《外集》十卷，合原集仍爲四十卷。故劉集今有四十卷本及三十卷本傳世。三十卷本有明刻本《劉賓客文集》（藏中國國家圖書館），一九七四年陝西人民出版社曾據以影印；

又有光緒五年定州王氏刻《畿輔叢書》本，《叢書集成》即據之排印。四十卷本今存宋刻本三種：一爲宋蜀刻本《劉夢得文集》三十卷、《外集》十卷，藏於日本平安福井氏崇蘭館，一九一三年，武進董康用珂羅版影印一百部歸國，後來《四部叢刊》據董本影印，遂廣爲流傳；另一種是南宋浙刻本《劉賓客文集》三十卷、《外集》十卷，末有宋敏求《劉賓客外集後序》和紹興戊午（紹興八年，一一三八）董弅跋，原藏熱河避暑山莊，今藏臺灣故宫博物院〔七〕，一九二三年吴興徐森玉曾借出影印；第三種是宋蜀刻本《劉夢得文集》，僅殘存一至四卷，今藏中國國家圖書館。此外則有光緒三十一年仁和朱氏結一廬《賸餘叢書》本，係據明鈔本刊刻，《四部備要》據之排印，此本又收入劉氏《嘉業堂叢書》中。此次整理即以徐森玉影印宋浙刻本《劉賓客文集》（簡稱徐本）爲底本，校以國家圖書館藏明刻本《劉賓客文集》（簡稱明本）、《四部叢刊》本《劉夢得文集》（簡稱《叢刊》本）、《嘉業堂叢書》本《劉賓客文集》（簡稱劉本）、《全唐文》、《全唐詩》及《文苑英華》、《唐文粹》諸書。徐本第十三卷原缺三、六兩頁，所缺即以《叢刊》本補足。

浙本劉集正集三十卷中詩十卷，三百九十五首，文二十卷，二百〇一篇；外集詩八卷，四百〇六首〔八〕，文二卷，二十二篇。合正集及外集，共存詩八百〇一首，文二百二十三篇。各本正集三十卷所收詩文數大體相同，惟《叢刊》本各卷先後次第不同，又將他本次於「雜著」中的《澤宮》作爲四言詩收入詩中，又誤將《送襄陽熊判官孺登府罷歸鍾陵因寄呈江西裴中丞二十三兄》一詩分爲三首。雍正元年華亭趙駿烈曾將劉禹錫詩編爲九卷，刻爲《劉賓客詩集》，但篇數並無增減。《畿輔叢書》本《補遺》一卷，所輯除《正妒》一篇外，餘均已見於外集中。《全唐詩》卷三五四至卷三六五，將劉禹錫詩分體編爲十二卷，計收詩七九八首，加上卷七九〇收聯句詩十六首，卷八六八收《夢揚州樂妓和詩》一首，共得詩八百一十五首。其中原集贈米嘉榮二絶僅録一首，而將另一首附於注中；又將五律《館娃宮》分爲五絶二首；又《澤宮》、《傷我馬詞》已見本集文中，故實較集本多收詩十二首。《全唐文》卷五九九至卷六一〇編劉禹錫文十二卷，收文二百四十四篇，較本集多收二十一篇。

《劉禹錫集》正集中所收詩文，雖然偶有妄加標題的情況〔九〕，但大體上是可信的。經宋敏求細心搜求，《外集》所收詩數反超出正集，其中雖有極個别誤收之作或僞作〔一〇〕，但基本上也是可信的。不過，《外集》之外，劉禹錫詩文遺佚仍然很多，文如見於《金石録》的《韋翃墓誌》，見於來濬《金石備考》的《招屈亭碑》等，詩如見於《柳宗元集》的《述舊言懷感時書事奉寄澧州張員外使君五十二韻》、寄柳宗元「邦字」詩，見於《白居易集》的《酬侍中見寄長句》、《窮秋夜坐即事》、《霜夜對月懷樂天》、《題公垂（李紳）所寄蠟燭》、《貧居詠懷贈樂天》等，都已不見於集中。

本編收録詩文以集本爲主，集中詩文除外集誤録之柳宗元《重别》、《三贈》二首外，一律收入正編，並加注釋；其中僞作或疑僞之作，則於注釋中加以甄辨。集外詩文，包括《全唐詩》、《全唐文》所增入的詩文，盡可能予以輯録，收入正集；其中的僞作或疑僞之作則編入附録三「備考詩文」中，僅加按語説明，不復作注。

劉禹錫絶大部分詩文作品的寫作年代可以考知，故本編採用編年的形式，將全部詩文按寫作年代分編爲二十卷。其可確知爲某一時期所作但具體年代無考者，附於該時期編年詩之末；惟朗州所作詩歌不能準確編年的作品較多，故單獨編爲一卷；作年完全無考的詩文，則分别附於詩、文之末的未編年詩卷或未編年文卷中。分卷的具體情況是：卷一至卷十二爲詩，分爲「貞元、永貞」、「元和上」（元和中朗州編年詩）、「元和中」（元和中朗州未編年詩）、「元和下」（元和中連州詩）、「長慶」、「寶曆」、「大和上」（大和中洛陽、長安詩）、「大和中」（大和中蘇州詩）、「大和下」（大和中汝、同二州詩）、「開成上」（開成元年至三年詩）、「開成下、會昌」（開成四年至會昌元年詩）、「未編年詩」十二卷；卷十三至卷二十爲文，分爲「貞元、永貞」、「元和上」（元和中朗州文）、「元和下」（元和中連州文）、「長慶、寶曆」、「大和上」（大和中洛陽、長安文）、「大和下」（大和中蘇、汝、同三州文）、「開成、會昌」、「未編年文」八卷。詩文編年大都依據作品及有關史料考定，其依據於首條注釋中説明。劉禹錫晚年與白居易、令狐楚詩歌唱和甚多，曾分别編爲《劉白唱和集》及《彭陽唱和集》，原集編排以時間先後爲序，今劉集《外集》中與二人唱和詩即宋敏求自此二集中裒出者，保留了原集的編次。故本編中劉禹錫與白居易、令狐楚唱和詩，多有依劉集《外集》及《白居易集》有關唱和詩作的編次定之者。

本編注釋或稽考史實，或究明出典，或詮釋詞義，力求準確詳明，徵引古籍均覈對原書。重出語詞一般不復作注，僅云見某卷某詩或某文注，其云見前（或後）某詩某文注者，則可於同卷求之。劉集原間或有注，大多數是劉禹錫自注，今以小字置於正文中。文中音注可能爲後人所加，亦用小字標出。

本編校勘的原則是：凡底本字誤而他本是者，據他本改正；凡底本誤而無他本可據者，一般不改動原文，僅於校語中加以説明；凡底本不誤而他本顯誤者，一律不出校；凡底本與他本異文可兩通者，則兩存之。一些形近易訛字（如己已巳、戊戌戍等），則徑改，不出校。通假字一般不改，於注釋中説明，但通作「早」、「暮」的「蚤」、「莫」二字出現頻率很高，徑改爲「早」、「暮」，亦不出校。校語不單獨列出，附見於注文中。

《劉禹錫集》尚有清人馮浩手鈔本，鈔録《劉禹錫集》正集三十卷、外集十卷、補遺一卷，以趙駿烈本《劉賓客詩集》、《文苑英華》及天一閣鈔本校勘，並過録何焯批語，此本今存中國國家圖書館。本編凡引用馮、何二氏批校評語而未注明出處者，均見於此本。此外，卞孝萱先生曾輯録何氏批語，並加考訂，撰《劉禹錫詩何焯批語考訂》一文，載於《唐研究》第三輯。該文中何焯批語有未見於馮氏鈔本者，本編曾參酌録入，標明出處，不敢掠美。

詩文之後所附「附録」，主要附入他人與劉禹錫唱和的作品；所附「集評」則輯録同時人或後人對於該詩文的評論。仇兆鰲注杜詩，凡「與杜爲敵」者，「概削不存」，本編則無論其爲毁爲譽，概予收録，是非得失，讀者自可辨之。

劉禹錫在夔州時，韋執誼子韋絢曾來訪學，隨侍左右，記録了他的談話，大中十年，纂成《劉公嘉話録》一卷，後人改題爲《劉賓客嘉話録》。此書雖非劉氏自撰，但廣泛涉及當時的史事和人物，集中反映了劉禹錫的思想觀點和文學理論，是研究劉禹錫的極爲重要的史料。此書流傳中爲後人竄亂，羼入了《尚書故實》、《續齊諧記》、《隋唐嘉話》等書的文字，而《太平廣記》、《唐語林》、《雲溪友議》、《永樂大典》等書中尚有較多佚文。近人唐蘭著有《〈劉賓客嘉話録〉的校輯與辨僞》，刊於一九六五年一月中華書局出版的《文史》第四輯；羅聯添有《〈劉賓客嘉話録〉校補及考證》，載於臺灣一九六三年一月、四月《幼獅學誌》二卷一期、二期，後收入其《唐代文學論集》中。二文在辨僞、校勘、輯佚、史料考證等方面均有創獲，但仍遺留了一些問題，故本編重爲校録，作爲全書「附録」之一。《嘉話録》以《顧氏文房小説》本爲底本，校以《學海類編》本、陶珽《續説郛》本，並參校《太平廣記》、《唐語林》、《類説》及宋人筆記詩話等，對其中史事、人物、引文出處等作了必要的注釋和考證。他書所載《嘉話録》佚文，均輯入「佚文」中。原書中誤入之《尚書故實》諸書僞文則録存於「備考」中。各條均爲擬標題，以便稱引。

劉禹錫自幼多病，故留心醫學，「於藥石爲不懵」，「其術足以自衛」，且編有醫學著作《傳信方》，影響甚廣。南唐王紹顔纂輯醫方，即以《續傳信方》名其書〔二〕。此書雖佚，但其中醫方曾爲宋代蘇頌《圖經本草》、唐慎微《政和經史證類本草》、沈括《蘇沈良方》、日人丹波康賴《醫心方》等收録，得以基本上保存下來。二十世紀五十年代，馮漢鏞曾著《傳信方集釋》一書，集録醫方四十五方，一九五九年由上海科技出版社出版。但前人引録《傳信方》時，往往有所增改，《集釋》重在保持醫方的完整性，往往連同他人文字一同輯入，亦偶有重出、漏輯、誤輯或誤注出處等情況。本編在《集釋》的基礎上，據《四部叢刊》本《重修政和經史證類本草》等書，對《傳信方》重加輯録，對其中人物、史事略加考訂，作爲全書「附録」之二。

全書附録中的「備考詩文」主要收録《劉禹錫集》集外詩文中僞作或疑僞之作，「詩文資料」則收録同時人贈劉禹錫或與劉禹錫唱和的詩文但集中無可附麗者。全書後尚有「詩文評」、「傳記資料」、「著録序跋」、「劉禹錫簡譜」等附録數種，供讀者參考。

劉禹錫認爲「爲詩用僻字，須有來處」，他指出杜甫《義鶻行》「巨顙拆老拳」中「老拳」出於《晉書·石勒載記》而非杜撰，他對自己《祭杜中丞文》中「事吴」一典爲前人所未曾用過而深感自豪（均見《劉賓客嘉話録》）。所以，他的詩作以「微婉」著稱〔三〕，大量用典並且精於用典，他的散文遣詞常用古義，句法多傚古人，這些都給校勘注釋工作帶來了很大的困難。本編校注工作雖始於二十年前，詩歌部分曾六易其稿，但在原作理解、詞語典故詮釋等方面，必難做到「的當而暗盡」，漏誤之處，尚祈專家和廣大讀者不吝賜教。

〔一〕今人卞孝萱考證，劉禹錫爲匈奴族後裔，參見本書卷十九《子劉子自傳》注。

〔二〕見宋敏求《春明退朝録》卷上。

〔三〕從皇甫閱學書，書有《萍鄉廣乘禪師碑》（《金石萃編》，拓本藏中國國家圖書館）、《寂然碑》（見《宋高僧傳》卷二七《寂然傳》）等。白居易説：「夢得能唱《竹枝》，聽者愁絶。」

〔四〕見劉禹錫《唐故中書侍郎平章事韋公集紀》。

〔五〕見《因話録》卷三。

〔六〕參見本書卷十八《劉氏集略説》。

〔七〕屈守元謂此本即紹興八年董弅原刻，見其《談劉禹錫詩文集的兩個影宋本》，載屈守元、卞孝萱《劉禹錫研究》，貴州人民出版社一九八九年出版。但據劉衛林研究，此本既非董弅嚴州刊本，亦非淳熙間陸游嚴州重刊本，而是紹興末年杭州據紹興八年董弅本重刻之本，詳見其《故宮博物院所藏宋刊本〈劉賓客文集〉版本考略》，載一九九七年六月臺灣《漢學研究》第十五卷第一期。

〔八〕宋敏求《外集後序》云「四百七篇」，然據該序所云外集詩篇出處分類數及今本實際收詩數統計，均爲四百〇六篇，「七」蓋「六」之誤。

〔九〕如「樂府」《楊柳枝詞九首》其九「輕盈裊娜占年華」，實爲《和樂天別柳枝絶句》誤入，參見該詩注。

〔一〇〕外集中自《柳河東集》輯出之《重送》、《三別》即誤録柳宗元原唱而遺劉禹錫答詩；又《懷妓四首》、《赴和州於武昌縣再遇毛仙翁十八兄因成一絶》則爲僞作。

〔一一〕見《政和經史證類本草》卷一一。

〔一二〕白居易《哭劉尚書夢得二首》：「文章微婉我知丘。」自注：「仲尼云：『後世知丘者《春秋》。』又云：『《春秋》之旨微而婉也。』」

目録

第一册

卷二　詩（元和上）

卷三 詩(元和中)

第二册

卷四　詩（元和下）

卷五 詩（長慶）

第三册

卷八　詩（大和中）

卷九 詩（大和下）

卷十　詩（開成上）

卷十一　詩（開成下、會昌）

第四册

卷十二 詩（未編年）

卷十三　文（貞元、永貞）

卷十五　文（元和下）

第五册

卷十六　文（長慶、寶曆）

卷十七　文（大和上）

卷十八　文（大和下）

卷十九 文（開成、會昌）

第六册

卷二十　文（未編年）

劉禹錫全集編年校注卷一　詩　貞元、永貞

華山歌〔一〕

洪鑪作高山，〔二〕元氣鼓其橐。〔三〕俄然神功就，〔四〕峻拔在寥廓。〔五〕靈蹤露指爪，〔六〕殺氣見稜角。〔七〕凡木不敢生，神仙聿來託。〔八〕天資帝王宅，〔九〕以我爲關鑰。〔一〇〕能令下國人，〔一一〕一見換神骨。高山固無限，如此方爲岳。〔一二〕丈夫無特達，〔一三〕雖貴猶碌碌。〔一四〕

【校注】

〔一〕詩貞元八年冬入京經華山作。華山，一名太華山，在今陝西省華陰縣南。《元和郡縣圖志》卷二「華州華陰縣」：「太華山，在縣南八里。」禹錫少年時代在江南度過，貞元九年應進士舉，一試而中第，故詩當貞元八年冬入京經華山時作。按禹錫少與詩僧皎然、靈澈游，「以兩髦執筆硯，陪其吟詠」（《澈上人文集紀》），前此必有詩作，集中或有存者，然難以確指，故詩作編年斷自《華山歌》始。

〔二〕洪鑪：冶煉金屬的大鑪，指造化，大自然。《莊子·大宗師》：「今一以天地爲大鑪，以造化爲

大冶，惡乎往而不可哉！」賈誼《鵬鳥賦》：「天地爲鑪兮造化爲工，陰陽爲炭兮萬物爲銅。」

〔三〕元氣：古人認爲的物質存在的一種形態，天地由元氣所生。《法苑珠林》卷七引《河圖》：「元氣無形，匈匈蒙蒙，偃者爲地，伏者爲天。」橐：橐籥，古代冶煉時所用的鼓風器，如今之風箱。《老子》上篇：「天地之間，其猶橐籥乎？虛而不屈，動而愈出。」

〔四〕俄然：時間短暫貌。神功：指造山之功，非人力可爲。就：成就。

〔五〕峻拔：高峻聳立。寥廓：曠遠空闊，指天空。《楚辭·遠游》：「上寥廓而無天。」

〔六〕靈蹤：巨靈神的遺跡。蹤，《全唐詩》作「蹟」。《文選》張衡《西京賦》：「綴以二華，巨靈贔屭，高掌遠蹠，以流河曲。」薛綜注：「華，山名也。巨靈，河神也。巨，大也。古語云：此（按：指華山與河東的首陽山）本一山，當河，水過之而曲行。河之神以手擘開其上，足蹋離其下，中分爲二，以通河流。手足之蹟，於今尚在。」華山有仙掌峰。《古今圖書集成·山川典》卷六七引《三才圖會·華山圖考》：「仙掌巖，巖壁黑色，石膏從壘中流出，隨膏凝結，黃白相間。遠望之，見其大者五歧如指。後人好奇，遂傳爲巨靈擘山，掌蹟猶存。」

〔七〕殺氣：寒氣。《文選》江淹《雜體詩》：「孟冬郊祀月，殺氣起嚴霜。」劉良注：「殺氣，寒氣也。」見：通「現」。稜角：物體的邊角或尖角，此指山峰陡峭險峻的形狀。

〔八〕神仙：指明星玉女等。《山海經·西山經》：「太華之山，削成而四方，其高五千仞，其廣十里，鳥獸莫居。」郭璞注：「上有明星玉女，持玉漿，得上服之即成仙。道險僻不通。《詩含神霧》

云。」聿：遂。託：依託。

〔九〕帝王宅：指京師。《太平御覽》卷一五六引張勃《吴録》：「劉備曾使諸葛亮至京，因睹秣陵山阜，嘆曰：『鍾山龍蟠，石頭虎踞，此帝王之宅。』」

〔一〇〕關鑰：門閂和門鎖，喻指華山爲關中地區門户。

〔一一〕下國：原指諸侯國，此指京師以外的地方。禹錫原籍洛陽，少年時代在蘇州、嘉興等地度過，故自稱「下國人」。下，《叢刊》本作「萬」。

〔一二〕岳：山之高而尊者。《詩·大雅·崧高》：「崧高維岳，駿極于天。」傳：「西岳，華。」劉禹錫《祭韓吏部文》：「高山無窮，太華削成。人文無窮，夫子挺生。」

〔一三〕特達：特得通達，指美好的品質和才能。《禮記·聘義》：「圭璋特達，德也。」疏：「行聘之時，唯執圭璋，特得通達，不加餘幣。言人之有德，亦無事不通，不須假他物而成。」

〔一四〕碌碌：平庸無所作爲。《史記·平原君列傳》：「公等碌碌，所謂因人成事者也。」

【集評】

周珽曰：録心奥語，是壺中天地，芥中須彌，籠中人物。煞句爲用世身份力量人下針。（《唐詩選脈會通評林》）

鍾惺曰：大山水，景事氣象俱少不得。然專寫景事則纖，專寫氣象亦泛，須胸中筆下别有所領。（《唐詩歸》卷二八）

吴震方曰：如此大山，他人百韻寫不盡，只十六句包舉之。字字據人上流，而顥氣宏詞，餘勇可賈，因知詩家争先著法。（《放膽詩》）

賀裳曰：（吕）温《孟冬蒲津關河亭作》有句云：「雪霜自兹始，草木當更新。嚴冬不肅殺，何以見陽春。」語自佳，然敢作敢爲、勃勃喜事之態亦見言下。又元稹《解愁》、劉禹錫《華山歌》亦然，俱覺睜眉突眼，躁露不含蓄。至杜牧「大暑去酷吏，清風來故人」，淺躁益甚矣。（《載酒園詩話又編》）

宋長白曰：劉夢得《華山歌》：「靈蹤露指爪……雖貴猶碌碌。」柳子厚《水簾》詩：「靈境不可狀，鬼工諒難求。忽如朝玉皇，天冕垂前旒。」骨力傲岸，撑拄全篇。（《柳亭詩話》卷二）

省試風光草際浮〔一〕

熙熙春景霽，〔二〕草緑春光麗。的歷亂相鮮，〔三〕葳蕤互虧蔽。〔四〕乍疑芊綿裹，稍動豐茸際。〔五〕影碎翻崇蘭，〔六〕香浮轉叢蕙。含煙絢碧彩，〔七〕帶露如珠綴。〔八〕幸因採掇日，〔九〕況此臨芳歲。

【校注】

〔一〕貞元九年二月在長安作。省試：尚書省禮部進士考試。《新唐書·選舉志上》：「玄宗開元……二十四年，考功員外郎李昂爲舉人詆訶，帝以員外郎望輕，遂移貢舉於禮部，以侍郎主之。禮部選士自此始。」《唐會要》卷七六：「進士舉人，自國初以來，試詩賦，帖經，時務策五道。中間或暫改更，旋即仍舊。」《中山詩話》：「自唐以來，試進士詩，號省題。」唐代省試詩通常爲五言六韻，限以題中字爲韻，且多以《文選》中句爲題。「風光草際浮」即《文選》謝脁《和徐都曹出新亭渚》中句。按《登科記考》卷十三：「（貞元九年）進士三十二人，是年試《平權衡賦》……《風光草際浮》詩。」陳璀、裴杞、陳祜（祐）、吴秘、張復元均有同題詩作，見《全唐詩》卷七七九，五人當爲劉禹錫同年進士。

〔二〕熙熙：和煦貌。《老子》上篇：「衆人熙熙，如享太牢，如登春臺。」

〔三〕的歷：即「的皪」，光彩閃耀貌。司馬相如《上林賦》：「明月珠子，的皪江靡。」相鮮：相輝映。郭璞《游仙詩》：「翡翠戲蘭苕，容色更相鮮。」

〔四〕葳蕤：草木茂盛貌。虧蔽：遮掩。宋之問《自衡陽至韶州謁能禪師》：「迴首望舊鄉，雲林浩虧蔽。」

〔五〕疑：通「凝」，静止。芊綿、豐茸：並草木繁茂貌。謝靈運《山居賦》：「孤岸竦峙，長洲芊綿。」司馬相如《長門賦》：「羅豐茸之游樹兮，離樓梧而相撐。」

〔六〕崇蘭：叢生蘭草。蘭、蕙：香草名。《楚辭·招魂》：「光風轉蕙，泛崇蘭些。」

〔七〕絢：光彩焕發。

〔八〕珠綴：陸雲《芙蓉》：「盈盈荷上露，灼灼如明珠。」

〔九〕採掇：採摘拾取，喻選拔人才。

答張侍御賈喜再登科後自洛赴上都贈別〔一〕

又被時人寫姓名，〔二〕春風引路入京城。知君憶得前身事，〔三〕分付鶯花與後生。〔四〕

【校注】

〔一〕貞元十年春自洛陽赴長安作。侍御：唐人對監察御史和殿中侍御史的稱呼。《因話録》卷五：「御史臺……殿中侍御史，衆呼爲侍御。……監察御史，衆呼亦曰侍御。」張賈：貞元二年進士，貞元末佐韋夏卿東都幕，後歷禮部員外郎、吏部郎中、兵部侍郎、華州刺史，以兵部尚書致仕，大和四年四月卒。詳見清勞格《唐尚書省郎官石柱題名考》卷三。疑賈時以監察御史分司東都，故在洛陽。登科：參加科舉考試被録取。上都：即長安。《新唐書·地理志一》：「上都，初曰京城，天寶元年曰西京，至德二載曰中京，上元二年復曰西京，肅宗元年曰上都。」劉禹錫貞元中曾「三登文科」（《蘇州謝上表》），一爲貞元九年進士科，一爲貞元十一年吏部取士科，餘登何科，名目不詳，當即此詩中所云之「再登科」，時在貞元十年。張賈原詩已佚。

〔二〕寫姓名：謂將姓名載入《登科記》。《封氏聞見記》卷三：「當代以進士登科爲登龍門，解褐多拜清緊。……好事者紀其姓名，自神龍以來迄於兹日，名曰《進士登科記》。」

〔三〕前身：佛教語，相對於今生、現在身而言。《魏書·釋老志》：「凡其（佛經）經旨，大抵言生生之類，皆因行業而起，有過去、當今、未來，歷三世，識神常不滅。凡爲善惡，必有報應。」佛教徒有許多關於三生的傳説，如蔡邕是張衡後身，遠法師是婁師德前身等。《明皇雜録》卷上記載，唐房琯曾記起隋釋智永是自己的前身。疑張賈時奉佛，故詩有「前身」之語。

〔四〕鶯花：大好春光，此兼喻己再登科事。丘遲《與陳伯之書》：「暮春三月，江南草長。雜花生樹，群鶯亂飛。」後生：禹錫自謂。張賈貞元二年進士，爲先達。

馬嵬行〔一〕

緑野扶風道，〔二〕黄塵馬嵬驛。路邊楊貴人，〔三〕墳高三四尺。乃問里中兒，皆言幸蜀時。軍家誅佞倖，天子捨妖姬。〔四〕群吏伏門屏，貴人牽帝衣。低回轉美目，風日爲無暉。貴人飲金屑，〔五〕倏忽蕣英暮。〔六〕平生服杏丹，〔七〕顔色真如故。屬車塵已遠，〔八〕里巷來窺覷。共愛宿妝妍，君王畫眉處。〔九〕履綦無復有，〔一〇〕履組光未滅。〔一一〕不見巖畔人，空見陵波襪。〔一二〕郵童愛蹤蹟，私手解鞶結。〔一三〕傳看千萬眼，縷絶香不歇。指環照骨明，〔一四〕首飾敵連城。〔一五〕將入咸陽市，〔一六〕猶得賈胡驚。〔一七〕

【校注】

〔一〕詩貞元九年或十年秋自長安西行作。《馬嵬行》：劉禹錫自創新題樂府。馬嵬，驛名，在今陜西省興平縣西二十五里。《太平寰宇記》卷二七「關西道興平縣」：「馬嵬故城，一云馬嵬坡。……於此築城以避難，未詳何代人。唐天寶末年，玄宗西幸，次馬嵬驛，爲禁軍不發，殺楊妃於此。」據劉禹錫《三良冢賦》，禹錫貞元九年、十年秋曾「西游汧、渭，出於岐、隴之間」，途經馬嵬，詩即作於其時。

〔二〕扶風：即右扶風，漢政區名，與京兆、左馮翊並稱爲三輔，其地在今陝西省西安市西。《元和郡縣圖志》卷二「京兆府興平縣」：「本漢平陵縣，屬右扶風。」

〔三〕楊貴人：唐玄宗貴妃楊玉環。《新唐書·楊貴妃傳》：玄宗貴妃楊氏，始爲壽王妃。開元二十四年召内禁中，得幸，善歌舞，邃曉音律，智算警穎，迎意輒悟。帝大悅，遂專房宴，宫中號「娘子」，儀體與皇后等。天寶初，進册貴妃。安禄山反，玄宗西幸至馬嵬，陳玄禮等以天下計誅楊國忠。「（國忠）已死，軍不解。帝遣力士問故，曰：『禍本尚在！』帝不得已，與妃訣，引而去，縊路祠下，裹尸以紫茵，瘞道側，年三十八。」

〔四〕軍家：指陳玄禮，時官龍武大將軍。佞倖：指楊國忠及其族人。《資治通鑑》卷二一八：天寶十五載六月，玄宗幸蜀，至馬嵬驛，將士飢疲，皆憤怒，陳玄禮以禍由楊國忠，欲誅之。「會吐蕃使者二十餘人遮國忠馬，訴以無食，國忠未及對，軍士呼曰：『國忠與胡虜謀反！』或射之，中鞍。國忠走至西門内，軍士追殺之。」其子户部侍郎楊暄及韓國、秦國夫人均同時被殺。佞倖，《全唐詩》作「戚族」。妖姬：美女，指楊貴妃。陳後主《玉樹後庭花》：「妖姬臉似花含露。」

〔五〕金屑：輯復本《唐新修本草》卷四：「生金……有毒，不煉服之殺人。」此言楊貴妃死於服金屑，與史異。陳寅恪《元白詩箋證稿》附《校補記》（六）：「寅恪所見記載，皆言貴妃縊死馬嵬，獨夢得此詩謂其吞金自盡，疑劉詩『貴人飲金屑』之語乃得自『里中兒』，故有此異説耳……檢沈濤《瑟榭叢談》下云：『楊貴妃縊死馬嵬，傳記無異説。劉夢得詩「貴人飲金屑」，迺用《晉書・賈后傳》，趙王倫矯遣尚書劉宏等，賫金屑酒賜后死故事，以喻當日貴妃賜死情事耳。或遂疑貴妃實服金屑，誤矣。』寅恪以爲沈説固可通，但吾國昔時貴顯者，致死之方法多種兼用，吞金不過其一。楊妃縊死前，或曾吞金，是以里中兒傳得此説，亦未可知。故不必認爲僅用古典已也。」

〔六〕倏忽：頃刻間。蕣英：木槿花。暮：指零落。《説文解字》卷一：「蕣，木槿，朝華暮落者。」

〔七〕杏丹：方士所合藥名。《雲笈七籤》卷七四《夏姬杏金丹方》：「日三服，百日父母不能識，令人顔色美好。」陳寅恪《元白詩箋證稿》附《校補記》（六）謂葛洪《神仙傳・董奉傳》「乃夢得詩此二句之注腳也」。按該傳但記董奉爲人治病，愈者栽杏五株事，與「杏丹」無涉。

〔八〕屬車：皇帝侍從的車乘。《文選》張衡《東京賦》：「屬車九九，乘軒並轂。」薛綜注：「副車曰屬，言相連也。」

〔九〕宿妝：隔夜的梳妝。畫眉：《漢書・張敞傳》：「敞爲京兆……爲婦畫眉，長安中傳張京兆眉憮。」

〔一〇〕履綦：鞋帶。

〔一一〕履組：鞋面用絲帶盤結而成的裝飾物。《文選》陸機《弔魏武帝文》引曹操《遺令》：「諸舍中無所爲，學作履組賣也。」李善注引《晏子春秋》：「景公爲履，黄金之綦，飾以組，連以珠。」

〔一二〕陵：通「凌」。曹植《洛神賦》：「凌波微步，羅襪生塵。」李肇《國史補》卷上：「玄宗幸蜀，至馬嵬驛，命高力士縊貴妃於佛堂前梨樹下。馬嵬店媪收得錦靿一隻，相傳過客每一借玩，必須百錢，前後獲利極多，媪因至富。」王楙《野客叢書》卷二二載《國史補》之説，並云：「《玄宗遺録》又載高力士於妃子臨刑遺一襪，取而懷之。後玄宗夢妃子云云，詢力士曰：『妃子受禍遺一襪，汝收乎？』力士因進之，玄宗作《妃子所遺羅襪銘》，有曰：『羅襪羅襪，香塵生不絶。』二説雖不同，皆言妃子有遺襪事。僕始疑其附會，因讀劉禹錫《馬嵬行》……乃知當時果有是事。」又宋劉斧《青瑣高議》前集卷六載，天寶十三載苦雨，楊貴妃捨衣物建道場，沙彌常秀贖得妃子襪，後爲李遠所獲，藏諸篋笥，以示好事者。可見楊妃襪事傳説甚多。

〔一三〕郵童：遞送公文郵件的人。絭結：小袋子的紮口。絭，小袋。

〔一四〕指環：《西京雜記》卷一：「戚姬以百鍊金爲驅環，照見指骨。」陳寅恪《元白詩箋證稿》附《校補記》（七）：「戚妃與楊妃身份適合，夢得用典精切，於此可見。」

〔一五〕連城：言價值昂貴。曹丕作《與鍾大理書》謝鍾繇所送玉玦，云：「猥以蒙鄙之姿，得覿希世之寶，不煩一介之使，不損連城之價。」

〔一六〕咸陽：秦都，今屬陝西省，此代指長安。

〔一七〕賈胡：西域胡商，善於識别珍寶。

【集評】

魏泰曰：唐人詠馬嵬之事者多矣。世所稱者，劉禹錫曰：「官軍誅佞倖，天子捨妖姬。群吏伏門屏，貴人牽帝衣。低回轉美目，風日爲無輝。」白居易曰：「六軍不發争奈何，宛轉蛾眉馬前死。」此乃歌詠禄山能使官軍皆叛，逼迫明皇，明皇不得已而誅楊妃也。噫！豈特不曉文章體裁，而造語蠢拙，抑已失臣下事君之禮矣。老杜則不然，其《北征》詩曰：「憶昨狼狽初，事與古先別。不聞夏商衰，中自誅褒妲。」乃見明皇鑑夏、商之敗，畏天悔過，賜妃子死，官軍何預焉？《唐闕史》載鄭畋《馬嵬》詩，命意似矣，而詞句凡下，比説無狀，不足道也。（《臨漢隱居詩話》，釋惠洪《冷齋夜話》卷二同）

張戒曰：往年過華清宫，見杜牧之、温庭筠二詩（按指杜牧《華清宫三十韻》、温庭筠《過華清宫二十二韻》），俱刻石於浴殿之側，必欲較其優劣而不能。近偶讀庭筠詩，乃知牧之之工。庭筠小子，無禮甚矣。劉夢得《扶風歌》、白樂天《長恨歌》及庭筠此詩，皆無禮於其君者。（《歲寒堂詩話》卷上）

范温曰：文章貴衆中傑出，如同賦一事，工拙尤易見。……馬嵬驛，唐詩尤多，如劉夢得「緑野扶風道」一篇，人頗誦之，其淺近乃兒童所能。（《苕溪漁隱叢話》前集卷二三引《詩眼》）

吴喬曰：意由於識。馬嵬事吟詠甚多，而子美云：「不聞夏殷衰，中自誅褒妲。」曲折有含蓄，子瞻稱之。鄭畋云：「肅宗迴馬楊妃死，雲雨難忘日月新。終是聖明天子事，景陽宫井又何人？」人知其有宰相器。劉夢得、白樂天，直言六軍逼殺天子之妃矣！（《圍爐詩話》卷一）

潘德輿曰：魏泰依倚曾布之勢，鄉井患苦。推荆公爲孟子後一人，數稱章惇之長，撰《東軒筆録》、《碧雲騢》誣蟣正人，士類不齒。然能知劉夢得「官軍誅佞倖，天子捨妖姬」爲「不曉文章體裁，失臣下事君之體」，且謂鄭畋「終是聖明天子事，景陽宫井又何人」，「命意稍似，而詞句凡下，比説無狀，亦不足道」。非其詩學之深，有此識力，蓋數詩本非人心所安也。詩教自有正大門庭，不入其門，雖詞語新巧，萬口流傳，不足當小人之一哂，況有識者乎！（《養一齋詩話》卷四）

馮浩曰：余昔病義山詠楊妃事尖刻失體，以此章較之，彼猶婉約矣。（手鈔本《劉禹錫集》批語）

發華州留別張侍御賈〔一〕

束簡下延閣，〔二〕買符驅短轅。〔三〕同人惜分袂，〔四〕結念醉芳尊。〔五〕切切别絃思，〔六〕蕭蕭征騎煩。〔七〕臨歧無限意，相視卻忘言。〔八〕張詩云「夫子生知者，相期妙理中」，遂有「忘言」之句。

【校注】

〔一〕詩貞元十一年自洛陽赴京途經華州作。華州：州治在今陝西省華縣。張賈：已見前《答張侍御賈喜再登科後自洛赴上都贈别》詩注。汲古閣本《唐詩紀事》卷五九：「（張）賈爲韋夏卿所知，後至達官。初以侍（侍，《唐郎官石柱題名考》卷三引作謫）御史爲華州上佐，以詩贈劉夢得云：『夫子生知者，相期妙理中。』夢得以『忘言』之句别之曰：『束簡下延閣……』」劉禹錫《子劉子自傳》：「初，禹錫既冠，舉進士，一幸而中試。間歲，又以文登吏部取士科，授太子校書。」禹錫貞元九年進士，間歲再登科當在十一年，詩赴校書任時作，故云「束簡下延閣」。時劉禹錫堂舅盧徵爲華州刺史、潼關防禦、鎮國軍使，張賈當在其幕中。參後《途次敷水驛（略）》詩注。瞿蜕園《劉禹錫集箋證》謂此詩大和五年末赴任蘇州刺史作，誤。《全唐詩》卷二七二重收此詩爲韋夏卿詩。蓋明嘉靖本《唐詩紀事》（《四部叢刊》即據以影印）脱去「佐以詩贈劉夢得云夫子生知者相期妙理中夢得」一行二十字，《全唐詩》據誤本《唐詩紀事》收此詩爲韋夏卿作，實誤。張賈詩僅存原注中所引殘句。

〔二〕束簡：收拾行裝。簡，竹簡，指書籍。延閣：漢宫廷藏書處。《隋書·經籍志一》：漢武帝時，「内有延閣、廣内、秘室之府」。此借指東宫崇文館，有校書二人，從九品下，掌校理書籍，見《新唐書·百官志四上》。

〔三〕符：符節等憑證，此指傳符。《舊唐書·職官志二》：「傳符，所以給郵驛，通制命。」《後漢書·郭丹傳》：「後從師長安，買符入函谷關。」李賢注：「符即繻也。《前書》音義曰：舊出入關皆用傳，傳煩，因裂繻帛分持，後復出，合之以爲符信。買符，非真符也。」買，《叢刊》本作「假」。短轅：小而駑緩之車。轅，車前駕牲畜用的直木。王尊常乘「短轅犢車」，見《晉書·王尊傳》。

〔四〕同人：《易》卦名，此指志趣相投的友人。分袂：分别。袂，衣袖。

〔五〕結念：思緒鬱結。芳尊：精美酒器，借指美酒。

〔六〕切切：形容聲音細而繁急。思：《叢刊》本、《全唐詩》作「急」。

〔七〕蕭蕭：馬嘶聲。《詩·小雅·車攻》：「蕭蕭馬鳴。」煩：躁動不安。

〔八〕忘言：謂相互瞭解，無須語言。《莊子·外物》：「言者所以在意，得意而忘言，吾安得夫忘言之人而與之言哉！」《晉書·山濤傳》：「與嵇康、吕安善，後遇阮籍，便爲竹林之交，著忘言之契。」

白鷺兒〔一〕

白鷺兒，最高格。〔二〕毛衣新成雪不敵。〔三〕衆禽喧呼獨凝寂。〔四〕孤眠芊芊草，〔五〕久立潺湲石。前山正無雲，飛去入遥碧。〔六〕

【校注】

〔一〕詩約貞元十一年作。白鷺：水鳥名，羽毛潔白。白鷺兒，即小白鷺，詩以自喻。據詩中「毛衣新成」之語，當作於初入仕時。

〔二〕格：品格，標格。

〔三〕毛衣：即羽毛。王維《黄雀痴》：「一一口銜食，養得成毛衣。」

〔四〕凝寂：安静莊重貌。

〔五〕芊芊：草茂盛貌。

〔六〕遥碧：遥遠碧空。

戲贈崔千牛〔一〕

學道深山虚老人，留名萬代不關身。〔二〕勸君多買長安酒，南陌東城占取春。〔三〕

【校注】

〔一〕詩貞元十一年春在長安作。千牛：千牛備身，屬左右千牛衛，是唐代禁衛軍中負責宫中儀仗、警衛的人員，多以高級官吏子弟爲之。《舊唐書·職官志三》「左右千牛衛」：「凡千牛備身左右，執弓箭以宿衛，主仗守戎服器物。凡受朝之日，則領備身左右昇殿，而侍列於御坐之左右。」《新唐書·選舉志下》：「千牛備身八十人。」崔千牛：崔懿伯，德宗時宰相崔造之子，權德輿妻弟。《全唐文》卷五〇四權德輿《唐故相國右庶子崔公（造）夫人河東縣君柳氏祔葬墓誌銘》：「其孤曰懿伯……爲左千牛備身。」志作於貞元十一年，知其時崔懿伯爲千牛。崔懿伯後官協律郎、京兆府士曹參軍，元和八年卒，見《全唐文》卷五〇九權德輿《祭崔士曹文》。禹錫兒童時見器於權德輿，及知名，衆目之爲權之「門客」（見《獻權舍人書》），故與崔懿伯相識。

〔二〕「留名」句：《晉書·張翰傳》：「翰任心自適，不求當世。或謂之曰：『卿乃可縱適一時，獨不爲身後名耶？』答曰：『使我有身後名，不如即時一杯酒。』時人貴其曠達。」此詩全用其意。

〔三〕南陌東城：指長安名勝之處。唐代長安，東有樂游園，南有韋曲、杜曲，東南有曲江、芙蓉園等，均爲都人游樂之處。

別友人後得書因以詩贈〔一〕

前時送君去，揮手青門橋。〔二〕路轉不相見，猶聞馬蕭蕭。今得出關書，行塵日已遥。〔三〕春還遲君至，〔四〕共結芳蘭茗。〔五〕

【校注】

〔一〕貞元九年至十一年間在長安作。

〔二〕青門橋：霸橋。《三輔黄圖》卷一：「長安城東出南頭第三門曰霸城門，民見門色青，名曰青城門，或曰青門。」同書卷六：「霸橋在長安東，跨水作橋。」《開元天寶遺事》卷下：「長安東灞陵有橋，來迎去送皆至此橋，爲離别之地，故人呼之『銷魂橋』也。」

〔三〕塵：《全唐詩》作「程」。

〔四〕遲：等待。謝靈運有《南樓中望所遲客詩》。

〔五〕結：劉本作「纈」，《全唐詩》校「一作纈」。蘭茗：蘭花。《文選》郭璞《游仙詩》：「翡翠戲蘭茗。」李善注：「蘭秀也。」張詵注：「茗，枝鮮明也。」杜甫《戲爲六絶句》：「或看翡翠蘭茗上，未掣鯨魚碧海中。」則以喻詞藻鮮妍。詩以「春還」爲期，似與應舉有關。

渾侍中宅牡丹〔一〕

徑尺千餘朵，〔二〕人間有此花。今朝見顏色，更不向諸家。

【校注】

〔一〕貞元九年至十一年間春日在長安作。侍中：門下省長官。《新唐書·百官志二》：「門下省：侍中二人，正二品。掌出納帝命，相禮儀。凡國家之務，與中書令參總，而顓判省事。」渾侍中，渾瑊，德宗興元元年以平朱泚功加侍中。《舊唐書》本傳：「（興元元年）六月，加瑊侍中。……九月，賜瑊大寧里甲第。……（貞元）十二年二月，加檢校司徒，兼中書令，諸使、副元帥如故。」知詩作於貞元十二年前。大寧里在長安朱雀門東第四街，街東從北第四坊，見《唐兩京城坊考》卷三。白居易《看渾家牡丹花戲贈李二十》：「香勝燒蘭紅勝霞，城中最數令公家。人人散後君須看，歸到江南無此花。」其爲時人所重可知。

〔二〕「徑尺」句：《酉陽雜俎》前集卷一九：「興唐寺有牡丹一窠，元和中，著花一千二百朵。……其花面徑七八寸。」

【集評】

胡仔曰：歐公《花品序》云：「牡丹初不載文字，自則天已後始盛，如沈、宋、元、白之流，皆喜詠花，當時有一花之異，彼必形於篇什，而此寂無傳焉。惟劉夢得有《詠魚朝恩宅牡丹》，但云一叢『千朵』而已。」余謂歐公此言非是。觀劉夢得、元微之、白樂天三人，其以牡丹形於篇什者甚衆，烏得謂之「寂無傳焉」！劉夢得乃是《詠渾侍中牡丹》，非詠魚朝恩宅者，此亦歐公誤記耳。（《苕溪漁隱叢話》前集卷三〇。按，《容齋隨筆》卷二、《野客叢書》卷五亦辨歐陽修説之誤。）

題壽安甘棠館二首〔一〕

公館似仙家，〔二〕池清竹逕斜。山禽忽驚起，衝落半巖花。

【校注】

〔一〕貞元九年至十一年往返長安、洛陽間作。壽安：縣名，屬河南府，今河南省宜陽縣。館：館驛。《通典》卷三三「鄉官」：「三十里置一驛，其非通途大路則曰館。」《樊川詩集注》卷四《題壽安縣甘棠館御溝》馮集梧注引《名勝志》：「宜陽縣西北有勝因寺，即甘棠驛故址。」壽安縣，本後魏甘棠縣，隋仁壽四年改名壽安。相傳召伯曾聽政於甘棠之下，縣及館均當以此得名。參見《元和郡縣圖志》卷五。據劉禹錫《子劉子自傳》，貞元中禹錫老母在洛陽，授太子校書後，「官司閑曠，得以請告奉温清」，故常往返於長安、洛陽之間。葉紹翁《四朝聞見録》卷一恭孝儀王大節：「恭孝儀王，諱仲湜。……嘗游天竺，有『山禽忽驚起，衝落半巖花』之句。」以此爲宋英宗姪趙仲湜詩，陳鬱《藏一話腴》内編卷上已辨其誤。

〔二〕公館：官府館舍。《禮記·曾子問》：「公館復，私館不復。」疏：「公館謂公家所造之館……公之所使爲命停舍之處。」仙家：神仙窟宅。王建《題壽安南館》：「明發竹間亭，天暖幽桂碧。雲生四面山，水接當階石。濕樹浴鳥痕，破苔卧鹿跡。不緣塵駕觸，堪作商皓宅。」命意略同。

二

門前洛陽道，〔一〕門裏桃源路。〔二〕塵土與煙霞，其間十餘步。

【校注】

〔一〕洛陽道：壽安處長安、洛陽間來往交通要道上，多塵土。陸機《爲顧彦先贈婦》：「京洛多風塵，素衣化爲緇。」孟郊《壽安西渡奉别鄭相公》：「洛河向西道，石波横磷磷。清風送君子，車遠無還塵。」

〔二〕桃源：桃花源，指仙家或隱者所居。詳見後《桃源行》注。源，《全唐詩》作「花」。

請告東歸發霸橋卻寄諸僚友〔一〕

征途出霸涘，〔二〕回首傷如何。〔三〕故人雲雨散，〔四〕滿目山川多。〔五〕行車無停軌，〔六〕流景同迅波。〔七〕前歡漸成昔，感嘆益勞歌。〔八〕

【校注】

〔一〕約貞元十二年在長安作。請告：請假。霸橋：見前《别友人後得書因以詩贈》注。據劉禹錫

《子劉子自傳》，禹錫父劉緒以殿中侍御史主鹽鐵留務於埇橋，「其後罷歸浙右，至揚州，遇疾不諱」，故禹錫「請告東歸」。

〔二〕霸涘：霸水濱。霸水，亦作灞水。《元和郡縣圖志》卷一「京兆府萬年縣」：「霸水，在縣東二十里。」王粲《七哀詩》：「南登灞陵岸，回首望長安。」謝朓《晚登三山還望京邑》：「灞涘望長安。」

〔三〕傷如何：江淹《别賦》：「送君南浦，傷如之何。」

〔四〕雲雨散：謝朓《和劉中書繪入琵琶峽望積布磯》：「山川隔舊賞，朋僚多雨散。」

〔五〕滿目句：李嶠《汾陰行》：「山川滿目淚沾衣，富貴榮華能幾時。」

〔六〕軌：轍跡。陸機《飲馬長城窟行》：「戎車無停軌。」

〔七〕流景：流光。李白《古風》：「逝川與流光，飄忽不相待。」

〔八〕勞歌：離歌。駱賓王《送吴七游蜀》：「勞歌徒欲奏，贈别竟無言。」勞，劉本作「悲」。

謝柳子厚寄疊石硯〔一〕

常時同硯席，〔二〕寄此感離群。〔三〕清越敲寒玉，〔四〕參差疊碧雲。煙嵐餘斐亹，〔五〕水墨兩氛氲。〔六〕好與陶貞白，〔七〕松窗寫紫文。〔八〕

【校注】

〔一〕貞元十五年或稍前作。柳子厚：柳宗元，劉禹錫密友。《舊唐書・柳宗元傳》：「字子厚，河東人。……少聰警絶衆，尤精西漢詩騷。下筆構思，與古爲侔。精裁密致，燦若珠貝。當時流輩咸推之。登進士第，應舉宏辭，授校書郎、藍田尉。」疊石硯：重疊作山形的硯臺。《鐵圍山叢談》卷五：「江南李氏後主寶一硯山，徑長尺逾咫，前聳三十六峰，皆大如手指，左右則引兩阜坡陀，而中鑿爲硯。」禹錫貞元十六年免父喪，入杜佑徐泗、揚州幕，詩當作於其丁父憂家居時。

〔二〕同硯席：同學。《晉書・劉弘傳》：「少家洛陽，與武帝同居永安里，又同年，共研席。」研，同硯。劉、柳早年同學書法於皇甫閲（見《衍極・至樸篇・書法源流》），又爲貞元九年同榜進士，故「同硯席」。

〔三〕此：《全唐詩》作「硯」。離群：離開人群，此指丁憂家居。《禮記・檀弓上》載子夏語：「吾離群而索居，亦已久矣。」注：「群，謂同門朋友也。」貞元九年劉、柳同年及第，後柳丁父憂，貞元十二年方應博學宏辭科，時劉又請告東歸，故有「離群」之嘆。

〔四〕清越：清脆激越。《禮記・聘義》：「君子比德於玉焉。……叩之，其聲清越以長。」

〔五〕斐亹：文采貌。孫綽《游天台山賦》：「彤雲斐亹以翼櫺。」

〔六〕氛氲：盛貌。謝惠連《雪賦》：「散漫交錯，氛氲蕭索。」

〔七〕陶貞白：陶弘景，南齊高帝時爲諸王侍讀，永明中上表辭禄，隱居句容之句曲山，自號「華陽隱居」。梁大同二年卒，謚曰「貞白先生」。《南史》、《梁書》有傳。

〔八〕松窗：《南史·陶弘景傳》：「特愛松風，庭院皆植松，每聞其響，欣然爲樂。」紫文：即紫書，指道書。《雲笈七籤》卷八：「紫書者，紫筆繕文也。」

揚州春夜李端公益張侍御登段侍御平仲密縣李少府暘秘書張正字復元同會於水館對酒聯句追刻燭擊銅鉢故事遲輒舉觥以飲之逮夜艾群公霑醉紛然就枕余偶獨醒因題詩於段君枕上以志其事〔一〕

寂寂獨看金燼落，〔二〕紛紛只見玉山頽。〔三〕自羞不是高陽侶，〔四〕一夜星星騎馬回。〔五〕

【校注】

〔一〕詩貞元十七年春在揚州作。揚州：今屬江蘇省。《舊唐書·地理志三》「揚州大都督府」：天寶元年改爲廣陵郡，乾元元年復爲揚州。自後置淮南節度使，恒以此爲治所。端公：唐人對侍御史的稱謂。《因話録》卷五：「御史臺三院，一曰臺院，其僚曰侍御史，衆呼爲端公。」李益（七四六—八二九）：中唐著名詩人。《舊唐書》本傳：「肅宗朝宰相揆之族子。登進士第，長爲歌詩。貞元末，與宗人李賀齊名。」拓本《唐故銀青光禄大夫守禮部尚書致仕（略）隴西李府君墓誌銘》：「公諱益，字君虞，隴西狄道人。……後山南東道泊鄜畤、邠郊，皆以管記之任請焉，由監察、殿中歷侍御史，自書記、參謀爲節度判官。」《全唐文》卷五三四李觀《邠慶寧三州節度饗軍記》：「宗盟兄侍御史益，有文行忠信，而從朗寧之軍。」文作於貞元七年，知李益在邠寧節度使、朗寧郡王張獻甫幕中時已官侍御史。張登：中唐作家。《全唐文》卷四九三權德輿《唐故漳州刺史張君集序》：「清河張登……以薦延改河南士曹掾。滿歲，計相表爲殿中侍御史，董賦於江南。」段平仲：《舊唐書》本傳：「字秉庸，武威人。……登進士第，杜佑、李復相繼鎮淮南，皆表平仲爲掌書記。……入朝爲監察御史。」按，李復貞元三年繼杜佑爲嶺南節度使，未鎮淮南，「淮南」當爲「嶺南」之訛。據傳，段平仲貞元十四年以監察御史奉使賑災，奏對失旨，「坐廢七年」。貞元十七年正當「坐廢」之時，故客游揚州，非在淮南幕中。密縣：河南府屬縣，今屬河南省。少府：唐人對縣尉的稱謂。《嬾真子》卷一：「（縣）令既呼爲明府，故尉呼少府，以亞於縣令。」李暘：《叢刊》本作李暢。暘爲權德輿外兄。《全唐文》卷五〇六權德輿《唐故潤州昭代寺比邱尼元應墓誌銘》：「初以既笄之年，歸隴西李君晉卿，仕至東陽決曹掾。……決曹府君前夫人范陽盧氏子曰暢……再以經術踐甲科，歷校書郎、密縣尉。」暘、暢二字，未知孰是。正字：官名。《新唐書·百官志二》「秘書省」：「正字四人，正九品下，掌讎校典籍，刊正文章。」張復元：貞元九年劉禹錫同榜進士，有同試之《省試風光草際浮》詩，見前《省試風光草際浮》注。《太平廣記》卷二五六引《嘉話録》：「唐柳宗元與劉禹錫同年及第，題名於慈恩塔，談元茂秉筆。時不欲名字著彰，曰：『押縫版子上者，率多不達，或即不久物故。』柳起草，暗斟酌之，張復元（此字原無，據《登科記考》所引增）已下，馬徵、鄧文佐名，盡著版子矣。」同書卷一八六引《嘉話録》：「宣平鄭相之銓衡也……陳諷、張復元各注畿縣，請换縣，允之。」宣平鄭相謂鄭珣瑜，貞元末爲吏部侍郎，掌銓衡，十九年爲相。水館：水路沿途供往來官員休息的館舍。刻燭擊銅鉢：《南史・王僧孺傳》：「竟陵王（蕭）子良嘗夜集學士，刻燭爲詩，四韻則刻一寸，以此爲率。（蕭）文琰曰：『頓燒一寸燭，而成四韻詩，何難之有？』乃與（丘）令楷、江洪等共打銅鉢立韻，響滅則詩成，皆可觀覽。」劉禹錫《子劉子自傳》：「既免喪，相國揚州節度使杜公領徐泗，素相知，遂請爲掌書記……居數月而罷徐泗……遂改爲揚州掌書記。」《舊唐書・德宗紀下》：貞元十六年「六月丙午，鄆州李師古、淮南杜佑並加同平章事，以佑兼領徐泗濠節度。……十一月癸卯，泗州、濠州宜隸淮南觀察使」。知貞元十七年春，禹錫爲杜佑淮南節度使掌書記，在揚州，詩作於其時。禹錫與李益等人聯句詩已佚。

〔二〕金燼：蠟燭燃燒的紅色殘餘物。燼，燈花。

〔三〕玉山頽：形容醉態。《世説新語・容止》：「嵇叔夜（康）之爲人也，巖巖若孤松之獨立；其醉也，傀俄若玉山之將崩。」

〔四〕高陽：漢縣名，今屬河北省。高陽侣，指酒徒。《史記・酈食其傳》：「酈生嗔目案劍叱使者曰：『走！復入言沛公，吾高陽酒徒也，非儒人也。』」

〔五〕星星：清醒貌，《叢刊》本作「醒醒」。《韓昌黎集》卷八《納涼聯句》：「煩懷卻星星。」方崧卿曰：「蜀本作『星星』……唐人星、醒通用。」

晚步揚子游南塘望沙尾〔一〕

淮海多夏雨，〔二〕曉來天始晴。蕭條長風至，千里孤雲生。卑濕久喧濁，〔三〕褰開偶虛清。〔四〕客游廣陵郡，〔五〕晚出臨江城。〔六〕郊外緑楊陰，江中沙嶼明。歸帆翳盡日，〔七〕去棹聞遺聲。鄉國殊渺漫，〔八〕羈心目懸旌。〔九〕悠然京華意，悵望懷遠程。薄暮大山上，翩翩雙鳥征。

【校注】

〔一〕此詩劉禹錫本集不載，見《全唐詩》卷三五五，未詳所出。揚子：揚州屬縣，治所在今江蘇邗江縣南，其地有揚子津。南塘：在揚州，温庭筠有《經故秘書崔監揚州南塘故居》詩。沙尾：唐時在揚州、鎮江間長江中，爲瓜步洲之一部分，後河道淤塞，遂與北岸相連。《舊唐書·齊澣傳》：「潤州北界隔吴江，至瓜步沙尾，紆匯六十里，船繞瓜步，多爲風濤之所漂損。澣乃……開伊婁河二十五里，即達揚子縣。」詩當貞元十六七年在揚州作。時禹錫爲淮南節度使杜佑掌書記，其母「不樂江淮間」，然淮西阻兵，「河路猶艱」（《子劉子自傳》），故詩末起鄉國之思。

〔二〕淮海：即揚州。《書·禹貢》：「淮海惟揚州。」傳：「北距淮，南距海。」

〔三〕卑濕：《史記·貨殖列傳》：「江南卑濕。」喧濁：疑當作「暄濁」，指悶熱濕濁之氣。張協《雜詩》：「秋夜涼風起，清氣蕩暄濁。」

〔四〕搴開：揭起，指雲霧消散。偶：遇。虚清：空曠清爽。

〔五〕廣陵郡：即揚州。《舊唐書·地理志三》「揚州」：「天寶元年，改爲廣陵郡。」

〔六〕江城：指揚州城，原濱長江，因水道變遷，今去江稍遠。《苕溪漁隱叢話》前集卷二四引《蔡寬夫詩話》：「潤州大江本與今揚子橋爲對岸，而瓜洲乃江中一洲耳，故潮水悉通揚州城中。……大曆後，潮信始不通。今瓜洲既與揚子橋相連……不惟潮不至揚州，亦不至揚子矣。」

〔七〕翳：遮蔽。盡日：將盡之日，落日。

〔八〕鄉國：故鄉。劉禹錫「家本滎上，籍占洛陽」，見其《汝州上後謝宰相狀》。渺漫：渺茫遥遠。

〔九〕羈心：客居羈旅之心。懸旌：懸於高竿上之旗幡。《戰國策·楚策一》：「楚王曰：『……寡人卧不安席，食不甘味，心摇摇如懸旌，而無所終薄。』」

柳絮〔一〕

飄颺南陌起東鄰，漠漠濛濛暗度春。〔二〕花巷暖隨輕舞蝶，玉樓晴拂艷妝人。縈回謝女題詩筆，〔三〕點綴陶公漉酒巾。〔四〕何處好風偏似雪？隋河堤上古江津。〔五〕

【校注】

〔一〕詩貞元十七年左右在揚州作。

〔二〕漠漠、濛濛：均紛亂迷茫貌。

〔三〕謝女：指謝安姪女謝道韞。《晉書・王凝之妻謝氏傳》：「謝氏字道韞，安西將軍奕之女也，聰識有才辯。……嘗内集，俄而雪驟下，安曰：『何所似也？』安兄子朗曰：『散鹽空中差可擬。』道韞曰：『未若柳絮因風起。』安大悦。」

〔四〕漉酒：濾酒。《宋書・陶潛傳》：「潛少有高趣，嘗著《五柳先生傳》以自況，曰：『先生不知何許人，不詳其姓字，宅邊有五柳樹，因以爲號焉。』……性嗜酒……郡將候潛，值其酒熟，（潛）取頭上葛巾漉酒，畢，還復著之。」

〔五〕隋河：指邗溝，大運河自淮安達江都的一段，兩岸堤稱隋堤，均因隋煬帝開鑿而得名。《大業雜記》：「又發淮南諸州郡兵夫十餘萬開邗溝，自山陽瀆至於揚子入江，三百餘里。……兩岸爲大道，種榆柳，自東都至江都二千餘里，樹蔭相交。」杜牧《隋堤柳》：「夾岸垂楊三百里。」古江津：指揚子津，在揚州揚子縣（今江蘇省邗江縣南）運河入長江處。《資治通鑑》卷一七七：開皇十年「（楊）素帥舟師自楊子津入，擊賊帥朱莫問於京口，破之」。胡三省注：「楊子津在今真州楊子縣南。」

【集評】

方回曰：流麗可喜。（《瀛奎律髓》卷二七）

紀昀曰：格意近俗，亦以流麗之故，後代相沿，遂開卑靡之調，而詠物詩入塵劫矣。謝女有詠絮事，陶公漉酒與絮似遠。（《瀛奎律髓彙評》卷二七）

許印芳曰：陶公有五柳事，「漉酒巾」又陶公事，作者連類及之，不必定切「絮」字也。此説太泥。（同前）

淮陰行五首〔一〕并引

古有《長干行》，言三江之事，悉矣。〔二〕余嘗阻風淮陰，作《淮陰行》以裨樂府。〔三〕

蔟蔟淮陰市，〔四〕竹樓緣岸上。好日起檣竿，烏飛鷩五兩。〔五〕

【校注】

〔一〕詩貞元十八年或其前作。淮陰行：劉禹錫自創新題樂府。淮陰，縣名，今屬江蘇省。《太平寰宇記》卷一二四「楚州淮陰縣」：「淮水在縣西二百步。」

〔二〕《長干行》：即《長干曲》，樂府雜曲歌辭。《六朝事蹟編類》卷下：「長干是秣陵縣東里巷名。江東謂山隴之間曰『干』。建康南五里有山岡，其間平地，庶民雜居，有大長干、小長干、東長干，並是地名。」三江：泛指長江下游水系。《周禮·夏官·職方氏》：「東南曰揚州……其川三江，其浸五湖。」疏：「韋昭云：吴松江、錢塘江也。《吴地記》云：『松江東北行七十里，得三江口，東北入海爲婁江，東南入海爲東江，並松江爲三江。」

〔三〕阻風淮陰：按劉禹錫貞元九年自江南入京應試，十一年自京赴揚州奔父喪，十六年自徐泗掌書記改揚州掌書記，又於貞元十八年調補京兆渭南主簿，數度經淮陰。樂府：漢官署名。《漢書·藝文志》：「自孝武立樂府而採歌謡，於是有代趙之謳，秦楚之風，皆感於哀樂，緣事而發，亦可以觀風俗、知厚薄云。」

〔四〕蔟蔟：攢聚貌。

〔五〕五兩：古代一種測風器。《文選》郭璞《江賦》：「覘五兩之動静。」李善注：「兵書曰：凡候風法，以鷄羽重八兩，建五丈旗，取羽繫其巔，立軍營中。許慎《淮南子》注曰：『綄，候風也，楚人謂之五兩也。』」

二

今日轉船頭，金烏指西北。〔一〕煙波與春草，千里同一色。

【校注】

〔一〕金烏：烏形風向標。《三輔黄圖》卷五引郭延生《述征記》：「長安宫南有靈臺，高十五仞，上有渾儀，張衡所製。又有相風銅烏，遇風乃動。」

三

船頭大銅鐶，摩挲光陳陳。〔一〕早晚使風來，〔二〕沙頭一眼認。〔三〕

【校注】

〔一〕陳陳：猶振振，盛貌。《文選》王融《三月三日曲水詩序》：「殷殷均乎姚澤。」李善注：「《呂氏春秋》：『舜陶於河濱，釣於雷澤，登爲天子，賢士歸之，萬人譽之，陳陳殷殷，無不戴悦。』高誘注：『殷，盛也。』」參見《辭通》卷五「陣陣」條。

〔二〕早晚：《全唐詩》作「早早」。使：馮浩校作「便」。

〔三〕沙頭：沙灘頭。李白《長干行》：「嫁與長干人，沙頭候風色。」

【集評】

何焯曰：「郎今欲渡緣何事，如此風波不可行。」此篇不道破，更有餘味。（卞孝萱《劉禹錫詩何焯批語考訂》）

四

何物令儂羨，羨郎船尾燕。銜泥趁檣竿，宿食長相見。

五

隔浦望行船，頭昂尾幰幰。〔一〕無奈挑菜時，〔二〕清淮春浪軟。

【校注】

〔一〕浦：注入大江的小水流。幰幰：亦作「軒軒」，高舉貌。

〔三〕挑菜：原作「脱菜」，校「脱一作挑」，明本作「挑菜」，《叢刊》本作「洗菜」，《全唐詩》作「晚來」。周必大《二老堂詩話》：「黄魯直云《淮陰行》『無奈脱菜時』不可解……余嘗見古本作『挑菜時』。東坡惠州新年詩『水生挑菜渚』，恐用此字。」按劉禹錫《送景玄師東歸》亦云「灘頭躡屐挑沙菜」，則作「挑」是，據改。

【集評】

黄庭堅曰：劉夢得……《淮陰行》，情調殊麗，語氣尤穩切，白樂天、元微之爲之，皆不入此律也。唯「無奈脱菜時」不可解，當待博物洽聞者説也。（《苕溪漁隱叢話》前集卷二〇）

鍾惺曰：極似六朝清商曲，的是音響質直。（《唐詩歸》卷二八）

楊慎曰：《烏夜啼》：「芳草二三月，草與水同色。攀條摘香花，言是歡氣息。」唐劉禹錫詩：「烟波與春草，千里同一色。」（《升菴詩話》卷七）

洛中送楊處厚入關便游蜀謁韋令公〔一〕

洛陽秋日正淒淒，君去西秦更向西。〔二〕舊學三冬今轉富，〔三〕曾傷六翮養初齊。〔四〕王城曉入窺丹鳳，〔五〕蜀路晴來見碧鷄。〔六〕早識卧龍應有分，〔七〕不妨從此躡丹梯。〔八〕

【校注】

〔一〕詩貞元十八年秋在洛陽作。楊處厚：貞元、元和間人。元和十年，坐與王承系門客蘇表交游，自鄉貢進士貶邛州太邑尉，參見卷四《答楊八敬之絶句》注。《全唐詩》卷四六七有牟融詩一卷，中有《贈楊處厚》、《處厚游杭作詩寄之》等詩。但此卷詩實爲明人僞造，不可爲據。詳見《文獻》一九九七年第二期陶敏、劉再華《〈全唐詩·牟融集〉證僞》。關：指潼關，在今陝西省潼關縣北。韋令公：韋皋，時官劍南西川節度使，兩《唐書》有傳。令公，對尚書令或中書令的敬稱。《舊唐書·德宗紀下》：貞元十七年「冬十月，加韋皋檢校司徒、中書令，封南康郡王，賞破吐蕃功也」。同書《憲宗紀上》：永貞元年「八月癸丑……韋皋薨」。貞元十八年，禹錫「調補京兆渭南主簿」，自揚州奉老母歸洛陽（《子劉子自傳》），故有在洛送楊處厚詩。參見附録《簡譜》。

〔二〕凄凄：冷落寂寥貌。《詩·小雅·四月》：「秋日凄凄，百卉具腓。」西秦：指以長安爲中心的關中平原，古秦國之地，在洛陽西。楊處厚入關後復西南行入蜀，故云「更向西」。

〔三〕三冬：冬季三月，或云三個冬天，即三年。《漢書·東方朔傳》：「年十三學書，三冬文史足用。」

〔四〕翮：鳥翅上大翎。《韓詩外傳》卷六：「夫鴻鵠一舉千里，所恃者，六翮耳。」禰衡《鸚鵡賦》：「顧六翮之殘毁，雖奮迅其焉如？」傷六翮，喻楊處厚曾應舉落第。

〔五〕王城：指長安。丹鳳：丹鳳門，唐代長安大明宫正南門，此代指皇宫。

〔六〕碧鷄：神名。《漢書·郊祀志下》：「或言益州有金馬碧鷄之神，可醮祭而致，於是遣諫大夫王褒使持節而求之。」如淳曰：「金形似馬，碧形似鷄。」《元和郡縣圖志》卷二「鳳翔府寶鷄縣」：「本秦陳倉縣……至德二年改爲寶鷄，以昔有陳寶鳴鷄之瑞，故名之。」自秦入蜀，道經寶鷄。

〔七〕卧龍：喻指韋皋。《三國志·蜀書·諸葛亮傳》載徐庶謂劉備語：「諸葛孔明者，卧龍也，將軍豈願見之乎？」分：情分，緣分。

〔八〕躡丹梯：《文選》謝朓《敬亭山》：「即此陵丹梯。」李善注：「丹梯，謂山也。」同書謝靈運《擬魏太子鄴中集詩》：「躧步陵丹梯。」李善注：「丹梯，丹墀也。」劉詩語意雙關，謂楊此去既可登臨蜀中名山，復可昇韋皋之堂，自致於青雲之上。

【集評】

王夫之曰：裁翦有力。（《唐詩評選》卷四）

奉和中書崔舍人八月十五日夜玩月二十韻〔一〕

暮景中秋爽，〔二〕陰靈既望圓。〔三〕騰精浮碧海，〔四〕分照接虞淵。〔五〕迥見孤輪出，〔六〕高從倚蓋旋。〔七〕二儀含皎澈，〔八〕萬象共澄鮮。〔九〕整御當西陸，〔一〇〕舒光麗上玄。〔一一〕從星變風雨，〔一二〕順日助陶甄。〔一三〕遠近同時望，晶熒此夜偏。運行調玉燭，〔一四〕潔白應金天。〔一五〕曲沼疑瑶鏡，〔一六〕通衢若象筵。〔一七〕逢人盡冰雪，〔一八〕遇境即神仙。〔一九〕引素吞銀漢，〔二〇〕凝清洗緑煙。皋禽警露下，〔二一〕鄰杵思風前。〔二二〕水是還珠浦，〔二三〕山成種玉田。〔二四〕劍沈三尺影，〔二五〕鐙罷九枝然。〔二六〕象外行無跡，〔二七〕寰中影自遷。〔二八〕稍當雲闕正，〔二九〕未映斗城懸。〔三〇〕靜對揮宸翰，〔三一〕閑臨襞彩牋。〔三二〕境同牛渚上，〔三三〕宿在鳳池邊。〔三四〕興掩尋安道，〔三五〕詞勝命仲宣。〔三六〕從今紙貴後，〔三七〕不復詠陳篇。〔三八〕

【校注】

〔一〕詩貞元十九年八月在長安作。中書：中書省。《新唐書·百官志二》「中書省」：「（中書）舍人六人，正五品上，掌侍進奏，參議表章。」崔舍人：崔邠。《舊唐書》本傳：「邠少舉進士，又登賢良方正科。貞元中，授渭南尉，遷拾遺、補闕……以兵部員外郎知制誥，至中書舍人。」權德輿《酬崔舍人閣老冬至日宿直省中奉簡兩掖閣老並見示》詩自注：「十月中，崔閣老正拜本官，德輿正除禮部。」崔閣老，即崔邠，據《舊唐書·權德輿傳》，權德輿貞元十八年正除禮部侍郎，崔邠爲中書舍人與之同時。劉禹錫《唐故朝散大夫檢校尚書吏部郎中兼御史中丞賜紫金魚袋清河縣開國男贈太師崔公（倕）神道碑》：「永貞初，順宗踐祚……長子邠時爲詞臣，草册書。」知崔邠自貞元十八年至永貞元年在中書舍人任。貞元十九年秋，劉禹錫官渭南主簿，韓愈官四門博士，均在長安，故得與崔邠唱和。崔邠原詩已佚。《韓昌黎集》卷八有《和崔舍人詠月二十韻》詩，當是同和之作。舊注云：「舍人，崔群也。公元和七年以職方員外郎下遷國子博士，此詩其年八月作，故落句云：『獨有虞庠客，無由拾落蓂。』」按韓愈「三爲博士」，難以據「虞庠客」之語斷此詩必作於元和七年。且元和七年韓愈乃貶國子博士分司東都（參見卷二《寄楊八拾遺》注），身在洛陽，劉禹錫則被貶在朗州，均不可能與長安崔群唱和。韓、劉二詩都無遷謫意，亦與二人當時處境不合，故崔舍人非崔群。

〔二〕中秋：農曆八月十五日。《曲洧舊聞》卷八：「中秋玩月，不知起何時。考古人賦詩，則始於杜子美……以後班班形於篇什。前乎杜子，想已然也，第以賦詠不著見於世耳。……玩月盛於中秋，其在開元以後乎！」

〔三〕陰靈：月。《文選》謝莊《月賦》：「日以陽德，月以陰靈。」李善注引《春秋感精符》：「月者，陰之精。」望：指月滿。《釋名》卷一：「望，月滿之名也。月大十六日，小十五日，日在東，月在西，遥相望也。」

〔四〕精：光彩。此句《全唐詩》作「浮精離碧海」。

〔五〕分照：謂日月分别於晝夜照耀。孟郊《石淙》：「日月互分照。」虞淵：神話中日落處。《淮南子·天文》：「日……至於虞淵，是謂黄昏。」

〔六〕孤輪：喻月。張若虚《春江花月夜》：「江天一色無纖塵，皎皎空中孤月輪。」

〔七〕倚蓋：傾斜的蓋笠，喻指天穹。《晉書·天文志上》：「古言天者有三家，一曰蓋天……其言天似蓋笠。」又引《周髀》家之説云：「天之居如倚蓋。故極在人北，是其證也。極在天之中，而今在人北，所以知天之形如倚蓋也。」

〔八〕二儀：指天地。曹植《惟漢行》："太極定二儀，清濁始以形。"澈：《叢刊》本、《文苑英華》作"潔"。

〔九〕澄鮮：晶瑩澄澈貌。謝靈運《登江中孤嶼》："雲日相輝映，空水共澄鮮。"

〔一〇〕御：駕車，此指車駕。古代神話中有月御望舒。《楚辭·離騷》："前望舒使先驅兮。"王逸注："望舒，月御也。"西陸：指秋天。《初學記》卷一引《漢書》："立秋，秋分，（月）行西方白道，曰西陸。"

〔一一〕舒：舒展，散布。上玄：天。揚雄《甘泉賦》："惟漢十世，將郊上玄。"

〔一二〕從星：《書·洪範》："月之從星，則以風雨。"傳："月經於箕則多風，離於畢則多雨。"

〔一三〕順日：《晉書·天文志中》："日爲太陽之精，主生養恩德，人君之象也。……月爲太陰之精，以之配日，女主之象也。"陶甄：造就，治理。甄，陶工製器所用轉輪，喻化育萬物或治理國家。

〔一四〕運行：《易·繫辭上》："日月運行，一寒一暑。"調玉燭：調和氣候。《爾雅·釋天》："四氣和謂之玉燭。"

〔一五〕金天：秋天。陰陽五行家以金代表西方，於時爲秋，其色尚白。《禮記·月令》："孟秋之月……其神少皞。"鄭玄注："少皞，金天氏。"

〔一六〕曲沼：曲折迂回的池塘。瑶鏡：玉鏡。

〔一七〕通衢：四達的大道。象筵：象牙席。

〔一八〕冰雪：謂仙人。《莊子·逍遥游》：「藐姑射之山有神人居焉，肌膚若冰雪，淖約若處子。」

〔一九〕境：《文苑英華》、《全唐詩》作「景」。

〔二〇〕引素：謂月光流布。素，白色生絹，此以喻月光。吞銀漢：使天河暗淡無光。

〔二一〕皋禽：棲息於沼澤地的鳥類，指鶴。《文選》謝莊《月賦》：「聆皋禽之夕聞。」李善注：「《詩》曰：『鶴鳴九皋。』皋禽，鶴也。」《藝文類聚》卷九〇引《風土記》：「鳴鶴戒露。此鳥性警，至八月白露降，流於草上，滴滴有聲，因即高鳴相警，移徙所宿處，慮有變害也。」

〔二二〕杵：擣衣棒槌。秋日，婦女爲在外的游子或征人趕製寒衣，故杵聲勾人思親之情。李白《子夜吴歌四首》其三：「長安一片月，萬户擣衣聲。秋風吹不盡，總是玉關情。」錢起《樂游原晴望上中書李侍郎》：「千家砧杵共秋聲。」

〔二三〕還珠浦：《後漢書·孟嘗傳》：「還合浦太守，郡不産穀實，而海出珠寶。……先時宰守並多貪穢，詭人採求，不知紀極，珠遂漸徙於交阯郡界。……嘗到官，革易前敝，求民病利。曾未踰歲，去珠復還，百姓皆反其業。」

〔二四〕種玉田：《搜神記》卷一一：「楊公伯雍……性篤孝，父母亡，葬無終山，遂家焉。……有一人就飲，以一斗石子與之，使至高平好地有石處種之，云『玉當生其中』。……有徐氏者，右北平著姓，女甚有行，時人求，多不許。……公至所種玉田中，得白璧五雙以聘，徐氏大驚，遂以女妻公。天子聞而異之，拜爲大夫，乃於種玉處四角作大石柱，各一丈，中央一頃地名曰『玉田』。」

〔二五〕三尺：劍的長度。《史記·高祖本紀》載劉邦語：「吾以布衣提三尺劍取天下，此非天命乎！」

〔二六〕九枝：古代燈燭有一莖九枝者。沈約《傷美人賦》：「陳九枝之華燭。」然：燃本字。

〔二七〕象外：此指天外。行：《文苑英華》、《全唐詩》作「形」。無跡：《老子》上篇：「善行無轍跡。」王弼注：「順自然而行，不造不始，故物得至，而無轍跡也。」

〔二八〕寰中：謂人世間。自：原作「有」，《文苑英華》校「《雜詠》作自」，《全唐詩》校「一作自」，據改。

〔二九〕稍：已。《詩詞曲語辭匯釋》卷二：「稍，已也，既也。」駱賓王《樂大夫挽詞》：「城郭猶疑是，原陵稍覺非。」雲闕：高聳入雲的宮觀。唐代大明宮含元殿前有棲鳳、翔鸞二闕，見《唐語林》卷八。

〔三〇〕未映：疑爲「來映」之誤。斗城：漢長安城的别名。《三輔黄圖》卷一：「惠帝元年正月，初城長安城……城南爲南斗形，北爲北斗形，至今人呼漢京城爲『斗城』是也。」

〔三一〕宸翰：御筆。中書舍人職掌制誥，代草王言，故云。

〔三二〕襞：摺疊。襞彩牋，謂摺紙題詩。劉禹錫《樂天寄憶舊游因作報白君以答》：「酒酣襞箋飛逸韻，至今傳在人人口。」

〔三三〕牛渚：山名，在今安徽省當塗縣西北，臨長江。《世説新語·文學》劉孝標注引《續晉陽秋》：

「（袁）虎少有逸才，文章絶麗，曾爲《詠史詩》，是其風情所寄。少孤而貧，以運租爲業。鎮西謝尚，時鎮牛渚，乘秋佳風月，率爾與左右微服泛江，會虎在運租船中諷詠，聲既清會，辭文藻拔，非尚所曾聞，遂住聽之，乃遣問訊。答曰：『是袁臨汝郎誦詩，即其詠史之作也。』尚佳其率有勝致，即遣要迎，談話申旦，自此名譽日茂。」

〔三四〕鳳池：指中書省。《通典》卷二一：「魏、晉以來，中書監、令掌贊詔命，記會時事，典作文書。以其地在樞近，多承寵任，是以人固其位，謂之鳳凰池焉。」《晉書·荀勖傳》：「以勖守尚書令。勖久在中書，專管機事。及失之，甚罔罔悵恨。或有賀之者，勖曰：『奪我鳳皇池，諸君賀我邪！』」

〔三五〕掩：超過。安道：東晉隱士戴逵字。《世説新語·任誕》：「王子猷居山陰，夜大雪，眠覺，開室，命酌酒。四望皎然，因起彷徨，詠左思《招隱詩》，忽憶戴安道，時戴在剡，即便夜乘小船就之。經宿方至，造門不前而返。人問其故，王曰：『吾本乘興而行，興盡而返，何必見戴？』」子猷，王徽之字。

〔三六〕仲宣：漢末、三國時文學家王粲字。謝莊《月賦》假託陳王曹植命王粲作賦以發端，首云：「陳王初喪應劉，端憂多暇……悄焉疚懷，不怡中夜。……於時……白露曖空，素月流天，沈吟齊章，殷勤陳篇，抽毫進牘，以命仲宣。」

〔三七〕紙貴：《晉書·左思傳》：「造《齊都賦》，一年乃成，復欲賦三都。……賦成……豪貴之家，競相傳寫，洛陽爲之紙貴。」

〔三八〕陳篇：《文選》謝莊《月賦》：「殷勤陳篇。」李善注引《詩·陳風·月出》「月出皦兮，佼人僚兮」句以釋之。此以「陳篇」指代前人的詠月詩。

【集評】

何焯曰：爲韻所牽，頗有複者。（卞孝萱《劉禹錫詩何焯批語考訂》）

李因培曰：〔二儀〕聯氣象峻朗，與古辭「陽春布德澤，萬物生光輝」同意。（《唐詩觀瀾集下》卷三三）

【附録】

和崔舍人詠月二十韻　韓　愈

三秋端正月，今夜出東溟。對日猶分勢，騰天漸吐靈。未高烝遠氣，半上霽孤形。赫奕當躔次，虚徐度杳冥。長河晴散霧，列宿曙分螢。浩蕩英華溢，蕭疏物象泠。池邊臨倒照，檐際送横經。花樹參差見，皋禽斷續聆。牖光窺寂寞，砧影伴娉婷。幽坐看侵户，閑吟愛滿庭。輝斜通壁練，彩碎射沙星。清潔雲間路，空涼水上亭。浄堪分顧兔，細得數飄萍。山翠相凝緑，林烟共冪青。過隅驚桂側，當午覺輪停。屬思摛霞錦，追歡罄縹瓶。郡樓何處望？隴笛此時聽。右掖連台座，重門限禁扃。風臺觀滉漾，冰砌步青熒。獨有虞庠客，無由拾落蓂。（《韓昌黎集》卷八）

許給事見示哭工部劉尚書詩因命同作〔一〕

漢室賢王後，〔二〕從叔望在河間。孔門高第人。〔三〕濟時成國器，〔四〕樂道任天真。〔五〕特達圭無玷，〔六〕堅貞竹有筠。〔七〕總戎寬得衆，〔八〕市義貴能貧。〔九〕護塞無南牧，〔一〇〕馳心拱北辰。〔一一〕乞身來闕下，〔一二〕賜告卧漳濱。〔一三〕榮耀初題劍，〔一四〕清羸已拕紳。〔一五〕宮星徒列位，〔一六〕隙日不回輪。〔一七〕自昔追飛侶，〔一八〕今爲侍從臣。素紘哀已絶，〔一九〕青簡嘆猶新。〔二〇〕未遂揮金樂，〔二一〕空悲撤瑟晨。〔二二〕淒涼竹林下，〔二三〕無復見清塵。〔二四〕從叔自渭北節度以疾歸朝，比及拜尚書，竟不克中謝。

【校注】

〔一〕詩貞元二十年正月在長安作。給事：給事中，屬門下省。《新唐書·百官志二》「門下省」：「給事中四人，正五品上。掌侍左右，分判省事，察弘文館繕寫讎校之課。」許給事，許孟容，字公範。《舊唐書·許孟容傳》：「少以文詞知名，舉進士甲科。……貞元初，徐州節度使張建封辟爲從事，四遷侍御史。……十四年，轉兵部郎中。未滿歲，遷給事中。貞元末，改太常少卿。」工部：尚書省六部之一。《新唐書·百官志一》「尚書省工部」：「尚書一人，正三品。……掌山澤、屯田、工匠、諸司公廨紙筆墨之事。」劉尚書，劉公濟。柳宗元《先君石表陰先友記》：

「劉公濟，河間人。寬厚碩大，與物無忤。爲渭北節度，入爲工部尚書，卒。」《舊唐書·德宗紀下》：貞元二十年正月「己亥，以鄜坊丹延節度使劉公濟爲工部尚書」。詩自注云劉「拜尚書，竟不克中謝」，當即卒於此年正月。許孟容原詩已佚。

〔二〕漢室賢王：指西漢劉德。《史記·五宗世家》：「河間獻王德……好儒學，被服造次必於儒者。山東諸儒多從之游。」《元和姓纂》卷五「劉氏」：「河間，代爲部落大人。……公濟，工部尚書。」據卞孝萱考證，劉公濟爲匈奴族人，占籍洛陽，河間（今屬河北）是其假冒的郡望，詳見《南開大學學報（社科版）》一九七七年第三期卞孝萱《關於劉禹錫的氏族籍貫問題》。

〔三〕孔門：孔子之門。高第：傑出而名列前茅者。《史記·禮書》：「自子夏，門人之高第也。」索隱：「言子夏是孔子門人之中高第者，謂才優而品第高也。」

〔四〕濟：救助。國器：《漢書·韓安國傳》：「唯天子以爲國器。」師古曰：「言其器用重大，可施於國政也。」

〔五〕樂道：樂守聖賢之道。《論語·學而》「貧而樂」集解：「鄭曰：『樂』謂志於道，不以貧爲憂苦。」《後漢書·韋彪傳》：「安貧樂道，恬於進趣。」天真：真率自然的本性。王維《偶然作》：「陶潛任天真。」

〔六〕特達：見前《華山歌》注。圭：古代玉製禮器，上尖下方。玷：玉的缺陷。《詩·大雅·抑》：「白圭之玷，尚可磨也。」

〔七〕筠：竹的青皮。《禮記·禮器》：「其在人也，如竹箭之有筠也，如松柏之有心也……貫四時而不改柯易葉。」

〔八〕總戎：統率軍隊。《舊唐書·德宗紀下》：貞元十八年十一月「丙辰，以同州刺史劉公濟爲鄜州刺史、鄜坊丹延節度使」。得衆：謂衆心歸附。《論語·陽貨》：「寬則得衆。」

〔九〕市義：《戰國策·齊策四》載馮諼爲孟嘗君收債於薛，臨行問「何市而反」，孟嘗君曰：「視吾家所寡有者。」馮諼長驅到齊，晨而求見，孟嘗君怪其疾，問「以何市而反」，馮諼曰：「竊以爲君市義。……今君有區區之薛，不拊愛子其民，因而賈利之。臣竊矯君命，以責賜諸民，因燒其券，民稱萬歲，乃臣所以爲君市義也。」

〔一〇〕護塞：保衛邊塞。南牧：謂南侵。賈誼《過秦論》：「胡人不敢南下而牧馬，士不敢彎弓而報怨。」安史亂後，鄜坊成爲防禦吐蕃、回紇入侵的前綫。

〔一一〕北辰：北極星，代指君主。《論語·爲政》：「爲政以德，譬如北辰，居其所而衆星共之。」

〔一二〕乞身：封建官吏委身事君，故稱因老病等請求免去所任官職爲「乞身」或「乞骸骨」。

〔一三〕賜告：給假。告，告假。卧漳濱：謂卧病。漳，水名，在今晉、冀、豫三省交界處，有清漳水、濁漳水。劉楨《贈五官中郎將》：「余嬰沈痼疾，竄身清漳濱。」

〔一四〕題劍：謂爲工部尚書。《後漢書·韓棱傳》：「五遷爲尚書令，與僕射郅壽、尚書陳寵，同時俱以才能稱。肅宗嘗賜諸尚書劍，惟此三人特以寶劍，自手署其名曰：『韓棱楚龍淵，郅壽蜀漢文，陳寵濟南椎成。』」

〔一五〕清羸：消瘦貌。拕紳：謂爲朝官。拕，同拖。紳，束衣大帶，束於腰間，餘者下垂以爲飾。《論語・鄉黨》：「加朝服拖紳。」

〔一六〕「宫星」句：謂劉公濟空有尚書之名，實未到任。古人以尚書省六部尚書上應文昌宫六星。《史記・天官書》：「斗魁戴匡六星曰文昌宫。」

〔一七〕隙日：過隙之日，猶隙駒、隙電，形容人生短促，轉瞬即逝。此句婉言劉公濟之死。

〔一八〕自昔：《文苑英華》作「昔自」。追飛：追隨飛翔。謝朓《始之宣城郡》：「振鷺徒追飛，群龍難隸齒。」追飛侣，及下「侍從臣」，指許孟容、權德輿等。權德輿有《哭劉四尚書》十二韻詩，亦用真韻，爲同和許孟容之作，見附録。

〔一九〕素絃：白色琴絃。《吕氏春秋・本味》：「伯牙鼓琴，鍾子期聽之。方鼓琴而志在太山，鍾子期曰：『善哉乎鼓琴，巍巍乎若太山。』少選之間，而志在流水，鍾子期又曰：『善哉乎鼓琴，湯湯乎若流水。』鍾子期死，伯牙破琴絶絃，終身不復鼓琴，以爲世無足復爲鼓琴者。」

〔二〇〕青簡：竹簡，此指劉公濟的著作。《後漢書・吴祐傳》：「殺青簡以寫經書。」注：「殺青者，以火炙簡令汗，取其青易書，復不蠹。」

〔二一〕揮金樂：指年老退休生活的快樂。《漢書・疏廣傳》載：疏廣爲太子太傅，廣兄子疏受爲太子少傅，父子並爲師傅，朝廷以爲榮。在位五歲，上疏乞骸骨。上以其年篤老，皆許之，加賜黃金二十斤，皇太子贈以五十斤。「廣既歸鄉里，日令家共具設酒食，請族人故舊賓客，與相娛樂。數問其家金餘尚有幾所，趣賣以共具。」人或勸其爲子孫置産業。廣曰：「此金者，聖主所以惠養老臣也，故樂與鄉黨宗族共饗其賜，以盡吾餘日，不亦可乎！」

〔二〕撤瑟：撤去琴瑟等樂器，死的婉詞。《禮記·曲禮下》：「有疾病者，齋徹琴瑟。」徹，通撤。任昉《出郡傳舍哭范僕射》：「寧知安歌日，非君撤瑟晨。」

〔三〕竹林：《三國志·魏書·王粲傳》注引《魏氏春秋》：「（嵇）康寓居河内之山陽縣……與陳留阮籍、河内山濤、河南向秀、籍兄子咸、琅琊王戎、沛人劉伶相與友善，游於竹林，號爲七賢。」《晉書·阮咸傳》：「咸任達不拘，與叔父籍爲竹林之游，當世禮法者譏其所爲。」劉公濟乃禹錫從叔，故以二阮竹林之游相比。

〔四〕清塵：代指尊者。《文選》盧諶《與劉琨書》：「自奉清塵，於今五稔。」李善注：「《楚辭》曰：『聞赤松之清塵。』然行必塵起，不敢指斥尊者，故假塵以言之。言清，尊之也。」

【附録】

哭劉四尚書 原注：勒於碑陰。　　權德輿

士友惜賢人，天朝喪守臣。才華推獨步，聲氣幸相親。理析寰中妙，儒爲席上珍。笑言成月旦，風韻挹天真。丹地膺推擇，青油寄撫循。豈言朝象魏，翻是卧漳濱。命賜龍泉重，追榮密印陳。撤絃驚物故，庀具見家貧。牢落風悲笛，汍瀾涕泣巾。只嗟蒿里月，非復柳營春。黄絹碑文在，青松隧

路新。音容無處所，歸作北邙塵。（《全唐詩》卷三二六）

送工部張侍郎入蕃弔祭〔一〕 時張兼修史。

月窟賓諸夏，〔二〕雲官降九天。〔三〕飾終鄰好重，〔四〕錫命禮容全。〔五〕水咽猶登隴，〔六〕沙鳴稍極邊。〔七〕路因乘馹近，〔八〕志爲飲冰堅。〔九〕毳帳差池見，〔一〇〕烏旗摇曳前。〔一一〕歸來賜金石，〔一二〕榮耀自編年。〔一三〕

【校注】

〔一〕詩貞元二十年五月在長安作。工部侍郎：尚書省工部的副長官。《新唐書·百官志一》「尚書省工部」：「侍郎一人，正四品下。」蕃：吐蕃，唐西南藩屬國，建都邏些（今西藏自治區拉薩市），君長爲贊普。張侍郎：張薦。《舊唐書》本傳：「（貞元）二十年，吐蕃贊普死，以薦爲工部侍郎、兼御史大夫，充入吐蕃弔祭使。涉蕃界二千餘里，至赤嶺東被病，殁於紇壁驛，吐蕃傳其柩以歸。」同書《德宗紀下》：貞元二十年五月「乙亥，以史館修撰、秘書監張薦爲工部侍郎，兼御史大夫，充入吐蕃弔祭使」。

〔二〕月窟：指極西之地。《文選》揚雄《長楊賦》：「西厭月𩨍。」李善注：「服虔曰：𩨍，音窟，月所生也。」賓：賓服，來朝。諸夏：指中國。《論語·八佾》：「夷狄之有君，不如諸夏之亡也。」

〔三〕雲官：指中國的官員。《左傳·昭公十七年》：「昔者黄帝氏以雲紀，故爲雲師而雲名。」注：「黄帝受命有雲瑞，故以雲紀事，百官師長皆以雲爲名號。」九天：天最高處，指長安朝廷。

〔四〕飾終：給予死者以尊榮。《隋書·豆盧毓傳》載隋煬帝詔：「褒顯名節，有國通規，加等飾終，抑推令典。」鄰好：鄰邦交好。

〔五〕錫命：天子給予諸侯及臣下爵服等的賞命。《易·師》：「王三錫命，懷萬邦也。」疏：「以其有功，能招懷萬邦，故被王三錫命也。」

〔六〕咽：嗚咽，形容水聲。隴：山名，在今陝西省隴縣西北陝、甘二省交界處。《元和郡縣圖志》卷二「隴州汧原縣」：「隴山，在縣西六十二里。」古樂府《隴頭歌》：「隴頭流水，鳴聲嗚咽。遥望秦川，肝腸斷絶。」

〔七〕沙鳴：指鳴沙山，在今甘肅省敦煌市。《元和郡縣圖志》卷四〇「沙州敦煌縣」：「鳴沙山，一名神沙山，在縣南七里。今按其山積沙爲之，峰巒危峭，逾於山石。四面皆爲沙壠，背有如刀刃，人登之即鳴，隨足頽落。經宿風吹，輒復如舊。」稍：已經。

〔八〕馹：驛馬。乘車曰傳，乘馬曰馹。

〔九〕飲冰：指爲王事憂心。《莊子·人間世》載葉公子高將使於齊，云：「今吾朝受命而夕飲冰，我其内熱與！」郭象注：「飲冰者，誠憂事之難。」

〔一〇〕毳帳：毛氈帳幕。毳，鳥獸細毛。《舊唐書·吐蕃傳上》：「貴人處於大氈帳，名爲拂廬。」差池：猶參差，不齊貌。

〔一二〕鳥旗：繪有鳥隼圖案的旗幡，用作使者的前導。《周禮·春官·司常》：「鳥隼爲旟。」鳥，劉本、《全唐詩》作「烏」。

〔一三〕賜金石：謂紀其功勞。金，鐘鼎之屬；石，碑碣之屬，均用以銘德紀功。陸機《文賦》：「被金石而德廣。」

〔一三〕編年：謂書於史册。《公羊傳·隱公六年》：「《春秋》編年。」《舊唐書·張薦傳》：「薦少精史傳，……自拾遺至侍郎，僅二十年，皆兼史館修撰。」故云「自編年」。

【附録】

送張曹長工部大夫奉使西蕃　權德輿

殊鄰覆露同，奉使小司空。西候車徒出，南臺節印雄。弔祠將渥命，導驛暢皇風。故地山河在，新恩玉帛通。塞雲凝廢壘，關月照驚蓬。青史書歸日，翻輕五利功。（《全唐詩》卷三二三）

監祠夕月壇書事〔一〕其禮用書。

西皞司分晝夜平，〔二〕羲和亭午太陰生。〔三〕鏗鏘揖讓秋光裏，〔四〕觀者如雲出鳳城。〔五〕

【校注】

〔一〕詩貞元二十年八月在長安作。監祠：監察祭祀。柳宗元《監祭使壁記》：「唐《開元禮》：凡大祠若干，中祠若干，咸以御史監視，祠官有不如儀者以聞。其刻印移書，則曰監祭使。……舊以監察御史之長居是職。貞元十九年十二月，御史多缺，予班在三人之下，進而領焉。明年，中山劉禹錫始復舊制。」月壇：祭月的壇場。《舊唐書・禮儀志四》：「春分，朝日於國城之東；秋分，夕月於國城之西。」時劉禹錫爲監察御史兼監祭使，故監祭月事。

〔二〕西皞：即少皞金天氏，爲西方及秋天之神。平：平分。秋分晝夜長短相等，其後夜漸長，晝漸短。《禮記・月令・仲秋之月》：「其帝少皞……是月也，日夜分。」

〔三〕羲和：爲日神駕車的御者。亭午：正午。《文選》孫綽《游天台山賦》：「羲和亭午。」李善注：「王逸曰：羲和，日御也。午，日中。」太陰：指月。《説文解字》卷七：「月，太陰之精。」

〔四〕鏗鏘：此指行禮時所佩玉器的撞擊聲。揖讓：指祭祀時周旋進退的禮儀活動。秋光，《叢刊》本作「秋風」。

〔五〕如雲：盛貌。《詩・齊風・敝笱》：「齊子歸止，其從如雲。」鳳城：指長安，見前《洛中送楊處厚入關便游蜀謁韋令公》注。

和武中丞秋日寄懷簡諸僚故〔一〕

退朝還公府，〔二〕騎吹息繁音。〔三〕吏散秋庭寂，烏啼煙樹深。〔四〕威生奉白簡，〔五〕道勝外華簪。〔六〕風物清遠目，〔七〕功名懷寸陰。〔八〕雲衢念前侶，〔九〕綵翰寫沖襟。〔一〇〕涼菊照幽援，〔一一〕敗荷攢碧潯。〔一二〕感時江海思，〔一三〕報國松筠心。〔一四〕空愧壽陵步，〔一五〕芳塵何處尋。

【校注】

〔一〕詩貞元二十年秋在長安作。中丞：御史中丞，御史臺副長官。《新唐書·百官志三》「御史臺」：「中丞二人，正四品下。大夫掌以刑法典章糾正百官之罪惡，中丞爲之貳。」武中丞：武元衡。《舊唐書》本傳：「進士登第，累辟使府，至監察御史。後爲華原縣令。……德宗知其才，召授比部員外郎。一歲，遷左司郎中。……貞元二十年，遷御史中丞。」《柳河東集》卷四〇有《祭李中丞文》，貞元二十年五月爲祭中丞李汶作，武元衡當爲李汶繼任。據柳文，時在御史臺者有侍御史王播，殿中侍御史穆贊、馮邈，監察御史韓泰、范傳正、劉禹錫、柳宗元，監察御史裏行李程等，當即詩中所云臺中「僚故」。

〔二〕公府：公署，指御史臺。

〔三〕騎吹：儀仗隊中的騎馬樂隊。

〔四〕烏啼：《漢書·朱博傳》：「是時御史府吏舍百餘區……府中列柏樹，常有野烏數千棲宿其上，晨去暮來，號曰『朝夕烏』。」

〔五〕奉：捧本字。白簡：指彈劾的章奏。《晉書·傅玄傳》：「泰始四年，以爲御史中丞。……玄天性峻急，不能有所容。每有奏劾，或值日暮，捧白簡，整簪帶，竦踴不寐，坐而待旦。於是貴游懾伏，臺閣生風。」

〔六〕外：疏遠。華簪：華美的冠簪，代指功名富貴。簪，用以束髮加冠者。陶潛《和郭主簿》：「此事真復樂，聊用忘華簪。」

〔七〕清：原作「情」，據《叢刊》本、《全唐詩》改。

〔八〕寸陰：短暫的時間。《淮南子·原道》：「聖人不貴尺之璧而重寸之陰，時難得而易失也。」《晉書·陶侃傳》：「常語人曰：『大禹聖者，乃惜寸陰，至於衆人，當惜分陰。豈可逸游荒醉，生無益於時，死無聞於後，是自棄也。』」

〔九〕雲衢：天上大路，喻仕宦顯達。

〔一〇〕彩翰：彩筆。《南史·江淹傳》：「嘗宿於冶亭，夢一丈夫，自稱郭璞，謂淹曰：『吾有筆在卿處多年，可以見還。』淹乃探懷中，得五色筆一以授之。爾後爲詩，絶無美句，時人謂之才盡。」沖襟：淡泊襟懷。

〔一一〕援：籬笆。《文選》謝靈運有《田南樹園激流植援一首》，張銑注：「引流水種木爲援，如牆院也。援，衛也。」援，劉本、馮校作「院」，《全唐詩》作「徑」。

〔一二〕潯：水邊。御史臺府中有荷池，見卷七《酬楊八庶子喜韓吴興與予同遷見贈》自注。

〔一三〕江海思：隱逸之思。《莊子·刻意》：「就藪澤，處閒曠，釣魚閒處，無爲而已矣，此江海之士、避世之人，閒暇者之所好也。」

〔一四〕松筠心：松竹堅貞之心，見前《許給事見示哭工部劉尚書詩因命同作》注。

〔一五〕壽陵：戰國燕邑。《莊子·秋水》：「且子獨不聞夫壽陵餘子之學步於邯鄲與？未得國能，又失其故行矣，直匍匐而歸耳。」李白《古風》：「壽陵失本步，笑殺邯鄲人。」「壽陵」二句，禹錫自謂。

【集評】

何焯曰：外集第五卷，大抵少作，猶是貞元詩人風格，未能以雄奇豪，或有不得已而牽率屬和，詩雖工而非士胸懷本趣者亦作焉。今編次雜亂，則失作者之意矣。（《劉禹錫詩何焯批語考訂》）

【附録】

秋日臺中寄懷簡諸僚　武元衡

憲府日多事，秋光照碧林。干雲巖翠合，布石地苔深。憂悔耿遐抱，塵埃緇素襟。物情牽跼促，友道曠招尋。頹節風霜變，流年芳景侵。池荷足幽氣，煙竹又繁陰。簪組赤墀戀，池魚滄海心。滌煩滯幽賞，永度瑶華音。（《全唐詩》卷三一七）

奉和武中丞秋日臺中寄懷簡諸僚友　原注：時西蕃使回，奉命追和。　吕温

聖朝思紀律，憲府得中（忠）賢。指顧風行地，儀形月麗天。不仁恒自遠，爲政復何先。虚室唯生白，閒情（一作門）卻草玄。迎霜紅葉早，過雨碧苔鮮。魚樂翻秋水，烏聲隔暮煙。舊游多絶席，感物遂成篇。更許窮荒谷（客），追歌白雪前。（《全唐詩》卷三七〇）

逢王二十學士入翰林因以詩贈〔一〕時貞元二十年，王以藍田尉充學士。

厩馬翩翩禁外逢，〔二〕星槎上漢杳難從。〔三〕定知欲報淮南詔，〔四〕促召王褒入九重。〔五〕

【校注】

〔一〕詩貞元二十年十一月作。王二十：王涯。《舊唐書》本傳：「王涯字廣津……貞元八年進士擢第，登宏辭科，釋褐藍田尉。二十年十一月，召充翰林學士。」二十，原作「十二」，據《叢刊》本改。王涯行二十，參見岑仲勉《唐人行第録》。翰林：翰林院，官署名。《新唐書·百官志一》：「學士之職，本以文學言語被顧問，出入侍從，因得參謀議、納諫諍，其禮尤寵；而翰林院者，待詔之所也。……玄宗初置『翰林待詔』，以張説、陸堅、張九齡等爲之，掌四方表疏批答、應和文章。既而又以中書務劇，文書多壅滯，乃選文學之士，號『翰林供奉』，與集賢院學士分掌制詔書敕。開元二十六年，又改翰林供奉爲學士，别置學士院，專掌内命。凡拜免將相、號令征伐，皆用白麻。其後，選用益重，而禮遇益親，至號爲『内相』，又以爲天子私人。凡充其職者無定員，自諸曹尚書下至校書郎，皆得與選。」

〔二〕厩馬：御厩中馬。李肇《翰林志》：學士入院，「飛龍司借馬一匹」。元稹《奉和浙西大夫李德裕述夢四十韻》自注：「學士初入，例借飛龍馬。」禁外：宫外。《三輔黄圖》卷六：「漢宫中謂之禁中，謂宫中門閤有禁，非侍衛通籍之臣，不得妄入。」

〔三〕槎：水中浮木。漢：天河。《博物志》卷一〇：「舊説云天河與海通。近世有人居海渚者，年年八月有浮槎去來，不失期。人有奇志，立飛閣於槎上，多賫糧，乘槎而去。十餘日中，猶觀星月日辰，自後茫茫忽忽，亦不覺晝夜。去十餘日，奄至一處，有城郭狀，屋舍甚嚴。遥望宫中多織婦，見一丈夫牽牛渚次飲之。……竟不上岸，因還如期。後至蜀，問嚴君平，曰：『某年月日，有客星犯牽牛宿。』計年月，正是此人到天河時也。」李肇《翰林志》：「時以居翰林皆謂凌玉清、遡紫霄，豈止於登瀛州哉！」

〔四〕淮南：西漢王國名。此指淮南王劉安。《漢書·淮南王傳》：「淮南王安爲人好書……時武帝方好藝文，以安屬爲諸父，辯博善爲文辭，甚尊重之。每爲報書及賜，常召司馬相如等視草乃遣。」

〔五〕王褒：西漢著名文學家，《漢書》有傳。此借指王涯。九重：指宫中。《楚辭·九辯》：「豈不鬱陶而思君兮？君之門以九重。」

【集評】

胡仔曰：《西齋話紀》云：「古人作詩……引用故事，多以事淺語熟，更不思究，率爾用之，往往有誤。如李商隱《路逢王二十入翰林》詩云：『定知欲報淮南詔，急召王褒入九重。』漢武帝以淮南王善文辭，尊重之，每爲報書，常召司馬相如視草乃遣。王褒自是宣帝時人。」……苕溪漁隱曰：《路逢王二十入翰林》詩，乃劉夢得詩，非李商隱詩也。（《苕溪漁隱叢話》前集卷四〇）

廣宣上人寄在蜀與韋令公唱和詩卷因以令公手札答詩相示〔一〕

碧雲佳句久傳芳，〔二〕曾向成都住草堂。〔三〕振錫常過長者宅，〔四〕披文猶帶令公香。〔五〕一時風景添詩思，八部人天入道場。〔六〕若許相期同結社，〔七〕吾家本自有柴桑。〔八〕

【校注】

〔一〕詩貞元末在長安作。廣宣：詩僧，蜀人。元和、長慶兩朝，以詩爲内供奉，曾居長安興善寺，又居安國寺紅樓院。著有《紅樓集》，已佚。楊巨源有《送定法師歸蜀法師即紅樓院供奉廣宣上人兄弟》、《春雪題興善寺廣宣上人竹院》等詩，白居易有《廣宣上人以應制詩見示因以贈之詔許上人居安國寺紅樓院以詩供奉》詩，當時詩人李益、令狐楚、王起、元稹、張籍、雍陶等均有與廣宣唱和詩。《全唐詩》卷八二三「廣宣小傳」稱廣宣俗姓廖，實誤，參見本書卷八《謝淮南廖參謀秋夕見過之作》詩注。上人：對僧人的敬稱。韋令公：韋臯，參見前《洛中送楊處厚入關便游蜀謁韋令公》注。廣宣與韋臯唱和詩已佚。相示：原作「示之」，據《叢刊》本改。蓋廣宣寄在蜀與韋臯唱和詩並以韋臯手書答詩示禹錫，故劉詩有「披文猶帶令公香」之語。

〔二〕碧雲佳句：指南朝詩僧湯惠休詩句，此以比廣宣。《文選》江淹《雜體詩·休上人》：「日暮碧雲合，佳人殊未來。」李善注：「沈約《宋書》曰：『沙門惠休善屬文……世祖命使還俗。本姓湯，位至揚州從事。』」《苕溪漁隱叢話》前集卷四引《遁齋閑覽》：「《文選》有文通《擬古詩》三十首，如《擬休上人閨情詩》云『日暮碧雲合，佳人殊未來』，今人遂用爲休上人故事……誤也。」

〔三〕成都：府名，時爲劍南西川節度使治所，今屬四川省。草堂：杜甫在成都浣花溪有草堂，廣宣能詩，故借用此事。

〔四〕振錫：謂僧人出行。錫，錫杖，僧人所持，杖頭有錫環，行則振動有聲。長者：指年高德劭的人。《翻譯名義集》卷一八：「（長者）西方之豪族也。富商大賈，積財鉅萬，咸稱長者。此方則不然，蓋有德者之稱也。」

〔五〕令公香：《太平御覽》卷三〇七引習鑿齒《襄陽記》：「劉季和曰：『荀令君至人家，坐處三日香。』」漢末、三國荀彧曾官尚書令，人稱「荀令君」，見《三國志·魏書》本傳及注。此借指韋皋。

〔六〕八部：佛教語，指八類鬼神，即：一天、二龍、三夜叉、四乾闥婆、五阿修羅、六迦樓羅、七緊那羅、八摩睺羅伽，見《翻譯名義集》卷四《八部篇》。《妙法蓮華經·提婆達多品》：「天龍八部，人與非人，皆遥見彼龍女成佛，普爲時會人天説法。」道場：舉行宗教活動的壇場。

〔七〕結社：結成團體，此指佛教信徒結成的宗教團體。

〔八〕柴桑：漢縣名，在今江西省九江市西南。東晉劉程之曾官柴桑宰，與廬山僧釋慧遠等同結白蓮社。《蓮社高僧傳·慧遠傳》：「慧永、慧持……名儒劉程之……等，結社念佛，世號十八賢。……同修净土之業，造西方三聖像，建齋立誓。」

送王師魯協律赴湖南使幕〔一〕即永穆公之孫。

翩翩馬上郎，驅傳渡三湘。〔二〕橘樹沙洲暗，〔三〕松醪酒肆香。〔四〕素風傳竹帛，〔五〕高價聘琳琅。〔六〕楚水多蘭若，〔七〕何人事搴芳？〔八〕

【校注】

〔一〕詩貞元末在長安作。王師魯：元和末、長慶初在嶺南孔戣幕中，見元稹《授王師魯等嶺南判官制》及《南部新書》戊卷。原注謂師魯爲「永穆公之孫」。按史無王姓謚永穆者，疑脱一「主」字。永穆公主，玄宗女，下嫁王繇，見《新唐書·諸帝公主傳》及同書《王鉷傳》，其孫固得與禹錫同時。協律：協律郎。《新唐書·百官志三》「太常寺」：「協律郎二人，正八品上，掌和律吕。」湖南：唐方鎮名，設觀察使，大曆後治潭州，今湖南長沙。

〔二〕翩翩：風度優美貌。傳：驛車。三湘：湘水及其支流，諸説不同。《湖南通志》卷一三：「湘，猶相也，言有所合。至永州與瀟水合，曰瀟湘；至衡陽與烝水合，曰烝湘；至沅江與沅水合，曰沅湘：會衆流以達洞庭。」

〔三〕沙洲：指橘子洲。《太平寰宇記》卷一一四「潭州長沙縣」：「橘洲，在縣西南四里江中……上多美橘，故以爲名。」

〔四〕松醪：酒名。韓愈《潭州泊船呈諸公》：「聞道松醪賤，何須吝錯刀。」《太平廣記》卷一五二引

《德璘傳》：「鄭德璘家居長沙……好酒，長挈松醪春過江夏。」

〔五〕素風：清白家風。竹帛：竹簡與繒帛，均書寫工具，代指史册。

〔六〕高價：物之珍貴者。琳琅：美玉，喻美好才能。

〔七〕蘭若：蘭草和杜若，均香草名。若，《全唐詩》作「芷」。

〔八〕搴：摘取。《楚辭·九歌·湘夫人》：「沅有茝兮澧有蘭，思公子兮不敢言。」又：「搴汀洲兮杜若，將以遺兮遠者。」搴，劉本作「擷」。

春日退朝〔一〕

紫陌夜來雨，〔二〕南山朝下看。〔三〕戟枝迎日動，〔四〕閣影助松寒。瑞氣卷綃縠，〔五〕游光泛波瀾。御溝新柳色，〔六〕處處拂歸鞍。

【校注】

〔一〕此詩及下詩，充滿樂觀進取精神，情調與大和中長安詩作迥異，當貞元末、永貞初春日在長安作。

〔二〕紫陌：指京師街道。李白《南都行》：「高樓對紫陌，甲第連青山。」

〔三〕南山：終南山。《史記·夏本紀》正義引《括地志》：「終南山，……一名南山，……在雍州萬年縣南五十里。」《唐語林》卷八：「含元殿，蟠龍首岡以爲址。彤墀釦砌，高五十餘尺。……倚欄下視，南山如在掌中。」大明宮含元殿，乃皇帝受朝之所。

〔四〕戟：門戟。唐代有在宫殿、官署及達官第宅門前列戟之制。戟以木爲之，陳於門兩側架上，覆以戟衣，數目視尊卑等級而定。《唐會要》卷三二：「廟社門、宫殿門，每門各二十戟。」

〔五〕瑞氣：吉祥之氣。綃：絲織品。縠：縐紗。

〔六〕御溝：流經宫中的水流，其旁多植楊柳。《古今注》卷上：「長安御溝謂之楊溝，謂植高楊於其上也。」

【集評】

魏慶之曰：奇偉：「戟枝迎日動，閣影助松寒。」（《詩人玉屑》卷三《唐人句法》）

李因培曰：意興俱不如盛唐人，可以觀世變。（《唐詩觀瀾集》上卷七）

路傍曲〔一〕

南山宿雨晴，〔二〕春入鳳皇城。〔三〕處處聞絃管，無非送酒聲。

【校注】

〔一〕詩貞元末、永貞初春日在長安作。《路傍曲》：禹錫自創新題樂府。

〔二〕南山：終南山，見前詩注。宿雨：隔宿之雨。

〔三〕鳳皇城：即鳳城，指長安。

桃源行〔一〕

漁舟何招招，浮在武陵水。〔二〕拖綸擲餌信流去，〔三〕誤入桃源行數里。清源尋盡花綿綿，踏花覓逕至洞前。洞門蒼黑煙霧生，暗行數步逢虚明。〔四〕俗人毛骨驚仙子，〔五〕争來致詞何至此。須臾皆破冰雪顔，〔六〕笑言委曲問人間。因嗟隱身來種玉，〔七〕不知人世如風燭。〔八〕筵羞石髓勸客餐，〔九〕鐙爇松脂留客宿。〔一〇〕鷄聲犬聲遥相聞，曉光葱籠開五雲。〔一一〕漁人振衣起出户，滿庭無路花紛紛。翻然恐迷鄉縣處，〔一二〕一息不肯桃源住。〔一三〕桃花滿溪水似鏡，塵心如垢洗不去。仙家一出尋無蹤，至今水流山重重。

【校注】

〔一〕詩貞元中作。《桃源行》：新題樂府，取陶潛《桃花源記》中漁人誤入桃花源事爲名。今湖南省桃源縣有桃花源，相傳即漁人誤入桃花源之地。《輿地紀勝》卷六八「常德府」：「桃源山，在桃源縣南二十里。」其地有桃花源、秦人洞等。《劉賓客文集·外集》卷八《八月十五日夜桃源玩月》詩後附劉蒔題記：「叔父元和中徵昔事爲《桃源行》，後貶官武陵，復爲《玩月作》。」按劉禹錫「貶官武陵」在元和前之永貞中，故知文中「元和」實乃「貞元」之誤。

〔二〕招招：手呼貌。《詩·邶風·匏有苦葉》：「招招舟子。」武陵：郡名，東漢及晉時治臨沅（今湖南省常德市西），唐時爲朗州，治所在今湖南常德市。陶潛《桃花源記》：「晉太元中，武陵人捕魚爲業。緣溪行，忘路之遠近，忽逢桃花林，夾岸數百步，中無雜樹，芳草鮮美，落英繽紛。漁人甚異之，復前行，欲窮其林。林盡水源，便得一山。山有小口，髣髴若有光。」詩首六句隱括其事。《太平寰宇記》卷一一八「朗州武陵縣」：「黄聞山，《武陵記》云：昔有黄道真在此山側釣魚，因入桃花源。」

〔三〕綸：釣絲。

〔四〕虚明：開朗明亮。

〔五〕毛骨：毛髮骨格，此謂漁人是未能伐毛洗骨的凡夫俗子。仙子：指桃源中人。陶潛《桃花源記》：漁人「便捨船，從口入，初極狹，纔通人。復行數十步，豁然開朗。土地平曠，屋舍儼然，有良田美池桑竹之屬。阡陌交通，鷄犬相聞。其中往來種作，男女衣着，悉如外人。黄髮垂髫，並怡然自樂。見漁人，乃大驚，問所從來。具答之，便要還家，設酒殺鷄作食。村中聞有此人，咸來問訊。自云：先世避秦時亂，率妻子邑人，來此絶境，不復出焉，遂與外人間隔。問今是何世，乃不知有漢，無論魏晉」。

〔六〕冰雪顔：晶瑩潔白的容顔。《莊子·逍遥游》：「藐姑射之山，有神人居焉，肌膚若冰雪，綽約若處子。」破顔，謂笑。冰，原作「水」，據明本、劉本、《叢刊》本、《全唐詩》改。

〔七〕種玉：見前《奉和中書崔舍人八月十五日玩月二十韻》注，此指隱居。

〔八〕風燭：喻人生短促無常。樂府《怨詩行》：「天德悠且長，人命一何促。百年未幾時，奄若風吹燭。」

〔九〕羞：進獻。石髓：石鍾乳。《列仙傳》卷上：「邛疏者，周封史也，能行氣煉形，煮石髓而服之，謂之石鍾乳。」《晉書·嵇康傳》：「康嘗採藥游山澤……又遇王烈，共入山，烈嘗得石髓如飴，即自服半，餘半與康，皆凝而爲石。」

〔一〇〕鐙：同燈。爇：燃燒。

〔一一〕葱蘢：草木蒼翠茂盛，此指景象美好。五雲：舊説仙人所居常有五色雲氣。

〔一二〕翻然：迅速改變貌。

〔一三〕一息：一次呼吸，指時間短暫。陶潛《桃花源記》：漁人「停數日，辭去。……既出，得其船，便扶向路，處處志之。及郡下，詣太守，説如此。太守即遣人隨其往，尋向所志，遂迷，不復得路」。

【集評】

胡仔曰：東坡云：「世傳桃源事多過其實。考淵明所記，止言先世避秦亂來此，則漁人所見，似是其子孫，非秦人不死者也。又云殺鷄作食，豈有仙而殺者乎！……」苕溪漁隱曰：東坡此論，蓋辯證唐人以桃源爲神仙，如王摩詰、劉夢得、韓退之作《桃源行》是也。唯王介甫作《桃源行》，與東坡之論暗合。（《苕溪漁隱叢話》前集卷三）

陳巖肖曰：武陵桃源，秦人避世於此，至東晉始聞於人間。陶淵明作記，且爲之詩，詳矣。其後作者相繼，如王摩詰、韓退之、劉禹錫、本朝王介甫，皆有歌詩，争出新意，各相雄長。而近時汪彦章藻一篇，思深語妙，又得諸人所未道者。（《庚溪詩話》卷下）

吴子良曰：淵明《桃花源記》，初無仙語。蓋緣詩中有「奇蹤隱五百，一朝敞神界」之句，後人不審，遂多以爲神仙。如韓退之詩云「神仙有無何渺茫，桃源之説尤荒唐」，劉禹錫云「仙家一出尋無蹤，至今水流山重重」，王維云「初因避地去人間，及至成仙遂不還」……此皆求之過也。唯王荆公詩與東坡《和桃源詩》最爲得實，可以破千載之惑矣。（《吴氏詩話》卷上）

何焯曰：中間鋪叙尚省浄，不將神仙事鋪揚□聲。（卞孝萱《劉禹錫詩何焯批語考訂》）

翁方綱曰：古今詠桃源事者，至右丞而造極，固不必言矣。然此題詠者，唐、宋諸賢略有不同。右丞及韓文公、劉賓客之作，則直謂成仙。而蘇文忠之論，則以爲是其子孫，非即避秦之人至晉尚在也。此説似近理。蓋唐人之詩，但取興象超妙，至後人乃益研核情事耳。……王荆公詩亦如蘇説。……劉賓客之作，雖自有寄託，然遜諸公詩多矣。郭茂倩並取入樂府，似未當。（《石洲詩話》卷一）

喬億曰：詩與題稱乃佳。……《桃源行》四篇，摩詰爲合作，昌黎、半山大費氣力，夢得亦澄汰未精。（《劍溪説詩》卷上）

百舌吟〔一〕

曉星寥落春雲低，〔二〕初聞百舌間關啼。〔三〕花樹滿空迷處所，〔四〕搖動繁英墜紅雨。笙簧百轉音韻多，〔五〕黄鸝吞聲燕無語。〔六〕東方朝日遲遲昇，〔七〕迎風弄景如自矜。〔八〕數聲不盡又飛去，何許相逢緑楊路。〔九〕綿蠻宛轉似娱人，〔一〇〕一心百舌何紛紛。〔一一〕酡顔俠少停歌聽，〔一二〕墜珥妖姬和睡聞。〔一三〕可憐光景何時盡，誰能低回避鷹隼？廷尉張羅自不關，〔一四〕潘郎挾彈無情損。〔一五〕天生羽族爾何微，〔一六〕舌端萬變乘春輝。〔一七〕南方朱鳥一朝見，〔一八〕索漠無言蒿下飛。〔一九〕

【校注】

〔一〕詩永貞元年春在長安作。百舌：鳥名。《本草綱目》卷四九：「百舌，處處有之，居樹孔窟穴中，狀如鸜鵒而小，身略長，灰黑色，微有斑點，喙亦赤黑。……立春後鳴囀不已，夏至後則無聲，十月後則藏蟄。《月令》：『仲夏，反舌無聲。』即此。」瞿蜕園《劉禹錫集箋證》卷二一《秋螢引》箋語云：「此四篇（按：指本詩及後《聚蚊謡》、《飛鳶操》、《秋螢引》三詩）命名曰謡，曰吟，曰操，曰引，而皆以『天生』二字冠於末章，以揭明其本旨，必爲一時有爲而作。《百舌》、《秋螢》二篇精采照耀，尤可決其在中年詩力最深時，疑在元和十一二年（八一六、八一七）間，蓋此時心情稍優閒也。」瞿氏以四詩爲一時有爲之作，甚是，但以詩爲元和中連州作，恐未然。詩明言「南山」、「漢陵秦苑」，當作於永貞中長安。四詩一組，反映了這一時期政局及禹錫心情的急遽變化。永貞元年春，禹錫官監察御史，又爲杜佑奏署崇陵使判官，積極參與永貞革新。然順宗疾久不愈，王伾、王叔文出身寒微，「驟使重權，人心不服」，統治集團内部醖釀着一場嚴重的鬥爭。時長安當有各種流言，但劉禹錫以爲「盡誠可以絶嫌猜，徇公可以弭讒怨」（《上杜司徒書》），故僅將流言製造者視爲饒舌卻無大害的百舌鳥，相信夏天一到，它們必將「索漠無言」。餘參見以下三詩注。

〔二〕寥落：稀疏貌。謝朓《京路夜發》：「曉星正寥落，晨光復泱漭。」

〔三〕間關：鳥鳴聲。張駿《東門行》：「鳩鵲與鶯黄，間關相和鳴。」

〔四〕樹：《叢刊》本、《文苑英華》、《唐文粹》作「枝」，劉本作「柳」。

〔五〕笙簧：笙管中簧片，又以比喻讒言利口。《詩·小雅·鹿鳴》：「吹笙鼓簧。」又《巧言》：「巧言如簧。」百轉：猶百囀，言音調變化繁複。劉孝綽《百舌》：「百囀似群吟。」轉，劉本、《叢刊》本、《全唐詩》作「囀」。

〔六〕黄鸝：黄鶯。吞聲：沉默無聲。

〔七〕遲遲：日長而温暖，此指緩慢。《詩·豳風·七月》：「春日遲遲，采蘩祁祁。」

〔八〕景：日光。自矜：自夸。沈約《反舌賦》：「乏嘉容之可玩，因繁聲以自表。」

〔九〕何許：何所，何處。許，《全唐詩》校「一作處」。

〔一〇〕綿蠻：鳥聲。《詩·小雅·緜蠻》：「緜蠻黄鳥。」

〔一一〕紛紛：《叢刊》本、《文苑英華》、《唐文粹》作「紛紜」。

〔一二〕酡顔：喝酒臉紅，醉顔。李白《前有樽酒行》：「美人欲醉朱顔酡。」

〔一三〕墜珥：墜落的耳飾，狀衣飾不整。《史記·滑稽列傳》：「前有墮珥，後有遺簪。」墜，《叢刊》本作「墮」。

〔一四〕廷尉：秦漢時官名。《漢書·百官公卿表上》：「廷尉，秦官，掌刑辟。」羅：捕雀網。《史記·汲鄭列傳》：「始翟公爲廷尉，賓客闐門；及廢，門外可設雀羅。」

〔一五〕潘郎：指潘岳。《晉書·潘岳傳》：「岳美姿儀……少時常挾彈出洛陽道。」

〔一六〕羽族：鳥類。

〔一七〕萬變：《易緯·通卦》：「百舌者，反舌鳥也，能反覆其舌，隨百鳥之音。」春輝：春光。輝，《全唐詩》作「暉」。

〔一八〕朱鳥：即朱雀，二十八宿中南方七宿的總稱。此代指夏天。《史記·天官書》：「南宫朱鳥。」

〔一九〕索漠：神色沮喪貌。《禮記·月令》：「小暑至，……反舌無聲。」蒿下飛：譏其不能高飛遠舉。《莊子·逍遥游》：「窮髮之北有冥海者，天池也。……有鳥焉，其名爲鵬，背若泰山，翼若垂天之雲，摶扶摇羊角而上者九萬里，絶雲氣，負青天，然後圖南，且適南冥也。斥鴳笑之曰：『彼且奚適也？我騰躍而上，不過數仞而下，翱翔蓬蒿之間，此亦飛之至也。而彼且奚適也？』」

江淹《雜體詩》：「青鳥海上游，鸒斯蒿下飛。」

【集評】

吴幵曰：李長吉有「桃花亂落如紅雨」之句，以此名世。予觀劉禹錫詩云：「花枝滿空迷處所，摇落繁英墜紅雨。」劉、李同出一時，決非相爲剽竊。（《優古堂詩話》。按《苕溪漁隱叢話》後集卷一二引《復齋漫録》，又《能改齋漫録》卷八所云同）

胡仔曰：《藝苑雌黄》云：「……許慎注《淮南子》云：『五月陽氣盛於上，故陰起於下，百舌無陰，故無聲也。』《朝野僉載》云：『百舌春囀夏止，唯食蚯蚓。正月後凍開蚓出而來，十月後蚓藏而往，蓋物之相感也。』古今詞章中，多取此以況人之巧言者，故老杜詩云：『過時如發口，君側有讒人。』」苕溪漁隱曰：劉夢得《百舌吟》云：「天生羽族爾何微，舌端萬變乘春暉。南方朱鳥一朝見，索寞無言蒿下飛。」此語蓋與許慎及《僉載》二説相符矣。（《苕溪漁隱叢話》後集卷八）

宋長白曰：劉夢得詩「花枝滿空迷處所，摇落繁英墜紅雨」，實自李長吉「桃花亂落如紅雨」化來。而馬西樵謂劉、李出於一時，並非剽竊。吾謂寸金不换丈鐵，長吉爲優。（《柳亭詩話》卷九）

聚蚊謡〔一〕

沈沈夏夜閑堂開，〔二〕飛蚊伺暗聲如雷。〔三〕嘈然欻起初駭聽，〔四〕殷殷若自南山來。〔五〕喧騰鼓舞喜昏黑，昧者不分聰者惑。〔六〕露花滴瀝月上天，利觜迎人著不得。〔七〕我軀七尺爾如芒，〔八〕我孤爾衆能我傷。天生有時不可遏，爲爾設幄潛匡牀。〔九〕清商一來秋日曉，〔一〇〕羞爾微形飼丹鳥。〔一一〕

【校注】

〔一〕詩永貞元年夏在長安作。聚蚊：成群的蚊子，比喻暗中傷人的小人。《漢書·景十三王傳》：「中山王勝、濟川王明來朝，天子置酒，勝聞樂聲而泣。問其故，對曰：『……夫衆喣漂山，聚蟁成雷……衆口鑠金，積毀銷骨。……今臣雍閼不得聞，讒言之徒蠭生，道遼路遠，曾莫爲臣聞，臣竊自悲也。』」師古曰：「蟁，古蚊字。」永貞元年夏四月，禹錫「改屯田員外郎，判度支鹽鐵」（《子劉子自傳》），積極參與革新。此時，謡言蜂起。《舊唐書·劉禹錫傳》云：「禹錫頗怙威權，中傷端士。宗元素不悦武元衡，時武元衡爲御史中丞，乃左授右庶子。侍御史竇群奏禹錫挾邪亂政，不宜在朝，群即日罷官。韓皋憑藉貴門，不附叔文黨，出爲湖南觀察使。」但當時實無竇群罷官之事，《資治通鑑考異》已言之；韓皋出爲鄂岳觀察使，而非湖南，且據《舊唐書·韓滉傳》，其出鎮乃其從弟韓曄所譖，與劉禹錫無關；武元衡貶官，兩《唐書·武元衡傳》所載與此不同，且武與劉禹錫私交甚篤（參見集中《上門下武相公啟》、《謝門下武相公啟》等）。知劉傳中所載多不實之詞，亦可見當時謡言之多，處境之險惡，流言製造者並非無害的百舌，而是傷人的聚蚊。不過當時矛盾尚未激化，局勢仍不明朗，所以詩人對未來仍抱希望，期於「清商一來」而盡掃讒慝。

〔二〕沈沈：深沉貌。閑堂：《全唐詩》作「蘭堂」。

〔三〕聲如雷：《漢書·景十三王傳》：「聚蟁成雷。」又：「蟁𧕎宵見。」師古曰：「言衆蚊飛聲有若雷也。」

〔四〕欻起：忽起，驟起。

〔五〕殷殷：雷聲。南山：終南山。《詩·召南·殷其雷》：「殷其雷，在南山之陽。」

〔六〕昧者：視力不好的人。聰者：聽覺靈敏的人。聰，《全唐詩》作「聽」。

〔七〕著：接觸，附着。《藝文類聚》卷九七梁元帝《詠螢火》：「著人疑不熱，集草訝無煙。」著，原作「看」，據《全唐詩》改。

〔八〕七尺：一般男子的身長。《荀子·勸學》：「口耳之間則四寸耳，曷足以美七尺之軀哉！」芒：草葉的尖端。如芒，形容微小。

〔九〕幄：幃帳。匡牀：方正的牀。匡，《叢刊》本作「藜」。

〔一〇〕清商：指秋風，商爲秋聲。潘岳《悼亡詩》：「清商應秋至。」

〔一一〕丹鳥：螢火蟲。《大戴禮·夏小正》：「八月，……丹鳥羞白鳥。丹鳥者，謂丹良也。白鳥者，謂蚊蚋也。」《古今注》卷中：「螢火，……一名丹良，……一名丹鳥，……食蚊蚋。」

【集評】

黄常明曰：退之《詠蚊蠅》云：「涼風九月到，掃不見蹤跡。」夢得《聚蚊》云：「清商一來秋日曉，羞爾微形飼丹鳥。」聖俞曰：「薨薨勿久恃，會有東方白。」王逢原《晝睡》云：「蚊蟲交紛始誰造？一一口吻如針錐。嚼人肌膚得飽腹，不解默去猶鳴飛。雖然今尚爾無奈，當有獵獵秋風時。」小人稔惡，豈漏恢網？但可僥倖目前耳。《左氏》曰：「天之假助不善，非佑之也，將厚其惡而降之罰也。」其是之謂乎！（《詩話總龜》後集卷二五）

古調二首〔一〕

軒后初冠冕，〔二〕前旒爲蔽明。〔三〕安知從複道，〔四〕然後見人情？

【校注】

〔一〕此二詩，前詩諷帝王之不能明察世情，後詩諷時俗不重視實務，以清談爲高，均有所爲而發，疑永貞元年夏秋間作，姑繫於此。參見「其二」注。古調：原校「一作諷古」。

〔二〕軒后：黄帝軒轅氏，傳説中上古帝王。《漢書·律曆志下》：「黄帝……始垂衣裳，有軒冕之服，故天下號曰軒轅氏。」

〔三〕旒：帝王冠冕上下垂的珠串。東方朔《答客難》：「水至清則無魚，人至察則無徒。冕而前旒，所以蔽明；黈纊充耳，所以塞聰。」

〔四〕複道：建築物間上下兩層的通道。《漢書·高帝紀下》：「上已封大功臣二十餘人，其餘争功，未得行封。上居南宫，從複道上，見諸將往往耦語，以問張良。良曰：『陛下與此屬共取天下，今已爲天子，而所封皆故人所愛，所誅皆平生仇怨。今軍吏計功，以天下爲不足用遍封，而恐以過失及誅，故相聚謀反耳。』」如淳曰：「上下有道，故謂之複。」

二

簿領乃俗士，〔一〕清談信古風。〔二〕吾觀蘇令綽，〔三〕朱墨一何工〔四〕！

【校注】

〔一〕簿領：公文案牘，此指掌管公文案牘之事。《文選》劉楨《雜詩》：「沈迷簿領書，回回自昏亂。」李善注：「簿領，謂文簿而記録之。」

〔二〕清談：魏晉之世，士大夫崇尚虛無，空談老莊玄理，稱爲清談。

〔三〕蘇令綽：蘇綽，字令綽，北周人，博覽群書，尤長算術，官至大行臺度支尚書，領著作，兼司農卿。《周書》、《北史》有傳。

〔四〕朱墨：用紅、黑兩種筆分别記載文書收發或計簿收支等，此指公文程式。《周書·蘇綽傳》：「拜大行臺左丞，參典機密。自是寵遇日隆。綽始製文案程式，朱出墨入，及計賬、户籍之法。」按：此詩似永貞中有感於王叔文受到攻擊而作。據《周書》本傳記載，蘇綽博物多通，太祖嘗問以天地造化之始，治亂興亡之跡，「綽既有口辯，應對如流」，「遂留綽至夜，問以治道，太祖卧而聽之。綽於是指陳帝王之道，兼述申、韓之要。太祖乃起，整衣危坐，不覺膝之前席」。王叔文亦「工言治道，能以口辯移人」（《子劉子自傳》），與蘇綽相同。又據《舊唐書·王叔文傳》，順宗在東宮時，「宮中之事，倚之裁決」，叔文「賤時，每言錢穀爲國大本」，順宗即位後，遂以翰林學士兼充度支、鹽鐵副使，轉户部侍郎，「興利除害，以爲己功」，遂爲内官俱文珍等所惡，其事亦與蘇綽相類。疑永貞元年夏，王叔文已被讒謗，尚未去位，故劉禹錫爲作此詩。

飛鳶操〔一〕

鳶飛杳杳青雲裏，〔二〕鳶鳴蕭蕭風四起。〔三〕旗尾飄揚勢漸高，〔四〕箭頭砉劃聲相似。〔五〕長空悠悠霽日懸，六翮不動凝飛煙。〔六〕游鵾翔雁出其下，〔七〕慶雲清景相回旋。〔八〕忽聞飢烏一噪聚，瞥下雲中争腐鼠。〔九〕騰音礪吻相喧呼，〔一〇〕仰天大赫疑鵷雛。〔一一〕畏人避犬投高處，俯啄無聲猶屢顧。青鳥自愛玉山禾，〔一二〕仙禽徒貴華亭露。〔一三〕樸樕危巢向暮時，〔一四〕毰毸飽腹蹲枯枝。〔一五〕游童挾彈一麾肘，〔一六〕臆碎羽分人不悲。〔一七〕天生衆禽各有類，威鳳文章在仁義。〔一八〕鷹隼儀形螻蟻心，〔一九〕雖能戾天何足貴。〔二〇〕

【校注】

〔一〕詩永貞中長安作，參見前《百舌吟》注。鳶：鴟類，此以喻貪惡的官吏。《禽經》：「鳶不擊而貪。」張華注：「鳶，鴟也，不善搏擊，貪於攫肉也。」《詩·大雅·旱麓》：「鳶飛戾天。」箋：「鳶，鴟之類，鳥之貪惡者也。」操：琴曲的一種。

〔二〕杳杳：深遠貌。

〔三〕蕭蕭：風聲。

〔四〕旗尾：鳶尾，分叉似旗尾。

〔五〕砉劃：同砉騞，象聲詞，這裏象箭頭劃破空氣的聲音。《莊子·養生主》：「砉然嚮然，奏刀騞然。」元稹《小胡笳引》：「潺湲疑是雁鸊鵜，砉騞如聞發鳴鏑。」劃，《叢刊》本作「騞」。

〔六〕六翮：指翅膀，參見前《洛中送楊處厚入關便游蜀謁韋令公》注。《爾雅·釋鳥》：「鳶烏醜，其飛也翔。」郭璞注：「布翅翺翔。」《埤雅》卷六：「高飛曰翺，布翼不動曰翔。」凝飛：《叢刊》本作「飛凝」；《文苑英華》作「凝非」，校云「集作飛凝」；《全唐詩》作「凝風」。

〔七〕鶤：即鵾鷄，大鳥。《穆天子傳》卷一：「鶤鷄飛八百里。」郭璞注：「鵠屬也。」鶤，原作「鷤」，《全唐詩》作「鵾」，據明本、《叢刊》本、《文苑英華》改。翔：明本、劉本作「朔」。

〔八〕慶雲：即卿雲，吉祥的雲氣。《史記·天官書》：「若煙非煙，若雲非雲，郁郁紛紛，蕭索輪囷，是謂卿雲。卿雲，喜氣也。」景：日光。

〔九〕瞥：目光掠過，迅急。張衡《舞賦》：「瞥若電滅。」

〔一〇〕騰音：高亢其聲。礪吻：磨礪其嘴。

〔一一〕赫：通嚇，明本、劉本、《叢刊》本、《文苑英華》、《全唐詩》作「嚇」。鵷雛：鳳凰之屬。《山海經·南山經》：「南禺之山有鳳皇、鵷雛。」郭璞注：「亦鳳屬。」《莊子·秋水》：「惠子相梁，莊子往見之。或謂惠子曰：『莊子來，欲代子相。』於是惠子恐，搜於國中三日三夜。莊子往見之，曰：『南方有鳥，其名鵷雛……發於南海，而飛於北海，非梧桐不止，非練實不食，非醴泉不飲。於是鴟得腐鼠，鵷雛過之，仰而視之曰：嚇！今子欲以子之梁國而嚇我耶？』」鵷，原作「鴛」，據《叢刊》本、《全唐詩》改。

〔一二〕青鳥：神話中鳥名。玉山：神話中山名。《山海經・大荒西經》：「西有王母之山……有三青鳥。」同書《西山經》：「玉山，是西王母所居也。」又《海内西經》：「崑崙之墟……上有木禾，長五尋，大五圍。」鮑照《空城雀》：「誠不及青鳥，遠食玉山禾。」

〔一三〕仙禽：指鶴。華亭：縣名，今江蘇省松江縣，以其地有華亭谷而得名。《世説新語・尤悔》：「陸平原（機）河橋敗，爲盧志所讒，被誅。臨刑嘆曰：『欲聞華亭鶴唳，可復得乎？』」《元和郡縣圖志》卷二五「蘇州華亭縣」：「華亭谷，在縣西三十五里。……陸機云『華亭鶴唳』，此地是也。」

〔一四〕樸樕：小樹。《詩・召南・野有死麕》：「林有樸樕。」傳：「樸樕，小木也。」樕，原作「棟」，劉本、《全唐詩》作「遬」，據《叢刊》本改。

〔一五〕毰毸：亦作陪鰓，羽毛張開貌。潘岳《射雉賦》：「摛朱冠之赩赫，敷藻翰之陪鰓。」徐爰注：「陪鰓，奮怒之貌也。」

〔一六〕麾肘：揮手，指彈射。

〔一七〕臆：胸。潘岳《射雉賦》：「丹臆蘭綷。」徐爰注：「臆，膺也。」

〔一八〕威鳳：鳳之有威儀者。文章：花紋。《山海經·南山經》：「丹穴之山……有鳥焉，其狀如鷄，五采而文，名曰鳳皇。首文曰德，翼文曰義，背文曰禮，膺文曰仁，腹文曰信。是鳥也……見則天下安寧。」

〔一九〕鷹隼：猛禽。《埤雅》卷六：「鷹，鷙鳥也，……《禽經》曰：『鷹不擊伏，鶻不擊妊。』蓋其義性如此。」同書卷八：「隼，鷂屬也，一名雀鷹。……《書》曰：烏反哺，仁也；隼憫胎，義也。蓋隼之擊物，遇懷胎者輒釋不戮也。或曰：隼，鷙鳥也，即今所呼爲鶻者是。」螻蟻：螻蛄與螞蟻，泛指微小的生物。

〔二〇〕戾天：至天，喻人之居高位。《詩·大雅·旱麓》：「鳶飛戾天。」箋：「飛而至天。」

秋螢引〔一〕

漢陵秦苑遥蒼蒼，〔二〕陳根腐葉秋螢光。〔三〕夜空寂寥金氣净，〔四〕千門九陌飛悠揚。〔五〕紛綸暉映互明滅，〔六〕金爐星噴鐙花發。露華洗濯清風吹，攢昂不定招摇垂。〔七〕高麗罘罳過珠網，〔八〕斜歷璇題舞羅幌。〔九〕暴衣樓上拂香裙，〔一〇〕承露臺前轉仙掌。〔一一〕槐市諸生夜對書，〔一二〕北窗分明辨魯魚。〔一三〕行子東山起征思，〔一四〕中郎騎省悲秋氣。〔一五〕銅雀人歸自入簾，〔一六〕長門帳開來照淚。〔一七〕誰言向晦常自明，〔一八〕童兒走步嬌女爭。〔一九〕天生有光非自衒，〔二〇〕遠近低昂暗中見。撮蚊袄鳥亦夜飛，〔二一〕翅如車輪人不見。〔二二〕

【校注】

〔一〕詩永貞元年秋在長安作。據兩《唐書》及《資治通鑑》唐順宗紀，永貞元年六月丁巳，王叔文以母喪去位；七月，王伾請起叔文爲相，既不獲，則請以爲威遠軍使、平章事，又不得。其黨皆憂悸不自保。伾知事不濟，遂輿歸不出；其月乙未，制令皇太子李純勾當軍國重事；八月庚子，李純即皇帝位，是爲憲宗，順宗稱太上皇。革新失敗已成定局。此詩以小而有光的秋螢爲題材，寓歌頌之意，隱以自比；詩末未如《百舌吟》、《聚蚊謡》之言及未來，蓋冬日到來，即秋螢末日。詩詠秋螢，正反映了當時嚴峻的形勢及詩人憂悸的心情。

〔二〕漢陵秦苑：泛指長安附近地區，有秦始皇與西漢諸帝陵墓，以及秦、漢時上林苑等。《史記·秦始皇本紀》正義引《括地志》：「秦始皇陵在雍州新豐縣西南十里。」《文選》班固《西都賦》：「北眺五陵。」李善注：「《漢書》曰，宣帝葬杜陵，文帝葬霸陵，高帝葬長陵，惠帝葬安陵，景帝葬陽陵，武帝葬茂陵，昭帝葬平陵。」《史記·秦始皇本紀》：「乃營作朝宮渭南上林苑中。」《三輔黄圖》卷四：「漢上林苑，即秦之舊苑也。」

〔三〕陳根腐葉：螢産卵草上，古人誤以爲螢乃腐草所生。《禮記·月令》：「腐草化爲螢。」

〔四〕金氣：秋氣。浄：指乾燥涼爽。

〔五〕千門九陌：指長安宫殿與街道。《三輔黄圖》卷二：「（武帝）於是作建章宫，度爲千門萬户。」又云：「長安城中八街九陌。」悠揚：飄忽不定。

〔六〕紛綸：多貌。明滅：忽明忽暗。

〔七〕攢昂不定：謂聚散高低不定。攢昂，原作「攢昴」，《叢刊》本作「攢茅」，《全唐詩》作「低昂」，據明本、劉本改。招摇：逍遥徜徉。《文選》揚雄《甘泉賦》：「徘徊招摇。」李善注：「招摇，猶彷徨也。」

〔八〕麗：附著。罘罳：刻鏤有花紋格子的窗户，此指宫殿檐角防止鳥雀進入的網狀物。《酉陽雜俎》續集卷四：「士林間多呼殿榱桷護雀網曰罘罳。」《資治通鑑》卷二四五胡三省注：「唐宫殿中罘罳，以絲爲之，狀如網，以捍燕雀。」珠網：駱賓王《螢火賦》：「點綴懸珠之網。」過珠網，《全唐詩》作「照蛛網」。

〔九〕璇題：以美玉爲飾的榱椽。題，榱椽末端。《文選》揚雄《甘泉賦》：「璇題玉英。」李善注引應劭曰：「題，頭也。榱椽之頭，皆以玉飾。」羅幌：絲綢帷幔。

〔一〇〕暴衣樓：《太平御覽》卷三一引宋卜子《楊園苑疏》：「太液池西有武帝曝衣閣，常至七月七日，宫女出登樓曝衣。」

〔一一〕承露臺：《三輔黄圖》卷三：「神明臺，武帝造，祭仙人處。上有承露盤，有銅仙人舒掌捧銅盤玉杯，以承雲表之露。以露和玉屑服之，以求仙道。」

〔一二〕槐市：漢長安中市名。孫星衍校一卷本《三輔黄圖》：「常滿倉之北爲槐市，列槐數百行爲隧，無牆屋。諸生朔望會此市，各持其郡所出貨物及經傳書記、笙磬樂器，相與買賣，雍容揖讓，或論議槐下。」夜對書：《晉書·車胤傳》：「胤恭勤不倦，博學多通。家貧不常得油，夏月則練囊盛數十螢火以照書，以夜繼日焉。」對，《全唐詩》作「讀」。

〔一三〕辨魯魚：辨别文字正誤。《抱朴子·遐覽》：「諺曰：書三寫，魚成魯，虚成虎。」

〔一四〕東山：《詩·豳風》篇名。詩抒行役者思鄉之情，詩中行子想像家中荒涼冷落情景云：「我徂東山，慆慆不歸。……町畽鹿場，熠燿宵行。」傳：「熠燿，燐也。燐，螢火也。」

〔一五〕中郎：官名，指晉潘岳，曾官虎賁中郎將。騎省：散騎之省。潘岳《秋興賦·序》：「晉十有四年，余春秋三十有二，始見二毛，以太尉掾兼虎賁中郎將，寓直於散騎之省。……譬猶池魚籠鳥，有江湖山藪之思。於是染翰操紙，慨然而賦。於時秋也，故以『秋興』命篇。」賦中有「熠燿粲於階闥」之語。熠燿，即熠耀，螢火蟲。

〔一六〕銅雀：臺名，曹操建，故址在今河北省臨漳縣西南。入簾：指居銅雀臺上的婢妾等。曹操《遺令》：「吾婢妾與伎人皆勤苦，使著銅雀臺，善待之。」參見本書卷十二《魏宫詞》注。

〔一七〕長門：西漢宫名。漢武帝陳皇后失寵後居此。司馬相如《長門賦》：「孝武皇帝陳皇后時得幸，頗妒。别在長門宫，愁悶悲思。」參見本書卷十二《阿嬌怨》注。

〔一八〕晦：黑暗。傅咸《螢火賦》：「進不競於天光兮，退在晦而能明。」駱賓王《螢火賦》：「光不周物，明足自資。處幽不昧，光照斯晦。」

〔一九〕走步：義未詳。馮浩曰：「步，必『捕』字之訛。」

〔二〇〕自衒：自夸。曹植《求自試表》：「夫自衒自媒者，士女之醜行也。」

〔二一〕撮蚊祆鳥：撮食蚊蟲的怪鳥，指鵂鶹。祆，同妖。《莊子·秋水》：「鵂鶹夜撮蚤，察毫末；晝出，瞋目而不見丘山。」陸德明音義：「司馬本作『蚉』，音文，云：『鵂，鶹鶹，夜取蚉食。』今郭本亦有作『蚉』者。」《爾雅·釋鳥》：「怪鵂。」郭璞注：「即鵂鶹也。今江東通呼此禽爲怪鳥。」

飛：《全唐詩》作「起」。

〔二二〕人不見：《全唐詩》作「而已矣」。

【集評】

楊慎曰：唐劉禹錫《秋螢引》云：「漢陵秦苑遥蒼蒼……翅如車輪人不見。」宋張文潛《熠熠行》云：「碧梧含風夏夜清，林塘五月初飛螢。翠屏玉簟起涼意，一點秋心從此生。方池水深涼雨集，上下輝輝亂凝碧。幸因簾捲到華堂，不畏人驚照涼夕。漢宫千門連萬户，夜夜熒煌暗中度。光流太液池上波，影落金盤月中露。銀闕茫茫玉漏遲，年年爲爾足愁思。長門怨妾不成寐，團扇美人還賦詩。避暑風廊人語悄，闌下撲來羅扇小。已投幽室夜分明，更伴殘星天未曉。君不見建章宫殿洛陽西，破瓦頹垣今古悲。荒榛蕪草無人跡，只有秋來熠燿飛。」劉禹錫、張文潛二集今不傳，余家有之，兼愛二詩之工，故録之於此。（《升庵詩話新箋證》卷一〇）

周珽曰：説得秋螢大有身份，其光明所燭，無所不到，無人不見。微物且然，況盛德之士，寧晦不自衒，竟沈於泯滅哉！末二句，見得惡劣小人雖大張其聲勢，終不若君子形著明動，有自然之輝也。通篇淵渾高穆。（《唐詩選脈會通評林》）

闕下口號呈柳儀曹〔一〕

綵仗神旗獵曉風，〔二〕鷄人一唱鼓蓬蓬。〔三〕銅壺漏水何時歇？〔四〕如此相催即老翁。

【校注】

〔一〕詩永貞元年秋在長安作。闕：宫殿前觀樓，此指大明宫含元殿前翔鸞、棲鳳二闕，大明宫爲朝會之所。口號：即隨口占成詩。李白有《口號贈楊徵君》詩，王琦注：「詩題有口號，始於梁簡文帝《和衛尉新渝侯巡城口號》，庾肩吾、王筠俱有此作，至唐遂相襲用之，即是口占之義。」儀曹：官名，指禮部員外郎。《舊唐書·職官志二》「尚書省禮部」：「郎中一員，從五品上；員外郎一員，從六品上。隋曰儀曹郎。」柳儀曹，柳宗元。《舊唐書》本傳：「順宗即位，……轉尚書禮部員外郎。」永貞初，劉禹錫爲屯田員外郎，與柳宗元、韓泰等參與革新，「昔年意氣結群英，幾度朝回一字行」（《洛中送韓七中丞之吴興口號五首》），而此詩嘆時光易逝，情緒低沈，當作於政局發展不利於革新派之時。

〔二〕綵仗：指朝會時御前儀仗。朝會之仗有供奉仗、親仗、勛仗、翊仗、散手仗，皆帶刀捉仗，列坐東西廊下，詳見《新唐書・儀衛志上》。獵曉風：於曉風中飄舞作聲。鮑照《還都道中作》：「鱗鱗夕雲起，獵獵曉風遒。」

〔三〕鷄人：宮中司晨報曉之人。《周禮・春官・鷄人》：「大祭祀，夜呼旦以叫百官。」王維《和賈舍人早朝大明宮》：「絳幘鷄人報曉籌。」蓬蓬：鼓聲。《大唐新語》卷一〇：「舊制，京城内金吾曉暝傳呼，以戒行者。馬周獻封章，始置街鼓，俗號『鼕鼕』，公私便焉。」《新唐書・百官志四上》：「日暮，鼓八百聲而門閉。……五更二點，鼓自内發，諸街鼓承振，坊市門皆啟，鼓三千撾，辨色而止。」

〔四〕銅壺：古代計時器。以銅爲器貯水，上爲銅龍，以口滴水，下作蟾蜍，張口承水，流入壺中，並爲刻度，以驗時刻。

鶗鴂吟〔一〕

朝陽有鳴鳳，〔二〕不聞千萬祀。〔三〕鶗鴂催衆芳，晨間先入耳。〔四〕秋風白露晞，〔五〕從是爾啼時。如何上春日，〔六〕唧唧滿庭飛？

【校注】

〔一〕詩永貞元年在長安作。鶗鴂：亦作鵜鴂、鷤鴂，鳥名，或云即杜鵑鳥，或云二物。《楚辭・離騷》：「恐鵜鴂之先鳴兮，使夫百草爲之不芳。」王逸注：「鵜鴂，一名買鵤，常以春分鳴也。……言我恐鵜鴂以先春分鳴，使百草華英摧落，芬芳不得成也。以喻讒言先至，使忠直之士蒙罪過也。」呂向注：「鶗鴂，鳥名，秋分前鳴則草木凋落。」鶗，原作題，據明本、劉本、《叢刊》本、《全唐詩》改。下同。詩深懷憂懼，當亦與永貞政局有關。參見後數詩。

〔二〕朝陽：朝向太陽處。《詩·大雅·卷阿》：「鳳皇鳴矣，于彼高崗。梧桐生矣，于彼朝陽。」傳：「山東曰朝陽。」鳴鳳：即鳳凰，古人認爲鳳凰現則天下安寧，見前《飛鳶操》注。鳴，原作「吟」，據《叢刊》本、《全唐詩》改。

〔三〕千萬祀：千萬年。

〔四〕晨間：《叢刊》本、《唐文粹》作「畏聞」。

〔五〕晞：曬干。《詩·秦風·蒹葭》：「蒹葭淒淒，白露未晞。」

〔六〕上春：早春。此喻指政治形勢，蓋本當大有可爲之時，而讒言四起，將使忠直之士蒙罪。

萋兮吟〔一〕

天涯浮雲生，〔二〕争蔽日月光。窮巷秋風起，先摧蘭蕙芳。〔三〕萬貨列旗亭，〔四〕恣心注明璫。〔五〕名高毁所集，言巧智難防。勿謂行大道，斯須成太行。〔六〕莫吟萋兮什，〔七〕徒使君子傷。

【校注】

〔一〕詩永貞元年八月在長安作。萋兮：《詩·小雅·巷伯》：「萋兮斐兮，成是貝錦。彼譖人者，亦已大甚。」小序：「《巷伯》，刺幽王也。寺人傷於讒，故作是詩也。」傳：「萋、斐，文章相錯也。貝錦，錦文也。」箋：「喻讒人集作己過以成其罪，猶女工之集采色以成錦文。」詩憂讒畏譏，當作於永貞中被貶前夕。

〔二〕浮雲：喻小人。陸賈《新語·慎微》：「邪臣之蔽賢，猶浮雲之障日月也。」

〔三〕窮巷：貧者所居。宋玉《風賦》：「夫庶人之風，塕然起於窮巷之間。」蘭、蕙：均香草名。《淮南子·説林》：「日月欲明而浮雲蓋之，蘭芝欲修而秋風敗之。」蘭摧蕙折，當是喻二王之貶。《舊唐書·順宗紀》：「(永貞元年八月)壬寅，貶右散騎常侍王伾爲開州司馬，前户部侍郎、度支鹽鐵轉運使王叔文爲渝州司户。」劉禹錫臨終前作《子劉子自傳》：「叔文北海人，自言猛之後，有远祖風。……叔文實工言治道，能以口辯移人。既得用，自春至秋，其所施爲，人不以爲當非。」對王叔文作了肯定評價。

〔四〕旗亭：市樓，此指市肆。

〔五〕恣心：貪暴之心。明璫：明珠。《文選》曹植《洛神賦》：「獻江南之明璫。」李善注引服虔《通俗文》：「耳珠曰璫。」

〔六〕斯須：轉眼間。太行：山名，在今晉、冀、豫三省交界處，以險峻難行著稱，詩文中常以喻世道艱險。劉孝標《廣絶交論》：「世路險巇，一至於此。太行孟門，豈云嶄絶。」

〔七〕萋兮什：即《巷伯》詩。《詩》「小雅」、「大雅」均以十篇爲一組，稱「什」，《巷伯》即在《小雅》「《節南山》之什」中。

詠史二首〔一〕

驃騎非無勢，〔二〕少卿終不去。〔三〕世道劇頹波，〔四〕我心如砥柱。〔五〕

【校注】

〔一〕詩永貞元年秋八月在長安作。詠史：《文選》有王粲《詠史》一首、左思《詠史》八首。劉禹錫此詩，亦借詠史明志之作。詩以衛青門客任安在衛青失勢時不肯去自比，當亦作於二王被貶前後。參見前詩注。

〔二〕驃騎：驃騎將軍，漢武官名，西漢霍去病曾官此職。

〔三〕少卿：西漢任安字，安曾爲大將軍衛青門客。《史記·衛將軍驃騎列傳》：「大將軍青日退，而驃騎日益貴。舉大將軍故人門下多去事驃騎，輒得官爵，唯任安不肯。」

〔四〕劇：甚，超過。頹波：急瀉而下的水流。

〔五〕砥柱：又名三門山，在河南省三門峽市北黄河中。因妨礙航運，今已炸毁。《水經注·河水》：「砥柱，山名也。昔禹治洪水，山陵當水者鑿之，故破山以通河，河水分流，包山而過，山見水中若柱然，故曰砥柱也。」

二

賈生明王道，〔一〕衛綰工車戲。〔二〕同遇漢文時，〔三〕何人居貴位？

【校注】

〔一〕賈生：賈誼。《漢書·賈誼傳》：「文帝召以爲博士。是時，誼年二十餘，最爲少。每詔令議下，諸老先生未能言，誼盡爲之對。……諸法令所更定，及列侯就國，其説皆誼發之。於是天子議以誼任公卿之位。絳、灌、東陽侯、馮敬之屬盡害之，乃毁誼曰：『洛陽之人，年少初學，專欲擅權，紛亂諸事。』於是天子後亦疏之，不用其議，以誼爲長沙王太傅。」此以賈誼比王叔文，叔文「工言治道」，見前《萋兮吟》注。

〔二〕衛綰：西漢人。據《漢書》本傳載，綰「以戲車爲郎，事文帝，功次遷中郎將，醇謹無它」。景帝時，綰代桃侯劉舍爲丞相，然「自初宦以至相，終無可言」。師古曰：「戲車，若今弄車之技。」

〔三〕漢文：西漢文帝劉恒，公元前一七九年至前一五七年在位。

【集評】

魏泰曰：劉禹錫詩：「賈生王佐才，衛綰工車戲。同遇漢文時，何人居重位？」賈生當文帝時，流落不偶而死，是也。衛綰以車戲事漢文帝爲郎爾。及景帝立，稍見親用，久之，爲御史大夫，封建陵侯。景帝末年始拜丞相，在文帝時實未嘗居重位也。（《臨漢隱居詩話》）

德宗神武孝文皇帝挽歌二首〔一〕

出震清多難，〔二〕乘時播大鈞。〔三〕操絃調六氣，〔四〕揮翰動三辰。〔五〕運偶昇天日，〔六〕哀深率土人。〔七〕瑶池無轍跡，〔八〕誰見屬車塵〔九〕！

【校注】

〔一〕詩永貞元年九月在長安作。德宗：名适，代宗長子，大曆十四年即位，貞元二十一年正月卒。《舊唐書·德宗紀下》：「永貞元年九月丁卯，群臣上謚曰『神武孝文』，廟號德宗。十月己酉，葬於崇陵。」丁卯爲九月一日。禹錫以九月己卯（十三日）貶出，詩作於被貶前十三日。挽歌：哀挽之歌，因送葬時挽柩者所歌而得名。《古今注》卷中：「《薤露》、《蒿里》，並喪歌也，出田横門人。横自殺，門人傷之，爲之悲歌。……至孝武時，李延年乃分爲二曲，《薤露》送王公貴人，《蒿里》送士大夫庶人，使挽柩者歌之，世呼爲挽歌。」

〔二〕出震：指太子離開東宫即帝位。震，《周易》卦名。《易·説卦》：「帝出乎震。」又：「震，東方也。」多難：指藩鎮叛亂割據的局面。據《舊唐書·德宗紀》，德宗初即位時，承安史之亂後藩鎮割據之弊，兵連禍結，「五盗僭擬於天王，二朱憑陵於宗社」。建中三年，幽州朱滔自稱冀王，魏博田悦稱魏王，成德王武俊稱趙王，淄青李納稱齊王，淮西李希烈自稱天下都元帥、太尉、建興王；次年，朱泚盗據長安，自稱大秦皇帝，改元應天，德宗出奔奉天。興元元年，平定朱泚，其他五王或降或死。即所謂「清多難」。

〔三〕播大鈞：如天之育成萬物。鈞，陶工製器所用轉輪。賈誼《鵩鳥賦》：「大鈞播物兮，坱圠無垠。」

〔四〕操絃：撫琴。六氣：《莊子·逍遥游》：「御六氣之辨。」陸德明音義：「六氣，司馬云：陰、陽、風、雨、晦、明也。」

〔五〕揮翰：提筆寫作詩文。德宗好文能詩，今《全唐詩》卷四存詩十五首。三辰：日、月、星。

〔六〕偶：遭逢。昇天：婉言德宗之死。

〔七〕率土：猶言四海之内。《詩·小雅·北山》：「四海之内，莫非王土；率土之濱，莫非王臣。」

〔八〕瑶池：神話中仙境，西王母所居。《穆天子傳》卷三：周穆王西游，「觴西王母於瑶池之上」。此以仙游婉喻德宗之死。轍跡：見前《奉和中書崔舍人八月十五日夜玩月二十韻》注。

〔九〕屬車：天子出行時隨從的副車，參見前《馬嵬行》注。

二

鳳翣擁銘旌，〔一〕威遲異吉行。〔二〕漢儀陳秘器，〔三〕楚挽咽繁聲。〔四〕駐綍辭清廟，〔五〕凝笳背直城。〔六〕唯應留内傳，〔七〕知是向蓬瀛。〔八〕

【校注】

〔一〕鳳翣：用雉或孔雀羽毛編成的扇形棺飾。《禮記·檀弓上》：「飾棺牆，置翣。」注：「翣，以布衣木，如攝與？」疏：「攝，漢時之扇。」銘旌：豎在靈柩前書寫死者姓名官位的旗幡。《周禮·春官·小祝》注：「銘，書死者名於旌。」

〔二〕威遲：緩行貌。吉行：指生前的出行。

〔三〕秘器：棺椁。《漢書·董賢傳》：「及至東園秘器，珠襦玉柙，豫以賜賢，無不備具。」顔師古注引《漢舊儀》：「東園秘器作棺梓，素木長二丈，崇廣四尺。」《後漢書·和熹鄧皇后紀》李賢注：「冢藏之中，故言秘也。」

〔四〕楚挽：楚地挽歌。已見題注。

〔五〕駐綍：送靈隊伍停止前進。綍，牽引靈柩的繩索。《周禮·地官·遂人》：「綍，舉棺索也。」清廟：《詩·周頌·清廟》小序：「《清廟》，祀文王也。」此代指宗廟。《通典》卷八五「啟殯朝廟」：「周，朝而遂葬。……喪之朝也，順死者之孝心，哀離其室，故至於祖考之廟而後行也。」

〔六〕笳：古管樂器名，流行於西北少數民族中。《文選》謝脁《鼓吹曲》：「凝笳翼高蓋。」李善注：「徐引聲謂之凝。」張銑注：「凝笳，其聲凝咽也。」背：背向，離開。直城：漢長安城門名，代指長安。《三輔黄圖》卷一：「長安城西出第二門曰直城門。」

〔七〕内傳：指《漢武内傳》。《隋書·經籍志二》：「《漢武内傳》三卷。」舊題班固撰，記漢武帝初生及崩葬事，於王母降特詳，大旨不離乎神仙。《四庫總目提要》疑其爲魏、晉間人所僞託。

〔八〕蓬瀛：蓬萊、瀛洲二山的合稱。相傳東海中有蓬萊、方丈、瀛洲三神山，見《史記·封禪書》。

向蓬瀛，婉言德宗之死。

赴連山途次德宗山陵寄張員外〔一〕

當時並冕奉天顏，〔二〕委佩低簪綵仗間。〔三〕今日獨來張樂地，〔四〕萬重雲水望橋山。〔五〕

【校注】

〔一〕詩永貞元年九月赴連州途中作。連山：郡名，即連州，州治在今廣東省連州市，中唐時屬湖南觀察使管轄。《舊唐書·地理志三》「連州」：「天寶元年，改爲連山郡。乾元元年，復爲連州。」德宗山陵：崇陵，在今陝西省涇陽縣嵯峨山。《元和郡縣圖志》卷二「京兆府雲陽縣」：「德宗崇陵，在縣東二十里。」按：涇陽在長安西北，劉禹錫自長安赴連州，不可能「途次」涇陽，詩云「萬重雲水望橋山」，亦可證劉未途經德宗山陵，疑題有奪誤。張員外：張賈。《全唐文》卷六三〇呂温《唐故太子少保贈尚書左僕射京兆韋府君（夏卿）神道碑銘》：「開府辟士，則有……今禮部員外郎清河張賈。」碑元和元年二月立。劉禹錫與張賈交往，參見前《發華州留別張侍御賈》及下詩。《舊唐書·憲宗紀上》：永貞元年九月己卯「屯田員外郎劉禹錫貶連州刺史，坐交王叔文也」。禹錫以老母在洛陽，故取道洛陽赴任。本詩及此後數詩，均自長安赴連州道中作。

〔二〕當：《叢刊》本作「常」。冕：古代帝王、諸侯、卿大夫的禮冠。並冕，猶並肩。天顏：皇帝的容顔，此指德宗。禹錫與張賈貞元末、永貞中當同在朝爲官，故云。

〔三〕委佩低簪：恭謹之貌。委，下垂。佩，所佩帶的玉佩之類飾物。綵仗：見卷一《闕下口號呈柳儀曹》注。

〔四〕張樂：設樂。《莊子·天運》：「北門成問於黄帝曰：『帝張《咸池》之樂於洞庭之野，吾始聞之懼，復聞之怠，卒聞之而惑，蕩蕩默默，乃不自得。』」謝朓《新亭渚别范零陵》：「洞庭張樂地，瀟湘帝子游。」

〔五〕橋山：在今陝西省黄陵縣北，上有黄帝冢，此借指德宗崇陵。《元和郡縣圖志》卷三「寧州真寧縣」：「子午山，亦曰橋山，在縣東八十里，黄帝陵在山上，即群臣葬衣冠之處。」禹錫「貞元年中，三忝科第，德宗皇帝記其姓名，知無黨援，擢爲御史，在臺三載，例遷省官」（《夔州刺史謝上表》）。德宗死，禹錫又爲杜佑「奏署崇陵使判官」（《子劉子自傳》），預修德宗山陵。今德宗甫葬，身即遠貶，追懷德宗，實有憾於憲宗。

途次敷水驛伏覩華州舅氏昔日行縣題詩處潸然有感〔一〕

昔日股肱守，〔二〕朱輪兹地游。〔三〕繁華日已謝，章句此空留。〔四〕蔓草佳城閉，〔五〕故林棠樹秋。〔六〕今來重垂淚，不忍過西州。〔七〕

【校注】

〔一〕詩永貞元年九月赴連州途中作。敷水驛，在今陝西省華陰縣西敷水鎮。《大明一統志》卷三二「西安府上」：「敷水在華州城東南一十五里，源出小敷谷，流經華陰縣西北，合渭河。」舅氏：盧徵，兩《唐書》有傳。徵爲劉禹錫從舅。《劉賓客嘉話録》：「盧華州，予之堂舅氏也。」《舊唐書·盧徵傳》：「轉華州刺史。……疾病卧理者數年，貞元十六年卒，時年六十四。」同書《德宗紀下》：「（貞元十六年二月）己酉，華州刺史、潼關防禦、鎮國軍使盧徵卒。」行縣：巡視屬縣。《後漢書·鄭弘傳》：「弘少爲鄉嗇夫，太守第五倫行春，見而深奇之。」李賢注：「太守常以春行所主縣，勸人農桑，振救乏絶。」潸然：流涕貌。

〔二〕股肱守：皇帝倚爲手足的州郡長官。股，大腿。肱，手肘。《文選》謝朓《在郡卧病呈沈尚書》：「淮陽股肱守，高卧猶在兹。」李善注引《漢書》：「季布爲河東守，上召布曰：『河東吾股肱郡，故時召君耳。』」

〔三〕朱輪：指高官所乘車，車輪漆成朱紅色。漢制，太守二千石已上得乘朱輪。《文選》楊惲《報孫會宗書》：「惲家方隆盛時，乘朱輪者十人。」李善注：「二千石皆得乘朱輪。」

〔四〕章句：詩篇的分段與句讀，此指盧徵所題詩，已佚。

〔五〕蔓草：蔓生野草。江淹《恨賦》：「蔓草縈骨，拱木斂魂。」佳城：墳墓。《西京雜記》卷四：「滕公駕至東都門，馬鳴跼不肯前，以足跑地久之。滕公使士卒掘馬所跑地，入三尺所，得石椁。滕公以燭照之，有銘焉……曰：『佳城鬱鬱，三千年見白日，吁嗟滕公居此室！』滕公曰：『嗟呼，天也！吾死其即安此乎！』死遂葬焉。」

〔六〕棠樹：棠梨樹，一名甘棠，俗稱野梨。《史記·燕召公世家》：「召公巡行鄉邑，有棠樹，決獄政事其下……召公卒，而民人思召公之政，懷棠樹，不敢伐，哥詠之，作《甘棠》之詩。」後遂以甘棠喻指官吏的惠政遺愛。

〔七〕西州：東晉建康府城門名。《晉書·謝安傳》：「安雖受朝寄，然東山之志始末不渝。……還都，聞當輿入西州門，自以本志不遂，深自慨失。……羊曇者，太山人，知名士也，爲安所愛重。安薨後，輟樂彌年，行不由西州路。嘗因石頭大醉，扶路唱樂，不覺至州門。左右白曰：『此西州門。』曇悲感不已，以馬策扣扉，誦曹子建詩曰：『生存華屋處，零落歸山丘。』慟哭而去。」

秋晚題湖城驛池上亭〔一〕

秋次池上館，林塘照南榮。〔二〕塵衣紛未解，〔三〕幽思浩已盈。〔四〕風蓮墜故萼，露菊含晚英。恨爲一夕客，愁聽晨鷄鳴。〔五〕

【校注】

〔一〕詩永貞元年九月赴連州途中作。湖城驛：在今河南省靈寶縣。《元和郡縣圖志》卷六「虢州湖城縣」：「本漢湖縣。……至宋，加『城』字爲湖城縣。荆山在縣南，即黄帝鑄鼎之處。」池上：劉本作「上池」。

〔二〕南榮：房屋南檐。《文選》司馬相如《上林賦》：「偓佺之倫暴於南榮。」李善注引郭璞曰：「榮，屋南檐也。」

〔三〕塵衣：陸機《爲顧彦先贈婦》：「京洛多風塵，素衣化爲緇。」

〔四〕幽思：幽深鬱結的情思。盈：充滿（懷抱）。

〔五〕「恨爲」二句：禹錫時被貶降，迫於期限，不得於此逗留，故云。《唐會要》卷四一：「天寶五載七月六日敕：……自今以後，左降官量情狀稍重者，日馳十驛以上赴任。」

登陝州城北樓卻寄京師親友〔一〕

獨上百尺樓，目窮思亦愁。初日遍露草，野田荒悠悠。塵息長道白，〔二〕林清宿煙收。〔三〕回首雲深處，永懷帝鄉游。〔四〕

【校注】

〔一〕永貞元年九月赴連州途中作。陝州：州治在今河南省三門峽市。《元和郡縣圖志》卷六「河南道」：「陝州，……今爲陝虢觀察使理所。」寄：《叢刊》本、《全唐詩》作「憶」。師：劉本作「都」。

〔二〕長道白：李白《洗腳亭》：「白道向姑熟。」王琦注：「白道，大路也。人行跡多，草不能生，遥望白色，故曰白道。」

〔三〕宿煙：夜間霧氣。

〔四〕帝鄉：指京師。

赴連州途經洛陽諸公置酒相送張員外賈以詩見贈率爾酬之〔一〕

謫在三湘最遠州，〔二〕邊鴻不到水南流。〔三〕如今暫寄尊前笑，明日辭君步步愁。

【校注】

〔一〕詩永貞元年九月赴連州途中作。張賈：時爲禮部員外郎，見前《赴連山途次德宗山陵寄張員外》注。據詩，張賈時在東都。禹錫赴連州，因老母在洛陽，故繞道赴洛。張賈原詩已佚。率爾：迅速不假思索貌。

〔二〕三湘：見卷一《送王師魯協律赴湖南使幕》注，此泛指湖南觀察使轄區。連州原屬嶺南道，乾元後屬湖南觀察使管轄。《元和郡縣圖志》卷二九：湖南觀察使管州七，有連州，「西北至上都三千六百六十五里」。

〔三〕邊鴻：北地的大雁。傳説雁至衡陽北回，連州在嶺南，大雁不到，水亦南流入南海。宋之問《題大庾嶺北驛》：「陽月南飛雁，傳聞至此回。」

順陽歌〔一〕

朝辭官軍驛，〔二〕前望順陽路。野水齧荒墳，〔三〕秋蟲鏤官樹。〔四〕曾聞天寶末，〔五〕胡馬西南騖。〔六〕城守魯將軍，拔城從此去。〔七〕

【校注】

〔一〕詩永貞元年九月赴連州途中作。《順陽歌》：禹錫所創新題樂府。順陽，漢縣名，故城在今河南省鄧縣。《史記·張釋之傳》正義引《括地志》：「順陽故城在鄧州穰縣西三十里，楚之郇邑也。」禹錫自洛陽南行赴連州經此。

〔二〕官軍驛：驛名，其地未詳，當在順陽北。

〔三〕齧：咬，侵蝕。此指沖刷。

〔四〕鏤：鏤刻，此指蛀蝕。官樹：官道之樹。

〔五〕天寶：唐玄宗李隆基的第三個年號（七四二—七五五）。

〔六〕胡馬：指安史叛軍。騖：亂馳。《資治通鑑》卷二一七：「（天寶十四載）十一月甲子，禄山發所部兵及同羅、奚、契丹、室韋凡十五萬衆，號二十萬，反於范陽。……十二月……丁酉，禄山陷東京。」

〔七〕魯將軍：魯炅，兩《唐書》有傳。《舊唐書》本傳：「（天寶）十五載正月，拜炅上洛郡太守，……

充南陽節度使。以嶺南、黔中、山南東道子弟五萬人屯葉縣北、滍水之南，築柵，四面掘壕以自固。至五月，賊將武令珣、畢思琛等來擊之，衆欲出戰，炅不許。賊於營西順風燒煙，營内坐立不得，横門扇及木争出，賊矢集如雨，炅與中使薛道等挺身遁走，餘衆盡没。……炅收合殘卒，保南陽郡，爲賊所圍。……炅城中食盡，煮牛皮筋角而食之，米斗至四五十千，有價無米，鼠一頭至四百文，餓死者相枕藉。……炅在圍中一年，救兵不至，晝夜苦戰，人相食。至德二年五月十五日，率衆持滿傅矢突圍而出南陽，投襄陽。……朝廷因除御史大夫、襄陽節度使。時賊志欲南侵江、漢，賴炅奮命扼其衝要，南夏所以保全。」《資治通鑑》卷二一八：至德元載「五月丁巳，炅衆潰，走保南陽」。《通鑑考異》卷一四：「《玄宗實録》云：『炅擁百姓數千人，奔順陽川。』今從《舊傳》。」按：禹錫此詩，所云與《玄宗實録》合。

【集評】

姚寬曰：李賀詩「攢蟲鏤古柳」，劉禹錫詩「秋蟲鏤官樹」，此二句皆善。（《西溪叢語》卷上）

宜城歌〔一〕

野水遶空城，行塵起孤驛。〔二〕荒臺側生樹，石碣陽鐫額。〔三〕靡靡渡行人，〔四〕温風吹宿麥。〔五〕

【校注】

〔一〕詩永貞元年十月赴連州途中作。《宜城歌》：禹錫所創新題樂府。宜城，即楚之鄢都，故城在今湖北省宜城縣南。《元和郡縣圖志》卷二一「襄州宜城縣」：「故宜城，在縣南九里。本楚鄢縣。……至漢惠帝三年，改名宜城。」

〔二〕孤驛：指宜城驛。《全唐文》卷五五七韓愈《記宜城驛》：「此驛置在古宜城内。驛東北有井，傳是昭王井，有靈異，至今人莫汲。驛前水，傳是白起堰西山下澗灌此，城壞，楚人多死。」據韓愈《記》，驛東北數十步有楚昭王廟，後有小城及殿城，當爲王居及朝内之所。

〔三〕碣：上端呈圓形的碑。陽：指碣的正面。

〔四〕靡靡：行步遲緩貌。

〔五〕宿麥：冬小麥。《漢書·武帝紀》顔師古注：「秋冬種之，經歲乃熟，故云宿麥。」《詩·王風·黍離》：「彼黍離離，彼稷之苗。行邁靡靡，中心摇摇。」小序云：「《黍離》，閔宗周也。周大夫行役至於宗周，過故宗廟宫室，盡爲禾黍，閔周室之顛覆，彷徨不忍去，而作是詩也。」禹錫此詩，實祖其意。

紀南歌〔一〕

風煙紀南城，塵土荆門路。〔二〕天寒多獵騎，走上樊姬墓。〔三〕

【校注】

〔一〕詩永貞元年十月赴連州途經江陵作。《紀南歌》：禹錫所創新題樂府。紀南，城名，即楚之郢都，故城在今湖北省江陵市西北。《史記·楚世家》正義引《括地志》：「紀南故城在荆州江陵縣北五十里。杜預云：『國都於郢，今南郡江陵縣北紀南城是也。』」

〔二〕荆門：縣名，今屬湖北省。《新唐書·地理志四》「江陵府荆門縣」：「貞元二十一年析長林縣置。」

〔三〕樊姬：楚莊王夫人。《列女傳》卷二：「樊姬，楚莊王之夫人也。莊王即位，好狩獵，樊姬諫，不止，乃不食禽獸之肉。王改過，勤於政事。」傳又載樊姬諷莊王任賢等事。《太平寰宇記》卷一四六「荆州江陵縣」：「諫獵冢，即樊姬墓也，爲楚莊夫人。今爲諫獵冢。」張説《登九里臺即樊姬墓》：「楚國所以霸，樊姬有力焉。」此蓋慨嘆諫獵冢已爲獵場，諫獵之事早已爲人遺忘。

【集評】

何焯曰：樊姬能感悟其主罷田，今獵者乃上其墓，無知甚矣。自喻爲善而遭斥逐也。（卞孝萱《劉禹錫詩何焯批語考訂》）

韓十八侍御見示岳陽樓别竇司直詩因令屬和重以自述故足成六十二韻〔一〕

楚望何蒼然，〔二〕層瀾七百里。〔三〕孤城寄遠目，〔四〕一寫無窮已。〔五〕蕩漾浮天蓋，〔六〕回環宣地理。〔七〕積漲在三秋，〔八〕混成非一水。〔九〕冬游見清淺，春望多洲沚。雲錦遠沙明，風煙青草靡。〔一〇〕火星忽南見，〔一一〕月魄方東迤。〔一二〕雪波西山來，〔一三〕隱若長城起。獨專朝宗路，〔一四〕駛悍不可止。〔一五〕支川讓其威，〔一六〕蓄縮空南委。〔一七〕熊武走蠻落，〔一八〕熊、武，二溪名。瀟湘來奥鄙。〔一九〕炎蒸動泉源，積潦搜山趾。歸往無旦夕，〔二〇〕包含通遠邇。行當白露時，〔二一〕眇視秋光裏。曙色未昭晰，露華遥斐亹。〔二二〕浩爾神骨清，〔二三〕如觀混元始。〔二四〕戕風忽震盪，〔二五〕驚浪迷津涘。〔二六〕怒激鼓鏗訇，〔二七〕蹙成山巋硊。〔二八〕鵾鵬疑變化，〔二九〕罔象何恢詭。〔三〇〕嘘吸寫樓臺，〔三一〕騰驤露鬐尾。〔三二〕景移群動息，〔三三〕波静繁音弭。〔三四〕明月出中央，青天絶纖滓。〔三五〕素光淡無際，緑静平如砥。〔三六〕空影度鵷鴻，〔三七〕秋聲思蘆葦。〔三八〕鮫人弄機杼，〔三九〕貝闕騈紅紫。〔四〇〕珠蛤吐玲瓏，〔四一〕文鰩翔旖旎。〔四二〕水鄉吴蜀限，〔四三〕地勢東南庳。〔四四〕翼軫粲垂精，〔四五〕衡巫屹環峙。〔四六〕名雄七澤數，〔四七〕國辨三苗氏。〔四八〕唐羿斷脩蛇，〔四九〕荆王憚丁達反青兕。〔五〇〕秦狩跡猶在，〔五一〕虞巡路從此。〔五二〕軒后奏宫商，〔五三〕騷人詠蘭芷。〔五四〕茅嶺潛相應，〔五五〕橘洲傍可指。〔五六〕郭璞驗幽經，〔五七〕羅含著前紀。〔五八〕觀津戚里族，〔五九〕按道侯家子。〔六〇〕聯袂登高樓，臨軒笑相視。假守亦高卧，〔六一〕實時權領郡事。墨曹正垂耳。〔六二〕韓亦量移江陵法曹。契闊話涼温，〔六三〕壺觴慰遷徙。〔六四〕地偏山水秀，客重杯盤侈。〔六五〕紅袖花欲然，〔六六〕銀燈晝相似。興酣更抵掌，〔六七〕樂極同啟齒。〔六八〕筆鋒不能休，〔六九〕

藻思一何綺〔七〇〕！伊予負微尚，〔七一〕夙昔慚知己。〔七二〕出入金馬門，〔七三〕交結青雲士。〔七四〕襲芳踐蘭室，〔七五〕學古游槐市。〔七六〕策慕宋前軍，〔七七〕文師漢中壘。〔七八〕陋容昧俯仰，〔七九〕孤志無依倚。〔八〇〕衛足不如葵，〔八一〕漏川空嘆蟻。〔八二〕幸逢萬物泰，〔八三〕獨處窮途否。〔八四〕鎩翮重疊傷，〔八五〕兢魂再三褫。〔八六〕蘧瑗亦屢化，〔八七〕左丘猶有恥。〔八八〕桃源訪仙官，〔八九〕薛服祠山鬼。〔九〇〕故人南臺舊，〔九一〕一别如弦矢。〔九二〕今朝會荆蠻，〔九三〕斗酒相宴喜。爲余出新什，〔九四〕笑抃隨伸紙。曄若觀五彩，〔九五〕歘然臻四美。〔九六〕委曲風濤事，〔九七〕分明窮達旨。〔九八〕洪韻發華鐘，〔九九〕凄音激清徵。〔一〇〇〕羊璿要平聲共和，〔一〇一〕江淹多雜擬。〔一〇二〕徒欲仰高山，〔一〇三〕焉能追逸軌。〔一〇四〕湘州路四達，〔一〇五〕巴陵城百雉。〔一〇六〕何必顔光禄，〔一〇七〕留詩張内史？〔一〇八〕

【校注】

〔一〕詩永貞元年十一月在江陵作。韓十八：韓愈。《舊唐書》本傳：「調授四門博士，轉監察御史。德宗晚年，政出多門，宰相不專機務。宫市之弊，諫官論之不聽，愈嘗上章數千言極論之，不聽，怒，貶爲連州陽山令。量移江陵府掾曹。」愈行十八，見岑仲勉《唐人行第録》。岳陽樓：在今湖南省岳陽市，臨洞庭湖。《方輿勝覽》卷二九「岳州」：「岳陽樓，在郡治西南，西面洞庭，左顧君山，不知創始爲誰。唐開元四年，中書令張説出守是邦，日與才士登臨賦詠，自爾名著。」

司直：大理司直。《新唐書·百官志三》「大理寺」：「司直六人，從六品上……掌出使推按。」竇司直，竇庠，兩《唐書》有傳。《韓昌黎集》卷二《岳陽樓別竇司直》詩舊注：「竇司直名庠，字胄卿。韓皋鎮武昌，辟庠幕府，陟大理司直，權領岳州。公自陽山移江陵法曹，道出岳陽樓，作此詩，永貞元年冬十月也。」何焯《義門讀書記》卷三〇：「退之出官，頗猜劉、柳泄其情于韋、王，乃此詩即以示劉，令其屬和，毋乃强直而疎淺乎。或者竇庠語次，深明劉、柳之不然，勸其因唱和而兩釋疑猜，而劉亦忍詬以自明也。」竇庠和詩今存。《資治通鑑》卷二三六：永貞元年十一月，「朝議謂王叔文之黨或自員外郎出爲刺史，貶之太輕；己卯，再貶……劉禹錫爲朗州司馬」。劉禹錫《子劉子自傳》：「予出爲連州，途至荆南，又貶朗州司馬。」此詩云「桃源訪仙官」，蓋時已接到再貶朗州的命令。韓、竇岳陽樓唱和在十月，禹錫詩則十一月在江陵追和。韓愈原詩四十六韻，禹錫和詩多出十六韻，故云「足成」。

〔二〕楚望：楚地山川。《左傳·哀公六年》：「三代命祀，祭不越望。江、漢、雎、漳，楚之望也。」杜預注：「諸侯望祀竟（境）内山川星辰。」顔延之《始安郡還都與張湘洲登巴陵城樓作》：「江漢分楚望，衡巫奠南服。」

〔三〕層瀾：疊起的波濤，指洞庭湖。《水經注·湘水》：「洞庭……湖水廣圓五百餘里，日月若出没於其中。」

〔四〕孤城：指岳州城。

〔五〕寫：同瀉，宣泄。無窮：原作「窮無」，據劉本、《全唐詩》改。

〔六〕天蓋：即天，古人謂天形如倚蓋，參見卷一《奉和中書崔舍人八月十五日夜玩月二十韻》注。

〔七〕地理：大地脈理。理，原作「里」，據劉本、《全唐詩》改。

〔八〕三秋：秋季三月。《北夢瑣言》卷七：「湘江北流至岳陽，達蜀江。夏潦後，蜀漲勢高，遏住湘波，讓而退溢爲洞庭湖，凡闊數百里。」

〔九〕非一水：《方輿勝覽》卷二九引《風土記》：「鼎、澧、沅、湘，合諸蠻黔南之水，匯於洞庭，至巴陵與荆江合。」

〔一〇〕青草：洞庭湖一名青草湖，此語意雙關。《元和郡縣圖志》卷二七「岳州巴陵縣」：「巴丘湖，又名青草湖，在縣南七十九里，周迴二百六十五里，俗云古雲夢澤也。」《太平寰宇記》卷一一三「岳州巴陵縣」：「青草湖，側有青草，因以爲名。」杜甫《宿青草湖》：「洞庭猶在目，青草續爲名。」靡：倒伏。

〔一一〕火星：指大火，即心宿二。《書·堯典》：「日永星火，以正仲夏。」《詩·豳風·七月》：「七月流火。」朱熹《集傳》：「流，下也。火，大火，心星也。以六月之昏加於地之南方，至七月之昏則下而西流矣。」

〔一二〕月魄：即月。魄，月初出時的微光。月魄方東：原作「月硤萬東」，《全唐詩》作「月硤方東」，據劉本、《叢刊》本改。迤：斜行貌。

〔一三〕雪波：積雪融化之水。西山：蜀中岷峨諸山的總稱。《輿地紀勝》卷六九「岳州」：「《岳陽志》云：『荆江六七月間，其水暴漲，則逆泛洞庭，瀟湘清流爲之改色。南至青草，旬日乃復，亦謂之西水。其水極冷，皆云岷峨雪消所致。』」

〔一四〕朝宗：入海。《書・禹貢》：「江漢朝宗於海。」疏：「諸侯見天子之禮，春見曰朝，夏見曰宗。……以海大而江漢小，以小就大，似諸侯歸於天子。」

〔一五〕駛悍：急奔。

〔一六〕支川：支流，謂湘、資、沅、澧等水。

〔一七〕蓄縮：聚集萎縮。空：劉本、《全唐詩》作「至」。委：水下游。

〔一八〕熊武：二水名，爲沅水支流。蠻落：蠻族聚居處。《水經注・沅水》：「熊溪下注沅水。……水又逕沅陵縣西，有武溪，源出武山……南流注於沅。」又：「武陵有五溪，謂熊溪、樠溪、無溪、西溪，辰溪其一焉。夾溪悉是蠻左所居，故謂此蠻五溪蠻也。」《元和郡縣圖志》卷三一「辰州」則以西、武、沅、辰、熊爲五溪。

〔一九〕奥鄙：邊遠荒僻之地。瀟水源出湖南省藍山縣南九嶷山，湘水源出廣西興安縣海陽山。熊、武二溪入沅水，瀟水入湘水，沅、湘均注入洞庭湖。

〔二〇〕無旦夕：無旦夕休止之時。《論語・子罕》：「子在川上曰：『逝者如斯夫，不捨晝夜！』」

〔二一〕白露：八月節氣。此下叙寫洞庭湖秋色。

〔二三〕斐亹：文采貌。《文選》孫綽《游天台山賦》：「彤雲斐亹以翼櫺。」李善注：「斐亹，文貌。」

〔二三〕浩爾：廣大貌。

〔二四〕混元：天地未闢之時。《雲笈七籤》卷二：「混元者，記事於混沌之前，元氣之始也。」

〔二五〕戕風：惡風。戕，原作「我」，《全唐詩》作「北」，據劉本改。

〔二六〕津：渡口。涘：水邊。

〔二七〕鏗訇：撞擊鐘鼓聲，此喻指濤聲。

〔二八〕巋硊：山高大貌，此喻指波浪。

〔二九〕鵾鵬：即鯤鵬，傳説中的鵬鳥。《莊子·逍遥游》：「北溟有魚，其名爲鯤。鯤之大，不知其幾千里也。化而爲鳥，其名爲鵬。鵬之背，不知其幾千里也。怒而飛，其翼若垂天之雲。」杜甫《泊岳陽城下》：「變化有鵾鵬。」

〔三〇〕罔象：水怪。《史記·孔子世家》：「水之怪龍、罔象。」集解引韋昭曰：「或云罔象食人，一名沐腫。」恢詭：奇詭。

〔三一〕嘘吸：呼吸。寫：圖畫或澆鑄事物的形象，此即形成之意。樓臺：謂海市蜃樓，光綫折射反射而成，古人認爲是水中蛟、蜃等動物吐氣形成。《史記·天官書》：「海旁蜃氣象樓臺。」《唐語林》卷八：「海上居人，時見飛樓如結構之狀，甚壯麗……皆《天官書》所謂蜃也。」

〔三二〕騰驤：騰躍。鬐尾：鬐鬣與尾巴。

〔三三〕景：日光。群動：各種生物。陶潛《飲酒》：「日入群動息。」

〔三四〕弭：止息。

〔三五〕纖滓：細小沉澱物，指雲彩。《世説新語・言語》：「司馬太傅齋中夜坐，於時天月明净，都無纖翳，太傅嘆以爲佳。謝景重在坐，答曰：『意謂乃不如微雲點綴。』太傅因戲謝曰：『卿居心不净，乃復强欲滓穢太清邪？』」

〔三六〕静：與前「波静」字重，又與「素光」不對，疑當作「鏡」。砥：磨刀石。《詩・小雅・大東》：「周道如砥。」

〔三七〕鵷鴻：鴛鴦與鴻雁，此偏指鴻雁，秋則南飛。

〔三八〕思蘆葦：起《蒹葭》懷人之思。《詩・秦風・蒹葭》：「蒹葭蒼蒼，白露爲霜。所謂伊人，在水一方。溯洄從之，道阻且長。」蒹葭，即蘆葦。

〔三九〕鮫人：傳説中居於水中的人。《述異記》卷下：「南海中有鮫人室，水居如魚，不廢耕織，其眼能泣則出珠。」杼：織布梭。《古詩十九首》：「纖纖擢素手，札札弄機杼。」

〔四〇〕貝闕：水神的宫殿。《楚辭・九歌・河伯》：「紫貝闕兮珠宫。」王逸注：「言河伯所居以紫貝作闕。」駢：羅列。

〔四一〕珠蛤：産珠蚌貝。玲瓏：空明貌，此指珍珠。

〔四二〕文鰩：一種能飛的魚。《山海經・西山經》：「觀水……多文鰩魚，狀如鯉魚，魚身而鳥翼，蒼文而白首，赤喙，常行西海，游於東海，以夜飛。」旖旎：從風飛揚貌。《文選》揚雄《甘泉賦》：「夫何旟旐郅偈之旖旎也！」李善注：「服虔曰：旖旎，從風柔弱貌。」

〔四三〕限：界限。句即杜甫《登岳陽樓》「吴楚東南坼」之意。《晉書·地理志下》：「建安十三年，魏武盡得荆州之地……及敗於赤壁，南郡以南屬吴，吴後遂與蜀分荆州。於是南郡、零陵、武陵以西爲蜀，江夏、桂陽、長沙三郡爲吴。」此下寫有關洞庭湖的歷史與傳説。

〔四四〕庳：低下。《淮南子·天文》：「地不滿東南，故水潦塵埃歸焉。」

〔四五〕翼、軫：星宿名。洞庭湖在荆州，屬翼、軫二宿的分野。《史記·天官書》：「翼、軫，荆州。」粲：鮮明貌。垂精：垂光。

〔四六〕衡巫：衡山與巫山，分别在洞庭湖的南面和西面。顔延之《始安郡還都與張湘州登巴陵城樓作》：「衡巫奠南服。」環峙：環繞聳峙。

〔四七〕七澤：司馬相如《子虚賦》：「臣聞楚有七澤，嘗見其一……名曰雲夢。雲夢者，方九百里。」《元和郡縣圖志》卷二七「岳州巴陵縣」：「巴丘湖，又名青草湖……俗云古雲夢澤也。」數：劉本、《全唐詩》作「藪」。

〔四八〕三苗：古代部族名。《史記·五帝本紀》集解引吴起曰：「三苗之國，左洞庭而右彭蠡。」

〔四九〕唐羿：后羿，傳説爲唐堯時人。《淮南子·本經》：「逮至堯之時，十日並出……封豨、修蛇皆爲民害。堯乃使羿……斷修蛇於洞庭。」高誘注：「修蛇，大蛇。」《元和郡縣圖志》卷二七「岳州巴陵縣」：「昔羿屠巴蛇於洞庭，其骨若陵，故曰巴陵。」

〔五〇〕荆王：即楚王。憚：通「怛」，震驚。憚，劉本作「殪」，下音注亦作「下逆反」。兕：犀牛。《爾雅·釋獸》郭璞注：「兕一角，青色，重千斤。」《戰國策·楚策一》：「楚王游於雲夢……有狂兕牂車依輪而至。王親引弓而射，一發而殪。」

〔五一〕狩：天子出巡。《史記·秦始皇本紀》：「始皇……之衡山、南郡，浮江，至湘山祠，逢大風，幾不得渡。上問博士曰：『湘君何神？』博士對曰：『聞之，堯女，舜之妻，而葬此。』於是始皇大怒，使刑徒三千人皆伐湘山樹，赭其山。」《元和郡縣圖志》卷二七「岳州巴陵縣」：「君山，在縣西三十里青草湖中。昔秦始皇欲入湖觀衡山，遇風浪，至此山止泊，因號焉。」

〔五二〕虞：虞舜。《史記·五帝本紀》：「舜……踐帝位三十九年，南巡狩，崩於蒼梧之野，葬於江南九疑，是爲零陵。」

〔五三〕軒后：黄帝軒轅氏。后，帝。宫、商：均爲五音之一，指音樂。《莊子·天運》：「北門成問於黄帝曰：『帝張《咸池》之樂於洞庭之野……』」

〔五四〕騷人：指《離騷》作者屈原。蘭、芷：均香草，屈原作品中屢見。相傳屈原被放逐於沅湘，作《九歌》，中有「邅吾道兮洞庭」、「洞庭波兮木葉下」、「沅有芷兮澧有蘭」等語。

〔五五〕茅嶺：茅山，在今江蘇省句容縣南。《水經注·湘水》引《荆州記》：「湖中有君山……山有石穴，潛通吴之包山，郭景純所謂巴陵地道者也。」陰鏗《渡青草湖》：「穴去茅山近，江連巫峽長。」

〔五六〕橘洲：在今長沙市湘水中。見前《送王師魯協律赴湖南使幕》注。又沅水中氾洲亦可稱橘洲。《水經注·沅水》：「沅水又東歷龍陽縣之氾洲，洲長二十里。吴丹陽太守李衡植柑於其上，臨死，敕其子曰：『吾州里有木奴千頭，不責衣食，歲絹千匹。』……吴末，衡柑成，歲絹千匹。今洲上猶有陳根餘枿，蓋其遺也。」《方輿勝覽》卷三〇「常德府」：「橘洲，在龍陽縣北五十里，周回三里。」

〔五七〕郭璞：晉人。《晉書》本傳：「郭璞字景純，河東聞喜人也。……好經術，博學有高才。……注《三蒼》、《方言》、《穆天子傳》、《山海經》及《楚辭》、《子虛》、《上林賦》數十萬言，皆傳於世。」幽經：指《山海經》，其中《海内東經》有關於洞庭湖的記載。

〔五八〕羅含：晉人。《晉書》本傳：「羅含字君章，桂陽耒陽人也。……所著文章行於世。」箸：通著。前紀：指羅含所著《湘中山水記》，《水經注》引作《湘中記》，清人陳運溶、王仁俊各有輯本。前，劉本作「跡」。

〔五九〕觀津：漢縣名，在今河北省武邑縣東南，此代指竇庠。《漢書·孝文竇皇后傳》：「皇后新立，家在觀津，姓竇氏。」津，原作「律」，據劉本、《全唐詩》改。戚里：西漢長安中里名。《漢書·石奮傳》：「徙其家長安中戚里，以姊爲美人故也。」顔師古注：「於上有姻戚者，則皆居之，故名其里曰戚里。」竇庠並非戚屬，此爲恭維之辭。此下敘韓、竇岳州相遇唱和事。

〔六〇〕按道：漢韓説封按道侯，此代指韓愈。《史記·衛將軍驃騎列傳》：「將軍韓説，弓高侯庶孫也。……擊東越有功，爲按道侯。」

〔六一〕假守：臨時代理的刺史，指竇庠。高卧：《史記·汲鄭列傳》：「召拜（汲）黯爲淮陽太守。……黯爲上泣曰：『臣常有狗馬病，力不能任郡事。』上曰：『君薄淮陽耶？吾今召君矣。顧淮陽吏民不相得，吾徒得君之重，卧而治之。』」謝朓《郡中卧病呈沈尚書》：「淮陽股肱守，高卧猶在兹。」

〔六二〕墨曹：法曹參軍事，州府屬官。《新唐書·百官志四下》：「法曹司法參軍事，掌鞫獄麗法，督盗賊，知贓賄没入。」《通典》卷三三：「司法參軍……或爲法曹，或爲墨曹。」劉本注下復有「法曹司法參軍或謂之墨曹」十一字。垂耳：不得志貌。賈誼《弔屈原文》：「驥垂兩耳，服鹽車兮。」

〔六三〕契闊：聚散，偏指散，此指離别之情。涼温：喻别離後的經歷與感受。

〔六四〕壺觴：酒器，代指飲宴。遷徙：因遷謫而轉徙。蓋時韓愈方自連州陽山縣貶所北歸。

〔六五〕杯盤侈：菜肴豐盛。

〔六六〕紅袖：代指侍酒獻技的女子。

〔六七〕抵掌：擊掌，高談闊論時的一種動作。或云以一手抵住另一手掌。《戰國策·秦策一》：「（蘇秦）見説趙王於華屋之下，抵掌而談。」

〔六八〕啟齒：笑。郭璞《游仙詩》：「靈妃顧我笑，粲然啟玉齒。」

〔六九〕不能休：曹丕《典論·論文》：「（班固）與弟超書曰：『（傅）武仲以能屬文爲蘭臺令史，下筆不能自休。』」

〔七〇〕藻思：文思。綺：美麗。陸機《擬今日良宴會》：「高談一何綺，蔚若朝霞爛。」

〔七一〕伊：發語詞。微尚：微志。謝靈運《初去郡》：「伊予秉微尚，拙訥謝浮名。」此下禹錫「自述」。

〔七二〕慚：劉本作「暫」。知己：指韓愈，貞元末爲御史，與柳宗元、劉禹錫同官相善。韓愈《赴江陵途中寄贈王二十補闕李十一拾遺李二十六員外翰林三學士》：「適會除御史，誠當得言秋。……同官盡才俊，偏善柳與劉。」

〔七三〕金馬門：西漢長安宦者署門，待詔之所，此代指朝廷。《三輔黄圖》卷三：「金馬門，宦者署。武帝得大宛馬，以銅鑄像立於署門，因以爲名。東方朔、主父偃、嚴安、徐樂皆待詔金馬門，即此。」

〔七四〕青雲士：仕宦通達的人。《史記·伯夷列傳》：「閭巷之人，欲砥行立名者，非附青雲之士，惡能施於後世哉！」

〔七五〕襲芳：承其餘芳。蘭室：芝蘭之室。《説苑·雜言》：「孔子曰：『與善人居，如入蘭芷之室，久而不聞其香，即與之化矣。』」據洪興祖《韓子年譜》，愈貞元十九年拜監察御史。同年閏十月，劉禹錫亦自渭南主簿遷監察御史，在韓愈後，故云「襲芳」。

〔七六〕槐市：西漢長安中市名，參見前《秋螢引》注。

〔七七〕策：文體名，此泛指公文。宋前軍：指劉穆之，劉宋時官前將軍，以文思敏捷著稱，禹錫《送從弟郎中赴浙西》詩自注稱之爲「劉前軍」。《宋書·劉穆之傳》：「穆之内總朝政，外供軍旅，決斷如流，事無擁滯。賓客輻輳，求訴百端，内外咨禀，盈階滿室，目覽辭訟，手答箋書，耳行聽受，口並酬應，不相參涉，皆悉贍舉。……裁有閑暇，自手寫書，尋覽篇章，校定墳籍。」

〔七八〕漢中壘：指劉向，官中壘校尉。《漢書·劉向傳》：「向以爲王教由内及外，故……爲《列女傳》凡八篇，以戒天子，及採傳記行事，著《新序》、《説苑》凡五十篇，奏之。數上疏言得失，陳法戒。書數十上，以助觀覽，補遺闕。」

〔七九〕陋容：容貌醜陋，喻材質平庸。俯仰：周旋應付。《漢書·司馬遷傳》：「故且從俗浮湛，與時俯仰。」

〔八〇〕志：劉本作「恚」。依倚：依靠，此即集中《蘇州謝上表》「素無黨援」之意。

〔八一〕葵：葵菜。《左傳·成公十七年》：「鮑莊子之知不如葵，葵猶能衛其足。」注：「葵傾葉向日，以蔽其根。」

〔八二〕漏川：河流泄漏，指潰堤。《韓非子·喻老》：「千丈之堤，以螻蟻之穴潰。」

〔八三〕泰：《易》卦名。《易·泰》：「天地交而萬物通也。……君子道長，小人道消。」

〔八四〕否：《易》卦名。《易·否》：「天地不交而萬物不通也。……小人道長，君子道消。」

〔八五〕鎩翮：傷殘的羽翼。顔延之《五君詠》：「鸞翮有時鎩，龍性誰能馴。」重疊傷：一再受傷，指己初貶連州刺史，再貶朗州司馬事。

〔八六〕兢魂：兢惶的神志。褫：奪去（神志等）。

〔八七〕蘧瑗：字伯玉，春秋衛大夫。屢化：不斷變化，和光同塵。《莊子·則陽》：「蘧伯玉行年六十而六十化。」郭象注：「亦能順世而不係於彼我故也。」同書《人間世》載蘧瑗答顔闔問曰：「彼且爲嬰兒，亦與之爲嬰兒。彼且爲無町畦，亦與之爲無町畦。彼且爲無崖，亦與之爲無崖。達之，入於無疵。」郭象注：「不小立圭角以逆其鱗也。」

〔八八〕左丘：左丘明，春秋時魯國史官。《論語·公冶長》：「子曰：『巧言令色足恭，左丘明恥之，丘亦恥之。』」庾信《竹杖賦》：「伯玉何嗟，丘明惟恥。」

〔八九〕桃源：桃花源，在朗州。《方輿勝覽》卷三〇「常德府」：「桃源山，在桃源縣二十里。《圖經》云：山下有桃川宫，西南一里即桃源洞，云是昔秦人避亂之地。」仙官：指道士。

〔九〇〕薜服：隱者之服。薜，薜荔，蔓生常緑灌木。《楚辭·九歌·山鬼》：「若有人兮山之阿，披薜荔兮帶女蘿。」王逸注：「言山鬼仿佛若人，見於山之阿，被薜荔之衣，以兔絲爲帶也。」山鬼：山中精怪。《楚辭·九歌·山鬼》王逸注：「《莊子》曰：『山有夔。』《淮南》曰：『山出嘄陽。』楚人所祠，豈此類乎？」

〔九一〕南臺：御史臺。《因話録》卷五：「高宗朝，改門下省爲東臺，中書省爲西臺，尚書省爲文昌臺，故御史臺呼爲南臺。」劉本「舊」字下有注云：「公爲御史時與禹錫同官。」此下叙己與韓愈會於江陵，作結。

〔九二〕弦矢：離弦之箭。劉禹錫《祭興元李司空文》：「如矢别弦。」矢，劉本作「駛」。貞元十九年冬，韓愈貶陽山令，與禹錫分别，已歷二年。

〔九三〕荆蠻：周人對楚人的鄙稱，此指江陵。《通典》卷一八三：「江陵郡，今之荆州，理於江陵縣。春秋以來楚國之都，謂之郢都。」劉本「蠻」字下有注云：「時禹錫出爲連州，途至荆南，改武陵司馬，和韻於荆。」

〔九四〕新什：新詩，指韓愈、竇庠唱和詩。《義門讀書記》卷三〇：「《岳陽樓别竇司直》『姦猜畏彈射』一連，退之出官，頗猜劉、柳泄其情於韋、王。」按：韓愈貶陽山時，韋執誼、王叔文尚未當權，何焯云「泄其情於韋、王」，不確。《韓昌黎集》卷一《赴江陵途中寄贈王二十補闕李十一拾遺李二十六員外翰林三學士》：「適會除御史，誠當得言秋。拜疏移閤門，爲忠寧自謀。……謂言及施設，乃反遷炎州。同官盡才俊，偏善柳與劉。或慮語言泄，傳之落冤仇。」何焯「頗猜」云云，指此。

〔九五〕曄：光耀貌。五彩：青、黄、赤、白、黑五色。彩，劉本作「色」。

〔九六〕臻：聚集完備。四美：謝靈運《擬魏太子鄴中集詩·序》：「天下良辰美景，賞心樂事，四者難並。」

〔九七〕委曲：委婉曲折。

〔九八〕窮達：困厄與通顯。韓愈詩前半寫景物，後半叙途中風濤險阻，寓身世之感，見附録韓愈原詩。

〔九九〕洪韻：大音。華鐘：華美編鐘。

〔一〇〇〕清徵：悲哀感人的樂曲。《韓非子·十過》：「（晉平）公曰：『清商固最悲乎？』師曠曰：『不如清徵。』平公曰：『……願試聽之。』師曠不得已，援琴而鼓。一奏之，有玄鶴二八道南方來，集於郎門之垝。再奏之而列。三奏之，延頸而鳴，舒翼而舞。」

〔一〇一〕羊璿：即羊璿之。《宋書·謝靈運傳》：「元嘉五年，靈運既東還，與族弟惠連、東海何長瑜、潁川荀雍、泰山羊璿之，以文章賞會，共爲山澤之游，時人謂之『四友』。」羊，原作「芋」，據《叢刊》本、《全唐詩》改。要：邀約。

〔一〇二〕江淹：字文通，齊、梁間詩人，《梁書》、《南史》有傳。雜擬：指江淹《雜體詩》。《文選》「雜擬類」江淹有《雜體詩三十首》，李善注引江淹《雜體詩序》：「關西、鄴下，既已罕同；河外、江南，頗爲異法。今作三十首詩，斆其文體，雖不足品藻淵流，庶亦無乖商榷。」

〔一〇三〕高山：喻頌韓愈。《詩·小雅·車舝》：「高山仰止，景行行止。」箋：「人有高德者則慕仰之，有明行者則而行之。」

〔一〇四〕逸軌：猶逸駕，迅疾奔馳之車。潘岳《秋興賦》：「仰群俊之逸軌兮，攀雲漢以游騁。」

〔一〇五〕湘州：東晉置，州治在臨湘，今湖南省長沙市。《晉書·地理志下》：「懷帝又分長沙、衡陽、湘東、零陵、邵陵、桂陽及廣州之始安、始興、臨賀九郡置湘州。……義熙十三年，省湘州。」

〔一〇六〕巴陵：即岳州。《新唐書·地理志五》「江南道」：「岳州，巴陵郡。」雉：計算城牆面積的單位。《左傳·隱公元年》：「都城過百雉，國之害也。」注：「一雉之牆，長三丈，高一丈。」

〔一〇七〕顔光禄：顔延之，字延年，南朝宋文學家，官至金紫光禄大夫，《宋書》、《南史》有傳。

〔一〇八〕内史：指刺史。《十駕齋養新録》卷六：「漢制，諸侯王國以相治民事，若郡之有太守也。晉則以内史行太守事，國除爲郡，則復稱太守。然二名往往混淆，史家亦互稱之。」張内史，指張劭，曾官湘州刺史，《宋書》、《南史》有傳。顔延之有《始安郡還都與張湘州登巴陵城樓作》詩，見《文選》卷二七。二句謂今日與韓、竇唱和，不使顔延之、張劭專美於前。

【集評】

何焯曰：退之詩後半，頗追斥八司馬之黨，而以之示劉，且要其屬和，其亦近於疏淺，且得無益深其怨恨乎？賴夢得輩深於文章，知韓之必不可抑落，亦有内悔而思尋其舊好之意，狡免於怙兆而兇終耳。然亦可以爲强負自遂之戒也。劉此詩不載於《中山集》，而編外集中，其亦忍尤攘詬有不猥衛者乎。〔孤志句〕無依倚乃自解非附麗韋、王以求速化。〔左丘句〕左丘句乃自解於退之無□怨之意。退之出官，頗疑劉、柳泄之於韋、王，詩中所謂「姦猜畏彈射，斥逐恣欺誑」者是也。夢得和詩，可謂能忍詬者矣。（卞孝萱《劉禹錫詩何焯批語考訂》）

【附録】

岳陽樓别竇司直　韓愈

洞庭九州間，厥大誰與讓。南匯群崖水，北注何奔放。瀦爲七百里，吞納各殊狀。自古澄不清，環混無歸向。炎風日搜攪，幽怪多冗長。軒然大波起，宇宙隘而妨。巍峨拔嵩華，騰踔較健壯。聲音一何宏，轟輵車萬兩。猶疑帝軒轅，張樂就空曠。蛟螭露筍簴，縞練吹組帳。鬼神非人世，節奏頗跌踼。陽施見誇麗，陰閉感悽愴。朝過宜春口，極北缺隄障。夜纜巴陵洲，叢芮纔可傍。星河盡涵泳，俯仰迷下上。餘瀾怒不已，喧聒鳴甕盎。明登岳陽樓，輝焕朝日亮。飛廉戢其威，清晏息纖纊。泓澄湛凝緑，物影巧相況。江豚時出戲，驚波忽蕩瀁。時當冬之孟，隙竅縮寒漲。前臨指近岸，側坐眇難望。滌濯神魂醒，幽懷舒以暢。主人孩童舊，握手乍忻悵。憐我竄逐歸，相見得無恙。開筵交履舄，爛熳倒家釀。杯行無留停，高柱送清唱。中盤進橙栗，投擲傾脯醬。歡窮悲心生，婉孌不能忘。念昔始讀書，志欲干霸王。屠龍破千金，爲藝亦云亢。愛才不擇行，觸事得讒謗。前年出官由，此禍最無妄。公卿采虚名，擢拜職天仗。奸猜畏彈射，斥逐恣欺誑。新恩移府庭，逼側厠諸將。于嗟苦駑緩，但懼失宜當。追思南渡時，魚腹甘所葬。嚴程迫風帆，劈箭入高浪。顛沉在須臾，忠鯁誰復諒？生還真可喜，克己自懲創。庶從今日後，粗識得與喪。事多改前好，趣有獲新尚。誓耕十畝田，不取萬乘相。細君知蠶織，稚子已能餉。行當掛其冠，生死君一訪。（《韓昌黎集》卷二）

酬韓愈侍郎（御）登岳陽樓見贈 原注：時予權知岳州事。 竇庠

巨浸連空闊，危樓在杳冥。稍分巴子國，欲近老人星。昏旦呈新候，川原按舊經。地圖封七澤，天限鎖重扃。萬象皆歸掌，三光豈遁形。月車纔碾浪，日御已翻溟。落照金成柱，餘霞翠擁屏。夜光疑漢曲，寒韻辨湘靈。山晚雲常碧，湖春草遍青。軒黃曾舉樂，范蠡幾揚舲。有客初留鷁，貪程尚數蓂。自當徐孺榻，不是謝公亭。雅論冰生水，雄材刃發硎。座中瓊玉潤，名下茝蘭馨。假手（守）誠知拙，齋心匪暫寧。每慚公府粟，卻憶故山苓。苦調當三嘆，知音願一聽。自悲由也瑟，敢墜孔悝銘。野杏初成雪，松醪正滿瓶。莫辭今日醉，長恨古人醒。（《全唐詩》卷二七一）

君山懷古〔一〕

屬車八十一，〔二〕此地阻長風。〔三〕千載威靈盡，〔四〕赭山寒水中。〔五〕

【校注】

〔一〕詩永貞元年冬自江陵赴朗州途經洞庭湖作。君山：在今湖南省岳陽市洞庭湖中。《博物志》卷六：「洞庭君山，帝之二女居之，曰湘夫人。……又《荊州圖經》曰：湘君所游，故曰君山。」

〔二〕屬車：《文選》張衡《東京賦》：「屬車九九，乘軒並轂。」李善注引《漢雜事》：「諸侯貳車九乘，秦滅九國，兼其車服，故大駕屬車八十一乘。」參見前《馬嵬行》注。

〔三〕阻長風：秦始皇南巡於君山阻風事，已見前《韓十八侍御見示岳陽樓別竇司直詩因令屬和重

以自述故足成六十二韻》詩注。

〔四〕千載：據《史記·秦始皇本紀》，始皇於二十八年（前二一九）南巡，至永貞元年（八〇五）已一〇二四年。威靈：神靈威力。

〔五〕赭山：没有樹木呈赤褐色的山。秦始皇命刑徒「伐湘山樹，赭其山」，已見前《韓十八侍御見示岳陽樓别竇司直詩因令屬和重以自述故足成六十二韻》詩注。

劉禹錫全集編年校注卷二 詩 元和上

武陵書懷五十韻〔一〕并引

按《天官書》，武陵當翼、軫之分。〔二〕其在春秋及戰國時，皆楚地，後爲秦惠王所并，置黔中郡。〔三〕漢興，更名曰武陵，東徙于今治所。〔四〕常林《義陵記》云：「初，項籍殺義帝于郴，武陵人曰：『天下憐楚而興，今吾王何罪乃見殺？』〔五〕郡民縞素哭于招屈亭，高祖聞而義之，故亦曰義陵。」今郡城東南亭舍，其所也。〔六〕晉、宋、齊、梁間，皆以分王子弟，事存于其書。〔七〕永貞元年，余始以尚書外郎出補連山守，道貶爲是郡司馬。〔八〕至則以方誌所載而質諸其人民，顧山川風物皆騷人所賦，乃具所聞見而成是詩，因自述其出處之所以然，故用「書懷」爲目云〔九〕。

西漢開支郡，〔一〇〕南朝號戚藩。〔一一〕四封當列宿，〔一二〕百雉俯清沅。〔一三〕高岸朝霞合，〔一四〕驚湍激箭奔。積陰春暗度，將霽霧先昏。俗尚東皇祀，〔一五〕謠傳義帝冤。桃花迷隱跡，〔一六〕練葉慰忠魂。〔一七〕户算資漁獵，〔一八〕鄉豪恃子孫。〔一九〕照山畬火動，〔二〇〕踏月俚歌喧。〔二一〕擁楫舟爲市，連甍竹覆軒。披沙金粟見，〔二二〕拾羽翠翹翻。〔二三〕茗圻滄溪秀，〔二四〕蘋生枉渚暄。〔二五〕滄溪茶爲邑人所重，枉渚近在郭東。禽驚格磔起，〔二六〕魚戲噞喁繁。〔二七〕按《本草經》曰「鷓鴣聲如鉤輈格磔」者是也。沈約臺榭故，〔二八〕李衡墟落存。〔二九〕隱侯臺、木奴洲並在。湘靈悲鼓瑟，〔三〇〕泉客泣酬恩。〔三一〕露變蒹葭浦，〔三二〕星懸橘柚村。虎咆空野震，鼉作滿川渾。〔三三〕鄰里皆遷客，〔三四〕兒童習左言。〔三五〕炎天無冽井，霜月見芳蓀。〔三六〕清白家傳遺，〔三七〕詩書志所敦。〔三八〕列科叨甲乙，〔三九〕從宦出丘樊。〔四〇〕結友心多契，〔四一〕馳聲氣尚吞。〔四二〕士安曾重賦，〔四三〕元禮許登門。〔四四〕草檄嫖姚幕，〔四五〕巡兵戊己屯。〔四六〕築臺先自隗，〔四七〕送客獨留髡。〔四八〕遂結王畿綬，來觀衢室尊。〔四九〕鳶飛入鷹隼，〔五〇〕魚目儷璵璠。〔五一〕曉燭羅馳道，〔五二〕朝陽闢帝閽。〔五三〕王正會夷夏，〔五四〕月朔盛旗旛。〔五五〕獨立當瑶闕，傳訶步紫垣。〔五六〕按章清犴獄，〔五七〕視祭潔蘋蘩。〔五八〕御曆昌期遠，〔五九〕傳家寶祚蕃。繇文光夏啟，〔六〇〕神教畏軒轅。〔六一〕内禪因天性，〔六二〕膺圖授化元。〔六三〕繼明懸日月，〔六四〕出震統乾坤。〔六五〕大孝三朝備，〔六六〕洪恩九族惇。〔六七〕百川宗渤澥，〔六八〕五岳輔崑崙。〔六九〕何幸逢休運，微班識至尊。校緡資筦榷，〔七〇〕復土奉山園。〔七一〕時以本官判度支鹽鐵等，兼崇陵使判官。一失貴人意，〔七二〕徒聞太學論。〔七三〕直廬辭錦帳，〔七四〕遠守愧朱旛。〔七五〕巢幕方猶燕，〔七六〕搶榆尚笑鯤。〔七七〕邅回過荆郢，〔七八〕流落感涼温。〔七九〕旅望花無色，愁心醉不惛。春江千里草，暮雨一聲猿。問卜安冥數，〔八〇〕看方理病源。〔八一〕帶賒衣改製，〔八二〕塵澀劍成痕。三秀悲中散，〔八三〕二毛傷虎賁。〔八四〕來憂禦魑魅，〔八五〕歸願牧鷄豚。〔八六〕就日秦京遠，〔八七〕臨風楚奏煩。〔八八〕南登無灞岸，〔八九〕旦夕上高原。

【校注】

〔一〕詩元和元年初至朗州作。武陵：郡名，即朗州，州治在今湖南省常德市。《新唐書·地理志四》「山南道」：「朗州，武陵郡。」

〔二〕《天官書》：《史記》篇名。《史記·天官書》：「翼、軫，荆州。」參見卷一《韓十八侍御見示岳陽樓别竇司直詩（略）》詩注。

〔三〕秦惠王：公元前三三七至前三一一年在位。按：黔中郡乃秦昭襄王時置。《史記·秦本紀》：「（昭襄王）二十七年……又使司馬錯發隴西，因蜀攻楚黔中，拔之。……三十年，蜀守若伐楚，取巫郡及江南爲黔中郡。」

〔四〕武陵：郡名，漢初置。《漢書·地理志上》：「武陵郡，高帝置……屬荆州。」西漢時，武陵郡治在義陵縣，即今湖南省溆浦縣。

〔五〕常林：三國河内温人，字伯槐，仕魏，官至光禄勳太常，封高陽鄉侯，《三國志》有傳。其撰《義陵記》事未詳。義帝：楚懷王孫心。項梁起兵抗秦，求之於民間，立以爲楚懷王。《史記·項羽本紀》：「（范增）往説項梁曰：『陳勝敗固當。夫秦滅六國，楚最無罪。自懷王入秦不反，楚人憐之至今。……今君起江東，楚蠭午之將皆爭附君者，以君世世楚將，爲能復立楚之後也。』

於是，項梁然其言，乃求楚懷王孫心民間，爲人牧羊，立以爲楚懷王。」項羽滅秦，尊懷王爲義帝。「漢之元年四月，……項王出之國，使人徙義帝，曰：『古之帝者地方千里，必居上游。』乃使使徙義帝長沙郴縣……陰令衡山、臨江王擊殺之江中。」

〔六〕招屈亭：故址在今常德市。《輿地紀勝》卷六九：「招屈亭，今郡南亭即其所，在安濟門之右，沅水之濱。」舍：《叢刊》本作「是」。

〔七〕其書：指《晉書》、《宋書》、《南齊書》、《梁書》等。晉宣帝孫司馬澹封武陵王，見《晉書·宣五王傳》。宋文帝子劉駿、劉贊封武陵王，見《宋書·孝武紀》及《後廢帝紀》。齊蕭曄封武陵王，見《南齊書·太祖紀》。梁高祖子蕭紀封武陵王，見《梁書》本傳。

〔八〕外郎：員外郎。《叢刊》本「外」上有「員」字。司馬：州府屬官。《舊唐書·職官志三》：「下州：……司馬一人，從六品下。……掌貳府州之事，以綱紀衆務，通判列曹，歲終則更入奏計。」按：禹錫貶在朗州爲司馬，實爲「員外置」，即定員之外所置，用以安置貶降官員者，無實際職司。

〔九〕方誌：地方誌，即圖經，用以記載某一地區地理、歷史、出產、民俗、人物等的著作。騷人：指屈原。《楚辭·九歌》王逸序：「昔楚國南郢之邑，沅、湘之間，其俗信鬼而好祠，其祠必作歌樂鼓舞以樂諸神。屈原放逐，竄伏其域，懷憂苦毒，愁思沸鬱，出見俗人祭祀之禮，歌舞之樂，其詞鄙陋，因爲作《九歌》之曲。」

〔一〇〕支郡：猶屬郡。西漢初置武陵郡，屬荆州，已見前注。此下述武陵之制置沿革及風物民情。

〔一二〕戚藩：同姓諸侯王國，以其可屏藩中央皇室，故稱。

〔一三〕四封：四面邊界。列宿：星宿，此指天上星宿的分野。

〔一三〕百雉：指武陵郡域，參見卷一《韓十八侍御見示岳陽樓别賓司直詩(略)》詩注。清沅：指沅水。《水經注·沅水》：「沅水又東逕臨沅縣南。」漢臨沅縣即今常德市。《大明一統志》卷六四「常德府」：「沅水在府城南。」

〔一四〕朝霞：喻指呈紅色的土壤。《水經注·湘水》引《湘中記》：「白沙如霜雪，赤崖若朝霞。」

〔一五〕東皇：東皇太一，神名。《楚辭·九歌·東皇太一》王逸注：「昔楚國南郢之邑，沅、湘之間，其俗信鬼而好祠。」又云：「太一，星名，天之尊神，祠在楚東，以配東帝，故云東皇。」

〔一六〕桃花：用《桃花源記》事，見卷一《桃源行》注。

〔一七〕練葉：楝樹葉。練，同楝，明本、劉本作「楝」。忠魂：指屈原。《史記·屈原列傳》：「(原)正道直行，竭忠盡智以事其君，……信而見疑，忠而被謗，……於是懷石遂自投汨羅以死。」正義引《續齊諧記》：「屈原以五月五日投汨羅而死，楚人哀之，每於此日以竹筒貯米投水祭之。漢建武中，長沙區回白日忽見一人，自稱三閭大夫，謂回曰：『聞君常見祭，甚善。但常年所遺，並爲蛟龍所竊。今若有惠，可以練樹葉塞上，以五色絲縛之，此物蛟龍所憚。』回依其言。世人五月五日作粽，並帶五色絲及練葉，皆汨羅之遺風。」

〔一八〕户算：税收。按户徵收者曰户，按丁徵收者曰算。句謂武陵百姓生計及税收均依靠漁獵。

〔一九〕鄉豪：鄉里豪强。《新唐書·韋虚心傳》：「荆州有鄉豪，負勢干法。」

〔二〇〕畬火：刀耕火種時燒山之火。參見卷五《畬田行》注。

〔二一〕踏月：月下踏地爲節而歌，爲楚地民間風俗。俚歌：通俗民歌。

〔二二〕金粟：沙金顆粒。《大明一統志》卷六四「常德府」：「金，武陵、桃源、龍陽三縣出，今無。」

〔二三〕翠翹：翠鳥尾上長羽，婦女以爲飾物。曹植《洛神賦》：「或採明珠，或拾翠羽。」

〔二四〕茗：茶芽。滄溪：滄浪水之一源。《太平寰宇記》卷一一八「朗州武陵縣」：「滄浪水，皆在縣西，二水合流，蓋出鐔城縣北界山谷。」

〔二五〕蘋：白蘋，多年生水草，一名田字草。枉渚：在今常德市。《水經注·沅水》：「沅水又東逕臨沅縣南……又東歷小灣，謂之枉渚。」《楚辭·涉江》：「朝發枉渚兮，夕宿辰陽。」

〔二六〕格磔：象聲詞。輯復本《唐新修本草》卷一五：「鷓鴣鳥，生江南，形如母鷄，鳴云鈎輈格磔者是也。」

〔二七〕噞喁：魚群出水面口動貌。左思《吴都賦》：「泝洄順流，噞喁沉浮。」

〔二八〕沈約：南朝宋人，歷仕宋、齊、梁，官至尚書令，謚曰隱，《梁書》、《南史》有傳。《輿地碑記目》卷三「常德府」：「沈公臺碑，在武陵西南三里光福寺竹林中，今猶存有古碑，題額六字云：『重建沈公臺記。』碑字漫滅不可讀。《記》謂沈約爲沅南令，按約傳，未嘗令沅南也。」

〔二九〕李衡：三國吴人。《水經注·沅水》：「沅水又東歷龍陽縣之汜洲，洲長二十里。吴丹陽太守李衡，植柑於其上，臨死，敕其子曰：『吾州里有木奴千頭，不責衣食，歲絹千匹。』……吴末，衡柑成，歲絹千匹。今洲上猶有陳根餘枿，蓋其遺也。」

〔三〇〕湘靈：湘水之神。《楚辭・遠游》：「使湘靈鼓瑟兮，令海若舞馮夷。」瑟：《叢刊》本作「曲」。

〔三一〕泉客：即鮫人。《文選》左思《吴都賦》：「泉室潛織而卷綃，淵客慷慨而泣珠。」劉逵注：「俗傳鮫人從水中出，曾寄寓人家，積日賣綃。……臨去，從主人索器，泣而出珠滿盤，以與主人。」此避唐高祖李淵諱改「淵」爲「泉」。

〔三二〕蒹葭：蘆葦。《詩・秦風・蒹葭》：「蒹葭蒼蒼，白露爲霜。」

〔三三〕鼉：鼉龍，一名猪婆龍，即揚子鰐。

〔三四〕遷客：被貶謫官吏。江淹《恨賦》：「遷客海上，流戍隴陰。」

〔三五〕習：《叢刊》本作「盡」。左言：異族語言或方言。左思《魏都賦》：「或魋髻而左言。」

〔三六〕芳蓀：香草。蓀，香草名。謝靈運《入彭蠡湖口》：「浥露馥芳蓀。」

〔三七〕清白：清正廉潔。《後漢書・楊震傳》：「性公廉，不受私謁，子孫常蔬食步行。故舊長者或欲令爲開産業，震不肯，曰：『使後世稱爲清白吏子孫，以此遺之，不亦厚乎！』」此下述己生平。

〔三八〕詩書：《詩經》與《尚書》，泛指儒家經典。敦：勉勵。《全唐文》卷四九一權德輿《送劉秀才登科後侍從赴東京覲省序》：「彭城劉禹錫……始予見其丱，已習《詩》、《書》，佩觿韘，恭敬詳雅，異乎其倫。」

〔三九〕叨甲乙：指中舉。《新唐書·選舉志上》：「凡進士，試時務策五道，帖一大經。經、策全通爲甲第，策通四、帖過四以上爲乙第。」劉禹錫「三登文科」，見卷一《答張侍御賈喜再登科後自洛赴上都贈别》注。

〔四〇〕丘樊：家園。《文選》謝莊《月賦》：「臣東鄙幽介，長自丘樊。」劉良注：「丘園樊籬也。」

〔四一〕心多：《叢刊》本作「多心」。契：投合。

〔四二〕馳聲：揚名。孔稚圭《北山移文》：「馳聲九州牧。」氣尚：《叢刊》本作「尚氣」。

〔四三〕士安：晉皇甫謐字，《晉書》有傳。其重左思《三都賦》事，已見卷一《奉和中書崔舍人八月十五日夜玩月二十韻》注。

〔四四〕元禮：東漢李膺字。《後漢書·李膺傳》：「膺獨持風裁，以聲名自高，士有被其容接者，名爲『登龍門』。」此以喻指權德輿等。劉禹錫《獻權舍人書》：「禹錫在兒童時已蒙見器，終荷寵薦，始見知名。」

〔四五〕草檄：起草用以曉諭、招募或聲討的文告。嫖姚：嫖姚校尉，武官名，漢名將霍去病曾爲此官。此借指杜佑。《舊唐書·杜佑傳》：「（貞元）十六年，徐州節度使張建封卒，其子愔爲三軍所立，詔佑以淮南節制……兼徐泗節度使，委以討伐。佑乃大具舟艦，遣將孟準先當之。」時禹錫爲杜佑徐泗掌書記，「會出師淮上，恒磨墨於楯鼻上，或寢止群書中」（《劉氏集略説》），故云。

〔四六〕戊己屯：軍營之中。天干中，戊己爲中央。馬融《廣成頌》：「校隊案部，前後有屯。甲乙相伍，戊己爲堅。」

〔四七〕隗：郭隗。《戰國策·燕策》：「燕昭王收破燕後即位，卑身厚幣，以招賢者。欲將以報仇，故往見郭隗先生。……郭隗先生曰：『臣聞古之君人，有以千金求千里馬者，三年不能得，涓人……請求之。君遣之。三月得千里馬。馬已死，買其首五百金，反以報君。君大怒。……涓人對曰：死馬且買之五百金，況生馬乎？天下必以王爲能市馬，馬今至矣。於是不能期年，千里之馬至者三。今王誠欲致士，先從隗始。隗且見事，況賢於隗者乎？豈遠千里哉！』於是昭王爲隗築宮而師之，士爭湊燕。」《文選》鮑照《放歌行》李善注引《上谷郡圖經》：「黄金臺，易水東南十八里，燕昭王置千金於臺上，以延天下之士。」李白《古風》其十五：「燕昭延郭隗，遂築黄金臺。」

〔四八〕髡：淳于髡，戰國齊人。《史記·滑稽列傳》載淳于髡語：「日暮酒闌，合尊促坐，男女同席，履舄交錯，杯盤狼藉，堂上燭滅，主人留髡而送客，羅襦襟解，微聞薌澤，當此之時，髡心最歡，能飲一石。」二句言己在杜佑幕中得到特殊的禮遇。

〔四九〕結王畿綬：爲京兆府屬縣官員。結綬，繫結印帶，代指爲官。王畿，京師屬縣，此指渭南縣。貞元十八年，劉禹錫自淮南「調補京兆渭南主簿」，見其《子劉子自傳》。顔延之《秋胡詩》：「脱巾千里外，結綬登王畿。」衢室：相傳堯徵詢民意的處所，此泛指皇帝聽政的地方。《管子·桓公問》：「堯有衢室之問者，下聽於人也。」

〔五〇〕鳶：貪惡之鳥。鷹隼：猛禽，搏擊凡鳥，古人常以比喻司彈劾的監察御史。鳶鳥徒具「鷹隼儀形」，故以自喻，參見卷一《飛鳶操》注。

〔五一〕儷：比並。璵璠：美玉。《文選》任昉《到大司馬記室箋》：「惟此魚目，唐突璵璠。」李善注：「魚目似珠。璵璠，魯玉也。」

〔五二〕馳道：御道，君主馳走車馬之道。

〔五三〕帝閽：指皇宫宫門。

〔五四〕王正：正月元日。夷夏：指參加大朝會中的外國使者及中國官員。《新唐書·禮樂志九》：「皇帝元正、冬至受群臣朝賀而會。」

〔五五〕月朔：每月初一，此指官員每月朔望兩次朝參。

〔五六〕傳訶：傳呼訶導。紫垣：北極星所在星座名，此代指宫殿。以上四句述己任監察御史時事。《新唐書·儀衛志上》：「朝日……百官就班，文武列於兩觀，監察御史二人立於東西朝堂磚道以莅之。平明，傳點畢，内門開，監察御史領百官入。」

〔五七〕章：法規。犴獄：監獄。《新唐書·百官志三》：監察御史「掌分察百僚，巡按州縣。獄訟、軍戎、祭祀、營作、太府出納皆莅焉」。

〔五八〕蘋蘩：蘋草與白蒿，祭祀所用，代指祭品。劉禹錫爲監察御史兼監祭使，見卷一《監祠夕月壇書事》注。

〔五九〕御曆：指皇帝享國年數。唐德宗於大曆十四年（七七九）即位，貞元二十一年（八〇五）卒，在位二十七年。

〔六〇〕繇：卦兆的占辭。夏啟：夏禹之子。相傳古代帝王子繼父位自啟始。《史記·夏本紀》：「禹子啟賢，天子屬意焉。及禹崩……啟遂即天子之位，是爲夏后帝啟。」此指順宗李誦繼其父德宗李適爲帝。

〔六一〕神教：指帝王死後的神靈與教化。《大戴禮記·五帝德》：「宰我問於孔子曰：『榮伊言黄帝三百年，請問黄帝者人邪？抑非人邪？何以至於三百年乎？』對曰：『生而民得其利百年，死而民畏其神百年，亡而民用其教百年。』」軒轅：黄帝軒轅氏，此代指德宗。

〔六二〕内禪：帝王讓位。此指順宗禪位於憲宗。《舊唐書·憲宗紀上》：「順宗即位之年四月，册爲皇太子。七月乙未，權勾當軍國政事。八月丁酉朔，受内禪。乙巳，即皇帝位於宣政殿。」天性：所謂父子天性。但順宗退位，實迫於宦官及藩鎮壓力，故劉禹錫《子劉子自傳》言及順宗内禪事云：「宫掖事秘，而建桓立順，功歸貴臣。」

〔六三〕膺：受。圖：河圖洛書之類的符瑞，古人以爲上天所降，代表天命所歸。《易·繫辭上》：「河出圖，洛出書，聖人則之。」

〔六四〕繼明：如日月相繼照耀，喻相續爲帝。《易·離》：「大人以繼明照於四方。」

〔六五〕出震：指皇太子即帝位，參見卷一《德宗神武孝文皇帝挽歌》注。

〔六六〕三朝：《漢書·孔光傳》顔師古注：「歲之朝、月之朝、日之朝，故曰三朝。」

〔六七〕九族：各説不同，或云「上至高祖下及玄孫爲九族」，或云「父族四，母族三，妻族二」，見《書·堯典》「以親九族」注疏。惇：親厚。《舊唐書·憲宗紀》記載，憲宗即位後曾有爲太上皇上尊號，册順宗王皇后爲皇太后，「太后諸親量與優給」等舉措。

〔六八〕瀰：通海。左思《吴都賦》：「百川派別，歸海而會。」百川歸海，喻諸侯來朝。

〔六九〕五岳：東方泰山，南方衡山，西方華山，北方恒山，中央曰嵩高山。見《風俗通義》卷一〇。相傳堯時有四岳，分掌四方之諸侯，見《書·堯典》。崑崙：山名。《初學記》卷五引《河圖括地象》：「崑崙山爲天柱，氣上通天。崑崙者，地之中也。」

〔七〇〕校緡：檢校錢貫。緡，穿銅錢的繩索。資筦榷：協助管理國家專賣事務。中唐以後，始置鹽鐵使，負責食鹽專賣，兼管銀銅鐵錫的開採冶煉。

〔七一〕復土：修造帝王陵墓。《史記·孝文本紀》：「郎中令武爲復土將軍。」索隱：「謂穿壙出土，下棺已而填之，即以爲墳，故曰復土。」山園：陵園，指德宗崇陵，見卷一《赴連山途次德宗山陵寄張員外》注。

〔七二〕貴人：指宦官俱文珍等。永貞革新事，參見卷十九《子劉子自傳》注。

〔七三〕太學：唐國子監設國子學、太學等七學。太學論，指得到輿論同情。東漢時，皇甫規爲宦官所陷，繫廷尉，「諸公及太學生張鳳等三百餘人詣闕訟之」，事見《後漢書·皇甫規傳》。《舊唐書・陽城傳》：「德宗……出爲道州刺史，太學生王魯卿、季償等二百七十人詣闕乞留，經數日，吏遮止之，疏不得上。」

〔七四〕直廬：官吏值宿所居廬舍。《後漢書・鍾離意傳》李賢注引蔡質《漢官儀》：「尚書郎入直臺中，官供新青縑白綾被，或錦被，晝夜更宿，帷帳畫，通中枕。」此下述己初貶連州、再貶朗州情事。

〔七五〕輜：車兩側擋泥板。《後漢書・輿服志上》：「中二千石、二千石皆皂蓋，朱兩輜。」漢刺史禄二千石。禹錫初貶連州刺史，故云。

〔七六〕巢幕：《史記・吴世家》：「夫子之在此，猶燕之巢於幕也。」集解引王肅曰：「言至危也。」

〔七七〕搶：突過。鯤：鯤鵬。句用《莊子・逍遥游》蜩與學鳩笑鯤鵬事，參見卷一《百舌吟》注。

〔七八〕邅回：行難進貌。《楚辭・九嘆・怨思》：「下江湘以邅回。」荆郢：指江陵，原爲楚國郢都。禹錫行至江陵，再貶朗州司馬。

〔七九〕涼温：喻人情冷暖。陸厥《奉答内兄希叔》：「歸來翳桑柘，朝夕異涼温。」

〔八〇〕問卜：請人占卜吉凶。宋忠、賈誼問卜於司馬季主，見《史記・日者列傳》。冥數：冥冥中定數，命運。

〔八一〕方：藥方。禹錫「於藥石爲不懵……其術足以自衛」（《答道州薛郎中論方書書》），並著有醫書《傳信方》。

〔八二〕帶賒：因消瘦而衣帶過長。《梁書·沈約傳》載沈約《與徐勉書》，言己日見消瘦云：「百日數旬，革帶常應移孔。」

〔八三〕三秀：三次開花。中散：中散大夫，指嵇康。《晉書·嵇康傳》：「與魏宗室婚，拜中散大夫。……東平呂安服康高致……康友而善之。後安爲兄所枉訴，以事繫獄，辭相證引，遂復收康。康性慎言行，一旦縲紲，乃作《幽憤詩》曰：『……煌煌靈芝，一年三秀；予獨何爲，有志不就。』」

〔八四〕二毛：白髮。虎賁：虎賁中郎將。潘岳爲虎賁中郎將，其《秋興賦》有「二毛」之嘆，見卷一《秋螢引》注。

〔八五〕魑魅：傳説山澤中傷人的鬼怪。孫綽《游天台山賦》：「始經魑魅之途。」魑魅，原作「魅魑」，據明本、劉本、《全唐詩》改。

〔八六〕鷄豚：鷄與小猪。鮑照《代東武吟》：「少壯辭家去，窮老還入門。腰鐮刈葵藿，倚杖牧鷄豚。」

〔八七〕日：喻皇帝。《史記·五帝本紀》：「就之如日。」索隱：「如日之照臨，人咸依就之，若葵藿傾心以向日也。」秦京：指長安。《世説新語·夙惠》：晉明帝年幼時，元帝問「長安何如日遠」，答曰：「日近，舉目見日，不見長安。」

〔八八〕楚奏：楚地音樂。《文選》王粲《登樓賦》：「鍾儀幽而楚奏兮，莊舄顯而越吟。」李善注引《左傳》：「晉侯觀於軍府，見鍾儀，問曰：『南冠而縶者誰也？』有司對曰：『鄭人所獻楚囚也。』

使税之，問其族，對曰：『伶人也。』使與之琴，操南音。公曰：『樂操土風，不忘舊也。』」

〔八九〕灞岸：灞水岸邊，見卷一《請告東歸發霸橋卻寄諸僚友》注。王粲《七哀詩》：「南登霸陵岸，回首望長安。」二句言朗州無處可望長安，但屢上高原而已。

【集評】

楊慎曰：儲光羲詩：「落日燒霧明，農夫知雨止。」耿湋詩：「向人微月在，報雨早霞生。」此即諺所謂「朝霞不出市，暮霞走千里」也。劉禹錫《武陵》詩：「積陰春暗度，將霽霧先昏。」耿湋詩：「晚雷期稔歲，重霧報晴天。」皆用老農占驗語。（《丹鉛總録》卷二一）

武陵觀火詩〔一〕

楚鄉祝融分，〔二〕災火常爲虞。〔三〕是時直突煙，〔四〕發自晨炊徒。盲風扇其威，〔五〕白晝曛陽烏。〔六〕操綆不暇汲，〔七〕循牆寧避踰。〔八〕怒如烈缺光，〔九〕迅與芬輪俱。〔一〇〕聯延掩四達，〔一一〕赫奕成洪鑪。〔一二〕洶疑雲濤翻，颯若鬼神趨。當前迎焮赩，〔一三〕是物同膏腴。〔一四〕金烏入梵天，〔一五〕赤龍游玄都。〔一六〕騰煙透窗户，飛焰生欒櫨。〔一七〕火山摧半空，星雨灑中衢。瑶壇被髹漆，〔一八〕寶樹攢珊瑚。〔一九〕花縣與琴焦，〔二〇〕旗亭無酒濡。〔二一〕市人委百貨，〔二二〕邑令遺雙鳧。〔二三〕餘勢下隈隩，〔二四〕長熛烘舳艫。〔二五〕吹熒照水府，〔二六〕炙浪愁天吳。〔二七〕災罷雲日晚，心驚視聽殊。高灰辨廩庾，〔二八〕黑土連闤闠。〔二九〕衆爐合星羅，游氛鑠人膚。厚地藏宿熱，遥林呈驟枯。火德資生人，〔三〇〕庸可一日無。御之失其道，敲石彌天隅。〔三一〕晉庫走龍劍，〔三二〕吴宫傷燕雛。〔三三〕五行有沴氣，〔三四〕先哲垂訏謨。〔三五〕宋鄭同日起，〔三六〕時當賢大夫。〔三七〕無苛自可樂，弭患非所圖。〔三八〕賢守恤人瘼，〔三九〕臨煙駐驪駒。〔四〇〕弔傷色憯怛，〔四一〕唁失詞劬愉。〔四二〕下令蠲里布，〔四三〕指期輕市租。〔四四〕閈垣適未立，〔四五〕苫蓋自相娱。〔四六〕山木行剪伐，〔四七〕江泥宜墐塗。〔四八〕魯臣不必葺，〔四九〕何用徵越巫。〔五〇〕

【校注】

〔一〕詩元和二年在朗州作。《湖南通誌》卷二四二《祥異》：「元和二年丁亥……武陵火。」

〔二〕祝融：火神，相傳是楚人的先祖。《史記·楚世家》：「楚之先祖出自帝顓頊高陽。……高陽生稱，稱生卷章，卷章生重黎。重黎爲帝嚳高辛居火正，甚有功，能光融天下，帝嚳命曰祝融。」

〔三〕災火：《左傳·宣公十六年》：「凡火，人火曰火，天火曰災。」爲虞：爲禍。

〔四〕直突：直上的烟囱，以其煙道短，故易造成火災。《漢書·霍光傳》：「客有過主人者，見其竈直突，傍有積薪，客謂主人，更爲曲突，遠徙其薪，不者且有火患。主人嘿然不應，俄而家果失火。」

〔五〕盲風：疾風。《禮記·月令·仲秋之月》：「盲風至。」疏：「秦人謂疾風爲盲風。」

〔六〕曛：使昏暗。陽烏：日。傳説日中有三足烏。

〔七〕綆：繩索，此指汲水的繩索。

〔八〕循牆：傍着牆，指逃避。《左傳·昭公七年》：「循牆而走。」

〔九〕烈缺：即列缺，閃電。揚雄《羽獵賦》：「霹靂列缺，吐火施鞭。」缺，原作「鈌」，據明本、劉本、《全唐詩》改。

〔一〇〕棼輪：即焚輪，從上而下的暴風。《爾雅·釋天》：「焚輪謂之穨。」郭璞注：「暴風從上下。」

〔一一〕聯延：聯綿蔓延。四達：四通八達的道路。

〔一二〕赫奕：光明貌，形容火勢熾盛。洪鑪：大火鑪。

〔一三〕焮艷：指火。焮，火氣。艷，赤色。

〔一四〕是物：任何物體。膏腴：油脂，易燃。腴，肥肉。

〔一五〕金烏：日，與下「赤龍」均喻火焰。韓愈《李花贈張十一署》：「金烏海底初飛來，朱輝散射青霞開。」梵天：佛經稱色界十八重天中有大梵天，此借指佛寺。

〔一六〕玄都：道書云神仙所居，在玉京山中。此借指道觀。

〔一七〕欒櫨：柱首承接屋梁之木製構件，曲曰欒，方曰櫨，欒在櫨上。

〔一八〕瑶壇：玉壇，白色醮壇。髹：赤黑色漆。

〔一九〕寶樹：佛教語，原指西天净土的草木，此指寺院中樹木。《妙法蓮華經·如來壽量品》：「寶樹多花果，衆生所游樂。」珊瑚：熱帶海中的腔腸動物，骨骼相連如樹枝，故又稱珊瑚樹。《西京雜記》卷一：「積草池中有珊瑚樹……號爲烽火樹，至夜，光景常欲燃。」

〔二〇〕花縣：《白氏六帖》卷二一：「潘岳爲河陽令，樹桃李花，人號曰河陽一樹花。」此但用其字面，指縣中之花。琴焦：用蔡邕以燒焦桐木製琴事，詳見卷四《答楊八敬之絶句》注。

〔二一〕旗亭：市樓。酒濡：《後漢書·欒巴傳》李賢注引《神仙傳》：「巴爲尚書，正朝大會，巴獨後到，又飲酒西南噀之。有司奏巴不敬，有詔問巴。巴頓首謝曰：『臣本縣成都市失火，臣故因酒爲雨以滅火。臣不敢不敬。』詔即以驛書問成都，成都答言：『正旦大失火，食時有雨從東北來，火乃息，雨皆酒臭。』」

〔二二〕市人：市肆交易之人。委：委棄。百貨：各種貨物。

〔二三〕鳬：野鴨，此處指鞋。《後漢書·王喬傳》：「王喬者，河東人也。顯宗世，爲葉令。喬有神術，每月朔望，常自縣詣臺朝。帝怪其來數，而不見車騎，密令太史伺望之。言其臨至，輒有雙鳬從東南飛來。於是候鳬至，舉羅張之，但得一只舄焉。乃詔尚方診視，則四年中所賜尚書官屬履也。」《世説新語·雅量》：「王子猷、子敬曾俱坐一室，上忽發火，子猷遽走避，不惶取屐。」事亦相類。

〔二四〕隈隩：水邊曲折處。

〔二五〕熛：火舌。舳艫：船頭與船尾，代指船隻。郭璞《江賦》：「舳艫相接，萬里連檣。」

〔二六〕熒：火星。水府：水神居住或管轄的地方。

〔二七〕炙：烘烤。天吴：水神。《山海經·海外東經》：「朝陽之谷，神曰天吴，是爲水伯。」

〔二八〕廩庾：糧食倉庫。米倉曰廩，露天積谷處曰庾。

〔二九〕闉闍：城門。《詩·鄭風·出其東門》：「出其闉闍，有女如荼。」

〔三〇〕火德：火之功用，有德於人。生人：生民，百姓。

〔三一〕敲石：敲石激起的火星。劉禹錫《畬田行》：「本從敲石光，遂致烘天熱。」

〔三二〕晉庫：西晉的武庫。《太平御覽》卷三四二引《晉書》：「武庫火，歷代之寶，孔子履、漢高斬白蛇劍、王莽頭皆失所在，張華見龍劍排户而飛去。」

〔三三〕吴宫：戰國春申君宫，在吴（今江蘇省蘇州市）。《太平御覽》卷九二二引《吴地記》：「春申君都吴，宫加巧飾。春申君死，吏照燕窟失火，遂焚。」

〔三四〕五行：金、木、水、火、土，古人認爲構成物質的五種元素。沴氣：惡氣。《後漢書·五行志一》：「氣之相傷謂之沴。」

〔三五〕先哲：古代的哲人，指孔子。訏謨：大的謀劃，此指重要的教誡。《漢書·五行志下》：「《傳》曰：『思心之不睿，是謂不聖。……時則有金木水火沴土。』……思心者，心思慮也；睿，寬也。孔子曰：『居上不寬，吾何以觀之哉！』言上不寬大包容臣下，則不能居聖位。」

〔三六〕宋、鄭：春秋時諸侯國名。魯昭公十八年，宋、衛、陳、鄭同日火災，見《左傳》。

〔三七〕賢大夫：指鄭大夫子産。《左傳·昭公十八年》：「（鄭）火作，子産辭晉公子、公孫于東門；使司寇出新客，禁舊客勿出於宫；使子寬、子上巡群屏攝至于大宫；使公孫登徙大龜；使祝史徙主祏於周廟，告于先君；使府人、庫人各儆其事。商成公儆司宫，出舊宫人，置諸火所不及。司馬、司寇列居火道，行火所焮；城下之人，伍列登城。明日……書焚室而寬其征，與之材。……宋、衛皆如是。陳不救火，許不弔災，君子是以知陳、許之先亡也。」

〔三八〕苛：苛政。弭患：消除災禍。非所圖：不是所當考慮的，意謂自然災害難以完全避免，關鍵是要没有苛政，採取正確的措施。

〔三九〕賢守：賢刺史，指朗州刺史宇文宿。《全唐文》卷六八四董侹《修陽山廟碑》：「永貞元年，沅水泛溢。……明年，雲漢爲厲，稼穡之土，斂爲負租，三年旱彌深……故良牧宇文公得以肆力焉。公名宿，字元明。」人瘼：民病，百姓疾苦。

〔四〇〕驪駒：黑馬。此指刺史坐騎。古樂府《陌上桑》載羅敷自誇其夫婿爲「專城居」之使君，云「何用識夫婿，白馬從驪駒」。

〔四一〕弔：慰問。憯怛：憂傷。《禮記·表記》：「中心憯怛，愛人之仁也。」憯，通慘。

〔四二〕唁：慰問。劬愉：懇切和藹。

〔四三〕蠲：免除。里布：一種罰款，此指税收。《周禮·地官·載師》：「凡宅不毛者有里布。」疏：「廬舍之外不樹桑麻之毛者，罰以一二十五家之税。」

〔四四〕市租：謂市集之交易税。

〔四五〕閈：里巷門。閈垣，此指永久性建築。

〔四六〕苫蓋：以草覆蓋。苫蓋，此指臨時性建築。

〔四七〕山木：《莊子》篇名，云「莊子行於山中，見大木枝葉盛茂，伐木者止其旁而不取」，此但用其字面。行：行將。

〔四八〕墐塗：塗抹。《詩·豳風·七月》：「塞向墐户。」傳：「墐，塗也。」

〔四九〕魯臣：春秋魯國臣子。葺：蒙葺，覆蓋。《左傳·哀公三年》：「司鐸火，火踰公宫，桓、僖災。……子服景伯至，命宰人……濟濡帷幕，鬱攸從之，蒙葺公屋，自太廟始，外内以悛。」注：「以濡物冒覆公屋。」

〔五〇〕徵：徵詢。越巫：南越巫師。《史記·孝武本紀》：「既滅兩越，越人勇之乃言：『越人俗鬼，而其祠皆見鬼，數有效。……』乃令越巫立祝祠。……柏梁災……勇之乃曰：『越俗有火災，復起屋必以大，用勝服之。』於是作建章宫，度爲千門萬户。」

【集評】

葉矯然曰：子美《火》詩：「青林一灰燼，雲氣無處所。入夜殊赫然，新秋照牛女。風吹巨焰作，河棹騰煙柱。勢欲焚崑崙，光彌焮洲渚。腥至焦長蛇，聲吼纏猛虎。神物已高飛，不見石與土。」奇語咄咄。後劉夢得《武陵觀火》有云「盲風扇其威，白晝曛陽烏」，又「金烏入梵天，赤龍游玄都」，又「吹光照水府，炙浪愁天吴」，又「厚地藏宿熱，遥林呈驟枯」，又「晉庫走龍劍，吴宫傷燕雛」等句，瑰

偉不凡，亦堪仿佛杜公。（《龍性堂詩話初集》）

聞道士彈思歸引〔一〕

仙公一奏《思歸引》，〔二〕逐客初聞自泫然。〔三〕莫怪殷勤悲此曲，越聲長苦已三年。〔四〕

【校注】

〔一〕詩元和二年在朗州作。《思歸引》：琴曲名。《樂府詩集》卷五八：「《思歸引》，一曰《離拘操》。《琴操》曰：『衛有賢女，邵王聞其賢而請聘之，未至而王薨。太子……留之……拘於深宮，思歸不得，遂援琴而作歌，曲終，縊而死。』晉石崇《思歸引序》曰：『崇少有大志，晚節更樂放逸，因覽樂篇有《思歸引》，古曲有絃無歌，乃作樂辭。』但思歸河陽别業，與《琴操》異也。……按謝希逸《琴論》曰：『箕子作《離拘操》。』不言衛女作，未知孰是。」

〔二〕仙公：猶仙翁，對道士的敬稱。公，劉本作「翁」。

〔三〕逐客：禹錫自謂。泫然：流涕貌。

〔四〕殷勤：情意深厚。越聲：越地方音。《史記·張儀傳》：「越人莊舄仕楚執珪，有頃而病。楚王曰：『舄故越之鄙細人也，今仕楚執珪，貴富矣，亦思越不？』中謝對曰：『凡人之思故，在其病也。彼思越則越聲，不思越則楚聲。』使人往聽之，猶尚越聲也。」禹錫永貞元年貶朗州，至元和二年已三年。

八月十五日夜桃源玩月〔一〕

塵中見月心亦閑，況是清秋仙府間。凝光悠悠寒露墜，此時立在最高山。碧虚無雲風不起，山上長松山下水。群動翛然一境中，〔二〕天高地平千萬里。少君引我升玉壇，〔三〕禮空遥請真仙官。雲軿欲下星斗動，〔四〕天樂一聲肌骨寒。金霞昕昕漸東上，〔五〕輪欹影促猶頻望。〔六〕絶景良時難再並，〔七〕它年此夕應惆悵。

【校注】

〔一〕詩元和二年八月在朗州作。桃源：在今湖南省桃源縣。《古今圖書集成·方輿彙編·職方典》卷一二五六「常德府山川考·桃源縣」：「桃源山在縣南三十里烏頭村，約高五里，周圍三十里。山上有桃川宫。桃花洞在山下，一名秦人洞。晉陶淵明《桃花源記》、唐劉禹錫詩俱在。」按：劉禹錫集此詩後附劉蒧刻石題記云：「叔父元和（按：當爲貞元之誤）中徵昔事爲《桃源行》，後貶官武陵，復爲《玩月作》，並題於觀壁。爾來星紀再周，蒧牽復此郡，仰見文字闇缺，伏慮它年轉將塵没，故鐫在貞石，以期不朽。大和四年蒧謹記。」（文字據《叢刊》本校補）自大和二年上溯二紀二十四年，爲元和二年。

〔二〕翛然：自然無心之貌。境：劉本、《全唐詩》作「顧」。

〔三〕少君：對道士的尊稱。漢武帝時有方士李少君，見《史記·封禪書》。

〔四〕軿：施帷幕的車，字原作「駢」，據劉本、《全唐詩》改。雲軿，雲車，仙人所乘車駕。

〔五〕昕昕：日將出明亮貌。

〔六〕輪：月輪。欹：傾斜。

〔七〕並：劉本作「逢」。

【集評】

《網師園唐詩箋》：（碧虛四句）一片空明之境。

送韋秀才道沖赴制舉〔一〕

驚禽一辭巢，〔二〕棲息無少安。秋扇一離手，流塵蔽霜紈。〔三〕故侶不可追，涼風日已寒。遠逢杜陵士，〔四〕別盡平生歡。逐客無印綬，〔五〕楚江多芷蘭。因君時暇游，長鋏不復彈。〔六〕閱書南軒霽，組瑟清夜闌。〔七〕萬境身外寂，一杯腹中寬。〔八〕伊昔玄宗朝，〔九〕冬卿冠鴛鸞。〔一〇〕肅穆昇內殿，從容領儒冠。游夏無措詞，〔一一〕《陽秋》垂不刊。〔一二〕至今群玉府，〔一三〕學者空縱觀。世人希德門，〔一四〕揭若攀峰巒。〔一五〕之子向明訓，〔一六〕鏘如振琅玕。〔一七〕一旦西上書，斑衣拂征鞍。〔一八〕荊臺宿暮雨，〔一九〕漢水浮春瀾。君門起天中，多士如星攢。〔二〇〕煙霞覆雙闕，〔二一〕抃舞羅千官。〔二二〕清漏滴銅壺，仙廚下雕盤。熒煌仰金榜，〔二三〕錯落濡飛翰。〔二四〕古來長策人，〔二五〕所嘆遭時難。〔二六〕一鳴從此始，〔二七〕相望青雲端。〔二八〕

【校注】

〔一〕詩約元和三年春在朗州作。韋道沖：韋述後人。制舉：制科舉。《新唐書·選舉志上》：「唐制：取士之科，……大要有三：……其天子自詔者曰制舉，所以待非常之才焉。」《全唐文補遺》第七輯《京兆府涇陽縣丞韋柏尼墓誌》「堂姪、朝散郎、前殿中侍御史内供奉韋道沖撰」，元和十二年八月卒，十月葬。《舊唐書·李渤傳》載李渤元和十五年奏稱：「大理卿許季同，任使于翬、韋道沖、韋正牧，皆以犯贓，或左降，或處死，合考中下。」同書《穆宗紀》：「（元和十五年）八月己卯，京兆府户曹參軍韋正牧專知景陵工作，刻削廚料充私用，計贓八千七百貫文；石作專知官奉仙縣令于翬刻削，計贓一萬三千貫，並宜決重杖處死。」知韋道沖元和十二年前已官殿中侍御史，十五年以京兆府屬官參知修憲宗景陵事，因贓罪被處死。故其應制舉當在元和前期。據《登科記考》，元和元、二、三年均有制科之設。《舊唐書·憲宗紀上》：元和三年三月「乙巳，御宣政殿試制科舉人」。姑繫於此年。

〔二〕驚禽：驚弓之鳥，與下「秋扇」均以自喻。《戰國策·楚策四》：「雁從東方來，更羸以虚發而下之。魏王曰：『然則射可至此乎？』……對曰：『其飛徐而鳴悲。飛徐者，故瘡痛也。鳴悲者，久失群也。故瘡未息而驚心未至也，聞弦音，引而高飛，故瘡隕也。』」鮑照《東門行》：「傷禽惡弦驚。」

〔三〕霜紈：白色絹。《文選》班婕妤《怨歌行》：「新裂齊紈素，皎潔如霜雪。裁爲合歡扇，團團似明月。出入君懷袖，動摇微風發。常恐秋節至，涼飆奪炎熱。棄捐篋笥中，恩情中道絶。」李善注：「婕妤，帝初即位，選入後宫，始爲少使，俄而大幸，爲婕妤，居增成舍。後趙飛燕寵盛，婕妤失寵，希復進見。成帝崩，婕妤充園陵，薨。」《樂府詩集》卷四一引班婕妤《怨詩行》序：「漢成帝班婕妤失寵，求供養太后於長信宫，乃作怨詩以自傷，託辭於紈扇云。」

〔四〕杜陵：在長安萬年縣。《元和郡縣圖志》卷一「京兆府萬年縣」：「杜陵，在縣東南二十里，漢宣帝陵也。」長安東南韋曲、杜曲，爲韋、杜二族聚居之地。《新唐書·韋弘機傳》：「韋弘機，京兆萬年人。」韋道沖爲韋弘機曾孫韋述後人，故稱之爲「杜陵士」。

〔五〕逐客：禹錫自謂。時禹錫爲朗州司馬員外置同正員，没有實際職司，故云。

〔六〕鋏：劍把。彈鋏而歌，以抒内心不平。戰國時齊人馮諼，貧乏不能自振，寄食孟嘗君門下，左右以君賤之，食以草具。諼倚柱彈其劍，歌曰：「長鋏歸來乎，食無魚。」左右以告，孟嘗君曰：「食比門下之客。」居有頃，諼復彈其鋏，歌曰：「長鋏歸來乎，出無車。」孟嘗君曰：「爲之駕，比門下之車客。」後有頃，復彈其劍鋏歌曰：「長鋏歸來乎，無以爲家。」孟嘗君使人供其老母食用，使無乏，於是馮諼不復歌。事見《戰國策·齊策四》。

〔七〕絙瑟：猶言鼓瑟。《楚辭·九歌·東君》：「縆瑟兮交鼓。」王逸注：「縆，急張絃也。」絙，一作絙。」闌：將盡。

〔八〕腹中寬：胸中舒暢。《晉書・劉曜載記》：「（陳）安善於撫接，吉凶夷險，與衆同之。及其死，隴上歌之曰：『隴上壯士有陳安，軀幹雖小腹中寬，愛養將士同心肝。』」

〔九〕伊：發語詞。

〔一〇〕冬卿：尚書省工部的長官，此指韋述。《新唐書・百官志一》：「光宅元年，改工部曰冬官。」鴛鸞：喻朝官班行。據《韋柏尼墓誌》，柏尼乃韋迪之子。又據《元和姓纂》卷二「京兆杜陵韋氏」，韋迪、韋述均韋景駿子。故道沖當是韋迪侄孫，韋述之孫。《新唐書・韋述傳》：韋述玄宗開元初爲櫟陽尉，張説領集賢院，薦爲集賢直學士，遷起居舍人，改國子司業，累遷工部侍郎。故詩稱「冬卿」。

〔一一〕游夏：孔子弟子子游、子夏。此指與韋述同時的史官。曹植《與楊德祖書》：「昔尼父之文辭，與人通流。至於制《春秋》，游、夏之徒乃不能措一辭。」

〔一二〕陽秋：即《春秋》，避晉簡文帝鄭后阿春諱改，此泛指史書。垂：流傳。不刊：不可刊削，永不磨滅。揚雄《答劉歆書》：「是懸諸日月不刊之書也。」《舊唐書・韋述傳》：「述在書府四十年，居史職二十年，嗜學著書，手不釋卷。國史自令狐德棻至於吴兢，雖累有修撰，竟未成一家之言。至述始定類例，補遺續闕，勒成《國史》一百一十三卷，并史例一卷，事簡而記詳，雅有良史之才，蘭陵蕭穎士以爲譙周、陳壽之流。」

〔一三〕群玉府：指皇家藏書之所，如秘書省、集賢院書殿等。《穆天子傳》卷二：「天子東征北還，至于群玉之山，先王之所謂策府。」郭璞注：「言往古帝王以爲藏書册之府，所謂藏之名山者也。」《舊唐書·韋述傳》：「議者云，自唐以來，氏族之盛，無逾於韋氏……史才博識，以述爲最。所撰《唐職儀》三十卷、《高宗實録》三十卷、《御史臺記》十卷、《兩京新記》五卷，凡著書二百餘卷，皆行於代。」按：據《新唐書·藝文志》，韋述著作尚有《唐春秋》三十卷、《東封記》一卷、《集賢書目》一卷、《開元譜》二十卷、《百家類例》三卷、《國朝宰相甲族》一卷、《兩京道里記》三卷等，又參與撰著《群書四録》二百卷、《唐六典》三十卷、《初學記》三十卷。

〔一四〕希：仰慕。德門：有德之家。《南史·謝晦等傳》：「謝氏自晉以降，雅道相傳，……可謂德門者矣。」《舊唐書·韋述傳》：「述早以儒術進，當代宗仰，而純厚長者，澹於勢利，道之同者，無問貴賤，皆禮接之。家聚書二萬卷，皆自校定鉛槧，雖御府不逮也。」

〔一五〕揭：高聳。

〔一六〕之子：此子，指韋道沖。明訓：賢明教誨。《後漢書·王暢傳》：「希孔聖之明訓。」

〔一七〕鏘如：金玉撞擊聲。琅玕：石而似玉者。

〔一八〕斑衣：彩衣。《南史·張稷傳》：稷子嵊「少敦孝行。年三十餘，猶斑衣受稷杖。」《藝文類聚》卷二〇引《列女傳》：「老萊子孝養二親，行年七十，嬰兒自娱，著五色彩衣。嘗取漿上堂，跌仆，因卧地爲小兒啼，或弄烏鳥於親側。」蓋其親仍在長安，故詩有「斑衣」之語。《元和姓纂》卷二，韋述有子州平、都賓，道沖未知何人所出。衣，原作「裳」，據明本、劉本、《叢刊》本、《全唐詩》改。

〔一九〕荆臺：當指楚章華臺。《左傳·昭公七年》：「楚子成章華之臺。」《太平寰宇記》卷一四六「荆州江陵縣」：「章華臺，在縣東三十三里，……楚靈王所築，臺形三角。」荆臺、漢水，皆自朗州赴長安所經之地。

〔二〇〕多士：衆多人才。《詩·大雅·文王》：「濟濟多士，文王以寧。」攢：聚集。

〔二一〕雙闕：指宮殿。漢長安未央宮有蒼龍、玄武二闕，唐長安大明宮前有棲鳳、翔鸞二闕。鮑照《代結客少年場行》：「九衢平若水，雙闕似雲浮。扶宮羅將相，夾道列王侯。」

〔二二〕抃舞：歡呼舞蹈，此指朝拜之禮。

〔二三〕熒煌：閃光貌。金榜：指公布考試録取者的榜文。

〔二四〕錯落：交錯紛陳。飛翰：走筆若飛，言文思敏捷。濡飛，原作「飛濡」，據劉本乙。

〔二五〕長策人：謂足智多謀之士。《全唐詩》作「才傑士」。

〔二六〕遭時難：袁宏《三國名臣頌序》：「古之君子，不患弘道難，遭時難；遭時匪難，遇君難。」

〔二七〕一鳴：《史記·滑稽列傳》：「此鳥不飛則已，一飛沖天；不鳴則已，一鳴驚人。」

〔二八〕青雲：喻仕途得意。《史記·伯夷列傳》：「閭巷之人，欲砥行立名者，非附青雲之士，惡能施於後世哉？」

詠古二首有所寄〔一〕

車音想轔轔，不見綦下塵。〔二〕可憐平陽第，〔三〕歌舞嬌青春。金屋容色在，〔四〕文園詞賦新。〔五〕一時復得幸，應知失意人。

【校注】

〔一〕詩元和四年春在朗州作。當是爲寄程异而作。《舊唐書·程异傳》：「貞元末，擢授監察御史，遷虞部員外郎，充鹽鐵轉運、揚子院留後。時王叔文用事，由徑放利者皆附之，异亦被引用。叔文敗，坐貶岳州刺史，改郴州司馬。元和初，鹽鐵使李巽薦异曉達錢穀，請棄瑕録用，擢爲侍御史，復爲揚子留後。」《資治通鑑》卷二三七：「初，王叔文之黨既貶，有詔，雖遇赦無得量移。（元和四年春）吏部尚書、鹽鐵轉運使李巽奏：『郴州司馬程异，吏才明辨，請以爲揚子留後。』上許之。」注：「揚州揚子縣，自大曆以來，鹽鐵轉運使置巡院於此，故置留後。」程异與劉禹錫同爲永貞革新參加者，同被貶，爲「八司馬」之一。元和四年，首被重新起用，故劉禹錫以詩寄之。

〔二〕轔轔：車聲。綦：鞋帶，代指鞋。不見綦下塵謂無人前來。《漢書·孝武陳皇后傳》：「孝武陳皇后，長公主嫖女也。……初，武帝得立爲太子，長主有力，取主女爲妃。及帝即位，立爲皇后，擅寵嬌貴，十餘年而無子。聞衛子夫得幸，幾死者數焉。……罷退居長門宮。」司馬相如《長門賦序》：「孝武皇帝陳皇后……别在長門宮，愁悶悲思，聞蜀郡成都司馬相如天下工爲文，奉黄金百斤爲相如、文君取酒，因于解悲愁之辭。而相如爲文以悟主上，陳皇后復得親幸。」賦中有「雷殷殷而響起兮，聲象君之車音」語。轃，原作「纂」，據明本、劉本、《全唐詩》改。

〔三〕平陽第：漢武帝姊平陽公主宅。《漢書·孝武衛皇后傳》：「孝武衛皇后字子夫……爲平陽主謳者。……帝祓霸上，還過平陽主。主見所偫美人，帝不説。既飲，謳者進，帝獨説子夫。帝起更衣，子夫侍尚衣軒中，得幸。……主因奏子夫送入宫。……元朔元年生男據，遂立爲皇后。」

〔四〕金屋：指陳皇后。《漢武故事》：「（武帝）數歲，長公主嫖抱置膝上，問曰：『兒欲得婦否？』曰：『欲得婦。』指其女問曰：『阿嬌好否？』曰：『好。若得阿嬌作婦，當作金屋貯之也。』」阿嬌，陳皇后小名。

〔五〕文園：漢文帝陵園，此借指司馬相如。《史記·司馬相如傳》：「相如拜爲孝文園令。」詞賦：指司馬相如《長門賦》。

二

寂寂照鏡臺，遺基古南陽。〔一〕真人昔來游，翠鳳相隨翔。〔二〕目成在桑野，〔三〕志遂貯椒房。〔四〕豈無三千女，〔五〕初心不可忘。〔六〕

【校注】

〔一〕寂寂：劉本、《全唐詩》作「寂寥」。照鏡臺：當是漢光武帝皇后陰麗華遺跡，《太平寰宇記》卷一四二「鄧州南陽縣」有「光武臺，在縣北二十里」，未知與此有關否。南陽：郡名，治宛縣，即今河南省南陽市。《元和郡縣圖志》卷二一「鄧州」：「新野縣，……本漢舊縣，屬南陽郡。……陰皇后宅在縣東北，搗衣石存焉。」

〔二〕真人：指漢光武帝。《文選》張衡《南都賦》：「真人南巡，睹舊里焉。」李善注引《東觀漢記》：「光武征秦豐，幸舊宅。」翠鳳：喻指陰麗華。《文選》張衡《東京賦》：「龍飛白水，鳳翔參墟。」薛綜注：「白水，謂南陽白水縣也，世祖所起之處也。……龍飛、鳳翔，喻聖人之興也。」《後漢書・光烈陰皇后紀》：「光烈陰皇后諱麗華，南陽新野人。初，光武適新野，聞后美，心悦之。後至長安，見執金吾車騎甚盛，因嘆曰：『仕宦當作執金吾，娶妻當得陰麗華。』更始元年六月，遂納后於宛當成里，時年十九。……光武即位……以后爲貴人。……（建武）十七年，廢皇后郭氏而立貴人。」

〔三〕目成：目光交流，以通情愫。《楚辭・九歌・少司命》：「滿堂兮美人，忽獨與余兮目成。」

〔四〕椒房：漢殿名，皇后所居。《三輔黄圖》卷三：「椒房殿，在未央宫，以椒和泥塗，取其温而芬芳也。」

〔五〕三千女：衆多宫女。《後漢書・皇后紀上》：「自武、元之後，世增淫費，至乃掖庭三千，增級十四。」

〔六〕初心：本心，起初的心願。

奉和淮南李相公早秋即事寄成都武相公〔一〕

八柱共承天，〔二〕東西别隱然。〔三〕遠夷争慕化，真相故臨邊。〔四〕並進夔龍位，〔五〕仍齊龜鶴年。〔六〕相公詩有「齊年」、「並進」之句也。同心舟已濟，〔七〕造膝璧常聯。〔八〕對領專征寄，〔九〕遥持造物權。〔一〇〕斗牛添氣色，〔一一〕井絡静氛煙。〔一二〕獻可通《三略》，〔一三〕分甘出萬錢。〔一四〕漢南趨節制，〔一五〕趙北賜山川。〔一六〕玉帳觀渝舞，〔一七〕虹旌獵楚田。〔一八〕步嫌雙綬重，〔一九〕夢入九城偏。〔二〇〕秋與離情動，〔二一〕詩從樂府傳。〔二二〕聆音還竊抃，〔二三〕不覺撫么絃。〔二四〕李中書自揚州見示詩本，因命仰和。

【校注】

〔一〕詩元和四或五年秋在朗州作。淮南：唐方鎮名，治所在揚州。成都：時爲劍南西川節度使治所。李相公：李吉甫，元和二年正月自中書舍人爲相，兩《唐書》有傳。武相公：武元衡，元和二年正月與李吉甫同日拜相。參見卷一《和武中丞秋日寄懷簡諸僚故》詩注。《舊唐書·憲宗紀上》：「（元和二年十月）丁卯，以門下侍郎、平章事武元衡檢校吏部尚書，兼門下侍郎、平章事、成都尹，充劍南西川節度使。……（三年九月）戊戌，以中書侍郎、平章事李吉甫檢校兵部尚書，兼中書侍郎、平章事、揚州大都督府長史、淮南節度使。……（六年正月）庚申，以淮南節度使……趙國公李吉甫復知政事。」故詩作於元和四或五年秋。李吉甫鎮淮南時，劉禹錫曾作《上淮南李相公啟》並獻詩二首，柳宗元亦有《上揚州李吉甫相公獻所著文啟》及《謝李吉甫相公示手札啟》，蓋於劉、柳頗表同情，故何焯云「吉甫意在假此爲禹錫解於元衡耳」。李吉甫原詩已佚。武元衡詩見附録。

〔二〕八柱：神話中支撐天空的八根柱子，喻國家棟梁。《楚辭・天問》：「八柱何當？東南何虧？」王逸注：「言天有八山爲柱，皆何當值？」

〔三〕別：何焯云：「疑作『列』。」隱然：威重之貌。《後漢書・吴漢傳》：「吴公差强人意，隱若一敵國矣。」李賢注：「隱，威重之貌。」

〔四〕真相：真宰相。武、李二人自宰相出爲節度使，故稱「真相」，以别於一般的「使相」，即節度使等加「同平章事」銜以示尊寵者。臨邊：守衛邊疆，此指爲節度使，領兵。

〔五〕夔龍：舜之二臣，夔爲典樂，龍爲納言，佐舜治理「四海之内，咸戴舜之功」，見《史記・五帝本紀》。《舊唐書・憲宗紀上》：「（元和二年二月）己卯，以户部侍郎、賜緋魚袋武元衡爲門下侍郎、同平章事，賜紫金魚袋；以中書舍人、翰林學士李吉甫爲中書侍郎、同平章事。」武、李二人同日同制爲宰相，故云「並進」。

〔六〕龜鶴年：《文選》郭璞《游仙詩》：「借問蜉蝣輩，寧知龜鶴年？」李善注引《養生要論》：「龜鶴壽有千百之數。」《舊唐書・武元衡傳》：「元衡與吉甫齊年，又同日爲宰相。」武、李二人同年生，故云「齊年」。

〔七〕同心：《易·繫辭上》：「二人同心，其利斷金。」舟已濟：謂已爲相。《書·説命上》載殷高宗命傅説爲相之詞：「若濟巨川，用汝作舟楫。」

〔八〕造鄰：至於膝下，親近。鄰，同膝，《叢刊》本、《全唐詩》作「膝」。璧：玉璧。《世説新語·容止》：「潘安仁、夏侯湛並有美容，喜同行，時人謂之連璧。」

〔九〕專征寄：得專征伐的重任，指爲節度使。《周禮·春官·大宗伯》：「八命作牧。」鄭玄注：「謂侯伯有功德者，加命得專征伐於諸侯。」

〔一〇〕造物權：化育萬物之權，指爲宰相。唐代，凡加「同平章事」即爲宰相，但二人已不在朝，故云「遥持」。

〔一一〕斗牛：星宿名，代指淮南。古代以揚州爲斗、牛二宿的分野。《史記·天官書》：「斗，江、湖。牽牛、婺女，揚州。」

〔一二〕井絡：代指劍南西川。井，星宿名。絡，網絡，包括。左思《蜀都賦》：「岷山之精，上爲井絡。」

静氛煙：言境内安寧。永貞元年，劉闢據西川反，至元和元年九月平定。

〔一三〕獻可：獻可替否之省，進獻可行者，除去不可行者。《三略》：古代兵書名。《文選》李康《運命論》：「張良受黄石之符，誦《三略》之説。」李善注：「《黄石公記序》曰：『黄石者，神人也。有《上略》、《中略》、《下略》。』」《隋書·經籍志三》：「《黄石公三略》三卷，下邳神人撰，成氏注。」

〔一四〕分甘：分享美味。《晉書·王羲之傳》：「有一味之甘，割而分之。」同書《何曾傳》：曾爲宰相，「食日萬錢，猶曰『無下箸處』」。

〔一五〕漢南：漢水之南。按：劍南西川雖在漢水之南，但唐人多以「漢南」指山南道，此疑「漢」爲「劍」之誤。劍南代指武元衡。

〔一六〕趙北：指趙郡，唐爲趙州，州治在今河北省趙縣。賜山川：謂賜封爵。李吉甫，趙郡贊皇（今屬河北省）人，元和二年十二月封贊皇侯，三年二月，進封趙國公，見《舊唐書·憲宗紀上》。

〔一七〕玉帳：主帥所居帳幕。李白《司馬將軍歌》：「身居玉帳臨河魁。」渝舞：蜀地民間舞蹈。《文選》左思《蜀都賦》：「玩之則渝舞。」李善注引《風俗通》：「閬中有渝水，賨人左右居，鋭氣喜舞。高祖樂其猛鋭，數觀其舞，後令樂府習之。」此句屬武元衡。

〔一八〕虹旌：彩色旌旗。楚田：指淮南，揚州古爲東楚之地，見《史記·貨殖列傳》。此句屬李吉甫。

〔一九〕綬：綬帶，彩色絲帶，用以標志官員品級的章服。《舊唐書·輿服志》：「諸佩綬者，皆雙綬。……二品、三品紫綬，……長一丈六尺，一百八十首，廣八寸。」

〔二〇〕九城：九重城，指長安。杜審言《除夜有懷》：「還將萬億壽，更謁九重城。」

〔二一〕與：《全唐詩》作「興」。

〔二二〕詩從：《全唐詩》作「新詩」。樂府：見卷一《淮陰行》注。

〔二三〕抃：鼓掌。曹植《求自試表》：「聞樂而竊抃者，或有賞音而識道也。」

〔二四〕幺絃：最細的琴絃。陸機《文賦》：「猶絃幺而徽急，故雖和而不悲。」撫幺絃，謙言己之和作不高明。

【附録】

奉酬淮南中書相公見寄 并序

武元衡

皇帝改元之二年，余與趙公同制入輔，並爲黄門侍郎。夏五月，連拜弘文、崇文大學士。冬十月，詔授檢校吏部尚書兼門下侍郎，彤弓玈矢，出鎮西蜀。後九月，趙公加大司馬之秩，右弼如故，龍旂虎符，出制淮海。時號揚、益，俱爲重藩；左右皇都，萬里何遠。公手提兵柄，心匠化源，芳詞況余，情勤靡極，質文相映，金玉鏘然。蜀道之阻長，楚郊之風物，襟靈所屬，盡在斯矣。永懷趙公歲寒交好之情，因成詩人「不可方思」之義，聊書匪報，以款遐心。

揚州隋故都，竹使漢名儒。翊聖恩華異，持衡節制殊。朝廷連受脤，台座接訏謨。金玉裁王度，丹書奉帝俞。九重辭象魏，千〔里〕（萬）握兵符。鐵馬秋臨塞，虹旌夜渡瀘。江長梅笛怨，天遠桂輪孤。浩嘆煙霜曉，芳期蘭蕙蕪。雅言書一札，賓（一作濱）海雁東隅。歲月奔波盡，音徽霧雨濡。蜀江分井絡，錦浪入淮湖。獨抱相思恨，關山不可踰。（《全唐詩》卷三一七）

和董庶中古散調詞贈尹果毅〔一〕

昔聽《東武吟》，〔二〕壯年心已悲。如何今濩落，〔三〕聞君苦辛辭。言有窮巷士，〔四〕弱齡頗尚奇。讀得玄女符，〔五〕生當事邊時。借名游俠窟，〔六〕結客幽并兒。〔七〕往來長楸間，〔八〕能帶雙鞬馳。〔九〕崩騰天寶末，〔一〇〕塵暗燕南垂。〔一一〕爟火入咸陽，〔一二〕詔徵神武師。〔一三〕是時占軍募，〔一四〕插羽揚金羈。〔一五〕萬夫列轅門，觀射中戟支。〔一六〕誓當雪國仇，親愛從此辭。中宵倚長劍，起視蚩尤旗。〔一七〕介馬晨蕭蕭，〔一八〕陳雲竟天涯。〔一九〕陰風獵白草，〔二〇〕旗槊光參差。〔二一〕勇氣貫中腸，視身忽如遺。〔二二〕曾擒白馬將，虜騎不敢追。〔二三〕貴臣上戰功，名姓隨意移。〔二四〕終歲肌骨苦，它人印纍纍。〔二五〕謁者既清宫，〔二六〕諸侯各罷戲。〔二七〕上將賜北第，〔二八〕門戟不可窺。〔二九〕眦血下沾襟，〔三〇〕天高問無期。〔三一〕卻尋故鄉路，孤影空相隨。行逢里中舊，樸遬昔所嗤。〔三二〕一言合侯王，腰佩黄金龜。〔三三〕問我何自苦，〔三四〕可憐真數奇。〔三五〕遲回顧徒御，得色懸雙眉。〔三六〕翻然悟世途，〔三七〕撫己昧所宜。田園已蕪没，流浪江海湄。鷙禽毛翮摧，不見翔雲姿。衰容蔽逸氣，孑孑無人知。〔三八〕寂寞草《玄》徒，〔三九〕長吟下書帷。〔四〇〕爲君發哀韻，若扣瑶林枝。〔四一〕有客識其真，潺湲涕交頤。〔四二〕勸爾一杯酒，〔四三〕陶然足自怡。

【校注】

〔一〕詩約元和四年在朗州作。董庶中：董侹。劉禹錫《董氏武陵集紀》：「生名侹，字庶中。幼嗜屬詩，晚而不衰。……嘗所與游者，皆青雲之士，聞名如盧、杜（原注：盧員外象、杜員外甫），高韻如包、李（原注：包祭酒佶、李侍郎紓），迭以章句揚於當時。末路寡徒，值余歡甚，因相謂曰：『問者以廷尉屬爲荆州從事，移疾罷去，幽卧於武陵，迨今四年。』」《寶刻類編》卷五劉禹錫書《陽山修神祠碑》：「董挺撰，劉申錫篆額，元和四年十月立，鼎。」董挺，當即董侹，知元和四年與劉禹錫同在朗州（宋改朗州爲鼎州）。古散調詞：當是樂府名。散調，一種曲調，明人顧璘《山莊即事和周子庚》：「笑坐胡牀歌散調，不須吹笛也風流。」果毅：果毅都尉，武官名。《新唐書·百官志四下》：「諸衛折衝都尉府：每府……左右果毅都尉各一人。上府從五品下，中府正六品上，下府正六品下。」尹果毅，名未詳。董侹原詩已佚。

〔二〕《東武吟》：樂府名。《樂府詩集》卷四一：「《古今樂録》曰：『王僧虔《技録》有《東武吟行》，今不歌。』《樂府解題》曰：『鮑照云「主人且勿喧」，沈約云「天德深且曠」，傷時移事異，榮華徂謝也。』」《文選》鮑照《東武吟》：「主人且勿喧，賤子歌一言。僕本寒鄉士，出身蒙漢恩。始隨張校尉，占募到河源。後逐李輕車，追虜窮塞垣。密途亘萬里，寧歲猶七奔。肌力盡鞍甲，心思歷涼温。將軍既下世，部曲亦罕存。時事一朝異，孤績誰復論？少壯辭家去，窮老還入門。腰鐮刈葵藿，倚杖牧鷄豚。昔如韝上鷹，今似檻中猿。徒結千載恨，空負百年怨。棄席思君幄，疲馬戀君軒。願垂晉主惠，不愧田子魂。」李善注引左思《齊都賦》注曰：「《東武》、《太山》，皆齊之土風，絃歌謳吟之曲名也。」劉詩旨意與鮑照詩略同。

〔三〕濩落：即瓠落，空闊無用貌，引申爲潦倒失意。杜甫《自京赴奉先縣詠懷五百字》：「如何成濩落，白首甘契闊。」

〔四〕窮巷：陋巷。左思《詠史》：「落落窮巷士，抱影守空廬。」

〔五〕玄女：天上神女。玄女符，指兵書。《史記·五帝本紀》正義引《龍魚河圖》：「天遣玄女下授黄帝兵信神符，制伏蚩尤。」

〔六〕借名：假名，隱去真名。借，《叢刊》本作「問」。游俠窟：游俠聚會處。郭璞《游仙詩》：「京華游俠窟。」

〔七〕結客：交友。樂府有《結客少年場行》。幽并：幽州與并州，古幽州在今河北省北部及遼寧省一帶，并州在今山西省北部及内蒙古自治區一帶。《漢書·地理志上》：「周既克殷……分冀州之地以爲幽、并。」曹植《白馬篇》：「幽并游俠兒。」

〔八〕楸：一種高大的落葉喬木，多植於大道旁。曹植《名都篇》：「走馬長楸間。」

〔九〕韔：盛弓袋。鮑照《擬古》：「幽并重騎射，少年好馳逐。氈帶佩雙韔，象弧插雕服。」

〔一〇〕崩騰：山崩川沸，喻巨大的社會動亂。謝靈運《述祖德詩》：「崩騰永嘉末。」天寶：唐玄宗第三個年號（七四二—七五六）。

〔一二〕燕：戰國時諸侯國名。南垂：南部邊境。天寶十四載，安禄山、史思明據范陽反，范陽爲古燕國之地，參見卷一《順陽歌》注。

〔一三〕爟火：即烽火。咸陽：秦都，代指長安。《新唐書·玄宗紀》：「（天寶十五載六月）己亥，禄山陷京師。」

〔一四〕神武：唐禁軍名。《新唐書·百官志四》：「開元二十六年，分羽林置左右神武軍，尋廢；至德二年復置。」

〔一五〕占軍募：報名應募入伍。《文選》鮑照《東武吟》：「占募到河源。」李善注：「自隱度而應募，爲占募也。」

〔一六〕羽：羽箭。羈：馬絡頭。曹植《白馬篇》：「白馬飾金羈，連翩西北馳。」

〔一七〕轅門：軍營之門。戟支：戟刃部曲枝。《三國志·魏書·吕布傳》：「布令門候於營門中舉一隻戟……布舉弓射戟，正中小支。」

〔一八〕蚩尤旗：星名。《晉書·天文志中》：「妖星……六曰蚩尤旗，類彗而後曲，象旗……所見之方下有兵。」

〔一九〕介馬：披鐵甲的戰馬。

〔二〇〕陣雲：即陣雲，雲起如戰陣。陳，通陣。《史記·天官書》：「陣雲如立垣。」

〔二一〕陰風：寒風。獵：風吹摇動作聲。

〔二一〕參差：閃爍不定。

〔二二〕如遺：如棄，謂奮不顧身。

〔二三〕白馬將：用李廣事。《史記·李將軍列傳》：李廣率百餘騎與匈奴千餘騎相遇，「廣令諸騎曰：『前！』……『皆下馬解鞍！』……胡騎遂不敢擊。有白馬將出護其兵，李廣上馬與十餘騎奔射殺胡白馬將……胡兵終怪之，不敢擊……引兵而去」。

〔二四〕隨意移：隨意更改，謂將己之戰功移置他人名下。

〔二五〕纍纍：重積，多貌。《漢書·石顯傳》：「顯與中書僕射牢梁、少府五鹿充宗結爲黨友，諸附倚者皆得寵位。民歌之曰：『牢耶石耶，五鹿客耶！印何纍纍，綬若若耶！』」

〔二六〕謁者：宦官官名。《新唐書·百官志二》：内侍省有内謁者監十人，正六品下；内謁者十二人，從八品下。清宫：清淨宫室，指肅宗返回長安。《三輔黄圖》卷六：「（天子）行幸所至，必遣静室令，先按行清淨殿中，以虞非常。」

〔二七〕諸侯：指勤王的各節度使。罷戲：罷兵返回駐地。《史記·項羽本紀》：「漢之元年四月，諸侯罷戲下，各就國。」索隱：「戲音羲，水名也。」《漢書·高帝紀》顔師古注，以「戲」乃「麾」之假借。此但借用《史記》字面。

〔二八〕北第：《漢書·夏侯嬰傳》：「乃賜嬰北第第一。」師古曰：「北第者，近北闕之第。」

〔二九〕門戟：達官貴人列戟於門，參見卷一《春日退朝》注。

〔三〇〕眦：眼眶。

〔三一〕天：喻指皇帝。《楚辭·天問》王逸序：「何不言問天？天尊不可問，故曰《天問》也。」杜甫《暮春江陵送馬大卿公恩命追赴闕下》：「天意高難問，人情老易悲。」

〔三二〕樸遬：小木，喻材質平庸。《漢書·息夫躬傳》：「躬上疏，歷詆公卿大臣……諸曹以下，樸遬不足數。」

〔三三〕黄金龜：三品以上官員的佩飾。《新唐書·車服志》：「高宗給五品以上隨身魚銀袋……天授二年，改佩魚皆爲龜。其後三品以上龜袋飾以金，四品以銀，五品以銅。」

〔三四〕自苦：《漢書·蘇武傳》載李陵勸蘇武降匈奴語曰：「人生如朝露，何久自苦如此！」

〔三五〕數奇：命運不好。《史記·李將軍列傳》：「大將軍青亦陰受上誡，以爲李廣老，數奇，毋令當單于。」王維《老將行》：「衛青不敗由天幸，李廣無功緣數奇。」

〔三六〕得色：得意之色。得，《叢刊》本作「慘」，非。二句狀「里中舊」之驕態。

〔三七〕翻然：猛然。悟：原作「悞」，據劉本、《叢刊》本、《全唐詩》改。

〔三八〕孑孑：孤單貌。

〔三九〕草《玄》徒：西漢揚雄，此借指董侹。《漢書·揚雄傳下》：「哀帝時，丁、傅、董賢用事。諸附離之者或起家至二千石，時雄方草《太玄》，有以自守，泊如也。」揚雄《解嘲》：「惟寂惟寞，守德之宅。」

〔四〇〕下書帷：閉門讀書，足不出户。《漢書·董仲舒傳》：「少治《春秋》，孝景時爲博士，下帷講誦，弟子傳以久次相授業，或莫見其面，蓋三年不窺園，其精如此。」師古曰：「雖有園圃，不窺視之，言專學也。」

〔四一〕瑶林：玉樹林。扣瑶林枝，言其聲韻清越。

〔四二〕客：禹錫自謂。潺湲：流涕貌。《楚辭·九歌·湘夫人》：「横流涕兮潺湲。」頤：下巴。

〔四三〕「勸爾」句：《世説新語·雅量》：「太元末，長星見，孝武心甚惡之。夜，華林園中飲酒，舉杯屬星云：『長星！勸爾一杯酒，自古何時有萬歲天子？』」

陽山廟觀賽神〔一〕 梁松南征至此，遂爲其神，在朗州。

漢家都尉舊征蠻，〔二〕血食如今配此山。〔三〕曲蓋幽深蒼檜下，〔四〕洞簫愁絶翠屏間。〔五〕荆巫脈脈傳神語，〔六〕野老娑娑啟醉顔。〔七〕日落風生廟門外，幾人連踏竹歌還。〔八〕

【校注】

〔一〕詩元和四年在朗州作。陽山：在今湖南省常德市西。《太平寰宇記》卷一一八「朗州武陵縣」：「陽山，在郡西八十里，……有陽山祠。按《圖經》云：『漢梁松爲征南將軍，死於此山下，遂爲神。』」賽神：冬日祭神報福。《史記·封禪書》：「冬賽禱祀。」索隱曰：「賽，謂報神福也。」《寶刻類編》卷五劉禹錫書《陽山修神祠碑》：「董挺（侹）撰，劉申錫篆額，元和四年十月立，鼎。」觀賽當與之同時。

〔二〕漢家都尉：指梁松。《後漢書·梁統傳》：「子松，字伯孫，少爲郎，尚光武女舞陰長公主。」《全唐文》卷六八四董侹《修陽山廟碑》稱「駙馬都尉梁君松」。按：梁松未官都尉，漢置駙馬都尉，亦非以尚公主者爲之。魏、晉以後始以尚公主者爲駙馬都尉，唐沿其習。此乃因唐人習俗稱梁松爲都尉。征蠻：征五溪蠻。《後漢書·馬援傳》：馬援征五溪蠻，困於壺頭，「帝乃使虎賁中郎將梁松乘驛，責問援，因代監軍」。

〔三〕血食：鬼神享受牲牢等祭品。此山：指陽山。按：《後漢書·梁統傳》，梁松於永平四年冬下獄，死於洛陽，並非死於朗州陽山。

〔四〕曲蓋：曲柄傘蓋。《古今注》卷上：「曲蓋，太公所作也。武王伐紂，大風折蓋，太公因折蓋之形而製曲蓋焉。」此指神像的儀仗。

〔五〕洞簫：排簫而無底。《漢書·元帝紀贊》注引如淳曰：「（洞簫）簫之無底者。」《宋書·樂志一》：「前世有洞簫，其器今亡。蔡邕曰：『簫，編竹有底。』然則邕時無洞簫矣。」翠屏：蒼翠直立如屏風的山。孫綽《游天台山賦》：「搏壁立之翠屏。」董侹《修陽山廟碑》：「有陽山神祠，直上千仞，横亙三峰，紅崖青壁，絶若彩繢。」

〔六〕荆巫：楚地女巫。《説文解字》五：「巫，祝也，女能事無形以舞降神者也。……在男曰覡，在女曰巫。」脈脈：凝視貌。

〔七〕婆娑：飄動輕颺貌，此狀腳步不穩。啟醉顔：笑。啟顔：猶開顔、解顔。潘岳《射雉賦》：「昔賈氏之如皋，始解顔於一箭。」

〔八〕連踏竹歌：謂連臂踏地而歌《竹枝》，參見卷五《竹枝詞九首》注。

【集評】

方回曰：予嘗游此廟，在今常德府北三十里，似不當祭之人，馬伏波爲其所傾者。（《瀛奎律髓》卷二八）

馮舒曰：妙在寫出淫祠。（《瀛奎律髓彙評》卷二八）

馮班曰：此淫祠，下句殊斟酌，不見痕跡。次聯是梁松廟。（同前）

覽董評事思歸之什因以詩贈〔一〕

幾年油幕佐征東，〔二〕卻泛滄浪狎釣童。〔三〕欹枕醉眠成戲蝶，〔四〕抱琴閑望送歸鴻。〔五〕文儒自襲膠西相，〔六〕倚伏能齊塞上翁。〔七〕更説扁舟動鄉思，〔八〕青菰已熟奈秋風。〔九〕

【校注】

〔一〕詩元和四或五年在朗州作。評事：大理寺屬官。《新唐書·百官志三》「大理寺」：「評事八人，從八品下，掌出使推按。」董評事，董侹，劉禹錫《故荆南節度推官董府君（侹）墓誌》：「脱巾爲弘文館校書郎，再選至大理評事，咸視真秩而不釁其章，職繫於外故也。」思歸，謂思歸江陵。董侹居江陵，曾以大理評事參荆南幕府。元和六年秋，侹已在江陵，見後《聞董評事疾因以書贈》詩注，故詩當元和四或五年秋作。董侹「思歸之什」已佚。

〔二〕油幕：青油幕，供歇息或迎賓之用的青綢帳幕，此指節度使幕府。《南史·蕭韶傳》：庾信「途經江夏，韶接信甚薄，坐青油幕下，引信入宴，坐信別榻」。征東：征東將軍，三國時張遼、馬超均曾任此職，此指董侹荆南府主裴胄等。《寶刻類編》卷四董挺（侹）：「《江陵府官石幢記》，吴仲舒撰，張澤書，盧佐元題衆官，挺（侹）篆額，貞元十三年，江陵。」時裴胄爲江陵尹、荆南節度使。

〔三〕滄浪：水名。《楚辭·漁父》：「漁父歌曰：『滄浪之水清兮，可以濯吾纓；滄浪之水濁兮，可以濯吾足。』」朗州亦有滄浪水。《太平寰宇記》卷一一八「朗州武陵縣」：「滄浪水，皆在縣西。……《永初山水記》云：『漢水古爲滄浪，即漁父所云滄浪之水清者。』此蓋後人名之，非古滄浪。」董侹「晚節尚道，故投刼於幕府，治扁舟，浮江沱，泛洞庭，登熊耳，訪浮丘以探異，賦枉渚以寄傲」，故來朗州。見劉禹錫《故荆南節度推官董府君墓誌》。

〔四〕欹：斜倚。成戲蝶：成夢。《莊子·齊物論》：「昔者莊周夢爲胡蝶，栩栩然胡蝶也，自喻適志與！不知周也。俄然覺，則蘧蘧然周也。不知周之夢爲胡蝶與？胡蝶之夢爲周與？」

〔五〕送歸鴻：嵇康《贈兄秀才入軍》：「目送歸鴻，手揮五絃。俯仰自得，游心太玄。」

〔六〕襲：繼承。膠西：漢郡國名，治所在今山東省高密縣西南。膠西相，指董仲舒。《漢書》本傳：「公孫弘治《春秋》不如仲舒……嫉之。膠西王亦上兄也，尤縱恣，數害吏二千石。弘乃言於上曰：『獨董仲舒可使相膠西王。』膠西王聞仲舒大儒，善待之。仲舒恐久獲罪，病免……以修學著書爲事。」

〔七〕倚伏：指禍福。《老子》下篇：「禍兮福之所倚，福兮禍之所伏。」齊：齊同，比并。塞上翁：《淮南子·人間》：「夫禍福之轉而相生，其變難見也。近塞上之人有善術者，馬無故而亡入胡，人皆弔之。其父曰：『此何遽不爲福乎！』居數月，其馬將胡駿馬而歸，人皆賀之。其父曰：『此何遽不能爲禍乎！』家富良馬，其子好騎，墮而折其髀，人皆弔之。其父曰：『此何遽不爲福乎！』居一年，胡人大入塞，丁壯者引弦而戰，近塞之人死者十九，此獨以跛之故，父子相保。」

〔八〕扁舟：小船。《史記·貨殖列傳》：「范蠡既雪會稽之恥……乃乘扁舟，浮於江湖。」

〔九〕菰：植物名，生淺水中，狀如蒲葦，中心生白苔，可食，俗稱茭白。《世説新語·識鑒》：「張季鷹（翰）辟齊王東曹掾，在洛，見秋風起，因思吴中菰菜羹、鱸魚膾，曰：『人生貴得適意尔，何能羈宦數千里以要名爵！』遂命駕便歸。」奈秋風：意謂秋風未至，尚不得歸江陵。

【集評】

何焯曰：次聯寫「思歸」處藴藉。（卞孝萱《劉禹錫詩何焯批語考訂》）

卧病聞常山旋師策勛宥過王澤大洽因寄李六侍御〔一〕

寂寂重寂寂，病夫卧秋齋。夜蟲思幽壁，槁葉鳴空階。南國異氣候，火旻尚昏霾。〔二〕瘴煙跕飛羽，〔三〕沴氣傷百骸。〔四〕昨聞凱歌旋，飲至酒如淮。〔五〕無戰陋丹水，〔六〕垂仁輕槀街。〔七〕清廟既策勛，〔八〕圓丘俟燔柴。〔九〕車書一以混，〔一〇〕幽遠靡不懷。〔一一〕逐客顑頷久，〔一二〕故鄉雲雨乖。〔一三〕禽魚各有化，〔一四〕予欲問齊諧。〔一五〕

【校注】

〔一〕詩元和五年秋在朗州作。常山：郡名，即恒州，元和十五年又改鎮州，州治在今河北正定縣，時爲成德軍節度使治所。策勛宥過：封賞功臣，寬宥罪人。洽：浸潤。《書·大禹謨》：「好生之德，洽于民心。」元和四年九月，成德軍節度使王士真死，其子王承宗自稱留後，朝廷乃以承宗起復檢校工部尚書，充成德軍節度使；又以承宗難制，乃割成德所轄德、棣二州爲保信軍節度，以德州刺史薛昌朝爲節度使。制才下，承宗即以兵虜昌朝歸鎮州；十月，朝廷下詔討王承宗，以宦官神策左軍中尉吐突承璀爲鎮州行營招討處置等使。五年七月「庚子，王承宗遣判官崔遂上表自首，請輸常賦，朝廷除授官吏。丁未，詔昭洗王承宗，復其官爵，待之如初。諸道行營將士，共賜物二十八萬四百三十端匹。時招討非其人，諸軍解體，而藩鄰觀望養寇，空爲逗撓，以弊國賦。而李師道、劉濟亟請昭雪，乃歸罪盧從史而宥承宗，不得已而行之也。幽州劉濟加中書令，魏博田季安加司徒，淄青李師道加僕射，並以罷兵加賞也」。見《舊唐書·憲宗紀上》。劉禹錫將此次討伐藩鎮的失敗當作勝利來歌頌，語含譏刺。李六侍御：李景儉，行六，見《唐人行第録》。景儉時自監察御史貶在江陵。《舊唐書》本傳：「貞元十五年登進士第……

貞元末，韋執誼、王叔文東宫用事，尤重之，待以管、葛之才。叔文竊政，屬景儉居母喪，故不及從坐……竇群爲御史中丞，引爲監察御史。群以罪左遷，景儉坐貶江陵户曹。」竇群元和三年十月自御史中丞貶湖南，見《舊唐書·憲宗紀上》。李景儉原詩已佚。

〔二〕火旻：秋空。《文選》謝靈運《永初三年七月十六日之郡初發都》：「火旻團朝露。」李善注：「火，大火也。《毛詩》：『七月流火。』《爾雅》：『秋爲旻天。』」

〔三〕瘴煙：南方濕熱的毒氣。跕：墜落。飛羽：飛鳥。《後漢書·馬援傳》：「當吾在浪泊、西里間，虜未滅之時，下潦上霧，毒氣重蒸，仰視飛鳶跕跕墮水中。」

〔四〕沴氣：惡氣。百骸：各種生物。

〔五〕飲至：慶功宴。《左傳·隱公五年》：「歸而飲至，以數軍實。」注：「飲於廟，以數車徒器械及所獲也。」如淮：極言其多。《左傳·昭公十二年》：「有酒如淮，有肉如坻。」

〔六〕無戰：謂不戰而勝。《三國志·魏書·鍾毓傳》：「王者之兵，有征無戰。」陋：輕視。丹水：古水名，注入均水，在今河南省境。《吕氏春秋·恃君覽》：「堯戰於丹水之浦，以服南蠻。」《水經注·丹水》：「《吕氏春秋》曰，堯有丹水之戰以服南蠻，即此水也。」

〔七〕稾街：漢長安中街名。《三輔黄圖》卷六：「蠻夷邸，在長安城内稾街。」《漢書·陳湯傳》：「斬郅支首及名王以下，宜縣頭稾街蠻夷邸間，以示萬里，明犯彊漢者，雖遠必誅。」

〔八〕清廟：宗廟。見卷一《德宗神武孝文皇帝挽歌》注。策勛：書功勞於簡策。

〔九〕圓丘：天壇，祭天之所。《新唐書·禮樂志二》：「冬至祀昊天上帝於圓丘。」俟：待。冬至祭天，詩秋日作，故曰「俟」。燔柴：即祭天。《爾雅·釋天》：「祭天曰燔柴。」郭璞注：「既祭，積薪燒之。」

〔一〇〕混：混同，一致。《史記·秦始皇本紀》，秦始皇統一天下，「車同軌，書同文字」。庾信《哀江南賦》：「混一車書，無救平陽之禍。」

〔一一〕幽遠：謂遠方之人。懷：懷德來歸。《論語·季氏》：「遠人不服，則修文德以來之。」

〔一二〕顑頷：同憔悴，黄瘦，病貌。《楚辭·漁父》：「屈原既放，游於江潭，行吟澤畔，顔色憔悴，形容枯槁。」

〔一三〕乖：隔絶。顔延之《和謝監靈運》：「人神幽明絶，朋好雲雨乖。」

〔一四〕禽魚：指鯤鵬，《莊子》中有鯤化爲鵬的寓言，見前《武陵書懷五十韻》注。此以比喻將帥無功而受賞和王承宗有罪而遇赦。

〔一五〕齊諧：《莊子》寓言中人名。《莊子·逍遥游》：「齊諧者，志怪者也。」陸德明音義：「齊諧，人姓名。」《莊子》一書，「寓言十九」，多「繆悠之説，荒唐之言」，中云鯤化爲鵬，自毋足怪，但現實中也有類似現象，叛逆者被寬宥，逗撓觀望者受奬賞，失敗成了勝利，僅劉、李二人依然是「逐客」，故有「欲問齊諧」之語。

和李六侍御文宣王廟釋奠作〔一〕

嘆息魯先師，〔二〕生逢周室卑。〔三〕有心律天道，〔四〕無位救陵夷。〔五〕歷聘不能用，〔六〕領徒空爾爲。〔七〕儒風正禮樂，〔八〕旅象入蓍龜。〔九〕西狩非其應，〔一〇〕中都安足施。〔一一〕世衰由我賤，泣下爲人悲。〔一二〕遺教光文德，〔一三〕興王叶夢期。〔一四〕土田封後胤，〔一五〕冕服飾虚儀。〔一六〕鐘鼓膠庠薦，牲牢郡邑祠。〔一七〕聞君喟然嘆，〔一八〕偏在上丁時。〔一九〕

【校注】

〔一〕詩元和五至七年在朗州作。李六侍御：李景儉，見前詩注。文宣王：孔子。《新唐書·禮樂志五》：「（開元）二十七年，詔夫子既稱先聖，可謚曰文宣王，遣三公持節册命，以其嗣爲文宣公，任州長史，代代勿絶……二十八年，詔春秋二仲上丁，以三公攝事，若會大祀，則用中丁，州縣之祭，上丁。」釋奠：一種較簡單的祭祀儀式。《禮記·文王世子》：「凡始立學者，必釋奠於先聖先師。」注：「釋奠者，設薦饌酌奠而已，無迎尸以下之事。」李景儉元和四至七年在江陵，詩作於此數年中，姑附此。景儉原詩已佚。

〔二〕先師：前人可爲師表者，指孔子。《史記·孔子世家》：「孔子生魯昌平鄉陬邑。」

〔三〕周室卑：周王室衰微。《漢書·儒林傳序》：「周道既衰，壞於幽、厲，禮樂征伐自諸侯出，陵夷二百餘年而孔子興。」

〔四〕律：遵循，取法。《爾雅·釋詁》：「律，法。」天道：猶天理、天意。《書·湯誥》：「天道福善禍淫。」

〔五〕陵夷：如丘陵之漸平，喻漸衰微。

〔六〕歷聘：遍訪。《漢書·儒林傳序》：「（孔子）於是應聘諸侯，以答禮行誼，西入周，南至楚，畏匡厄陳，奸七十餘君。」李白《贈崔郎中宗之》：「仲尼七十説，歷聘莫見收。」

〔七〕領徒：《史記·孔子世家》：「孔子不仕，退而修詩書禮樂，弟子彌衆，至自遠方，莫不受業焉。」又：「孔子以詩書禮樂教，弟子蓋三千焉，身通六藝者七十有二人。」

〔八〕正禮樂：相傳孔子編《書》，删《詩》，訂正禮樂。《史記·孔子世家》：「孔子之時，周室微而禮樂廢，《詩》《書》缺。追跡三代之禮，序《書傳》……故《書傳》《禮記》自孔氏。孔子語魯大師：『……吾自衛反魯，然後樂正，《雅》《頌》各得其所。』古者《詩》三千餘篇，及至孔子，去其重，取可施於禮義……三百五篇，孔子皆絃歌之，以求合《韶》《武》《雅》《頌》之音。禮樂自此可得而述。」

〔九〕旅：陳。象：形於外者，指《易》象。《易·繫辭下》：「《易》者，象也。象也者，像也。」疏：「《易》卦者，寫萬物之形象。」蓍龜：蓍草與龜甲，均占卜用具。《史記·孔子世家》：「孔子晚而喜《易》，序《彖》《繫》《象》《説卦》《文言》。」

〔一〇〕西狩：謂西狩獲麟。應：感應。非其應，謂麟出非其時。《史記·孔子世家》：「魯哀公十四年春，狩大野。叔孫氏車子鉏商獲獸，以爲不祥。仲尼視之，曰：『麟也。』……顔淵死，孔子曰：『天喪予！』及西狩見麟，曰：『吾道窮矣！』」集解引何休曰：「麟者，太平之獸，聖人之類也。時得而死，此天亦告夫子將殁之證，故云爾。」

〔一一〕中都：魯邑，在今山東省汶上縣西。施：施展，有所作爲。《史記·孔子世家》：「定公以孔子爲中都宰，一年，四方皆則之。」

〔一二〕爲人：即爲民。《史記·孔子世家》：「孔子病，子貢請見……孔子因嘆，歌曰：『太山壞乎！梁柱摧乎！哲人萎乎！』因以涕下，謂子貢曰：『天下無道久矣，莫能宗予……』後七日卒。」

〔一三〕遺教：遺留的教化。文德：以禮樂教化進行統治。

〔一四〕興王：王者興起。此指李唐王朝。叶：符合。《禮記·檀弓上》：「夫子曰：『……予疇昔之夜，夢坐奠於兩楹之間。夫明王不興，而天下其孰能宗予？予殆將死也！』」唐玄宗《經鄒魯祭孔子而嘆之》：「今看兩楹奠，當與夢時同。」

〔一五〕後胤：後代。《史記·孔子世家》正義引《括地志》：「皇唐給復二千户，封孔子裔孫孔德倫爲褒聖侯也。」

〔一六〕冕服：禮服。虚儀：無用的禮儀。劉禹錫以爲祭祀孔子爲虚儀，非孔子意，認爲「與其煩於舊饗，孰若行其教道」，「今夫子之教日頽靡，而以非禮之祀媚之，斯儒者所宜憤悱」。見其《奏記丞相府論學事》。

〔一七〕膠庠：周學校名，此指京師國子學、太學等學校。《新唐書·禮樂志五》：祀孔子，「二京之祭，牲太牢，樂宮縣，舞六佾矣；州縣之牲以少牢而無樂」。

〔一八〕喟然：感嘆貌。《史記·孔子世家》：「（衛）靈公老，怠於政，不用孔子。孔子喟然嘆曰：『苟有用我者，期月而已，三年有成。』」劉、李時均被貶棄，故用此二字。

〔一九〕上丁：上旬丁日。唐制，於春秋兩季仲月（二月及八月）上丁日祭祀孔子，見《新唐書·禮樂志五》。

酬元九院長自江陵見寄〔一〕

無事尋花至仙境，〔二〕等閒栽樹比封君。〔三〕金門通籍真多士，〔四〕黄紙除書每日聞。〔五〕

【校注】

〔一〕詩元和五年或稍後在朗州作。元九：元積，字微之，河南人，登制科，除拾遺，爲河南尉，拜監察御史，貶來江陵。院長：唐人對監察御史的敬稱。《國史補》卷下：「外郎、御史、遺、補相呼曰院長。」《舊唐書·元積傳》：「拜監察御史……令分務東臺。浙西觀察使韓皋封杖決湖州安吉令孫澥，四日内死。徐州監軍使孟昇卒，節度使王紹傳送昇喪柩還京，給券乘驛，仍於郵舍安喪柩。積並劾奏以法。河南尹房式爲不法事，積欲追攝，擅令停務。既飛表聞奏，罰式一月俸，仍召積還京。宿敷水驛，内官劉士元後至，争廳，士元怒，排其户，積襪而走廳後。士元追之，後以棰擊積傷面。執政以稹少年後輩，務作威福，貶爲江陵府士曹參軍。」同書《憲宗紀上》：「（元和五年二月）東臺監察御史元稹……貶江陵府士曹參軍。」詩當作於五年或稍後。

〔二〕尋花：用漁人尋花誤入桃源事，謂己貶在朗州。參見卷一《桃源行》注。

〔三〕等閒：隨便。栽樹：用李衡事。《水經注·沅水》：「沅水又東歷龍陽縣之氾洲，洲長二十里。吴丹陽太守李衡，植柑於其上，臨死敕其子曰：『吾州里有木奴千頭，不責衣食，歲絹千匹。』……吴末，衡柑成，歲絹千匹。」封君：受封邑者。《史記·貨殖列傳》：「烏氏倮畜牧……畜至用谷量馬牛，秦始皇帝令倮比封君，以時與列臣朝請。」又：「蜀、漢、江陵千樹橘……此其人皆與千户侯等。」此謂元稹貶在江陵。

〔四〕金門：金馬門，見卷一《韓十八侍御見示岳陽樓别竇司直詩（略）》詩注。通籍：列名於門籍，謂在朝爲官。《三輔黄圖》卷六：「漢宫中謂之禁中，謂宫中門閣有禁，非侍衛通籍之臣，不得妄入。」《中華古今注》卷中：「籍者，一尺二寸竹牒，記人之年、名字、物色，懸之宫門，案省相應，乃得入也。」多士：衆多人才。《詩·大雅·文王》：「濟濟多士，文王以寧。」

〔五〕除書：授官詔敕。《唐會要》卷五四：「（開元）十三年十月，始用黄麻紙寫詔。至上元三年閏三月，詔制敕並用黄麻紙。」

【集評】

何焯曰：較之樂天「舉目安能不惆悵，高車大馬滿長安」，蘊藉多矣。（卞孝萱《劉禹錫詩何焯批語

考訂》）

贈元九侍御文石枕以詩獎之〔一〕

文章似錦氣如虹，〔二〕宜薦華簪緑殿中。〔三〕縱使涼飆生旦夕，〔四〕猶堪拂拭愈頭風。〔五〕

【校注】

〔一〕詩元和五年或稍後作。元九：元稹，參見前詩注。文石：石之有紋理者。

〔二〕錦：織錦，狀元稹文章之美。白居易《唐故武昌軍節度處置等使（略）元公墓誌銘》：「公凡爲文，無不臻極。尤工詩，在翰林時，穆宗前後索詩數百篇，命左右諷詠，宫中呼爲『元才子』。自六宫、兩都、八方至南蠻、東夷國，皆傳寫之。每一章一句出，無脛而走，疾於珠玉。」氣如虹：謂元稹一身正氣，不畏權貴。參見前詩注。

〔三〕薦：襯、墊。華簪：華美的髮簪。句謂文石枕適合德才兼備可充當近侍貴臣的元稹使用。

〔四〕涼：原作「良」，《叢刊》本作「商」，劉本作「真」，此據《全唐詩》改。

〔五〕頭風：頭痛病。《三國志·魏書·陳琳傳》注引《典略》：「琳作諸書及檄，草成呈太祖。太祖先苦頭風，是日疾發，卧讀琳所作，翕然而起曰：『此愈我病。』」元稹《感夢》詩自注：「予頃患痎，頭風，逾月不差。裴公教服橘皮朴消丸，數月而愈。」

【集評】

何焯曰：氣概似之。（卞孝萱《劉禹錫詩何焯批語考訂》）

酬元九侍御贈壁州鞭長句〔一〕

碧玉孤根生在林，美人相贈比雙金。〔二〕初開郢客緘封後，〔三〕想見巴山冰雪深。〔四〕多節本懷端直性，〔五〕露青猶有歲寒心。〔六〕何時策馬同歸去，〔七〕關樹扶疏敲鐙吟？〔八〕

【校注】

〔一〕詩元和五年或稍後在朗州作。元九侍御：元稹，參見前二詩。壁州鞭：壁州産竹根所製馬鞭。壁州州治在今四川省通江縣。長句：七言律詩。元稹原詩見詩後附録。

〔二〕美人：所思念的友人。雙金：雙南金。南金，南方出産的優質銅。張載《擬四愁詩》：「佳人遺我緑綺琴，何以報之雙南金。」

〔三〕郢客：指元稹，時在江陵，即戰國楚郢都，且用郢人歌《陽春白雪》事，參見後《江陵嚴司空見示與成都武相公唱和因命同作》注。

〔四〕巴山：東巴山。《元豐九域志》卷八：巴州通江縣有東巴山。

〔五〕節：竹節，雙關節操。元稹因不避權貴被貶，已見前二詩注。

〔六〕露青：指竹青皮。歲寒心：《論語・子罕》：「歲寒然後知松柏之後凋。」

〔七〕策馬：以鞭驅馬。歸去：歸長安，歸朝。

〔八〕關：指武關，自江陵歸長安經此。敲鐙：以鞭敲擊馬鐙，狀其閒逸自得之狀。

【附録】

劉二十八以文石枕見贈仍題絶句以將厚意因持壁州鞭酬謝兼廣爲四韻　元稹

枕截文瓊珠綴篇，野人酬贈壁州鞭。用長時節君須策，泥醉風雲我要眠。歌眄彩霞臨藥竈，執陪仙仗引爐煙。張騫卻上知何日？隨會歸期在此年。（《元稹集》卷一八）

翰林白二十二學士見寄詩一百篇因以答貺〔一〕

吟君遺我百篇詩，使我獨坐形神馳。〔二〕玉琴清夜人不語，琪樹春朝風正吹。〔三〕郢人斤斲無痕跡，〔四〕仙人衣裳棄刀尺。〔五〕世人方内欲相尋，〔六〕行盡四維無處覓。〔七〕

【校注】

〔一〕詩元和五年作於朗州。白二十二：白居易，字樂天，太原人，後居下邽，進士及第，制策登科，官盩厔尉、右拾遺、翰林學士。《舊唐書》本傳：「授盩厔縣尉、集賢校理。居易文辭富艷，尤精於詩筆。自讎校至結綬畿甸，所著歌詩數十百篇，皆意存諷賦，箴時之病，補政之缺……（元和）二年十一月，召入翰林爲學士……六年四月，丁母陳夫人之喪，退居下邽。」劉、白唱和最多，據宋敏求《劉賓客外集後序》，《外集》卷一、卷二、卷四中詩即裒自劉、白唱和詩集《劉白唱和集》、《汝洛集》、《洛中集》，而本篇在《外集》卷一之首，蓋劉、白唱和始見於此。二人早年交往無考。白居易與元稹爲摯友，元和五年，元稹貶江陵，始與劉禹錫唱和，白居易當因元稹而寄詩劉禹錫。

〔二〕形神馳：心馳神往。劉禹錫《董氏武陵集紀》：「片言可以明百意，坐馳可以役萬景，工於詩者能之。」

〔三〕琪樹：神話中玉樹。孫綽《游天台山賦》：「琪樹璀璨而垂珠。」「玉琴」兩句言白詩如琴韻悠揚，玉聲清越。

〔四〕斤：斧。《莊子・徐無鬼》：「郢人堊漫其鼻端，若蠅翼，使匠石斲之，匠石運斤成風，聽而斲之，盡堊而鼻不傷。郢人立不失容。」

〔五〕刀尺：裁製衣裳的工具。《太平廣記》卷六八引《靈怪集》：太原郭翰早孤獨處，當盛暑，乘月卧庭中，仰視空中，見有人冉冉而下，直至翰前，乃一少女也。翰徐視其衣，並無縫，問之。謂翰曰：「天衣本非針綫爲也。」二句言白詩匠心獨運，自然渾成，無斧鑿痕。陸游《九月一日夜讀詩稿有感走筆作歌》：「詩家三昧忽見前，屈賈在眼元歷歷。天機雲錦用在我，剪裁妙處非刀尺。」即師此意。

〔六〕方内：猶世間。《莊子·大宗師》：「孔子曰：『彼游方之外者也，而丘游方之内者也。』」

〔七〕四維：地之四角。《初學記》卷一：「四方之隅曰四維。」

【集評】

葛勝仲曰：作詩貴雕琢，又畏有斧鑿痕；貴破的，又畏粘皮骨，此所以爲難。……劉夢得稱白樂天詩云：「郢人斤斲無痕跡，仙人衣裳棄刀尺。世人方内欲相從，行盡四維無處覓。」若能如是，雖終日斲而鼻不傷，終日射而鵠必中，終日行於規矩之中，而其跡未嘗滯也。山谷嘗與楊明叔論詩，謂以俗爲雅，以故爲新，百戰百勝，如孫、吴之兵，棘端可以破鏃，如甘蠅、飛衛之射，捏聚放開，在我掌握。與劉所論，殆一轍矣。（《詩話總龜》後集卷一一引《丹陽集》）

趙翼曰：中唐以後，詩人皆求工於七律，而古體不甚精詣。故閲者多喜律體，不喜古體。惟香山詩，則七律不甚動人，古體則令人心賞意愜……蓋香山主於用意。用意則屬對排偶，轉不能縱横如意；而出之以古詩，則惟意所之，辨才無礙。且其筆快如并剪，鋭如昆刀，無不達之隱，無稍晦之詞；工夫又鍛煉至潔，看是平易，其實精純。劉夢得所謂「郢人斤斲無痕跡，仙人衣裳棄刀尺」者，此古體所以獨絶也。（《甌北詩話》卷四）

何焯曰：夢得别集七言律詩，大抵多效白公之體，但起結多恨其過於平直。（卞孝萱《劉禹錫詩何焯批語考訂》）

吕八見寄郡内書懷因而戲和〔一〕

文苑振金聲，〔二〕循良冠百城。〔三〕不知今史氏，何處列君名。〔四〕

【校注】

〔一〕詩元和五年末、六年初在朗州作。吕八：吕温。《舊唐書》本傳：「温字化光，貞元末登進士第，與翰林學士韋執誼善。順宗在東宫，侍書王叔文勸太子招納時之英俊以自輔，温與執誼尤爲叔文所眷，起家再命拜左拾遺。二十年冬，副工部侍郎張薦爲入吐蕃使……元和元年，使還，轉户部員外郎。時柳宗元等九人坐叔文貶逐，唯温以奉使免。温天才俊拔，文彩贍逸，爲時流柳宗元、劉禹錫所稱……與竇群、羊士諤趣尚相狎……三年，(李)吉甫爲中官所惡，將出鎮揚州，温欲乘其有間傾之……乃貶群爲湖南觀察使，羊士諤資州刺史，温均州刺史。朝議以所責太輕，群再貶黔南，温貶道州刺史。五年，轉衡州。」據吕温《衡州謝上表》及柳宗元《唐故衡州刺史東平吕府君誄》，吕温於元和五年七月十五日抵衡州，六年八月卒於任。原詩即在此期間作於衡州任上，參見附録原詩按語。

〔二〕文苑：猶文壇。《後漢書》有《文苑列傳》。金聲：編鐘之聲。振金聲，謂聲名遠播。《孟子·萬章下》：「孔子之謂集大成。集大成也者，金聲而玉振之也。」

〔三〕循良：官吏遵理守法而有治績。《漢書》、《後漢書》均有《循吏傳》。冠百城：(治績)爲各州縣之冠。

〔四〕史氏：史官。吕温「始以文學震三川，三川守以爲貢士之冠，名聲四馳，速如羽檄」，及貶爲道州刺史，亦「以政聞」（劉禹錫《唐故衡州刺史吕君集紀》），故詩謂將使史官爲難，不知列其名於何傳中爲是。

【附録】

郡内書懷寄劉連州竇夔州　　吕温

朱邑何爲者？桐鄉有古祠。我心常所慕，二郡老人知。（《全唐詩》卷三七一）

按：吕温詩題中「劉連州竇夔州」當指劉禹錫與竇常，但劉於元和十年方爲連州刺史，竇常爲夔州刺史亦在元和八年爲朗州刺史後，而吕温元和六年即卒，知此題有誤。蓋吕温深慕《漢書·循吏傳》中朱邑之爲政，想己一片苦心當爲道、衡二州父老所知。後人不解「二郡老人」之意，因劉禹錫有和詩，遂以劉、竇二人實之，並於題中妄加「寄劉連州竇夔州」七字，實大誤。詩云「二郡」，當作於衡州。

送李策秀才還湖南因寄幕中親故兼簡衡州吕八郎中〔一〕

深春風日浄，晝長幽鳥鳴。〔二〕僕夫前致辭，門有白面生。〔三〕攝衣相問訊，〔四〕解帶坐南榮。〔五〕端志見眉睫，〔六〕苦言發精誠。〔七〕因出懷中文，調孤詞亦清。悄如促柱絃，〔八〕掩抑多不平。〔九〕乃言本蜀士，世降岷山靈。〔一〇〕前人秉懿文，〔一一〕高視來上京。〔一二〕曳綬司徒府，〔一三〕所從信國楨。〔一四〕析薪委空林，〔一五〕善響難繼聲。〔一六〕何處翳附郭？〔一七〕幾人思邱成？〔一八〕雲天望喬木，〔一九〕風水悲流萍。〔二〇〕前與計吏西，〔二一〕始列貢士名。〔二二〕森然就筆札，〔二三〕從試春官卿。〔二四〕帝城歧路多，〔二五〕萬足伺晨星。〔二六〕茫茫風塵中，工拙同有營。〔二七〕寒女勞夜織，〔二八〕山苗榮寸莖。〔二九〕侯門方擊鐘，〔三〇〕衣褐誰將迎？〔三一〕弱羽果摧頹，〔三二〕壯心鬱怦怦。〔三三〕諒無蟠木容，〔三四〕聊復蓬累行。〔三五〕昨日訊靈龜，〔三六〕繇言利艱貞。〔三七〕當求捨拔中，〔三八〕必在審己明。〔三九〕誓將息薄游，〔四〇〕焦思窮筆精。〔四一〕蒔蘭在幽渚，安得揚棻馨？〔四二〕曰余摧落者，〔四三〕散質負華纓。〔四四〕一聆苦辛詞，再動伊鬱情。〔四五〕身棄言不重，愛才心尚驚。恨無羊角風，〔四六〕使爾化北溟。〔四七〕論罷情益親，涉旬忘歸程。日携邑中客，閑眺江上城。晝渴命金罍，〔四八〕宵談轉璿衡。〔四九〕蕙風香麈尾，〔五〇〕月露濡桃笙。〔五一〕忽被戒羸驂，〔五二〕薄言事南征。〔五三〕火雲蔚千里，〔五四〕旅思浩已盈。湘江含碧虛，〔五五〕衡嶺浮翠晶。〔五六〕豈伊山水異，適與人事并。油幕似崑丘，〔五七〕粲然疊瑶瓊。〔五八〕庾樓見清月，〔五九〕孔坐多緑醽。〔六〇〕復有衡山守，〔六一〕本自雲龍庭。〔六二〕至和在靈府，〔六三〕發越侔咸英。〔六四〕一麾出營陽，〔六五〕惠彼蚩蚩氓。〔六六〕隼旟辭瀟水，〔六七〕居者皆涕零。〔六八〕惟昔與伊人，〔六九〕交歡在夙齡。〔七〇〕一從雲雨散，滋我鄙悋萌。〔七一〕北渚不堪愁，〔七二〕南音誰復聽？〔七三〕離憂若去水，〔七四〕

浩漾無時停。嘗聞祝融峰，上有神禹銘。〔七五〕古石琅玕姿，秘文螭虎形。〔七六〕聖功奠遠服，〔七七〕神物擁休禎。〔七八〕賢人在其下，彷像疑蓬瀛。〔七九〕君行歷郡齋，大袂拂雙旌。〔八〇〕飾容遇朗鑒，〔八一〕肝鬲可以呈。〔八二〕昔日馬相如，臨邛坐盡傾。〔八三〕勉君刷羽翰，〔八四〕早取凌青冥。〔八五〕

【校注】

〔一〕詩元和六年夏在朗州作。李策：未詳。秀才：本爲科舉名目，後爲對讀書人的通稱。《封氏聞見記》卷三：「國初，明經取通兩經，……秀才試方略策三道，進士試時務策五道。……其後舉人憚於方略之科，爲秀才者殆絶。」湖南：湖南觀察使，治潭州，今湖南省長沙市。時李衆爲湖南觀察使。《全唐文》卷六二八吕温《湖南都團練觀察副使廳壁記》：「元和三年冬，天子命御史中丞隴西李公……俾綏衡湘……始下車，表前副使、殿中侍御史扶風竇君常字中行以本官復職。於是監察御史河南穆君寂、河内司馬君紓、范陽盧君播、太常寺協律郎河東薛君存慶、前咸陽縣尉吴郡顧君師閔、前太子正字隴西李君礎、前太常寺奉禮郎京兆杜君周士、前延陵縣尉同郡杜君寶，群材響附……稱爲盛府。」據《文史》第七輯卞孝萱《劉禹錫交游新考》，禹錫母盧氏，題中「親」指盧播，「故」則指竇常、顧師閔、李礎等。衡州：州治在今湖南衡陽。吕八：吕温，曾官刑部郎中，參見前詩注。詩云「火雲蔚千里」，作於夏日。

〔二〕晝：原作「争」，據《全唐詩》改。

〔三〕白面生：少年文士。《宋書·沈慶之傳》載慶之語：「陛下今欲伐國，而與白面書生輩謀之，事何由濟？」

〔四〕攝衣：整飭衣裳。攝，提起。問訊：問候。

〔五〕南榮：南面屋檐。

〔六〕端志：正直之志。見：通現。眉睫：指面部。《莊子·庚桑楚》：「向吾見若眉睫之間，吾因以得汝矣。」

〔七〕精誠：感人的真情。《莊子·漁父》：「真者，精誠之至也。不精不誠，不能動人。」

〔八〕悄：憂傷貌。促柱絃：謂音調定得很高的琴絃。柱，琴瑟上繫絃的木柱，促柱則絃緊音高。

〔九〕掩抑：低迴抑鬱。

〔一〇〕岷山：在今四川省北部。靈：神。《詩·大雅·崧高》：「惟岳降神，生甫及申。」

〔一一〕前人：指李策的父親。秉：持。懿文：美文。懿，《全唐詩》作「藝」。

〔一二〕高視：高視闊步，氣度不凡。上京：長安。

〔一三〕曳綬：拖着綬帶，指做官。司徒：官名，正一品，唐時爲三公之一。此疑指杜佑。《舊唐書·杜佑傳》：「元和元年，册拜司徒、同平章事，封岐國公……憲宗優禮之，不名，常呼司徒。」劉禹錫居杜佑門下，「僅逾十年」（《上杜司徒書》），故與李策先人有舊故。

〔一四〕國楨：國之楨幹。楨幹爲築牆時兩端所立木柱，喻國家棟梁之材。《莊子·列禦寇》：「魯哀公問於顔闔曰：『吾以仲尼爲貞幹，國其有瘳乎！』」

〔一五〕析薪：伐木。析薪而棄於空林，謂招致賢才而不能用。《論衡·效力》：「或伐薪於山，輕小之木，合能束之。至於大木十圍以上，引之不能動，推之不能移，則委之於山林，收所束之小木而歸。由斯以論，知能之大者，其猶十圍以上木也，人力不能舉薦。」

〔一六〕響：回聲。《吕氏春秋·先己》：「故善響者不於響於聲。」繼聲：《禮記·學記》：「善歌者使人繼其聲，善教者使人繼其志。」句謂李策能繼承先人的才德。

〔一七〕翳：遮蔽，《叢刊》本作「依」。附郭：疑當作「負郭」，指窮人依託城郭而建的簡陋房屋。《史記·陳丞相世家》：「家乃負郭窮巷，以弊席爲門。」左思《詠史》：「陳平無産業，歸來翳負郭。」

〔一八〕郈成：春秋魯人。《孔叢子》卷五：「郈成子自魯聘晉，過乎衛，右宰穀臣止而觴之……送以寶璧。反，過而不辭……背衛三十里，聞寧喜作難，右宰死之……乃使人迎其妻子，隔宅而居之，分禄而食之，其子長而反其璧。」劉孝標《廣絶交論》：「自昔把臂之英，金蘭之友，曾無羊舌下泣之仁，寧慕郈成分宅之德。」成，原作「城」，據劉本、《全唐詩》改。

〔一九〕喬木：高大樹木，代指故鄉。《孟子·梁惠王下》：「所謂故國者，非謂有喬木之謂也，有世臣之謂也。」顔延之《還至梁城作》：「故國多喬木。」

〔二〇〕苹：浮萍。流苹，喻人之飄流無定。《楚辭·九懷·尊嘉》：「竊哀兮浮萍，泛淫兮無根。」王逸

注：「自比如蘋……隨水浮游，乍東西也。」

〔二〕計吏：州郡每年上計簿於京師的官吏。

〔三〕貢士：鄉貢進士。《新唐書·選舉志上》：「舉選不繇館、學者，謂之鄉貢。」《唐摭言》卷一：「武德辛巳歲四月一日，敕諸州學士及早有明經及秀才、俊士、進士明於理體，爲鄉里所稱者，委本縣考試，州長重覆，取其合格，每年十月隨物入貢。」故與計吏同入京。

〔三〕森然：嚴整貌。就筆札：參加考試。札，書寫用的木簡。

〔四〕春官：禮部。《新唐書·百官志一》：「光宅元年，改禮部曰春官。」餘見卷一《省試風光草際浮》注。

〔五〕歧路：岔路。多歧路則難以達到目的地。《列子·説符》：「楊子之鄰人亡羊……楊子曰：『嘻！亡一羊，何追之者衆？』曰：『多歧路。』既反，問：『獲羊乎？』曰：『亡之矣。』曰：『奚亡之？』曰：『歧路之中又有歧焉，吾不知所之，所以反也。』」

〔六〕萬足：言就試者之多。《封氏聞見記》卷三：「玄宗時，士子殷盛，每歲進士到省者常不減千餘人。」

〔七〕營：營求。

〔八〕寒女：貧女。郭泰機《答傅咸》：「皦皦白素絲，織爲寒女衣。」

〔九〕山苗：山上小樹，喻指權勢之家的子弟。左思《詠史》：「鬱鬱澗底松，離離山上苗。以彼徑寸莖，蔭此百尺條。世胄躡高位，英俊沈下僚。」

〔三〇〕擊鐘：富貴之家擊鐘列鼎而食。鮑照《代結客少年場行》：「扶宫羅將相，夾道列王侯。……擊鐘陳鼎食，方駕自相求。」方擊鐘，劉本作「武繼踵」。

〔三一〕衣褐：穿粗布衣，指微賤者。將迎：送迎。

〔三二〕摧頹：摧折下垂。

〔三三〕鬱怦怦：苦悶不平。怦怦，心跳。

〔三四〕蟠木：彎曲樹木。容：修飾。鄒陽《獄中上梁王書》：「蟠木根柢，輪囷離詭，而爲萬乘器者，何則？以左右先爲之容也。」

〔三五〕蓬累行：如蓬草之隨風飄零。《史記·老子列傳》：「君子得其時則駕，不得其時則蓬累而行。」正義：「『蓬，沙磧上轉蓬也。累，轉行貌也，言君子得明主則駕車而事，不遭時則若蓬轉流移而行，可止則止也。』」

〔三六〕訊靈龜：以龜甲卜卦。

〔三七〕繇：卦兆的占辭。利艱貞：《易·明夷》中語。孔穎達疏：「夷者，傷也。此卦日入地中，明夷之象。施之於人事，闇主在上，明臣在下……時雖至闇，不可隨世傾邪，故宜艱難堅固，守其貞正之德。」

〔三八〕捨拔：放箭，指應舉。《詩·秦風·駟驖》：「公曰左之，舍拔則獲。」傳：「拔，矢末也。」箋：

「舍拔則獲，言公善射。」

〔三九〕審己：審察自身。蔡邕《正交論》：「君子慎人所以交己，審己所以交人。」

〔四〇〕薄游：指游歷以干求。夏侯湛《東方朔畫贊》：「以爲濁世不可以富貴也，故薄游以取位。」薄：原作「簿」，據明本、劉本、《叢刊》本、《全唐詩》改。

〔四一〕焦思：竭思，苦思。窮筆精：窮究文章之妙。江淹《别賦》：「雖淵雲之墨妙，嚴樂之筆精……誰能摹暫離之狀，寫永訣之情者乎？」

〔四二〕蒔：移栽。幽渚：偏僻洲渚。棻：同芬。陸機《塘上行》：「江蘺生幽渚，微芳不足宣。」

〔四三〕摧落：受挫流落。

〔四四〕散質：猶散材，無用之材。華纓：指官服。纓，繫冠帶。

〔四五〕伊鬱：猶抑鬱，憂愁憤懣。

〔四六〕羊角風：旋風。《莊子·逍遥游》：「（鯤鵬）怒而飛，其翼若垂天之雲，摶扶摇羊角而上者九萬里。」郭象注：「司馬云：風曲上行若羊角。」

〔四七〕北溟：北海。鯤化爲鵬事見卷一《韓十八侍御見示岳陽樓别賓司直詩（略）》詩注。

〔四八〕渴：《叢刊》本、《全唐詩》作「愒」。罍：酒器。《詩·周南·卷耳》：「我姑酌彼金罍，維以不永懷。」

〔四九〕轉璿衡：斗轉星移，時間流逝。璿衡，璿璣玉衡，觀天象的儀器，此指星象。《書·舜典》：「在璿璣玉衡，以齊七政。」傳：「璿，美玉。璣衡，王者正天文之器，可運轉者。」

〔五〇〕蕙風：香風。蕙，香草，《全唐詩》作「薰」。麈尾：拂塵，以駝鹿尾爲之，執手中，指揮以爲談助。《世説新語·容止》：「王夷甫……妙於談玄，恒捉白玉柄麈尾。」

〔五一〕桃笙：一種竹簟。《文選》左思《吴都賦》：「桃笙象簟。」劉逵注：「桃笙，桃枝簟也。吴人謂簟爲笙。」《北户録》卷下：「瓊州出紅藤簟，一呼爲笙，或謂之籧篨，亦謂之行唐。」

〔五二〕戒：備辦。羸驂：瘦馬。驂，駕車的三匹馬或居於兩旁的馬。

〔五三〕薄：語助詞。南征：南行。

〔五四〕火雲：夏季熾熱時的赤雲。杜甫《送梓州使君之任》：「火雲揮汗日，山驛醒心泉。」

〔五五〕碧虚：碧空。

〔五六〕衡嶺：即衡山。翠晶：蒼翠有光澤。《水經注·湘水》：「湘水又北逕衡山縣東，山在西南，有三峰……芙蓉峰最爲竦傑。自遠望之，蒼蒼隱天。」

〔五七〕油幕：青油幕，賓幕，此指湖南觀察使李衆幕，參見前《覽董評事思歸之什因以詩贈》注。崑丘：崑崙山，産玉。《書·胤征》：「火炎崑崗，玉石俱焚。」傳：「崑山出玉。」

〔五八〕粲然：有光彩貌。瑶瓊：美玉，喻賢才。

〔五九〕庾樓：晉庾亮爲江州刺史時所建樓，在武昌，唐代江州亦有庾樓，乃後人附會，參見陸游《入蜀記》。《晉書·庾亮傳》：「亮在武昌，諸佐吏殷浩之徒，乘秋夜往共登南樓，俄而不覺亮至，諸人將起避之。亮徐曰：『諸君少住，老子於此處興復不淺。』便據胡牀，與浩等談詠竟坐。」李白《陪宋中丞武昌夜飲懷古》：「庾公愛秋月，乘興坐胡牀。」王琦注：「按《世説》、《晉書》載庾亮南樓事，皆不言秋月，而太白數用之，豈古本『秋夜』乃『秋月』之訛，抑有他傳是據歟？」

〔六〇〕孔坐：孔融之座。《後漢書·孔融傳》：「（融）常嘆曰：『坐上客恒滿，尊中酒不空，吾無憂矣。』」緑醽：即緑酃，酒名。《文選》左思《吴都賦》：「飛輕軒而酌緑酃。」李善注引《湘州記》：「湘州臨水縣有酃湖，取水爲酒，名曰酃酒。」

〔六一〕衡山：郡名，即衡州。《新唐書·地理志五》：「衡州衡陽郡，上。本衡山郡，天寶元年更名。」衡山守，謂吕温。

〔六二〕雲龍庭：指朝廷。《文選》班固《東都賦》：「爾乃盛禮興樂，供帳置乎雲龍之庭。」李善注：「《洛陽宫舍記》有雲龍門。」

〔六三〕至和：極爲沖和的元氣。至和，《全唐詩》作「抗志」。靈府：心。《莊子·德充符》：「不可入於靈府。」郭象注：「靈府者，精神之宅也。」

〔六四〕發越：音韻發揚。侔：相等。咸英：傳説中的黄帝之樂《咸池》及顓頊之樂《六英》。《淮南子·齊俗》：「《咸池》、《承雲》、《九韶》、《六英》，人之所樂也。」

〔六五〕一麾：一揮手，謂出爲州刺史。顔延之《五君詠》：「屢薦不入官，一麾乃出守。」營陽：郡名，指道州，州治在今湖南省道縣。《元和郡縣圖志》卷二九「道州」：「吴分零陵置營陽郡，今州是也。以郡在營水之南，因爲名。」吕温自郎中出爲道州刺史，見前《吕八見寄郡内書懷因而戲和》注。

〔六六〕惠：施恩。蚩蚩氓：純樸百姓。《詩·衛風·氓》：「氓之蚩蚩，抱布貿絲。」蚩，原作「嗤」，據《叢刊》本改。

〔六七〕隼旟：繪有飛鳥的旗，指刺史儀仗。《周禮·春官·大宗伯》：「鳥隼爲旟。」又《司常》：「州里建旟。」瀟水：源出道州九嶷山，此代指道州。辭瀟水，謂吕温自道州遷衡州。

〔六八〕居者：指道州百姓。《全唐文》卷六二七吕温《代李中丞薦道州刺史吕温狀》：「今道州賦税畢集，流亡盡歸……自温條理以來，疲人盡皆蘇息。」

〔六九〕伊人：彼人，指吕温。《詩·秦風·蒹葭》：「所謂伊人，在水一方。」

〔七〇〕夙齡：早年。劉、吕同爲永貞革新支持者，見前《吕八見寄郡内書懷因而戲和》注。在夙齡：

〔七一〕鄙悋萌：萌生貪鄙庸俗之心。悋，同吝。《後漢書·黄憲傳》：「陳蕃、周舉常相謂曰：『時月之間不見黄生，則鄙吝之萌復存乎心。』」《全唐詩》作「經宿齡」。

〔七二〕北渚：《楚辭·九歌·湘夫人》：「帝子降兮北渚，目眇眇兮愁予。」

〔七三〕南音：用鍾儀操南音事，見前《武陵書懷五十韻》注。

〔七四〕離憂句：李白《金陵酒肆留别》：「請君試問東流水，别意與之誰短長？」

〔七五〕祝融峰：衡山七十二峰的最高峰。《水經注·湘水》：「（衡山）《山經》謂之岣嶁，爲南岳也……南有祝融冢……禹治洪水，血馬祭山，得金簡玉字之書。」《石墨鎸華》卷一：「夏禹《衡岳碑》：禹碑七十七字，在衡岳雲密峰。」按：此碑楊慎《金石古文》卷一有釋文，然碑乃宋、明間人所僞造。

〔七六〕琅玕：石而似玉者。螭：傳説中似龍而無角的動物。韓愈《岣嶁山》：「岣嶁山尖神禹碑，字青石赤形摹奇。科斗拳身薤倒披，鸞飄鳳泊拏龍螭。」

〔七七〕聖功：指大禹治水。遠服：邊遠之地。古代有五服的劃分，離王畿兩千里以外爲荒服。

〔七八〕神物：指禹碑。休禎：吉祥。

〔七九〕彷像：猶彷彿。《文選》木華《海賦》：「彷像其色。」李善注：「不審之貌。」蓬瀛：蓬萊、瀛洲，傳説東海中的仙山。

〔八〇〕雙旌：成對的旗幡，唐代刺史出行以雙旌爲前導。白居易《入峽次巴東》：「兩片紅旌數聲鼓，使君艛艓上巴東。」

〔八一〕飾容：美貌。朗鑒：明鏡。

〔八二〕肝鬲：猶肺腑。鬲，通膈，胸腔與腹腔間的横隔膜。

〔八三〕馬相如：即司馬相如。臨邛：漢縣名，今四川省邛崍縣。坐盡傾：一座中人都欽佩傾倒。《史記·司馬相如傳》：「相如歸，而家貧，無以自業。素與臨邛令王吉相善，吉曰：『長卿久宦游不遂，而來過我。』於是相如往，舍都亭。臨邛令繆爲恭敬，日往朝相如。相如初尚見之，後稱病，使從者謝吉，吉愈益謹肅。臨邛中多富人，而卓王孫家僮八百人，程鄭亦數百人，二人乃相謂曰：『令有貴客，爲具召之。』并召令。令既至，卓氏客以百數。至日中，謁司馬長卿，長卿謝病不能往，臨邛令不敢嘗食，自往迎相如。相如不得已，强往，一坐盡傾。」

〔八四〕刷羽翰：梳整羽毛，比喻增進道德學問的修養。

〔八五〕青冥：天空。

【集評】

沈括曰：今人守郡謂之建麾，蓋用顏延年詩「一麾乃出守」，此誤也。延年謂「一麾」者，乃指麾之麾，……非旌麾之麾也。延年《阮始平》詩云「屢薦不入官，一麾乃出守」者，謂山濤薦咸爲吏部郎，三上，武帝不用，後爲荀勖一擠，遂出始平，故有此句。延年被擯，以此自託耳。自杜牧爲《登樂游原》詩云「擬把一麾江海去」，……始謬用「一麾」，自此遂爲故事。（《夢溪筆談》卷四）

胡震亨曰：觀《三國志》「擁麾守郡」，《文選》「建麾作牧」，此語在牧之前久矣。……唐人如杜子美、柳子厚、劉夢得皆用之，謂之誤不可。（《唐音癸籤》卷一七。按：「一麾」事，後人聚訟紛紜，如《麈史》卷中、《二老堂詩話》、《緗素雜記》卷七、《雞肋篇》卷下、《演繁露》卷八、《野客叢書》卷二三等均言之，不備録。呂温被貶出守，詩中之「麾」釋爲「指麾」，義較長。）

江陵嚴司空見示與成都武相公唱和因命同作〔一〕

南荆西蜀大行臺，〔二〕幕府旌門相對開。名重三司平水土，〔三〕威雄八陣役風雷。〔四〕彩雲朝望青城起，〔五〕錦浪秋經白帝來。〔六〕不是郢中清唱發，〔七〕誰當丞相掞天才〔八〕！

【校注】

〔一〕詩元和六年或七年秋在朗州作。司空：唐時爲三公之一。《舊唐書·職官志二》：「太尉、司徒、司空各一員，謂之三公，並正一品。」嚴司空，嚴綬。《舊唐書》本傳：「元和元年，楊惠琳叛於夏州，劉闢叛於成都，綬表請出師討伐……蜀、夏平，加綬檢校尚書左僕射，尋拜司空……尋出鎮荆南。」同書《憲宗紀上》：「（元和六年三月）丁未，以檢校右僕射嚴綬爲江陵尹、荆南節度使。」武相公：武元衡，時爲劍南西川節度使，在成都。參見前《奉和淮南李相公早秋即事（略）》詩注。元和八年二月，武元衡自成都復入朝爲相，詩當作於六年或七年秋。嚴綬原詩已佚，武元衡和詩存。

〔二〕南荆：即荆南，唐方鎮名，治江陵府，今屬湖北省。西蜀，指劍南西川，唐方鎮名，治成都。大行臺：尚書省派駐地方總攬一方政務者稱行臺，其權位特重者稱大行臺，貞觀以後不復置，此借指節度使府。《舊唐書·職官志一》：「武德初，以諸道軍務事繁，分置行臺尚書省。其陝東道大行臺尚書省，令一人。」

〔三〕三司：即三公。平水土：治洪水，此以大禹治水比擬嚴綬平楊惠琳、劉闢叛亂的功業。《書·舜典》：「僉曰：『伯禹作司空。』帝曰：『俞，咨禹，汝平水土，惟時懋哉。』」

〔四〕八陣：八陣圖。陳，通陣。夔州爲荆南轄州，相傳諸葛亮曾作八陣圖於夔州江中，詳見卷五《觀八陣圖》注。此藉以頌嚴綬的韜略，謂其行軍布陣有役使風雲雷電之威。

〔五〕彩雲：用巫山神女旦爲朝雲事，詳見卷四《竇夔州見寄寒食日憶故姬小紅吹笙因和之》注。青城：山名，在今四川省灌縣西南。杜光庭《青城山記》：「岷山連峰接岫，千里不絶，青城乃第一峰也。」

〔六〕錦浪：錦江之浪。《太平寰宇記》卷七二益州華陽縣：「濯錦江，即蜀江，水至此濯錦，錦彩鮮潤於他水，故曰濯錦江。」白帝：白帝城，夔州州治所在，臨長江。參見卷五《始至雲安(略)》注。巫山、白帝屬荆南，青城、錦江在劍南，此處借兩地山川頌二人交誼。

〔七〕郢中：指江陵，楚郢都。清唱：指嚴綬原詩。宋玉《對楚王問》：「客有歌於郢中者，其始曰《下里巴人》，國中屬而和者數千人。其爲《陽阿薤露》，國中屬而和者數百人。其爲《陽春白雪》，國中屬而和者不過數十人。引商刻羽，雜以流徵，國中屬而和者不過數人而已。是其曲彌高，其和彌寡。」

〔八〕丞相：指武元衡。掞：施展。《舊唐書·武元衡傳》：「元衡工五言詩，好事者傳之，往往被於管絃。」

【附録】

酬嚴司空荆南見寄　武元衡

金貂再領(一作入)三公府，玉帳連封萬户侯(兩句一作「漢家征鎮委條侯，虎節龍旌居上頭」)。簾捲青山巫峽曉，煙開碧樹(一作雲凝碧岫)渚宫秋。劉琨坐嘯風清塞，謝朓題(一作裁)詩月滿樓(兩句一作「金笳曾掩胡人淚，麗句初傳明月樓」)。白雪調高歌不得，美人南國(一作陽臺相顧；國，一作望)翠蛾愁。(《全唐詩》卷三一七)

哭吕衡州時予方謫居〔一〕

一夜霜風凋玉芝，〔二〕蒼生望絶士林悲。〔三〕空懷濟世安人略，〔四〕不見男婚女嫁時。〔五〕遺草一函歸太史，〔六〕旅墳三尺近要離。〔七〕朔方徙歲行當滿，〔八〕欲爲君刊第二碑。〔九〕

【校注】

〔一〕詩元和六年秋在朗州作。吕衡州：吕温，見前《吕八見寄郡内書懷因而戲和》注。柳宗元《唐故衡州刺史東平吕君(温)誄》：「維唐元和六年八月日，衡州刺史東平吕君卒，爰用十月二十四日，藁葬於江陵之野。」「時予」五字疑當爲題下注，闌入題中。

〔二〕玉芝：白色芝草，仙草，此以喻吕温。《十洲記》：「(鍾山)在北海之子地……自生玉芝及神草四十餘種。」

〔三〕蒼生：原指草木，後指衆多百姓。《書·益稷》：「帝光天之下，至於海隅蒼生。」傳：「光天之下至於海隅，蒼蒼然生草木。」《晉書·謝安傳》載，安年四十餘，始有仕進意，「征西大將軍桓温請爲司馬。將發新亭，朝士咸送，中丞高崧戲之曰：『卿累違朝旨，高卧東山，諸人每相與言，安石不肯出，將如蒼生何！』」士林：指讀書人。

〔四〕濟：救助。《晉書·孔坦傳》：「出爲廷尉，怏怏不悦，以疾去職……疾篤，庾冰省之，乃流涕。坦慨然曰：『大丈夫將終不問安國寧家之術，乃作兒女子相問耶！』」《舊唐書·太宗紀上》，太宗年四歲時，有書生自言善相，見太宗，曰：「龍鳳之姿，天日之表，年將二十，必能濟世安民矣。」劉禹錫《唐故衡州刺史吕君集紀》謂温「以致君及物爲大欲，每與其徒講疑考要，王霸富强之術，臣子忠孝之道，出入上下百千年間……」

〔五〕男婚女嫁：《三國志·魏書·管輅傳》：「輅長嘆曰：『吾自知有分直耳，然天與我才明，不與我年壽，恐四十七八間，不見女嫁兒娶婦也。』」劉禹錫《唐故衡州刺史吕君集紀》稱温「年四十而没，後十年，其子安衡泣捧遺草來謁」，蓋其卒時子女均年幼。

〔六〕遺草：留下的文稿。《史記·司馬相如列傳》：「相如既病免，家居茂陵。天子曰：『司馬相如病甚，可往後悉取其書。若不然，後失之矣。』」劉昚虚《寄江滔求孟六遺文》：「相如有遺草，一爲問家人。」《新唐書·藝文志四》：「《吕温集》十卷。」太史：指史館。漢以前太史掌修史及制定曆法，唐代置史館及太史監以分掌二事。

〔七〕旅墳：權厝（暫時安葬）異鄉的墳墓。據柳宗元《吕侍御恭墓誌》，吕温祖先大墓在洛陽，今「藁葬於江陵之野」，故稱「旅墳」。要離：春秋吴國勇士，爲公子光刺殺慶忌。《吴越春秋》卷四：「遂「於是慶忌死。要離渡至江陵，愍然不行……自斷手足，伏劍而死。」《後漢書·梁鴻傳》：「遂至吴，依大家皋伯通……及卒，伯通等爲求葬地於吴要離冢傍。咸曰：『要離烈士，而伯鸞（梁鴻字）清高，可令相近。』」

〔八〕朔方：漢郡名，治所在今内蒙古自治區杭錦旗北。《後漢書·蔡邕傳》：「於是下邕、（邕叔蔡質於洛陽獄，劾以仇怨奉公，議害大臣，大不敬，棄市……有詔減死一等，與家屬髡鉗徙朔方，不得以赦令除……帝嘉其才高，會明年大赦，乃宥邕還本郡。」禹錫被貶後，亦有「縱逢恩赦，不在量移之列」的詔令，故自比蔡邕。行當滿：蓋時有召禹錫等歸朝之議。劉禹錫《上杜司徒啟》：「一自謫居，七悲秋氣……近本州徐使君至，奉手筆一函……且曰浮謗漸消，況承慶宥，期以振刷。」又元和八年作《上門下武相公啟》：「前歲振淹，命行中止。」知元和六年確有召禹錫回朝之議。

〔九〕刊：刻。第二碑：謂歸祔先塋的墓碑。吕温藁葬江陵之野，若遷返洛陽祖塋，當爲再立碑，是爲第二碑。

【集評】

劉克莊曰：「遺草一函歸太史，旅墳三尺近要離。」……雄渾老蒼，沈著痛快，小家數不能及也。

（《後村詩話》）

朱三錫曰：讀先生此詩，不獨爲衡州而哭，實爲天下而哭。不可泛作哭友詩觀也。（《東巖草堂評訂唐詩鼓吹》卷二）

胡以梅曰：通首精湛，氣魄堂皇，句句相稱，洵是名家之作，亦詩之正派也。妙在用比體虛起，下用實接。（《唐詩貫珠》）

賀裳曰：劉禹錫《哭吕衡州》曰：「遺草一函歸太史，孤墳三尺近要離。」若必拘拘切合，則要離冢在吴，《舊唐書》稱温自衡州還，鬱鬱不得志而没，秦、吴相去數千里，不亦太失事實乎！然總以形容旅櫬藁葬之悲，所謂鏡花水月，不必果有其事……江鄰幾《哭蘇子美》曰：「郡邸獄冤誰與辨？皋橋客死世同悲。」二語殊勝夢得前詩。子美坐宴客謫官，没於吴中，故用皋橋事尤切。蓋使事雖不必拘，確切則尤妙，但不必過於吹毛。（《載酒園詩話》卷一）

方東樹曰：起突寫其卒，中有哭意，五、六略展筆换氣。（《昭昧詹言》卷十八）

王壽昌曰：劉夢得之「一夜霜風凋玉芝……」元微之之「樂事難逢歲易徂……」與《送崔侍御之嶺南二十韻》，皆懇切周詳，無微不至，尤見友情之篤云。（《小清華園詩談》卷上）

【附録】

同劉二十八哭吕衡州兼寄江陵李元二侍御　柳宗元

衡岳新摧天柱峰，士林憔悴泣相逢。只令文字傳青簡，不使功名上景鍾。三畝空留懸磬室，九

原猶寄若堂封。遥想荆州人物論，幾回中夜惜元龍。（《柳河東集》卷四二）

按：舊注以「李元二侍御」爲李深源、元克己，誤。陳景雲《柳集點勘》云：「深源、克己皆零陵遷客，與江陵無涉。又深源嘗歷太府卿，非侍御也。此所寄者，乃李景儉耳。景儉由御史謫江陵掾，與元稹同幕。稹有《哭吕衡州》詩，亦見集中，蓋亦吕之宿好，而景儉則尤其死友，故子厚兼寄元、李二人。」因於此可見劉禹錫與永貞時革新人物之關係，故並録之。

哭吕衡州六首　元稹

氣敵三人傑，交深一紙書。我投冰瑩眼，君報水憐魚。髀股唯誇瘦，膏肓豈暇除？傷心死諸葛，憂道不憂餘。

望有經綸釣，虔收宰相刀。江文駕風遠，雲貌接天高。國待球琳器，家藏虎豹韜。盡將千載寶，埋入五原蒿。

白馬雙旌隊，青山八陣圖。請纓期繫虜，枕草誓捐軀。勢激三千壯，年應四十無。遥聞不瞑目，非是不憐吴。

雕鶚生難敵，沉檀死更香。兒童喧巷市，羸老哭碑堂。雁起沙汀暗，雲連海氣黄。祝融峰上月，幾照北人喪？

回雁峰前雁，春回盡卻回。聯行四人去，同葬一人來。鐃吹臨江返，城池隔霧開。滿船深夜哭，風棹楚猿哀。

杜預《春秋》癖，揚雄著述精。在時兼不語，終古定歸名。耒水波文細，湘江竹葉輕。平生思風月，潛寐若爲情。（《元稹集》卷八）

聞董評事疾因以書贈〔一〕 董生奉内典。

《繁露》傳家學，〔二〕青蓮譯梵書。〔三〕火風乖四大，〔四〕文字廢三餘。〔五〕欹枕晝眠晚，〔六〕折巾秋鬢疏。〔七〕武皇思視草，〔八〕誰許茂陵居？〔九〕

【校注】

〔一〕詩元和六年秋在朗州作。董評事：董侹，見前《覽董評事思歸之什因以詩贈》注。劉禹錫《故荆南節度推官董府君（侹）墓誌》：「元和七年夏四月某日，前荆州部從事董府君以疾終於故府私第，年若干。」此詩作於董侹歸江陵前。書，《叢刊》本作「詩」。

〔二〕《繁露》：西漢董仲舒所著書名。《漢書·董仲舒傳》：「仲舒所著，皆明經術之意……而説《春秋》事得失，《聞舉》、《玉杯》、《蕃露》、《清明》、《竹林》之屬，復數十篇，十餘萬言，皆傳於後世。」《隋書·經籍志一》：「《春秋繁露》十七卷，漢膠西相董仲舒撰。」

〔三〕青蓮：青色蓮花，瓣長，青白分明，佛書中以喻眼目，此指佛經。梁簡文帝《釋迦文佛像銘》：「滿月爲面，青蓮在眸。」梵書：佛經，以印度古文字梵文書寫。苑咸《酬王維》：「蓮花梵字本從天，華省仙郎早悟禪。」劉禹錫《故荆南節度推官董府君墓誌》稱侹「中年奉浮圖，説三乘」。

〔四〕乖：乖違，不調和。四大：佛經中以地、水、火、風爲組成人體的四大元素。《維摩詰所説經·問疾品》：「衆生病從四大起。」《法苑珠林》卷九五：「人身中本有四病：一地，二水，三火，四風。……《智度論》云：『四百四病者，四大爲身，常相侵害。』」

〔五〕三餘：《三國志·魏書·王肅傳》注引《魏略》：「（董）遇善治《老子》……人有從學者，遇不肯教，而云『必當先讀百遍』，言『讀書百遍而義自見』。從學者云：『苦渴無日。』遇言『當以三餘』。或問三餘之意，遇言『冬者歲之餘，夜者日之餘，陰雨者時之餘也』。」廢三餘：謂因病而不復讀書作文。

〔六〕晚：謂晚起。

〔七〕巾：角巾，家居所著便帽。《後漢書·郭太傳》：「郭太字林宗……嘗於陳、梁閑行遇雨，巾一角墊，時人乃故折巾一角，以爲『林宗巾』。」

〔八〕武皇：指漢武帝。視草：閲視潤色文稿。武帝命司馬相如視草，事見卷一《逢王二十學士入翰林因以詩贈》注。

〔九〕茂陵：漢武帝陵墓。《元和郡縣圖志》卷二「京兆府興平縣」：「漢茂陵，在縣東北十七里，武帝陵也，在槐里之茂鄉，因以爲名。」《漢書·司馬相如傳》：「相如既病免，家居茂陵。」

【集評】

方回曰：末句謂相如病渴，似亦戲之。（《瀛奎律髓》卷四四）

何焯曰：「三餘」用董遇語，與「繁露」一聯皆以當家事對内典。（《瀛奎律髓彙評》卷四四）

紀昀曰：三句即用内典，然殊不佳。（同前）

送如智法師游辰州兼寄許評事〔一〕

前日過蕭寺，〔二〕看師上講筵。都人禮白足，〔三〕施者散金錢。〔四〕方便無非教，〔五〕經行不廢禪。〔六〕還知習居士，發論待彌天。〔七〕

【校注】

〔一〕詩元和六年左右在朗州作。如智：未詳。法師：精通佛教教義、能宣講佛法的僧徒。辰州：州治在今湖南省沅陵縣。許評事：許志雍，貞元九年禹錫同榜進士。《金石録補》卷一九：元和四年《王叔雅墓誌》，撰人「前諸道轉運推官、將仕郎、試大理評事許志雍」。《元和姓纂》卷六「安陸許氏」：「志雍，兼監察御史。」岑仲勉《四校記》謂「此乃元和七年時見官」。其以大理評事貶官辰州當在元和四至六年間。志雍元和十四年爲復州刺史，見《册府元龜》卷四九七；長慶中自貶所量移永州司户，見白居易《唳異可滁州長史許志雍可永州司户崔行儉可隋州司户並准赦量移制》。其貶辰州事未詳。

〔二〕蕭寺：佛寺。《國史補》卷中：「梁武帝造寺，令蕭子雲飛白大書『蕭』字。」故後稱佛寺爲蕭寺。

〔三〕都：指長安。白足：指如智。《魏書·釋老志》：「世祖初平赫連昌，得沙門惠始……始自習禪，至於没世，稱五十餘年，未嘗寢卧。或時跣行，雖履泥塵，初不污足，色愈鮮白，世號之曰白脚師。」

〔四〕施者：布施的人。

〔五〕方便：佛教稱因材施教、誘導啟迪使領悟佛教真義爲方便。孟浩然《還山贈湛禪師》：「念兹泛苦海，方便示迷津。」

〔六〕經行：佛教徒因養身消食等經由一定路綫反復行走，稱經行。徐陵《東陽雙林寺傅大士碑》：「游巖倚樹，宴坐經行。」

〔七〕居士：在家奉佛的佛教徒。習居士，習鑿齒，此借指許志雍。彌天：言其廣大，指如智。《晉書·習鑿齒傳》：「時有桑門釋道安，俊辯有高才，自北至荆州，與鑿齒初相見。道安曰：『彌天釋道安。』鑿齒曰：『四海習鑿齒。』時人以爲佳對。」《石林詩話》卷下：「梁慧皎《高僧傳》載鑿齒與道安書云：『夫不終朝而雨六合者，彌天之雲也；宏淵源而潤八極者，四海之流也。』故摘其語以爲戲耳。」

遥傷丘中丞〔一〕并引

河南丘絳有詞藻，與予同升進士科，從事鄴下，不幸遇害，故爲傷詞。〔二〕

鄴下殺才子，蒼茫冤氣凝。〔三〕枯楊映漳水，〔四〕野火上西陵。〔五〕馬鬣今無所，〔六〕龍門昔共登。〔七〕何人爲弔客，唯是有青蠅。〔八〕

【校注】

〔一〕詩元和六年或稍前在朗州作。丘中丞：丘絳。《元和姓纂》卷五「丘氏」：「丘馮漸，貝州人；生絳，兼中丞。」《集古録跋尾》卷八《唐雁門王田氏神道碑》：「右唐魏博節度使、雁門郡王田承嗣碑，營田副使裴抗撰；子緒碑，節度判官丘絳撰。」中丞，御史中丞，是丘絳在魏博幕府中所帶憲銜。《舊唐書·田季安傳》：「授……魏博節度營田觀察處置等使……季安性忍酷，無所畏懼。有進士丘絳者，嘗爲田緒從事。及季安爲帥，絳與同職侯臧不協，相持争權。季安怒，斥絳爲下縣尉，使人召還，先掘坎於路左，既至坎所，活排而瘞之。」按：同傳云：「（季安）母微賤，嘉誠公主蓄爲己子……季安幼守父業，懼嘉誠之嚴，……粗修禮法。及公主薨，遂頗自恣……元和七年卒。」又據《新唐書·諸帝公主傳》，代宗女嘉誠公主「下嫁魏博節度使田緒，薨元和時」。故丘絳被殺當在元和中，且在元和七年田季安卒前。

〔二〕河南：今河南省洛陽市。鄴下：鄴縣，在今河北省臨漳縣西南，曹操爲魏王時都此。此代指相州。北魏時相州州治在鄴縣，唐時移治今河南省安陽市，元和時屬魏博節度使管轄。丘絳貞元中即爲魏博田緒從事，見《全唐文》卷六一五丘絳《常山郡王田緒神道碑》。傷詞：悼詞。

〔三〕茫：原作「忙」，據《叢刊》本、《文苑英華》、《全唐詩》改。

〔四〕漳水：《元和郡縣圖志》卷一六「相州鄴縣」：「濁漳水，在縣北五里。」

〔五〕西陵：曹操墳墓。《元和郡縣圖志》卷一六「相州鄴縣」：「魏武帝西陵，在縣西三十里。」

〔六〕馬鬣：指薄葬的墳墓。《禮記・檀弓上》載，燕人來觀孔子之喪，子夏謂孔子墳墓「從若斧者焉，馬鬣封之謂也」。疏：「子夏既道『從若斧』形，恐燕人不識，故舉俗稱『馬鬣封之謂也』以語燕人。馬鬃鬣之上，其肉薄，封形似之。」

〔七〕龍門：指科舉考試。《封氏聞見記》卷三：「當代以進士登科爲登龍門。解褐多拜清緊，十數年間，擬跡廟堂。」丘絳爲貞元九年劉禹錫同榜進士。

〔八〕青蠅：《太平御覽》卷九四四引《虞翻別傳》：「翻放棄南方，自恨疏節，骨體不媚，犯上獲罪，當長没海隅，生無可與語，死以青蠅爲弔客。天下一人知己者，足以不恨。」

謫居悼往二首〔一〕

悒悒何悒悒，〔二〕長沙地卑濕。〔三〕樓上見春多，花前恨風急。猿愁腸斷叫，〔四〕鶴病翹趾立。〔五〕牛衣獨自眠，誰哀仲卿泣。〔六〕

【校注】

〔一〕詩元和七年在朗州作。悼往：悼亡，晉潘岳有《悼亡詩》三首。此二詩爲悼念亡妻薛氏而作。劉禹錫《唐故福建等州都團練觀察處置使福州刺史兼御史中丞贈左散騎常侍薛公（謇）神道碑》：「初，公治粟於朔陲，愚方冠惠文冠，察行馬外事，聆風相厚，謂可妻也，以元女歸之。明年，愚入尚書爲郎，職隸計司。」又《傷往賦》：「予授室九年而鰥。」貞元二十年，劉禹錫與薛氏結婚，故薛氏之卒當在元和七年。

〔二〕悒悒：憂鬱不樂。原作「邑邑」，據劉本、《文苑英華》改。

〔三〕長沙：漢郡國名，此泛指今湖南地。《漢書・賈誼傳》：賈生「既以適（謫）居長沙，長沙卑濕，誼自傷悼，以爲壽不得長，乃爲賦以自廣。」

〔四〕腸斷：《世説新語・黜免》：「桓公入蜀，至三峽中，部伍中有得猿子者，其母緣岸哀號，行百餘里不去。遂跳上船，至便即絶。破視其腹中，腸皆寸寸斷。」

〔五〕鶴病：樂府《艷歌何嘗行》：「飛來雙白鵠（《藝文類聚》引作鶴），乃從西北來。十十五五，羅列成行。妻卒被病，行不能相隨。」翹趾：鮑照《野鵝賦》：「斂雙翮於水裔，翹孤趾於林隈。」

〔六〕牛衣：覆蓋牛身的禦寒物。仲卿：漢王章字。《漢書・王章傳》：「初，章爲諸生學長安，獨與妻居。章疾病，無被，卧牛衣中，與妻決，涕泣。其妻怒呵之曰：『仲卿！京師尊貴在朝廷人誰踰仲卿者？今疾病困厄，不自激卬，乃反涕泣，何鄙也！』後章仕宦歷位，及爲京兆，欲上封事，妻又止之曰：『人當知足，獨不念牛衣中涕泣時耶？』」顔師古注：「牛衣，編亂麻爲之。」

二

鬱鬱何鬱鬱，〔一〕長安遠於日。〔二〕終日念鄉關，燕來鴻復還。潘岳歲寒思，〔三〕屈平顦顇顔。〔四〕殷勤望歸路，無雨即登山。

【校注】

〔一〕鬱鬱：憂傷貌。《楚辭·九章·抽思》：「心鬱鬱之憂思兮，獨永嘆乎增傷。」

〔二〕遠於日：見前《武陵書懷五十韻》注。

〔三〕潘岳：晉文學家。其《悼亡詩》云：「凜凜涼風升，始覺夏衾單。豈曰無重纊，誰與同歲寒？」

〔四〕屈平：屈原。《史記·屈原列傳》：「屈原者，名平，楚之同姓也。」《楚辭·漁父》：「屈原既放，游於江潭，行吟澤畔，顔色憔悴，形容枯槁。」

送僧元暠南游〔一〕并引

予策名二十年，百慮而無一得，然後知世所謂道無非畏途，唯出世間法可盡心耳。〔二〕繇是在席硯者多旁行胡岡反四句之書，備將迎者皆赤髭白足之侣。〔三〕深入智地，静通還源，客塵觀盡，妙氣來宅，内視胸中，猶煎鍊然。〔四〕開士元暠，姓陶氏，本丹陽名家，世有人爵，不藉其資。〔五〕於毗尼禪那極細牢之義，於初中後日習總持之門，妙音奮迅，願力昭答。〔六〕雅聞予事佛而佞，〔七〕亟來相從。或問師隳形之自，〔八〕對曰：「少失怙恃，推棘心以求上乘，積四十年有羸，老將至而不懈。〔九〕始悲浚泉之有洌，今痛防墓之未遷。〔一〇〕塗芻莫備，薪火恐滅，諸相皆離，此心長懸。〔一一〕雖萬姓歸佛，盡爲釋種，如河入海，無復水名，然具一切智者豈遺百行？求無量義者寧容斷思？〔一二〕今聞南諸侯雅多大士，思扣以苦調而希其末光，無容至前，有足悲者。」〔一三〕予聞是説已，力不足而悲有餘，因爲詩以送之，庶乎踐霜露者聆之有惻。〔一四〕

寶書翻譯學初成，〔一五〕振錫如飛白足輕。〔一六〕彭澤因家凡幾世？〔一七〕靈山預會是前生。〔一八〕
傳燈已寤無爲理，〔一九〕濡露猶懷罔極情。〔二〇〕從此多逢大居士，何人不願解珠瓔？〔二一〕

【校注】

〔一〕詩元和七年在朗州作。元暠，朗州僧，時將南游永州。柳宗元《送元暠師序》：「中山劉禹錫，明信人也……元暠師居武陵，有年數矣，與劉游久且暱，持其詩與引而來。」劉詩引云「予策名二十年」，自貞元九年禹錫進士及第，至元和七年，首尾二十年。

〔二〕策名：書名於策，出仕，此指進士及第。「百慮」句：《史記·淮陰侯列傳》：「愚者千慮，必有一得。」畏途：艱險可畏之道路。《莊子·達生》：「夫畏途者，十殺一人，則父子兄弟相戒也，必盛卒徒而後敢出焉。」出世間法：指佛法，以人世爲火宅、苦海。《南齊書·顧歡傳》：「孔、老治世爲本，釋氏出世爲宗。」

〔三〕繇：通由。旁行四句之書：指佛經。旁行，横寫，佛經用梵文横寫，中有偈頌韻語贊詞，四句爲一偈。赤髭白足之侶：僧徒。《蓮社高僧傳·尊者佛馱耶舍傳》：「師髭赤，善解《毗婆沙論》，時人號『赤髭論主』。」白足，見前《送如智法師游辰州兼寄許評事》詩注。

〔四〕智地：智慧之地，彼岸。《金剛三昧經・序品》：「若無有妄，即入如來自覺聖智之地。入智地者，善知一切，從本不生；知本不生，即無妄想。」還源：即本源。徐陵《雙林寺傅大士碑》：「時還鄉黨，化度鄉親，俱識還源，並知迴向。」還，劉本作「道」。客塵：旅居所受風塵，喻世俗煩惱。《維摩詰所説經・問疾品》：「菩薩斷除客塵煩惱。」僧肇注：「心遇外緣，煩惱橫起，故名客塵。」妙氣：靈妙之氣。郭璞《游仙詩》：「呼吸玉滋液，妙氣盈胸懷。」來宅：來居。

〔五〕開士：菩薩，此尊稱僧徒。丹陽：唐潤州屬縣名，今屬江蘇省。名家：原作「居家」，據劉本、《全唐詩》改。人爵：官爵。《孟子・告子上》：「仁義忠信，樂善不倦，此天爵也；公卿大夫，此人爵也。」柳宗元《送元暠師序》：「元暠，陶氏子，其上爲通侯，爲高士，爲儒先生。」藉：依靠。

〔六〕毗尼：梵語，佛教各種戒律的統稱。禪那：梵語，即息心静慮，爲佛教修行的一種方法。《翻譯名義集》卷九：「毗奈耶，或毗尼。什師云：『毗尼，秦言善治，謂自治淫怒痴，亦能治衆生惡也。』……正翻爲律，律者，法也。」同書卷一〇：「禪那，此云静慮……《法界次第》云，禪有二種，一種世間禪，一種出世間禪。世間禪者……即是凡夫所行禪。」細牢：劉本、《全唐詩》作「細密」。初中後：佛教對於時間的劃分方式。《智度論》：「苦行頭陀，初中後夜，勤心禪觀。」「初」字原奪，據劉本、《全唐詩》補。總持：梵語陀羅尼之意譯。《翻譯名義集》卷一二：「陀羅尼，《大論》云：秦言能持……肇翻總持，謂持善不失，持惡不生。」願力：發願之力。徐陵《五願上智顗禪師書》：「既善根微弱，冀願力莊嚴。」

〔七〕雅：平素。佞：諂媚，此指沉迷甚深。《晉書·何充傳》：「二何佞於佛。」

〔八〕隳形：毀壞形體，指削髮受戒爲僧。自：原因。

〔九〕怙恃：依靠，指父母。《詩·小雅·蓼莪》：「無父何怙，無母何恃。」棘心：棘木之心，指人子思親之心。《詩·邶風·凱風》：「凱風自南，吹彼棘心。棘心夭夭，母氏劬勞。」上乘：指佛法。佛教稱大乘教派爲上乘，小乘爲下乘。有羸：有餘，原作「有羸」，《叢刊》本作「餘羸」，據明本、《全唐詩》改。

〔一〇〕浚：春秋衛邑名，在今河南省濮陽縣南。冽：寒冷。《詩·邶風·凱風》：「爰有寒泉，在浚之下。有子七人，母氏勞苦。」疏：「寒泉……浸潤浚民，使得逸樂，以興七子無益於母，不能事母，使母勞苦，乃寒泉之不如。」防墓：指父母之墓。防，山名，在今山東省曲阜縣東。《史記·孔子世家》：「（叔梁）紇與顏氏女野合而生孔子……丘生而叔梁紇死，葬於防山。防山在魯東，由是孔子疑其父墓處，母諱之也。……孔子母死，乃殯五父之衢，蓋其慎也。郰人輓父之母誨孔子父墓，然後往合葬於防焉。」防墓未遷，指父母墳墓未能遷祔合葬。

〔一一〕塗芻：塗車、芻靈，泥車和用草扎的人馬之像，均送葬用明器。《禮記·檀弓下》：「塗車芻靈，自古有之。」薪火滅：喻死亡。《莊子·養生主》：「指窮於爲薪，而火傳也，不知其盡也。」《妙法蓮華經·序品》：「佛此夜滅度，如薪盡火滅。」諸相皆離：佛教稱事物一切外在的形象狀態爲「相」，離諸相即看破一切世情。《金剛般若經》：「凡所有相，皆是虚妄。離一切相，即是諸佛。」

〔一二〕萬姓：原作「萬性」，據《叢刊》本、《全唐詩》改。釋種：釋迦牟尼種子，指僧人。《增壹阿含經·苦樂品》：「四河入海已，無復本名字，但名爲海。是故諸比丘出家學道者，彼當滅彼名字，自稱釋迦弟子，當名沙門釋種子。」《翻譯名義集》卷四：「古者出家，從師命氏……東晉安法師受業佛圖澄，乃謂師莫過佛，宜通稱釋氏。」一切智：最高的智慧。《華嚴經·十定品》：「菩薩摩訶薩，得十種稱讚法之所稱讚。所謂入真如，故名如來；知一切法，故名一切智。」百行：舊時士大夫行事之道，共有百事，稱百行，此指孝行。《玉海》卷一〇引鄭玄《孝經序》：「孝爲百行之首。」無量義：《妙法蓮華經·序品》：「爾時世尊，四衆圍繞……爲諸菩薩説大乘經，名無量義。」智顗疏：「無量義者，即《妙法蓮華》異名之一也。」斷思：斷絶思親之情。

〔一三〕南諸侯：指南方州郡長官。大士：菩薩，此指篤信熱心佛事者。扣：同叩，觸動。苦調：悲苦的言詞。末光：餘光。曹植《求自試表》：「冀以……螢燭末光，增輝日月。」

〔一四〕踐：踩踏。惻：惻隱之心，同情。《禮記·祭義》：「霜露既降，君子履之，必有淒愴之心，非其寒之謂也。春雨露既濡，君子履之，必有怵惕之心，如將見之。」注：「謂淒愴及怵惕皆爲感時念親也。」

〔一五〕寶書：指佛經。江淹《雜體詩·擬休上人》：「寶書爲君掩。」

〔一六〕振錫：見卷一《廣宣上人寄在蜀與韋令公唱和詩卷（略）》注。白足：見前《送如智法師游辰州兼寄許評事》注。

〔一七〕彭澤：縣名，漢置，今屬江西省。陶潛曾爲彭澤令，元暠俗姓陶，故云。

〔一八〕靈山：靈鷲山，在印度，相傳爲佛説法處。《水經注·河水》：「竺法維云：『羅閲祇國有靈鷲山，胡語云耆闍崛山，山是青石，石頭似鷲鳥，阿育王使人鑿石，假安兩翼兩脚，鑿治其身，今見存，遠望似鷲鳥形，故曰靈鷲山也。』」《妙法蓮華經·序品》：「佛住王舍城耆闍山中，與大比丘萬二千人俱……爲諸菩薩説大乘經。」

〔一九〕傳燈：傳法。佛教以燈能照亮黑暗，故以喻佛法能破除迷暗。寤：通悟。無爲理：佛教空寂的義理。《四十二章經》：「佛言出家沙門者，斷欲去愛，識自心源，達佛深理，悟無爲法。」

〔二〇〕濡露：爲霜露沾濕，指受外物感發，參見前「踐霜露者」注。罔極情：父母對子女的深厚恩情。罔極，無窮。《詩·小雅·蓼莪》：「父兮生我，母兮鞠我，拊我畜我，長我育我，顧我復我，出入腹我。欲報之德，昊天罔極。」曹植《求通親表》：「終懷《蓼莪》罔極之哀。」

〔二一〕解珠瓔：解下身上所佩珍珠瓔珞，慷慨施捨。瓔珞，以珠玉貫串而成的裝飾品。《妙法蓮華經·普門品》：「無盡意菩薩白佛言：『世尊，我今當供養觀世音菩薩。』即解頸衆寶珠瓔珞，價直百千兩而與之。」

傷秦姝行〔一〕并引

河南房開士，前爲虞部郎中，〔二〕爲余話曰：「我得善箏人于長安懷遠里。」〔三〕其後，開士爲赤縣，牧容州，求國工而誨之，藝工而夭。〔四〕今年，開士遺予新詩，有悼佳人之目，顧予知所自也。〔五〕惜其有良伎，獲所從而不克久，乃爲傷詞，以貽開士。

長安二月花滿城，插花女兒弄銀箏。南宮仙郎下朝晚，〔六〕曲頭駐馬聞新聲。〔七〕馬蹄逶遲心蕩漾，〔八〕高樓已遠猶頻望。此時意重千金輕，鳥傳消息紺輪迎。〔九〕芳筵銀燭一相見，淺笑低鬟初目成。〔一〇〕蜀絃錚摐指如玉，〔一一〕皇帝弟子韋家曲。〔一二〕青牛文梓赤金簧，〔一三〕玫瑰寶柱秋雁行。〔一四〕斂蛾收袂凝清光，〔一五〕抽絃緩調怨且長。八鸞鏘鏘渡銀漢，〔一六〕九雛威鳳鳴朝陽。〔一七〕曲終韻盡意不足，餘思悄絶愁空堂。從郎鎮南别城闕，〔一八〕樓船理曲瀟湘月。〔一九〕馮夷蹁躚舞淥波，〔二〇〕鮫人出聽停綃梭。〔二一〕北池含煙瑶草短，萬松亭下清風滿。〔二二〕北池、萬松，皆容州勝概。秦聲一曲此時聞，〔二三〕嶺泉鳴咽南雲斷。〔二四〕來自長陵小市東，〔二五〕蕣華零落瘴江風。〔二六〕侍兒掩泣收銀甲，〔二七〕鸚䳇不言愁玉籠。博山爐中香自滅，〔二八〕鏡奩塵暗同心結。〔二九〕從此東山非昔游，〔三〇〕長嗟人與絃俱絶。〔三一〕

【校注】

〔一〕詩元和七年或稍前在朗州作。秦姝：秦地美女，指房啟歌伎，參詩注。

〔二〕房開士：房啟，開士當是其字。虞部郎中：尚書省工部下屬虞部一曹的長官。《新唐書·百官志一》「尚書省」：「虞部郎中、員外郎，各一人，掌京都衢閧、苑囿、山澤草木及百官蕃客時蔬薪炭供頓、畋獵之事。」《新唐書·房琯傳》：「河南河南人……孫啟，以蔭補鳳翔參軍事，累調萬年令。素贄附王叔文。貞元末，叔文用事，除容管經略使，……凡九年。改桂管觀察使。」按：《舊唐書·李實傳》、韓愈《清河郡公房公（啟）墓碣銘》均云啟僅官虞部員外郎，此「郎中」當爲「員外郎」之誤，或衍一「中」字。

〔三〕懷遠里：長安城中坊里名，在朱雀門大街西第四街，西市之南，見《唐兩京城坊考》卷四。

〔四〕赤縣：京師所在縣，此指萬年縣。容州：州治在今廣西容縣，元和時爲容管經略使治所。《舊唐書·李實傳》：「又誣奏萬年令李衆，貶虔州司馬，奏虞部員外郎房啟代衆。」韓愈《順宗實録》卷三：「五月甲申，以萬年令房啟爲容州刺史。」

〔五〕今年：按，據《舊唐書·憲宗紀下》及韓愈《房啟墓碣銘》，房啟元和八年四月自容管遷邕管，十年卒，故其寄詩劉禹錫當在元和七年或稍前。房啟原詩已佚。

〔六〕南宮：尚書省別稱。仙郎：尚書郎，指房啟。

〔七〕曲頭：曲巷口。新聲：新曲。

〔八〕透遲：緩行貌。盪漾：水摇動貌，此指情感激盪。阮籍《詠懷》：「人情有感慨，盪漾焉能排。」

〔九〕鳥：青鳥，指使者。《山海經·大荒西經》：「有三青鳥。」郭璞注：「皆西王母所使也。」紺幰：掛有帷幔的車。紺，深青中透紅色。

〔一〇〕淺笑：微笑。鬟：髮鬟，低鬟即低頭。目成：兩心相悦，眉目傳情。《楚辭·九歌·少司命》：「滿堂兮美人，獨與予兮目成。」

〔一一〕蜀絃：蜀地所産樂器，指箏。蜀地梧桐做的樂器音色優美，見枚乘《七發》。錚摐：象聲詞，彈箏聲。指如玉：梁武帝《子夜歌》：「玉指弄嬌絃。」

〔一二〕皇帝弟子：指宫中樂師。《新唐書·禮樂志一二》：「玄宗既知音律，又酷愛法曲，選坐部伎子弟三百教於梨園，聲有誤者，帝必覺而正之，號『皇帝梨園弟子』。」韋家曲：韋青傳授的歌曲。《樂府雜録·歌》載，明皇朝有韋青，本是士人，嘗有詩：「三代主綸誥，一身能唱歌。」後官至金吾將軍。大曆中，有才人張紅紅者，本與其父歌於衢路丐食。過韋青所居，青聞其歌者喉音寥亮，仍有美色，即納爲姬，自傳其藝。尋達上聽，召入宜春院，寵澤隆異，宫中號「記曲娘子」。韋，原作「常」，據劉本、《全唐詩》改。

〔一三〕文梓：有文理的梓木，可製樂器。《史記·秦本紀》正義引《括地志》所載《録異傳》：「秦文公時，雍南山有大梓樹，文公伐之，輒有大風雨，樹生合不斷。時有一人病，夜往山中，聞有鬼語樹神曰：『秦若使人被髮，以朱絲繞樹伐汝，汝得不困耶？』樹神無言。明日，病人語聞，公如其言伐樹，斷，中有一青牛出，走入豐水中。」庾信《枯樹賦》：「白鹿貞松，青牛文梓。」簧：薄片，當是箏上裝飾。

〔一四〕玫瑰：赤玉。柱：箏面上繫絃的木塊。沈約《登高春望》：「寶瑟玫瑰柱。」唐時箏十三絃，其柱排列有序，故云「秋雁行」。

〔一五〕斂蛾：皺眉，沉思貌。收袂：挽袖。

〔一六〕鸞：馬頸上鸞鈴。鏘鏘：象聲詞。《詩·大雅·烝民》：「四牡彭彭，八鸞鏘鏘。」銀漢：銀河。

〔一七〕威鳳：鳳之有威儀者。樂府《鳳將雛》：「鳳凰鳴啾啾，一母將九雛。」朝陽：東方向日處。《詩·大雅·卷阿》：「鳳凰鳴矣，於彼高崗；梧桐生矣，於彼朝陽。」

〔一八〕從郎鎮南：隨從房啟出鎮容州。城闕：指長安。

〔一九〕理曲：温習舊曲。瀟湘：指湘水，房啟赴任容州經此。

〔二〇〕馮夷：水神。《楚辭·遠游》：「使湘靈鼓瑟兮，令海若舞馮夷。」王逸注：「馮夷，水仙人。」洪興祖補注：「河伯也。」躚躚：舞貌，《全唐詩》作「蹁躚」。

〔二一〕鮫人：傳説中水中居人，能織鮫綃，見卷一《韓十八侍御見示岳陽樓别竇司直詩（略）》注。

〔二二〕萬松亭：《古今圖書集成·方輿彙編·職方典》卷一四三四「梧州府容縣」：「萬松亭在縣西北。」

〔二三〕秦聲：指箏聲。《事物紀原》卷二引《風俗通》：「箏，秦聲也。」

〔二四〕嶺泉：嶺南泉水。容州在嶺南。南雲斷：即李賀《李憑箜篌引》「空山行雲頽不流」之意，狀音樂之動人。

〔二五〕長陵：漢高祖劉邦陵墓。《元和郡縣圖志》卷一「京兆府咸陽縣」：「長陵故城，在縣東北三十里，……漢長陵，在縣東三十里，高帝陵也。」韓翃《漢宫曲》：「家在長陵小市東，珠簾繡户對春風。」

〔二六〕蕣華：木槿花。《説文解字》卷一：「蕣，木堇，朝開暮落者。」《詩·鄭風·有女同車》：「有女同車，顔如蕣華。」

〔二七〕銀甲：彈奏所用指甲。《通典》卷一四四：「彈箏用骨爪，長寸餘，以代指。」

〔二八〕博山爐：古代香爐名。《西京雜記》卷一：「長安巧工丁緩者……又作九層博山香爐，鏤爲奇禽怪獸，窮諸靈異，皆自然運動。」樂府《楊叛兒》：「歡作沉水香，儂作博山爐。」

〔二九〕同心結：用錦帶編結成的菱形迴文結，常用作男女情愛的象徵。

〔三〇〕東山：在今浙江省上虞縣西南，東晉謝安隱居處。《晉書·謝安傳》：「安雖放情丘壑，然每游賞，必以妓女從。」又云：「安雖受朝寄，然東山之志，始末不渝。」

〔三一〕絃：琴絃，兼指美妙的音樂。《晉書·嵇康傳》：「康將刑東市，……索琴彈之，曰：『《廣陵散》於今絶矣！』」

【集評】

胡仔曰：古今聽琴、阮、琵琶、箏、瑟諸詩，皆欲寫其音聲節奏，類以景物故實狀之，大率一律，初無中的句，可互移用，是豈真知音者？但其造語綺麗，爲可喜耳。「八鸞鏘鏘渡銀漢，九雛威鳳鳴朝陽」，又「馮夷蹮蹮舞淥波，鮫人出聽停綃梭」，此夢得聽箏詩。（《苕溪漁隱叢話》前集卷一六）

寄楊八拾遺〔一〕

時出爲國子主簿分司東都。韓十八員外亦轉國子博士，同在洛陽。

聞君前日獨廷爭，〔二〕漢帝偏知白馬生。〔三〕忽領簿書游太學，〔四〕寧勞侍從厭承明〔五〕！
洛陽本自宜才子，〔六〕海内而今有直聲。〔七〕爲謝同寮老博士，〔八〕范雲來歲即公卿。〔九〕

【校注】

〔一〕詩元和七年末或八年初在朗州作。拾遺：諫官名，分左右，分屬門下、中書二省。《新唐書·百官志二》「門下省」：「左拾遺六人，從八品上，掌供奉諷諫。大事廷議，小則上封事。」楊八：楊歸厚，行八，字貞一，爲劉禹錫長子岳父。劉禹錫《祭虢州楊庶子文》：「與君交歡，已過三紀。維私之愛，與衆無比。乃命長嗣，爲君半子。誰無外姻，君實知己。」《舊唐書·憲宗紀下》：「（元和七年十二月）丙辰，左拾遺楊歸厚以自娶婦進狀借禮會院，貶國子主簿分司。」按：楊歸厚實因論宦官事被貶。《新唐書·李吉甫傳》：「左拾遺楊歸厚嘗請對，日已旰，帝令它日見，固請不肯退。既見，極論中人許遂振之姦，又歷詆輔相，求自試，又表假郵置院具婚禮。帝怒其輕肆，欲遠斥之。李絳爲言，不能得。吉甫見帝，謝引用之非。帝意釋，得以國子主簿分司東都。」題注中之韓十八爲韓愈，見《唐人行第録》。

〔二〕廷争：在朝堂當衆諫諍，指論宦官許振遂之姦事。

〔三〕白馬生：《後漢書·張湛傳》：「光武臨朝，或有惰容，湛輒陳諫其失。常乘白馬，帝每見湛，輒言：『白馬生且復諫矣。』」

〔四〕簿書：簿册文書。太學：唐國子監下所設七學之一。《新唐書·百官志三》國子監：「太學……掌教五品以上及郡縣公子孫、從三品曾孫爲生者。」又：「（國子監）主簿一人，從七品下，掌印，句督監事。七學生不率教者，舉而免之。」七學在東都均有生員。

〔五〕承明：承明廬，代指朝廷。《漢書·嚴助傳》：「君厭承明之廬，勞侍從之事。」張晏曰：「承明廬在石渠閣外。直宿所止曰廬。」

〔六〕洛陽：用賈誼事，見卷一《詠史二首》注。潘岳《西征賦》：「賈生洛陽之才子。」

〔七〕直聲：耿直聲名。劉禹錫《祭虢州楊庶子文》稱楊歸厚「歷佐侯藩，拾遺君前。伏閤論事，侵削內權。克揚直聲，不愠左遷」。

〔八〕老博士：指韓愈。《舊唐書》本傳：「元和初，召爲國子博士，遷都官員外郎。時華州刺史閻濟美以公事停華陰令柳澗縣務，俾攝掾曹。居數月，濟美罷郡，出居公館，澗遂諷百姓遮道索前年軍頓役直。後刺史趙昌按得澗罪以聞，貶房州司馬。愈因使過華，知其事，以爲刺史相黨，上疏理澗，留中不下。詔監察御史李宗奭按驗，得澗贓狀，再貶澗封溪尉。以愈妄論，復爲國子博士。」洪興祖《韓子年譜》：元和七年二月乙未，以職方員外郎復爲國子博士，年四十五。

韓愈貞元末即已爲國子四門學博士，故云「老」。由此詩知愈時以博士分司東都。

〔九〕范雲：南朝梁人，此以比韓愈。《梁書·范雲傳》：「永元二年，起爲國子博士。初，雲與高祖遇於齊竟陵王子良邸，又嘗接里閈，高祖深器之。及義兵至京邑，雲時在城内。東昏既誅，侍中張稷使雲銜命出城，高祖因留之，便參帷幄。仍拜黄門侍郎。」任昉《爲范尚書（雲）讓吏部封侯第一表》：「去歲冬初，國學之老博士耳。今兹首夏，將亞冢司。」

酬竇員外使君寒食日途次松滋渡先寄示四韻〔一〕

楚鄉寒食橘花時，野渡臨風駐彩旗。草色連雲人去住，〔二〕水文如縠燕差池。〔三〕朱輪尚憶群飛雉，〔四〕青綬初縣左顧龜。〔五〕非是湓城魚司馬，水曹何事與新詩？〔六〕時自水部郎出牧。

【校注】

〔一〕詩元和八年春在朗州作。竇員外：竇常。《舊唐書·竇群傳》：「兄常，字中行。大曆十四年登進士第……貞元十四年，……杜佑鎮淮南，奏授校書郎，爲節度參謀。元和六年，自湖南判官入爲侍御史，轉水部員外郎，出爲朗州刺史。」劉禹錫《武陵北亭記》：「七年冬，詔書以竹使符授尚書水曹外郎竇公常曰：命爾爲武陵守。」使君：漢代對刺史的稱呼。寒食：節日名。《荆楚歲時記》：「去冬節一百五日，即有疾風甚雨，謂之寒食。禁火三日，造餳大麥粥。」松滋渡：在今湖北省松滋縣西。陸游《入蜀記》：「泊灌子口，蓋松滋、枝江兩邑之間。松滋，晉縣，自此入蜀江……灌子口，一名松滋渡。」竇常原詩云：「算老重經癸巳年。」元和八年癸巳，知詩作於八年春。《樊川文集》卷四收此詩前四句爲杜牧《江上偶見》絶句，誤。

〔二〕去住：或行或止。

〔三〕穀：縐紗。差池：不齊貌。《詩·邶風·燕燕》：「燕燕于飛，差池其羽。」

〔四〕朱輪：借指竇常刺史身份，參見卷一《途次敷水驛(略)》注。群飛雉：指竇常前此官水部員外郎事。《太平御覽》卷九一七引蕭廣濟《孝子傳》：「蕭芝忠孝，除尚書郎，有雉數十頭，飲啄宿止。當上直，送至歧路。下直及門，飛鳴車側。」潘岳《射雉賦》：「樂羽族之群飛。」

〔五〕青綬：繫印的青色絲帶。漢代郡守秩二千石，銀印青綬，見《漢書·百官公卿表上》。縣：懸本字。左顧龜：指官印，上有龜紐。《搜神記》卷二〇：「孔愉少時，嘗經行餘不亭，見籠龜於路者，愉買之，放於餘不溪中。龜中流左顧者數過。及後以功封餘不亭侯，鑄印而龜紐左顧，三鑄如初。印工以聞，愉乃悟其爲龜之報，遂取佩焉。」

〔六〕湓城：湓口城，故城在今江西九江市。《元和郡縣圖志》卷二八「江州」：「州理城，古之湓口城也，漢高帝六年灌嬰所築。」魚司馬：南朝梁人，名未詳。水曹：水部，梁詩人何遜曾爲水部郎，此藉以稱美竇常。《南史·何遜傳》：「梁天監中，兼尚書水部郎。」何遜《日夕望江山贈魚司馬》：「湓城帶湓水，湓水縈如帶。」魚，原作「白」，《全唐詩》作「舊」，劉本、《叢刊》本作「魚」，何焯云：「吾家仲言《日夕望江山贈魚司馬》詩云：『湓城帶湓水，湓水縈如帶。』此用其事，不謂樂天也。」據改。

【集評】

李希聲曰：唐人詩流傳訛謬，有一詩傳爲兩人者……「楚鄉寒食橘花時，野渡臨風駐彩旗。草色連雲人去住，水紋如縠燕差池。」既見杜牧集中，又劉夢得《外集》作八句，其後云：「朱輪尚憶群飛雉……」考其全篇，夢得詩也。然前四句，絶類牧之。（《苕溪漁隱叢話》前集卷一五引《李希聲詩話》）

劉壎曰：石曼卿嘗作大字書古體詩《平陽奉寄師魯》……又一絶云「楚鄉寒食摘（橘）花時，野渡臨風駐彩旗。草色連雲人去住，水紋如縠燕差池」。末題云《江上偶見》。繼又書《題木蘭廟》一絶，又《入商山》一絶，末又一絶云「前山極無白雲合……」，後題云《寄遠》。此四絶必唐詩，特前此未見耳。所書……刻石鬱孤臺，未知今尚存否。（《隱居通義》卷八。按：此四絶均見今《樊川文集》卷四中。）

【附録】

之任武陵寒食日途次松滋渡先寄劉員外禹錫　竇常

杏花榆莢曉風前，雲際離離上峽船。江轉數程淹驛騎，楚曾三户少人煙。看春又過清明節，算老重經癸巳年。幸得杜（柱）山當郡舍，在朝長詠《卜居》篇。（《全唐詩》卷二七一）

送襄陽熊判官孺登府罷歸鍾陵因寄呈江西裴中丞二十三兄〔一〕

射策志未就，〔二〕從事府云除。〔三〕篋留馬卿賦，〔四〕袖有劉弘書。〔五〕忽見夏木深，悵然憶吾廬。〔六〕復持州民刺，〔七〕歸謁專城居。〔八〕君家誠易知，勝絶傾里閭。〔九〕人言北郭生，門有卿相輿。〔一〇〕鍾陵藹千里，〔一一〕帶郭西江水。〔一二〕朱檻照河宫，〔一三〕旗亭緑雲裏。〔一四〕前年初缺守，慎簡由宸扆。〔一五〕臨軒弄郡章，〔一六〕得人方付此。是時左馮翊，〔一七〕天下第一理。〔一八〕貴臣持牙璋，〔一九〕優詔發青紙。〔二〇〕迎風污吏免，〔二一〕先令疲人喜。〔二二〕何武劾腐儒，〔二三〕陳蕃禮高士。〔二四〕昔昇君子堂，〔二五〕腰下綬猶黄。〔二六〕中丞時爲萬年尉。汾陰有寶氣，〔二七〕赤堇多奇鋩。〔二八〕束簡下曲臺，〔二九〕佩鞬來歷陽。〔三〇〕綺筵陪一笑，〔三一〕蘭室襲餘芳。〔三二〕風水忽異勢，〔三三〕江湖遂相忘。〔三四〕因君儻借問，爲話老滄浪。〔三五〕中丞爲博士，製相國柳宜城謚議，識者韙之，頃授予以其本。厥後牧和州，節度使杜司徒以中丞材譽俱高，欲令軍裝以重戎府，故授以本州團練使。滿坐觀腰鞬，禮成驩甚，相視而笑，後房燕樂，卜夜縱談。予忝司徒之賓，時獲末坐。初，中丞自尚書屯田員外郎出守，踵其武者，今給事中穆公；代給事者，右丞段公。予不佞，繼右丞之後，故曰「襲餘芳」焉。

【校注】

〔一〕詩元和八年夏在朗州作。襄陽：今湖北省襄樊市，唐時爲山南東道節度使治所。襄，原作

「湘」，唐無湘陽，傅增湘藏校明鈔本作「襄」，據改。判官：節度、觀察等使的僚佐。《新唐書·百官志四下》：節度使、觀察使、團練使、防禦使下，各有判官一人。鍾陵：縣名，今江西省南昌縣。《元和郡縣圖志》卷二八「洪州南昌縣」：「寶應元年六月改爲鍾陵縣，十二月改爲南昌縣。」熊判官孺登：《唐詩紀事》卷四三：「孺登，鍾陵人。登進士第，終於藩鎮從事。」江西：江南西道，唐方鎮名，元和時設都團練觀察使，治洪州，領洪、吉、虔、撫、袁、饒、信、江八州。裴中丞：裴堪。《舊唐書·憲宗紀下》：元和七年十一月「甲申，以同州刺史裴堪爲江西觀察使」。中丞，御史中丞，裴堪在江西任上所帶憲銜。《叢刊》本題下注「三首」，分此詩爲三詩，誤。

〔二〕射策：指科舉考試。《漢書·蕭望之傳》顏師古注：「射策者，謂爲難問疑義書之於策，量其大小署爲甲乙之科，列而置之，不使彰顯。有欲射者，隨其所取得而釋之，以知優劣。」《唐詩紀事》云孺登登進士第，而詩云「志未就」，或是指其復應制科舉不第而言。

〔三〕從事：佐節度、觀察等使幕。云：助詞。《舊唐書·憲宗紀上》：元和六年五月「丙午，前山南東道節度使、檢校左僕射、平章事裴均卒」。「府除」或是指此。

〔四〕馬卿：西漢辭賦家司馬相如，字長卿。

〔五〕劉弘：晉人。《晉書》本傳：「弘每有興廢，手書守相，丁寧款密，所以人皆感悦，争赴之，咸曰：『得劉公一紙書，賢於十部從事。』」

〔六〕吾廬：陶潛《讀山海經》：「孟夏草木長，繞屋樹扶疏。衆鳥欣有託，吾亦愛吾廬。」

〔七〕州民：當州百姓。刺：相當於今之名片。熊孺登爲洪州人，故謁見洪州刺史時名刺上自稱州民。

〔八〕專城居：指刺史。樂府《陌上桑》羅敷自誇夫婿「四十專城居」。

〔九〕傾：壓倒。里閭：鄉里。閭，里門。《全唐文》卷四九〇權德輿有《臘日與諸公龍沙宴集序》，又有《暮春陪諸公游龍沙熊氏清風亭詩序》云：「考近郊之勝，郭北五里有古龍沙，龍沙北下有州人秀才熊氏清風亭。蓋故容州牧戴幼公、前倉部郎蕭元植，賢熊氏之業文，尚兹境之幽曠，合資以構之，創名以識之，五年矣。」戴叔倫字幼公，有《同賦龍沙墅》、《奉陪李大夫九日龍沙宴會》諸詩，熊孺登亦有《至日荷李常侍過郊居》詩。李大夫，即李常侍，亦即李兼，貞元二至七年爲檢校散騎常侍，兼御史大夫、江西觀察使，知權德輿文中之熊秀才即熊孺登。《太平寰宇記》卷一〇六「洪州南昌縣」：「龍沙，在州北七里一帶……舊俗九月九日登高之處。」

〔一〇〕卿相：指李兼、權德輿等。權德輿元和五年九月爲相。左思《詠史》：「寂寂楊子宅，門無卿相輿。」

〔一一〕藹：繁盛貌。

〔一二〕帶：環繞。西江：長江流經今兩湖、江西的一段。

〔一三〕朱檻：紅色窗櫺或欄杆，代指華美建築物。河宫：水神所居。

〔一四〕旗亭：市樓。張衡《西京賦》：「旗亭五重。」唐代洪州爲繁華商業都會。

〔一五〕慎簡：慎重選拔。宸扆：指皇帝。帝居曰宸。扆，屏風。據《舊唐書·憲宗紀下》，元和七年十一月，江西觀察使崔芃卒，故「缺守」。

〔一六〕軒：殿堂前檐下平臺。《漢書·史丹傳》：「天子自臨軒檻上，隤銅丸以擿鼓。」郡章：刺史印信。《漢書·周昌傳》：「於是徙御史大夫昌爲趙相。既行久之，高祖持御史大夫印弄之，曰：『誰可以爲御史大夫者？』孰視（趙）堯曰：『無以易堯。』遂拜堯爲御史大夫。」

〔一七〕左馮翊：指同州，州治在今陝西省大荔縣。《元和郡縣圖志》卷二「同州」：「始皇并天下，京兆、馮翊、扶風並内史之地……及漢王定三秦，以爲河上郡，復罷爲内史，武帝更名左馮翊。」《舊唐書·憲宗紀上》：「（元和六年四月）戊辰……以諫議大夫裴堪爲同州防禦使。」

〔一八〕第一理：治績第一，唐人避高宗李治諱改「治」爲「理」。《漢書·黄霸傳》：「爲潁川太守……户口歲增，治爲天下第一。」

〔一九〕貴臣：宦官。牙璋：一種信物。《周禮·春官·典瑞》：「牙璋以起軍旅，以治兵守。」《夢溪筆談》卷三：「牙璋，判合之器也。當於合處爲牙，如今之合契。牙璋，牡契也，以起軍旅，則其牝宜在軍中，即虎符之法也。」唐代任命刺史信物爲魚符，此借用故實。

〔二〇〕優詔：褒美的詔書。《晉書·楚王瑋傳》：「瑋臨死，出其懷中青紙詔……」

〔二一〕污吏：指虔州刺史李將順。《舊唐書·吕元膺傳》：「江西觀察使裴堪奏虔州刺史李將順贓狀，朝廷不覆按，遽貶將順道州司户。元膺……封詔書，請發御史按問，宰臣不能奪。」

〔二二〕疲人：疲民，困苦窮乏的百姓。

〔二三〕腐儒：迂腐儒生。《漢書·何武傳》：「遷揚州刺史，所舉奏二千石長吏必先露章。服罪者爲虧除，免之而已；不服，極法奏之，抵罪或至死。九江太守戴聖，《禮經》號『小戴』者也，行治多不法。前刺史以其大儒，優容之。及武爲刺史……使從事廉得其罪。聖懼，自免。」

〔二四〕陳蕃：東漢人，字仲舉，汝南平輿人，曾爲豫章太守，後官至太尉。高士：謂徐孺子。《後漢書·徐穉傳》：「徐穉字孺子，豫章南昌人也……時陳蕃爲太守，以禮請署功曹……蕃在郡不接賓客，惟穉來特設一榻，去則縣（懸）之。」此以何武、陳蕃比裴堪。

〔二五〕君子：指裴堪。昇堂：《論語·先進》：「由也昇堂矣，未入於室也。」

〔二六〕綬猶黄：謂裴堪尚爲縣尉。《漢書·朱博傳》顔師古注：「丞、尉職卑，皆黄綬也。」《金石萃編》卷七十九有貞元九年七月廿五日「前萬年縣尉裴堪」華岳題名。劉禹錫初識裴堪當在貞元八年應試長安時。

〔二七〕汾陰：漢縣名，今山西省寶鼎縣。《元和郡縣圖志》卷一二「河東道河中府寶鼎縣」：「本漢汾陰縣也。」《史記·封禪書》：「趙人新垣平以望氣見上（漢文帝）……曰：『周鼎亡在泗水中，今河溢通泗，臣望東北汾陰直有金寶氣，意周鼎其出乎？』」後武帝時果於汾陰后土掘得寶鼎。裴氏望出河東，故云。

〔二八〕赤堇：山名，在今浙江省奉化縣。《越絶書》卷一一：「當造此劍（純鈎）之時，赤堇之山，破而出錫。」《輿地紀勝》卷一〇「紹興府」：「赤堇山，在會稽東三十里，舊經云，歐冶子爲越王鑄劍之地。」王勃《上武侍極啟》：「元螭掩耀，光銷赤堇之芒。」此句似亦非泛叙，疑裴堪曾參浙東觀察使幕，故詩云。

〔二九〕東簡：見卷一《答張侍御賈喜再登科後自洛赴上都贈別》注。曲臺：秦始皇所置宫名，漢時立爲署，置太常博士弟子，此指太常寺。裴堪貞元十三年爲太常博士，見《資治通鑑》卷二三五。柳宗元《宜城開國伯柳公（渾）行狀》，貞元十五年上，「下太常博士裴堪議，宜謚曰貞」。

〔三〇〕鞬：盛弓袋。歷陽：郡名，即和州，州治在今安徽省和縣。《新唐書·地理志五》「淮南道」：「和州歷陽郡。」裴堪以和州刺史兼當州團練使，團練管軍事，故戎裝「佩鞬」。堪自屯田員外郎出守和州當在貞元十六七年，時劉禹錫在淮南杜佑幕中，參見詩末自注。

〔三一〕綺筵：鋪有織錦的筵席。

〔三二〕蘭室：見卷一《韓十八侍御見示岳陽樓別竇司直詩（略）》注。襲餘芳：據詩末自注，指劉禹錫繼裴堪、穆質、段平仲之後爲屯田員外郎事。穆質貞元十九年在屯田員外郎任，見《全唐文》卷四七九許孟容《祭楊郎中文》。段平仲貞元末爲屯田員外郎，見《舊唐書》本傳。劉禹錫則於永貞元年爲屯田員外郎。或以爲諸人相繼爲和州刺史，誤。

〔三三〕風水：喻宦途風波。庾信《擬連珠》：「水德雖平，經風即險。」異勢：形勢改變，指永貞革新失敗及己被貶事。

〔三四〕相忘：《莊子·天運》：「泉涸，魚相與處於陸，相呴以濕，相濡以沫，不如相忘於江湖。」

〔三五〕滄浪：水名，在朗州，參見前《覽董評事思歸之什因以詩贈》注。

【集評】

黄常明曰：夢得……《送熊判官》云：「臨軒弄郡章，得人方付此。」乃用漢高弄印倪寬（當作睨堯）事，此乃一字用事者。（《增修詩話總龜》後集卷二二）

酬竇員外郡齋宴客偶命柘枝因見寄兼呈張十一院長元九侍御〔一〕

員外時兼節度判官，佐平蠻之略，張初罷郡，元方從事。

分憂餘刃又從公，〔二〕白羽胡牀嘯詠中。〔三〕彩筆諭戎矜倚馬，〔四〕華堂留客看驚鴻。〔五〕渚宫油幕方高步，〔六〕澧浦甘棠有幾叢？〔七〕若問騷人何處所，〔八〕門臨寒水落江楓。〔九〕

【校注】

〔一〕詩元和八年秋在朗州作。竇員外：竇常，見前《酬竇員外使君寒食日途次松滋渡先寄示四韻》注。柘枝：舞名，詳見卷五《和樂天柘枝》注。張十一：張署。韓愈《唐故河南縣令張君（署）墓誌銘》：「以進士舉博學宏詞，爲校書郎。自京兆武功尉拜監察御史。爲倖臣所讒，與同輩韓愈、李方叔俱爲縣令南方。二年逢恩俱徙掾江陵……拜京兆府司録……拜三原令，歲餘，遷尚書刑部員外郎……改虔州刺史……改澧州刺史。」院長：唐代員外郎、御史、拾遺、補闕相互間的稱呼。據柳宗元《同劉二十八院長述事言懷感時書事奉寄澧州張員外使君五十二韻之作因其韻增至八十通贈二君子》詩，張署在澧州刺史任時，禹錫有五十二韻長詩寄贈，其詩已佚。元九：元稹，已見前注。竇常原詩已佚。

〔二〕分憂：爲皇帝分憂，指爲地方州郡長官。杜甫《寄裴施州》：「漢二千石真分憂。」餘刃：游刃有餘。《莊子·養生主》載善解牛之庖丁語：「今臣之刀十九年矣，所解數千牛矣，而刀刃若新發於硎。彼節者有間，而刀刃者無厚，以無厚入有間，恢恢乎其於游刃必有餘地矣。」從公：即指題注中「兼（荆南）節度判官，佐平蠻之略」事。《舊唐書·嚴綬傳》：「出鎮荆南……有漵州蠻首張伯靖者，殺長史，據辰、錦等州，連九洞以自固，詔綬出兵討之。」劉禹錫《武陵北亭記》：「七年冬，詔書以竹使符授尚書水曹外郎竇公常曰：命爾爲武陵守。莅止三月，以碩畫佐元侯，平裔夷，降渠魁。」蓋時竇常以朗州刺史兼荆南節度判官，佐嚴綬討張伯靖。嚴綬時檢校司空，爲三公，故云「從公」。何焯云：「若無側注，則破題不可曉。」

〔三〕白羽：白色羽扇。胡牀：交椅，形制類似今之可摺疊椅。據胡牀嘯詠而以白羽扇指揮，狀儒將鎮定瀟灑的風度。《類説》卷四九引殷芸《小説》：「武侯與宣王治兵，將戰，宣王戎服莅事，使人密覘武侯，乃乘素輿葛巾，持白羽扇指麾，三軍隨其進止。宣王嘆曰：『可謂名士。』」庾亮在武昌，「據胡牀，談詠竟坐」，見前《送李策秀才還湖南（略）》詩注。

〔四〕彩筆：用江淹事，見卷一《和武中丞秋日寄懷簡諸僚故》注。諭：曉諭。戎：古代西方部族，此指溆州蠻，詳見後詩注。矜：誇耀。倚馬：謂才思敏捷。《世説新語·文學》：「桓宣武北征，袁虎時從，被責免官。會須露布文，唤袁倚馬前令作。手不輟筆，俄得七紙，殊可觀。」

〔五〕堂：原作「裳」，據劉本、《叢刊》本、《全唐詩》改。驚鴻：驚飛的大雁，喻柘枝妓舞姿。曹植《洛神賦》：「翩若驚鴻，宛若游龍。」以上四句專屬賓常。

〔六〕渚宫：楚别宫，故址在今湖北省江陵城内，此指江陵。《太平寰宇記》卷一四六「荆州江陵縣」：「渚宫。《左傳》：楚子西沿漢泝江，將入郢，王在渚宫，下，見之。」油幕：青油幕，指荆南節度使嚴綬幕。時元積入嚴綬幕，故題注云「元方從事」。

〔七〕澧浦：澧水濱，指澧州。《楚辭·九歌·湘君》：「遺余佩兮澧浦。」甘棠：喻官吏遺愛，見卷一《途次敷水驛（略）》注。韓愈《唐故河南縣令張君墓誌銘》：「改澧州刺史，民税出雜産物與錢，尚書有經數，觀察使牒州，徵民錢倍經。君曰：『刺史可爲法，不可貪官害民。』留噤不肯從，竟以代罷。觀察使使劇吏案簿書，十日不得毫毛罪。」蓋時張署初罷澧州，亦在江陵。

〔八〕騷人：禹錫自謂。

〔九〕寒水：指沅水。劉禹錫在朗州，居臨沅水，見《機汲記》。江楓：《楚辭·招魂》：「湛湛江水兮上有楓。」

元和癸巳歲仲秋詔發江陵偏師問罪蠻徼後命宣慰釋兵歸降凱旋之辰率爾成詠寄荆南嚴司空〔一〕

蠻水阻朝宗，〔二〕兵符下渚宫。〔三〕前籌得上策，〔四〕無戰已成功。漢使星飛入，夷心草偃同。〔五〕歡謡開竹棧，〔六〕拜舞擲桑弓。〔七〕就日知冰釋，〔八〕投人念鳥窮。〔九〕網羅三面解，〔一〇〕章奏九門通。〔一一〕卉服聯操袂，〔一二〕雕題盡鞠躬。〔一三〕降幡秋練白，驛騎晝塵紅。火號休傳警，〔一四〕機橋罷亘空。〔一五〕登山不見虜，振旆自生風。江遠煙波静，軍回氣色雄。佇看聞喜後，金石賜元戎。〔一六〕

【校注】

〔一〕詩元和八年秋末冬初在朗州作。癸巳：元和八年。偏師：全軍中的一支部隊。蠻徼：南方邊塞之地。此指溆州蠻張伯靖，參見前詩注。荆南嚴司空：嚴綬，已見前《江陵嚴司空見示與成都武相公唱和因命同作》詩注。《資治通鑑》卷二三九：「（元和八年九月）丁未，辰、溆賊帥張伯靖請降。辛亥，以伯靖爲歸州司馬，委荆南軍前驅使。」

〔二〕蠻水：指五溪。《元和郡縣圖志》卷三〇「辰州」：「五溪盡在今辰州界也。」參見卷一《韓十八侍御見示岳陽樓别竇司直詩（略）》注。阻朝宗：阻塞入海之路，喻張伯靖據辰、錦等州反。

《書·禹貢》：「江、漢朝宗于海。」

〔三〕兵符：發兵的符信。渚宫：指江陵，見前詩注。

〔四〕籌：謀劃。《史記·留侯世家》：「臣請藉前箸爲大王籌之。」上策：謂不戰而屈人之兵。《漢書·匈奴傳》載嚴尤語：「臣聞匈奴爲害，所從來久矣，未聞上世有必征之者也，後世三家周、秦、漢征之，然皆未有得上策者也。周得中策，漢得下策，秦無策焉。」

〔五〕星飛：形容迅疾，兼用「使星」事，參見卷五《酬馮十七舍人宿贈别五韻》注。草偃：草隨風倒伏，喻人心向化。《論語·顔淵》：「子欲善而民善矣。君子之德風，小人之德草，草上之風，必偃。」注：「偃，仆也。加草以風，無不仆者，猶民之化於上。」《晉書·潘尼傳》：「化若偃草。」

〔六〕歡：《全唐詩》作「歌」。竹棧：險阻處以竹架設的通道。開竹棧，謂道路險阻處不復設防。

〔七〕擲：《全唐詩》作「戢」。桑弓：桑木弓。擲桑弓，謂放下武器。

〔八〕就日：《史記·五帝本紀》：「帝堯者，放勛。其仁如天，其知如神。就之如日，望之如雲。」冰釋：喻蠻軍迅速瓦解。

〔九〕窮：處境窘迫。《三國志·魏書·邴原傳》：「原以黄巾方盛，遂至遼東，與同郡劉政俱有勇略雄氣，遼東太守公孫度畏惡欲殺之……政窘急，往投原，原匿之月餘。」注引《魏氏春秋》：「（劉）政投原曰：『窮鳥入懷。』原曰：『安知斯懷之可入邪？』」《北齊書·元韶傳》：「窮鳥投人，尚或矜愍。」

〔一〇〕網羅：喻法律，解網謂寬大爲懷。《史記·殷本紀》：「湯出，見野張網四面，祝曰：『自天下四方皆入吾網。』湯曰：『嘻，盡之矣！』乃去其三面，祝曰：『欲左，左。欲右，右。不用命，乃入吾網。』諸侯聞之，曰：『湯德至矣，及禽獸。』」

〔一一〕九門：指皇宫。古制，天子所居有九門。元稹《故金紫光禄大夫檢校司徒兼太子少傅贈太保鄭國公食邑三千户嚴公（綬）行狀》：「其在江陵也，蠻酋張伯靖殺長吏，刦據辰、錦諸州……詔公討之。公上言曰：『緣溪諸蠻，狐鼠跧竄，王師步趨，不習嵌險……攻實危道，招可懷來。臣今謹以便宜，未宣討詔，先遣所部將李志烈賫書諭旨，俟其悛心。』不十餘日，伯靖果以隸黔六州乞降於公。天子褒異，一以委公。」

〔一二〕卉服：以草蔽體作衣。《書·禹貢》：「島夷卉服。」操袂：舉袖起舞。

〔一三〕雕題：額上刺花紋。《禮記·王制》：「南方曰蠻，雕題交趾。」

〔一四〕火號：舉火爲號。《通典》卷一五二：「烽臺……每晨及夜平安，舉一火；聞警，固舉二火；見煙塵，舉三火。」

〔一五〕機橋：活動弔橋。罷亘空：不再横亘空中，放下讓行人通過。

〔一六〕聞喜：指收到捷報。金石：鍾鼎碑碣之類，用以紀功。元戎：元帥，指嚴綬。

和竇中丞晚入容江作〔一〕

漢郡三十六，〔二〕鬱林東南遥。〔三〕人倫選清臣，〔四〕天外頒詔條。〔五〕桂水步秋浪，〔六〕火山陵霧朝。〔七〕分圻辨風物，〔八〕入境聞謳謡。莎岸見長亭，煙林隔麗譙。〔九〕日落舟益駛，川平旗自飄。珠浦遠明滅，〔一〇〕金沙晴動摇。〔一一〕一吟道中作，離思懸層霄。

【校注】

〔一〕詩元和八年秋在朗州作。竇中丞：竇群，竇常之弟。容江：在容州，今廣西自治區容縣西南。《輿地廣記》卷三六「容州普寧縣」：「有容江。」《舊唐書·竇群傳》：「竇群字丹列，扶風平陵人……宰相武元衡、李吉甫皆愛重之，召入爲吏部郎中。元衡輔政，舉群代己爲中丞。群奏刑部郎中吕温、羊士諤爲御史，吉甫以羊、吕險躁，持之數日不下，群等怨怒吉甫。三年八月，吉甫罷相，出鎮淮南，群等欲因失恩傾之……僞構吉甫陰事，密以上聞。帝……立辨其僞……出爲湖南觀察使。數日，改黔州刺史、黔州觀察使……六年九月，貶開州刺史。在郡二年，改容州刺史、容管經略觀察使。」同書《憲宗紀下》：「（元和八年四月）乙酉，以邕管經略使房啟爲桂管觀察使，以開州刺史竇群爲邕管經略使。」《校勘記》：「此處兩見『邕管』均當作『容管』。」竇群自開州赴容州途經朗州，劉禹錫曾爲群作《容州竇中丞謝上表》及《謝中使送上表》，均見集中。竇群原詩已佚。

〔二〕漢郡：漢代所置郡。按：漢代所置郡實不止三十六之數。《漢書·地理志下》：「本秦京師爲内史，分天下作三十六郡。漢興，以其郡太大，稍復開置，又立諸侯王國……故自高祖增二十六，文、景各六，武帝二十八，昭帝一，訖於孝平，凡郡國一百三……」

〔三〕鬱林：漢郡名，治所在今廣西自治區桂平縣西，唐鬱林州屬容管，治所在今廣西自治區玉林縣北。《漢書·地理志下》：「鬱林郡，故秦桂林郡，屬尉佗。武帝元鼎六年開，更名。」《新唐書·方鎮表六》：天寶十四年，置容州管内經略使，領容、白、禺、牢、繡、黨、竇、廉、義、鬱林、湯、巖、辯、平琴十四州，治容州。

〔四〕人倫：各類人。清臣：清廉正直之臣。

〔五〕詔條：文告法令。

〔六〕桂水：即桂江。《輿地廣記》卷三六「桂州」：「桂江，即灕水也。其源多桂，不生雜木。」步：《叢刊》本作「涉」。

〔七〕火山：在梧州。《嶺表録異》卷上：「梧州對岸西火山……其火每三五夜一見於山頂。每至一更初火起，匝其頂如野燒之狀，食頃而息。」陵：通凌。

〔八〕圻：邊界。辨風物：謂見風情景物之不同。

〔九〕麗譙：高樓。

〔一〇〕珠浦：用合浦還珠事，見卷一《奉和中書崔舍人八月十五日夜玩月二十韻》注。《新唐書·地理志七上》：「白州南昌郡下。本南州，武德四年以合浦郡之合浦地置，六年更名。」白州屬容管。

〔一一〕金沙：據《新唐書·地理志》，容州所轄白、繡、黨諸州均産金。《嶺外代答》卷七：「廣州所在産生金，融、宜、昭、藤江濱與夫山谷皆有之。」

泰娘歌〔一〕并引

泰娘本韋尚書家主謳者。〔二〕初，尚書爲吴郡，〔三〕得之，命樂工誨之琵琶，使之歌且舞，無幾何，盡得其術。居一二歲，携之以歸京師。京師多新聲善工，於是又捐去故技，以新聲度曲。〔四〕而泰娘名字往往見稱於貴游之間。元和初，尚書薨於東京，〔五〕泰娘出居民間。久之，爲蘄州刺史張遜所得。〔六〕其後遜坐事謫居武陵郡。〔七〕遜卒，泰娘無所歸，地荒且遠，無有能知其容與藝者，故日抱樂器而哭，其音燋殺以悲。〔八〕雒客聞之，〔九〕爲歌其事，以足于樂府云。

泰娘家本閶門西，〔一〇〕門前緑水環金堤。〔一一〕有時妝成好天氣，走上皋橋折花戲。〔一二〕風流太守韋尚書，路傍忽見停隼旟。〔一三〕斗量明珠鳥傳意，〔一四〕紺幰迎入專城居。〔一五〕長鬟如雲衣似霧，〔一六〕錦茵羅薦承輕步。〔一七〕舞學驚鴻水榭春，〔一八〕歌撩上客蘭堂暮。〔一九〕從郎西入帝城中，貴游簪組香簾櫳。〔二〇〕低鬟緩視抱明月，〔二一〕纖指破撥生胡風。〔二二〕繁華一旦有消歇，題劍無光履聲絶。〔二三〕洛陽舊宅生草萊，〔二四〕杜陵蕭蕭松柏哀。〔二五〕妝奩蟲網厚如繭，〔二六〕博山鑪側傾寒灰。〔二七〕蘄州刺史張公子，白馬新到銅駝里。〔二八〕自言買笑擲黄金，〔二九〕月墮雲中從此始。〔三〇〕安知鵩鳥坐隅飛，〔三一〕寂寞旅魂招不歸。秦嘉鏡有前時結，〔三二〕韓壽香銷故篋衣。〔三三〕山城少人江水碧，斷雁哀猿風雨夕。〔三四〕朱絃已絶爲知音，〔三五〕雲鬢未秋私自惜。〔三六〕舉目風煙非舊時，夢尋歸路多參差。〔三七〕如何將此千行淚，更灑湘江斑竹枝。〔三八〕

【校注】

〔一〕詩元和八年左右作，參見注〔七〕。泰娘：韋夏卿所蓄琵琶妓名。

〔二〕韋尚書：韋夏卿。《舊唐書》本傳：「拜給事中。出爲常州刺史。……改蘇州刺史。貞元末，徐州張建封卒，初授夏卿徐州行軍司馬，尋授徐泗濠節度使……爲吏部侍郎，轉京兆尹、太子賓客，檢校工部尚書、東都留守，遷太子少保，卒。」《全唐文》卷六三〇吕温《故太子少保贈尚書左僕射京兆韋府君（夏卿）神道碑銘》：「今上嗣統，就加檢校吏部尚書。」謳者：歌女。《漢書·孝武衛皇后傳》：「字子夫……爲平陽主謳者。」《漢書》中「主」乃公主省稱，詩序中「主」字疑涉此而衍。

〔三〕吴郡：即蘇州，今屬江蘇省。據《唐刺史考》，韋夏卿爲蘇州刺史在貞元十二年至十六年間。

〔四〕新聲：新歌曲。善工：優秀樂師。度曲：按曲譜歌唱。「度曲」二字下，《文苑英華》有「教之，又盡其妙」六字。

〔五〕東京：東都洛陽。吕温《韋夏卿神道碑》稱夏卿「元和元年三月十二日，薨於東都履信里之私第」，《舊唐書·憲宗紀上》作正月。

〔六〕蘄州：州治在今湖北省蘄春縣。張愻：爲「輕薄子，游（關）播門下」，見《新唐書·關播傳》；貞元中爲昭州刺史，見令狐楚《爲人作薦昭州刺史張愻狀》。

〔七〕武陵郡：即朗州。《册府元龜》卷七〇〇：「張愻爲將作少監，元和五年貶爲朗州長史。愻前爲蘄州刺史，坐贓爲觀察使郗士美所奏。」故禹錫於其卒後歌泰娘事當在元和八年左右。

〔八〕燋殺：聲音急促。燋，通噍。《禮記·樂記》：「其哀心感者，其聲噍以殺。」

〔九〕雒客：禹錫自謂。雒，通洛。禹錫「占籍洛陽」，故自稱「雒客」，且借用馬融《長笛賦》中字面，參見卷六《和浙西李大夫霜夜對月聽小童吹觱栗歌》注。

〔一〇〕閶門：蘇州城西門。《吴郡志》卷三：「西面閶、胥二門……《吴越春秋》曰，城立昌門者，象天通閶闔風也。」

〔一一〕金堤：堅固堤防。《漢書·司馬相如傳上》：「媻姍勃窣，上金堤。」師古注：「言水之隄塘堅如金也。」

〔一二〕皋橋：在蘇州閶門内。《吴郡志》卷一七：「皋橋，在吴縣西北閶門内。漢議郎皋伯通居此橋側，因名之。」

〔一三〕隼旟：刺史的旗幡。見前《送李策秀才（略）》注。

〔一四〕斗量明珠：《嶺表録異》卷上：「緑珠井，在白州雙角山下。昔梁氏之女有容貌，石季倫爲交趾採訪使，以珍珠三斛買之。」鳥：青鳥，喻指使者。《山海經·大荒西經》：「有三青鳥。」郭璞

注：「皆西王母所使也。」

〔一五〕紺幰：深青透紅色車帷，代指有帷之車。《隋書·禮儀志五》：「犢車……五品已上，紺幰碧裏，皆白銅裝。」專城居：此指刺史宅第。古樂府《陌上桑》，羅敷自誇夫婿爲「四十專城居」的「使君」。

〔一六〕如雲：《詩·鄘風·君子偕老》：「鬒髮如雲。」

〔一七〕茵：席。薦：地毯。

〔一八〕驚鴻：曹植《洛神賦》：「翩若驚鴻，婉若游龍。」

〔一九〕上客：貴客。蘭堂：芳潔的廳堂。

〔二〇〕簪組：簪纓組綬，代指達官貴人。簾櫳：指房屋。櫳，窗户。

〔二一〕明月：喻指琵琶。王融《詠琵琶》：「抱月如可明。」吴均《行路難》：「洛陽名工見咨嗟，一翦一刻作琵琶。白璧規心學明月，珊瑚映面作風花。」

〔二二〕破撥：琵琶一種彈奏技法，劇彈。生胡風：謂其有異國情調。《釋名》卷七：「枇杷，本出於胡中，馬上所鼓也。」

〔二三〕題劍，爲尚書故事，見卷一《許給事見示哭工部劉尚書詩因命同作》注。履聲：《後漢書·鄭崇傳》：「哀帝擢爲尚書僕射，數求見諫争，上初納用之，每見曳革履，上笑曰：『我識鄭尚書履聲。』」句指韋夏卿之死。

〔二四〕洛陽舊宅：指韋夏卿洛陽履信里宅。

〔二五〕杜陵：在今陝西省西安市東南。《元和郡縣圖志》卷一「京兆府萬年縣」：「杜陵，在縣東南二十里，漢宣帝陵也。」據吕温《韋夏卿神道碑》，韋夏卿葬於「萬年縣高平鄉少陵原」，少陵原即在杜陵東南十餘里。

〔二六〕妝奩：梳妝匣。

〔二七〕博山鑪：香爐。參見前《傷秦姝行》注。傾寒灰，謂不再焚香。

〔二八〕白馬：古樂府《陌上桑》中羅敷自誇夫婿「白馬從驪駒」，此借指張愻的刺史身份。銅駝里：西晉洛陽城中坊名。《太平寰宇記》卷三「河南府洛陽縣」：「銅駝街。陸機《洛陽記》云：『漢鑄銅駝二枚，在宫南四會道頭，夾路相對。俗語云：金馬門外聚群賢，銅駝陌上集少年。言人物之盛也。』」唐時，洛陽雒北、漕南二水之間有銅駝坊，見《唐兩京城坊考》卷五。

〔二九〕買笑：王僧孺《詠寵姬》：「一笑千金買。」擲：《文苑英華》作「輕」。

〔三〇〕月墮雲中：比喻男女相悦。謝靈運《東陽溪中贈答》：「可憐誰家郎，緣流乘素舸。但問情如爲，月就雲中墮。」此：原作「自」，據明本、劉本、《全唐詩》改。

〔三一〕鵩鳥：賈誼《鵩鳥賦》：「誼爲長沙王太傅三年，有鵩鳥飛入誼舍，止於坐隅。鵩似鴞，不祥鳥也。」句言張愻之貶死。

〔三一〕秦嘉：東漢人。《玉臺新詠》卷一秦嘉《贈婦詩序》：「秦嘉，字士會，隴西人也，爲郡上掾。其妻徐淑，寢疾還家，不獲面別，贈詩云爾。」詩曰：「寶釵可耀首，明鏡可鑒形。」吴兆宜注：「《北堂書鈔》：秦嘉《與婦徐淑書》曰：『頃得此鏡，既明且好，世所希有，意甚愛之，故以相與。』淑答書曰：『今君征未旋，鏡將何施？明鏡鑒形，當待君至。』」有前時結，即委鏡未用。

〔三二〕韓壽：晉人。《晉書·賈充傳》：「韓壽字德真……美姿貌，善容止，賈充辟爲司空掾。充每宴賓僚，其女輒於青瑣中窺之，見壽而悦焉……遂潛修音好，厚相贈結，呼壽夕入……時西域有貢奇香，一著人則經月不歇，帝甚貴之，惟以賜充及大司馬陳騫。其女密盜以遺壽。充僚屬與壽燕處，聞其芬馥，稱之於充……充乃考問女之左右，具以狀對。充秘之，遂以女妻壽。」

〔三四〕斷雁：失群之雁。

〔三五〕朱絃：紅色琴絃。《吕氏春秋·本味》：「伯牙鼓琴，鍾子期聽之。方鼓琴而志在泰山，鍾子期曰：『善哉乎鼓琴，巍巍乎若泰山。』少選之間，而志在流水，鍾子期又曰：『善哉乎鼓琴，湯湯乎若流水。』鍾子期死，伯牙破琴絶絃，終身不復鼓琴，以爲世無足復爲鼓琴者。」

〔三六〕未秋：未衰。

〔三七〕參差：乖忤不合。《文選》沈約《别范安成》：「夢中不識路，何以慰相思？」李善注引《韓非子》：「六國時，張敏與高惠二人爲友，每相思不能得見，敏便於夢中往尋，但行至半道，即迷不知路，遂回，如此者三。」

〔三八〕斑竹枝：《述異記》卷上：「湘水去岸三十里許，有相思宫、望帝臺，昔舜南巡而葬於蒼梧之野，堯之二女娥皇、女英追之不及，相與慟哭，淚下沾竹，竹文上爲之斑斑然。」

【集評】

姚寬曰：謝靈運《東陽溪中贈答》云：「可憐誰家婦，緣流灑素足。明月在雲間，迢迢不可得。」又云：「可憐誰家郎，緣流乘素舸。但問情若何，月就雲中墮。」劉禹錫《泰娘歌》「月墮雲中」之句，蓋本於此。（《西溪叢語》卷下）

宋長白曰：劉夢得有《泰娘歌》……有感有諷，不似《琵琶行》，攬入己身也。（《柳亭詩話》卷十八）

何焯曰：夢得《泰娘歌》，猶子厚《馬淑誌》，皆託以自傷也。（卞孝萱《劉禹錫詩何焯批語考訂》）

賀裳曰：夢得最長於刻劃，如「朱絃已絶爲知音，雲鬟未秋私自惜」，中如見狹邪人矜能炫色、摇摇靡泊之懷。（《載酒園詩話又編》）

早春對雪奉寄澧州元郎中〔一〕

新賜魚書墨未乾，〔二〕賢人暫屈遠人安。朝驅旌旆行時令，〔三〕夜見星辰憶舊官。〔四〕梅蕊覆階鈴閣暖，〔五〕雪峰當户戟枝寒。〔六〕寧知楚客思公子，北望長吟澧有蘭。〔七〕

【校注】

〔一〕詩元和九年春在朗州作。澧州：州治在今湖南省澧縣。元郎中：名未詳。元某當於元和九年自郎中出爲澧州刺史，參見下詩。

〔二〕魚書：刺史任免時作爲憑信的魚符及敕書。《唐會要》卷六九：「大曆十二年五月十日敕，諸州刺史替代，及别追，皆降魚書，然後離任。」《演繁露》卷一：「唐世左魚之外，又有敕牒將之，故兼名魚書。」

〔三〕行時令：行春。《後漢書·鄭弘傳》：「弘少爲鄉嗇夫，太守第五倫行春，見而深奇之。」注：「太守常以春行所主縣，勸人農桑，振救乏絶。」王維《奉和聖製從蓬萊向興慶閣道中留春雨中春望之作應制》：「爲乘陽氣行時令。」

〔四〕舊官：指尚書省郎官。《初學記》卷一一引華嶠《後漢書》：「明帝謂臣曰：『郎官上應列宿，非其人則民受其殃。』」

〔五〕鈴閣：指州郡長官視事官署。《晉書·羊祜傳》：羊祜爲都督荆州諸軍事，「在軍常輕裘緩帶，身不披甲，鈴閣之下，侍衛者不過十數人」。李白《猛虎行》：「昨日方爲宣城客，掣鈴交通二千石。」王琦注：「唐時官署多懸鈴於外，有事報聞，則引鈴以代傳呼。」

〔六〕戟：門戟，見卷一《春日退朝》注。據《新唐書·百官志三》，門戟之制，上州之門列戟十二，中州、下州各十。

〔七〕楚客：禹錫自謂。公子，指元郎中。《楚辭·九歌·湘夫人》：「沅有茝兮澧有蘭，思公子兮未敢言。」澧州在朗州西北，故云「北望」。

【集評】何焯曰：［梅蕊句］早春。［雪峰句］對雪。［北望句］落句言己之屈方甚於元也。（卞孝萱《劉禹錫詩何焯批語考訂》）

朗州竇員外見示與澧州元郎中郡齋贈答長句二篇因而繼和〔一〕

鴛鷺差池出建章，〔二〕綵旗朱户鬱相望。新恩共理犬牙地，〔三〕昨日同含鷄舌香。〔四〕白芷江邊分驛路，〔五〕山桃蹊外接甘棠。〔六〕應憐一罷金閨籍，〔七〕枉渚逢春十度傷。〔八〕

【校注】

〔一〕詩元和九年春在朗州作。竇員外：竇常。元郎中：參見前詩。竇、元贈答詩均佚。劉禹錫永貞元年貶來朗州，至元和九年，首尾已十年，故詩云「枉渚逢春十度傷」。

〔二〕鴛鷺：即鵷鷺，因其行列有序，故以代指朝官班行。《隋書·音樂志中》：「懷黄綰白，鵷鷺成行。」建章：漢長安宫名，代指朝廷。《三輔黄圖》卷二：「武帝……作建章宫，度爲千門萬户。宫在未央宫西，長安城外。」句謂竇常與元郎中元和八年及九年先後自郎官出爲刺史。

〔三〕犬牙地：土地相鄰如犬牙交錯。《史記·孝文本紀》：「高帝封王子弟，地犬牙相制，此所謂磐石之宗也。」朗、澧二州相鄰，故云。

〔四〕鷄舌香：即丁香。《宋書·百官志上》：「尚書郎口含鷄舌香，以其奏事答對，欲使其氣息芬芳也。」《夢溪筆談》卷二六：「《齊民要術》云：『鷄舌香，世以其似丁子，故一名丁子香，即今丁香是也。』《日華子》云：『鷄舌香治口氣。』」句謂元、竇曾同在朝爲郎官。

〔五〕白芷：香草名。白芷江，指沅江。《楚辭·九歌·湘夫人》：「沅有茝兮澧有蘭。」

〔六〕山桃：暗用桃源事。甘棠：見卷一《途次敷水驛（略）》注。

〔七〕金閨：金馬門之别名。籍：出入宫廷之門籍，見前《酬元九院長自江陵見寄》注。常參官罷官或外調，即去其門籍。謝朓《始出尚書省》：「既通金閨籍，復酌瓊筵醴。」句謂己之被貶離開朝廷。

〔八〕枉渚：在朗州，見前《武陵書懷五十韻》注。

酬竇員外旬休早涼見示詩〔一〕 奉書報，詰朝有宴。

新秋十日澣朱衣，〔二〕鈴閣無聲公吏歸。〔三〕風韻漸高梧葉動，露光初重槿花稀。〔四〕四時苒苒催容鬢，〔五〕三爵油油忘是非。〔六〕更報明朝池上酌，人知太守字玄暉。〔七〕

【校注】

〔一〕詩元和九年七月在朗州作。竇員外：竇常，時爲朗州刺史。旬休：每旬的休假日。唐制，官員十日一休沐。《唐會要》卷八二：「永徽三年二月十一日，上以天下無虞，百司務簡，每至旬假，許不視事，以與百僚休沐。」韋應物《休暇日訪王侍御不遇》：「九日驅馳一日閑。」「詩」字原在題下注首，據《全唐詩》移入題中。竇常原詩已佚。

〔二〕澣：洗滌。朱衣：紅色官服。唐制，階官五品以上著緋，大紅色。刺史階官低於五品者亦可著緋，稱爲「借緋」。

〔三〕鈴閣，見前詩注。

〔四〕槿花：即木槿花，落葉灌木，夏秋開花，花紅、白或紫色。

〔五〕苒苒：即冉冉，漸進貌。

〔六〕油油：和謹貌。《禮記·玉藻》：「三爵而油油以退。」

〔七〕玄暉：南齊詩人謝朓字。《南史》本傳：「朓字玄暉，少好學，有美名，文章清麗……善草隸，長五言詩，沈約常云『二百年來無此詩』也。」謝朓《郡内高齋閒坐答吕法曹》：「已有池上酌，復此風中琴。」據《南齊書·謝朓傳》，朓曾爲宣城太守，故以比竇常。

竇朗州見示與澧州元郎中早秋贈答命同作〔一〕

鄰境諸侯同舍郎，〔二〕芷江蘭浦限無梁。〔三〕秋風門外旌旗動，曉露庭中橘柚香。玉簟微涼宜白晝，金笳入暮應清商。〔四〕騷人昨夜聞題鴂，不嘆流年惜衆芳。〔五〕

【校注】

〔一〕詩元和九年七月在朗州作。竇朗州：竇常。元郎中：名未詳。竇、元原詩已佚。

〔二〕諸侯：此借指一州之長的刺史。同舍郎：《漢書·直不疑傳》：「爲郎，事文帝。其同舍有告歸，誤持其同舍郎金去。」竇、元二人曾同爲尚書郎官，見前數詩。

〔三〕芷江蘭浦：即沅江澧浦，《楚辭·九歌·湘夫人》：「沅有茝兮澧有蘭。」又：「遺余佩兮澧浦。」梁：橋。限：劉本、《叢刊》本、《全唐詩》作「恨」。謝朓《暫使下都夜發新林至京邑贈西府同僚》：「風雲有鳥道，江漢限無梁。」

〔四〕笳：古管樂器名，自西域傳入。清商：秋氣。張載《七哀詩》：「秋風吐商氣。」

〔五〕騷人：詩人，指竇、元二人。題鴂：即鶗鴂、鶗鴂。流年：流逝的時光。《楚辭·離騷》：「恐鶗鴂之先鳴兮，使夫百草爲之不芳。」又：「雖萎絶其亦何傷兮，哀衆芳之蕪穢。」

【集評】

金聖嘆曰：一言朗州、澧州、連州，新固同境，舊又同舍，則結契投分本不淺也。二言三州久忝同袍，而各限衣帶，則以無梁爲恨，非一日也。二句先於早秋前添得一層，妙，妙！三、四方細寫早秋，言無端仰頭，乍見旗動，巡視滿庭，果已橘香，三是早，四是秋也。五、六寫秋最悲。五是秋氣侵身，六是秋聲感心，即下之「騷人昨夜」句也。「不嘆流年」妙，便將上文通篇翻過，最爲低昂變換之筆。「惜衆芳」者，三州六行眼淚一時齊下，即《離騷》所云「雖萎絶其亦何傷兮，哀衆芳之蕪穢」也。

（《貫華堂選批唐才子詩》甲集七言律卷五下）

秋日過鴻舉法師寺院便送歸江陵〔一〕 并引

梵言沙門，猶華言去欲也。〔二〕能離欲則方寸地虚，虚而萬景入，入必有所泄，乃形乎詞。〔三〕詞妙而深者，必依于聲律。故自近古而降，釋子以詩聞于世者相踵焉。〔四〕因定而得境，故翛然以清；由慧而遣詞，故粹然以麗，信禪林之薝萼而誠河之珠璣耳。〔五〕初，鴻舉學詩於荆郢間，私試竊詠，發於餘習，蓋榛楛之翠羽，弋者未之眄焉。〔六〕今年至武陵，二千石始奇之，有「起予」之嘆，以方袍親絳紗者十有餘旬，繇是名稍聞而藝愈變。〔七〕閏八月，余步出城東門，謁仁祠，而鴻舉在焉，與之言移時。〔八〕因告以將去，且曰：「貧道雅聞東諸侯之工爲詩者莫若武陵，今幸承其話言，如得法印，寶山之下宜有所持，豈徒衣祴之中衆花而已。」〔九〕余聞是説，乃叩商而吟，〔一〇〕成一章，章八句。郡守以坐嘯餘詠，激清徵而應之。〔一一〕師其行乎，足以資一時中之學矣。

看畫長廊遍，尋僧一逕幽。小池兼鶴浄，古木帶蟬秋。客至茶煙起，禽歸講席收。浮杯明日去，〔一二〕相望水悠悠。

【校注】

〔一〕詩元和九年閏八月在朗州作。鴻舉：荆州僧，能詩，餘未詳。

〔二〕梵：梵語，古印度書面語言。沙門：即僧，梵語音譯，意譯爲去欲。《魏書·釋老志》：「諸服其道者，則剃落鬚髮，釋累辭家……行乞以自給，謂之沙門，或曰桑門，亦聲相近，總謂之僧，皆胡言也……桑門爲息心。」

〔三〕方寸：心。萬景：萬象。

〔四〕近古：指晉。釋子：釋迦牟尼弟子，謂僧徒。《詩藪·外編》：「沙門詩昉自晉惠遠、道猷輩。」劉禹錫《澈上人文集紀》：「釋子工爲詩尚矣。休上人賦《别怨》，約法師《哭范尚書》，咸爲當時才士之所傾嘆，厥後，比比有之。」

〔五〕定、慧：爲禪宗要義。《六祖壇經·爲時衆説法門》：「我此法門，以定慧爲本。」又：「悊法師問云何是定慧等義，答曰：『念不起，空無所有，即名正定。以能見念不起，空無所有，即名正慧。』」倏然：自在無拘束貌。粹然：精純貌。禪林、誡河：猶言佛門。禪謂禪定，誡當作戒，謂戒律，林、河是形象的説法。珠璣：即珠。珠不圓曰璣。

〔六〕荆郢：江陵，楚郢都。餘習：指佛事以外的愛好，如琴棋書畫之類。王維《偶然作》：「宿世謬詞客，前身應畫師。不能捨餘習，偶被世人知。」榛楛：兩種矮小的灌木。翠羽：翠鳥。弋者：射鳥人。《文選》陸機《文賦》：「石韞玉而山輝，水懷珠而川媚。彼榛楛之勿翦，亦蒙榮於集翠。」李善注：「榛楛，喻庸音也。以珠玉之句既存，故榛楛之辭亦美。」此言鴻舉學爲詩，間有佳句，但未引起人們重視。

〔七〕二千石：刺史，漢太守俸禄號稱二千石，實不及此數。此指朗州刺史竇常。起予：可啟發己意。《論語·八佾》：「子曰：『起予者，商也，始可與言詩已矣。』」方袍：僧袍。《太平御覽》卷六五五引《洛陽伽藍記》：「僧肇法師製《四論》……呈劉遺民。嘆曰：『不意方袍，復有平叔。』方袍之語，出遺民也。」絳紗：絳色紗帳，代指講席。《後漢書·馬融傳》：「融才高博洽，爲世通儒，教養諸生，常有千數……常坐高堂，施絳紗帳，前授生徒，後列女樂，弟子以次相傳，鮮有入其室者。」

〔八〕閏八月：據《廿二史朔閏表》，唐憲宗元和九年閏八月。仁祠：佛寺。《後漢書·楚王英傳》：「楚王誦黄、老之微言，尚浮屠之仁祠。」

〔九〕法印：佛教語，謂其言可印證佛法，有如印璽。寶山：産珍寶之山。《智度論》一：「復次，經中説：信如手，如人有手，入寶山中，自在取寶。」衣裓：指僧衣。裓，長衣下襟。

〔一〇〕叩商：敲擊琴絃。《列子·湯問》：「師文……當春而叩商絃，以召南吕。」張湛注：「商，金音，屬秋。南吕，八月律。」

〔一一〕郡守：指竇常，其和詩已佚。坐嘯：坐而長嘯。《文選》謝朓《在郡卧病呈沈尚書》：「坐嘯徒可積，爲邦歲已期。」李善注引張璠《漢紀》：「南陽太守弘農成瑨，任功曹岑晊，時人爲之語曰：『南陽太守岑公孝，弘農成瑨但坐嘯。』」清徵：見卷一《和韓十八侍御見示岳陽樓别賓司直詩（略）》注。

〔三〕浮杯：《法苑珠林》卷四一：「西晉杯度沙門，不知何許人……嘗寄宿一家，家有金像，杯度晨興，輒持而去。主人策馬追之，度自徐行，而騎走不及。至河乘一小杯，以過孟津，因號曰杯度。」

【集評】

馮班曰：句句妙。（《瀛奎律髓彙評》卷四七）

紀昀曰：四句好，自然，勝出句。（同前）

無名氏曰：脱口無跡，不知其精研得此。（同前）

重送鴻舉赴江陵謁馬逢侍御〔一〕

西北秋風凋蕙蘭，洞庭波上碧雲寒。茂陵才子江陵住，〔二〕乞取新詩合掌看。〔三〕

【校注】

〔一〕詩元和九年閏八月在朗州作。參見前詩。江陵：府名，即荆州，今屬湖北省。馬逢：《唐才子傳》卷五《馬逢傳》：「關中人，貞元五年盧頊榜進士。佐鎮戎幕府，嘗從軍出塞，得詩名，篇篇警策。」按：馬逢貞元末爲盩厔尉，元和初爲咸陽尉，又以御史佐劍南東川幕府，時當在江陵幕中，參見《全唐文》卷五三七裴度《劉府君神道碑銘》，元稹《天壇上境》、《送東川馬逢侍御回》等詩。

〔二〕茂陵：漢武帝陵。司馬相如曾居茂陵，故以相比，參見前《聞董評事疾因以書贈》注。馬逢，茂陵人。《元和姓纂》卷七「扶風茂陵馬氏」：「逢，兼監察御史。」

〔三〕合掌：佛教徒禮節，合兩手掌，以示敬意。

衢州徐員外使君遺以縞紵兼竹書箱因成一篇用答佳貺〔一〕

按此郡本自婺州析置，徐自台州遷。

爛柯山下舊仙郎，〔二〕列宿來添婺女光。〔三〕遠放歌聲分白紵，〔四〕知傳家學與青箱。〔五〕水朝滄海何時去，〔六〕蘭在幽林亦自芳。〔七〕聞道天台有遺愛，〔八〕人將琪樹比甘棠。〔九〕

【校注】

〔一〕詩約元和八、九年間在朗州作。衢州：今屬浙江。《元和郡縣圖志》卷二六「衢州」：「本舊婺州信安縣也，武德四年平李子通，於信安縣置衢州。」徐員外：徐放。《全唐文補遺·千唐誌齋新藏專輯》元佑《徐放墓誌銘》：「元和十二年龍集丁酉正月十九日，朝散大夫、使持節衢州諸軍事守衢州刺史上柱國徐公薨于位，享年五十二。……公諱放字達夫。」據誌，徐放曾歷祠部、屯田員外郎、台州刺史，改衢州刺史。徐放元和九年守衢州，見韓愈《衢州徐偃王廟碑》。編紵：白色苧蔴織品。貺：贈與。

〔二〕爛柯山：在衢州信安縣。柯：斧柄。《水經注・漸江水》：「信安縣有懸室坂。晉中朝時，有民王質，伐木至石室中，見童子四人彈琴而歌。質因留，倚柯聽之。童子以一物如棗核與質，質含之便不復飢。俄頃，童子曰：『其歸。』承聲而去，斧柯漼然爛盡。既歸，質去家已數十年，親情凋落，無復向時比矣。」仙郎：尚書省郎官的美稱。

〔三〕婺女：星座名，二十八宿之一。《元和郡縣圖志》卷二六「婺州」：「隋開皇九年平陳置婺州，蓋取其地於天文爲婺女之分野。」徐放曾任祠部、屯田二員外郎，舊云郎官上應列宿，故詩云。

〔四〕放：何焯云：「『放』字必誤。以昌黎《徐偃王廟碑》證之，『放』字乃徐君之名也。」白紵：舞曲名，雙關所贈縞紵。《樂府詩集》卷五五：「《宋書・樂志》曰：『《白紵舞》，按舞辭有巾袍之言，紵本吴地所出，宜是吴舞也。』……《樂府解題》曰：『古詞盛稱舞者之美，宜及芳時爲樂。其譽白紵曰：質如輕雲色如銀，製以爲袍餘作巾，袍以光軀巾拂塵。』」

〔五〕青箱：指所贈竹書箱。《南史・王准之傳》：「曾祖彪之，位尚書令，祖臨之、父訥之並御史中丞。彪之博聞多識，練悉朝儀。自是家世相傳，並諳江左舊事，緘之青箱，世謂之王氏青箱學。」

〔六〕「水朝」句：喻己歸長安遥遥無期。《書・禹貢》：「江、漢朝宗於海。」朝，原作「潮」，據明本、劉本、《全唐詩》改。

〔七〕「蘭在」句：喻己貶謫幽居仍潔身自好。《荀子・宥坐》：「芷蘭生於深林，非以無人而不芳。」

〔八〕天台：山名，在今浙江省台州市，指台州。《元和郡縣圖志》卷二六「台州唐興縣」：「天台山，在縣北一十里。」遺愛：指德政遺留於後的恩澤。《左傳・昭公二十年》：「及子産卒，仲尼聞之，出涕曰：『古之遺愛也。』」注：「子産見愛，有古人之遺風。」《徐放墓誌銘》：「爲台州刺史……在任六考，始終一致。開瀉鹵，復流庸，海濱之甿，咸感仁政。」

〔九〕琪樹：孫綽《天台山賦》：「琪樹璀璨而垂珠。」李紳《琪樹詩序》：「琪樹垂條如弱柳，結子如碧珠，三年子可一熟。每歲生者相續，一年緑，二年碧，三年者紅，綴於條上，璀錯相間。」甘棠：見卷一《途次敷水驛(略)》注。徐放曾爲台州刺史，故云。

敬酬徹公見寄二首〔一〕

淒涼沃洲僧，〔二〕顦顇柴桑宰。〔三〕別來二十年，〔四〕唯餘兩心在。〔五〕

【校注】

〔一〕詩元和八或九年在朗州作。徹公：詩僧靈澈，字源澄，會稽人，俗姓湯。劉禹錫《澈上人文集紀》：「上人……雖受經論，一心好篇章。從越客嚴維學爲詩，遂籍籍有聞。維卒，乃抵吴興，與長老詩僧皎然游……貞元中，西游京師，名振輦下，緇流疾之，造飛語激動中貴人。因侵誣得罪，徙汀州。會赦，歸東越……元和十一年，終於宣州開元寺，年七十有一。」《全唐文》卷五四六李遜《游妙喜寺記》：「時有從事李翺、僧靈徹請紀，故琢於片石云。時元和八月十五日記。」按：李遜元和五年八月至九年九月爲越州刺史、浙東觀察使，見《嘉泰會稽志》卷二。《全唐文》卷六三八李翱有元和八年八月在浙東作《何首烏録》，知靈澈元和八年左右在越州。

〔二〕沃洲：山名，在今浙江省新昌縣東。沃洲僧指晉高僧白道猷、支遁等，此借指靈澈。白居易《沃洲山禪院記》：「沃洲山在剡縣南三十里，禪院在沃洲山之陽……厥初，有羅漢僧西天竺人白道猷居焉。次有高僧竺法潛、支道林居焉……高士名人有戴逵……謝萬石、蔡叔子、王羲之，凡十八人，或游焉，或止焉。故道猷詩曰：『連峰數千里，修林帶平津。茅茨隱不見，鷄鳴知有人。』……蓋人與山相得於一時也。」

〔三〕柴桑宰：指東晉劉遺民，曾爲柴桑令，此以自喻。參見卷一《廣宣上人寄在蜀與韋令公唱和詩卷(略)》注。

〔四〕二十年：劉禹錫《澈上人文集紀》：「初，上人在吴興，居何山，與晝公爲侶，時予方以兩髦執筆硯，陪其吟詠，皆曰孺子可教。後相遇於京洛，與支、許之契焉。」二人相遇於京洛，當在貞元九至十二年間，時禹錫應試、爲官長安，常往來於京洛間，至元和八、九年，已二十年。

〔五〕兩心：指二人曾「與支、許之契」而言。時禹錫貶朗州，靈澈在浙東，雖欲作支遁、許詢之游而不可得。

二

越江千里鏡，〔一〕越嶺四時雪。〔二〕中有逍遥人，夜深觀水月。〔三〕

【校注】

〔一〕越江：指浙江，兩岸山水秀美。謝靈運《與從弟惠連書》：「出惡溪，至大江，水清如鏡。」《水經注·漸江水》：「浙江又北逕山陰縣西……川土明秀，亦爲勝地，故王逸少云『從山陰道上，猶如鏡中行』也。」

〔二〕四時雪：指月色如雪。《文選》謝莊《月賦》：「柔祇雪凝。」李善注：「柔祇，地也。」張銑注：「言月之光彩照地如凝雪。」

〔三〕水月：兼指景物與禪理，語意雙關。《維摩詰所説經·觀衆生品》：「菩薩觀衆生，如智者見水中月。」

遥傷段右丞〔一〕

江湖舊游，南宫交代。

江海多豪氣，朝廷有直聲。〔二〕何言馬蹄下，一旦是佳城〔三〕！

【校注】

〔一〕詩約元和九年在朗州作。右丞：《新唐書·百官志一》「尚書省」：「左丞一人，正四品上；右丞一人，正四品下。掌辯六官之儀，糾正省内，劾御史舉不當者。吏部、户部、禮部，左丞總焉；兵部、工部、刑部，右丞總焉。」段右丞：段平仲。《舊唐書》本傳：「除屯田、膳部二員外郎……元和初，遷諫議大夫……轉給事中……轉尚書左丞，以疾改太子左庶子，卒。」段平仲貞元中與禹錫同在揚州，故爲「江湖舊游」；永貞中禹錫又繼平仲爲屯田員外郎，故爲「南宫交代」，參見卷一《揚州春夜（略）》及前《送襄陽熊判官孺登（略）》注。按：《舊唐書》本傳、《元和姓纂》卷九、《唐會要》卷五七均云段平仲官尚書左丞，《新唐書》本傳及《劉禹錫集》作「右丞」，未知孰是。《唐會要》卷五七，段平仲元和七年二月在尚書左丞任，其轉左庶子及卒，約當在元和九年。

〔二〕直聲：耿直聲名。《舊唐書·段平仲傳》：「平仲磊落尚氣節，嗜酒傲言……元和初，迁諫議大夫。内官吐突承璀爲招討使，征鎮州，無功而還，平仲與吕元膺抗疏論列，請加黜責。轉給事中。自在要近，朝廷有得失，未嘗不論奏，時人推其狷直。」

〔三〕佳城：墳墓。見卷一《途次敷水驛（略）》注。

送華陰尉張苕赴邕府使幕〔一〕張即燕公之孫，頃坐事除名。

昔忝南宫郎，〔二〕往來東觀頻。〔三〕嘗披燕文傳，〔四〕聳若窺三辰。〔五〕翊聖崇國本，〔六〕保賢正朝倫。〔七〕高視緬今古，〔八〕清風夐無鄰。〔九〕蘭錡照通衢，〔一〇〕一家十朱輪。〔一一〕鄭國嗣侯絶，〔一二〕蔿鄉貴業貧。〔一三〕夫子承大名，少年振芳塵。〔一四〕青袍仙掌下，〔一五〕矯首陵煙旻。〔一六〕公冶本非罪，〔一七〕潘郎一爲民。〔一八〕風霜苦摇落，〔一九〕堅白無緇磷。〔二〇〕一旦逢良時，天光燭幽淪。〔二一〕重爲長裾客，〔二二〕佐彼觀風臣。〔二三〕分野窮禹畫，〔二四〕人煙過虞巡。〔二五〕不言此行遠，所樂相知新。〔二六〕雨起巫山陽，〔二七〕鳥鳴湘水濱。離筵出蒼莽，〔二八〕別曲多愁辛。〔二九〕今朝一杯酒，明日千里人。彼此孤舟去，悠悠天海春。

【校注】

〔一〕詩元和十年早春在朗州作。華陰：華州屬縣，今屬陝西。《新唐書·百官志四下》：上縣，尉二人，從九品上。燕公：張説，相玄宗，封燕國公。邕府：邕州都督府，府治在今廣西南寧南。《新唐書·方鎮表六》：「天寶十四載，置邕州管内經略使，領邕、貴、横……十三州，治邕州。」據《新唐書·宰相世系二下》，張説孫八人：岯、密、蒙、嵍、岩，長子張均所出；漁、岱，次子垍所出；嶧，三子埱所出。無名苕者。《政和證類本草》卷一四「黄藥根」下引劉禹錫《傳信方》「療癭方」，云「得之邕州從事張岧」，岧、苕必是同一人，疑即《世系表》中之張岩。張説諸孫名均從山，多用僻字，故疑字當作「岧」，岩、苕均形近而訛。劉禹錫《傳信方》成書於元和十三年，詩云「昔忝南宫郎」，故必作於元和元年至十三年間。詩有「離筵出蒼莽」、「巫山」、「湘水」之語，時禹錫當仍在朗州。詩末云「彼此孤舟去，悠悠天海春」，乃想像別後狀況之詞，故詩當作於元和十年早春，時張赴邕州而劉應召將回京。

〔二〕南宫：指尚書省。永貞元年，禹錫爲尚書屯田員外郎。

〔三〕東觀：漢代皇家藏書之所。《後漢書·安帝紀》：「詔謁者劉珍及五經博士，校定東觀五經、諸子、傳記、百家藝術。」注引《洛陽宫殿名》：「南宫有東觀。」

〔四〕披：披覽。燕文：指張説，封燕國公，卒後，玄宗爲製神道碑文，御筆賜謚曰「文貞」，見《舊唐書》本傳。文，《叢刊》本、《全唐詩》作「公」。

〔五〕三辰：日、月、星。

〔六〕翊：輔佐。聖：指玄宗。國本：國之根本，指皇太子。唐憲宗《册遂王爲皇太子文》：「建立儲嗣，崇嚴國本。」《舊唐書·張説傳》：「玄宗在東宫，説……爲侍讀，深見親敬。明年，同中書門下平章事，監修國史。是歲二月，睿宗謂侍臣曰：『有術者上言，五日内有急兵入宫，卿等爲朕備之。』左右相顧莫能對，説進曰：『此是讒人設計，擬摇動東宫耳。陛下若使太子監國，則君臣分定，自然窺覦路絶，災難不生。』睿宗大悦，即日下制皇太子監國。明年，又制皇太子即帝位。」

〔七〕保賢：《舊唐書·張説傳》：「長安初……擢拜鳳閣舍人。時麟臺監張易之與其弟昌宗構陷御史大夫魏元忠，稱其謀反，引説令證其事。説至御前，揚言：『元忠實不反，此是易之誣構耳。』元忠由是免誅，説坐忤旨配流欽州。」朝倫：朝廷綱紀。

〔八〕緬：沉思貌，此指思考。

〔九〕清風：喻高風亮節。《詩·大雅·烝民》：「吉甫作誦，穆如清風。」敻：遠。無鄰：無比。

〔一〇〕蘭錡：兵器架，此指陳列門戟的木架。《文選》張衡《西京賦》：「武庫禁兵，設在蘭錡。」張銑

注：「蘭錡，兵架也，若今門戟。」通衢：大道。

〔一一〕十朱輪：指爲高官者多。楊惲《報孫會宗書》：「惲家方隆盛時，乘朱輪者十人。」《舊唐書·張説傳》：「（開元十七年）代源乾曜爲尚書右丞相……加開府儀同三司。時長子均爲中書舍人，次子垍尚寧親公主，拜駙馬都尉，又特授説兄慶王傅光爲銀青光禄大夫。當時榮寵，莫與爲比。」

〔一二〕酇國：指蕭何，曾封酇侯。《史記·蕭相國世家》：「高祖以蕭何功最盛，封爲酇侯……後嗣以罪失侯者四世，絶。」據兩《唐書·張説傳》，説有子均、垍、埱。安禄山反，均、垍受僞命。兩京收復，垍賜死，均長流合浦郡，故云「嗣侯絶」。

〔一三〕蔿鄉：疑指楚孫叔敖之鄉。蔿，春秋楚邑名，其地未詳。孫叔敖爲楚相，一稱蔿敖。《史記·滑稽列傳》：「乃召孫叔敖子，封之寢丘四百户。」正義引《吕氏春秋》：「楚孫叔敖有功於國，疾將死，戒其子曰：『王數欲封我，我辭不受。我死必封汝。汝無受利地，荆楚間有寢丘者，其爲地不利，而前有妒谷，後有戾丘，其名惡，可長有也。』其子從之。楚功臣封二世而收，唯寢丘不奪也。」蔿鄉貴，劉本、《全唐詩》作「韋卿世」。

〔一四〕振芳塵：此謂振起美好的家聲。《宋書·謝靈運傳論》：「屈平、宋玉，導清源於前，賈誼、相如，振芳塵於後。」

〔一五〕青袍：唐制，官員八品、九品服青。《舊唐書·輿服志》：上元元年八月制，「八品服深青，九品服淺青」。張苕爲華陰尉，華陰上縣，縣尉從九品上。仙掌：指華山，有仙掌峰，參見卷一《華山歌》注。《元和郡縣圖志》卷二「華州華陰縣」：「垂拱元年，改爲仙掌。」

〔一六〕矯首：舉頭。旻：天空。陵煙旻，謂志向高遠。陵，通凌。

〔一七〕公冶：公冶長，孔子弟子。《論語·公冶長》：「子謂公冶長：『可妻也，雖在縲紲之中，非其罪也。』以其子妻之。」

〔一八〕潘郎：潘岳。《晉書》本傳：「領太傅主簿。府主誅，除名爲民。」潘岳《楊仲武誄》：「子之姑，予之伉儷焉。」後遂以聯姻爲結潘楊之好，而以潘郎代指「婿」。蓋張苕在華陰尉任，因岳家連累，得罪除名。

〔一九〕摇落：宋玉《九辯》：「蕭瑟兮草木摇落而變衰。」

〔二〇〕緇磷：《論語·陽貨》：「不曰堅乎，磨而不磷；不曰白乎，涅而不緇。」何晏集解：「言至堅者磨之而不薄，至白者染之於涅而不黑，喻君子雖在濁亂，濁亂不能污。」

〔二一〕天光：日光。幽淪：幽隱淪落。

〔二二〕長裾客：此指爲幕府僚佐。鄒陽《獄中上吳王書》：「飾固陋之心，則何王之門不可曳長裾乎？」

〔二三〕觀風臣：指觀察使。元和九年邕管觀察使爲馬平陽，見《舊唐書·憲宗紀下》。

〔二四〕分野：古人以天上二十八宿與地下州、國相對應，稱某地爲某宿的分野。禹畫：夏禹治水所經歷規治之地。《左傳·襄公四年》：「茫茫禹跡，畫爲九州。」窮禹畫，與下「過虞巡」均極言邕州之遥遠。

〔二五〕虞巡：虞舜南巡，參見卷一《韓十八侍御見示岳陽樓别竇司直詩（略）》詩注。

〔二六〕相知新：《楚辭·九歌·少司命》：「悲莫悲兮生别離，樂莫樂兮新相知。」

〔二七〕巫山：在夔州，夔州與朗州同爲荆南節度使轄州。

〔二八〕蒼莽：猶莽蒼，指郊野。《莊子·逍遥游》：「適莽蒼者，三餐而返，腹猶果然。」成玄英疏：「莽蒼，郊野之色。」

〔二九〕愁：劉本、《全唐詩》作「悲」，《文苑英華》作「怨」。

劉禹錫全集編年校注卷三　詩　元和中

讀張曲江集作〔一〕并引

世稱張曲江爲相，建言放臣不宜與善地，多徙五溪不毛之鄉。〔二〕及今讀其文，自内職牧始安，有瘴癘之嘆；自退相守荆門，有拘囚之思，託諷禽鳥，寄詞草樹，鬱然與騷人同風。〔三〕嗟夫，身出於遐陬，一失意而不能堪，矧華人士族，而必致醜地然後快意哉〔四〕！議者以曲江爲良臣，識胡雛有反相，羞凡器與同列，密啟廷争，雖古哲人不及，〔五〕而燕翼無似，終爲餒魂。〔六〕豈忮心失恕，陰謫最大，雖二美莫贖邪？〔七〕不然，何袁公一言明楚獄而鍾祉四葉？〔八〕以是相較，神可誣乎〔九〕！予讀其文，因爲詩以弔。

聖言貴忠恕，〔一〇〕至道重觀身。〔一一〕法在何所恨，〔一二〕色傷斯爲仁。〔一三〕良時難久恃，〔一四〕陰謫豈無因。〔一五〕寂寞韶陽廟，魂歸不見人。〔一六〕

【校注】

〔一〕詩元和中在朗州作。本卷中詩均作於元和中朗州，確切年代難以考知。曲江：韶州屬縣，今廣東省英德縣。張曲江：張九齡，開元二十一年十二月至二十五年四月相玄宗。《新唐書》本傳：「字子壽，韶州曲江人……開元後，天下稱曰曲江公而不名云。」據同書《藝文志四》，張九齡有集二十卷，今有《曲江集》十二卷傳世。《舊唐書·劉禹錫傳》：「禹錫積歲在湘、澧間，鬱悒不怡，因讀《張九齡文集》，乃叙其意曰……」詩題，《叢刊》本作《弔張曲江》。

〔二〕放臣：被貶謫官員。五溪：見卷一《韓十八侍御見示岳陽樓别竇司直詩（略）》注。不毛：不生草木，指其地荒涼僻遠。張九齡爲左拾遺時作《上封事書》云：「京官之中出爲州縣者，或是緣身有累，在職無聲，用於牧宰之間，以爲斥逐之地……承敝之人，每爲非才者所擾。」僅言放臣不宜爲牧宰，其建言放臣不宜與善地事未詳。

〔三〕内職：指爲中書舍人。始安：郡名，即桂州，今廣西自治區桂林市。荆門：山名，又荆州屬縣名，見卷一《紀南歌》注。門，《叢刊》本作「州」，校云「一作南」。《新唐書·張九齡傳》：「進中書舍人……改太常少卿，出爲冀州刺史……换洪州都督。徙桂州，兼嶺南按察選補使……拜中書侍郎、同中書門下平章事。固辭，不許。明年，遷中書令……坐舉非其人，貶荆州長史。」張九齡《酬周判官巡至始興會改秘書少監見貽之作兼呈耿廣州》：「朝聞循誠節，夕飲蒙瘴癘。」是有「瘴癘之嘆」。又《登荆州城樓》：「天宇何其曠，江城坐自拘。」是有「拘囚之思」。騷人：指屈原。王逸《離騷經序》：「《離騷》之文，依詩取興，引類譬喻，故善鳥香草，以配忠貞；惡禽臭物，以比讒佞。」張九齡集中今存《感遇》（「蘭葉春葳蕤」、「孤鴻海上來」、「江南有丹橘」）、《詠燕》、《庭梅詠》等詩，均「託諷禽鳥，寄詞草樹」之作。

〔四〕遐陬：僻遠之地。陬，角落。《新唐書·張九齡傳》：「九齡頓首曰：『臣荒陬孤生。』」矧：況且。華人：指中原人。

〔五〕胡雛：胡兒，指安禄山。凡器：平庸之人，指牛仙客。同列：同在朝官班行。《新唐書·張九齡傳》：「安禄山初以范陽偏校入奏，氣驕蹇，九齡謂裴光庭曰：『亂幽州者，此胡雛也。』及討奚、契丹敗，張守珪執如京師，九齡署其狀曰：『……禄山不容免死。』帝不許，赦之。九齡曰：『禄山狼子野心，有逆相，宜即事誅之，以絶後患。』帝……卒不用。」又云：「（玄宗）將以涼州都督牛仙客爲尚書……九齡頓首曰：『臣荒陬孤生，陛下過聽，以文學用臣。仙客擢胥吏，目不知書。韓信，淮陰一匹夫，羞絳、灌等列。陛下必用仙客，臣實恥之。』帝不悦。」今《曲江集》中存《請誅禄山疏》、《劾牛仙客疏》。

〔六〕燕翼無似：無後嗣。《詩·大雅·文王有聲》：「詒厥孫謀，以燕翼子。」傳：「燕，安；翼，敬也。」箋：「以安其敬事之子孫。」《詩·周頌·良耜》：「以似以續。」疏：「似，訓爲嗣。」餒魂：餓鬼，謂不能享受後人的祭祀。按：張九齡並非無後。《曲江集》附徐浩撰《張九齡神道碑》，長慶三年孫仲舉、曾孫敦慶、玄孫景新、景重等建立。餘參集評。

〔七〕忮心：忌恨之心。失恕：有違於「己所不欲，勿施於人」的忠恕之道。二美：指前云「識胡雛有反相，羞凡器與同列」二事。

〔八〕袁公：袁安。楚獄：楚王英獄。《後漢書·袁安傳》：「永平十三年，楚王英謀爲逆，事下郡覆考。明年，三府舉安能理劇，拜楚郡太守。是時，英辭所連及繫者數千人，顯宗怒甚，吏案之急，迫痛自誣，死者甚衆。安到郡，不入府，先往案獄，理其無明驗者，條上出之。府丞掾史皆叩頭争，以爲阿附反虜，法與同罪，不可。安曰：『如有不合，太守自當坐之，不以相及也。』遂分别具奏。帝感悟，即報許，得出者四百餘家。」鍾祉四葉：降福四代。《三國志·魏書·袁紹傳》：「高祖父安，爲漢司徒。自安以下四世居三公位。」注引華嶠《漢書》：「安……章帝時至司徒，生蜀郡太守京。京弟敞爲司空。京子湯，太尉。湯四子：長子平，平弟成，左中郎將，並早卒；成弟逢，逢弟隗，皆爲公。」

〔九〕誣：欺罔。

〔一〇〕聖：指孔子。《論語·衛靈公》：「子貢問曰：『有一言而可以終身行之者乎？』子曰：『其恕乎！己所不欲，勿施於人。』」又《里仁》：「曾子曰：『夫子之道，忠恕而已矣。』」

〔一一〕觀身：以身觀身，謂推己及人。《老子》下篇：「修之於身，其德乃真。修之於家，其德乃餘。……修之於國，其德乃豐。修之於天下，其德乃普。故以身觀身，以鄉觀鄉，以國觀國，以天下觀天下。」王弼注：「以身及人也。」

〔一二〕「法在」句：意謂依法處置即可，不必置之醜地而後快意。

〔一三〕色傷：傷憫之情見於顏色。

〔一四〕良時：好時光，謂爲相時。張九齡爲相僅四年。

〔一五〕陰讁：冥冥中的讁罰，指無後。

〔一六〕韶陽：指韶州，以其地有韶石得名，州治在今廣東省韶關市南。《舊唐書·張九齡傳》：「至德初，上皇在蜀，思九齡之先覺，下詔褒贈，曰：『……故中書令張九齡……可贈司徒，仍遣使就韶州致祭。』」《古今圖書集成·職方典》卷一三一八「韶州府」：「張文獻公祠在府學右。玄宗遣中使至曲江致祭，始建，鑄鐵像。」不見人：謂無後嗣。

【集評】

晁補之曰：禹錫若守正比義而以獲罪，如是言之可也。既不自愛，朋邪近利，以得譴逐，流離遠徙，不安於窮，又不悔咎己失，而以私意不便抵曲江當國嫉惡之言，盜憎主人，物之常態，誰爲「忮心失恕」邪？故凡小人詆君子，不足瑕疵，適增其美。（《鷄肋集》卷四八《唐舊書雜論》）

王得臣云：按《唐書》，曲江有子拯，而不見其他子孫者。近有朝請張君唐輔來守安州，蓋曲江人也，自稱九齡十世孫……以夢得去曲江才五六十年，乃言「燕翼無嗣」，豈知數百年後有十世孫耶？豈夢得困於遷謫，有所激而言也？是皆不可知也。（《麈史》卷三）

吴曾曰：余考《唐書·宰相世系表》……自九齡至文嵩，凡八代，仕宦不絶，而劉夢得乃以爲「燕翼無似，終爲餒魂」，何耶？王彦輔不考《世系表》，而以本朝張唐輔爲證，益非矣。（《能改齋漫録》卷四，按《焦氏筆乘》續集卷六亦辨「燕翼無似」之非。）

潘德輿曰：《讀張曲江集詩序》，譏「放臣不與善地」以致「燕翼無似，終爲餒魂」。忮心失恕，陰譎最大，詆訶亦至矣。蓋夢得身爲逐臣，心嗛時宰，故以曲江爲詞，實借昔刺今也。然意取諷時，而遂橫虐先臣，加之醜詆，非敦厚君子所宜出矣。（《養一齋詩話》卷一）

庭梅詠寄人〔一〕

早花常犯寒，〔二〕繁實常苦酸。〔三〕何事上春日，〔四〕坐令芳意闌？夭桃定相笑，〔五〕游妓肯回看〔六〕！君問調金鼎，〔七〕方知正味難。

【校注】

〔一〕詩元和中在朗州作。張九齡《庭梅詠》：「更憐花蒂弱，不受歲寒移。……馨香雖尚爾，飄蕩復誰知。」劉詩亦借早梅不畏嚴寒而零落，以喻己之不幸命運，旨意略同。寄人：《叢刊》本作「寄友人」。所寄何人未詳。

〔二〕犯寒：冒寒。鮑照《梅花落》：「念其霜中能作花，露中能作實。」

〔三〕苦酸：《淮南子·説林》：「百梅足以爲百人酸。」

〔四〕上春：早春。《初學記》卷三：「正月孟春，亦曰上春。」何遜《揚州法曹梅花盛開》：「兔園標物序，驚時最是梅……應知早飄落，故逐上春來。」

〔五〕夭桃：《詩·周南·桃夭》：「桃之夭夭，灼灼其華。」

〔六〕游妓：游春歌妓。蘇味道《正月十五日夜》：「游妓皆穠李，行歌盡落梅。」

〔七〕調金鼎：調和五味，喻宰相治理國家。《書·説命上》：「高宗夢得説，使百工營求諸野，得諸傅巖，作《説命》三篇……王曰：『……若作和羹，爾惟鹽梅。』」傳：「鹽鹹梅醋，羹須鹹醋以和之。」

經伏波神祠〔一〕

蒙蒙篁竹下，〔二〕有路上壺頭。〔三〕漢壘麏鼯鬬，〔四〕蠻溪霧雨愁。〔五〕懷人敬遺像，閲世指東流。〔六〕自負霸王略，〔七〕安知恩澤侯〔八〕！　鄉園辭石柱，〔九〕筋力盡炎洲。〔一〇〕一以功名累，翻思馬少游。〔一一〕

【校注】

〔一〕詩元和中在朗州作。伏波神祠：東漢伏波將軍馬援神祠，在朗州武陵縣壺頭山。《後漢書·馬援傳》：「交阯女子徵側及女弟徵貳反……拜援伏波將軍……南擊交阯。」又：「（建武）二十四年，武威將軍劉尚擊武陵五溪蠻夷，深入，軍没，援因復請行……三月，進營壺頭。賊乘高守隘，水疾，船不得上。會暑甚，士卒多疫死，援亦中病，遂困。乃穿岸爲室，以避炎氣……病卒。」《大明一統志》卷六四「常德府」：「在桃源縣西二百里，有石窟，相傳馬援所穿。史云援戰壺頭不利，即此地。」又：「馬伏波廟，在桃源縣西五里，漢伏波將軍馬援征五溪蠻有功，後人立廟祀之。」

〔二〕蒙蒙：盛貌。

〔三〕壺頭：山名。《水經注・沅水》：「壺頭山，山高一百里，廣圓三百里。山下水際，有新息侯馬援征武溪蠻停軍處。壺頭徑曲多險，其中紆折千灘。」《太平寰宇記》卷一一八「朗州武陵縣」：「壺頭山，在縣東一百六十里。」

〔四〕麏鼯：獐子及鼯鼠。鮑照《蕪城賦》：「壇羅虺蜮，階鬥麏鼯。」

〔五〕蠻溪：即五溪，見卷一《韓十八侍御見示岳陽樓別賓司直詩（略）》注。

〔六〕閱：彙聚。閱世謂彙衆人而成的人類社會。陸機《嘆逝賦》：「川閱水以成川，水滔滔而日度；世閱人而爲世，人冉冉而行暮。」指：《叢刊》本作「想」。

〔七〕霸王略：成就王業或霸業的謀略。《後漢書・馬援傳》：「援年十二而孤，少有大志……常謂賓客曰：『丈夫爲志，窮當益堅，老當益壯。』」傳又載馬援語云：「方今匈奴、烏桓尚擾北邊，欲自請擊之。男兒要當死於邊野，以馬革裹屍還葬耳，何能卧牀上在兒女子手中邪？」

〔八〕恩澤侯：無功因帝戚而封侯。《漢書》有《功臣表》，又別立《外戚恩澤侯表》，其《敘》云：「漢興，外戚與定天下，侯者二人。故誓曰：『非劉氏不王，若有亡功非上所置而侯者，天下共誅之。』……是後薄昭、竇嬰、上官、衛、霍之侯，以功受爵。其餘后父據《春秋》褒紀之義，帝舅緣《大雅》申伯之意，浸廣博矣。是以别而叙之。」何焯曰：「恩澤侯謂被讒收新息侯印，援子廖不得嗣爵，後别以外戚封順陽侯也。」按：馬援被梁松所讒，卒後，子馬廖不得嗣爵爲侯，至建初四年馬廖因其姊立爲皇后封順陽侯，事見《後漢書》本傳。

〔九〕鄉園：據《後漢書》本傳，馬援扶風平陵人。石柱：橋名。《三輔黄圖》卷六：「《三輔舊事》云：秦造横橋，漢承秦制，廣六丈，三百八十步，置都水令以掌之，號爲石柱橋。」張澍輯《三輔舊事》：「秦造作横橋，漢承之，置令、丞，石柱以南屬京兆，以北屬右扶風。」

〔一〇〕炎洲：《十洲記》：「炎洲在南海中。」此泛指南方州郡。《後漢書·馬援傳》：「二十四年，武威將軍劉尚擊武陵五溪蠻夷，深入，軍没，援因復請行。時年六十二，帝愍其老，未許之。援自請曰：『臣尚能被甲上馬。』帝令試之。援據鞍顧眄，以示可用。帝笑曰：『矍鑠哉是翁也！』」

〔一一〕馬少游：馬援從弟。《後漢書·馬援傳》載援語：「吾從弟少游常哀吾慷慨多大志，曰：『士生一世，但取衣食裁足，乘下澤車，御款段馬，爲郡掾史，守墳墓，鄉里稱善人，斯可矣。致求盈餘，但自苦耳。』當吾在浪泊、西里間，虜未滅之時，下潦上霧，毒氣重蒸，仰視飛鳶跕跕墮水中，卧念少游平生時語，何可得也！」按浪泊、西里在交趾郡（今越南）境。

【集評】

葛立方曰：馬少游常哀兄援多大志……故援在浪泊西里……輒思其言，以謂念少游語，何可得也！泊武陵五溪蠻作亂，劉尚軍没，而援貪進不止，方且據鞍矍鑠，被甲請行，遂底壺頭之困。劉夢得《經伏波神祠》詩，有「一以功名累，翻思馬少游」之句，可謂名言矣。壺頭在武陵，當是夢得爲司馬時所經歷，故篇首言「蒙蒙篁竹下，有路上壺頭」。（《韻語陽秋》卷八）

方回曰：能道馬伏波心事。此公筆端老辣，高處不減少陵。（《瀛奎律髓》卷二八）

馮舒曰：真高古。（《瀛奎律髓彙評》卷二八）

紀昀曰：五、六兩句上下轉關，一句束住本題，一句開出議論。（同前）

贈澧州高大夫司馬霞寓〔一〕

前年收錦城，〔二〕馬踏血泥行。千里追戎首，〔三〕三軍許勇名。殘兵疑鶴唳，〔四〕空壘辨烏聲。〔五〕一誤雲中級，〔六〕南游湘水清。〔七〕

【校注】

〔一〕元和中在朗州作。澧州：州治在今湖南澧縣。《舊唐書·高霞寓傳》載，霞寓范陽人，貞元中徒步造長武城使高崇文，擢授軍職。元和初，詔授兼御史大夫，從崇文將兵擊劉闢，連戰皆捷。蜀平，以功拜彭州刺史。尋繼高崇文爲長武城使，封感義郡王。元和五年，以左威衛將軍隨吐突承璀討王承宗，次年改豐州刺史，六遷至檢校工部尚書。十年，朝廷討吴元濟，以霞寓爲唐鄧隨節度使，爲伏兵所掩，大敗，坐貶歸州刺史，後以恩例徵爲右衛大將軍，累官至邠寧節度使、檢校司徒，卒贈太保。未及其貶澧州司馬一事。同時别有一高霞寓，官僅至檀州刺史、御史中丞，見《唐代墓誌彙編》大和〇六六《高霞寓玄堂誌》，亦非其人。按：詩云「前年收錦城，馬踏血泥行」，與平蜀之高霞寓事跡合，詩爲此人作無疑。但據《舊唐書・憲宗紀下》，高霞寓貶歸州在元和十一年七月，十三年九月即由左衛將軍爲振武節度，時劉禹錫在連州刺史任，二人無由相遇。又《唐語林》卷六：「劉禹錫守連州，替高霞寓，後入爲羽林將軍。」此條《太平廣記》卷二五一引作《嘉話録》，出韋絢所記劉禹錫談話，似不當有誤。然高霞寓傳未及其貶連州事。《舊唐書・憲宗紀下》：「（元和十年十月）以右羽林將軍高霞寓爲唐州刺史，充唐隨鄧節度使。」疑高霞寓元和八九年間曾貶澧州司馬，移連州刺史，至元和十年改授羽林將軍，而史失載。此詩則劉在朗州作，澧、朗鄰州，故有贈詩之舉。

〔二〕錦城：錦官城，指成都府，時爲劍南西川節度使治所。《元和郡縣圖志》卷三一「成都府成都縣」：「錦城，在縣南十里，故錦官城也。」《資治通鑑》卷二三六載，永貞元年八月，西川節度使韋皋卒，支度副使劉闢自爲留後，表求節鉞。十二月，以闢爲西川節度副使，知節度事；闢復求領三川，不得，發兵圍東川節度使李康於梓州。朝廷命左神策行營節度使高崇文帥軍討闢。元和元年八月，擒劉闢，西川平。即「收錦城」事。收，原作「牧」，據明本、《叢刊》本改。

〔三〕戎首：敵帥，指劉闢。《舊唐書・高崇文傳》：「破（劉闢）於萬勝堆，堆在鹿頭之東，使驍將高霞寓親鼓，士攀緣而上，矢石如雨，又命敢死士連登，奪其堆，燒其柵……凡八大戰皆大捷，賊搖心矣……闢大懼，以親兵及逆黨盧文若賫重寶西走吐蕃……崇文遣高霞寓、酈定進倍道追之，至羊灌田及焉。闢自投岷江，擒於涌湍之中。西蜀平，乃檻闢送京師伏法。」

〔四〕鶴唳：鶴鳴。《晉書·謝玄傳》載，玄與苻堅決戰肥水南，玄進，「堅衆奔潰，自相蹈藉投水死者不可勝計，肥水爲之不流。餘衆棄甲宵遁，聞風聲鶴唳，皆以爲王師已至」。

〔五〕烏聲：烏鴉叫聲。《左傳·襄公十八年》載晉侯伐齊事：「丙寅，晦，齊師夜遁。師曠告晉侯曰：『烏烏之聲樂，齊師其遁。』」注：「烏烏得空營，故樂也。」

〔六〕雲中：漢郡名，治所在今内蒙古托克托東北。級：首級。誤雲中級，謂細小過失。《史記·馮唐列傳》載馮唐語：「今臣竊聞魏尚爲雲中守，其軍市租盡以饗士卒，出私養錢，五日一椎牛，饗賓客軍吏舍人，是以匈奴遠避，不近雲中之塞……坐上功首虜差六級，陛下下之吏，削其爵，罰作之。」

〔七〕湘水：在今湖南境。高霞寓貶澧州司馬，其地與湘水相近，故詩云。

宿誠禪師山房題贈二首〔一〕

宴坐白雲端，〔二〕清江直下看。〔三〕來人望金刹，〔四〕講席繞香壇。虎嘯夜林動，鼉鳴秋澗寒。〔五〕衆音徒起滅，〔六〕心在定中觀。〔七〕

【校注】

〔一〕詩元和中在朗州作。誠禪師：據詩中「不出孤峰上」之語，當爲朗州枉山僧，餘未詳。《全唐詩》卷四六二録此詩其三爲白居易詩。按：此詩見於劉集正集卷二二，爲組詩之一；而白居易集正集無之，僅見於汪立名輯《白香山詩集》補遺卷中，且誠禪師山房在朗州枉山，白居易行踪未至朗州，故詩當爲劉作無疑。

〔二〕宴坐：安坐，指坐禪。《維摩詰所説經·弟子品》：「夫宴坐者，不於三界現身意，是爲宴坐。」

〔三〕清江：指沅江。《水經注·沅水》：「沅水又東歷小灣，謂之枉渚。渚東里許，便得枉人山。」

〔四〕金刹：指佛寺。刹，梵語刹多羅的省稱，佛塔頂部裝飾，亦指佛寺。

〔五〕鼉：鰐魚。

〔六〕衆音：指虎嘯、鼉鳴等。徒：《文苑英華》作「從」。起滅：生滅。《維摩詰所説經·弟子品》：「舍利佛言，我昔於林中宴坐樹下。」僧肇注：「夫法身之宴坐，形神俱滅，道絶常境，視聽之所不及。」故不爲「衆音」所擾。

〔七〕定：禪定。定，原作「浄」，《文苑英華》校「集作定」，據改。

二

不出孤峰上，〔一〕人間四十秋。視身如傳舍，〔二〕閲世甚東流。〔三〕法爲因縁立，〔四〕心從次第修。〔五〕中宵問真偈，〔六〕有住是吾憂。〔七〕

【校注】

〔一〕孤峰：即枉山。《嘉靖常德府志》卷二：「善德山，府東南五十里，一名枉山。山有乾明寺、白龍井。寺後崗巒，瞰江壁立，名曰孤峰。」

〔二〕傳舍：館驛客舍。《漢書·蓋寬饒傳》：「平恩侯許伯入第，丞相、御史、將軍、中二千石皆賀……酒酣樂作，長信少府檀長卿起舞，爲沐猴與狗鬥，坐皆大笑。寬饒不説，卬視屋而嘆曰：『美哉！然富貴無常，忽則易人，此如傳舍，所閲多矣，唯謹慎爲得久，君侯可不戒哉！』」師古曰：「言如客舍行客，輒過之，故多所經歷也。」

〔三〕閲世：見前《經伏波神祠》注。甚：《全唐詩》作「似」。

〔四〕因緣：佛教語，指事物變化的原因和條件，法由因緣生。《妙法蓮華經·化城喻品》：「大通智勝如來廣説十二因緣法：無明緣行，行緣識，識緣名色……生緣老死憂悲苦惱；無明滅則行滅，行滅則識滅，識滅則名色滅……生滅則老死憂悲苦惱滅。」《華嚴經·回向品》：「一切世間從緣生，不離因緣見諸法。」

〔五〕次第：漸次，循次序。《華嚴經·入法界品》：「一心寂定，正受初禪。除滅意果，得寂智力，入第二禪。捨離生死，寂滅涅槃，觀衆生性，修第三禪。滅一切衆生諸煩惱苦，修第四禪。」王維《過盧員外宅看飯僧共題》：「身逐因緣法，心過次第禪。」

〔六〕真偈：闡明佛法精義的偈語。

〔七〕有住：有所執着滯礙。《金剛般若經》：「菩薩應離一切相，應生無所住心。若心有住，即爲非住。」

【集評】

方回曰：第四句「甚」字下得妙。（《瀛奎律髓彙評》卷四七）

馮舒曰：末聯緊結。（同前）

紀昀曰：此種究是淺語。不得曰淡，曰高。（同前）

登司馬錯故城〔一〕

秦昭王命錯征五溪蠻，城在武陵沅江南。

將軍將秦師，西南奠遐服。〔二〕故壘清江上，蒼煙晦喬木。登臨值蕭辰，〔三〕周覽壯前躅。〔四〕塹平陳葉滿，墉高秋蔓緑。廢井抽寒菜，〔五〕毀臺生穭穀。〔六〕耕人得古器，〔七〕宿雨多遺鏃。楚塞鬱重疊，〔八〕蠻溪紛詰曲。〔九〕留此數仞基，幾人傷遠目。

【校注】

〔一〕詩元和中在朗州作。司馬錯：秦昭王時將軍，率軍取蜀，又伐黔中五溪蠻，見卷二《武陵書懷五十韻》注。《輿地紀勝》卷六八「常德府」：「司馬錯故城，《元和郡縣志》云在武陵縣西二里。錯與張若伐楚黔中，相對各築一壘，以扼五溪咽喉，後馬援又修之。」今常德市西七十里有古城山，當即其地。

〔二〕奠：平定。遐服：遠方，古代將王畿外圍五百里爲一區劃，分爲侯、甸、綏、要、荒五服，見《書·益稷》。

〔三〕蕭辰：秋日。《文選》殷仲文《南州桓公九井作》：「哲匠感蕭晨。」李善注：「蕭晨，言秋晨也。」

〔四〕前躅：前代遺跡。躅，足跡。

〔五〕菜：《文苑英華》作「萊」。

〔六〕穭穀：自生稻穀。

〔七〕得：原作「傳」，據明本、劉本、《叢刊》本、《文苑英華》、《全唐詩》改。

〔八〕楚塞：楚山。江淹《望荊山》：「奉義至江漢，始知楚塞長。」

〔九〕巒溪：指沅江及其上游支流五溪，見卷一《韓十八侍御見示岳陽樓别竇司直詩（略）》注。詰曲：屈折彎曲。

謁枉山會禪師〔一〕

我本山東人，〔二〕平生多感慨。弱冠游咸京，〔三〕上書金馬外。〔四〕結交當世賢，馳聲溢四塞。勉修貴及早，〔五〕狃捷不知退。〔六〕錙銖揚芬馨，〔七〕尋尺招瑕纇。〔八〕淹留郢南鄙，〔九〕

摧頹羽翰碎。安能咎往事，且欲去沉痾。〔一〇〕吾師得真如，〔一一〕自在人寰内。〔一二〕哀我墮名網，有如翾飛輩。〔一三〕曈曈揭智炬，〔一四〕照使出昏昧。靜見玄關啟，歆然初心會。〔一五〕夙尚一何微，今得信可大。〔一六〕覺路明證入，〔一七〕便門通懺悔。〔一八〕悟理言自忘，〔一九〕處屯道猶泰。〔二〇〕色身豈吾寶，〔二一〕慧性非形礙。思此靈山期，〔二二〕未來何年載？〔二三〕

【校注】

〔一〕詩元和中在朗州作。枉山：一名枉人山，即今湖南省常德市東德山。《太平寰宇記》卷一一八「朗州武陵縣」：「枉山，在郡東十七里，有枉水出焉。」會禪師：未詳。

〔二〕山東：謂華山之東。《潛丘雜記》卷二：「（戰國時）自秦之外，皆謂之山東。《太史公自序》：『蕭何鎮撫山西。』張守節注謂『華山以西也』。」禹錫「家本滎上，籍占洛陽」（《汝州上後謝宰相狀》），故自稱山東人。

〔三〕弱冠：《禮記·曲禮上》：「二十曰弱，冠。」疏：「二十成人，初加冠，體猶未壯，故曰弱也。」咸京：秦都咸陽，此指長安。

〔四〕金馬：金馬門，見卷一《韓十八侍御見示岳陽樓別竇司直詩（略）》注。

〔五〕勉修：努力加强道德修養。《書·太甲》：「王懋乃德，視乃厥祖。」傳：「言當勉修其德，法視其祖而行之。」

〔六〕狃捷：習以爲便。退：謙退。

〔七〕錙銖：古代兩個很小的重量單位。八銖爲錙，二十四銖爲兩。芬馨：芳香，指美好聲名。

〔八〕尋尺：古代兩個較大的長度單位。八尺爲尋。瑕纇：玉和珠的缺陷，喻過失與禍患。

〔九〕郢：指江陵。南鄙：南部邊境。朗州爲荆南節度使轄州，荆南節度使治所在江陵。

〔一〇〕沉痗：沉疴，嚴重的疾病。

〔一一〕真如：佛教語，謂宇宙萬物的真實本體。《成唯識論》卷九：「真謂真實，顯非虚妄；如謂如常，表無變易。謂此真實，於一切位，常如其性，故曰真如。」

〔一二〕自在：《涅槃經·光明遍照高貴德王菩薩品》：「一切凡夫所有身心不得自在，或心隨身，或身隨心。菩薩不爾，於身心中俱得自在。」

〔一三〕翾飛輩：指鳥類。

〔一四〕曈曈：日初出漸明貌。揭：高舉。智炬：智慧的火炬。梁簡文帝《菩提樹頌序》：「智燈智炬之光，同虚空於莫限。」

〔一五〕玄關：喻指入道之門。《文選》王簡栖《頭陀寺碑》：「玄關幽揵，感而遂通。」李善注：「玄關幽揵，喻法藏也。」歆然：悦服貌。初心：本心。

〔一六〕夙尚：平素的志向。可大：可發揚光大。

〔一七〕覺路：覺悟之路。錢起《歸義寺題震上人壁》：「白水入禪境，碭山通覺路。」

〔一八〕便門：方便之門。《妙法蓮華經·法師品》：「此經開方便門，示真實相。」懺悔：悔過求忍恕。

《法苑珠林》卷一〇二：「今既覺悟，盡誠懺悔。」

〔一九〕言自忘：不假語言文字。參見卷一《發華州留别張侍御賈》注。

〔二〇〕屯、泰：均《周易》卦名。《易·屯》疏：「屯，難也。」又《泰》疏：「天地氣交而生養萬物，物得大通，故云泰也。」

〔二一〕色身：即身體，佛教稱有形可感知的物質世界爲「色」，包括人的身體在内。契嵩本《六祖壇經·機緣品第七》：「一切衆生，皆有二身，謂色身、法身也。色身無常，有生有滅。……色身滅時，四大分散，全然是苦。」

〔二二〕靈山：靈鷲山，佛説法處，見卷二《送僧元暠南游》注。

〔二三〕來：劉本作「卜」。

善卷壇下作〔一〕 在枉山上。

先生見堯心，〔二〕相與去九有。〔三〕斯民既已治，我得安林藪。道爲自然貴，名是無窮壽。
瑶壇在此山，識者常回首。

【校注】

〔一〕詩元和中在朗州作。善卷：傳説中堯時隱士。《高士傳》卷上：「善卷者，古之賢人也。堯聞得道，乃北面師之。及堯受終之後，舜又以天下讓卷。卷曰：『……予立於宇宙之中，冬衣皮毛，夏衣絺葛。春耕種，形足以勞動；秋收斂，身足以休食。日出而作，日入而息，逍遥於天地之間而心意自得，吾何以天下爲哉！悲夫，子之不知余也！』遂不受，去，入深山，莫知其處。」《方輿勝覽》卷三〇「常德府」：「武陵縣東十五里枉山之上有善卷壇。」宋李燾《善卷壇記》：「（武陵）在隋則刺史樊子蓋慕卷之德，改此山爲善德山，名壇宇曰善德觀……今壇宇雖不存，而碑碣尚無恙。」

〔二〕堯心：《文選》范曄《樂游應詔詩》：「山梁協孔性，黄屋非堯心。」李善注：「《漢書》曰：『紀信乃乘王車，黄屋左纛。』李斐曰：『天子車以黄繒爲裹。』堯以位禪務光、許由，故非堯心所悦。」

〔三〕九有：九州。《詩·商頌·玄鳥》：「奄有九有。」

游桃源一百韻〔一〕

沅江清悠悠，連山鬱岑寂。回流抱絶巘，皎鏡含虚碧。〔二〕昏旦遞明媚，〔三〕煙嵐紛委積。香蔓垂緑潭，〔四〕暴龍照孤磧。〔五〕山下潭名緑蘿，磧名暴龍。淵明著前志，〔六〕子驥思遠蹠。〔七〕子驥事見陶先生本記。寂寂無何鄉，〔八〕密爾天地隔。〔九〕金行太元歲，〔一〇〕漁者偶探賾。〔一一〕尋花得幽蹤，窺洞穿闇隙。依微聞鷄犬，豁達值阡陌。〔一二〕居人互將迎，笑語如平昔。〔一三〕廣樂雖交奏，〔一四〕海禽心不懌。〔一五〕揮手一來歸，故溪無處覓。〔一六〕綿綿五百載，〔一七〕市朝幾遷革。〔一八〕有路在壺中，〔一九〕無人知地脈。〔二〇〕皇家感至道，聖祚自天錫。〔二一〕金闕傳本枝，〔二二〕玉函留寶曆。〔二三〕禁山開秘宇，復户潔靈宅。〔二四〕詔隸二十户免徭以奉灑掃。藥檢香氛氳，〔二五〕醮壇煙冪冪。〔二六〕我來塵外躅，〔二七〕瑩若朝酲析。〔二八〕崖轉對翠屏，〔二九〕水窮留畫鷁。〔三〇〕三休俯喬木，〔三一〕千級攀峭壁。旭日聞撞鐘，綵雲迎躡屐。遂登最高頂，縱目還楚澤。〔三二〕平湖見草青，遠岸連霞赤。幽尋如夢想，綿思屬空闃。〔三三〕夤緣且忘疲，〔三四〕耽玩近成癖。〔三五〕清猿伺曉發，瑶草陵寒坼。〔三六〕祥禽舞葱蘢，〔三七〕珠樹摇的皪。〔三八〕羽人顧我笑，〔三九〕勸我税歸軛。〔四〇〕霓衣何飄颻，〔四一〕童顔潔白皙。〔四二〕重巖是藩屏，馴鹿受羈靮。〔四三〕樓居邇清霄，〔四四〕蘿蔦成翠帟。〔四五〕仙翁遺竹杖，〔四六〕王母留桃核。〔四七〕姹女飛丹沙，〔四八〕青童護金液。〔四九〕寶氣浮鼎耳，〔五〇〕神光生劍脊。虚無天樂來，〔五一〕僁窣鬼兵役。〔五二〕丹丘肅朝禮，〔五三〕玉札工紬繹。〔五四〕枕中淮南方，〔五五〕牀下阜鄉舄。〔五六〕明鐙坐遥夜，幽籟聽淅瀝。〔五七〕因話近世仙，〔五八〕聳然心神惕。乃言瞿氏子，〔五九〕骨狀非凡格。往事黄先生，〔六〇〕群兒多侮劇。〔六一〕瞥然不屑意，〔六二〕元氣貯肝鬲。〔六三〕往往游不歸，洞中觀博弈。〔六四〕言高未易信，猶復加訶責。一旦前致辭，自云仙期迫。言師有道骨，前事嘗被謫。如今三山上，〔六五〕名字在真籍。〔六六〕悠然謝主人，後歲當來覿。〔六七〕言畢依庭樹，〔六八〕如煙去無跡。觀者皆失次，〔六九〕驚追紛絡繹。日暮山逕窮，松風自蕭槭。〔七〇〕適逢修蛇見，瞋目光激射。如嚴三清居，〔七一〕不使恣搜索。唯餘步綱勢，〔七二〕八趾在沙礫。〔七三〕至今東北隅，表以壇上石。列仙徒有名，〔七四〕世人非目擊。如何庭廡際，白日振飛翮？洞天豈幽遠，〔七五〕得道如咫尺。〔七六〕一氣無死生，〔七七〕三光自遷易。〔七八〕因思人間世，前路何湫窄。〔七九〕瞥然此生中，〔八〇〕善祝期滿百。〔八一〕大方播群類，〔八二〕秀氣肖翕闢。〔八三〕性静本同和，〔八四〕物牽成阻阨。〔八五〕是非鬥方寸，〔八六〕葷血昏精魄。〔八七〕遂令多夭傷，〔八八〕猶喜見斑白。〔八九〕喧喧車馬馳，苒苒桑榆夕。〔九〇〕共安緹繡榮，〔九一〕不悟泥塗適。〔九二〕紛吾本孤賤，〔九三〕世業在逢掖。〔九四〕九流宗指歸，〔九五〕百氏旁攟摭。〔九六〕公卿偶慰薦，〔九七〕鄉曲謬推擇。〔九八〕居安白社貧，〔九九〕志傲玄纁辟。〔一〇〇〕功名希自取，簪組俟揚歷。〔一〇一〕書府早懷鉛，〔一〇二〕射宫曾發的。〔一〇三〕起草香生帳，〔一〇四〕坐曹烏集柏。〔一〇五〕賜宴聆簫韶，〔一〇六〕侍祠閱琮璧。〔一〇七〕嘗聞履忠信，可以行蠻貊。〔一〇八〕自迷希古心，〔一〇九〕妄恃干時畫。〔一一〇〕巧言忽成錦，〔一一一〕苦志徒食蘗。〔一一二〕平地生峰巒，深心有矛戟。〔一一三〕曾波一震盪，〔一一四〕弱植果淪溺。〔一一五〕北渚弔靈均，〔一一六〕長岑思亭伯。〔一一七〕禍來昧幾兆，〔一一八〕事去空嘆惜。塵累與時深，〔一一九〕流年隨漏滴。〔一二〇〕才能疑木雁，〔一二一〕報施迷夷跖。〔一二二〕楚奏繫鍾儀，〔一二三〕商歌勞甯戚。〔一二四〕稟生非懸解，〔一二五〕對境方感激。自從嬰網羅，〔一二六〕每事問龜策。〔一二七〕王正降雷雨，〔一二八〕環玦賜遷斥。〔一二九〕儻復夷平人，〔一三〇〕誓將依羽客。〔一三一〕買山構精舍，〔一三二〕領徒開講席。冀無身外憂，自有閑中益。道牙期日就，〔一三三〕塵慮乃冰釋。且欲遺姓名，〔一三四〕安能慕竹帛？〔一三五〕長生尚學致，〔一三六〕一溉豈虚擲？〔一三七〕芝朮資糇糧，〔一三八〕煙霞拂巾幘。〔一三九〕黄石履看墮，〔一四〇〕洪崖肩可拍。〔一四一〕聊復嗟蜉蝣，〔一四二〕何煩哀虺蜴？〔一四三〕青囊既深味，〔一四四〕瓊葩亦屢摘。〔一四五〕縱無西山姿，〔一四六〕猶免長戚戚。〔一四七〕

【校注】

〔一〕詩元和中在朗州作。桃源：在朗州，見卷一《桃源行》注。

〔二〕皎鏡：指明月池、白壁灣。《水經注·沅水》：「沅水又東歷臨沅縣西，爲明月池、白壁灣，灣狀半月，清潭鏡澈，上則風籟空傳，下則泉響不斷。」

〔三〕昏旦：早晚。謝靈運《石壁精舍還湖中作》：「昏旦變氣候，山水含清暉。」

〔四〕緑潭：緑蘿潭。《水經注·沅水》：「又東帶緑蘿山，緑蘿蒙冪，頹巖臨水，實釣渚漁詠之勝地。」

〔五〕暴：《叢刊》本作「曝」。磧：流水中石。

〔六〕淵明：晉陶潛字。前志：指陶潛《桃花源記》，見卷一《桃源行》注。

〔七〕子驥：劉驎之字，《晉書》有傳。遠蹠：遠行，謂其欲尋訪桃花源。陶潛《桃花源記》：「南陽劉子驥，高尚士也，聞之，欣然規往。未果，尋病終。」

〔八〕無何鄉：無何有之鄉，此指桃花源。《莊子·逍遥游》：「今子有大樹，患其無用，何不樹之於無何有之鄉，廣莫之野？」陸德明音義：「謂寂絶無爲之地。」

〔九〕密爾：鄰近。爾，通邇。

〔一〇〕金行：指晉代。古人以陰陽五行生尅附會王朝的盛衰，晉以金德王。《文選》陸機《宣猷堂詩》李善注引程猗《説石圖》：「金者，晉之行也。」《晉書·輿服志》：「晉氏金行，而服色尚赤。」太元：晉孝武帝司馬曜的年號，公元三七六—三九六。陶潛《桃花源記》謂至桃源的漁人爲「晉太元中武陵人」。

〔一一〕賾：深遠。《易·繫辭上》：「探賾索隱。」

〔一二〕依微：仿佛。豁達：豁然開朗。《桃花源記》謂桃花源中有「良田美池桑竹之屬，阡陌交通，鷄犬相聞」。

〔一三〕將迎：送迎。平昔：指世間通常所見。《桃花源記》謂桃源中「往來種作，男女衣著，悉如外人。黄髮垂髫，並怡然自樂」。

〔一四〕廣樂：天帝之樂。《史記·趙世家》：「簡子寤，語大夫曰：『我之帝所甚樂，與百神游於鈞天，廣樂九奏萬舞。』」

〔一五〕海禽：海鳥，喻指誤入桃源的漁人。不懌：不悦。《莊子·至樂》：「昔者海鳥止於魯郊，魯侯御而觴之於廟，奏《九韶》以爲樂，具太牢以爲膳。鳥乃眩視憂悲，不敢食一臠，不敢飲一杯，三日而死。」

〔一六〕故溪：謂夾岸桃花之小溪。《桃花源記》載，漁人離桃花源後，「處處識之」，後欲復尋其地，遂不可得。

〔一七〕綿綿：連接不斷。五百載：自秦末至晉太元已五百餘年，自太元至唐元和中又四百餘年。陶潛《桃花源詩》：「奇蹤隱五百，一朝敞神界。」

〔一八〕市朝：指惡濁人世。《戰國策·秦策一》：「臣聞争名者於朝，争利者於市。」遷革：遷徙變易。謝朓《和伏武昌登孫權故城》：「參差世祀忽，寂寞市朝變。」

〔一九〕壺中：謂仙境。《後漢書·費長房傳》：「費長房者，汝南人也，曾爲市掾。市中有老翁賣藥，懸一壺於肆頭，及市罷，輒跳入壺中。市人莫之見，惟長房於樓上覩之，異焉，因往再拜奉酒脯。翁知長房之意其神也，謂之曰：『子明日可更來。』長房旦日復詣翁，翁乃與俱入壺中，唯見玉堂嚴麗，旨酒甘肴，盈衍其中，共飲畢而出。」

〔二〇〕地脈：大地脈理，此指入桃源之路。《北堂書鈔》卷一五八引周處《風土記》：「太湖中有包山，山下有洞穴，潛行地中，無所不通，謂之洞庭地脈者。」

〔二一〕聖祚：皇位。錫：賜。李唐王朝尊崇道教，以老子李耳爲始祖。《唐會要》卷五〇：「武德三年五月，晉州人吉善行於羊角山，見一老叟，乘白馬朱鬣，儀容甚偉，曰：『爲吾語唐天子：吾汝祖也，今年平賊後，子孫享國千歲。』高祖異之，乃立廟於其地。乾封元年……尊老君爲太上玄元皇帝。」

〔二二〕金闕：指皇宫。本枝：喻子孫。《詩·大雅·文王》：「文王孫子，本支百世。」傳：「本，本宗也。支，支子也。」

〔二三〕玉函：玉匣。道書中言仙經藏於玉匣中。《抱朴子·地真》：「九轉丹、金液經、守一訣，皆在崑崙五城之内，藏以玉函。」寶曆：皇室的運祚。

〔二四〕禁山：禁止於山中捕獵樵採。復：復除，即免除徭役。秘宇、靈宅：均指桃源觀。《湖南通志》卷二四〇「桃源縣」：「桃川宫在縣西南桃源山上，舊名桃花觀，亦名桃源觀，晉建。」《全唐文》卷七六一狄中立《桃源觀山界記》：「桃源觀在州西……准天寶七年五月十三日制，取近山三十户，蠲免租賦，永充灑掃，守備山林。」《舊唐書·代宗紀》：大曆十二年十二月「己亥，天下仙洞靈跡禁樵捕」。

〔二五〕藥檢：封存的丹藥。藥，劉本作「蕊」。氛氲：盛貌。

〔二六〕醮壇：道士祭神祈禳的壇場。冪冪：煙霧籠罩貌。以上記桃源的位置、環境及傳説等。

〔二七〕塵外：世外，指桃源。《晉書·謝安傳論》：「文靖始居塵外，高謝人間。」躅：躑躅，徘徊。

〔二八〕朝酲：飲酒而造成早起時的疲乏頭痛等。宋玉《風賦》：「清清泠泠，愈病析酲。」

〔二九〕翠屏：蒼翠直立若屏風的山。孫綽《游天台山賦》：「搏壁立之翠屏。」

〔三〇〕畫鷁：畫有鷁鳥的船。《淮南子·本經》：「龍舟鷁首。」高誘注：「鷁，大鳥，畫其像著船頭，故曰鷁首。」

〔三一〕三休：多次休息。《繹史》卷七六：「翟王使使至楚，楚王誇使者以章華之臺。臺甚高，三休乃至。」

〔三二〕還：環視，《叢刊》本作「環」。楚澤：楚國有雲夢等七澤，參見卷一《韓十八侍御見示岳陽樓別竇司直詩（略）》注。

〔三三〕空闃：虚無寂静。闃，原作「闐」，據《全唐詩》改。

〔三四〕夤緣：曲折行走。韓愈《古意》：「青壁無路難夤緣。」夤，原作「寅」，據明本、《叢刊》本改。

〔三五〕耽玩：深切愛好賞玩。《晉書·皇甫謐傳》：「耽玩典籍，忘寢與食，時人謂之『書淫』。」

〔三六〕瑶草：仙草，此泛指珍異之草。陵寒：冒寒。坼：裂開，發芽。

〔三七〕祥禽：指鶴等。葱蘢：青葱茂盛，此指樹木。

〔三八〕珠樹：傳説中的一種樹。《山海經·海外南經》：「三珠樹……生赤水上，其爲樹如柏，葉皆爲珠。」的皪：即的歷、的皪，光彩閃耀貌。

〔三九〕羽人：仙人，此指道士。《楚辭·遠游》：「仍羽人於丹丘兮。」王逸注：「人得道，身生羽毛也。」

〔四〇〕税：通脱，解。歸軛：歸去的車駕。軛，車轅前端加於馬頸的横木。謝朓《京路夜發》：「行矣倦路長，無由税歸鞅。」

〔四一〕霓衣：仙人以雲霓爲衣。《楚辭·九歌·雲中君》：「青雲衣兮白霓裳。」

〔四二〕白皙：膚色潔白。樂府《陌上桑》：「爲人潔白皙。」

〔四三〕羈靮：馬絡頭及繮繩。

〔四四〕邇：近。清霄：天空。

〔四五〕蘿蔦：女蘿及蔦，兩種攀援植物。帟：帳幕。

〔四六〕仙翁：指壺公。費長房欲從壺公求道，而顧家人爲憂。翁乃斷一青竹，使懸之舍後。家人見之，即長房形也，以爲縊死，大小驚號，遂殯葬之。後長房從壺公入深山學道，辭歸，翁與一竹杖，曰：「騎此任所之，則自至矣。既至，可以杖投葛陂中。」長房乘杖，須臾來歸，以杖投陂中，顧視則龍也。事見《後漢書·費長房傳》。

〔四七〕王母：神話中西王母。《太平御覽》卷九六七引《漢武故事》：「西王母乃出桃七枚，母自啗二，以五枚與帝。帝留核著前。王母問曰：『用此何爲？』上曰：『此桃美，欲種之。』母嘆曰：『此桃三千年一著子，非下土所植也。』」

〔四八〕姹女：汞。丹沙：朱砂，與汞都是方士煉丹的原料。《周易參同契》卷中：「河上姹女，靈而最神，得火則飛，不染垢塵。」彭曉注：「河上姹女者，真汞也。」

〔四九〕青童：仙人。李白《游泰山》：「偶然值青童，緑髮雙雲鬟。」金液：仙丹。《抱朴子·金丹》：「余考覽養性之書，鳩集久視之方……莫不皆以還丹、金液爲大要者焉。然則此二事者蓋仙道之極也。」

〔五〇〕鼎：煉丹器。《周易參同契》有《鼎器歌》。

〔五一〕虚無：空中。

〔五二〕傒窣：亦作窸窣，象衣服等輕微摩擦聲。李賀《神絃》：「海神山鬼來座中，紙錢窸窣鳴飆風。」役：驅使。

〔五三〕丹丘：仙人所居，此指桃源觀。《楚辭·遠游》：「仍羽人於丹丘兮，留不死之舊鄉。」王逸注：「因就衆仙於明光也。丹丘，晝夜常明也。」

〔五四〕玉札：道書之類。顔真卿《晉紫虚元君領上真司命南岳夫人魏夫人仙壇碑銘》：「太微天帝……授夫人玉札金文，位爲紫虚元君。」紬繹：闡述。《抱朴子·尚博》：「其所祖宗也高，其所紬繹也妙。」

〔五五〕淮南：西漢諸侯國名。淮南王劉安好神僊黄白之術。《漢書·劉向傳》：「本名更生……上復興神僊方術之事，而淮南有枕中《鴻寶》、《苑秘書》，書言神僊使鬼物爲金之術，及鄒衍重道延命方，世人莫見，而更生父德武帝時治淮南獄得其書。」師古曰：「臧在枕中，言常存録之不漏泄也。」

〔五六〕阜鄉：地名。《列仙傳》卷上：「安期先生者，琅琊阜鄉人也，賣藥於東海邊，時人皆言千歲翁。秦始皇東游，請見，與語三日三夜，賜金璧，度數千萬。出於阜鄉亭，皆置去。留書以赤玉舄一雙爲報，曰：『後數年，求我於蓬萊山。』」木華《海賦》：「履阜鄉之留舄。」

〔五七〕鐙：通燈。幽籟：幽清的聲響。淅瀝：雨聲。以上記述己游桃源觀的經歷聞見。

〔五八〕近世仙：指下所云瞿柏庭等。

〔五九〕瞿氏子：瞿柏庭。《全唐文》卷六八九符載《黄仙師瞿童記》：「朗州桃源桃花觀，南岳黄洞元居焉。有弟子姓瞿字柏庭，年十四，太和未散，嗜慾不入，傲然懷厭世之志。大曆四年庚寅歲，自辰溪來，稽首宇下，願蔭道域，廁役隸之末。仙師以慈物軫慮，遂許之……八年癸丑夏五月甲辰晦，正衣服拜訣於户外，自言靈期逼近，難可留止，請自是往，至日月合於鶉首，復近於兹地焉……庭際有大栗樹，遠人不過數仞，遂背行冉冉，從樹旁滅没化去。有聲隆然，如風飄雷震。衆……怪愕失次，馳告鄰落，共四圍而索之。千崖沈沈，漠然無聲。洞西行一二里，有巨蛇威猛甚盛，自道中拖腹橫據，勢不得近。次至於東隅，見右足八指羅印於地上，折弱篠八枝，縱横插植，若誌冥驗之數，餘不復覩。」

〔六〇〕黄先生：黄洞元，南岳人，桃源觀道士，後居廬山，後又移居茅山，爲茅山道第十五代宗師。《茅山志》卷一一有傳。亦見符載《黄仙師瞿童記》。

〔六一〕侮劇：欺侮戲弄。

〔六二〕謷：通傲。

〔六三〕元氣：道家語，謂人精神、生命力的本原。肝鬲：胸中。

〔六四〕觀博弈：謂遇仙人下棋。符載《黄仙師瞿童記》載，瞿柏庭「往往獨行，入溪洞中，根究深處，信宿方返。仙師讓之，輒云偶造佳地，遭遇神聖」，又「割芝圃間，獲珉石，圓大如五銖錢，朗瑩可愛，跪而授師，曰：『此秦客所棄棋子也。』」

〔六五〕三山：相傳東海中有蓬萊、方丈、瀛洲三神山。

〔六六〕真籍：仙籍。

〔六七〕覿：見。《茅山志》卷一一《黄洞元傳》：「大曆八年癸丑夏五月，童子辭師曰：『後當於句曲相見。』明年，師徒居廬山紫霄峰，凡十載，復來山，住下泊宫……又八載，瞿童子者至，師適曳杖有出，柏庭亦不留。及歸，聞姓名，大駭，遂易服焚香，望空拜伏久之，凝立而化。」

〔六八〕庭樹：《古今圖書集成·職方典》卷一二五六「常德府」：「（桃源）山下有桃川宫，宫旁有空心杉樹，根大數十圍，可坐數十人，相傳瞿童飛昇於此。」

〔六九〕失次：失次第，改變常態。

〔七〇〕蕭槭：蕭條落葉。

〔七一〕三清：神仙所居。《雲笈七籤》卷三：「四種民天上有三清境……玉清、上清、太清是也。……太清境有九仙，上清境有九真，玉清境有九聖。」

〔七二〕步綱：即步罡。罡，北斗斗柄，道士作法有足踏魁罡之説，即踩七星步。陸龜蒙《毛公壇》：「遠懷步罡夕，列宿森然明。」

〔七三〕八趾：八個腳印。狄中立《桃源觀山界記》：「八跡壇在祠堂北一百八步。瞿童上昇處，足印八跡。後人思之，立壇於其所，因以爲名。」

〔七四〕列仙：舊題劉向撰《列仙傳》，記傳説中仙人七十一人。

〔七五〕洞天：神仙所居。《名山洞天福地記》：「右十洞天，大小悉皆通，光明景曜，妙異不可備陳。」

〔七六〕咫尺：指極近之地。八寸爲咫。

〔七七〕一氣：謂元氣。《莊子·知北游》：「人之生，氣之聚也，聚則爲生，散則爲死……故曰：通天下一氣耳。」

〔七八〕三光：日、月、星辰。遷易：遷移運行。

〔七九〕湫窄：猶湫隘，卑濕狹窄。《左傳·昭公三年》：「子之宅近市，湫隘囂塵，不可以居。」

〔八〇〕瞥然：迅疾貌。

〔八一〕滿百：活到百歲。《古詩十九首》：「生年不滿百，常懷千歲憂。」《莊子·盜跖》：「人上壽百歲。」

〔八二〕大方：大地，古人認爲天圓而地方。播：種育。群類：萬物。

〔八三〕秀氣：靈秀之氣，謂人類。《禮記·禮運》：「人者，其天地之德，陰陽之交，鬼神之會，五行之秀氣也。」肖：像，法。翕闢：閉合與張開，指大地。《易·繫辭上》：「夫坤，其静也翕，其動也闢，是以廣生焉。」又《説卦》：「坤爲地。」

〔八四〕性静：《禮記·樂記》：「人生而静，天之性也。」又：「大樂與天地同和。」

〔八五〕物牽：爲外物所拘牽。阻阨：險阻困阨。

〔八六〕方寸：交戰於心中。《三國志·蜀書·諸葛亮傳》：「（徐）庶辭先主而指其心曰：『本欲與將軍共圖王霸之業者，以此方寸之地也。今已失老母，方寸亂矣。』」

〔八七〕葷血：葷腥食物。精魄：精氣魂魄，指神智。

〔八八〕夭傷：未成年死亡。傷，通殤。

〔八九〕斑白：年老髮白。

〔九〇〕桑榆夕：喻人暮年。《初學記》卷一引《淮南子》：「日西垂景在樹端，謂之桑榆。」

〔九一〕緹繡：橘紅色繡品，富貴者所衣。《後漢書·宦者傳序》：「狗馬飾雕文，土木被緹繡。」

〔九二〕泥塗：污泥。《左傳·襄公三十年》：「使吾子辱在泥塗久矣。」以上記道士所述瞿柏庭事及自己聽後的感想。

〔九三〕紛：多貌。此但用以足句。《楚辭·離騷》：「紛吾既有此内美兮，又重之以修能。」孤賤：出身寒微。

〔九四〕逢掖：衣袖寬大的衣服，古代儒者之衣，代指儒學。《禮記·儒行》：「魯哀公問於孔子曰：『夫子之服，其儒服歟？』孔子對曰：『丘少居魯，衣逢掖之衣。』」劉禹錫《子劉子自傳》：「世爲儒而仕。」

〔九五〕九流：戰國時九種學術流派，見《漢書·藝文志》。此泛指各種學術流派。宗：宗仰。指歸：旨趣，意向。

〔九六〕百氏：諸子百家。攟摭：採擇，拾取。《南史·袁粲傳》：「九流百氏之言，雕龍談天之藝，皆泛識其大歸。」

〔九七〕公卿：指權德輿等，參見卷二《武陵書懷五十韻》注。慰薦：撫慰推薦。

〔九八〕鄉曲：鄉里。唐代進士科舉子由州縣選拔推送，稱爲鄉貢進士。

〔九九〕白社：在晉洛陽。《晉書·董京傳》：「初與隴西計吏俱至洛陽……宿白社中。時乞於市，得殘碎繒絮，結以自覆。」

〔一〇〇〕玄纁：黑色與黄赤色，古代帝王以此二色幣帛作爲徵聘禮物。《後漢書·嚴光傳》：「少有高名，與光武同游學。及光武及位，乃變名姓，隱身不見……後齊國上言，有一男子，披羊裘釣澤中。帝疑其光，乃備安車玄纁，遣使聘之。」

〔一〇一〕簪組：簪纓與組綬，代指官爵。揚歷：仕宦所經歷。

〔一〇二〕懷鉛：懷揣石墨筆等書寫工具。《西京雜記》卷三：「揚子雲好事，常懷鉛提槧，從諸計吏，訪殊方絶域四方之語。」此指己曾爲太子校書事，見卷一《答張侍御賈喜再登科（略）》注。

〔一〇三〕射宫：天子行射禮及考試貢士之所，此指主持考試的禮部。《禮記·射義》：「古者天子之制，諸侯歲獻，貢士於天子，天子試之於射宫。」發的：發矢中的，喻科舉及第。

〔一〇四〕起草：撰寫文稿。此指佐杜佑幕掌文書章奏事，參見卷一《揚州春夜（略）》注。

〔一〇五〕曹：官署。烏集柏：爲御史臺故事，指己爲監察御史，參見卷一《和武中丞秋日寄懷簡諸僚故》注。

〔一〇六〕簫韶：相傳爲舜樂名，此指宫廷音樂。《書·益稷》：「簫韶九成，鳳凰來儀。」傳：「韶，舜樂名。」

〔一〇七〕祠：祭祀。閱琮璧：察看祭品。琮，八方形玉器；璧，扁圓形玉器。《周禮·春官·大宗伯》：「以蒼璧禮天，以黄琮禮地。」貞元末，劉禹錫爲監察御史兼監祭使，見卷一《監祠夕月壇書事》注。

〔一〇八〕履：實行。蠻貊：古代分别指居於南方和東北方的部族，此泛指少數民族聚居的邊遠之地。《論語·衛靈公》：「子張問行。子曰：『言忠信，行篤敬，雖蠻貊之邦，行矣。』」班彪《北征賦》：「君子履信，無不居兮。雖之蠻貊，何憂懼兮。」

〔一〇九〕迷：劉本、《全唐詩》作「述」。希古：追慕古道。嵇康《憂憤詩》：「抗心希古，任其所尚。」

〔一一〇〕干：干預。時畫：當朝大計，指參與永貞革新事。

〔一一一〕巧言：讒言。《詩·小雅·巧言》：「巧言如簧，顔之厚矣。」成錦：以織錦喻羅織罪名，參見卷一《萋兮吟》注。

〔一一二〕蘖：黄蘖，落葉喬木，樹皮可入藥，味苦。樂府《子夜四時歌》：「黄蘖向春生，苦心隨日長。」

〔一一三〕矛戟：武器，可以傷人。《荀子·榮辱》：「傷人之言，深於矛戟。」

〔一一四〕曾波：大波浪。曾，通層，《叢刊》本作「層」。

〔二五〕弱植：軟弱難以樹立。《左傳·襄公三十年》：「其君弱植。」疏：「植爲樹立。君志弱，不樹立也。」此指己出身孤賤，没有黨援。果：《全唐詩》作「忽」。淪溺：沉没。

〔二六〕靈均：屈原字。屈原《離騷》：「名余曰正則兮，字余曰靈均。」其放逐沅湘間所作《九歌·湘君》：「夕弭節兮北渚。」又《湘夫人》：「帝子降兮北渚。」《漢書·賈誼傳》：「以誼爲長沙王太傅。誼既以適（謫）去，意不自得，及度湘水，爲賦以弔屈原。」

〔二七〕長岑：漢縣名。亭伯：東漢崔駰字。《後漢書》本傳：「（竇）憲爲車騎將軍，辟駰爲掾……憲擅權驕恣，駰數諫之。及出擊匈奴，道路愈多不法。駰爲主簿，前後奏記數十，指切長短，憲不能容……出爲長岑長。」李賢注：「長岑，縣，屬樂浪郡，其地在遼東。」

〔二八〕幾兆：細微的預兆。《易·繫辭下》：「幾者動之微。」

〔二九〕塵累：佛教語，指世俗煩惱、惡業等種種束縛。

〔三〇〕漏：漏刻，計時器，見卷一《闕下口號呈柳儀曹》注。

〔三一〕木雁：《莊子·山木》：「莊子行於山中，見大木枝葉盛茂，伐木者止其旁而不取也。問其故，曰：『無所可用。』莊子曰：『此木以不材得終其天年。』夫子出於山，舍於故人之家，故人喜，命豎子殺雁烹之。豎子請曰：『其一能鳴，其一不能鳴，請奚殺？』主人曰：『殺不能鳴者。』明日，弟子問於莊子曰：『昨日山中之木，以不材得終其天年；今主人之雁，以不材死。先生將何處？』莊子笑曰：『周將處乎材與不材之間。』」

〔二二〕夷跖：古之廉士伯夷與大盜跖。《史記・伯夷列傳》：「伯夷、叔齊，孤竹君之二子也。父欲立叔齊。及父卒，叔齊讓伯夷。伯夷曰：『父命也。』遂逃去。叔齊亦不肯立而逃之。」後義不食周粟，餓死於首陽山。司馬遷曰：「或曰：天道無親，常與善人。若伯夷、叔齊可謂善人者非耶？積仁絜行如此而餓死！……天之報施善人，其何如哉？盜跖日殺不辜，肝人之肉，暴戾恣睢，聚黨數千人横行天下，竟以壽終。是遵何德哉？」正義：「跖者，黄帝時大盜之名。以柳下惠弟爲天下大盜，故世放古，號之盜跖。」

〔二三〕鍾儀：春秋楚人，被晉人所俘，操琴作南音，見卷二《武陵書懷五十韻》注。

〔二四〕甯戚：春秋時人。《史記・鄒陽列傳》集解引應劭曰：「齊桓公夜出迎客，而甯戚疾擊其牛角商歌曰：『南山矸，白石爛，生不遭堯與舜禪。短布單衣適至骭，從昏飯牛薄夜半，長夜曼曼何時旦？』公召與語，説之，以爲大夫。」索隱：「商歌，謂爲商聲而歌也。或云，商旅人歌也。」

〔二五〕禀生：禀性。懸解：道家語，指生死得失哀樂無動於心。《莊子・養生主》：「安時而處順，哀樂不能入也，古者謂是帝之縣解。」郭象注：「以有繫爲縣，則無繫者縣解也。」縣，懸本字。以上述己之生平經歷。

〔二六〕嬰：纏繞。嬰網羅，喻己之得罪被貶。

〔二七〕龜策：龜甲與蓍草，均用於占卜。《史記》有《龜策列傳》。

〔二八〕王正：即正月。《春秋・隱公元年》：「王正月。」降雷雨：喻頒布赦宥的詔令。《易・解》：

「雷雨作而百果草木皆甲拆。」又《屯》疏：「雷雨二氣初相交動以生養萬物。」元和元、二、三年正月，都曾大赦天下，見《舊唐書・憲宗紀上》。

〔一九〕環玦：玉環與玉玦，此偏指環。遷斥：被流貶者。《荀子・大略》：「絶人以玦，反絶以環。」楊倞注：「古者臣有罪，待放於境，三年不敢去，與之環則還，與之玦則絶。」

〔二〇〕夷：等同。平人：平民百姓。陸機《謝平原内史表》：「苟削丹書，得夷平民。」

〔二一〕羽客：道士。

〔二二〕買山：《世説新語・排調》：「支道林因人就深公買印山，深公答曰：『未聞巢、由買山而隱。』」精舍：僧道隱居修煉之所，亦指學舍。《後漢書・劉淑傳》：「隱居，立精舍講授，諸生常數百人。」

〔二三〕牙：通芽，指丹藥。《周易參同契・鼎器歌》：「陰火白，黄芽鉛。」彭曉注：「黄芽生於鉛，鉛是芽母也。」同書卷下：「先白後黄兮，赤黑達表裏，名曰第一鼎兮，食如大黍米。」彭曉注：「先白者乃金吐液也，後黄者乃液變黄芽也。金液黄芽爲第一鼎者，號曰金砂黄芽也。日食一粒，如黍米大，三年限滿，白日衝天。」

〔二四〕遺姓名：遺忘姓名，指擺脱一切世事。

〔二五〕竹帛：指建立功業。《後漢書・鄧禹傳》：「書功名於竹帛。」

〔二六〕長生：指神仙。嵇康《養生論》：「世或有謂神仙可以學得，不死可以力致者。」

〔三七〕一溉：澆一次水，比喻在平日每一件事上注意養生。嵇康《養生論》：「夫爲稼於湯之世，偏有一溉之功者，雖終歸燋爛，必一溉者後枯。然則一溉之益，固不可誣也。而世常謂一怒不足以侵性，一哀不足以傷身，輕而肆之，是猶不識一溉之益，而望嘉穀於旱苗也。」

〔三八〕芝朮：芝草和白朮。輯復本《唐新修本草》卷六：「芝，久服輕身不老，延年，神仙。」又：「朮，久服輕身，延年，不飢。」糇糧：乾糧。

〔三九〕幘：包髮頭巾。

〔四〇〕黄石：黄石公，相傳爲古之仙人。《史記·留侯世家》載，張良嘗閑從容步下邳圯上，有一老父，直墮其履圯下，顧謂良曰：「孺子，下取履！」良爲取履，長跪履之。老父曰：「孺子可教矣。後五日平明，與我會此。」後老父與張良相見時，出一編書，曰：「讀此則爲王者師矣。後十年興，十三年孺子見我濟北，穀城山下黄石即我矣。」

〔四一〕洪崖：洪崖先生，傳説中仙人。郭璞《游仙詩》：「左挹浮丘袖，右拍洪崖肩。」

〔四二〕蜉蝣：一種生命極爲短促的昆蟲。《詩·曹風·蜉蝣》毛傳：「蜉蝣，渠略也，朝生夕死。」郭璞《游仙詩》：「借問蜉蝣輩，寧知龜鶴年！」

〔四三〕頻：劉本、《全唐詩》作「煩」。虺：一種毒蛇。蜴：蜥蜴。哀虺蜴，謂同情受暴政之苦的百姓。《詩·小雅·正月》：「哀今之人，胡爲虺蜴？」疏：「虺蜴之性，見人則走，民聞王政，莫不逃避，故言爲虺蜴也。」

〔四四〕青囊：青色布袋，指陰陽卜筮之書。《晉書·郭璞傳》：「有郭公者……精於卜筮。璞從之受業，公以青囊中書九卷與之，由是遂洞五行、天文、卜筮之術。」味：體會。

〔四五〕瓊葩：芝草之類。常衮《中書門下賀芝草表》：「垂以金蓋，發以瓊葩。」

〔四六〕西山姿：神仙資質。曹丕《折楊柳行》：「西山一何高，高高殊無極。上有兩仙童，不飲亦不食。與我一丸藥，光耀有五色。服藥四五日，身輕生羽翼。」姿：劉本、《全唐詩》作「資」。

〔四七〕戚戚：憂慮貌。《論語·述而》：「君子坦蕩蕩，小人長戚戚。」以上述己對隱居學道的向往作結。

【集評】

何焯曰：「廣樂二句」此處不多叙，妙。但「廣樂」、「海禽」，用事尚非本色。「冀無二句」名言。（卞孝萱《劉禹錫詩何焯批語考訂》）

潘德輿曰：《游桃源一百韻》略從陶公詩記引來。中間瞿氏子一段，乃别有稱述。後半自言仕進遷謫之事，皆不甚附題，不過求退居、學長生而已。其詩鋪寫宏富，詞意華美，略與元、白長律相似。吾不知樂天喜夢得詩而極稱之者，此等詩耶？抑第美其律絶耶？（《養一齋詩話》卷一）

漢壽城春望〔一〕

古荆州刺史治亭，其下有子胥廟兼楚王故墳。

漢壽城邊野草春，荒祠古墓對荆榛。〔二〕田中牧豎燒芻狗，〔三〕陌上行人看石麟。〔四〕華表

半空經霹靂，〔五〕碑文才見滿埃塵。不知何日東瀛變，〔六〕此地還成要路津。〔七〕

【校注】

〔一〕詩元和中在朗州作。漢壽：漢縣名，東漢時爲荆州刺史治所，故城在今湖南省常德市東北六十里。《後漢書·郡國志四》「荆州武陵郡」：「漢壽故索，陽嘉三年更名。刺史治。」吴旦生《歷代詩話》卷四九：「劉夢得《漢壽城春望》詩，郝天挺注：『城在四川保寧府，今廣元縣。』程篁暾謂：『漢壽，縣名，在犍爲，即今之叙州府。』二説均誤。」

〔二〕荒祠古墓：即題注所云伍子胥廟及楚王墳。《史記·伍子胥列傳》：「及吴兵入郢，伍子胥求昭王。既不得，乃掘楚平王墓，出其屍，鞭之三百，然後已。」《古今圖書集成·職方典》卷一二六〇「常德府」：「子胥亭在府治漢壽城邊，傳子胥伐楚時建，或曰漢人修城時建，俱無確證。劉禹錫《漢壽城春望》詩序有子胥亭、楚王故墳，或謂子胥所掘平王之墓，或曰楚昭王之墳，亦不可考。」

〔三〕牧豎：牧童。芻狗：草扎的狗馬之類，用作祭品。《莊子·天運》：「夫芻狗之未陳也，盛以篋衍，巾以文繡，尸祝齊戒以將之。及其已陳也，行者踐其首脊，蘇者取而爨之而已。」陸德明音義：「李云：結芻爲狗，巫祝用之。」

〔四〕石麟：石麒麟。《述異記》卷上：「秦、漢間，公卿墓則以石麒麟鎮之。」

〔五〕華表：城門或墳墓前石柱。《述異記》卷上：「廣州東界有大夫文種之墓，墓下有石爲華表柱。」

〔六〕東瀛：東海。《神仙傳》：「麻姑自説云：『自接侍以來，已見東海三爲桑田。』」

〔七〕要路津：往來交通要道。津，渡口。

【集評】

《唐詩鼓吹箋注》卷一：只「野草春」三字，已具無限蒼涼，無限感慨。

何焯曰：此言漢壽城邊春惟野草、荒祠、古墓與荆榛相向，而國破家亡，霸圖消滅，登城春望，唯見「牧豎燒芻狗」、「行人看石麟」耳。至於墓無全柱，碑無完文，滿目蒼涼，至於斯極。欲成要路，其或待東海揚塵之日乎！（《唐詩鼓吹評注》卷一）

又曰：謝宣城詩：「寒城一以眺，平楚正蒼然。」此篇從之出也。當長安得路之人看花開宴之際，而遷客所居之地，一望惟野草連天，荒祠古墓，雜於荆榛之内，則其地之惡、遇之窮何如哉？觀「春望」二字，作者之旨趣自見。第五言憂患之大，第六言憔悴之甚，落句則類死灰之復燃，而恐以詩詞賈禍，故晦其義於將復爲刺史所也。句句是「望」。後四句皆以自比，是時方自連州貶朗州司馬故也。［此地句］收漢壽城。（卞孝萱《劉禹錫詩何焯批語考訂》）

金聖嘆曰：此春望詩，最奇。夫春望以望春物，而此一望，純是祠墓，然則本非春望，而又必題「春望」者，先生用意只爲欲寫首句之「野草春」三字。野草亦只是次句之荆榛，然今日則無奈其獨佔一春也。……五、六，不知者或謂此豈非中填四句詩，殊不知三、四是寫人情，不以此祠此墓爲意，此

卻是寫爲祠爲墓既已甚久，以起下何日再變，文勢乃極不同也。（《貫華堂選批唐才子詩》甲集七言律卷五下）

陸貽典曰：三、四二句冷極。（《瀛奎律髓彙評》卷三）

紀昀曰：結便近李山甫一派。（同前）

毛張健曰：不是感嘆荒原，實是唤醒要路，正筆反寫，其意甚深。（《唐體餘編》）

屈復曰：結句亦是去國之恨，寄託言外。今日爲遷客所歷，安知他日不爲要津乎？幻想最妙，然亦是無可奈何語。（《唐詩成法》）

步出武陵東亭臨江寓望〔一〕

鷹至感風候，〔二〕霜餘變林麓。孤帆帶日來，寒江轉沙曲。戍遥旗影動，〔三〕津晚櫓聲促。〔四〕月上彩霞收，漁歌遠相續。

【校注】

〔一〕詩元和中在朗州作。

〔二〕感風候：謂秋天到來。《春秋感精符》：「霜，殺伐之表。季秋霜始降，鷹隼擊。」

〔三〕戍：屯兵之處。《舊唐書·職官志三》：「東晉、後魏以屯兵守境處爲戍，隋因之。」

〔四〕津：渡口。櫓：划船工具。

秋日送客至潛水驛〔一〕

候吏立沙際，〔二〕田家連竹溪。神林社日鼓，〔三〕茅屋午時鷄。雀噪晚禾地，蝶飛秋草畦。驛樓宮樹近，〔四〕疲馬再三嘶。

【校注】

〔一〕詩元和中在朗州作。潛水驛：《嘉靖常德府志》卷二：「潛水，府東北一十五里，溯源九溪，下合江。」驛當在其地。《叢刊》本詩題無「至潛水驛」四字。

〔二〕候吏：驛舍迎候的小吏。王維《送康太守》：「候吏趨蘆洲。」

〔三〕神林：劉本、《叢刊》本、《全唐詩》作「楓林」，《文苑英華》作「神祠」。社日：祭社神之日，一般在立春或立秋後第五個戊日。《荆楚歲時記》：「社日，四鄰並結宗會社，宰牲牢，爲屋於樹下，先祭神，然後享其胙。」

〔四〕宫：疑當作「官」。官樹，謂官道之樹。

【集評】

《復齋漫録》曰：荆公詩「静憩鳩鳴午，荒尋犬吠昏」，學者謂公取唐詩「一鳩鳴午寂，雙燕語春愁」之句。余嘗見東坡手寫此詩，乃是「静憩鷄鳴午」，讀者疑之，蓋不知取唐詩「楓林社日鼓，茅屋午

時鷄」。(《苕溪漁隱叢話》後集卷二五)

胡仔曰:《雪浪齋日記》云:「荆公喜唐人『楓林社日鼓,茅屋午時鷄』,書於劉楚公第。或以爲此即儲光羲詩。」苕溪漁隱曰:此一聯乃夢得《秋日送客至潛水驛》詩,非儲光羲也。(《苕溪漁隱叢話》前集卷二〇)

黄常明曰:五言如四十個賢人,著一個屠沽不得。覓句者若掘得玉匣子,有底有蓋,但精心必獲其寶。然昔人「園柳變鳴禽」竟不及「池塘生春草」,「餘霞散成綺」不及「澄江静如練」,「春水船如天上坐」不若「老年花似霧中看」……「楓林社日鼓」不若「茅屋午時鷄」。此數公未始不精心,以此知全其寶者未易多得。(《詩話總龜》後集卷一〇)

曾季貍曰:劉夢得「神林社日鼓,茅屋午時鷄」,温庭筠「鷄聲茅店月,人跡板橋霜」,皆佳句,然不若韋蘇州「緑陰生晝静,孤花表春餘」。(《艇齋詩話》)

方回曰:三、四天下誦之。(《瀛奎律髓》卷十二)

陸時雍曰:意氣逼仄,是中唐氣派。(《唐詩鏡》卷三六)

紀昀曰:「草」似不得云「畦」。或曰:「畦留夷與揭車。」雖皆草類,然詩不得如此牽引。(《瀛奎律髓彙評》卷十二)

晚歲登武陵城顧望水陸悵然有作〔一〕

星象承鳥翼，〔二〕蠻陬想犬牙。〔三〕俚人祠竹節，〔四〕仙洞閉桃花。〔五〕城基歷漢魏，〔六〕江源自賨巴。〔七〕華表廖立墓，〔八〕菜地黄瓊家。〔九〕霜輕菊秀晚，石淺水文斜。樵音遶故壘，〔一〇〕汲路明寒沙。〔一一〕清風稍改葉，盧橘如含葩。〔一二〕野橋鳴驛騎，叢祠發迴笳。〔一三〕跳鱗避舉網，倦鳥寄行查。〔一四〕路塵高出樹，山火遠連霞。夕曛轉赤岸，〔一五〕浮藹起蒼葭。〔一六〕軋軋渡溪槳，〔一七〕連連赴林鴉。〔一八〕叫閽道非遠，〔一九〕賜環期自賒。〔二〇〕孤臣本危涕，〔二一〕喬木在天涯。〔二二〕

【校注】

〔一〕詩元和中在朗州作。

〔二〕鳥翼：二十八宿中南宫七宿中的翼宿。《史記·天官書》：「南宫朱鳥……翼爲羽翮。」朗州當翼、軫二宿的分野，見卷二《武陵書懷五十韻》注。

〔三〕蠻陬：蠻方邊遠之地。犬牙：犬牙交錯。《漢書·文帝紀》：「高帝王子弟，地犬牙相制。」師古曰：「言地形如犬之牙交相入也。」

〔四〕俚人：古代黎族别稱，此指朗州少數民族。竹節：竹王三郎神。《後漢書·西南夷傳》：「夜郎者，初有女子浣於遁水，有三節大竹流入足間，聞其中有號聲。剖竹視之，得一男兒，歸而養之。及長，有才武，自立爲夜郎侯，以竹爲姓。武帝元鼎六年，平南夷……殺之。夷獠咸以竹王非血氣所生，甚重之，求爲立後……天子乃封其三子爲侯。死，配食其父。今夜郎縣有竹王三郎神是也。」注引《華陽國志》：「遁水通鬱林，有三郎祠，皆有靈響。」劉禹錫《楚望賦》：「予既謫於武陵，其地……與夜郎諸夷錯雜。」

〔五〕仙洞：指桃源秦人洞。《全唐文》卷七六一狄中立《桃源觀山界記》：「秦人洞在障山中峰之陰，厥狀如門，巨石屏蔽，靈跡猶存。」參見卷一《桃源行》注。

〔六〕城基：指武陵城，漢高祖時始置郡，見卷二《武陵書懷五十韻》注。

〔七〕賨巴：指居於今四川東部、湖南西部的少數民族。《文選》左思《蜀都賦》李善注引《風俗通》：「巴有賨人，剽勇。高祖爲漢王時，閬中人范目，説高祖募取賨人，定三秦……復除目所發賨人盧、朴、沓、鄂、度、夕、襲七姓，不供租賦。閬中有渝水，賨人左右居，鋭氣善舞。」《後漢書·南蠻傳》：七姓「不輸租賦，餘户乃歲入賨錢，口四十，世號爲板楯蠻夷。」按：沅水源出貴州省雲霧山，上游均古所謂蠻夷之地。

〔八〕華表：墓前石柱。見前《漢壽城春望》注。廖立：三國時人，仕蜀。《三國志·蜀書·廖立傳》：「字公淵，武陵臨沅人。」《輿地紀勝》卷六八「常德府」：「《元和郡縣志》云，廖立墓在武陵縣東北十里。然立死蜀中，未必葬此。」

〔九〕黄瓊：東漢人。按：據《後漢書·黄瓊傳》，瓊江夏安陸人，生平亦與武陵無涉，疑爲黄歇之誤。黄歇即春申君，戰國四公子之一。《輿地紀勝》卷六八「常德府」：「『故宅傳黄歇』，本朝孫奇父詩。今開元寺西有春申坊。」《大清一統志》卷二八〇「常德府」：「周楚黄歇墓，在武陵縣南。」

〔一〇〕樵音：樵歌。故壘：當即指司馬錯故城，見前《登司馬錯故城》詩注。

〔一一〕汲路：江邊汲水之路。

〔一二〕盧橘：枇杷，或云金橘之别名。司馬相如《上林賦》：「盧橘夏熟。」羊士諤《枇杷花》：「珍樹寒始花，氛氳九秋月。」

〔一三〕叢祠：建在叢林中的神祠。

〔一四〕查：水中浮木。何遜《南還道中送贈劉諮議别》：「游魚上急水，獨鳥赴行楂。」

〔一五〕曛：落日餘光。

〔一六〕藹：通靄，霧氣。葭：蒹葭，蘆葦。《詩·秦風·蒹葭》：「蒹葭蒼蒼，白露爲霜。」

〔一七〕軋軋：槳聲。

〔一八〕連連：鴉噪聲。

〔一九〕閽：宫中小門。叫閽，謂向朝廷申訴冤屈。杜甫《奉留贈集賢院崔于二學士》：「昭代將垂白，途窮乃叫閽。」

〔二〇〕賜環：謂徵召回京，參見前《游桃源一百韻》注。睽：遥遠。

〔二一〕孤臣：孤危之臣。危涕：墜涕。江淹《恨賦》：「孤臣危涕，孽子墜心。」蓋爲危心、墜涕之互文。

〔二二〕喬木：代指故鄉。江淹《别賦》：「視喬木兮故里。」

【集評】

何焯曰：此篇是格詩，在雜體中。黄瓊江夏人，非武陵也。或封邑在此，更考之。（卞孝萱《劉禹錫詩何焯批語考訂》）

團扇歌〔一〕

團扇復團扇，奉君清暑殿。秋風入庭樹，從此不相見。上有乘鸞女，〔二〕蒼蒼網蟲遍。〔三〕明年入懷袖，别是機中練。〔四〕

【校注】

〔一〕詩以被拋棄的團扇自喻，當亦元和中在朗州作。團扇：圓形扇子。《文選》班婕妤《怨歌行》：「新裂齊紈素，皎潔如霜雪。裁爲合歡扇，團團似明月。出入君懷袖，動摇微風發。常恐秋節至，涼风奪炎熱。棄捐篋笥中，恩情中道絶。」李善注：「婕妤，帝初即位，選入後宫。始爲少使，俄而大幸，爲婕妤，居增成舍。後趙飛燕寵盛，婕妤失寵，希復進見。成帝崩，婕妤充園陵，薨。」《樂府詩集》卷四一引班婕妤《怨詩行》序：「漢成帝班婕妤失寵，求供養太后於長信宫，乃作怨詩以自傷，託辭於紈扇云。」

〔二〕乘鸞女：弄玉。《列仙傳》卷上：「蕭史者，秦穆公時人也。善吹簫，能致孔雀、白鶴於庭。穆公有女字弄玉，好之，公遂以女妻焉。日教弄玉作鳳鳴，居數年，吹似鳳聲，鳳凰來止其屋。公爲作鳳臺，夫婦止其上不下數年，一旦，皆隨鳳凰飛去。」江淹《怨歌行》：「紈扇如團月，出自機中素。畫作秦王女，乘鸞向煙霧。」

〔三〕蒼蒼：昏黑貌。

〔四〕練：白色熟絲織品。

【集評】

吕祖謙曰：劉禹錫《團扇歌》曰……而坡和文潛《秋扇》亦云：「猶勝漢宫悲婕妤，網蟲不見乘鸞女。」至荆公亦有「月邊仍有女乘鸞」，皆仿禹錫也。（《詩律武庫》卷六）

陸時雍曰：意迫。（《唐詩鏡》卷三六）

鍾惺曰：末語又作一想，更自難堪。（《唐詩歸》卷二八）

何焯曰：夢得短詩，尤近古謡，不窺漢魏之藩，至齊梁而止。［明年二句］官家别用一番人。（卞孝萱《劉禹錫詩何焯批語考訂》）

賀裳曰：五古自是劉詩勝場，然其可喜處，多在新聲變調尖警不含蓄者。《團扇歌》曰：「明年

入懷袖，別是機中練。」不惟竿頭進步，正自酸楚感人。（《載酒園詩話又編》）

翁方綱曰：班婕妤《怨歌行》云：「出入君懷袖，動摇微風發。」已自恰好。至江文通擬作，則有「畫作秦王女，乘鸞向煙霧」之句，斯爲刻意標新矣。迨劉夢得又演之曰：「上有乘鸞女，蒼蒼網蟲遍。」即此可悟詞場祖述之秘妙也。（《石洲詩話》卷二）

視刀環歌〔一〕

常恨言語淺，不如人意深。今朝兩相視，脈脈萬重心。〔二〕

【校注】

〔一〕詩元和中在朗州作。刀環：刀柄上環。「環」與「還」諧音。視刀環，即望還之意。《漢書・李陵傳》：「昭帝立……遣陵故人隴西任立政等三人俱至匈奴招陵。立政等至，單于置酒賜漢使者，李陵、衛律皆侍坐。立政等見陵，未得私語，即目視陵，而數數自循其刀環，握其足，陰諭之，言可還漢也。」《玉臺新詠》卷一〇《古絶句》：「藁砧今何在？山上復有山。何當大刀頭？破鏡飛上天。」《許彦周詩話》：「『何當大刀頭，破鏡飛上天』，言月半當還也。」此詩在劉集正集卷二六樂府中，爲劉作無疑，逯欽立《先秦漢魏晉南北朝詩》據《文選補遺》卷三五、《廣文選》卷一四收此詩於《漢詩》卷一〇中，誤。

〔二〕脈脈：即脈脈，凝視含情貌。《古詩十九首》：「盈盈一水間，脈脈不得語。」

【集評】

鍾惺曰：詩作如是語，即妙在題又是「視刀環」，所以詩益覺深致。（《唐詩歸》卷二八）

何焯曰：詠李陵事，思歸京都，有如痿人之念起壯（狀），又恐再辱。二十字中，意味極長。（卞孝萱《劉禹錫詩何焯批語考訂》）

沈德潛曰：着意「視」字。（《唐詩別裁》卷一九）

周詠棠曰：言不得歸也，措詞妙絶。（《唐賢小三昧集》）

競渡曲〔一〕

競渡始於武陵，至今舉楫而相和之，其音咸呼云「何在」，斯招屈之義。事見《圖經》。

沅江五月平堤流，邑人相將浮綵舟。〔二〕靈均何年歌已矣，〔三〕哀謡振楫從此起。〔四〕揚枹擊節雷闐闐，〔五〕亂流齊進聲轟然。蛟龍得雨鬐鬣動，螮蝀飲河形影聯。〔六〕刺史臨流褰翠幃，〔七〕揭竿命爵分雄雌。〔八〕先鳴餘勇争鼓舞，〔九〕未至銜枚顔色沮。〔一〇〕百勝本自有前期，〔一一〕一飛由來無定所。〔一二〕風俗如狂重此時，縱觀雲委江之湄。〔一三〕綵旗夾岸照鮫室，〔一四〕羅襪凌波呈水嬉。〔一五〕曲終人散空愁暮，招屈亭前水東注。〔一六〕

【校注】

〔一〕詩元和中在朗州作。競渡曲：新題樂府。《隋唐嘉話》卷下：「俗五月五日爲競渡戲。自襄州以南，所向相傳云：屈原初沉江之時，其鄉人乘舟求之，意急而争前，後因爲此戲。」《樂府詩集》卷九四：「劉異《事始》曰：『楚傳云，競渡起於越王勾踐。』《荆楚歲時記》云：『舊傳屈原死於汨羅，時人傷之，競以舟楫拯焉，因以成俗。』《歲華紀麗》云『因勾踐以成風，拯屈原而爲俗』是也。劉禹錫《序》曰：『競渡始於武陵，至今舉楫而相和之音，咸呼何在，招屈之義也。』《競渡曲》蓋起於此。」

〔二〕相將：相隨。彩舟：即龍船。《荆楚歲時記》：「五月五日，是日競渡。」

〔三〕靈均：屈原字。《離騷》：「字余曰靈均。」《史記·屈原列傳》：「乃作《懷沙》之賦……懷石遂自沈汨羅以死。」

〔四〕振楫：舉槳。

〔五〕枹：鼓槌。《楚辭·九歌·國殤》：「援玉枹兮擊鳴鼓。」闐闐：同填填，象雷聲。《楚辭·九歌·山鬼》：「雷填填兮雨冥冥。」

〔六〕蝃蝀：虹别名，此及上蛟龍均喻龍舟。飲河：《夢溪筆談》卷二一：「世傳虹能入澗飲溪水。」

〔七〕褰幃：揭開車帷。《後漢書·賈琮傳》：「以琮爲冀州刺史。舊典，傳車驂駕，垂赤帷裳，迎於州界。及琮之部，昇車言曰：『刺史當遠視廣聽，糾察美惡，何有反垂帷裳以自掩塞乎？』乃命御者褰之。」

〔八〕揭竿：舉旗。命爵：飲酒。爵，酒器。分雄雌：決勝負。《史記·項羽本紀》：「願與漢王挑戰决雌雄。」

〔九〕先鳴：謂勝者。《太平御覽》卷九一八引《尹子》：「戰如門鷄，勝者先鳴。」餘勇：多餘的勇氣。《左傳·定公二年》載高固語：「欲勇者賈余餘勇。」鼓舞：擊鼓跳舞。

〔一〇〕末至：後至。末：原作「未」，據《叢刊》本改。銜枚：行軍時軍士口銜細木棍，以禁喧嘩，此指沉默無言。枚：原作「枝」，據明本、《叢刊》本、《全唐詩》改。沮：沮喪。

〔一一〕前期：猶言定數。《莊子·徐無鬼》：「射者非前期而中。」郭象注：「不期而中。」

〔一二〕一飛：《史記·滑稽列傳》：「此鳥不飛則已，一飛衝天；不鳴則已，一鳴驚人。」

〔一三〕雲委：如雲之委積，極言人多。湄：水濱。

〔一四〕鮫室：水中鮫人居室，參見卷一《韓十八侍御見示岳陽樓别賓司直詩（略）》詩注。

〔一五〕羅襪：指女子所著襪。曹植《洛神賦》：「凌波微步，羅襪生塵。」水嬉：水上妓樂，爲競渡後餘興。《述異記》卷上：「夫差作天池，池中造青龍舟，舟中盛陳妓樂，日與西施爲水嬉。」

〔一六〕招屈亭：見卷二《武陵書懷五十韻》注。劉禹錫《酬朗州崔員外與任十四兄侍御同過鄙人舊居見懷之什》：「昔日居鄰招屈亭，楓林橘樹鷓鴣聲。」

【集評】

何焯曰：「百勝二句」一篇寄託。（卞孝萱《劉禹錫詩何焯批語考訂》）

隄上行三首〔一〕

酒旗相望大隄頭，隄下連檣隄上樓。〔二〕日暮行人争渡急，〔三〕槳聲幽軋滿中流。〔四〕

【校注】

〔一〕詩元和中在朗州作。堤上行：《樂府詩集》卷九四：「《古今樂録》曰：『清商西曲《襄陽樂》云：朝發襄陽城，暮至大堤宿。大堤諸女兒，花艷驚郎目。梁簡文帝由是有《大堤曲》。』《堤上行》又因《大堤曲》而作也。」劉禹錫《采菱行》：「醉踏大堤相應歌。」又《龍陽縣歌》：「主人引客登大堤。」知朗州亦有大堤。此詩其三，《全唐詩》卷五六三重收作李善夷《大堤曲》。李善夷唐末人，約昭宗時自秘書少監謫宦澧州（見其《重修伍員廟》文及《北夢瑣言》卷六），有《江南集》十卷（見《新唐書·藝文志四》），已佚。此詩見劉禹錫未曾散佚的正集，又爲組詩之一，當不誤。蓋《輿地紀勝》卷八二「襄州」誤録此詩爲李善美（即李善夷，又誤夷爲美）詩，《全唐詩》遂沿其誤。

〔二〕連檣：桅杆相連，謂船多。郭璞《江賦》：「舳艫相屬，萬里連檣。」

〔三〕争渡：岑參《巴南舟中夜書事》：「渡口欲黄昏，歸人争渡喧。」

〔四〕幽軋：象聲詞，槳聲。滿：《叢刊》本作「在」。

【集評】

桂天祥曰：或問盛唐與中唐氣象何以別。曰：孟浩然曰：「山寺鳴鐘晝已昏，漁梁渡頭争渡喧。」劉禹錫曰：「日暮行人争渡急，槳聲幽軋滿中流。」如此看便異。（《批點唐詩正聲》）按：近人俞陛雲《詩境淺説續編》云：「《堤上行》與《踏歌詞》音節相似，但《踏歌》每言情思，此則寫其景耳。首二句言酒樓臨水，帆影排檣，寫堤上所見。後二句言薄晚渡頭之景，孟浩然《鹿門》詩以『渡頭争渡喧』五字狀之，此則衍爲絶句，賦其景並狀其聲，較『野渡無人舟自横』句，喧寂迥殊矣。」）

陸時雍曰：不倫不理，是爲歌詞，末語似失本趣。（《唐詩鏡》卷三六）

二

江南江北望煙波，入夜行人相應歌。《桃葉》傳情《竹枝》怨，〔一〕水流無限月明多。

【校注】

〔一〕《桃葉》、《竹枝》：均指當地民間情歌。《桃葉》，樂府吴聲歌曲。《樂府詩集》卷四五：「《古今樂録》曰：『《桃葉歌》者，晉王子敬之所作也。桃葉，子敬妾名。緣於篤愛，所以歌之。』《隋書·五行志》曰：『陳時江南盛歌王獻之《桃葉》詩，云：桃葉復桃葉，渡江不用楫。但渡無所苦，我自迎接汝。』」《竹枝》，巴渝民歌，參見卷五《竹枝詞九首》注。

【集評】

陸時雍曰：四句剩一「多」字。（《唐詩鏡》卷三六）

周敬曰：蘇子由晚年多令人學劉禹錫詩，以爲用意深遠，有曲折處，余讀其絶句，如「桃葉傳情」二語，何等宛轉含蓄！（《唐詩選脈會通評林》）

周珽曰：第三句根次句「相應歌」來。末句應首句，亦承第三句説。（同前）

宋顧樂曰：景象深，意致遠，婉轉流麗，真名作也。落句情語，尤堪叫絶。（《萬首唐人絶句選評》）

冒春榮曰：絶句字句雖少，含蘊倍深。其體或對起，或對收，或兩對，或兩不對……兩不對者，大抵以一句爲主，餘三句盡顧此句……亦有以兩句爲主者，又有兩呼兩應者，或分應，或合應，或錯綜應……劉禹錫「江南江北望煙波，入夜行人相應歌。《桃葉》傳情《竹枝》怨，水流無限月明多」，一呼四應，二呼三應。（《葚原詩説》卷三）

三

長堤繚繞水裴回，〔一〕酒舍旗亭次第開。〔二〕日晚上簾招估客，〔三〕軻峨大艑落帆來。〔四〕

【校注】

〔一〕裴回：同徘徊，此爲盪漾貌。

〔二〕次第開：一一開。

〔三〕上簾：卷簾，劉本作「出簾」，《叢刊》本、《全唐詩》作「上樓」。估客：商人。

〔四〕軻峨：高貌。艑：船。寶月《估客樂》：「大艑軻峨頭，何處發揚州。」

采菱行〔一〕

武陵俗嗜芰菱。歲秋矣，有女郎盛游于白馬湖，薄言采之，歸以御客。古有《采菱曲》，罕傳其詞，故賦之以俟采詩者。

白馬湖平秋日光，〔二〕紫菱如錦綵鴛翔。盪舟游女滿中央，采菱不顧馬上郎。争多逐勝紛相向，時轉蘭橈破輕浪。〔三〕長鬟弱袂動參差，釵影釧文浮蕩漾。〔四〕笑語哇咬顧晚暉，〔五〕蓼花緣岸扣舷歸。〔六〕歸來共到市橋步，〔七〕野蔓繫船苹滿衣。〔八〕家家竹樓臨廣陌，下有連檣多估客。攜觴薦芰夜經過，〔九〕醉踏大堤相應歌。屈平祠下沅江水，〔一〇〕月照寒波白煙起。一曲南音此地聞，〔一一〕長安北望三千里。〔一二〕

【校注】

〔一〕詩元和中在朗州作。采菱：《爾雅翼》卷六：「吴楚之風俗，當菱熟時，士女相與采之，故有采菱之歌以相和，爲繁華流蕩之極。《招魂》云：『涉江采菱發《陽阿》。』《陽阿》者，采菱之曲也。」《樂府詩集》卷五〇：「《古今樂録》曰：『梁天監十一年冬，武帝改西曲，製……《江南弄》七曲……五曰《采菱曲》。』」題下注中「白」字原無，據《叢刊》本補。

〔二〕白馬湖：在今湖南省常德市西北。《嘉靖常德府志》卷二：「白蟒湖，府西七里，相傳有蟒出於此，俗名白馬湖。」

〔三〕蘭橈：木蘭木製的槳。

〔四〕長鬟弱袂：高聳的髮鬟、輕薄的衣袖，參差紛紜繁雜。釵：婦女首飾。釧：婦女手鐲。

〔五〕哇咬：笑語聲。傅毅《舞賦》：「吐哇咬則發皓齒。」

〔六〕蓼：一種草本植物，多生水邊。《急就篇》卷二顔師古注：「蓼有數種：葉長鋭而薄，生於水中者曰水蓼；葉圓而厚，生於澤中者曰澤蓼。」扣舷：敲擊船舷而歌。郭璞《江賦》：「詠采菱以扣舷。」緣，《文苑英華》作「沿」。舷，《文苑英華》作「船」。

〔七〕市橋步：地名。在今常德市東門外。步，泊船之處。柳宗元《永州鐵爐步志》：「江之滸，凡舟可縻而上下者曰步。」

〔八〕滿：《文苑英華》作「惹」。

〔九〕薦芰：獻上芰菱。《説文解字》卷一：「蔆，芰也，楚謂之芰。」《酉陽雜俎》卷一九：「王安貧《武陵記》言，四角、三角曰菱，兩角曰芰。」《國語·楚語上》：「屈到嗜芰，有疾，召其宗老而屬之曰：『祭我必以芰。』及祥，宗老將薦芰，屈建命去之。」《太平寰宇記》卷一一八「朗州武陵縣」：「采菱亭，屈到采菱亭也。」

〔一〇〕屈平祠：在招屈亭附近。《嘉靖常德府志》卷一〇：「屈平祠，府東二里，祠久廢，址尚存。」

〔一一〕南音：指《采菱》、《竹枝》之類南方民歌。兩句亦《竹枝詞》「南人上來歌一曲，北人莫上動鄉情」之意。

〔三〕三千里：據《舊唐書·地理志三》，朗州在京師東南二千一百一十九里。

秋風引〔一〕

何處秋風至，蕭蕭送雁群。朝來入庭樹，孤客最先聞。

【校注】

〔一〕詩自稱「孤客」，當亦元和中在朗州作。引：琴曲。《樂府詩集》卷五七：「梁元帝《纂要》曰：『……琴……其曲有暢，有操，有引，有弄。』《琴論》曰：『……引者，進德修業，申達之名也。』」

【集評】

唐汝詢曰：秋風起而雁南飛，孤客之心未摇落而先秋，所以聞之最早。（《唐詩解》卷二三）

李曰：不曰「不堪聞」，而曰「最先聞」者，語意最深。（《增訂評注唐詩正聲》）

徐克曰：人情之真，非老於世故者不能道此。（《唐詩選脈會通評林》）

李瑛曰：詠秋風必有聞此秋風者，妙在「最先」二字，爲「孤客」寫神，無限情懷，溢於言表。（《詩法易簡録》）

蠻子歌〔一〕

蠻語鉤輈音，〔二〕蠻衣斑斕布。〔三〕熏狸掘沙鼠，〔四〕時節祠盤瓠。〔五〕忽逢乘馬客，怳若驚

麕顧。〔六〕腰斧上高山，意行無舊路。〔七〕

【校注】

〔一〕詩元和中在朗州作。蠻子：指朗州附近居住的少數民族。《元和郡縣圖志》卷三〇「辰州」：「漢爲武陵郡沅陵縣地。按《後漢書》高辛氏有畜犬曰盤瓠，帝妻以女，有子十二人，皆賜名山廣澤。其後滋蔓，今長沙武陵是也……或曰巴子兄弟立爲五溪之長。」

〔二〕蠻語：《叢刊》本作「蠻貊」。鈎輈：鳥啼聲，狀語音奇特難懂。參見卷二《武陵書懷五十韻》注。

〔三〕斑斕：色彩錯雜鮮艷。《後漢書·南蠻傳》：「昔高辛氏有犬戎之寇，帝患其侵暴，而征伐不剋，乃訪募天下，有能得犬戎之將吴將軍頭者……妻以少女。時帝有畜狗，其毛五采，名曰槃瓠。下令之後，槃瓠遂銜人頭造闕下，群臣怪而診之，乃吴將軍首也……帝不得已，乃以女配槃瓠……經三年，生子一十二人，六男六女。槃瓠死後，因自相夫妻。織績木皮，染以草實，好五色衣服，製裁皆有尾形。其母後歸，以狀白帝，於是使迎致諸子。衣裳斑蘭，語言侏離，好入山壑，不樂平曠。帝順其意，賜以名山廣澤。其後滋蔓，號曰蠻夷。」

〔四〕狸：野猫。沙鼠：一種野鼠。《宋史·高昌傳》：「砂鼠大如䶂，鷙禽捕食之。」

〔五〕盤瓠：蠻族的祖先。《後漢書·南蠻傳》注引干寶《晉紀》：「武陵、長沙、廬江郡夷，槃瓠之後也。雜處五溪之内……糅雜魚肉，叩槽而號，以祭槃瓠。」

〔六〕恍：失意貌。麢：獐子。《埤雅》卷三：「獐，麢也，如小鹿而美……或曰，獐性善驚……蓋麢鹿皆健駭，而麢性膽尤怯，飲水見影輒奔。」

〔七〕意行：率意而行。無舊路：不經行固定的路徑。

【集評】

黄常明曰：夢得《蠻子歌》云：「蠻貊鈎輈音……」賓客謫居朗州，而五溪習俗盡得之矣。（《詩話總龜》後集卷二四引）

劉克莊曰：此夢得《莫傜》、《蠻子》詩也。世傳坡詩學夢得，觀此二詩信然。（《後村先生大全集》卷一七三）

洞庭秋月行〔一〕

洞庭秋月生湖心，曾波萬頃如鎔金。孤輪徐轉光不定，〔二〕游氣濛濛隔寒鏡。是時白露三秋中，〔三〕湖平月上天地空。岳陽城頭暮角絶，〔四〕蕩漾已過君山東。〔五〕山城蒼蒼夜寂寂，水月逶迤繞城白。盪槳巴童歌《竹枝》，〔六〕連檣估客吹羌笛。〔七〕勢高夜久陰力全，〔八〕金氣肅肅開清躔。〔九〕浮雲野馬歸四裔，〔一〇〕首冠星斗當中天。〔一一〕天鷄相呼曙霞出，〔一二〕斂影含光讓朝日。〔一三〕日出喧喧人不閑，夜來清景非人間。

【校注】

〔一〕詩元和中在朗州作。

〔二〕孤輪：與下「寒鏡」均指月。

〔三〕白露：八月節氣。《詩·秦風·蒹葭》：「蒹葭蒼蒼，白露爲霜。」三秋：秋季的第三個月。

〔四〕岳陽：今屬湖南省。角：樂器，軍中用之以司昏曉，相傳爲黄帝所創。

〔五〕君山：在洞庭湖中，見卷一《君山懷古》注。

〔六〕巴：古國名，又部族名，居今川東、鄂西一帶。《竹枝》：巴渝民歌，參見卷五《竹枝詞九首》注。

〔七〕羌笛：即笛。羌，古族名，居今甘、青、川一帶。馬融《長笛賦》：「近世雙笛從羌起。」

〔八〕陰力全：指月光明亮。月爲陰之精，故云。參見卷一《奉和中書崔舍人八月十五日夜玩月二十韻》注。

〔九〕金氣：秋氣。肅肅：寒冷嚴急貌。清躔：躔次，日月星辰運行的度次。清，《全唐詩》作「星」。

〔一〇〕野馬：游氣。《莊子·逍遥游》：「野馬也，塵埃也，生物之以息相吹也。」郭象注：「野馬者，游氣也。」馬，原作「鳥」，據明本、劉本、《全唐詩》改。

〔一一〕首冠：頭戴。二字《叢刊》本作「欄干」，《全唐詩》作「遥望」。

〔一二〕天鷄：《述異記》卷下：「東南有桃都山，上有大樹，名曰桃都，枝相去三千里。上有天鷄，日初出照此木，天鷄則鳴，天下鷄皆隨之鳴。」

〔三〕斂：原作「劍」，據明本、《全唐詩》改。

踏歌詞四首〔一〕

春江月出大隄平，隄上女郎連袂行。唱盡新詞歡不見，〔二〕紅霞映樹鷓鴣鳴。〔三〕

【校注】

〔一〕詩元和中在朗州作。踏歌行：《樂府詩集》録入卷八二「近代曲辭」。踏歌，踏地爲節而歌。《宣和書譜》卷五：「南方風俗，中秋夜婦人相持踏歌，婆娑月影中，最爲盛集。」其二《全唐詩》卷三八六録作張籍詩，誤。

〔二〕歡：情人。

〔三〕紅霞：謂朝霞。

【集評】

謝枋得曰：堤上女郎非不多也，色必有可觀，聲必有可聽。唱盡新詞，而歡愛之情不見……但見紅霞之色，但聞鷓鴣之聲，其思想當何如也？（《注解章泉澗泉二先生選唐詩》卷一）

高棅曰：謝疊山云：「女郎連袂，色必有可觀，聲必有可聽。唱盡新詞，而歡愛之情不見，但見紅霞映樹，聞鷓鴣之聲，其思想當何如也？」按古樂府《常林歡》解題云：「江南人謂情人爲『歡』，故荆州有長林縣。蓋樂工誤以『常』爲『長』。」謝説爲歡愛之情，非也。（《唐詩品彙》卷五一）

陸時雍曰：語帶風騷。（《唐詩鏡》卷三六）

楊慎曰：《竹枝》遺旨，未必佳妙。（《唐詩選脈會通評林》）

唐汝詢曰：此景是其難爲情處。（同前）

毛先舒曰：宋人談詩多迂謬，然亦有近者。至謝疊山而鄙悖斯極，如評少伯「陌頭楊柳」之作、夢得《踏歌詞》、閬仙《渡桑乾》、許渾「海燕西飛」是也。（《詩辨坻》卷三）

二

桃蹊柳陌好經過，燈下妝成月下歌。爲是襄王故宫地，至今猶自細腰多。〔一〕

【校注】

〔一〕襄王：楚頃襄王，公元前二九八年至前二六三年在位。朗州屬江陵尹、荆南節度使管轄，江陵有楚宫。《墨子·兼愛中》：「昔者楚靈王好士細要（腰），故靈王之臣，皆以一飯爲節，脇息然後帶，扶牆然後起，比期年，朝有黧黑之色。」《後漢書·馬廖傳》：「楚王愛細腰，宫中多餓死。」《西溪叢語》卷上：「《墨子》云：楚靈王好細腰……《韓非子》云：楚靈王好細腰，而國有餓死。劉禹錫《踏歌行》云：『爲是襄王故宫地，至今猶自細腰多。』未知孰是。」《焦氏筆乘》卷三「禹錫誤用事」：「細腰事凡兩見，不聞襄王也。疑劉誤記。」《唐音癸籤》卷二三訂訛所云同。

三

新詞宛轉遞相傳，〔一〕振袖傾鬟風露前。〔二〕月落烏啼雲雨散，游童陌上拾花鈿。〔三〕

【校注】

〔一〕宛轉：委婉曲折，情意纏綿。

〔二〕振袖傾鬟：揚手袖振，低頭鬟傾，爲起舞貌。

〔三〕花鈿：婦女首飾。白居易《長恨歌》：「花鈿委地無人收。」

四

日暮江頭聞《竹枝》，〔一〕南人行樂北人悲。自從雪裏唱新曲，直到三春花盡時。

【校注】

〔一〕江頭：《叢刊》本、《全唐詩》作「江南」。

龍陽縣歌〔一〕

縣門白日無塵土，百姓縣前挽漁罟。〔二〕主人引客登大隄，小人縱觀黄犬怒。〔三〕鵰鴣驚鳴遶籬落，橘柚垂芳照窗户。沙平草緑見吏稀，寂歷斜陽照懸鼓。〔四〕

【校注】

〔一〕詩元和中在朗州作。龍陽縣：朗州屬縣，今湖南省漢壽縣。《太平寰宇記》卷一一八：「朗州龍陽縣，本漢索縣地也。吴分其地立龍陽縣。」

〔二〕漁罟：漁網。

〔三〕小人：《全唐詩》作「小兒」。

〔四〕寂歷：劉本作「寂寥」。

【集評】

賀裳曰：夢得最長於刻畫。……《龍陽縣歌》「沙平草緑見吏稀，寂寥斜陽照懸鼓」，則宛若身游荒縣。（《載酒園詩話又編》）

瀟湘神二首〔一〕

湘水流，湘水流，九疑雲物至今愁。〔二〕君問二妃何處所，零陵香草露中秋。〔三〕

【校注】

〔一〕詩元和中朗州作。《樂府詩集》卷八二録入「近代曲辭」。瀟湘神：相傳堯之二女娥皇、女英，爲舜妃。《水經注·湘水》：「湖水西流，逕二妃廟南，世謂之黄陵廟也。言大舜之陟方也，二妃從征，溺於湘江，神游洞庭之淵，出入瀟湘之浦。瀟者，水清深也。」詩題《叢刊》本作「瀟湘神詞」，《全唐詩》作「清湘詞」。

〔二〕九疑：山名，一作九嶷，山在今湖南省寧遠縣南。《山海經·海内經》：「南方蒼梧之丘、蒼梧之淵，其中有九嶷山，舜之所葬，在長沙零陵界中。」《水經注·湘水》：「營水……西流逕九疑山下，蟠基蒼梧之野，峰秀數郡之間，羅巖九舉，各導一溪，岫壑負阻，異嶺同勢，游者疑焉，故曰九疑山。大舜窆其陽，商均葬其陰。」

〔三〕零陵：漢郡名，今屬湖南省。《水經注·湘水》：「零陵郡治，故楚矣，漢武帝元鼎六年，分桂陽置。太史公曰：『舜葬九疑，實惟零陵。』郡取名焉……《晉書地道記》曰：『縣有香茅，氣甚芬香，言貢之以縮酒也。』」按，《楚辭·九歌·湘夫人》：「芷葺兮荷屋，繚之兮杜衡。合百草兮實庭，建芳馨兮廡門。九嶷繽兮並迎，靈之來兮如雲。」王逸注以湘夫人爲娥皇、女英。此詩則謂雖以香草盛飾堂室，而其神不至，惟香草凋萎於秋露中耳。

二

斑竹枝，〔一〕斑竹枝，淚痕點點寄相思。楚客欲聽瑤瑟怨，〔二〕瀟湘深夜月明時。

【校注】

〔一〕斑竹：即湘妃竹，參見卷二《泰娘歌》注。

〔二〕瑤瑟：以玉爲飾的瑟。《楚辭·遠游》：「使湘靈鼓瑟兮，令海若舞馮夷。」湘靈，湘水之神，後人以爲即二妃。錢起《省試湘靈鼓瑟》：「善鼓雲和瑟，常聞帝子靈。馮夷空自舞，楚客不堪聽。苦調淒金石，清音入杳冥……曲終人不見，江上數峰青。」

贈别君素上人〔一〕并引

曩予習《禮》之《中庸》，至「不勉而中，不思而得」，悚然知聖人之德，學以至于無學。〔二〕然而斯言也，猶示行者以室廬之奥耳，求其徑術而布武，未易得也。〔三〕晚讀佛書，見大雄念物之普，級寶山而梯之，高揭慧火，巧鎔惡見，廣疏便門，旁束邪徑，其所證入，如舟沿川，未始念於前而日遠矣，夫何勉而思之邪？〔四〕是余知突音窈奥於《中庸》，啟鍵關於内典，會而歸之，猶初心也。〔五〕不知予者，誚予困而後援佛，〔六〕謂道有二焉。夫悟不因人，在心而已。其證也，猶喑人之享太牢，〔七〕信知其味而不能形於言，以聞去聲於耳也。口耳之間兼寸耳，〔八〕尚不可使聞，他人之不吾知，宜矣。開士君素，偶得予於所親，一麻棲草，千里來訪。〔九〕素以道眼視予，予以所視視之，不由陛級，攜手智地。〔一〇〕居數日，告有得而行，乃爲詩以見志云。

窮巷唯秋草，高僧獨扣門。相歡如舊識，〔一一〕問法到無言。〔一二〕水爲風生浪，〔一三〕珠非塵可昏。〔一四〕去來皆是道，此别不銷魂。〔一五〕

【校注】

〔一〕君素：僧人名，其事未詳。據引中「予困而後援佛」及「窮巷」等語，當作於貶朗州期間。

〔二〕《禮》：指《禮記》，有《中庸》篇，疏曰：「孔子之孫子思伋作之，以昭明聖祖之德。」《中庸》云：「誠者，天之道也。誠之者，人之道也。誠者，不勉而中，不思而得，從容中道，聖人也。誠之者，擇善而固執之者也。」疏：「誠者，天之道也，唯聖人能然，謂不勉勵而自中當於善，不思慮而自得於善，從容閒暇而自中乎道。以聖人性合於天道自然，故云聖人也。」悚然：驚懼貌。

〔三〕室廬之奥：屋宇幽深處。《釋名·釋宫》：「室中西南隅曰奥。」徑術：道路。布武：行走。武，足跡。《禮記·曲禮上》：「堂上接武，堂下布武。」

〔四〕大雄：佛祖釋迦牟尼的尊號。《妙法蓮華經·從地涌出品》：「善哉善哉，大雄世尊。」梯：喻佛法，言其如登山之階梯、渡海之舟航，可普渡衆生。慧火：智慧之火，喻佛法可照亮迷途，破除煩惱。《華嚴經·金剛幢菩薩十回向品》：「令一切衆生具智慧火，遠離一切諸不善業。」徐陵《長干寺衆食碑》：「以智慧火，燒煩惱薪。」惡見：不善的見解。便門：方便之門。《妙法蓮華經·法師品》：「此經開方便門，示真實相。」沿川：順流而下。

〔五〕突奥：屋宇深奥處，喻深奥的道理。班固《答賓戲》：「守突奥之熒燭。」《爾雅·釋宫》：「西南隅謂之奥，……東南隅謂之突。」突，通突。鍵關：門栓。内典：佛經。王簡棲《頭陀寺碑》：「玄關幽揵，感而遂通。」初心：本心。此言自己通過佛經找到了通向《中庸》所云「不勉而中，不思而得」的門徑，故與本心相符。

〔六〕困：困頓，指被貶。援佛：求助於佛。禹錫貶來朗州後始潛心釋氏，參見卷二《送僧元暠南游》注。

〔七〕喑：啞。太牢：大的盛牛、羊、豕三牲的食器，故可代指牛、羊、豕三牲，此指美味。

〔八〕兼寸：兩寸。

〔九〕開士：佛家語，指菩薩，此作爲僧人的敬稱。所親：當指禹錫親密友人。一麻棲草：未詳，疑指僧人所著草鞋。

〔一〇〕陛級：臺階。智地：覺悟之境。參見卷二《送僧元暠南游》注。

〔一一〕舊識：《左傳·襄公二十九年》：「（季札）聘於鄭，見子産，如舊相識。」

〔一二〕「問法」句：《維摩詰所説經·入不二法門品》：「文殊師利問維摩詰：『仁者當説何等是菩薩入不二法門？』時維摩詰默然無言。文殊師利嘆曰：『善哉善哉，乃至無有語言文字，是真入不二法門。』」

〔一三〕風生浪：《金剛三昧經·入實際品》：「如彼心地，八識海澄，九識流淨，風不能動，波浪不起。」《維摩詰所説經·觀衆生品》僧肇注：「心猶水也，静則有照，動則無鑒。痴愛所濁，邪風所扇，涌溢波盪，未嘗暫住。」

〔一四〕珠：梵語音譯爲摩尼，佛經中以喻心性。《翻譯名義集》卷三五：「摩尼，即珠之總名也。此寶光浄，不爲塵垢所染。」

〔一五〕銷魂：極度悲傷。江淹《别賦》：「黯然銷魂者，唯别而已矣。」

【集評】

黄徹曰：夢得《送僧君素》云：「去來皆是道，此别不銷魂。」坡云：「古今正自同，歲月何必書。」此等語皆通徹無礙，釋氏所謂具眼也。（《䂬溪詩話》卷七）

送慧則法師歸上都因呈廣宣上人〔一〕并引。師精《浄名經》。

佛示滅後，大弟子演聖言而成經，傳心印曰法，承法而能專曰宗，由宗而分教曰支。〔二〕坐而攝化者，勝義皆空之宗也；行而宣教者，摧破邪山之支也。〔三〕釋子慧則，生於像季，思濟劫濁，乃學於一支，開彼群迷。〔四〕以爲盡妙理者莫如法門，變凡夫者莫如佛土，悟無染者莫如散花，故業於《浄名》，深達實相。〔五〕自京師，涉漢沔，歷鄖、郢，登熊、湘，聽徒百千，耳感心化。〔六〕法無住，〔七〕道行而歸。顧予有社内之因，故言别之日，愛緣暫起。〔八〕時也秋盡，詠江淹《雜擬》以送之。〔九〕前見宣上人，爲我多謝。

昨日東林看講時，〔一〇〕都人象馬踏琉璃。〔一一〕雪山童子應前世，〔一二〕金粟如來是本師。〔一三〕一

錫言歸九城路，〔一四〕三衣曾拂萬年枝。〔一五〕休公久别如相問，〔一六〕楚客逢秋心更悲。〔一七〕

【校注】

〔一〕法師：精通佛理能宣講佛法者，此爲對僧侣的尊稱。慧則：未詳。廣宣：詩僧，元和、長慶兩朝以詩供奉内廷，白居易有《廣宣上人以應制詩見示因以贈之，詔許上人居安國寺紅樓院，以詩供奉》詩。參見卷一《廣宣上人寄在蜀與韋令公唱和詩卷（略）》注。詩引言慧則南來熊湘，又云己「楚客逢秋心更悲」，當元和中在朗州作。題中「歸」字原無，據《文苑英華》補。

〔二〕示滅：示人以滅，即死。佛教言佛「生非實生，滅非實滅」，故死曰「示滅」。大弟子：指釋迦牟尼弟子阿難、迦葉等。《魏書·釋老志》：「初，釋迦所説教法，既涅槃後，有聲聞弟子大迦葉、阿難等五百人，撰集著録。阿難親承囑授，多聞總持，蓋能綜覈深致，無所漏失，乃綴文字，撰載三藏十二部經，如九流之異統，其大歸終以三乘爲本。」心印：佛教禪宗主張不立文字，以心印心，頓悟成佛，稱爲心印。此指心法。契嵩本《壇經·南頓北漸品第七》：「師曰：『吾傳佛心印，安敢違於佛經？』」宗：教派。支：教派分支。支，原作「友」，據劉本、《叢刊》本、《全唐詩》改。下同。

〔三〕攝化：佛教語，謂以佛心感化衆生。勝義：佛教語，謂勝於世俗道理的深妙佛理。如言根有「浮塵外根」、「勝義内根」的區别，見《翻譯名義集》卷一七。邪山：佛教語，謂邪説外道，多如山積。

〔四〕像季：像法之末世，指佛去世甚久，遺教漸次陵夷之時。《隋書·經籍志》：「每佛滅度，遺法相傳，有正、象、末三等淳醨之異。……佛所説：我滅度後，正法五百年，像法一千年，末法三千年。」濟：救助。劫濁：指惡濁人世。佛教以人世爲五濁惡世，劫濁乃五濁之一。《妙法蓮華經·方便品》：「諸佛出於五濁惡世，所謂劫濁、煩惱濁、衆生濁、見濁、命濁。」

〔五〕法門：佛教言修學所從入。契嵩本《壇經·參請機緣第六》：「諸佛妙理，非關文字。」參見前詩注。佛土：即佛國、浄土。《維摩詰所説經》有《佛國品》，備言佛國之美好，稱布施、持戒、忍辱、精進等都是菩薩浄土，菩薩成佛時，衆生來生其國。無染：清浄不染塵垢。散花：《維摩詰所説經·觀衆生品》：「時維摩詰室有一天女，見諸大人聞所説法，便現其身，即以天華散諸菩薩大弟子上。華至諸菩薩即皆墮落，至大弟子便著不墮。一切弟子，神力去華，不能令去。天女曰：『華無所分別，仁者自此生分別想耳。結習未盡，華著身耳。結習盡者，華不著也。』」《浄名》：即《維摩詰所説經》，僧肇注引鳩摩羅什説：「維摩詰，秦名浄名，即五百童子之一也。」實相：真實相。佛教稱物質世界可感知的形象狀態爲相，是虚假的，而以不可稱説感知的無相之相爲實相，是世界的真實本體。《維摩詰所説經·問疾品》：「彼上人者，難爲酬對，深達實相，善説法要。」

〔六〕漢沔：即漢水，沔水爲漢水别名。鄢、郢：楚國國都，故址分别在今湖北襄樊和江陵兩地。熊、湘：《史記·五帝本紀》：「登熊、湘。」正義引《括地志》：「熊耳山在商州上洛縣西十里。……湘山，一名艑山，在岳州巴陵縣南十八里也。」熊，劉本作「衡」。

〔七〕無住：無所住著。《維摩詰所説經·觀衆生品》：「無住爲本。」僧肇注：「一切法從衆緣會而成體，緣未會則法無寄，無寄則無住，無住則無法，以無法爲本，故能立一切法也。」

〔八〕社内之因：篤信佛教的因緣。社，指白蓮社，參見卷一《廣宣上人寄在蜀與韋令公唱和詩卷（略）》注。愛緣：愛的因緣，佛教所云十二因緣之一。《妙法蓮華經·化城喻品》：「受緣愛，愛緣取。」

〔九〕江淹《雜擬》：見卷一《韓十八侍御見示岳陽樓别竇司直詩（略）》注。此所詠當爲《雜擬》中《休上人怨别》詩：「西北秋風至，楚客心悠哉。日暮碧雲合，佳人殊未來。」

〔一〇〕東林：寺名，在九江廬山，此泛指佛寺。據《蓮社高僧傳·慧遠法師傳》，慧永先在廬山，居西林寺，後刺史桓伊爲慧遠建刹廬山，以其地在慧永舍東，故號東林。

〔一一〕象馬：印度以象馬爲坐騎，此但指坐騎。庾信《陝州弘農郡五張寺經藏碑》：「象馬單奔。」琉璃：一種半透明礦物質，佛書中稱佛國以琉璃布地，此指佛寺。《妙法蓮華經·譬喻品》：「清淨無瑕穢，以琉璃布地。」

〔一二〕雪山童子：指佛，過去曾在雪山作婆羅門，修菩薩行，見《大般涅槃經·聖行品》。

〔一三〕金粟如來：即維摩詰。《五色綫》卷下引《淨名經義抄》：「梵語維摩詰，此名淨名，般提之子，母名離垢，妻名金機，男名善思，女名月上，過去成佛，號金粟如來。」

〔一四〕錫：錫杖。言歸：即歸，言爲語詞。《詩·周南·葛覃》：「言告言歸。」九城：九重城，指京師長安。

〔一五〕三衣：即僧衣。僧尼法衣，共有三種，即大衣僧迦梨、上衣鬱多羅僧、下衣安陀會，合稱三衣。萬年枝：指宫中樹木。《文選》謝朓《直中書省》：「風動萬年枝，日華承露掌。」李善注引《晉宫闕名》：「華林園有萬年樹十四株。」《演繁露》卷一一：「謝詩有『風動萬年枝』之句，……莫知其爲何種木也。或云冬青木長不凋謝，即萬年之謂，亦無明據。」廣宣時以詩供奉宫廷，慧則當亦曾爲供奉僧，出入宫禁，故詩有「曾拂萬年枝」之語。

〔一六〕休公：劉宋詩僧湯惠休，此借指廣宣。《宋書·徐湛之傳》：「沙門釋惠休，善屬文，辭采綺艷，湛之與之甚厚。世祖命使還俗。本姓湯，位至揚州從事史。」

〔一七〕楚客：禹錫自謂。逢秋：鮑照《秋日示休上人》：「枯桑葉易零，疲客心易驚。」

【集評】

黄徹曰：老杜：「卿到朝廷説老翁，漂零已是滄浪客。」又：「朝覲從容問幽仄，勿云江漢有垂綸。」其後夢得《送陳郎中》云：「若問舊人劉子政，而今頭白在商於。」《送惠休》則云：「休公久別如相問，楚客逢秋心更悲。」……皆有所因也。（《䂬溪詩話》卷五）

傷桃源薛道士〔一〕

壇邊松在鶴巢空，白鹿閑行舊徑中。手植紅桃千樹發，滿山無主任春風。

【校注】

〔一〕詩元和中在朗州作。薛道士：當是桃源桃川宫道士，餘未詳。道士：《文苑英華》作「尊師」。

喜康將軍見訪〔一〕

謫居愁寂似幽棲，百草當門茅舍低。夜獵將軍忽相訪，〔二〕鷓鴣驚起遶籬啼。〔三〕

【校注】

〔一〕詩元和中在朗州作。康將軍：名未詳。禹錫謫居朗州，「鄰里皆遷客」（《武陵書懷五十韻》），康將軍當亦是謫居朗州者。

〔二〕夜獵將軍：李廣，此處借指康將軍。《史記·李將軍列傳》：「廣家……屏野居藍田南山中射獵，嘗夜從一騎出……還至霸陵亭，霸陵尉醉，呵止廣。廣騎曰：『故李將軍。』尉曰：『今將軍尚不得夜行，何乃故也！』」獵：《叢刊》本作「静」。

〔三〕鷓鴣：鳥名。《中華古今注》卷下：「南方有鳥名鷓鴣，其名自呼。常向日而飛，畏霜露，早晚稀出，有時夜飛。」

嘗茶〔一〕

生採芳叢鷹觜芽，〔二〕老郎封寄謫仙家。〔三〕今宵更有湘江月，照出霏霏滿碗花。〔四〕

【校注】

〔一〕詩云「湘江月」，當元和中在朗州作。

〔二〕鷹觜：喻初生茶葉嫩芽。《膳夫經手録》：「始蜀茶得名蒙頂也，元和以前，束帛不能易一斤先春蒙頂……今真蒙頂有鷹嘴芽白茶。」徐鉉《和門下殷侍郎新茶二十韻》：「才教鷹嘴拆，未放雪花妍。」採：原作「拍」，據《叢刊》本改。

〔三〕老郎：當是曾在朝久爲郎官者，其人未詳。謫仙：禹錫自謂。

〔四〕霏霏：雨雪盛貌。花：指茶上泡沫與霧氣。

梁國祠〔一〕

梁國三郎威德尊，〔二〕女巫簫鼓走鄉村。〔三〕萬家長見空山上，雨氣蒼茫生廟門。

【校注】

〔一〕詩元和中在朗州作。梁國祠：詩云「梁國三郎」，所祠疑即竹王三郎，參見前《晚歲登武陵城顧望水陸悵然有作》注。然「梁國」二字難以索解。《古今圖書集成·方輿彙編·職方典》卷一二五九引清陵亭長《武陵競渡略》云：「花船廟神曰梁王，其像冕服衛侍兵仗甚嚴，乃東漢梁松代馬援監軍征五溪夷者也。土人祀之陽山，劉禹錫詩『漢家都尉舊征蠻，血食如今配此山』，又曰『梁國三郎威德尊』，即此。」又云：「清泥灣，白船，麟尾，旗服純白。廟神曰老官，曰羊頭三郎，曰竹馬三郎，皆一手操橈，一手或拳或弄彩球。古有竹郎神，未知是否。」則以梁松爲梁國祠神，又民間所祀三郎神甚多，未詳孰是。

〔二〕威德：《史記·秦始皇本紀》：「自上古不及陛下威德。」

〔三〕簫：原作「蕭」，據劉本、《叢刊》本、《全唐詩》改。

九日登高〔一〕

世路山河險，〔二〕君門煙霧深。〔三〕年年上高處，未省不傷心。〔四〕

【校注】

〔一〕詩元和中在朗州作。九日：舊曆九月九日重陽節，有登高之俗。《初學記》卷四引《續齊諧記》：「汝南桓景隨費長房游學，長房謂之曰：『九月九日，汝南當有大災厄，急令家人縫囊，盛茱萸，繫臂上，登山飲菊酒，此禍可消。』景如言，舉家坐山。夕還，見鷄犬一時暴死。長房曰：『此可代之。』今世人九日登高是也。」

〔二〕「世路」句：謂人心難測，參見卷一《萋兮吟》注。

〔三〕君門：《楚辭·九辯》：「豈不鬱陶而思君兮，君之門以九重。」

〔四〕未省：未曾。白居易《恨詞》：「從來恨人意，不省似今朝。」同人《尋春題諸家園林》：「平生身得所，未省似而今。」

中國古典文學基本叢書

劉禹錫全集編年校注

第四册

〔唐〕劉禹錫 撰
陶敏
陶紅雨 校注

中華書局

劉禹錫全集編年校注卷十二　詩　未編年

昏鏡詞〔一〕并引

鏡之工列十鏡於賈區，發奩而視，其一皎如，其九霧如。〔二〕或曰：「良苦之不侔甚矣〔三〕！」工解頤謝曰〔四〕：「非不能盡良也。蓋賈之意，唯售是念。今來市者，必歷鑒周睞，〔五〕求與己宜。彼皎者不能隱芒杪之瑕，〔六〕非美容不合，是用什一其數也。」予感之，作《昏鏡詞》。

昏鏡非美金，〔七〕漠然喪其晶。〔八〕陋容多自欺，謂若它鏡明。瑕疵既不見，妍態隨意生。一日四五照，自言美傾城。〔九〕飾帶以紋繡，〔一〇〕裝匣以瓊瑛。〔一一〕秦宮豈不重，〔一二〕非適乃爲輕。〔一三〕

【校注】

〔一〕昏鏡詞：《舊唐書·魏徵傳》：「（太宗）嘗臨朝謂侍臣曰：『夫以銅爲鏡，可以正衣冠；以古爲鏡，可以知興替；以人爲鏡，可以明得失。……今魏徵殂逝，遂亡一鏡矣！』」詩以鏡爲喻，諷刺在位者親逢迎諂媚的小人，遠直言無隱的賢者。此與後四詩爲組詩，均刺譏時事，有爲而作，似作於早年鋭意進取時。

〔二〕賈區：交易場所。區：劉本、《叢刊》本、《文苑英華》、《全唐詩》作「奩」。奩，鏡匣。皎如：明亮貌。霧如：昏暗貌。

〔三〕苦：粗劣，通楛，《全唐詩》校「一作楛」。《周禮·冬官·考工記》：「辨其苦良而買之。」不侔：不等。

〔四〕解頤：大笑。《漢書·匡衡傳》：「匡説詩，解人頤。」如淳曰：「使人笑不能止也。」

〔五〕歷鑒：一一試照。鑒，《文苑英華》校「集作覽」。周睞：遍觀。

〔六〕芒杪之瑕：極微細的缺陷。芒杪，草木的末端。

〔七〕美金：優質青銅。

〔八〕漠然：黯然無光貌。晶：光澤。

〔九〕傾城：見卷一《馬嵬行》注。

〔一〇〕紋繡：即文繡，繡有彩色花紋的絲織品。

〔一一〕瓊瑛：美玉。

〔一二〕秦宫：秦宫寶鏡，可照人心膽。見卷六《歷陽書事七十四韻》注。

〔一三〕非適：用非其所。秦宫以鏡照知宫人是否有邪念，故爲「非適」。

養鷙詞〔一〕并引

途逢少年，志在逐絶句，〔二〕方呼鷹隼，以襲飛走。因縱觀之，卒無所獲。行人有常從事於斯者，曰：「夫鷙禽飢則爲用，今哺之過篤，故然也。」〔三〕予感之，作《養鷙詞》。〔四〕

養鷙非玩形，所資擊鮮力。〔五〕少年昧其理，日日哺不息。〔六〕探雛網黄口，〔七〕旦暮有餘食。寧知下韝時，〔八〕翅重飛不得。毰毸止林表，〔九〕狡兔自南北。飲啄既已盈，〔一〇〕安能勞羽翼？

【校注】

〔一〕鷙：鷙鳥，猛禽，指獵鷹。此詩以養鷙喻朝廷之姑息武將、藩鎮，以致不爲所用。如元和五年，詔討王承宗，諸道「藩鄰觀望養寇，空爲逗撓，以弊國賦」，即其例。參見卷二《卧病聞常山旋師(略)》注。何焯云：「此似爲長慶中河朔再失，諸將莫肯用命而發。」

〔二〕絶句：劉本作「絶」，《叢刊》本作「禽獸」，《全唐詩》作「獸」。

〔三〕飢則爲用：《三國志·魏書·吕布傳》載，吕布因陳登求徐州牧，曹操不許，布大怒，登徐喻之曰：「登見曹公言：『待將軍譬如養虎，當飽其肉，不飽則將噬人。』公曰：『不如卿言也。譬如養鷹，飢則爲用，飽則揚去。』」篤：優厚。

〔四〕鷙：原作「鷹」，據明本、劉本、《叢刊》本、《全唐詩》改。

〔五〕擊鮮：搏殺禽獸。《漢書·陸賈傳》：「數擊鮮。」師古曰：「鮮謂新殺之肉。」

〔六〕日日：劉本作「日月」，《全唐詩》校「一作日夜」。

〔七〕探雛：探取巢中幼鳥。黄口：小雀。《説苑·敬慎》：「孔子見羅者，其所得者皆黄口也。孔子曰：『黄口盡得，大爵獨不得，何也？』」

〔八〕韝：獵者手臂上立鷹的皮套。

〔九〕毰毸：鳥羽張開貌，此指被獵的禽鳥，參見卷一《飛鳶操》注。

〔一〇〕飲啄：飲水啄食，此指食物。盈：豐富。

武夫詞〔一〕并引

有武夫過，詫余以從軍之樂。〔二〕翌日，質于通武之善經者，〔三〕則曰：「果有樂也。夫威恣而賞勞則樂用，威雌而賞虓則樂横去聲〔四〕，顧其樂安出耳。」余惕然，作是詞。

武夫何洸洸，〔五〕衣紫襲絳裳。〔六〕借問胡爲爾？列校在鷹揚。〔七〕依倚將軍勢，〔八〕交結少年場。〔九〕探丸害公吏，〔一〇〕袖刃妒名倡。〔一一〕家産既不事，顧眄自生光。〔一二〕酣歌高樓上，袒裼大道傍。〔一三〕昔爲編户人，〔一四〕秉耒甘哺糠。〔一五〕今來從軍樂，躍馬飫崢粱。〔一六〕猶思風塵起，〔一七〕無種取侯王。〔一八〕

【校注】

〔一〕武夫：軍人。唐代禁軍分南、北衙，北軍由宦官統領，最盛者爲神策軍。《新唐書·兵志》：「自肅宗以後……京畿之西，多以神策軍鎮之，皆有屯營。軍司之人，散處甸内，皆恃勢凌暴，民間苦之。自德宗幸梁還，以神策兵有勞，皆號『興元元從奉天定難功臣』，恕死罪。中書、御史府、兵部乃不能歲比其籍，京兆又不敢總舉名實。三輔人假比於軍，一牒至十數。長安姦人多寓占兩軍，身不宿衛，以錢代行，謂之納課户。益肆爲暴，吏稍禁之，輒先得罪，故當時京尹、赤令皆爲之斂屈。」詩即諷刺軍人之驕恣横暴。

〔二〕詑：誇耀。

〔三〕通武之善經者：懂得軍事善於治軍的人。《左傳·宣公十二年》：「兼弱攻昧，武之善經也。」注：「經，法也。」

〔四〕威恣：威信很高。恣，放縱，謂能充分施行。樂用：以被任用爲樂。雌：卑弱。虣，通暴。樂横：以横暴爲樂。

〔五〕洸洸：威武貌。《詩·大雅·江漢》：「武夫洸洸。」

〔六〕衣紫：唐制，三品以上服紫。此指軍服。《宋史·輿服志》：「紫衫，本軍校服。中興，大夫服之，以便戎事。」襲：衣上加衣。絳裳：紅色公服。《舊唐書·輿服志》：「諸典謁、武弁，絳公服。」

〔七〕列校：指中下級武官。《後漢書·袁紹傳》：「誠傷偏裨列校，勤不見紀，盡忠爲國，翻成重愆。」鷹揚：唐代折衝都尉曾名鷹揚郎將，見《新唐書·兵志》，此當代指神策軍。

〔八〕依倚：倚仗。樂府《羽林郎》：「依倚將軍勢，調笑酒家胡。」

〔九〕少年場：少年游樂之場。曹植《結客少年場行》：「結客少年場，報怨洛北邙。」

〔一〇〕探丸：一種作出決定的辦法，猶今之拈鬮。《漢書·尹賞傳》：「長安中姦猾浸多，閭里少年群輩殺吏，受賕報仇。相與探丸爲彈，得赤丸者斫武吏，得黑丸者斫文吏，白者主治喪。」

〔一一〕袖刃：袖藏利刃。妒名倡：爲了著名倡妓而争風喫醋。

〔一二〕眄：《叢刊》本、《全唐詩》作「盼」。

〔一三〕袒裼：脱去或解開外衣，露出身體。

〔一四〕編户人：編列户籍的百姓，指農夫。《漢書·高帝紀》：「諸將故與帝爲編户民。」師古曰：「編户者，言列次名籍也。」

〔一五〕秉耒：手持農具。哺糠：吃粗糲的食物。

〔一六〕飫：飽食。峙粱：儲積的糧食。《書·費誓》：「峙乃糗糧。」傳：「皆當儲峙汝糗糒之糧。」峙，原作「持」，劉本作「膏」，據《叢刊》本改。

〔一七〕風塵：喻指戰爭。《漢書・終軍傳》：「邊境時有風塵之警。」

〔一八〕無種：没有高貴的家世。《史記・陳涉世家》載陳涉號召戍卒起義時語：「且壯士不死即已，死即舉大名耳。王侯將相，寧有種乎！」

賈客詞〔一〕并引

五方之賈，以財相雄，而鹽賈尤熾。〔二〕或曰：「賈雄則農傷。」予感之，作是詞。

賈客無定游，所游唯利並。〔三〕眩俗雜良苦，〔四〕乘時取重輕。〔五〕心計析秋毫，〔六〕捶鈎侔懸衡。〔七〕錐刀既無棄，〔八〕轉化日已盈。〔九〕邀福禱波神，〔一〇〕施財游化城。〔一一〕妻約雕金釧，〔一二〕女垂貫珠纓。〔一三〕高貲比封君，〔一四〕奇貨通倖卿。〔一五〕趨時鷙鳥思，〔一六〕藏鏹盤龍形。〔一七〕大艑浮通川，〔一八〕高樓次旗亭。〔一九〕行止皆有樂，關梁自無征。〔二〇〕農夫何爲者，辛苦事寒耕？〔二一〕

【校注】

〔一〕賈客詞：《樂府詩集》卷四八載此詩，解題云：「《古今樂録》曰：『《估客樂》者，齊武帝之所製也。帝布衣時，嘗游樊、鄧。登祚以後，追憶往事而作歌。』」……《唐書・樂志》曰：『梁改其名爲《商旅行》。』」賈客：商人，此指鹽商。《資治通鑑》卷二二六：「（劉）晏專用榷鹽法充軍國之用……以爲官多則民擾，故但於出鹽之鄉置鹽官，收鹽户所煮之鹽轉鬻於商人，任其所之，自餘州縣不復置官。」《新唐書・食貨志四》：「劉晏鹽法既成，商人納絹以代鹽利者，每緡加錢二百，以備將士春服。包佶爲汴東水陸運、兩税、鹽鐵使，許以漆器、瑇瑁、綾綺代鹽價，雖不可用者亦高估而售之，廣虚數以罔上。亭户冒法，私鬻不絶，巡捕之卒，遍於州縣。鹽估益貴，商人乘時射利，遠鄉貧民困高估，至有淡食者。」詩揭露鹽商之擅利。

〔二〕五方：東西南北中。熾：盛。

〔三〕唯利並：唯利之所在。《列子・力命》：「農赴時，商趨利。」

〔四〕眩俗：迷惑百姓。良苦：優質和劣質的貨物。《文選》張衡《西京賦》：「鬻良雜苦，蚩眩邊鄙。」薛綜注：「良，善也。先見良物，價定而雜與惡物，以欺惑下土之人。」

〔五〕乘時：抓住機會。左思《吴都賦》：「乘時射利，財豐巨萬。」重輕：指錢。《史記・貨殖列傳》：「其後齊中衰，管子修之，設輕重九府。」正義：「《管子》云『輕重』，謂錢也。」

〔六〕心計：内心計算。秋毫：極言其微細。《史記・平準書》：「於是以東郭咸陽、孔僅爲大農丞，領鹽鐵事；桑弘羊以計算用事，侍中。……弘羊，雒陽賈人子，以心計，年十三侍中。故三人言利事析秋毫矣。」索隱：「言百物毫芒至秋皆美細。今言弘羊等三人言利事纖悉，能分析其秋毫也。」

〔七〕捶鉤：《莊子·知北游》：「大馬之捶鉤者，年八十矣，而不失豪芒。」郭象注：「玷捶鉤之輕重而無豪芒之差也。」玷捶，即掂度，估量之意。《集韻·果韻》：「捶，㪣捶物輕重也。」鉤，腰帶鉤。侔：相等。懸衡：天平類衡器。

〔八〕錐刀：喻微利。《左傳·昭公六年》：「錐刀之末，將盡争之。」

〔九〕轉化：周轉變化，指買賣交易將本求利。盈：豐足。

〔一〇〕邀：求。波神：水神。鹽商多自水路運輸，懼風波傾覆，故禱水神。

〔一一〕施財：布施財物，亦爲求福。化城：佛用法力幻化出的城池，此指佛寺。《妙法蓮華經·化城喻品》：有大衆欲過險難惡道，至珍寶處，中路懈退，導師「設神通力，化作大城郭，莊嚴諸舍宅」，諸人入城後，心大歡喜，「導師知息已，集衆而告言：汝等當前進，此是化城耳。」

〔一二〕約：束，套上。雕金釧：雕鏤花紋的金手鐲。

〔一三〕貫珠纓：穿有珍珠的絲縧。

〔一四〕高貲：豐厚的財産。封君：受封邑的貴族。《史記·貨殖列傳》：「烏氏倮畜牧……畜至用谷量馬牛。秦始皇帝令倮比封君，以時與列臣朝請。」

〔一五〕奇貨：珍奇的貨物。《史記·吕不韋列傳》：「此奇貨可居。」倖卿：皇帝寵幸的權貴。《漢書·貨殖傳》載，成都羅裒賈京師，家貲巨萬，以其半遺曲陽侯王根、定陵侯淳于長，「依其權力，賒貸郡國，人莫敢負」。淳于長傳即在《漢書・佞幸傳》中。

〔一六〕趨時：猶捕捉時機。《史記・貨殖列傳》：「白圭樂觀時變，故人棄我取，人取我與……趨時若猛獸鷙鳥之發。」

〔一七〕鏹：錢貫。盤龍：形容堆積的錢貫。左思《蜀都賦》：「貨殖私庭，藏鏹巨萬。」

〔一八〕艑：船。通川：四通八達的大江大河。

〔一九〕次：排比，並列。旗亭：市樓。

〔二〇〕關梁：關隘橋梁，此指交通要道設卡收税之所。無征：不收税。《禮記・王制》：「關市譏而不征。」《新唐書・食貨志四》：「諸道加榷鹽錢，商人舟所過有税。（劉）晏奏罷州縣率税，禁堰埭邀以利者。」

〔二一〕農夫二句：《史記・貨殖列傳》：「夫用貧求富，農不如工，工不如商，刺繡文不如倚市門。」

【集評】

何焯曰：〔高貲句〕並刺時主。（卞孝萱《劉禹錫詩何焯批語考訂》）

調瑟詞〔一〕并引

里有富豪翁，厚自奉養而嚴督臧獲，〔二〕力屈形削，然猶役之無藝極。〔三〕一旦不堪命，亡者過半，追亡者亦不來復，翁悴沮而追昨非之莫及也。〔四〕予感之，作《調瑟詞》。

調瑟在張絃，〔五〕絃平音自足。〔六〕朱絲二十五，〔七〕闕一不成曲。美人愛高張，〔八〕瑶軫再三促。〔九〕上絃雖獨響，下應不相屬。〔一〇〕日暮聲未和，寂寥一枯木。卻顧膝上絃，流淚難相續。

【校注】

〔一〕調瑟：《淮南子·繆稱》：「治國譬若張瑟，大絃絚則小絃絶矣。故急轡數策者，非千里之御也。」此詩以調瑟爲喻，諷刺爲政之苛虐者。

〔二〕臧獲：奴婢。《方言》卷三：「荆、淮、海、岱雜齊之間，駡奴曰臧，駡婢曰獲。」

〔三〕屈：盡。削：消瘦。無藝極：無限度。《國語·晉語八》：「貪慾無藝。」韋昭注：「藝，極也。」藝極，《叢刊》本作「何」，《文苑英華》無「極」字。

〔四〕不堪命：不能忍受役使。復：復命。悴沮：沮喪。

〔五〕張：張設。《漢書·董仲舒傳》：「琴瑟不調，甚者必解而更張之。」

〔六〕平：和。

〔七〕朱絲：紅色絲絃。《漢書·郊祀志》：「泰帝使素女鼓五十絃瑟，悲，帝禁不止，故破其瑟而爲二十五絃。」

〔八〕高張：張緊琴瑟的絃。顔延之《秋胡詩》：「高張生絶絃。」

〔九〕瑤軫：弦樂器上玉製的可旋轉以調節音高的軸。促：指擰緊。

〔一〇〕屬：屬和。

苦雨行〔一〕

悠悠飛走情，〔二〕同樂在陽和。〔三〕歲中三百日，常苦風雨多。〔四〕天人信遐遠，〔五〕時節易蹉跎。洞房有明燭，〔六〕無乃酣且歌。〔七〕

【校注】

〔一〕苦雨：隱寓憂時傷世之意，何焯云：「刺在上者不恤下也。」詩疑作於永貞中。

〔二〕悠悠：衆多貌。飛走：飛禽走獸。

〔三〕陽和：春天和暖之氣。《史記・秦始皇本紀》：「時在中春，陽和方起。」

〔四〕苦：劉本、《全唐詩》作「恐」。風雨：亦隱喻患難。《詩・鄭風・風雨》：「風雨淒淒，鷄鳴喈喈。」箋：「興者，喻君子雖居亂世，不變改其節度。」

〔五〕天人：指五行災異、天人感應的學説。《漢書・董仲舒傳》：「國家將有失道之敗，而天乃出災害以譴告之；不知自省，又出怪異以警懼之；尚不知變，而傷敗乃至。」劉禹錫認爲天無預於人事，不能賞功罰禍，故曰「信遐遠」。

〔六〕洞房：内室。《楚辭・招魂》：「姱容修態，絙洞房些。」又：「蘭膏明燭，華燈錯些。」

〔七〕乃：《全唐詩》校「一作妨」。

題欹器圖〔一〕

秦國功成思稅駕，〔二〕晉臣名遂嘆危機。〔三〕無因上蔡牽黄犬，〔四〕願作丹徒一布衣。〔五〕

【校注】

〔一〕欹器：一種傾斜易覆的盛水器，參見卷十一《奉和吏部楊尚書（略）》注。

〔二〕秦國：《叢刊》本作「嬴相」。稅駕：《史記·李斯列傳》載，秦王用李斯計謀，二十餘年，竟併天下，以斯爲丞相。斯長男三川守李由告歸咸陽，斯置酒於家，百官長皆前爲壽，門廷車騎以千數。李斯喟然而嘆，曰：「嗟呼！吾聞之荀卿曰：『物禁大盛』。夫斯乃上蔡布衣，閭巷之黔首，上不知其駑下，遂擢至此，當今人臣之位無居臣上者，可謂富貴極矣。物極則衰，吾未知所稅駕也。」索隱：「稅駕，猶解駕，言休息也。」

〔三〕晉臣：指諸葛長民。《晉書》本傳載，長民從劉裕討桓玄，以功累進至都督豫州揚州之六郡諸軍事、豫州刺史，領淮南太守，及劉毅爲劉裕所殺，長民以爲禍將至，謀欲作亂，猶豫未發，嘆曰：「貧賤常思富貴，富貴必履機危。今日欲爲丹徒布衣，豈可得也？」後爲劉裕所殺。按，傳中「貧賤」云云，《南史·劉穆之傳》載作穆之語。

〔四〕上蔡：秦縣名，在今河南上蔡縣西南。《史記·李斯列傳》：「二世二年七月，具斯五刑，論腰斬咸陽市。斯出獄，與其中子俱執，顧謂其中子曰：『吾欲與若復牽黄犬俱出上蔡東門逐狡兔，豈可得乎！』遂父子相哭，而夷三族。」

〔五〕丹徒：今江蘇鎮江市。諸葛長民曾鎮丹徒，見《晉書》本傳。

摩鏡篇〔一〕

流塵翳明鏡，〔二〕歲久看如漆。門前負局生，〔三〕爲我一摩拂。苹開緑池滿，〔四〕暈盡金波溢。〔五〕白日照空心，圓光走幽室。山神袄氣沮，野魅真形出。〔六〕卻思未摩時，瓦礫來唐突。〔七〕

【校注】

〔一〕摩鏡：即磨鏡。《淮南子·修務》：「明鏡之始下型，矇然未見形容。及其粉以玄錫，摩以白旃，鬢眉微毫，可得而察。」此詩言明鏡蒙塵，瓦礫唐突，一旦得磨洗拂拭，精光畢現，妖魅無所遁形，蓋亦有所寄託。但作年難以確知。

〔二〕流塵：浮游的塵埃。翳：遮蔽。《莊子·德充符》：「鑒明則塵垢不止，止則不明也。」

〔三〕負局生：磨鏡人。局，匣子。《列仙傳》卷下：「負局先生，不知何許人也，語似燕、代間人，常負磨鏡局徇吴市中。」

〔四〕苹：通萍，浮萍。

〔五〕暈：此指月四周的光圈，光影較模糊。金波：喻月光。《漢書・禮樂志》：「月穆穆以金波。」

〔六〕山神二句：傳説明鏡可以照妖物。《西京雜記》卷一：「宣帝被收繫郡邸獄，臂上猶帶史良娣合采婉轉絲繩，繫身毒國寶鏡一枚，大如八銖錢。舊傳此鏡照見妖魅，得佩之者爲天神所福。」

〔七〕唐突：衝撞，冒犯。《後漢書・孔融傳》：「融爲九列，不遵朝儀，秃巾微行，唐突宫掖。」

【集評】

葛立方曰：君子爲小人詆巇沮抑，則其詩怨，故寓之於物以舒其憤。……小人既敗，君子得志之秋，則其詩昌，故寓之物以快其志。如劉禹錫《摩鏡篇》所謂「萍開緑池滿，暈盡金波溢。白日照空心，圓光走幽室。山神妖氣沮，野魅真形出」是也。（《韻語陽秋》卷二〇）

有獺吟〔一〕

有獺得嘉魚，〔二〕自謂天見憐。先祭不敢食，捧鱗望清玄。〔三〕人立寒沙上，〔四〕心專脰肩肩。〔五〕漁翁以爲妖，舉塊投其咽。〔六〕呼兒貫魚歸，與獺同烹煎。關關黄金鶚，〔七〕大翅摇江煙。下見盈尋魚，〔八〕投身擘洪漣。〔九〕攫拏隱嶙去，〔一〇〕哺雛林岳顛。鴟烏欲伺隙，〔一一〕遥噪莫敢前。長居青雲路，彈射無由緣。〔一二〕何地無江湖？何水無鮪鱣？〔一三〕天意不宰

割，〔一四〕菲祭徒虔虔。〔一五〕空餘知禮重，載在淹中篇。〔一六〕

【校注】

〔一〕獺：獸名，居水邊，喜水，善泳，以魚類等爲食。相傳獺得魚後，將其陳列水邊，形如祭祀，稱爲獺祭。《禮記·月令·孟春之月》：「魚上冰，獺祭魚。」注：「此時魚肥美，獺將食之，先以祭也。」詩寫獺因祭祀而遭殺害，對那些拘泥禮法不達時變者有所譏嘲，似亦有己永貞中因「智乏周身」而罹謗的體驗在其中。

〔二〕嘉魚：肥美之魚。《詩·小雅》有《南有嘉魚》篇。

〔三〕鱗：魚，《叢刊》本作「鮮」。清玄：指天。

〔四〕人立：《左傳·莊公八年》：「豕人立而啼。」

〔五〕脰：頸項。《莊子·德充符》：「闉跂支離無脤説衛靈公，靈公悦之，而視全人，其脰肩肩。」陸德明音義：「脰，頸也。肩肩，李云『細小貌』，簡文云『直貌』。」脰肩肩，劉本作「脰著肩」，《文苑英華》、《全唐詩》作「眼悁悁」。

〔六〕塊：土塊。咽，原作「前」，據明本、《叢刊》本、《文苑英華》、《全唐詩》改。

〔七〕關關：鳥和鳴聲。鶚：即雎鳩，一名魚鷹。《詩·周南·關雎》：「關關雎鳩，在河之洲。」《爾雅·釋鳥》「雎鳩」郭璞注：「雕類，今江東呼之爲鶚，好在江渚山邊食魚。」《禽經》：「雎鳩，魚鷹也。」

〔八〕尋：八尺曰尋。

〔九〕擘：分開。洪漣：大波。

〔一〇〕攫拏：攫取捕捉。隱嶙：猶隱轔，高低不平貌，指山巒。《漢書·司馬相如傳下》：「於是乎崇山矗矗……隱轔鬱壘，登降施靡。」注引郭璞曰：「隱轔鬱壘，堆壟不平貌。」嶙，《全唐詩》作「鱗」。

〔一一〕鴟烏：鴟鷹與烏鴉，參見卷一《飛鳶操》注。伺隙：尋找可乘之機（奪取食物）。

〔一二〕青雲路：指天之高處。彈射：用彈丸射擊。無由緣：無機會。

〔一三〕鮪鱣：均魚名。《詩·衛風·碩人》：「鱣鮪發發。」《爾雅·釋魚》：「鱣，大魚，似鱏而短鼻，口在頷下，體有邪行甲，無鱗，肉黄。大者長二三丈，今江東呼爲黄魚。」「鮪，鱣屬也。」

〔一四〕宰割：殺死。永貞中，二王、劉、柳等欲罷宦官兵柄而反受其害，此云「天意不宰割」，似喻指其未得到皇帝有力支持而言。

〔一五〕菲祭：薄祭。虔虔：虔誠貌。

〔一六〕淹中篇：指《禮記》。其《月令》篇有「獺祭魚」的記載。淹中，春秋魯都曲阜中里名。《漢書·藝文志》：「《禮古經》者，出於魯淹中及孔氏。」注引蘇林曰：「里名也。」

經東都安國觀九仙公主舊院作〔一〕

仙院御溝東，〔二〕今來事不同。門開青草日，樓閉緑楊風。將犬昇天路，〔三〕披霓赴月

宮。〔四〕武皇曾駐蹕，〔五〕親問主人翁。〔六〕

【校注】

〔一〕東都：洛陽。安國觀：在洛陽政平坊，見卷七《秋夜安國觀聞笙》注。九仙公主：當即玉真公主。《新唐書・諸帝公主傳》及《唐會要》無九仙公主之名。繆荃孫《劉賓客文集跋》：「考《王建集》亦有《九仙公主舊莊》詩。杜紫綸（原注：詔）謂唐公主無九仙之名，惟《方伎傳》玄宗時有夜光者，因九仙公主召見温泉。考東都安國觀爲太平公主宅，武皇意指玄宗，九仙公主或即太平公主之別號。」按，玄宗即位後，即殺太平公主，故開元中薦師夜光之九仙公主決非太平公主。睿宗十一女，其中金仙、玉真二公主入道。依《新唐書・諸帝公主傳》排列次序，金仙爲睿宗第九女，玉真爲第十女，《全唐文》卷九二七蔡瑋《玉真公主朝謁（略）王屋山仙人臺靈壇祥應記》亦稱玉真爲「睿宗大聖貞皇帝之十女」。但《類編長安志》卷五：「金仙女冠觀在輔興坊東南隅。景雲元年，睿宗第八女西城公主、第九女昌隆公主並出家爲女冠，因立二觀。二年，西城改封金仙公主，昌隆改封玉真公主。」《金石續編》卷八載蔡瑋文「十女」亦作「愛女」，出土之《大唐故金仙長公主誌石銘并序》（見《隋唐五代墓誌彙編》陝西卷）稱金仙爲「今上之第八妹」，知《公主傳》排序有誤。金仙第八，玉真則爲第九。《説郛》卷五引《常侍言旨》云，玄宗爲太上皇居興善（慶）宮時，因久雨初晴，幸勤政樓，百姓歡呼萬歲，李輔國譖於肅宗，謂爲「九仙媛、高力士、陳玄禮之異謀」，遂矯詔遷玄宗於西内，「九仙媛於嶺南安置，力士、玄禮長流遠惡處」。

《資治通鑑》卷二二一載此事則作「玉真公主、如仙媛」。《考異》曰：「《常侍言旨》作『九仙媛』，《唐曆》作『九公主、女媛』，今從新、舊《傳》。蓋舊宮人也。」劉詩之九仙公主，《叢刊》本作「九公主」，《文苑英華》作「九公子」，當即九公主之誤。《松窗雜録》有張説得罪，納夜明簾於九公主得解事。九公主、九仙公主，當即玉真公主。據《公主傳》，天寶三載，玉真上言願去公主號，罷邑司，玄宗許之。玉真既去公主號，人們遂以「九公主」稱之，又因其嘗入道或加「仙」字。

〔二〕御溝：流經宮中的水流。《唐語林》卷七：「政平坊安國觀，明皇時玉真公主所建。……殿南有精思院……院南池引御渠水注之，疊石像蓬萊、方丈、瀛洲三山。」

〔三〕將犬：《水經注·肥水》：「淮南王劉安……養方術之徒數十人，皆爲俊異焉，多神仙秘法鴻寶之道。忽有八公，皆鬚眉皓素，詣門希見……王甚敬之。八士並能煉金化丹，出入無間。乃與安登山。埋金於地，白日昇天。餘藥在器，鷄犬舐之者俱得上昇。」

〔四〕披霓：披雲霓之衣裳。霓，《全唐詩》作「雲」。赴月宮：《淮南子·覽冥》：「羿請不死之藥於西王母，姮娥竊以奔月。」高誘注：「姮娥，羿妻。羿請不死藥於西王母，未及服之，姮娥盜食之，得仙，奔入月中，爲月精。」姮娥，即嫦娥。

〔五〕武皇：漢武帝，此指唐玄宗。杜甫《兵車行》：「武皇開邊意未已。」錢謙益箋：「唐人詩稱明皇多云武皇。」駐蹕：皇帝出行時車駕停留。

〔六〕主人翁：漢武帝對董偃的稱呼，偃爲館陶公主嬖倖。《漢書·東方朔傳》：「（武）帝姑館陶公主號竇太主，堂邑侯陳午尚之。午死，主寡居，年五十餘矣，近幸董偃。……上臨山林，主自執宰敝膝，道入登階就坐。坐未定，上曰：『願謁主人翁。』……當是時，董君見尊不名，稱爲『主人翁』。」玉真公主開元中曾出降張氏，生有張倜等二子，見《隋唐五代墓誌彙編》陝西卷《唐故九華觀主□師藏形記》。據兩《唐書·張果傳》，開元二十一年，玄宗欲以玉真公主降於張果，「果大笑，竟不奉詔」，蓋其夫已卒，時玉真公主年三十九。《金石録》卷二七引《唐玉真公主墓誌》：「睿宗時封昌興公主，後改封玉真，進爲長公主。」其身份及喪夫事與館陶公主仿佛。禹錫用典，可稱精確。關於玉真公主婚嫁等事，詳見郁賢皓《天上謫仙人的秘密——李白考論集》中《李白與玉真公主過從新探》一文。

【集評】

宋長白曰：李義山《碧城三首》，蓋詠公主入道事也。……末章云：「武皇内傳分明在，莫道人間總不知。」用劉中山《題九仙公主舊院》詩「武皇曾駐蹕，親問主人翁」也。（《柳亭詩話》卷一三）

八月十五夜玩月〔一〕

天將今夜月，一遍洗寰瀛。〔二〕暑退九霄淨，秋澄萬景清。星辰讓光彩，風露發晶英。能變人間世，翛然是玉京。〔三〕

【校注】

〔一〕此詩似爲早年作。

〔二〕寰瀛：寰宇瀛海，陸地海洋的總稱。

〔三〕儵然：自在無拘束之貌。玉京：神仙所居。《雲笈七籤》卷二一引《玉京山經》：「玉京山冠於八方諸大羅天……山有七寶城，城有七寶宫，宫有七寶玄臺，其山自然生七寶之樹。……即太上無極虚皇大道君之所治也。」

【集評】

胡仔曰：古人賦中秋詩，例皆詠月而已，少有著題者。杜子美、劉夢得皆有八月十五夜詩，只是詠月，然亦佳句也。夢得曰：「天將今夜月……」（《苕溪漁隱叢話》後集卷二三）

方回曰：絶妙無敵。（《瀛奎律髓》卷二二）

馮舒曰：首二句壓倒一世。（《瀛奎律髓彙評》卷二二）

馮班曰：破無跡，妙。首句冠古，第二日用不得，卻不説出中秋。（同前）

查慎行曰：與少陵别是一調，亦見精彩。（同前）

何焯曰：不減休文《詠月》。正面不寫一句。（同前）

途中早發〔一〕

馬蹋塵上霜，月明岡頭路。〔二〕行人朝氣鋭，宿鳥相辭去。流水隔遠村，縵山多紅樹。〔三〕

悠悠關塞内，來往無閒步。

【校注】

〔一〕詩作年未詳。

〔二〕岡：劉本作「江」。

〔三〕縵：繚繞。

客有爲余話天壇遇雨之狀因以賦之〔一〕

清晨登天壇，半路逢陰晦。疾行穿雨過，卻立視雲背。白日照其上，風雷走于内。滉瀁雪海翻，〔二〕槎牙玉山碎。〔三〕蛟龍露鬐鬣，〔四〕神鬼含變態。萬狀互相生，〔五〕百音以繁會。〔六〕俯觀群動静，〔七〕始覺天宇大。山頂自澂明，人間已霶霈。〔八〕豁然重昏斂，〔九〕涣若春冰潰。〔一〇〕反照入松門，瀑流飛縞帶。〔一一〕遥光泛物色，〔一二〕餘韻吟天籟。〔一三〕洞府撞仙鐘，〔一四〕村墟起夕靄。卻見山下侣，已如迷世代。〔一五〕問我何處來，我來雲雨外。

【校注】

〔一〕詩似早年作。天壇：在今河南濟源縣。《通志·地理略》：「王屋山在濟源縣西八十里，形如王者車蓋，故名。其絶頂曰天壇，蓋濟水發源之處。」明李濂《游王屋山記》：「其絶頂曰天壇，常有雲氣覆之，輪囷紛鬱，雷雨在其下，飛鳥視其背，相傳自古仙靈朝會之所。」

〔二〕滉瀁：水深廣摇動貌。雪海：與下玉山均狀雲海。

〔三〕槎牙：錯雜不齊貌。

〔四〕鬐：魚類的鰭。鬣：魚類頷旁小鰭。

〔五〕相生：《全唐詩》作「生滅」。

〔六〕繁會：紛繁交會。屈原《九歌·東皇太一》：「五音紛其繁會。」

〔七〕群動：各種生物。陶潛《飲酒》：「日入群動息。」

〔八〕霶霈：雨大貌。

〔九〕豁然：開朗貌。重昏：濃密烏雲。斂：收。

〔一〇〕涣：離散。潰：消融。《老子》上篇：「涣兮若冰之將釋。」

〔一一〕縞：白色生絲織品。

〔一二〕物色：景物。

〔一三〕天籟：大自然的音響。《莊子·齊物論》：「汝聞人籟，而未聞地籟；汝聞地籟，而未聞天籟夫。」

〔一四〕洞府：神仙所居，此指寺觀。《太平御覽》卷四〇引《茅君内傳》：「王屋山之洞周迴萬里，名曰小有清虚之天。」

〔一五〕迷世代：謂山上山下似乎是兩個世界。陶潛《桃花源記》載，漁人誤入桃源，桃源中人「見漁人，乃大驚，問所從來」，其中人「乃不知有漢，無論魏晉」。

【集評】

陸時雍曰：寫出真際處最佳。「疾行」數語，殊自奇快。結語穩足。（《唐詩鏡》）

鍾惺曰（百音句）視聽高寂。（我來句）「上」字、「内」字、「外」字，皆以極確字面形出極幻之境，作記妙手。山水詩，語有極壯幻驚人，而不免爲後人開一蹊徑者，如「白日照其上，風雷走于内」等語是也。意以爲不如「百音以繁會」、「遥光泛物色」，雖無聲跡可尋，而實境所觸，偶然得之，移動不去，久而更新耳。（《唐詩歸》）

何焯曰：（反照二句）結束映帶。（問我二句）收「話」字。「外」字與「過」字相應。（卞孝萱《劉禹錫詩何焯批語考訂》）

黄周星曰：一路極力鋪叙，總趕到末二句緊緊收鎖，正如風檣陣馬，截然而止，此豈尋常筆力！（《唐詩快》）

施補華曰：劉夢得《天壇遇雨作》，變化奇幻，已開東坡之先聲。（《峴傭説詩》）

賀裳曰：五古自是劉詩勝場，然其可喜處，多在新聲變調，尖警不含蓄者。……狀天壇遇雨曰：「疾行穿雨過，却立視雲背。」《羅浮寺》曰：「夜宿最高峰，瞻望浩無鄰。海黑天宇曠，星辰來逼人。」景奇語奇，登山時卻實有此事。（《載酒園詩話又編》）

王闓運曰：山上看山下雨，常景也，作詩便覺靈奇。（《王闓運手批唐詩選》）

有僧言羅浮事因爲詩以寫之〔一〕

君言羅浮上，容易見九垠。〔二〕漸高元氣壯，〔三〕洶湧來翼身。〔四〕夜宿最高峰，瞻空浩無鄰。〔五〕海黑天宇曠，星辰來逼人。是時當朏魄，〔六〕陰物恣騰振。〔七〕日光吐鯨背，〔八〕劍影開龍鱗。〔九〕倏若萬馬馳，〔一〇〕旌旗聳奫淪。〔一一〕又如廣樂奏，〔一二〕金石含悲辛。〔一三〕疑其有巨靈，〔一四〕怪物盡來賓。〔一五〕陰陽迭用事，〔一六〕乃俾夜作晨。咿喔天鷄鳴，〔一七〕扶桑色昕昕。〔一八〕赤波千萬里，〔一九〕踴出黄金輪。〔二〇〕下視生物息，〔二一〕霏如隙中塵。〔二二〕醯鷄仰甕口，〔二三〕亦謂雲漢津。〔二四〕世人信耳目，〔二五〕方寸度大鈞。〔二六〕安知視聽外，怪愕不可陳。悠然想大方，〔二七〕此乃杯水濱。〔二八〕知小天地大，〔二九〕安能識其真？

【校注】

〔一〕羅浮：山名，在今廣東增城、博羅縣境。陳槤《羅浮志》卷一：「羅浮山在惠州府博羅縣西北三十里。《漢志》云：『浮山自會稽來，博於羅山，故名博羅山。』……《羅浮記》云：『浮山乃蓬萊之一島，堯時洪水所漂，浮海而來，與浮山合而爲一。今山上猶有東方草木。』……《南越志》云：『山之高三千六百丈，周迴三百二十七里。』……此蓋前代紀載，有不可得而致詳者。」此詩在集中次於前詩之後，風格亦類似，疑爲早年作。

〔二〕九垠：猶九重，指天最高處。《文選》楊雄《甘泉賦》：「漂龍淵而還九垠兮，窺地底而上回。」李善注引服虔曰：「九垠，九重也。」

〔三〕元氣：古人認爲物質的一種形態，天地由元氣所生。參見卷一《華山歌》注。

〔四〕翼：遮蔽。

〔五〕空：明本、劉本、《全唐詩》作「望」。

〔六〕朏魄：新月之光，此指夏曆月初。《文選》謝莊《月賦》：「朒朓警闕，朏魄示沖。」李善注：「朏，月未成光。魄，月始生魄然也。」

〔七〕陰物：古人謂秉陰氣而生的事物，如鬼物等。

〔八〕日光：與下「劍影」均指黑暗中所見海中浮游生物所發奇異之光。鯨：海中大魚。鯨背，指海上。《文選》木華《海賦》：「陽冰不冶，陰火潛然。」楊慎《藝林伐山》卷三：「凡海中水，遇陰晦，波如然火滿海。以物擊之，迸散如星，有月即不復見，木玄虚所云『陰火潛然』，豈謂是乎。」《東坡志林》卷二「記劉夢得有詩記羅浮山」條云：「山不甚高而夜見日，此可異也。」以日光爲實指，似誤。

〔九〕劍影：寶劍光華。此暗用寶劍化龍故事，參見卷六《浙西李大夫示述夢四十韻（略）》注。

〔一〇〕倏：迅疾貌。

〔一一〕 瀇滃：水深廣迴旋貌。

〔一二〕 廣樂：天帝之樂。《史記・趙世家》：「趙簡子疾，五日不知人。……寤，語大夫曰：『我之帝所甚樂，與百神游於鈞天，廣樂九奏萬舞，不類三代之樂，其聲動人心。』」

〔一三〕 金石：鐘磬之類樂器。

〔一四〕 巨靈：河神，此指巨大的神靈。參見卷一《華山歌》注。

〔一五〕 來賓：前來歸附朝見。《文選》班固《東都賦》：「自孝武之所不征，孝宣之所未臣，莫不陸讋水慄，奔走而來賓。」

〔一六〕 陰陽：陰陽二氣，古人以日爲陽，夜爲陰。迭：交替。用事：掌權，當令。《漢書・丙吉傳》：「方春少陽用事，未可大熱。」

〔一七〕 咿喔：鷄啼聲。天鷄：神話中鷄，見卷三《洞庭秋月行》注。

〔一八〕 扶桑：神話中日出處，此指東方。《淮南子・天文》：「日出於暘谷，浴於咸池，拂於扶桑，是謂晨明。」《十洲記》：「扶桑，在東海之東岸，……有椹樹，長者數千丈，大二千餘圍，樹兩兩同根偶生，更相依倚，是以名爲扶桑。」昕昕：日將出光明貌。

〔一九〕 赤波：指紅霞和被映紅的海水；劉本作「示彼」。里，《叢刊》本作「重」。

〔二〇〕 黄金輪：指太陽。

〔二一〕 息：蕃衍生殖。

〔二二〕霏：雨雪貌，此狀生物之細小。

〔二三〕醯鷄：一種小蟲，古人以爲酒上白霉所變。《莊子·田子方》載，孔子問道於老聃，出告顔回曰：「丘之於道也，其猶醯鷄與！」郭象注：「醯鷄者，甕中之蠛蠓。」

〔二四〕雲漢：天河。津：渡口。

〔二五〕耳目：《荀子·君道》：「耳目之明，如是其狹也。」

〔二六〕方寸：指心。參見卷二《秋日過鴻舉法師寺院（略）》注。度：揣測。大鈞：天地，大自然。鈞，陶工製陶器時所用轉輪，古人認爲萬物爲天地育成，如陶之在鈞，故云。賈誼《鵩鳥賦》：「大鈞播物兮，坱圠無垠。」

〔二七〕悠然：明本、劉本、《全唐詩》作「悠悠」。大方：指大地。《淮南子·天文》：「天道曰員，地道曰方。」《管子·内業》：「人能正静……乃能戴大圜而履大方。」

〔二八〕杯水：極言其小。此將南海與天地、宇宙比較而言。

〔二九〕知：通智。

【集評】

蘇軾曰：劉夢得有詩，記羅浮夜半見日事。山不甚高，而夜見日，甚可異也。（《游羅浮山一首示兒子過》自注。按吕祖謙《詩律武庫》卷一四曰：「唐劉禹錫言：『惠州羅浮山勢亦未甚高，而夜半見日，此可異也。』其詩曰：『陰陽迭用事……涌出黄金輪。』故東坡《游羅浮》云：『人間有此白玉京，羅浮見日鷄一鳴。』」蓋誤以東坡語爲禹錫語。）

唐秀才贈端州紫石硯以詩答之〔一〕

端州石硯人間重，〔二〕贈我應知正草《玄》。〔三〕闕里廟中空舊物，〔四〕開方竈下豈天然。〔五〕玉蠩吐水霞光凈，〔六〕綵翰搖風絳錦鮮。〔七〕此日傭工記名姓，〔八〕因君數到墨池前。〔九〕

【校注】

〔一〕秀才：唐人對舉子的通稱。唐秀才，名未詳。端州：州治在今廣東肇慶。《端溪硯譜》：「（肇慶）府東三十三里有山曰斧柯，在大江之南，蓋靈羊峽之對山也。……登山行三四里，即爲硯巖也。先至者曰下巖……下巖之上曰中巖，中巖之上曰上巖。自上巖轉山之背曰龍巖。龍巖蓋唐取硯之所。後下巖得石勝龍巖，龍巖不復取。……下巖石乾則灰蒼色，潤則青紫色。……大抵石性貴潤，色貴青紫。」詩云「正草玄」，似作於元和中被貶朗州或連州時。

〔二〕人間重：《國史補》卷下：「端溪紫石硯，天下無貴賤通用之。」李賀《楊生青花紫石硯歌》：「端州石工巧如神，踏天磨刀割紫雲。」

〔三〕草玄：用揚雄撰寫《太玄》事，謂己不得意，參見卷二《和董庶中古散調詞（略）》注。

〔四〕闕里：春秋魯國都城曲阜中里名，孔子曾居此。《史記·孔子世家》正義引《括地志》：「兖州曲阜縣魯城西南三里有闕里，中有孔子宅，宅中有廟。」《水經注·泗水》：「（周公）臺南四里許則孔廟，即夫子之故宅也。宅大一頃，所居之堂，後世以爲廟。……廟屋三間，夫子在西間，東向。……夫子牀前有石硯一枚，作甚樸，云平生時物也。」

〔五〕開方：未詳。開，《叢刊》本作「門」，似亦非。開方竈，當指方士煉丹之竈。《五色綫》卷下：「洪崖先生欲歸河内，舍人劉守璋贈先生揚雄鐵研並四皓鹿角枕。」洪崖先生，傳説中仙人，其硯鐵鑄，故非「天然」。

〔六〕玉蠩：玉製蟾蜍，儲水之器。《西京雜記》卷六：「晉靈公冢……器物皆朽爛不可别，唯玉蟾蜍一枚，大如拳，腹空，容五合水，光潤如新，王（廣川王劉去疾）取以盛書滴。」

〔七〕綵翰：綵筆，見卷一《和武中丞秋日寄懷簡諸僚故》注。絳錦：深紅色絲織品。

〔八〕慵：憊懶。記名姓：《史記·項羽本紀》：「書足以記名姓而已，劍一人敵，不足學。」此代指書法。

〔九〕墨池：《晉書·王羲之傳》：「張芝臨池學書，池水盡黑。」越州嵊縣金庭觀、撫州均有王羲之墨池，參見《輿地紀勝》卷十、卷二十九。二句謂己本慵於學書，因唐秀才贈硯遂屢起臨池之興。

贈東岳張鍊師〔一〕

東岳真人張鍊師，〔二〕高情雅澹世間稀。〔三〕堪爲烈女書青簡，〔四〕久事元君住翠微。〔五〕金縷機中抛錦字，〔六〕玉清壇上著霓衣。〔七〕雲衢不要吹簫伴，〔八〕只擬乘鸞獨自飛。

【校注】

〔一〕東岳：泰山。鍊師：《唐六典》卷四：「道士修行有三號：其一曰法師，其二曰威儀師，其三曰律師。其德高思精謂之鍊師。」此爲對道士的尊稱。張鍊師：一女道士，餘未詳。詩作年亦無考。

〔二〕真人：仙人，對道士的敬稱。

〔三〕雅澹：閒雅淡泊。澹，《叢刊》本作「贍」，劉本作「淡」。

〔四〕烈女：《全唐詩》作「列女」。馮浩云：「『烈』當作『列』。」《隋書·經籍志》：「《列女傳》十五卷，劉向撰，曹大家注。」《晉書》辟《列女傳》。青簡：竹簡，代指史册。

〔五〕元君：指女仙人。顏真卿《南岳魏夫人仙壇銘》：「男之高仙曰真人，女曰元君。」按此詩呼女道士張煉師爲「真人」，《和令狐相公送趙常盈煉師（略）》詩又呼男道士趙常盈爲「元君」，似無嚴格區别。《雲笈七籤》卷九七：「南極王夫人……或號南極元君。」阮元《小滄浪筆談》卷四：「泰山碧霞元君廟在天柱峰之東。」翠微：青翠山色，此指山。

〔六〕金縷：金綫。錦字：織錦爲字，代指寄丈夫的書信。《晉書·列女傳》：「竇滔妻蘇氏，始平人也，名蕙，字若蘭，善屬文。滔，苻堅時爲秦州刺史，被徙流沙。蘇氏思之，織錦爲迴文旋圖詩以贈滔。宛轉循環以讀之，詞甚淒惋，凡八百四十字。」

〔七〕玉清：道教三清境之一，爲神仙所居。玉清壇，指道觀壇場。霓衣：仙人所著，此指道士服裝。

《楚辭・九歌・東君》：「青雲衣兮白霓裳。」

〔八〕雲衢：天上道路。吹簫伴：與下「乘鸞」均用弄玉、蕭史事，見卷三《團扇歌》注。

【集評】

葛立方曰：唐張煉師不知何人，觀唐人贈其詩，若有譏誚。錢起云：「仙侶披雲集，霞杯達曉傾。同歡不可再，朝夕赤龍迎。」劉禹錫云：「金縷機中抛錦字，玉清壇上著霓衣。雲衢不要吹簫伴，只擬乘鸞獨自飛。」其「華山女」之流乎？（《韻語陽秋》卷十二。按，唐代女冠甚多，錢、劉時代不相值，二詩所贈之張煉師恐非同一人。）

方回曰：詩格高律熟。（《瀛奎律髓》卷四八）

紀昀曰：熟則有之，高則未也。出手太率。（《瀛奎律髓彙評》卷四八）

范梈《木天禁語》七言律詩篇法「順流直下」録此詩。

翠微寺有感〔一〕

吾王昔游幸，〔二〕離宮雲際開。〔三〕朱旗迎夏畢，〔四〕涼軒避暑來。湯餅賜都尉，〔五〕寒冰頒上才。〔六〕龍髯不可望，〔七〕玉坐生浮埃。

【校注】

〔一〕翠微寺：《新唐書・地理志一》「京兆府長安縣」：「南五十里太和谷有太和宫，武德八年置，貞觀十年廢，二十一年復置，曰翠微宫，籠山爲苑，元和中以爲翠微寺。」《李太白全集》卷一九《答長安崔少府叔封游終南翠微寺太宗皇帝金沙泉見寄》詩王琦注：「《法苑珠林》：『今上皇帝恭膺寶位……先帝所幸之宫，翠微、玉華，並捨爲寺。……』據此所稱『今上皇帝』是指高宗而言，則《唐書》所云『元和中爲翠微寺』者，非矣。」詩疑貞元、永貞中在長安作。

〔二〕吾王：指唐太宗。《舊唐書·太宗紀》：「（貞觀二十三年）四月己亥，幸翠微宫。」

〔三〕離宫：天子出游之宫。《增修詩話總龜》前集卷二四引《談苑》：「翠微寺在驪山絶頂，舊離宫也。唐太宗避暑於此，後寺亦廢。」按，寺在終南山，此云驪山，誤。

〔四〕朱旗：紅旗。古代帝王不同的季節採用不同的服色，夏季色用赤。迎夏：《禮記·月令·孟夏之月》：「立夏之日，天子親帥三公、九卿、大夫，以迎夏於南郊。」畢，劉本、《全唐詩》作「早」。

〔五〕湯餅：一種煮的麵食。《靖康緗素雜記》卷二：「煮麵謂之湯餅。」《荆楚歲時記》：「六月伏日，並作湯餅，名爲辟惡。」都尉：三國魏何晏，字平叔，爲駙馬都尉。《世説新語·容止》：「何平叔美姿儀，面至白，魏明帝疑其傅粉。正夏月，與熱湯餅。既啗，大汗出，以朱衣自拭，色轉皎然。」

〔六〕上才：才能出衆者。《周禮·天官·凌人》：「夏頒冰掌事。」劉禹錫《劉駙馬水亭避暑》：「賜冰滿碗沉朱實。」

〔七〕龍髯：龍兩頰長鬚。《史記·封禪書》：「黄帝採首山銅，鑄鼎於荆山下。鼎既成，有龍垂胡髯下迎黃帝。黃帝上騎，群臣後宫從上者七十餘人，龍乃上去。餘小臣不得上，乃悉持龍髯。龍髯拔，墮，墮黃帝之弓。百姓仰望黃帝既上天，乃抱其弓與鬍髯號。故後世因名其處曰鼎湖，其弓曰烏號。」

觀舞柘枝二首〔一〕

胡服何葳蕤，〔二〕僊僊登綺墀。〔三〕神飆獵紅蕖，〔四〕龍燭然金枝。〔五〕垂帶覆纖腰，〔六〕安鈿當嫵眉。〔七〕翹袖中繁鼓，〔八〕傾眸遡華榱。〔九〕燕餘有舊曲，〔一〇〕淮南多冶詞。〔一一〕欲見傾城處，〔一二〕君看赴節時。〔一三〕

【校注】

〔一〕柘枝：舞名。《樂府詩集》卷五六：「《樂府雜録》曰：『健舞曲有《柘枝》，軟舞曲有《屈柘》。』《樂苑》曰：『羽調有《柘枝曲》，商調有《屈柘枝》。』此舞因曲爲名，用二女童，帽施金鈴，抃轉有聲。其來也，於二蓮花中藏，花坼而後見。……《羯鼓録》曰：『……一説曰，《柘枝》，本柘枝（疑當作拓拔）舞也，其後字訛爲柘枝。』沈亞之賦云：『昔神祖之克戎，賓雜舞以混會。《柘枝》信其多妍，命佳人以繼態。』然則似是戎夷之舞。今舞人衣冠類蠻服，疑出南蠻諸國也。」詩作年未詳。

〔二〕胡服：北方、西方各族的服飾。《史記·趙世家》：「吾欲胡服。」正義引服虔語：「東胡，烏丸之先，後爲鮮卑也。」拓跋氏所建北魏是鮮卑族政權。葳蕤：盛貌。

〔三〕僊僊：舞姿飛揚貌。《詩·小雅·賓之初筵》：「屢舞僊僊。」僊僊，《全唐詩》作「僊姬」。綺墀：此指廳堂中鋪設地毯的地面。

〔四〕神飆：曹植《公讌》：「神飆接丹轂，輕輦隨風移。」獵：吹拂。蕖：芙蕖，荷花。《韻語陽秋》卷一五引鄭在德詠柘枝舞詩：「三敲畫鼓聲催急，一朵紅蓮出水遲。」

〔五〕龍燭：燭臺之莖鑄成龍形者。庾信《象戲賦》：「乃有龍燭銜花，金爐浮氣。」然：燃本字，《叢刊》本、《全唐詩》作「映」。枝：燭臺分支，有一莖九枝者，以分插蠟燭。

〔六〕帶：柘枝舞女以長帶爲飾。張祜《周員外席上觀柘枝妓》：「銀蔓垂花紫帶長。」

〔七〕鈿：金屬片，婦女首飾。嫵眉：秀美的眉毛。

〔八〕翹袖：舉袖。《西京雜記》卷一：「高帝戚夫人善鼓瑟擊筑……夫人善爲翹袖折腰之舞。」繁鼓：急促的鼓點。杜牧《懷鍾陵舊游》：「柘枝蠻鼓殷晴雷。」

〔九〕傾眸：側目（而視）。迴：回看。華榱：有彩繪的椽子。《文選》張衡《西京賦》：「飾華榱與璧璫。」薛綜注：「華榱，畫其榱也。」

〔一〇〕燕餘：地名，其地不詳。張衡《七辯》：「淮南清歌，燕餘才舞。」《初學記》卷一五：「舞，以土地名之……有燕餘舞。」餘，《全唐詩》作「秦」。

〔二〕淮南：指揚州。按此以淮南與燕餘對舉而言，當非實指。冶詞：麗辭。

〔三〕傾城：《漢書・孝武李夫人傳》載李延年歌：「北方有佳人，絶世而獨立。一顧傾人城，再顧傾人國。」

〔三〕赴節：起舞以應音樂的節拍。陸機《文賦》：「舞者赴節以投袂。」

二

山鷄臨清鏡，〔一〕石燕赴遥津。〔二〕何如上客會，〔三〕長袖入華茵？〔四〕體輕似無骨，〔五〕觀者皆聳神。〔六〕曲盡回身去，〔七〕曾波猶注人。〔八〕

【校注】

〔一〕山鷄：《藝文類聚》卷七〇引《異苑》：「山鷄愛其毛，映水則舞。魏武時，南方獻之。公子蒼舒令置大鏡其前，鷄鑒形而舞，不知止，遂乏死。」崔護《山鷄舞石鏡》：「盧峰開石鏡，人説舞山鷄。」

〔二〕石燕：《水經注・湘水》：「東南流逕石燕山東，其山有石，紺而狀燕，因以名山。其石或大或小，若母子焉。及其雷風相薄，則石燕群飛，頡頏如真燕矣。」遥津：遠處津渡。

〔三〕上客：貴客。

〔四〕長袖：指舞伎。《韓非子・五蠹》：「長袖善舞。」華茵：華美的地毯。白居易《柘枝妓》：「平鋪一合錦筵開。」又《柘枝詞》：「蒼頭鋪錦褥。」

〔五〕無骨：潘岳《西征賦》：「若四體之無骨。」《趙飛燕外傳》：「長而纖便輕細，舉止翩然，人謂之飛燕。……豐若有餘，柔若無骨。」

〔六〕聳神：神色驚訝聳動。

〔七〕去：劉本、《全唐詩》作「處」。

〔八〕曾：通層。曾波，指舞者目光。《文選》傅毅《舞賦》：「目流睇而横波。」李善注：「言目邪視如水之横流也。」宋玉《神女賦》：「似逝未行，中若相首，目略微眄，精彩相授。」劉詩末二句寫罷舞時舞妓若行若止、若即若離的情狀，即從此化出。

【集評】

賀裳曰：劉夢得五言古詩多學南北朝。如《觀舞柘枝》曰：「曲盡回身處，層波猶注人。」宮體中佳語也。唯近體中間雜古調，終有烏孫學漢之譏，不若唐音自佳。（《載酒園詩話又編》）

庭竹

露滌鉛粉節，〔一〕風摇青玉枝。依依似君子，〔二〕無地不相宜。

【校注】

〔一〕鉛粉：指竹上白色粉末。

〔二〕似君子：白居易《養竹記》：「竹似賢，何哉？竹本固，固以樹德；君子見其本，則思善建不拔者。竹性直，直以立身；君子見其性，則思中立不倚者。竹心空，空以體道；君子見其心，則思應用虛受者。竹節貞，貞以立志；君子見其節，則思砥礪名行，夷險一致者。夫如是，故君子人多樹之爲庭實焉。」

燕爾館破屏風所畫至精人多嘆賞題之〔一〕

畫時應遇空亡日，〔二〕賣處難逢識別人。〔三〕唯有多情往來客，强將衫袖拂埃塵。

【校注】

〔一〕燕爾館：館驛名，其地不詳。爾，《叢刊》本作「耳」。

〔二〕空亡日：凶日。古代用十干配十二支以紀日，所餘二支，謂之空亡，亦名孤虛，陰陽術士謂爲凶日，有災禍。

〔三〕識別人：有賞鑒辨別能力的人。

三閣辭四首〔一〕 吳聲。

貴人三閣上，日晏未梳頭。〔二〕不應有恨事，嬌甚卻成愁。

【校注】

〔一〕三閣：謂結綺、臨春、望仙三閣，陳後主爲張麗華等所造。《樂府詩集》卷四七清商曲辭：「《三閣詞》，劉禹錫所作吴聲曲也。」餘參見卷六《金陵五題・臺城》注。

〔二〕梳頭：《南史・張貴妃傳》：「張貴妃髮長七尺，鬒黑如漆，其光可鑒。」

二

珠箔曲瓊鈎，〔一〕子細見揚州。〔二〕北兵那得渡？〔三〕浪語判悠悠。〔四〕

【校注】

〔一〕珠箔：珠簾。瓊鈎：玉製簾鈎。《南史・張貴妃傳》：「三閣，高數十丈，……飾以金玉，間以珠翠，外施珠簾。」

〔二〕子細：仔細，清楚。揚州：三閣在長江南岸之建康，與揚州隔江相對。

〔三〕北兵：指隋兵。《南史・孔範傳》：「隋師將濟江，群官請爲備防。……範奏曰：『長江天塹，古來限隔，虜軍豈能飛度？邊將欲作功勞，妄言事急。臣自恨位卑，虜若能來，定作太尉公矣。』」同書《陳後主紀》：「及聞隋軍臨江，後主曰：『王氣在此。齊兵三度來，周兵再度至，無不摧没。虜今來者必自敗。』……但奏伎縱酒，作詩不輟。」

〔四〕浪語：妄言，大話。元結《登殊亭作》：「漫歌無人聽，浪語無人驚。」判：任憑，《叢刊》本、《唐文粹》作「聲」。

三

沈香帖閣柱，〔一〕金縷畫門楣。〔二〕回首降幡下，〔三〕已見黍離離。〔四〕

【校注】

〔一〕沈香：沈檀香。《南方草木狀》卷中：「交趾有密香樹，幹似柜柳，其花白而繁，其葉如橘。欲取香，伐之經年，其根幹枝節各有别色也。木心與節堅黑沈水者，爲沈香。」

〔二〕金縷：金綫。楣：門上横木。

〔三〕降幡：降旗。據《南史·陳後主紀》，禎明三年正月，隋將韓擒虎自廣陵渡江，率衆自新林至石子崗，鎮東大將軍任忠出降，引隋軍入宫城。

〔四〕離離：果實下垂貌。《詩·王風·黍離》：「彼黍離離，彼稷之苗。行邁靡靡，中心摇摇。」小序：「《黍離》，閔宗周也。周大夫行役至於宗周，過故宗廟宫室，盡爲禾黍，閔周室之顛覆，彷徨不忍去，而作是詩也。」

四

三人出眢井，〔一〕一身登檻車。〔二〕朱門漫臨水，〔三〕不可見鱸魚。〔四〕

【校注】

〔一〕眢井：無水枯井。《南史·陳後主紀》載：隋兵入宫，後主乃逃於井，「既而軍人窺井而呼之，後主不應。欲下石，乃聞叫聲。以繩引之，驚其太重。及出，乃與張貴妃、孔貴人三人同乘而上」。

〔二〕一身：指陳後主。檻車：囚車。《南史·陳後主紀》：禎明三年「三月己巳，後主與王公百司，同發自建鄴，之長安」。時張貴妃已爲楊廣斬於青溪，見同書《張貴妃傳》，故云「一身」。

〔三〕朱門：指陳後主在洛陽邸第。漫：空。《南史·陳後主紀》：「及後主在東宫時，有婦人突入，唱曰『畢國主』。有鳥一足，集其殿庭，以嘴畫地成文，曰：『獨足上高臺，盛草變爲灰。欲知我家處，朱門當水開。』……及至京師，與其家屬館於都水臺，所謂上高臺當水也，其言皆驗。」

〔四〕鱸魚：産於吴地，此以代指陳後主家鄉。《後漢書·左慈傳》：「（曹操）曰：『今日高會，珍羞略備，所少吴松江鱸魚耳。』」李賢注：「松江在今蘇州東南，首受太湖。《神仙傳》云：松江出好鱸魚，味異它處。」張翰思家鄉鱸魚膾，自洛陽棄官歸，見卷二《覽董評事思歸之什因以詩贈》注。

【集評】

黄庭堅曰：此四章可以配《黍離》之詩，有國存亡之鑒也。大概夢得樂府小章優於大篇，詩優於他文耳。（《豫章黄先生集》卷二六「題跋」）

更衣曲〔一〕

博山烔烔吐香霧，〔二〕紅燭引至更衣處。〔三〕夜如何其夜漫漫，〔四〕鄰鷄未鳴寒雁度。庭前雪壓松桂叢，廊下點點懸紗籠。〔五〕滿堂醉客争笑語，嘈囋琵琶青幕中。〔六〕

【校注】

〔一〕《樂府詩集》卷九四：「《漢武帝故事》曰：『武帝立衛子夫爲皇后。初，上行幸平陽主家，主置酒作樂，子夫爲主謳者，善歌，能造曲，每歌挑上。上意動，起更衣，子夫因侍得幸。頭解，上見其美髮，悦之。主遂納子夫於宫。』《更衣曲》其取於此。」

〔二〕博山：博山香爐，見卷二《泰娘歌》注。烔烔：光亮貌。

〔三〕更衣處：换衣休息之處。《史記·外戚世家》：「是日，武帝起更衣，子夫侍尚衣軒中得幸。」

〔四〕夜如何其：《詩·小雅·庭燎》：「夜如何其？夜未央，庭燎之光。」箋：「夜如何其，問早晚之詞。」漫漫：長貌。甯戚《商歌》：「長夜漫漫何時旦？」

〔五〕紗籠：紗燈。

〔六〕嘈囋：衆音雜沓相和。青幕：青油幕，參見卷二《覽董評事思歸之什因以詩贈》注。

【集評】

何焯曰：夢得歌皆秀麗婉轉，自□以外，故當推能擅美。夢得七言古詩，大曆才子之遺聲，不能

自立家。（卞孝萱《劉禹錫詩何焯批語考訂》）

華清詞〔一〕

日出驪山東，〔二〕裴回照温泉。〔三〕樓臺影玲瓏，〔四〕稍稍開白煙。〔五〕言昔太上皇，〔六〕常居此祈年。〔七〕風中聞清樂，往往來列仙。〔八〕翠華入五雲，〔九〕紫氣歸上玄。〔一〇〕哀哀生人淚，〔一一〕泣盡弓劍前。〔一二〕聖道本自我，〔一三〕凡情徒顛然。〔一四〕小臣感玄化，〔一五〕一望青冥天。

【校注】

〔一〕華清：華清宮。《新唐書·地理志一》「京兆府昭應縣」：「有宮在驪山下，貞觀十八年置，咸亨二年始名温泉宮，天寶……六載，更温泉曰華清宮。宮治湯井爲池，環山列宫室，又築羅城，置百司及十宅。」詩疑爲貞元、永貞中在長安作。

〔二〕驪山：在今陝西臨潼縣東南二里。

〔三〕裴回：同徘徊。温泉：即華清池。《南部新書》卷己：「驪山華清宮……繚垣之内，湯泉凡八九所。」

〔四〕玲瓏：結構精巧貌。白居易《長恨歌》：「樓閣玲瓏五雲起。」

〔五〕稍稍：言時間短暫。張相《詩詞曲語辭匯釋》卷二：「稍，有已而義，旋義，稍稍亦然。」

〔六〕太上皇：指唐玄宗。天寶十五載，肅宗即位於靈武，玄宗自稱太上皇。天寶中，玄宗每年冬幸華清宮，及禪位後，無再幸華清宮之事。

〔七〕祈年：祭神祈求豐年。《舊唐書·玄宗紀下》：「（天寶元年）十月丁酉，幸温泉宮。辛丑……新成長生殿名集靈臺，以祀天神。」

〔八〕列仙：玄宗遇仙之傳説甚多。《海録碎事》卷一六引《明皇雜録》：「玄宗嘗夢仙子十餘輩御雲而下，各執樂器，懸奏之，曲度清越。」

〔九〕翠華：代指皇帝車駕。《漢書·司馬相如傳》：「建翠華之旗。」師古曰：「以翠羽爲旗上葆也。」五雲：五色雲氣。

〔一〇〕紫氣：舊説天子之氣。庾信《哀江南賦》：「昔之虎踞龍盤，加以黄旗紫氣。」上玄：天。二句婉言玄宗之死。

〔一一〕生人：即生民，百姓。

〔一二〕弓劍：指帝王遺物。《水經注·河水》：「走馬水出陽周縣故城南橋山，山有黄帝冢。帝崩，惟弓劍存焉，故世稱黄帝仙矣。」參見前《翠微寺有感》注。

〔一三〕自我：《文選》謝靈運《述祖德詩》：「達人貴自我，高情屬天雲。」

〔一四〕顒然：景仰貌。

〔一五〕玄化：聖王的教化。《晉書·樂志》：「改《上邪曲》爲《玄化》，言其時主修文武，則天而行，仁澤流洽，天下喜樂也。」張華《晉中宮所歌》：「先王統大業，玄化漸八維。」

步虛詞二首〔一〕

阿母種桃雲海際，〔二〕花落子成二千歲。〔三〕海風吹折最繁枝，跪捧瓊盤獻天帝。

【校注】

〔一〕步虛詞：《樂府詩集》卷七八引《樂府解題》：「《步虛詞》，道家曲也，備言衆仙縹緲輕舉之美。」《異苑》卷五：「陳思王游山，忽聞空裏誦經聲，清遠遒亮。解音者則而寫之，爲神仙聲。道士效之，作步虛聲也。」《全唐詩》卷四七七重收此詩其二爲李涉詩。按《雲溪友議》卷下載：李博士涉嘗適九江，至涗口之西，忽逢大風鼓其征帆，數十人皆持兵仗而問是何人。從者曰：「李博士船也。」其間豪者曰：「若是李涉博士，吾輩不須剽他金帛，自聞詩名日久，但希一篇，金帛非貴也。」李乃贈一絶句。後番禺舉子李彙征客游於閩越，馳車至循州，求宿韋氏之莊居。時韋氏已八十餘，自稱曰野人韋思明，與李生談論，對酒徵古今及詩語，共論數十家歌詩，次第及李涉絶句，韋思明酷稱其善。李生乃吟其「遠別秦城萬里游」、「華表千年一鶴歸」等詩，叟亦吟二篇。李生重詠贈豪客詩，韋叟愀然變色，自承即獲贈詩之豪客，曰「弱齡不肖，游浪江湖，交結姦徒，爲不平之事，及遇李涉博士，蒙柬此詩，因而斂跡」云云。《唐音癸籤》卷二九：「唐人作詩本事，諸稗説所載，資解頤多矣。其間出自傅會借盾可攻者，蓋亦有焉。……李涉井欄砂贈詩一事，或有之。至此盜歸而改行，八十歲後遇李彙征，自署姓名爲韋思明，備誦涉他詩，瀝酒酹涉，則《雲溪友議》所添蛇足也。唐人好爲小説，或空造其事而全無影響，或影借其事而更加緣飾。即黄巢尚予一禪師號，爲僞造一詩實之，況此小小夜劫乎！」胡震亨所言甚是。《全唐詩》據《友議》收其二爲李涉詩，誤。

〔二〕阿母：西王母，神話中人物，其種桃及獻桃事見卷三《游桃源一百韻》注。

〔三〕二：《全唐詩》作「三」。

二

華表千年一鶴歸，〔一〕凝丹爲頂雪爲衣。星星仙語人聽盡，〔二〕卻向五雲翻翅飛。〔三〕

【校注】

〔一〕華表：城門前石柱。一鶴歸：用丁令威化鶴事，參見卷八《遥和白賓客分司初到洛中戲呈馮尹》注。

〔二〕星星：清醒貌。

〔三〕五雲：五色雲，參見卷一《桃源行》注。

魏宮詞二首〔一〕

日晚長秋簾外報，〔二〕望陵歌舞在明朝。〔三〕添爐火欲熏衣麝，〔四〕憶得分明不忍燒。〔五〕

【校注】

〔一〕魏：指曹魏，東漢末年，曹操爲魏王，都鄴（今河北臨漳西南）。宮詞：以帝王宮中生活瑣事或宮女愁怨爲題材的詩歌。《苕溪漁隱叢話》前集卷二二：「（王建）工爲樂府歌行，思遠格幽。……《宮詞》凡百絶，天下傳播，傚此體者雖有數家，而建爲之祖耳。」此二詩又重見於《王建詩集》卷十《宮詞》中，誤。《賓退録》卷一：「王建以《宮詞》著名，然好事者多以他人之詩雜之，今世所傳百篇不皆建所作也。……如『新鷹初放兔初肥……』『黄金捍撥紫檀槽……』張籍《宮詞》二首也。『日晚長秋簾外報……』『日映西陵松柏枝……』劉夢得《魏宮詞》二首也。或全録，或改一二字而已。」

〔二〕長秋：漢官名，掌中宮宣命。《後漢書·百官志四》：「大長秋一人，二千石。本注曰：承秦將行，宦者。景帝更爲大長秋，或用士人，中興常用宦者，職掌奉宣中宮命。」

〔三〕望陵歌舞：曹操《遺令》：「吾死之後……斂以時服，葬於鄴之西崗上。……吾婢妾與伎人皆勤苦，使著銅雀臺，善待之。於臺堂上安六尺牀，施繐帳，朝晡上脯糒之屬。月旦十五日，自朝至午，輒向帳中作伎樂。汝等時時登銅雀臺，望吾西陵墓田。」

〔四〕火欲：《全唐詩》作「欲爇」。麝：麝香。曹操《遺令》：「餘香可分與諸夫人，不命祭。諸舍中無所爲，可學作組履賣也。」

〔五〕分明：《全唐詩》作「分時」。

【集評】

鍾惺曰：稍爲銅雀事覓一好收場。（《唐詩歸》）

陸時雍曰：中晚絶句多以意勝。劉禹錫長於寄怨，七言絶最其所優，可分昌齡半席。（《唐詩鏡》）

二

日映西陵松柏枝，〔一〕下臺相顧一相悲。〔二〕朝來樂府長歌曲，〔三〕唱著君王自作詞。〔四〕

【校注】

〔一〕西陵：曹操陵墓，在相州鄴縣西。《三國志·魏書·武帝紀》載建安二十三年六月令：「古之葬者，必居瘠薄之地。其規西門豹祠西原上爲壽陵，因高爲基，不封不樹。」參見卷二《遥傷丘中丞》注。

〔二〕臺：指銅雀臺。《水經注·濁漳水》：「（鄴）城之西北有三臺，皆因城爲之基，巍然崇舉，其高若山，建安十五年魏武所起，平坦略盡。……中曰銅雀臺，高十丈，有屋百一間。」悲，明本作「思」。

〔三〕長歌：樂府有《長歌行》，古詞曰：「青青園中葵，朝露待日晞。」《樂府詩集》卷三〇引《樂府解題》：「古詩云『長歌正激烈』，魏文帝《燕歌行》云『短歌微吟不能長』，晉傅玄《艷歌行》云『咄來長歌續短歌』，然則歌聲有長短，非言壽命也。」

〔四〕君王：指曹操。操長於樂府詩，今存詩二十二首中有樂府詩二十首。

阿嬌怨〔一〕

望見葳蕤舉翠華，〔二〕試開金屋掃庭花。〔三〕須臾宮女傳來信，言幸平陽公主家。〔四〕

【校注】

〔一〕阿嬌：漢武帝陳皇后小名，後因無子失寵，退居長門宮。參見卷二《詠古二首有所寄》注。樂府有《長門怨》，亦詠陳皇后事，劉禹錫所作改題今名。

〔二〕葳蕤：盛貌。翠華：以翠鳥羽毛爲飾的旗幡，代指皇帝車駕儀仗。張衡《南都賦》：「望翠華兮葳蕤。」

〔三〕金屋：此指陳皇后所居。武帝曾曰：「若得阿嬌作婦，當作金屋貯之也。」事見《漢武故事》。

〔四〕平陽公主：漢武帝姊。武帝因過平陽公主宅而幸衛子夫，後立爲皇后，見前《更衣曲》注。

【集評】

唐汝詢曰：見翠華之舉而開屋掃除，以待天子之來，乃竟不來，而幸平陽之第，且將更選美人，所以怨也。（《唐詩解》卷二九）

送春曲三首〔一〕

春向晚，春晚思悠哉。風雲日已改，花葉自相催。漠漠空中去，〔二〕何時天際來？

【校注】

〔一〕詩作年未詳。三首：二字原無，據《叢刊》本、《全唐詩》補。

〔二〕漠漠：彌漫貌。

二

春已暮，冉冉如人老。〔一〕映葉見殘花，連天是青草。可憐桃與李，從此同桑棗。

【校注】

〔一〕冉冉：漸進貌。《楚辭・離騷》：「老冉冉其將至兮，恐修名之不立。」

三

春景去，此去何時回？游人千萬恨，落日上高臺。寂寞繁花盡，流鶯歸不來。

【集評】

何焯曰：七言不如五言，然亦最爲精切，但稍覺其極耳。夢得詩，篇篇緊健，想見其精悍過人。

（卞孝萱《劉禹錫詩何焯批語考訂》）

初夏曲三首〔一〕

銅壺方促夜，〔二〕斗柄暫南回。〔三〕稍嫌單衣重，初憐北户開。〔四〕西園花已盡，〔五〕新月爲誰來？

【校注】

〔一〕詩作年未詳。

〔二〕銅壺：指漏壺，計時工具。參見卷一《闕下口號呈柳儀曹》注。夏至前，晝最長，夜最短，似爲漏刻所促，故云。

〔三〕斗柄：北斗七星中四星像斗，三星像斗柄，亦稱斗杓。《鶡冠子·環流》：「斗柄南指，天下皆夏。」

〔四〕北户：朝北的門户。開北户可納北風，故憐愛之。

〔五〕西園：曹植《公宴詩》：「清夜游西園，冠蓋相追隨。明月澄清景，列宿正參差。」詩暗用其意，言花盡之後無人游賞。

二

時節過繁華，陰陰千萬家。巢禽命子戲，園果墜枝斜。寂寞孤飛蝶，窺叢覓晚花。

三

緑水風初暖，青林露草晞。〔一〕麥田雉朝雊，〔二〕桑野人暮歸。百舌悲花盡，〔三〕無聲來去飛。

【校注】

〔一〕草：《叢刊》本、劉本作「早」。晞：干。

〔二〕雉：野鷄。雊：雉啼。潘岳《射雉賦》：「於時，青陽告謝，朱明肇授。……麥漸漸以擢芒，雉鷕鷕而朝雊。」

〔三〕百舌：鳥名，參見卷一《百舌吟》注。

柳花詞三首

開從緑條上，散逐香風遠。〔一〕故取花落時，悠揚占春晚。〔二〕

【校注】

〔一〕遠：《叢刊》本作「繞」。

〔二〕晚：《叢刊》本作「曉」。

二

輕飛不假風，輕落不委地。撩亂舞晴空，發人無限思。

三

晴天黯黯雪，〔一〕來送青春暮。無意似多情，千家萬家去。

【校注】

〔一〕黯黯：《叢刊》本作「點點」。

送春詞〔一〕

昨來樓上迎春處，今日登樓又送歸。蘭蕊殘妝含露泣，柳條長袖向風揮。佳人對鏡容色改，楚客臨江心事違。〔二〕萬古至今同此恨，無如一醉盡忘機。〔三〕

【校注】

〔一〕詩作年未詳。

〔二〕楚客：客居楚地的人。禹錫貶居之朗、夔、和諸州，均古楚地。此與「佳人」相對，似非自謂。心事違：違背本心。杜甫《秋興八首》：「匡衡抗疏功名薄，劉向傳經心事違。」

〔三〕忘機：忘卻世俗紛競機詐。

秋詞二首

自古逢秋悲寂寥，〔一〕我言秋日勝春朝。晴空一鶴排雲上，便引詩情到碧霄。

【校注】

〔一〕寂寥：冷落蕭條。宋玉《九辯》：「悲哉，秋之爲氣也！蕭瑟兮草木摇落而變衰。……泬寥兮天高而氣清，寂漻兮收潦而水清。」

二

山明水浄夜來霜，數樹深紅出淺黄。試上高樓清入骨，豈如春色嗾人狂〔一〕！

【校注】

〔一〕如：原作「知」，據《叢刊》本、《全唐詩》改。

【集評】

何焯曰：翻案，卻無宋人惡氣味。興會豪宕。（卞孝萱《劉禹錫詩何焯批語考訂》）

秋扇詞〔一〕

莫道恩情無重來，人間榮謝遞相催。〔二〕當時初入君懷袖，〔三〕豈念寒鑪有死灰？〔四〕

【校注】

〔一〕秋扇詞：樂府名。此詩雖用班婕妤《怨歌行》秋扇見捐事，但謂恩情有重來時，題旨與《團扇歌》異，似爲安慰被貶失意者而作。參見卷三《團扇歌》注。

〔二〕榮謝：花開與花謝，喻貴顯與沈淪。

〔三〕當時句：指被貶者得寵倖之時。班婕妤《怨歌行》：「出入君懷袖，動摇微風發。」

〔四〕死灰：燃燒後冷卻的灰燼，指其他被貶失意之人。

【集評】

何焯曰：上二句自慰，下二句又自反，託意深厚。（卞孝萱《劉禹錫詩何焯批語考訂》）

擣衣曲〔一〕

爽砧應秋律，〔二〕繁杵含淒風。〔三〕一一遠相續，家家音不同。户庭凝露清，伴侣明月中。〔四〕長裾委襞積，〔五〕輕珮垂璁瓏。〔六〕汗餘衫更馥，鈿移麝半空。〔七〕報寒驚邊雁，〔八〕促思聞候蟲。〔九〕天狼正芒角，〔一〇〕虎落定相攻。〔一一〕盈篋寄何處？〔一二〕征人如轉蓬。〔一三〕

【校注】

〔一〕擣衣曲：樂府近代樂辭。《樂府詩集》卷九四：「《擣衣曲》，班婕妤《擣素賦》曰：『廣儲懸月，暉木流清。桂露朝滿，涼衿夕輕。改容飾而相命，卷霜帛而下庭。於是，投香杵，加紋砧，擇鸞聲，争鳳音。』又曰：『調無定律，聲無定本，任落手之參差，從風飆之近遠。或連躍而更投，或暫舒而長卷。』蓋言擣素裁衣，緘封寄遠也。」

〔二〕爽砧：清越的砧杵聲。砧，擣衣石，此指擣衣聲。秋律：秋天的節候。古人以十二律配十二月，以律管候氣，參見卷六《和汴州令狐相公到鎮改月（略）》注。

〔三〕繁杵：繁密的砧杵聲。杵，擣衣棒槌。含淒風：謂與淒冷的秋風相雜。

〔四〕伴侶：指擣衣女伴。

〔五〕裾：衣的前襟或袖。委襞積：皺折委積。

〔六〕璁瓏：光潔晶瑩貌。

〔七〕鈿：女子用的金屬片狀首飾。麝：麝香，此指香氣。

〔八〕邊雁：北方大雁，至秋則南徙。王勃《滕王閣序》：「雁陣驚寒。」

〔九〕候蟲：指蟋蟀，一名促織。謝朓《秋夜》：「秋夜促織鳴，南鄰擣衣急。」

〔一〇〕天狼：星名，主戰事，參見卷九《重酬前寄》注。

〔一一〕虎落：指邊徼外蕃，參見卷八《送工部蕭郎中（略）》注。

〔一二〕盈篋：滿箱，指趕製出的寒衣。

〔一三〕如轉蓬：如蓬草隨風，飄轉無定。曹植《雜詩》：「轉蓬離本根，飄颻隨長風。何意回飆舉，吹我入雲中。高高上無極，天路安可窮？類此游客子，捐軀遠從戎。」

【集評】

楊慎曰：大曆以後，五言古詩可選者，惟端此篇（按指李端《古別離》），與劉禹錫《擣衣曲》、陸龜蒙

「茱萸匣中鏡」、温飛卿「悠悠復悠悠」四首耳。(《升庵詩話》卷一〇)

胡應麟曰：温、李所傳，六朝餘緒耳。劉、陸更遠，惟顧況《棄婦詞》末六句頗佳。(《詩藪·内編》卷二)

七夕二首〔一〕

河鼓靈旗動，〔二〕姮娥破鏡斜。〔三〕滿空天是幕，徐轉斗爲車。〔四〕機罷猶安石，〔五〕橋成不礙查。〔六〕寧知觀津女，〔七〕竟夕望雲涯？〔八〕

【校注】

〔一〕七夕：舊曆七月初七夜。《荆楚歲時記》：「七月七日爲牽牛、織女聚會之夜。」《初學記》卷四引吴均《續齊諧記》：「桂陽城武丁有仙道，忽謂其弟曰：『七月七日織女當渡河。……』弟問織女何事渡河，答曰：『暫詣牽牛。』世人至今云織女嫁牽牛是也。」

〔二〕河鼓：星座名，在牽牛星北，此指牽牛星。《史記·天官書》：「河鼓大星，上將；左右，左右將。」索隱：「《爾雅》：『河鼓謂之牽牛。』孫炎曰：『河鼓之旗十三星，在牽牛北。或名河鼓爲牽牛也。』」靈旗：畫有日月、北斗、登龍的旗幡。此指河鼓星座中的旗星。《晉書·天文志上》：「河鼓三星，旗九星，在牽牛北……旗即天鼓之旗，所以爲旌表也。左旗九星，在鼓左旁。」

〔三〕姮娥：即嫦娥，指月，見前《經東都安國觀九仙公主舊院作》注。姮，《叢刊》本、《全唐詩》作「嫦」。破鏡：初七上弦月，形如破鏡。

〔四〕斗：北斗星，以北極星爲軸旋轉。《史記·天官書》：「斗爲帝車。」

〔五〕機罷：織女因會牛郎而停止織布。安石：安放支機石。《太平御覽》卷八引《集林》：「昔有一人尋河源，見婦人浣紗，以問之，曰：『此天河也。』乃與一石而歸。問嚴君平，云：『此織女支機石也。』」

〔六〕橋：指傳説中的鵲橋。《歲華紀麗》卷三引《風俗通》：「織女七夕當渡河，使鵲爲橋。」查：即槎，水中浮木，此用浮槎上漢事，見卷一《逢王二十學士入翰林（略）》注。

〔七〕寧：《全唐詩》作「誰」。觀津：漢縣名，在今河北武邑東南。觀津女，指漢文帝竇皇后。《漢書·孝文竇皇后傳》：「家在觀津，姓竇氏。」《太平御覽》卷八引《世傳》：「竇后少小頭秃，不爲家人所齒。遇七夕，人皆看織女，獨不許后出，乃有神光照室，爲后之瑞。」觀津女，雙關七夕夜仰觀天河（天津）以祈願的女子。《晉書·天文志上》：「天漢起東方，經尾、箕之間，謂之漢津。」《太平御覽》卷八引周處《風土記》：「七月初七日，其夜灑掃於庭，露施几筵，設酒脯時果，散香粉於筵上，以祀河鼓、織女，言此二星神當會。守夜者咸懷私願，咸云見天漢中有奕奕白氣，有光耀五色，有此爲徵應者便拜而願，乞富乞壽，無子乞子，唯得乞一，不得兼求，三年乃得言之。頗有受其祚者。」

〔八〕竟夕：《文苑英華》校「集作終日」。

二

天衢啟雲帳，〔一〕神馭上星橋。〔二〕初喜渡河漢，頻驚轉斗杓。〔三〕餘霞張錦幛，〔四〕輕電閃紅綃。非是人間世，還悲後會遥〔五〕。

【校注】

〔一〕天衢：天上道路。

〔二〕神馭：神的車駕，此指織女所乘車。神，《文苑英華》作「仙」。

〔三〕斗杓：即斗柄。斗柄不斷旋轉，言時間迅速流逝，故「頻驚」。

〔四〕張：《文苑英華》作「開」。幛：《全唐詩》校「一作幕」。

〔五〕非是二句：相傳牛郎、織女一年一度相會，故「後會遥」。蘇彦《詠織女》：「悵悵一宵促，遲遲别日長。」

【集評】

何焯曰：可與梁、陳人争長。（卞孝萱《劉禹錫詩何焯批語考訂》）

蒲桃歌〔一〕

野田生蒲桃，纏繞一枝蒿。移來碧墀下，張王日日高。〔二〕分歧浩繁縟，〔三〕修蔓蟠詰曲。〔四〕揚翹向庭柯，〔五〕意思如有屬。〔六〕爲之立長架，布濩當軒緑。〔七〕米液溉其根，〔八〕理疏看滲漉。〔九〕繁葩組綬結，〔一〇〕懸實珠璣蹙。〔一一〕馬乳帶輕霜，〔一二〕龍鱗躍初旭。〔一三〕有客汾陰至，〔一四〕臨堂瞪雙目。自言我晉人，〔一五〕種此如種玉。〔一六〕釀之成美酒，〔一七〕令人飲不足。爲君持一斗，往取涼州牧。〔一八〕

【校注】

〔一〕蒲桃：即葡萄。據末聯，詩似有譏諷宦官賣官鬻爵意。參見後賀裳評語。

〔二〕張王：壯盛貌。韓愈《和侯協律詠筍》：「得時方張王，挾勢欲騰騫。」

〔三〕分歧：分支。繁縟：繁多。

〔四〕修蔓：長條。詰曲：屈折彎曲。

〔五〕揚翹：指葡萄蔓向上伸展。庭柯：庭樹。陶潛《歸去來兮辭》：「眄庭柯以怡顔。」

〔六〕有屬：有所歸向依託。

〔七〕布濩：散布。《漢書·司馬相如傳》：「布濩宏澤，延曼太原。」

〔八〕米液：淘米泔水。《廣群芳譜》卷五七：「（葡萄）澆以米泔水最良。」

〔九〕理疏：即疏理，謂疏鬆土壤。滲漉：滲透滋潤。《漢書·司馬相如傳》：「滋液滲漉，何生不育？」

〔一〇〕組綬：繫珮玉的絲帶。

〔一一〕珠璣：即珍珠，圓曰珠，方曰璣。蹙：密集攢聚。

〔一二〕馬乳：葡萄的一個品種，果實形如馬乳，見卷六《和令狐相公謝太原李侍中寄蒲桃》注。

〔一三〕躍：《全唐詩》作「曜」。初旭：朝陽。

〔一四〕汾陰：漢縣名，在今山西萬榮縣西南。《元和郡縣圖志》卷一二「河中府寶鼎縣」：「本漢汾陰縣地也。」

〔一五〕晉人：汾陰爲春秋晉地，故云。

〔一六〕種玉：見卷一《奉和中書崔舍人八月十五日夜玩月二十韻》注。

〔一七〕美酒：《新唐書・地理志三》「太原府」：「（土貢）葡萄酒。」

〔一八〕涼州：漢代涼州轄今甘肅、寧夏和青海湟水流域及陝西西部部分地區。《後漢書・張讓傳》注引《三輔決録》：「（孟）佗字伯郎。以蒲陶酒一斗遺讓，讓即拜佗爲涼州刺史。」

【集評】

何焯曰：〔分歧句〕頂「張王」。〔揚翹句〕頂「日高」。〔爲之句〕束「揚翹」。〔布濩句〕束「分歧」。「理疏」句，非親植葡桃，不知其入神也。（卞孝萱《劉禹錫詩何焯批語考訂》）

方南堂曰：古人於事之不能已於言者，則託之歌詩；於歌詩不能達吾意者，則喻以古事。於是，用事遂有正用、側用、虛用、實用之妙。……劉禹錫《葡萄歌》云，「爲君持一斗，往取涼州牧」，此虛用法也。（《方南堂先生輟鍛録》）

賀裳曰：《葡萄歌》……形容葡萄形味，既自入神，忽思及孟佗、張讓，隱諷當日中尉之盛，可謂寸水興波之筆。（《載酒園詩話又編》）

牆陰歌〔一〕

白日左右浮天潢，〔二〕朝晡影入東西牆。〔三〕昔爲兒童在陰戲，當時意小覺日長。東鄰侯家吹笙簧，隨陰促促移象牀。〔四〕西鄰田舍乏糟糠，〔五〕就影汲汲舂黄粱。〔六〕因思九州四海外，家家只占牆陰内。莫言牆陰數尺間，老卻主人如等閒。君看眼前光景促，〔七〕中心莫學太行山。〔八〕

【校注】

〔一〕牆陰：牆下日光照射不到之處。

〔二〕左右：東西。天潢：即天河。《文選》張衡《思玄賦》：「乘天潢之汎汎兮，浮雲漢之湯湯。」舊注：「天潢，天津也。」

〔三〕晡：傍晚。《淮南子·天文》：「日……至於悲谷，是謂晡時。」高誘注：「悲谷，西方之大壑。」

〔四〕促促：匆匆。象牀：象牙牀。《戰國策·齊策三》：「孟嘗君……至楚，獻象牀。……象牀之直千金。」

〔五〕田舍：農家。糟糠：貧者所食。

〔六〕汲汲：匆忙貌。《後漢書·五行志一》：「桓帝之初，京師童謡曰：『……河間姹女工數錢，以錢爲室金爲堂，石上慊慊春黄粱。』……『石上慊慊春黄粱』者，言永樂（太后）雖積金錢，慊慊常苦不足，使人春黄粱而食之也。」

〔七〕光景：日光，指光陰。曹植《箜篌引》：「驚風飄白日，光景馳西流。」

〔八〕太行山：在今河北、山西、河南交界處，以險峻難行著稱。曹操《苦寒行》：「北上太行山，艱哉何巍巍。羊腸坂詰屈，車輪爲之摧。」劉孝標《廣絶交論》：「世路險巇，一至於此；太行孟門，豈云嶄絶。」《論語·述而》：「君子坦蕩蕩，小人長戚戚。」莫學太行山，即當「坦蕩蕩」之意。

觀雲篇〔一〕

興雲感陰氣，〔二〕疾走如見機。〔三〕晴來意態行，〔四〕有若功成歸。〔五〕葱蘢含晚景，〔六〕潔白凝秋暉。夜深度銀漢，漠漠仙人衣。〔七〕

【校注】

〔一〕此詩作年無考。

〔二〕興雲：雲的興起。《詩·小雅·大田》：「興雨祈祈。」疏：「興雨或作興雲。」古人以爲雲雨乃陰氣所致。《易·小畜》王弼注：「能爲雨者，陽上薄陰，陰能固之，然後烝而爲雨。」

〔三〕見機：察見幾微的朕兆。《易·繫辭下》：「君子見幾而作，不俟終日。」疏：「言君子既見事之幾微，則須動作以應之，不得待終其日，言赴幾之速也。」

〔四〕意態行：此言行時姿態閒適而穩重。

〔五〕功成歸：《老子》：「功成而不居。」又：「功成名遂身退，天之道。」

〔六〕葱蘢：盛貌。景：日光。

〔七〕仙人衣：《楚辭·九歌·東君》：「青雲衣兮白霓裳。」

百花行〔一〕

長安百花時，風景宜輕薄。〔二〕無人不沽酒，何處不聞樂？春風連夜動，微雨陵曉濯。〔三〕紅焰出牆頭，〔四〕雪光映樓角。繁紫韻松竹，遠黄遶籬落。臨路不勝愁，輕飛去何託？滿庭蕩魂魄，照廡成丹渥。〔五〕爛漫㗫顛狂，〔六〕飄零勸行樂。〔七〕時節易晼晚，〔八〕清陰覆池閣。唯有安石榴，〔九〕當軒慰寂寞。

【校注】

〔一〕詩似早年長安作。

〔二〕輕薄：指放蕩游樂。《樂府詩集》卷六七引《樂府解題》：「《輕薄篇》，言乘肥馬，衣輕裘，馳逐經過爲樂。」

〔三〕陵曉：猶侵曉、凌晨。濯：洗滌（塵垢）。

〔四〕紅焰：指紅似火的花。焰，《叢刊》本作「艷」。此下四句分寫紅、白、紫、黄四色花。

〔五〕廡：正屋對面及兩側的房屋。丹渥：紅而有光澤。丹，朱砂。《詩・秦風・終南》：「顔如渥丹。」箋：「渥，厚漬也。顔色如厚漬之丹，言赤而澤也。」

〔六〕爛漫：光彩流佈貌，指盛開的花。嗾：嗾使。劉禹錫《秋詞二首》：「豈如春色嗾人狂。」

〔七〕勸行樂：勸及時行樂。

〔八〕晼晚：日將落。《楚辭・九辯》：「白日晼晚其將入兮。」

〔九〕安石榴：即石榴，相傳自安息國傳入。《初學記》卷二八引《博物志》：「張騫使西域還，得安石榴、胡桃、蒲桃。」石榴夏日開花，故可聊慰寂寞。

【集評】

何焯曰：〔紅焰句〕頂「濯」字。〔臨路句〕起「飄」字。〔滿庭句〕起「爛漫」。叙寫處縱横變化，生態可掬。〔時節句〕頂「飄零」，收。〔唯有二句〕用一花反映。（卞孝萱《劉禹錫詩何焯批語考訂》）

春有情篇〔一〕

爲問游春侣，春情何處尋？花含欲語意，草有鬥生心。〔二〕雨頻催發色，〔三〕雲輕不作陰。

縱令無月夜，芳輿暗中深。〔四〕

【校注】

〔一〕詩似早年長安作。

〔二〕門生：比賽着生長。

〔三〕催：原作「唯」，據明本、劉本、《全唐詩》改。

〔四〕芳輿：秉燭夜游尋芳之輿。

【集評】

何焯曰：後四句尤勝。句句是有情。（卞孝萱《劉禹錫詩何焯批語考訂》）

壯士行〔一〕

陰風振寒郊，〔二〕猛虎正咆哮。徐行出燒地，〔三〕連吼入黄茅。壯士走馬去，鐙前彎玉弰。〔四〕叱之使人立，〔五〕一發如鈹交。〔六〕悍睛忽星墮，飛血濺林梢。彪炳爲我席，〔七〕膻腥充我庖。〔八〕里中欣害除，賀酒紛號呶。〔九〕明日長橋上，傾城看斬蛟。〔一〇〕

【校注】

〔一〕壯士行：《樂府詩集》卷六七雜曲歌辭有張華《壯士篇》，解題曰：「燕荆軻歌曰：『風蕭蕭兮易水寒，壯士一去兮不復還。』《壯士篇》蓋出於此。」詩作年不詳。詩詠周處射虎斬蛟事，似元和中快意於削平藩鎮之事而作。

〔二〕陰風：寒風。《易·乾》：「風從虎。」

〔三〕燒地：因狩獵而縱火焚燒過的山野。

〔四〕鐙：馬鐙，代指馬。弰：弓末端彎曲處，代指弓。

〔五〕人立：《左傳·莊公八年》：「齊侯游於姑棼，遂田於貝丘，見大豕……射之，豕人立而啼。」

〔六〕鈹：兵器名。《説文》：「鈹，劍而刀裝者。」《方言》卷九郭璞注：「今江東呼大矛爲鈹。」《左傳·昭公二十七年》：吴公子遣鱄設諸刺吴王，「鱄設諸置劍於魚中以進，抽劍刺王，鈹交於胸」。

〔七〕彪炳：色彩鮮明斑斕，指虎皮。《説文》卷五：「彪，虎文也。」

〔八〕膻腥：指虎肉。庖：廚房。

〔九〕號呶：歡呼喧鬧。《詩·小雅·賓之初筵》：「賓既醉止，載號載呶。」

〔一〇〕斬蛟：《晉書·周處傳》：「處少孤，未弱冠，膂力絶人，好馳騁田獵，不修細行，縱情肆慾，州曲患之。處自知爲人所惡，乃慨然有改勵之志，謂父老曰：『今時和歲豐，何苦而不樂耶？』父老嘆曰：『三害未除，何樂之有？』處曰：『何謂也？』答曰：『南山白額猛獸、長橋下蛟，并子爲三矣。』……處乃入山射殺猛獸，因投水搏蛟。蛟或沈或浮，行數十里，而處與之俱，經三日三夜，人謂死，皆相慶賀。處果殺蛟而反，聞鄉里相慶，始知人患己之甚……遂勵志好學。」據《世説新語·自新》，周處所殺猛獸即虎。

【集評】

何焯曰：悔過除惡，斯稱壯士，命意高。（卞孝萱《劉禹錫詩何焯批語考訂》）

邊風行〔一〕

邊馬蕭蕭鳴，〔二〕邊風滿磧生。〔三〕暗添弓箭力，斗上鼓鼙聲。〔四〕襲月寒暈起，〔五〕吹雲陰陳成。〔六〕將軍占氣候，〔七〕出號夜翻營〔八〕。

【校注】

〔一〕此詩作年未詳。

〔二〕蕭蕭：馬鳴聲。

〔三〕磧：沙漠。

〔四〕斗：通陡。鼙：軍中小鼓。沙漠風乾燥，故使弓弩强勁，鼓聲響亮。

〔五〕暈：月四周的光圈。古人認爲月暈是風的徵兆。孟浩然《彭蠡湖中望廬山》：「太虚生月暈，舟子知天風。」

〔六〕陳：通陣。

〔七〕占氣候：觀察星象氣候以預測吉凶。

〔八〕原校「一作寒號畏翻城」。出號：出令。翻營：翻越營壘，謂襲擊敵人。王建《贈李愬僕射二首》：「和雪翻營一夜行，神旗凍定馬無聲。遥看火號連營赤，知是先鋒已上城。」即歌頌李愬雪夜入蔡州事。

拋毬樂詞二首〔一〕

五綵繡團圓，登君瑇瑁筵。〔二〕最宜紅燭下，偏稱落花前。上客如先起，〔三〕應須贈一船。〔四〕

【校注】

〔一〕毬：五彩繡球，酒筵中行令所用。《唐音癸籤》卷一三：「《拋毬樂》，酒筵中拋毬爲令，其所唱之詞也。」皇甫松《拋毬樂》：「金蹙花毬小，真珠繡帶垂。幾回衝臘燭，千度入香懷。上客終須醉，觥盂且亂排。」

〔二〕瑇瑁筵：以玳瑁背甲爲飾的席，用作席的美稱。參見卷八《送陸侍御歸淮南使府》注。

〔三〕上客：貴客。先起：先起身離席。

〔四〕船：酒船，一種大容量的酒具。贈一船，即罰一大杯。

二

春早見花枝，〔一〕朝朝恨發遲。及看花落後，卻憶未開時。幸有抛毬樂，一杯君莫辭。

【校注】

〔一〕花枝：唐人飲宴時用以行酒令。白居易《同李十一醉憶元九》：「醉折花枝作酒籌。」按此詩前四句與《全唐詩》卷二七二鄭昈《落花》前四句同，其末四句爲：「以此方人世，彌令感盛衰。始知山簡遶，頻向習家池。」皎然《詩式》卷五已載爲鄭昈詩，知詩實爲鄭作，劉禹錫蓋取其前四句並續二句，以爲侑酒之詞。

紇那曲詞二首〔一〕

楊柳鬱青青，〔二〕竹枝無限情。〔三〕周郎一回顧，〔四〕聽唱紇那聲。〔五〕

【校注】

〔一〕紇那：歌詞中和聲，無意義。《舊唐書·韋堅傳》載，天寶元年，堅爲陝郡太守、水陸轉運使，奏請於渭水上作堰，截灞、滻二水東注，於長安城東望春樓下穿廣運潭以通舟檝。先是，民間戲唱歌詞云：「得體紇那也，紇囊得體耶。潭裏船車鬧，揚州銅器多。三郎當殿坐，看唱得體歌。」及廣運潭成，陝縣尉崔成甫翻出此詞，作《得寶歌》，使婦人唱之。此二詩原在卷二七「樂府下」之末，其後有語云：「右已上詞，先不入集，伏緣播在樂章，今附於卷末。」當爲劉集編者所加。

〔二〕楊柳：當暗指楊柳枝詞，大和中洛下新聲，見卷九《楊柳枝詞八首》注。

〔三〕竹枝：巴渝民歌，見卷五《竹枝詞九首》注。

〔四〕周郎：周瑜。《三國志·吴書》本傳：「瑜少精意於音樂，雖三爵之後，其有闕誤，瑜必知之，知之必顧。故時人謡曰：『曲有誤，周郎顧。』」周，《叢刊》本作「同」。

〔五〕紇那聲：即謂《紇那曲》。

二

蹋曲興無窮，〔一〕調同詞不同。願郎千萬壽，〔二〕長作主人翁。〔三〕

【校注】

〔一〕蹋曲：即踏歌，見卷三《踏歌詞四首》注。

〔二〕千萬壽：張正見《前有一樽酒行》：「前有一樽酒，主人行壽。今日合來坐者，當令皆富且壽，欲令主人三萬歲。」

〔三〕主人翁：見前《經東都安國觀九仙公主舊院作》注。

奉送家兄歸王屋山隱居二首〔一〕 據道書，王屋山一名陽洛山。

陽洛天壇上，〔二〕依稀似玉京。〔三〕夜分先見日，〔四〕月浄遠聞笙。〔五〕雲路將鷄犬，〔六〕丹臺

有姓名。〔七〕古來成道者，兄弟亦同行。〔八〕

【校注】

〔一〕家兄：未詳。《寶刻叢編》卷五載劉禹錫撰並書之《楊岐山乘廣禪師碑》，劉禹錫書之《修陽山神祠碑》，均劉申錫篆額，疑劉申錫爲禹錫之兄弟。李商隱有《贈華陽宋真人兼寄清都劉先生》詩，馮浩《玉谿生詩集注》疑劉先生乃劉從政，即此詩中之「家兄」，無據。禹錫有侄曰彧（見卷二《八月十五日夜桃源玩月》詩刻石題記），曰蔚（見卷一七《猶子蔚適越戒》），不知是否此「家兄」所出。

〔二〕陽洛：王屋山别名。《洞天福地岳瀆名山記》：「北岳恒山……抱犢山爲佐命，玄隴山、崆峒山、陽洛山爲佐理。」天壇：王屋山主峰，見前《客有爲余話天壇遇雨之狀（略）》注。王屋山：主峰在今河南濟源西。《元和郡縣圖志》卷五「河南府登封縣」：「王屋山在縣北十五里，周迴一百三十里，高三十里。」

〔三〕玉京：神仙所居，見卷二《八月十五日夜桃源玩月》注。

〔四〕夜分：夜半。李益有《登天壇夜見海日》詩。

〔五〕遠：《文苑英華》作「忽」。聞笙：《列仙傳》卷上：「王子喬者，周靈王太子晉也。好吹笙，作鳳凰鳴。游伊洛之間，道士浮丘公接以上嵩高山。」

〔六〕雲路：昇天之路。將鷄犬：見前《經東都安國觀九仙公主舊院作》注。

〔七〕丹臺：存放仙人名籍之所。《藝文類聚》卷七八引《真人周君傳》：「（周義山）入蒙山，遇羨門子……君乃再拜叩頭，乞長生要訣。羨門子曰：『子名在丹臺玉室之中，何憂不仙？』」

〔八〕兄弟：《真誥》載，王子喬兄弟七人得道，五男二女；《神仙傳》言皇初平兄弟均成仙。

二

春來山事好，歸去憶逍遥。〔一〕水浄苔莎色，〔二〕露香芝朮苗。〔三〕登臺吸瑞景，〔四〕飛步翼神飆。〔五〕顧薦塤篪曲，〔六〕相將學玉簫。〔七〕

【校注】

〔一〕憶：《全唐詩》作「亦」。

〔二〕莎：莎草，即香附子。輯復本《唐新修本草》卷九：莎草根，「久服利人，益氣，長鬚眉。」

〔三〕芝：菌類植物。朮：白朮。《唐新修本草》卷六：芝，「久服輕身不老，延年長生」；朮，「久服輕身，延年，不飢」。

〔四〕瑞景：流霞之類。景，日光。《抱朴子·袪惑》：「有項曼都者，與一子入山學仙，十年而歸家……曰：『……人但以流霞一杯與我飲之，輒不飢渴。』」

〔五〕飆：疾風。翼神飆，即御風而行。

〔六〕塤篪：古代兩種樂器。《爾雅·釋樂》郭璞注：「塤，燒土爲之，大如鵝子，鋭上平底，形如秤錘，六孔。」又：「篪，以竹爲之，長尺四寸，圍三寸，一孔上出一寸三分，名翹，横吹之。」《詩·小雅·何人斯》：「伯氏吹塤，仲氏吹篪。」箋：「喻兄弟也。我與女恩如兄弟，其相應和如塤篪。」

〔七〕學玉簫：指學仙。用弄玉事，參見卷三《團扇歌》注。

送李友路秀才赴舉〔一〕

誰憐相門子，不語望秋山？〔二〕生長紈綺内，〔三〕辛勤筆硯間。榮親在名字，好學棄官班。〔四〕佇俟明年桂，〔五〕高堂開笑顔。〔六〕

【校注】

〔一〕李友路：未詳。

〔二〕望秋山：《晉書·王徽之傳》：「又爲車騎桓沖騎兵參軍……沖嘗謂徽之曰：『卿在府日久，比當相料理。』徽之初不酬答，直高視，以手版柱頰云：『西山朝來致有爽氣耳。』」此言李友路雖出身相門，但不喜俗務。

〔三〕紈綺：絲織品，代指富貴之家，參見卷八《答東陽于令涵碧圖詩》注。

〔四〕榮親二句：謂李友路願舉進士，名登金榜，而不願以門蔭入仕。

〔五〕明年桂：謂來年當及第。唐人以及第爲折桂，見卷五《聞韓賓擢第歸覲（略）》注。

〔六〕高堂：高堂父母。

送深法師游南岳〔一〕 上人本住資聖寺。

師在白雲鄉，〔二〕名登善法堂。〔三〕十方傳句偈，〔四〕八部會壇場。〔五〕飛錫無定所，〔六〕寶書留舊房。〔七〕唯應銜草雁，〔八〕相送至衡陽。〔九〕

【校注】

〔一〕深法師：長安資聖寺僧人，餘未詳。南岳：衡山。詩作年未詳。題下自注中「住」原作「在」，據《叢刊》本、《全唐詩》改。

〔二〕白雲鄉：帝鄉，指長安。《莊子·天地》：「乘彼白雲，至於帝鄉。」資聖寺在長安，《唐會要》卷四八：「資聖寺，崇仁坊，本太尉長孫無忌宅，龍朔三年，爲文德皇后追福，立爲尼寺。咸亨四年，復爲僧寺。」

〔三〕善法堂：佛經云諸天講法論道之所。《法苑珠林》卷三引《起世經》：「佛告比丘，以何因緣諸天會處名善法堂。三十三天集會坐時，於中唯論微細，善語深義，稱量觀察，皆是世間諸勝要法，真實正理，是以諸天稱爲善法堂。」

〔四〕十方：合四方、四隅及上下而言。句偈：指闡明佛教教理精義的韻語。

〔五〕八部：佛經分諸鬼神及龍爲八部。壇場：即道場，講經説法之所。均見卷一《廣宣上人寄在蜀與韋令公唱和詩卷（略）》注。

〔六〕飛錫：指僧人持錫杖雲游四方。《文選》孫綽《游天台山賦》：「應真飛錫以躡虛。」李周翰注：「執錫杖而行於虛空，故云飛也。」

〔七〕寶書：指佛經。

〔八〕銜草雁：即銜蘆雁。《古今注》卷中：「雁自河北渡江南，瘦瘠能高飛，不畏矰繳。江南沃饒，每至還河北，體肥不能高飛，恐爲虞人所獲，常銜蘆，長數寸，以防矰繳焉。」

〔九〕衡陽：郡名，即衡州。境内衡山有回雁峰，相傳雁南飛至此而回。

贈日本僧智藏〔一〕

浮杯萬里過滄溟，〔二〕遍禮名山適性靈。〔三〕深夜降龍潭水黑，〔四〕新秋放鶴野田青。〔五〕身無彼我那懷土，〔六〕心會真如不讀經。〔七〕爲問中華學道者，幾人雄猛得寧馨？〔八〕

【校注】

〔一〕智藏：日本僧人，餘未詳。一九八四年中州古籍出版社出版《唐詩探勝》中許總《蓬瀛五岳匯詩情》載日本僧人智藏一詩：「杯浮碧海海浮天，飄向中華五岳巔。佛法精微期妙悟，詩靈肸蠁總勾牽。流連勝境忘來處，契翕嘉賓結異緣。誰説個中多障礙？試開心鏡照飛煙。」許文云此詩見於一「埋没數百年的未刊鈔本」，爲劉詩所和原作。按劉詩題云「贈」，並無和答之意，智藏此詩出處亦未詳，姑録以備參。

〔二〕浮杯：用晉僧杯度事，見卷二《秋日過鴻舉法師寺院（略）》注。滄溟：大海。《舊唐書·東夷傳》：「倭國者，古倭奴國也，去京師一萬四千里，在新羅東南大海中。……日本國者，倭國之別種也，以其國在日邊，故以日本爲名。或曰，倭國自惡其名不雅，改爲日本。」

〔三〕禮：禮拜。

〔四〕降龍：見卷四《贈長沙贊頭陀》注。

〔五〕放鶴：用支遁事，見卷八《刑部白侍郎謝病長告（略）》注。

〔六〕無彼我：無分別心。懷土：思念家鄉。王粲《登樓賦》：「人情同於懷土兮，豈窮達而異心。」

〔七〕真如：見卷三《謁枉山會禪師》注。

〔八〕雄猛：謂有大力量。《妙法蓮華經·授記品》：「大雄猛世尊，諸佛之法王。」寧馨：晉、宋間口語，猶言如此。《容齋隨筆》卷四：「寧馨、阿堵，晉、宋間人語助耳。後人但見王衍指錢云『舉却阿堵物』，又山濤見（王）衍曰『何物老嫗，生寧馨兒』，今遂以阿堵爲錢，寧馨兒爲佳兒，殊不然也。……宋廢帝之母王太后疾篤，帝不往視，后怒謂侍者：『取刀來剖我腹，那得生寧馨兒！』觀此，豈得爲佳？……至今吴中人語言尚多用寧馨字爲問，猶言若何也。劉夢得詩『爲問中華學道者，幾人雄猛得寧馨』，蓋得其義。以寧字作平聲讀。」

【集評】

方回曰：三四遒麗，五六有議論。（《瀛奎律髓》卷三八）

紀昀曰：不爲極筆，然氣格自別。（《瀛奎律髓彙評》卷三八）

贈眼醫婆羅門僧〔一〕

三秋傷望遠，〔二〕終日泣途窮。〔三〕兩目今先暗，中年似老翁。看朱漸成碧，〔四〕羞日不禁風。〔五〕師有金篦術，〔六〕如何爲發蒙？〔七〕

【校注】

〔一〕婆羅門僧：印度僧人。婆羅門：古印度四個種姓中最尊貴者。《大唐西域記》卷二：「印度種姓，族類群分，而婆羅門特爲清貴，從其雅稱，傳以成俗，無云經界之别，總謂婆羅門國焉。」詩當「中年」作，具體作年未詳。

〔二〕三秋：秋季三月。傷望遠：宋玉《高唐賦》：「登高遠望，使人心瘁。」

〔三〕泣途窮：《晉書·阮籍傳》：「時率意獨駕，不由徑路，車跡所窮，輒慟哭而返。」

〔四〕看朱：王僧孺《夜愁》：「誰知心眼亂，看朱忽成碧。」

〔五〕羞日：怕見陽光。

〔六〕金篦術：見卷十《裴侍郎大尹雪中遺酒（略）》注。

〔七〕發蒙：撥去翳障，使見光明。《文選》揚雄《長楊賦》：「乃今日發矇，廓然已昭矣。」李善注：「《禮記》曰：『昭然若發蒙矣。』矇與蒙，古字通。」

送元曉上人歸稽亭〔一〕

重疊稽亭路，山僧歸獨行。遠峰斜日影，本寺舊鐘聲。徒侶問新事，煙雲含別情。應夸乞食處，蹋遍鳳凰城。〔二〕

【校注】

〔一〕元曉：未詳。孟郊有《送曉公歸庭山》詩（「庭山」一作「稽亭」），未知是同一人否。稽亭：山名。《浙江通志》卷一〇「杭州富陽縣」：「稽亭山在縣南九里，……相傳秦皇東游至此，登望會稽，故名。」詩作年未詳。

〔二〕鳳凰城：即鳳城，指長安。

王思道碑堂下作〔一〕

蒼蒼宰樹起寒煙，〔二〕尚有威名海内傳。四府舊聞多故吏，〔三〕幾人垂淚拜碑前？〔四〕

【校注】

〔一〕王思道：未詳。晉王獻之孫禎之，字思道，見《世説新語·排調》，官御史中丞，見《宋書·武帝紀》。但詩中王思道乃顯赫一時的人物，恐非此人。詩之作年亦未詳。

〔二〕宰樹：墳墓上樹。

〔三〕四府：漢以丞相、御史、車騎將軍、前將軍府爲四府，東漢以大將軍府、太尉府、司徒府、司空府爲四府，此泛指重要官府。故吏：屬吏。

〔四〕垂淚：《晉書·羊祜傳》：「（祜卒）襄陽百姓於峴山祜平生游憩之所建碑立廟，歲時饗祭焉，望其碑者莫不流涕，杜預因名爲墮淚碑。」

有感〔一〕

死且不自覺，其餘安可論。昨宵鳳池客，〔二〕今日雀羅門。〔三〕騎吏塵未息，銘旌風已翻。〔四〕平生紅粉愛，唯解哭黃昏。

【校注】

〔一〕有感：此詩爲何事而作，衆説不一。何焯云：「此爲靖安而作，劉薄之甚。」瞿蜕園《劉禹錫集箋證》：「此疑指王播。」按，「靖安」指武元衡，劉禹錫作《代靖安佳人怨》，於「引」中述作詩本旨甚明。至王播之死，劉禹錫有《代諸郎中祭王相國文》，又作《哭王僕射相公》云：「歌堂忽暮哭，賀雀盡驚飛。」龐嚴死後，劉作悼詩，云：「今朝繐帳哭君處，前日見鋪歌舞筵。」又云：「可憐鸞鏡下，哭殺畫眉人。」與此詩意略同，均無所諱避。而此詩但云「有感」，深諱其旨，當別有緣故。《舊唐書·文宗紀下》：「（大和九年十一月）壬戌，中尉仇士良率兵誅宰相王涯、賈餗、舒元輿、李訓、新除太原節度王璠，郭行餘、鄭注、羅立言、李孝本、韓約等十餘家，皆族誅。時李訓、鄭注謀誅内官，詐言金吾仗舍石榴樹有甘露，請上觀之。内官先至金吾仗，見幕下伏甲，遽扶帝輦入内，故訓等敗，流血塗地，京師大駭，旬日乃安。」史稱「甘露之變」。當時文人痛宦官之横暴，詠及此事者甚多。李商隱有《有感二首》，又有《重有感》。《苕溪漁隱叢話》前集卷二二引《蔡寬夫詩話》：「義山詩集載《有感》篇而無題，自注云：『乙卯年有感，丙辰年詩成。』詩蓋爲訓、注作也。唐小説記此事，謂之《乙卯記》，大抵不敢顯斥之云。」白居易有《詠史》，自注「九年十一月作」。一題作《九年十一月二十一日感事而作》，亦爲「甘露之變」而作。張祜《丁巳年仲冬月江上作》：「南來驅馬渡江濆，消息前年此月聞。」均不敢顯斥之，蓋事隔二年，仍心有餘悸。故疑此詩即爲「甘露之變」而作。然詩云「銘旌」、「哭黄昏」等語又與王涯等均被族誅之事不甚合。

〔二〕鳳池：鳳凰池，指中書省，見卷一《奉和中書崔舍人（略）》注。鳳池客，似指王涯等宰相。

〔三〕雀羅門：冷落可張設捕雀羅網之門。《史記·汲鄭列傳》：「始翟公爲廷尉，賓客闐門；及廢，門外可設雀羅。」

〔四〕銘旌：書寫死者名位的靈幡。

【集評】

何焯曰：此爲靖安而作，刻薄之甚。有嘆，有快，有揶揄，落句則又深詆之。《東門行》露，此詩

□。劉之詩要遠過於柳，其心術視柳亦彌深險矣。（卞孝萱《劉禹錫詩何焯批語考訂》）

思歸寄山中友人〔一〕

蕭條對秋色，相憶在雲泉。〔二〕木落病身死，〔三〕潮平歸思懸。〔四〕涼鐘山頂寺，瞑火渡頭船。此地非吾土，〔五〕閑留又一年。

【校注】

〔一〕此詩見劉集《外集》卷八，乃宋敏求所輯詩中「沿舊會粹，莫詳所出」者。詩一作李頻詩，見《文苑英華》卷二六四、《全唐詩》卷五八八及李頻《梨岳詩集》，但《文苑英華》卷二五八已重收劉禹錫詩，歸屬難以判定。

〔二〕雲泉：煙雲泉石，均山中景物。

〔三〕死，《叢刊》本作「健」，《全唐詩》校「一作起」。

〔四〕懸：無所依託。

〔五〕吾土：故鄉。王粲《登樓賦》：「雖信美而非吾土兮，曾何足以少留。」劉良注：「仲宣避難荆州，依劉表，遂登江陵城樓，因懷歸而有此作。」

赴和州於武昌縣再遇毛仙翁十八兄因成一絶〔一〕

武昌山下蜀江東，〔二〕重向仙舟見葛洪。〔三〕又得案前親禮拜，大羅天訣玉函封。〔四〕

【校注】

〔一〕仙翁：對道士的敬稱。據宋敏求《劉賓客外集後序》，此詩自《送毛仙翁集》輯出。此集今見於《唐詩紀事》卷八一，杜光庭序云：「毛仙翁者，名于，字鴻漸，得久視之道，不知其甲子，常如三十許人。……今睹朝彦贈仙翁文集……裴晉公度、牛公僧孺、令狐公楚、李公程、李公宗閔、李公紳、楊公嗣復、楊公於陵、王公起、元公稹，當代之賢相也，白公居易、崔公郾、鄭都尉澣、李公益、張公仲方、沈公傳師、崔公元略、劉公禹錫、柳公公綽、韓公愈、李公翺，當代之名士也，望震寰區，名動海島，或師以奉之，或兄以事之，皆以師爲上清品人也。」集中尚載劉禹錫「長慶二祀壬寅秋九月」所作序。按此集實爲唐末五代道流所僞造，此詩當亦爲僞作，詳見本書附録「備考詩文」《送毛仙翁序》考按。

〔二〕蜀江：長江流經蜀地的一段。

〔三〕葛洪：晉人，相傳仙去，此代指毛于。《晉書·葛洪傳》：「字稚川，丹陽句容人也。……究覽典籍，尤好神仙導養之法。從祖玄，吴時學道得仙，號曰葛仙公，以其煉丹秘術授弟子鄭隱，洪就隱學，悉得其法焉。……卒，時年八十一，視其顔色如生，體亦柔軟。舉屍入棺，甚輕，如空衣，世以爲屍解得仙云。」

〔四〕大羅天訣：學道成仙的秘訣。大羅天，道家云神仙所居。《雲笈七籤》卷三：「三清之上即是大羅天，元始天尊居其中，施化敷教。」王維《送王尊師蜀中拜掃》：「大羅天上神仙客。」玉函：玉匣。《武帝内傳》：「帝以王母所授《五真圖》、《靈光經》……皆奉以黄金之箱，封以白玉之函。」

懷妓四首〔一〕

玉釵重合兩無緣，〔二〕魚在深潭鶴在天。〔三〕得意紫鸞休舞鏡，〔四〕能言青鳥罷銜箋。〔五〕金盆已覆難收水，〔六〕玉軫長抛不續絃。〔七〕若向蘼蕪山下過，〔八〕遥將紅淚灑窮泉。〔九〕

【校注】

〔一〕此四詩見《外集》卷七，據宋敏求《外集後序》，乃自《南楚新聞》中輯出者。《南楚新聞》爲唐末尉遲樞撰，今《説郛》存殘文，已無此文。《太平廣記》卷二七三引《本事詩》云：「李丞相逢吉性强愎而沈猜多忌，好危人，略無怍色。既爲居守，劉禹錫有妓甚麗，爲衆所知。李恃風望，恣行威福，分務朝官，取容不暇，一旦陰以計奪之，約曰：『某日皇城中堂前致宴，應朝賢寵嬖，並請早赴境會。』稍可觀矚者，如期雲集，敕閽吏，先放劉家妓從門入，傾都驚異，無敢言者。劉計無所出，惶惑吞聲。又翌日，與相善數人謁之，但相見如常，從容久之，並不言境會之所以然者。座中默然，相目而已。既罷，一揖而退。劉嘆咤而歸，無可奈何，遂憤懣而作四章，以擬《四愁》云爾。」即此四詩。但今本《本事詩》則云「太（大）和初，有爲御史分務洛京者，子孫官顯，隱其姓名」云云，未云劉禹錫作，又僅「爲詩兩篇」，所録存者又僅其四「三山不見」一首。《古今詩話》（《苕溪漁隱叢話》前集卷六〇引）、《詩話總龜》前集卷四七、《唐詩紀事》卷八〇、《全唐詩話》卷六所載略同。按此組詩作之其一、其二，見《才調集》卷一〇，作無名氏詩。又《説郛》卷一一引《燈下閒談》云：「吕用之在維揚日，佐渤海王擅政害人。……中和四年秋，有商人劉損挈家乘巨船自江夏至揚州。……劉妻裴氏有國色，用之以陰事取其裴氏。劉下獄，獻金百兩，免罪。雖脱非横，然亦憤惋，因成詩三首曰……」即此其一、其二、其三，共三首。《劍俠傳》卷三所載同。《全唐詩》卷五九七重收前三首作劉損詩。大和初，劉禹錫以主客郎中分司洛陽時，李逢吉未爲留守；大和中，李逢吉爲東都留守時，劉禹錫又在朝爲郎中，非東都之「分務朝官」，亦非御史。故《廣記》及《本事詩》所云與史不合。詩詞意淺薄，體格卑弱，亦不類禹錫詩，疑爲晚唐劉損等所作。

〔二〕玉釵：婦女首飾，由兩股合成。分釵表示離別，釵合象徵重逢。玉釵重合兩無緣：《才調集》作「折釵破鏡兩無緣」，《燈下閒談》、《劍俠傳》作「寶釵分股合無緣」。

〔三〕潭：《燈下閒談》、《劍俠傳》作「淵」。鶴：《才調集》作「月」，《燈下閒談》、《劍俠傳》作「日」。

〔四〕鸞：傳説中鳳凰一類的鳥。范泰《鸞鳥詩序》：「昔罽賓王結罝峻祁之山……獲一鸞鳥……三年不鳴。其夫人曰：『嘗聞鳥見其類而後鳴，何不懸鏡以映之？』王從其言。鸞睹形感契，慨然悲鳴，哀響中霄，一奮而絶。」休：《才調集》作「辭」。

〔五〕能言：《才調集》作「墮鬆」，《燈下閒談》、《劍俠傳》作「斷蹤」。青鳥：西王母使者，見卷八《吐綬鳥詞》。罷：《才調集》作「斷」。銜箋：傳遞書信。

〔六〕金盆句：明胡侍《真珠船》卷一：「《光武本紀》云『反水不收』，《何進傳》、《慕容超傳》並云『覆水不收』，李白詩『覆水難再收』，又『覆水再收豈滿杯』，劉禹錫詩『金盆已覆難收水』，皆用太公語。太公初取馬氏，讀書不事産，馬求去。太公封齊，馬求再合。太公取水一盆傾於地，令婦收水，惟得其泥。太公曰：『若能離更合，覆水定不收。』」盆已覆：《才調集》作「瓶永覆」，《燈下閒談》、《劍俠傳》作「杯倒覆」。

〔七〕軫：琴上調絃的軸，此指琴。長拋不續絃：《燈下閒談》、《劍俠傳》作「傾欹懶續絃」。續絃：比喻男子再娶。

〔八〕若向：《才調集》作「若到」，《燈下閒談》、《劍俠傳》作「從此」。蘼蕪：香草名。古人認爲蘼蕪可使婦人多子。樂府《上山採蘼蕪》爲棄婦之詞，中云：「上山採蘼蕪，下山逢故夫。長跪問故夫，新人復何如？」

〔九〕遥將紅淚：《才調集》作「空將狂淚」，《燈下閒談》、《劍俠傳》作「只應將淚」。灑窮泉：《才調集》作「滴黄泉」，《燈下閒談》作「比流泉」，《劍俠傳》作「比黄泉」。

二

鸞飛遠樹棲何處，〔一〕鳳得新巢已去心。〔二〕紅壁尚留香漠漠，〔三〕碧雲初斷信沈沈。〔四〕情知點污投泥玉，〔五〕猶自經營買笑金。〔六〕從此山頭似人石，〔七〕丈夫形狀淚痕深。〔八〕

【校注】

〔一〕飛遠樹：《燈下閒談》、《劍俠傳》作「辭舊伴」。棲：《才調集》作「游」，《燈下閒談》、《劍俠傳》作「知」。處：《燈下閒談》、《劍俠傳》作「止」。

〔二〕巢：《燈下閒談》、《劍俠傳》作「梧」。已去心：劉本、《才調集》作「有去心」，《燈下閒談》、《劍俠傳》作「想稱心」。

〔三〕壁：《才調集》、《燈下閒談》、《劍俠傳》作「粉」。留：《燈下閒談》作「殘」，《劍俠傳》作「存」。漠漠：《才調集》、《劍俠傳》作「幕幕」。

〔四〕碧雲：江淹《雜擬·休上人》：「日暮碧雲合，佳人殊未來。」碧雲初斷，《燈下閒談》、《劍俠傳》作「白雲將散」。

〔五〕情知點污，《才調集》作「那堪點污」，《燈下閒談》、《劍俠傳》作「已休磨琢」。投泥玉：《魏書·穆子弼傳》：「高祖初定氏族，欲以弼爲國子助教。弼辭……高祖曰：『朕欲敦厲胄子，故屈卿光之。白玉投泥，豈能相污？』弼曰：『既遇明時，恥沈泥滓。』」投泥，《才調集》作「沈泥」，《燈下閒談》作「投歡」。

〔六〕猶自，《燈下閒談》、《劍俠傳》作「懶更」。買笑：謂置姬妾或狎妓。王僧孺《詠寵姬》：「再顧連城易，一笑千金買。」

〔七〕從此，《燈下閒談》、《劍俠傳》作「願作」。似人石：指望夫山或望夫石，安徽當塗、江西德安、湖北武昌、山西黎城等地均有之，參見卷六《望夫石》注。

〔八〕形狀，《燈下閒談》作「衣上」。

三

舊曾行處遍尋看，〔一〕雖是生離死一般。〔二〕買笑樹邊花已老，〔三〕畫眉窗下月猶殘。〔四〕雲藏巫峽音容斷，〔五〕路隔星橋過往難。〔六〕莫怪詩成無淚滴，〔七〕盡傾東海也須乾。〔八〕

【校注】

〔一〕舊曾行，原作「大曾行」，《叢刊》本作「人曾行」，《廣記》作「人曾何」，《燈下閒談》、《劍俠傳》作「舊曾游」，據改「大」字。

〔二〕雖是生離，《燈下閒談》作「觀物傷情」，《劍俠傳》作「睹物傷情」。

〔三〕樹，《燈下閒談》、《劍俠傳》作「樓」。老，《燈下閒談》、《劍俠傳》作「謝」。

〔四〕猶，《燈下閒談》、《劍俠傳》作「空」。畫眉：張敞爲妻畫眉，見卷八《再傷龐尹》。

〔五〕藏，《燈下閒談》、《劍俠傳》作「歸」。雲藏巫峽：用巫山神女事，見卷四《夔州竇員外使君見示悼妓詩（略）》注。

〔六〕橋過往，《燈下閒談》、《劍俠傳》作「河去住」。星橋：用七夕牛郎織女相會事，見前《七夕二首》注。

〔七〕滴，《燈下閒談》、《劍俠傳》作「下」。

〔八〕盡傾句：《燈下閒談》、《劍俠傳》作「淚如泉滴亦須乾」。

四

三山不見海沈沈，〔一〕豈有仙蹤更可尋？青鳥去時雲路斷，〔二〕姮娥歸處月宫深。〔三〕紗窗遥想春相憶，書幌誰憐夜獨吟？料得夜來天上鏡，〔四〕只應偏照兩人心。

【校注】

〔一〕三山：相傳東海有蓬萊、方丈、瀛洲三仙山，屢見前注。

〔二〕青鳥：西王母使者，見卷八《吐綬鳥詞》注。

〔三〕姮娥：即嫦娥，見前《經東都安國觀九仙公主舊院作》注。

〔四〕天上鏡：指月。李賀《七夕》：「天上分金鏡，人間望玉鈎。」

【集評】

賀裳曰：鍾惺曰：「『歌舞借人看』，自是快事。然『招客亦須擇人』，武后此語，何可不熟讀！」余意既借人看，承嗣之焰，豈可復拒？與安昌侯僅以巵酒賜彭宣事不同也。「情知點污投泥玉，猶自經營買笑金」，夢得復抱此恨。唐時乃有此惡俗。（《載酒園詩話又編》）

缺題〔一〕

故人日已遠，窗下塵滿琴。坐對一樽酒，恨多無力斟。幕疏螢色迥，露重月華深。萬境與群籟，此時情豈任。

【校注】

〔一〕此詩劉禹錫本集不載，見《全唐詩》卷三五五。《唐詩紀事》卷三九「劉禹錫」下載此詩，云「無題」，「右張爲取作《詩人主客圖》」。

寄白公〔一〕 殘句

故國思如此，若爲天外心。

【校注】

〔一〕白公：白居易。此聯劉禹錫本集不載，見《唐詩紀事》卷三九引《詩人主客圖》。《全唐詩》卷三六五據以輯入。

秋水詠〔一〕殘句

東屯滄海闊，南瀼洞庭寬。

【校注】

〔一〕此聯劉禹錫本集不載。《雲溪友議》卷中《中山悔》：「近日爲文都不愜意，洛中白二十居易苦好余《秋水詠》曰……」此語亦見《唐語林》卷二、《唐詩紀事》卷三九等，《全唐詩》卷三六五據以輯入。

聽軋箏〔一〕

滿座無言聽軋箏，秋山碧樹一蟬清。只應曾送秦王女，〔二〕寫得雲間鸞鳳聲。

【校注】

〔一〕軋箏：箏的一種。《舊唐書·音樂志二》：「軋箏，以片竹潤其端而軋之。」此詩劉禹錫本集不載，見日人大江維時《千載佳句》卷下《宴喜門·箏》，《全唐詩補編·全唐詩續拾》卷二七據以輯出。

〔二〕秦王女：指秦穆公小女弄玉，其吹簫引鳳事，已見卷三《團扇歌》注。

聽琴〔一〕

禪思何妨在玉琴，真僧不見聽時心。秋堂境寂夜方半，雲去蒼梧湘水深。〔二〕

【校注】

〔一〕此詩劉禹錫本集不載。《唐詩紀事》卷三九「劉禹錫」下載此詩，云「右張爲取作《詩人主客圖》」。《全唐詩》卷三六五據以輯入，題下注云：「一作聽僧彈琴。」但此詩又見於《全唐詩》卷三三三楊巨源卷中，題作《僧院聽琴》，《文苑英華》卷二一二、《萬首唐人絶句》卷八均收作楊巨源詩，《英華》題作「宿藏公院聽齊孝若彈琴」。詩之歸屬尚難判斷。

〔二〕蒼梧：郡名。《藝文類聚》卷一引《歸藏》：「有白雲出自蒼梧，入於大梁。」杜甫《與諸公同登慈恩寺塔》：「回首叫虞舜，蒼梧雲正愁。」此用二妃事，參見卷三《瀟湘神二首》注。

初冬〔一〕殘句

煙波半落新沙地，鳥雀群飛欲雪天。

【校注】

〔一〕此聯劉禹錫本集不載，見河世寧《全唐詩逸》卷上。

泛舟〔一〕殘句

山似屏風江似簟，叩舷來往月明中。

【校注】

〔一〕此聯劉禹錫本集不載，見河世寧《全唐詩逸》卷上。

瀑布泉〔一〕殘句

晴日碧空雲脚斷，一條如練掛山尖。

【校注】

〔一〕此聯劉禹錫本集不載，見河世寧《全唐詩逸》卷上。

酬李校事〔一〕殘句

飛文鬥疾敲銅器，〔二〕陪宴會歡吐錦茵。〔三〕

【校注】

〔一〕李校事：未詳，疑當作李校書。

〔二〕鬥疾：比賽文思敏捷。敲銅器：即用擊銅鉢故事，參見卷一《揚州春夜（略）》注。

〔三〕吐錦茵：《漢書·丙吉傳》：「代魏相爲丞相。……吉馭吏耆（嗜）酒，數逋蕩，嘗從吉出，醉歐（嘔）丞相車上。西曹主吏白欲斥之，吉曰：『以醉飽之失去士，使此人將復何所容？西曹地（第）忍之，此不過污丞相車茵耳。』遂不去也。」

劉禹錫全集編年校注卷十三　文　貞元、永貞

平權衡賦〔一〕 以「晝夜平分鈞銖取則」爲韻

惟天垂象，惟聖作程，播二氣而是分晷度，立五則而在審權衡。〔二〕上穆天時，應陰陽之克正；下統人極，俾準繩而惟平。〔三〕於是，黍累無差，毫釐必究，等度量而化通遠邇，體平均而勢行宇宙。〔四〕當其夾鐘中律，南吕戒候，銅渾應節於寒暑，玉漏方齊乎宵晝。〔五〕繇是命有司而申令，考前王而是遵。權輕重以審則，中規矩而和鈞。事垂文兮風傳乎千古，道如砥兮日用於兆人。〔六〕懿夫正以處中，〔七〕平而立矩。命其同也，有虞之制克彰；稱其謹焉，宣父之言可取。〔八〕故能用該仁里，象合天文，既左旋而右折，量輕併而重分。〔九〕持平罔虧，可謂範於秉鈞之佐；立信惟一，將有助於執契之君。〔一〇〕不然，則何以懸之而息彼姦詐，〔一一〕正之而協於晨夜？得平則正，我之道兮允執厥中；益寡裒多，衆所用兮不言而化。〔一二〕化之有孚，〔一三〕功莫可踰。立規程罔慚夫龜鏡，揣鈞石寧失乎錙銖。〔一四〕匪假垂鈞，而其用不匱；何勞剖斗，而所争自無。〔一五〕方今百度惟貞，萬邦承則。〔一六〕順時

設教兮靡不獲所，同律和聲兮允臻其極。〔一七〕玉衡正而三階以平，七政齊而庶政不忒矣。〔一八〕美君臣之同體，猶權衡以合德。〔一九〕宰準繩之在心，庶輕重之不惑。〔二〇〕

【校注】

〔一〕此文劉禹錫本集不載，見《文苑英華》卷一〇四、《全唐文》卷五九九。權衡：秤錘與秤桿，稱量物體輕重的工具。《漢書·律曆志上》：「衡權者，衡，平也，權，重也，衡所以任權而均物平輕重也。」又云：「權者，銖、兩、斤、鈞、石也，所以稱物平施，知輕重也。」此文爲貞元九年進士禮部省試時所作。《登科記考》卷一三「貞元九年」：「是年試《平權衡賦》，以『晝夜平分銖鈞取則』爲韻。」

〔二〕垂象：《易·繫辭上》：「天垂象，見吉凶，聖人象之。」疏：「若璇璣玉衡，以齊七政，是聖人象之也。」作程：制定法式。二氣：陰陽二氣。晷度：日晷刻度。晷，古代測量日影以定時刻的工具。五則：權衡、規、矩、繩、準五種度量衡工具。《漢書·律曆志上》：「權與物鈞而生衡，衡運生規，規圓生矩，矩方生繩，繩直生準，準正則平衡而鈞權矣。是爲五則。……百工繇焉，以定法式；輔弼執玉，以翼天子。」在審：審察。《書·舜典》：「在璇璣玉衡，以齊七政。」傳：「在，察也。」

〔三〕穆：和。克：能。人極：即民極。《周禮·天官》：「設官分職，以爲民極。」注：「極，中也，令天下之人各得其中，不失其所。」準繩：水平儀與直綫。

〔四〕黍累：古代的重量單位。毫釐：古代的長度單位。《漢書・律曆志上》：「度長短者不失豪氂，量多少者不失圭撮，權輕重者不失黍累。」孟康曰：「豪，兔豪也。十豪爲氂。」應劭曰：「十黍爲累，十累爲一銖。」豪氂，即毫釐。

〔五〕夾鐘、南吕：十二律中之二律，分别與二月及八月相對應。二月春分，八月秋分，其日晝夜長度相等，故下云「玉漏方齊乎宵晝」。《禮記・月令・仲春之月》：「律中夾鐘。……日夜分，則同度量，鈞衡石，角斗甬，正權概。」注：「因晝夜等而平當平也。」疏：「日夜分，謂晝夜漏刻。馬融云，晝有五十刻，夜有五十刻。」《禮記・月令・季秋之月》也有相同的記載。銅渾：渾天儀，銅製。《後漢書・張衡傳》：「遂乃研覈陰陽，妙盡璇璣之正，作渾天儀。」齊，《文苑英華》作「濟」，據《全唐文》改。

〔六〕砥：磨刀石。《詩・小雅・大東》：「周道如砥，其直如矢。」《漢書・律曆志上》：「衡所以任權而均物平輕重也，其道如底。」師古曰：「底，平也，謂以底石厲物令平齊也。」兆人：億萬民衆，百姓。《易・繫辭上》：「百姓日用而不知。」

〔七〕懿：美。正以處中：指北斗，一名玉衡。《漢書・律曆志上》：「玉衡杓建，天之綱也。」孟康曰：「斗在天中，周制四方。」

〔八〕有虞：舜，號有虞氏。《書・舜典》：「協時月正日，同律度量衡。」傳：「合四時之氣節，月之大小，日之甲乙，使齊一也。律法制及尺丈、斛斗、斤兩，皆均同。」宣父：孔子，唐神龍元年追封爲隆道公，謚文宣，開元二十七年册贈文宣王，見《舊唐書·禮儀志四》。《漢書·律曆志上》：「《虞書》曰『乃同律度量衡』，所以齊遠近立民信也。自伏戲畫八卦，由數起，至黄帝、堯、舜而大備。三代稽古，法度章焉。周衰官失，孔子陳後王之法，曰：『謹權量，審法度，修廢官，舉逸民，四方之政行矣。』」

〔九〕該：周遍。仁里：《論語·里仁》：「子曰：『里仁爲美。』」鄭曰：「居於仁者之里是爲美。」按，仁里即民居。天文：謂日月星辰的運行。《書·舜典》：「在璇璣玉衡。」疏：「《易·賁卦·象》云：『觀乎天文，以察時變。』日月星宿運行於天，是爲天之文也。」《漢書·律曆志上》：「衡權者……其道如底，以見準之正，繩之直，左旋見規，右折見矩。其在天也，佐助旋機，斟酌建指，以齊七政，故曰玉衡。」折，《文苑英華》作「拆」，據《全唐文》改。

〔一〇〕謂：通爲，《全唐文》作「爲」。秉鈞：猶言持衡。秉鈞之佐，指宰相，謂國之輕重，皆出其手。立，《文苑英華》作「位」，校云「疑作『莅』」，見《禮記》」，此據《全唐文》改。執契之君：帝王。《老子》下篇：「是以聖人執左契而不責於人。」唐太宗《執契静三邊》：「執契静三邊，持衡臨萬姓。」《詩·商頌·長發》：「實惟阿衡，實左右商王。」傳：「左右，助也。」箋：「阿，倚；衡，平也。伊尹，湯所依倚而取平，故以爲官名。」

〔一一〕息彼姦詐：《申子》：「君必有明法正義，若懸權衡以稱輕重，所以一群臣也。」《荀子·解蔽》：「兼陳萬物而中縣衡焉，是故衆異不得相蔽以亂其倫也。」注：「不滯於一隅，但當其中而縣衡，以揣其輕重也。」

〔一二〕允執厥中：《書・大禹謨》中語。裒：減少。《易・謙》：「君子以裒多益寡，稱物平施。」王弼注：「多者用謙以爲裒，少者用謙以爲益，隨物而與，施不失平也。」不言而化：《老子》上篇：「是以聖人處無爲之事，行不言之教。」

〔一三〕孚：信。《詩・大雅・下武》：「成王之孚。」箋：「欲成我周家王道之信也。」

〔一四〕龜：龜甲，古時用以卜吉凶。鏡：可鑒美惡。揣：稱量。鈞石、錙銖：均重量單位。《漢書・律曆志上》：「權者，銖、兩、斤、鈞、石也。……一龠容千二百黍，重十二銖，兩之爲兩。二十四銖爲兩，十六兩爲斤，三十斤爲鈞，四鈞爲石。」

〔一五〕垂鈞：猶懸衡。匱：匱乏。剖斗：當作「掊斗」，毁去斗一類度量衡器。《莊子・胠篋》：「掊斗折衡，而民不争。」

〔一六〕百度：百事。貞：正。《書・旅獒》：「不役耳目，百度惟貞。」傳：「言不以聲色自役則百度正。」承則：秉承法規。

〔一七〕順時設教：孔穎達《春秋傳序》：「王者統三才而宅九有，順四時而理萬物。」獲所：言百姓各得其所。《書・説命下》：「一夫不獲，則曰時予之辜。」傳：「伊尹見一夫不得其所，則以爲己罪。」同律和聲：《書・舜典》：「聲依永，律和聲。」

〔一八〕玉衡：古代觀測天象的儀器的部件。三階：三台星，即泰階，參見卷四《平齊行》注。七政：

日、月、五星。庶政：各種政務。不忒：無差錯乖違。《書・舜典》：「在璇璣玉衡，以齊七政。」傳：「璣衡，王者正天文之器，可運轉者。七政，日、月、五星各異政，舜察天文，齊七政，以審己當天心與否。」疏引蔡邕曰：「玉衡長八尺，孔徑一寸，下端望之，以視星辰。」正而三階，《文苑英華》校「四字一作『直而懸衡』」。

〔一九〕同體：同爲一體。君爲元首，臣爲股肱，故爲同體。合德：此指互相配合而成其用。《易・乾・文言》：「夫大人者與天地合其德。」

〔二〇〕準繩：水平儀與量直度的墨綫。《漢書・律曆志上》：「準繩連體，衡權合德。」韋昭曰：「立準以望繩，以水爲平。」

三良冢賦〔一〕并序

魯文六年，秦伯任好卒，以子車氏之三子奄息、仲行、鍼虎爲殉，皆秦之良也。〔二〕國人哀之，爲之賦《黄鳥》。〔三〕君子曰：「秦穆之不爲盟主也，宜哉！先王違世，猶詒之法，而況奪之善人乎！是以知秦之不復東征也。」〔四〕秋季月，吾西游汧、渭，出於岐雍之間，於古道傍得三良冢，心甚哀之，涕泗者久之而去。〔五〕詞曰：

昨宿岐城，曉涉渭東，霜凌雪結，飛沙亂蓬。〔六〕中野躊躇，届此古墟。野人曰：即車氏之家。方驅駕班如，〔七〕久而咤曰：吾嘗讀舊史矣。古者秦氏，大於穆公，出師則寧東夏，用賢則霸西戎。〔八〕大邦服其禮，小邦畏其雄。謀已集，戰亦武，不能勤王，不爲盟主者，何居？〔九〕以滅天之良，喪人之特，百夫仰係，一朝而踣，可哀也哉〔一〇〕！宛其三子，遭時迍邅，主已即世，身皆靡全。〔一一〕指冥茫而爲期，撫昭世而坐捐。〔一二〕方惴惴以臨穴，〔一三〕且哀哀而號天。闕從有言於寒原。〔一四〕莽蕩千里，迴眺無垠。上刺哀德，下傷幽魂。〔一五〕掛驂壠樹，脱劍山門。〔一六〕掇野芳以爲薦，汲行潦而充罇。〔一七〕矧今情之猶悲，諒古恨之潛吞。〔一八〕死而不作，吾誰與言？〔一九〕代事浩漾，人壽爾夭。〔二〇〕言念君子，中心悄悄。〔二一〕哀生人之長慟，赴永夕之莫曉。〔二二〕歸去來兮不可留，且悲吟於《黄鳥》。

【校注】

〔一〕此文劉禹錫本集不載，見《文苑英華》卷一三〇、《全唐文》卷五九九。三良冢：春秋秦國奄息、仲行、鍼虎三人的墳墓。良：賢臣。《左傳·文公六年》：「秦伯任好卒，以子車氏之三子奄息、仲行、鍼虎爲殉，皆秦之良也。國人哀之，爲之賦《黄鳥》。君子曰：秦穆之不爲盟主也宜哉，死而棄民。先王違世，猶詒之法，而況奪之善人乎！……君子是以知秦之不復東征也。」《史記·秦本紀》載此事，正義引應劭曰：「秦穆公與群臣飲酒酣，公曰：『生共此樂，死共此哀。』於是奄息、仲行、鍼虎許諾。及公薨，皆從死，《黄鳥》詩所爲作也。」又引《括地志》：「三良冢在岐州雍縣一里故城内。」雍縣治所在今陝西鳳翔南。賦貞元九年或十年秋劉禹錫西游岐、隴時作。

〔二〕魯文六年：春秋魯文公六年，公元前六二一年。秦伯任好：即秦穆公。《左傳·文公六年》注：「任好，秦穆公名。子車，秦大夫氏也。以人從葬曰殉。」

〔三〕《黄鳥》：《詩·秦風》篇名。詩首章云：「交交黄鳥，止於棘。誰從穆公，子車奄息。維此奄息，百夫之特。臨其穴，惴惴其栗。彼蒼者天，殲我良人，如可贖兮，人百其身。」二章云「子車仲行」，「百夫之防」；三章云「子車鍼虎」，「百夫之御」。小序曰：「《黄鳥》，哀三良也。國人刺穆公以人從死而作是詩也。」

〔四〕君子：賢者，有識之士。「君子曰」以下皆《左傳·文公六年》中文。違世：棄世，死。不復東征：杜預注：「不能復征討東方諸侯，爲霸主。」

〔五〕秋季月：九月。汧、渭：二水名，此代指隴州。《元和郡縣圖志》卷二「隴州汧源縣」：「本漢汧縣地，屬右扶風，在汧水之北。」又隴州南由縣：「本漢汧縣地。……渭水在縣南四十里。」岐雍：指岐州鳳翔府，今陝西鳳翔。《元和郡縣圖志》卷二「鳳翔府」：「《禹貢》雍州之域，春秋及戰國時爲秦都，德公初居雍，即今天興縣也。」

〔六〕岐城：岐山縣城。渭東：渭水之東。《元和郡縣圖志》卷二「鳳翔府岐山縣」：「渭水在縣南三十里。」蓬：蓬草。鮑照《蕪城賦》：「孤蓬自振，驚沙坐飛。」

〔七〕班如：盤旋不進貌。《易·屯》：「乘馬班如。」

〔八〕大於穆公：在穆公時昌盛强大起來。東夏：指東周。賢：此指由余，其先晉人，亡入戎，穆公知其賢，數使人間要之，遂降秦。《史記・秦本紀》：「周襄王弟帶以翟伐之，王出居鄭。（秦穆公）二十五年，周王使人告難於晉、秦，秦穆公將兵助晉文公入襄王，殺王弟帶。」又：「（秦穆公）三十七年，秦用由余謀伐戎王，益國十二，開地千里，遂霸西戎。」

〔九〕集：成。《書・泰誓上》：「大勛未集。」居：語助詞。《禮記・檀弓上》：「何居，我未之前聞也？」注：「居，讀爲姬姓之姬，齊、魯之間語助也。」

〔一〇〕良：賢人。特：卓越之人。《詩・秦風・黄鳥》：「彼蒼者天，殲我良人。」又：「維此奄息，百夫之特。」踣：跌倒，此指死亡。

〔一一〕宛：疑當作「惋」，哀惜。迍邅：行難進貌。即世：下世，死。

〔一二〕冥茫：幽昧渺茫。茫，《文苑英華》作「芒」，據《全唐文》改。期：期約，此處指秦穆公酒酣時與三人約「死共此哀」事。昭世：明時。坐捐：無因而棄廢。

〔一三〕惴惴：驚恐不安貌。《詩・秦風・黄鳥》：「臨其穴，惴惴其栗。彼蒼者天，殲我良人。」

〔一四〕有言：指「生共此樂，死共此哀」的誓言。此句語意不完，與上文不連屬。《全唐文》「從」上注小字「闕」，從之。

〔一五〕衰德：指秦穆公之失德。衰，《文苑英華》作「哀」，據《全唐文》改。幽魂：指三良之魂。

〔一六〕掛驂、脱劍：即脱驂、掛劍。脱驂，解下在旁拉車的馬作奠儀。《禮記・檀弓上》：「孔子之衛，遇舊館人之喪，入而哭之哀。出，使子貢説驂而賻之。」掛劍，用吴公子季札事，見卷九《西川李尚書知愚與元武昌有舊(略)》注。

〔一七〕薦：祭品。行潦：道路之水。《左傳·隱公三年》：「苟有明信……潢污行潦之水，可薦於鬼神，可羞於王公。」

〔一八〕潛吞：江淹《恨賦》：「自古皆有死，莫不飲恨而吞聲。」

〔一九〕不作：不起，不復生。《禮記·檀弓下》：「文子曰：『死者如可作也，吾誰與歸？』」

〔二〇〕浩漾：同灝漾，水無邊際貌，此謂世事渺茫。《史記·司馬相如傳》：「然後灝漾潢漾，安翔徐徊。」正義引郭璞曰：「皆水無涯際也。」

〔二一〕悄悄：憂傷貌。《詩·邶風·柏舟》：「憂心悄悄。」

〔二二〕永夕：長夜。赴永夕，猶言赴夜臺，指死。

獻權舍人書〔一〕

禹錫在兒童時已蒙見器，〔二〕終荷薦寵，始見知名，衆之指目，忝閣下門客。懼無以報稱，故厚自淬琢，靡遺分陰。〔三〕乃今道未施於人，〔四〕所蓄者志。見志之具，匪文謂何？是用顓顓懇懇於其間，思有所寓，非篤好其章句，泥溺於浮華。〔五〕時態衆尚，病未能也，故拙於用譽。〔六〕直繩朗鑒，樂所趨也，故鋭於求益。〔七〕今謹録近所論撰凡十數篇，蕲端較是非，敢闢于左右，猶夫礦朴，納於容範。〔八〕嘗聞昔宋廣平之沈下僚也，蘇公味道時爲繡衣直指使者，廣平投以《梅花賦》，蘇盛稱之，自是方列于聞人之目。〔九〕是知英賢卓犖，可外文字，然猶用片言，借説於先達之口，席其勢而後驤首當時。〔一〇〕矧碌碌者，〔一一〕疇能自異？今閣下之名之位，過於蘇公之曩日，而鄙生所賦，或鉅於《梅花》。則沈泥干霄，懸在指顧間。〔一二〕其詞汰而喻僭，誠黷禮也。〔一三〕繄游藩之久，覬尚舊而霽嚴。〔一四〕禹錫惶悚再拜。

【校注】

〔一〕權舍人：權德輿。《舊唐書》本傳：「（貞元）十年，遷起居舍人，歲中，兼知制誥。轉駕部員外郎、司勳郎中，職如舊。遷中書舍人。……德輿居西掖八年，其間獨掌者數歲。」按唐制，以他官知制誥者亦可稱「舍人」，書當貞元十年作。禹錫登九年進士第，可謂「知名」；然時猶未仕，故云「道未施於人」。此後，禹錫丁父憂南行，復參杜佑幕，至貞元十八年重至長安，權德輿已不復在舍人任。

〔二〕見器：器重。權德輿《送劉秀才登科後侍從赴東京覲省序》：「每歲儀曹獻賢能之書於王，然後列於禄仕，宣其績用耳。小司徒以楚金餘刃受詔兼領，彭城劉禹錫實首是科。始予見其丱，已習《詩》、《書》，佩觿韘，恭敬詳雅，異乎其倫。……春服既成，五彩其色，去奉嚴訓，歸承慈歡。……鄙夫既識其幼，乃序夫群言耳。」

〔三〕淬琢：淬礪琢磨。分陰：《晉書·陶侃傳》：「常語人曰：『大禹聖者，乃惜寸陰，至於衆人，當惜分陰，豈可逸游荒醉，生無益於時，死無聞於後，是自棄也。』」

〔四〕乃今，《叢刊》本作「乃念」。

〔五〕顓顓：同專專，恭謹貌。泥溺，明本、《全唐文》作「沈溺」。

〔六〕用譽：《易·蠱》：「幹父之蠱，用譽。」疏：「以柔處尊，用中而應，以此承父，用有聲譽。」

〔七〕直繩：工匠用來取直的墨綫。朗鑒：明鏡。陸機《君子行》：「朗鑒豈遠假，取之在傾冠。」求益：求教益。《論語·憲問》：「非求益者也，欲速成者也。」

〔八〕蘄：通祈，求。礦朴：未經冶煉的礦石。容範：熔鑄金屬的模子。

〔九〕宋廣平：宋璟，曾相玄宗，累封廣平郡公，《舊唐書》卷九六、《新唐書》卷一二四有傳。蘇味道：曾相武后，與李嶠、崔融、杜審言齊名，合稱「文章四友」，《舊唐書》卷九四、《新唐書》卷一一四有傳。繡衣直指使者：謂侍御史。《通典》卷二四「侍御史」：「漢……武帝時，侍御史又有繡衣直指者，出討姦猾，理大獄，而不常置。」聞人：有名望的人。顔真卿《有唐開府儀同三司行尚書右丞相上柱國贈太尉廣平文貞公宋公（璟）神道碑銘》：「進士高第，補上黨尉，轉王屋主簿。相國蘇味道爲侍御史出使，精擇判官，奏公爲介。公作《長松篇》以自興，《梅花賦》以激時。蘇深賞嘆之，曰：『真王佐才也。』」皮日休《桃花賦·序》：「余嘗慕宋廣平之爲相，貞姿勁質，剛態毅狀，疑其鐵腸石心，不解吐婉媚辭。然覩其文而有《梅花賦》，清便富艷，得南朝徐庾體，殊不類其爲人也。後蘇公味道得而稱之，廣平之名遂振。嗚呼！以廣平之才，未爲是賦，則蘇公果暇知其人哉？將廣平困於窮，厄於躓，然强爲是文邪？日休於文，尚矣。狀花卉，體風物，非有所諷，輒抑而不發。因感廣平之所作，復爲《桃花賦》。」蓋其賦唐時流傳甚廣，傳爲佳話。今《全唐文》卷二〇七宋璟有《梅花賦》，實爲後人僞作，參見周密《癸辛雜識·後集》。

〔一〇〕卓犖：不群貌。外文字：謂不假文字以邀時譽。先達：前輩。席：憑藉，劉本作「藉」。驤首：昂首，言高舉得志。鄒陽《獄中上吴王書》：「臣聞蛟龍驤首奮翼，則浮雲出流，霧雨咸集。」

〔一一〕碌碌：平庸無所作爲。《史記·平原君列傳》：「公等碌碌，所謂因人成事者也。」

〔一二〕沈泥干霄：喻困厄與顯達。指顧：手指目顧。

〔一三〕汰：通泰，逾分。喻僭：比喻僭越，指己以宋璟自比。黷：冒犯。

〔一四〕繄：語助詞。游藩：游於門下。《莊子·大宗師》：「吾願游於其藩。」陸德明音義：「崔云，域也。」霽：雨止。霽嚴，猶霽威，止怒。

因論七篇〔一〕

劉子閒居，〔二〕作《因論》。或問：「其旨曷歸歟？」對曰：「『因』之爲言，有所自也。夫造端乎無形，垂訓於至當，其立言之徒。〔三〕放詞乎無方，措旨於至適，其寓言之徒。〔四〕蒙之智不逮于是，〔五〕造形而有感，因感而有詞，匪立匪寓，以『因』爲目。《因論》之旨也云爾。」

【校注】

〔一〕據《訊畛》等篇，《因論七篇》作於貞元十二三年或稍後數年中，參各篇注。《叢刊》本題下有「序」字。

〔二〕劉子，《叢刊》本作「子劉子」。

〔三〕造端：發端。《漢書·藝文志》：「傳曰：『不歌而頌謂之賦，登高能賦可以爲大夫。』言感物造耑，材知深美。」注：「耑，古端字也。因物動志，則造辭義之端緒。」立言：謂著書立説，自成一家。《左傳·襄公二十四年》：「太上有立德，其次有立功，其次有立言，雖久不廢，此之謂不朽。」

〔四〕無方：無固定的法度。寓言：《莊子·寓言》：「寓言十九。」陸德明音義：「寓，寄也。以人不信己，故託之他人，十言而九見信也。」《史記·老子韓非列傳》：「故其著書十餘萬言，大抵率寓言也。」

〔五〕蒙：自稱之謙詞。《文選》張衡《西京賦》：「蒙竊惑焉。」李善注：「蒙，謙稱也。」

鑒藥〔一〕

劉子閒居，有負薪之憂，食精良弗知其旨，血氣交沴，煬然焚如。〔二〕客有謂予：「子病，病積日矣。乃今我里有方士，淪蹟於醫，厲者造焉而美肥，輒者造焉而善馳。〔三〕矧常病也，將子詣諸？」予然之，之醫所，切脈觀色，聆聲參合，而後言曰：「子之病，其興居之節舛，衣食之齊去乖，所由致也。〔四〕今夫藏鮮能安穀，府鮮能母氣，徒爲美疹之囊橐耳，我能攻之。」〔五〕乃出藥一丸，可兼方寸，以授予曰：「服是，足以瀹昏煩而鉏蘊結，銷蠱慝而歸耗氣。〔六〕然中有毒，須其疾瘳而止，過當則傷和，是以微其齊去也。」〔七〕予受藥以餌，過信而腿能輕，痹能和；涉旬而苛癢絶焉，抑搔罷焉。〔八〕踰月而視分纖，聽察微，蹈危如平，嗜糲如精。

或聞而慶予，且鬨言曰：「子之獲是藥，幾神乎，誠難遭已。顧醫之態，多嗇術以自貴，遺患以要平財，盍重求之，所至益深矣。」〔九〕予昧者也，泥通方而狃既效，猜至誠而惑剿説，〔一〇〕卒行其言。逮再餌半旬，厥毒果肆，岑岑周體，如痁作焉。〔一一〕悟而走諸醫，醫大吒曰：「吾固知夫子未達也。」〔一二〕促和蠲毒者投之，濱於殆而有喜。〔一三〕異日進和藥，乃復初。

劉子慨然曰：「善哉醫乎。用毒以攻疹，用和以安神，易則兩躓，〔一四〕明矣。苟循往以御變，昧於節宣，〔一五〕奚獨吾儕小人理身之弊而已。」

【校注】

〔一〕鑒藥：以藥爲鑒。此文旨在説明爲政應當寬猛相濟。

〔二〕負薪之憂：自稱有病的婉詞。《禮記·曲禮下》：「君使士射，不能，則辭以疾，言曰：『某有負薪之憂。』」疏：「若直云疾，則似傲慢，故陳疾之所由，明非假也。」旨：味美。沴：水流不暢，阻滯。煬然：燥熱貌。焚如：謂火焰旺盛。《易·離》：「突如其來如，焚如，死如，棄如。」

〔三〕淪蹟：隱身。厲：通癩，惡瘡疾。輒：跛。《穀梁傳·昭公二十年》：「輒者何也？曰：兩足不能相過，齊謂之綦，楚謂之踂，衛謂之輒。」

〔四〕興居：起居。齊：分量多少。《周禮·天官·亨人》：「亨人掌共鼎鑊，以給水火之齊。」注：「齊，多少之量。」

〔五〕藏：通臟。穀：穀物。《國語·晉語八》：「物莫伏於蠱，莫嘉於穀。」注：「穀氣起則蠱伏藏，穀不朽蠹而人食之，章明之道也。」府：通腑。母氣：養氣。疹：同疢，疾病。《左傳·襄公二十三年》：「臧孫曰：『季孫之愛我，疾疢也。孟孫之惡我，藥石也。美疢不如惡石。夫石猶生我，疢之美，其毒滋多。』」

〔六〕方寸：方寸匕，中藥散劑量器。兼方寸謂兩方寸匕。《名醫别録》：「方寸匕者，作匕，正方一寸，抄散，取不落爲度。」瀹：疏導，滌除。蠱慝：爲惡的蠱疾。《國語·晉語八》：「蠱之慝，穀之飛實生之。」注：「慝，惡也。言蠱之爲惡，害於嘉穀，穀爲之飛，若是類生蠱疾也。」耗氣：損耗的元氣。

〔七〕須：待。齊：通劑，劑量。

〔八〕信：信宿，再宿。膇：足浮腫。苛癢：患疥發癢。《禮記・内則》：「疾痛苛癢，而敬抑搔之。」注：「苛，疥也。」

〔九〕嗇術：吝惜其醫術。遺患：留下隱患，不徹底治癒。盍：何不。盍，原作「益」，據明本、劉本、《叢刊》本、《全唐文》改。

〔一〇〕泥：拘執。通方：共通的道理。狃：貪圖。剿說：鈔襲他人之說。《禮記・曲禮上》：「毋剿說，毋雷同。」注：「謂取人之說以爲己說。」

〔一一〕肆：放縱，指病情加重。岑岑：脹痛，煩悶。《漢書・孝宣許皇后傳》：「我頭岑岑也，藥中得無有毒？」注：「岑岑，痺悶之意。」痁：瘧疾。《左傳・昭公二十年》：「齊侯疥，遂痁。」注：「痁，瘧疾。」

〔一二〕吒：歎聲。未達：未達醫理。《論語・鄉黨》：「康子饋藥，拜而受之，曰：『丘未達，不敢嘗。』」

〔一三〕濱：接近。殆：危殆。《國語・齊語》：「夫管夷吾射寡人中鉤，是以濱於死。」

〔一四〕蹎：跌倒，此指不順，失敗。

〔一五〕節宣：《左傳·昭公元年》：「君子有四時：朝以聽政，晝以訪問，夕以修令，夜以安身。於是乎節宣其氣，勿使有所壅閉湫底，以露其體，兹心不爽，而昏亂百度。今無乃壹之，則生疾矣。」疏：「以時節宣散其氣也。」

訊甿〔一〕

劉子如京師，過徐之右鄙。〔二〕其道旁午，有甿增增，扶斑白，挈羸角，齎生器，荷農用，摩肩而西。〔三〕僕夫告予曰：「斯宋人、梁人、亳人、潁人之逋者，〔四〕今復矣。」予愕而訊云：「予聞隴西公暢轂之止，〔五〕方踰月矣。今爾曹之來也，欣欣然似恐後者，其聞有勞倈之簿歟，蠲復之條歟，振贍之術歟，碩鼠亡歟，瘈狗逐歟？」〔六〕曰：「皆未聞也。且夫浚都，吾政之上游也，自巨盜間釁而武臣顓焉。〔七〕牧守由將校以授，皆虎而冠；子男由胥徒以出，皆鶴而軒。〔八〕故其上也，子視卒而芥視民；其下也，鷙其理而蛑其賦。〔九〕民弗堪命，是軼于它土。〔一〇〕然咸重遷也，非阽危擠壑不能違之。〔一一〕曩者雖歸歟成謡，而故態相沿，莫我敢復。〔一二〕今聞吾帥故爲丞相也，能清静畫一，必能以仁蘇我矣。〔一三〕其佐嘗宰京邑也，〔一四〕能誅鉏豪右，必能以法衛我矣。奉斯二必而來歸，惡待事實之及也？」

予因浩嘆曰：「行積於彼而化行於此，實未至而聲先馳，聲之感人，若是之速歟！然而，民知至至矣，政在終終也。〔一五〕嘗試論聲實之先後曰：民黠政頗，須理而後勸，斯實先聲後也；民離政亂，須感而後化，斯聲先實後也。〔一六〕立實以致聲，則難在經始；由聲以循實，則難在克終。〔一七〕操其柄者能審是理，俾先後終始之不失，斯誘民孔易也。」〔一八〕

【校注】

〔一〕本文作於董晉莅汴州刺史任「踰月」之時，即貞元十二年秋。文記與徐州流民的談話，説明爲政聲實先後的道理。

〔二〕徐：徐州，今屬江蘇，自京洛至江淮經此。右鄙：西部邊境。徐州西南與宣武節度所轄之宋州相鄰。

〔三〕旁午：縱横交錯。增增：多貌。《詩·魯頌·閟宫》：「烝徒增增。」傳：「增增，衆也。」斑白：指老人。羈角：指兒童。兒童髪髻，男曰角，女曰羈。生器：生活用具。

〔四〕宋：宋州，治所在今河南商丘。梁：指汴州，治所在今河南開封，戰國時爲魏都大梁。亳：亳州，治所在今安徽亳縣。潁：潁州，治所在今安徽阜陽。宋、汴、亳、潁四州均屬汴州刺史、宣武軍節度使管轄。逋者：逃亡者。

〔五〕隴西公：董晉，封隴西郡公，《舊唐書》卷一四五、《新唐書》卷一五一有傳。暢轂：長轂，指兵車。《詩·秦風·小戎》：「文茵暢轂。」疏：「《考工記》又説，車人爲車，柯長三尺，轂長半柯，是大車之轂長尺半也。兵車之轂，比之爲長，故謂之暢轂。」《舊唐書·德宗紀下》：「（貞元十二年）七月乙未，以東都留守、兵部尚書董晉檢校左僕射、同中書門下平章事、汴州刺史、宣武軍節度使、宋亳潁觀察使。時(宣武軍節度使)李萬榮病,萬榮子迺自署爲兵馬使,軍人又逐迺,汴州亂,故命董晉帥之。」

〔六〕勞徠:慰撫來歸者。蠲復:免除賦税。振贍:賑贍,救濟。術:原脱,明本、劉本作「格」,《全唐文》作「恩」,此據《叢刊》本補。碩鼠:大鼠,喻貪官污吏。《詩·魏風·碩鼠》小序:「《碩鼠》,刺重斂也。國人刺其君重斂蠶食於民,不修其政,貪而畏人,若大鼠也。」瘈狗:瘋狗,喻跋扈武將。《左傳·襄公十七年》:「國人逐瘈狗。」又《哀公十二年》:「國狗之瘈,無不噬也。」

〔七〕浚都:此指汴州,曾爲魏都,其地有浚水。《詩·鄘風·干旄》:「孑孑干旟,在浚之都。」上游:江河發源地,比喻可影響控制全局的位置。《史記·高祖本紀》:「古之帝者,地方千里,必居上游。」巨盜:指安禄山、史思明。間釁:乘隙叛亂。武臣:武將。自肅宗末年,張獻誠、田神功、李靈曜、李忠臣、劉玄佐、劉士榮、李萬榮相繼爲汴宋節度,均爲武將。

〔八〕虎而冠:《史記·齊悼惠王世家》:「齊王母家駟鈞,惡戾,虎而冠者也。」子男:五等封爵中的兩等。鶴而軒:《左傳·閔公二年》:「衛懿公好鶴,鶴有乘軒者。」

〔九〕芥:小草。鷙:鷙鳥,鷹隼一類猛禽,此指統治嚴酷。蝆:螻蛄一類食稼害蟲。

〔一〇〕軼:逃逸。

〔一一〕重遷:依戀故土,不輕易遷徙。《論語·里仁》:「小人懷土。」集解:「孔曰:重遷。」阽危擠壑：面臨墜落擠於溝壑的危險。《漢書·食貨志上》：「安有爲天下阽危者若是而上不驚者？」注：「阽危，欲墜之意也。」《左傳·昭公十三年》：「小人老而無子，知擠於溝壑矣。」違：離開。

〔一二〕歸歟：《論語·公冶長》：「子在陳曰：『歸與歸與！』」王粲《登樓賦》：「昔尼父之在陳，有歸歟之嘆音。」態：原作「熊」，據明本、劉本、《叢刊》本、《全唐文》改。

〔一三〕吾帥：指董晉，貞元五年至九年曾爲相。清静畫一：《史記·曹相國世家》：曹參繼蕭何爲相，百姓歌之曰：「蕭何爲法，顜若畫一。曹參代之，守而勿失。載其清静，民以寧一。」蘇：蘇息，解救。

〔一四〕佐：副職，指陸長源，時被任命爲宣武軍節度行軍司馬，《舊唐書》卷一四五、《新唐書》卷一五一有傳。京邑：京師所在縣，此指京兆府萬年縣。《舊唐書·陸長源傳》：「罷爲都官郎中，改萬年縣令。出爲汝州刺史。貞元十二年，授檢校禮部尚書、宣武軍行軍司馬，汴州政事，皆決斷之。」據傳，陸長源在汴州恃才傲物，以峻法繩驕兵，激成兵變，貞元十五年二月，董晉卒，長源爲亂兵「臠而食之」。

〔一五〕至至：至其所當至，指來歸。終終：終其所當終，即有始有終。

〔一六〕黠：狡詐。頗：偏頗不當，《全唐文》作「煩」。理：治。勸：鼓勵。

〔一七〕經始：開始。《詩·大雅·靈臺》：「經始靈臺，經之營之。」克終：能終。《詩·大雅·蕩》：

「靡不有初，鮮克有終。」

〔一八〕柄：政柄，權力。終始：《全唐文》作「始終」。誘：勸導。孔：大。

嘆牛〔一〕

劉子行其野，有叟牽跛牛於蹊，偶問焉：「何形之瑰歟？何足之病歟？今觳觫然將安之歟？」〔二〕叟攬縻而對云〔三〕：「瑰其形，飯之至也；病其足，役之過也。請爲君畢詞焉。我僦車以自給，嘗驅是牛，引千鈞，北登太行，南並商嶺。〔四〕掣以回之，叱以聳之，雖涉淖躋高，轂如蓬而軥不僨。〔五〕及今廢矣，顧其足雖傷而膚尚腯，〔六〕以畜豢之則無用，以庖視之則有贏。伊禁焉，莫敢尸也。〔七〕甫聞邦君饗士，卜剛日矣。〔八〕是往也，當要平售於宰夫。」〔九〕

余尸之曰〔一〇〕：「以叟言之則利，以牛言之則悲。若之何？予方窶，且無長物，願解裘以贖，將置諸豐草之鄉，可乎？」〔一一〕叟囅然而咍曰：「我之沽是，屈指計其直，可以持醪而嗡肥，飴子而衣妻，若是之逸也，奚事裘爲？〔一二〕且昔之厚其生，非愛之也，利其力；今之致其死，非惡之也，利其財。子惡乎落吾事？」〔一三〕

劉子度是叟不可用詞屈，乃以杖扣牛角而嘆曰：「所求盡矣，所利移矣。是以員能霸吴屬鏤賜，斯既帝秦五刑具，長平威振杜郵死，垓下敵擒鍾室誅。〔一四〕皆用盡身賤，功成禍歸，可不悲哉！可不悲哉！嗚呼，執不匱之用而應夫無方，〔一五〕使時宜之，莫吾害也。苟拘於形器，〔一六〕用極則憂，明已。」

【校注】

〔一〕本文以牛力盡被殺爲喻，説明處世當「執不匱之用而應夫無方」的道理。

〔二〕瑰：瑰偉，魁偉。觳觫：恐懼貌。《孟子·梁惠王上》：「王坐於堂上，有牽牛而過堂下者。王見之，曰：『牛何之？』對曰：『將以釁鐘。』王曰：『捨之，吾不忍其觳觫，若無罪而就死地。』」

〔三〕縻：牛鼻繩。

〔四〕僦車：以牛車爲人運輸。僦，租賃。太行：山名，在今晉、冀、豫三省交界處，以艱險難行著稱。並：劉本作「至」。商嶺：即商山，在今陝西商縣一帶。嶺，《叢刊》本校「一作顔」。

〔五〕掣：牽引。聳：前進。淖：泥坑。如蓬：謂如蓬草隨風，旋轉不停。軥：兵車、田車上的轅，代指車。僨：傾覆。《左傳·隱公三年》：「鄭伯之車僨於濟。」

〔六〕腯：肥。

〔七〕伊：語詞，無義。禁：指禁屠宰的禁令。尸：主其事。

〔八〕邦君：刺史等地方長官。饗士：犒賞士卒。剛日：單日。《禮記·曲禮上》：「外事以剛日。」疏：「剛，奇日也。十日有五奇五偶，甲、丙、戊、庚、壬五奇爲剛也。」

〔九〕宰夫：掌管膳食的小吏。《左傳·宣公二年》：「宰夫胹熊蹯不熟。」

〔一〇〕尸：陳，此指陳述。

〔一一〕窶：貧而簡陋。長物：多餘之物。

〔一二〕囅然：笑貌。哈：笑。沽：出售。持醪而噉肥：飲酒食肉。

〔一三〕落：荒廢。《莊子·天地》：「夫子闔行邪，無落吾事。」疏：「落，廢也。」

〔一四〕員：伍子胥，名員，春秋楚人。屬鏤：寶劍名。子胥父兄爲楚平王所殺，奔吴，佐吴王闔廬西破强楚，北威齊、晉，南服越人，遂霸中國。後吴王欲伐齊，伍子胥諫，不從。吴王疑其怨望，「乃使使賜伍子胥屬鏤之劍，曰：『子以此死。』」子胥乃自剄。事見《史記·伍子胥列傳》。斯：李斯，戰國楚上蔡人。五刑：墨、劓、刵、宫、大辟五種刑法。李斯仕秦爲廷尉，秦王用其計謀，二十餘年，竟併天下，尊主爲皇帝，斯爲丞相。二世時，爲趙高所譖，「具斯五刑，論腰斬咸陽市」，事見《史記·李斯列傳》。長平：古城名，故址在今山西高平西北。杜郵：地名，在故咸陽城中。白起爲秦將，爲秦戰勝攻取者七十餘城，南定鄢、郢、漢中，於長平大敗趙兵，阬其降卒四十餘萬。後諸侯攻秦，秦王使白起爲將，起以不用其計稱病不行，秦昭王遂遣白起，不得留咸陽中，行至杜郵，使使者賜之劍，自裁。事見《史記·白起列傳》。垓下：古地名，在今安徽靈壁縣南，楚、漢相争時，項羽軍被擊潰於此。鍾室：在長樂宫中，韓信被殺於此，參見卷六《韓信廟》注。

〔一五〕無方：無一定的法度。

〔一六〕形器：有形質之物，指功業等。《易・繫辭上》：「可久則賢人之德，可大則賢人之業。」注：「天地易簡，萬物各載其形；聖人不爲，群方各遂其業。德業既成，則入於形器，故以賢人目其德業。」

【集評】

王應麟曰：劉夢得《嘆牛》云：「員能霸吴屬鏤賜，斯既帝秦五刑具，長平威振杜郵死，垓下敵擒鍾室誅。」……文法效《漢書・蒯通等傳贊》。（《困學紀聞》卷十七。閻若璩案：楊慎云：「文法皆祖《韓非》『門人捐水而夷射誅』。」按《升庵全集》卷五二「古人文法有祖」：「古人文法皆有祖。《韓非・内儲説》曰：『門人捐水而夷射誅，濟陽自矯而二人罪，……鄭袖言惡臭而新人劓，費無忌教郤宛而令尹誅，陳需殺張壽而犀首走，故燒芻廥而中山罪。』班固《漢書》曰：『子翬謀桓而魯隱危，欒書構郤而晉厲弒，豎牛奔仲叔孫卒，郈伯毁季昭公逐，費忌納女楚建走，宰嚭讒胥夫差喪，李園進妹春申斃，上官訴屈懷王執，趙高敗斯二世縊，伊戾坎盟宋痤死，江充造蠱太子殺，息夫作姦東平誅。』宋景文《唐書》效之爲《姦臣》贊曰：『三宰嘯凶牝奪辰，林甫將蕃黄屋奔，鬼質敗謀興元蹙，崔柳倒持李宗覆。』東坡贈宋壽昌詩用此法，又奇矣。」所引《漢書》即《蒯伍江息夫傳》贊語。）

儆舟〔一〕

劉子浮于汴，〔二〕涉淮而東。亦既釋紼纚，榜人告予曰：「方今湍悍而舟盬，宜謹其具以虞焉。」〔三〕予聞言若厲，繇是袽以室之，灰以墐之，斢以乾之。〔四〕僕怠而躬行，夕惕而晝勤，景霾晶而莫進，風異響而遄止。〔五〕兢兢然累辰，是用獲濟。偃檣弭棹，次于淮陰。〔六〕於是舟之工，咸沛然自暇自逸，或游肆而觴矣，或拊橋而歌矣，隸也休役以尚寢矣，吾曹無虞以宴息矣。〔七〕逮夜分而窾隙潛澍，涣然陰潰，至乎淹簀濡薦，方卒愕傳呼，跣跳登墟，僅以身脱。〔八〕目未及瞬，而樓傾軸墊，丘於泥沙，力莫能支也。〔九〕

劉子缺然自視而言曰〔一〇〕：「繇予兢惕也，汩洪漣而無害；今予宴安也，蹈常流而致危。畏之途，果無常所哉！不生於所畏，而生於所易也。是以越子膝行吴君忽，晉宣尸居魏臣怠，白公厲劍子西哂，李園養士春申易。〔一一〕至於覆國夷族，可不儆哉！嗚呼，禍福之胚胎也，其動甚微；倚伏之矛楯也，其理甚明。〔一二〕困而後儆，斯弗及已。」

【校注】

〔一〕文作於貞元十二年自京洛東歸時。儆：同警。此以覆舟爲喻，説明禍亂常積於忽微，不可掉以輕心的道理。

〔二〕汴：汴渠，即通濟渠，因大運河自滎陽至開封的一段即原汴水，故名。貞元十二年，劉禹錫因父遇疾，請告東歸。文中所述當即此次東歸時事。

〔三〕釋紼纚：解纜。《詩·小雅·采菽》：「泛泛楊舟，紼纚維之。」傳：「紼，繂也。纚，緌也。」疏：「郭璞曰：緌，繫也。」榜人：舟子。湍悍：流急。盬：器物不堅牢。《漢書·息夫躬傳》：「器用盬惡，孰當督之？」

〔四〕若厲：提高警惕性。《易·乾》：「九三，君子終日乾乾，夕惕若厲，无咎。」疏：「夕惕者，謂終竟此日，後至向夕之時，猶懷憂惕。若厲者，若，如也；厲，危也。」衲：塞船的敗絮。《易·既濟》：「繻有衣衲，終日戒。」注：「繻宜曰濡。衣衲，所以塞舟漏也。」灰：石灰，和以桐油，可堵塞船隙。斢：舀取。

〔五〕景：日光。霾晶：隱去光華。遄：疾速。

〔六〕淮陰：楚州屬縣名，今屬江蘇省。

〔七〕隸：僕役。尚，劉本作「高」。宴息：安息。

〔八〕夜分：夜半。窾隙：空隙，裂縫。《莊子·養生主》：「批大郤，道大窾。」郭慶藩注：「窾當爲款。《漢書·司馬遷傳注》：『款，空也。』謂骨節空處。」澍：通注，灌注。涣然：流散貌。簀：竹席。薦：草席。卒：倉卒。跣：赤腳。

〔九〕樓：船的上層。舳：通舳，舟船。《潛夫論·贊學》：「水師泛舳，解維則溺，自託舟楫，坐濟江河。」塾：傾塌。《方言》卷六：「屋而下曰塾。」丘：如土丘之隆起；明本、劉本、《全唐文》作「抵」，《叢刊》本作「圮」。

〔一〇〕缺然：自失貌。《莊子·逍遥游》：「吾自視缺然，請致天下。」

〔一一〕越子：越王，指勾踐。膝行：跪地而行，以示尊敬。吴君：指吴王夫差。勾踐兵敗，爲吴兵圍於會稽，「乃令大夫種行成於吴，膝行頓首曰：『君王亡臣勾踐使陪臣種敢告下執事，勾踐請爲臣，妻爲妾。』」夫差許之，赦越，罷兵歸，後勾踐竟滅吴，報會稽之恥。事見《史記·越王勾踐世家》。晉宣：司馬懿，晉武帝受禪後，追尊爲宣皇帝。尸居：静止，無所作爲。尸，古代代表鬼神受祭的人。魏臣：指曹爽等。司馬懿與曹爽並受遺詔輔少主，正始九年，齊王曹芳稱疾不與政事，曹爽圖危社稷，頗疑司馬懿，懿亦潛備之。會河南尹李勝來候，懿詐疾篤，使兩婢侍，持衣衣落，飲粥，粥皆流出沾胸，且語無倫次。勝退告曹爽曰：「司馬公尸居餘氣，形神已離，不足慮矣。」爽遂不復設備，後竟爲司馬懿所誅。事見《晉書・宣帝紀》。白公：白公勝，楚公子建子。厲劍：磨劍。子西：楚令尹。白公勝父爲鄭人所殺，請伐鄭，子西不許，後救鄭，與之盟。「勝怒曰：『鄭人在此，仇不遠矣。』勝自厲劍，子期之子平見之，曰：『王孫何自厲也？』曰：『勝以直聞，不告女，庸爲直乎？將以殺爾父！』平以告子西。子西曰：『勝如卵，余翼而長之。楚國第，我死，令尹、司馬，非勝而誰也？』」後白公勝殺子西、子期於朝。事見《左傳・哀公十六年》。李園：戰國趙人。養士：養死士。春申：春申君黄歇，楚公子。楚考烈王無子，李園進其女弟於春申君，有身孕，復説春申君進之於楚王。及生男，立爲太子，以李園女弟爲王后。園恐春申君泄其事，陰養死士，欲殺之以滅口。後考烈王病，朱英告春申君李園之謀，請爲殺李園，春申君曰：「足下置之，李園弱人也，僕又善之，且又何至此？」楚王卒，李園果先入，伏死士於棘門之内，殺春申君。事見《史記・春申君列傳》。

〔三〕肧胎：孕的初期，指事物的醖釀初起。倚伏：指禍福。《老子》下篇：「禍兮福之所倚，福兮禍之所伏。」

【集評】

洪邁曰：作文旨意句法，固有規仿前人而音節鏘亮不嫌於同者。如《前漢書》贊云：「豎牛奔仲叔孫卒，郈伯毁季昭公逐，費忌納女楚建走，宰嚭譖胥夫差喪，李園進妹春申斃，上官訴屈懷王執，趙高敗斯二世縊，伊戾坎盟宋痤死，江充造蠱太子殺，息夫作姦東平誅。」《新唐書》效之云：「三宰嘯兇牝奪辰，林甫將蕃黄屋奔，鬼質敗謀興元蹙，崔、柳倒持李宗覆。」劉夢得《因論·儆舟》篇云：「越子膝行吴君忽，晉宣尸居魏臣怠，白公厲劍子西哂，李園養士春申易。」亦效班史語也。然其模範，本自《荀子·成相》篇。（《容齋四筆》卷九）

王應麟曰：劉夢得……《儆舟》云：「越子膝行吴君忽，晉宣尸居魏臣怠，白公厲劍子西哂，李園養士春申易。」文法效《漢書·蒯通等傳贊》。（《困學紀聞》卷一七）

原力〔一〕

劉子于邁，舟次泗濱，維筰邇之于傳。〔二〕傳吏適傳呼曰：「乘駟者方來。」〔三〕誰何之，則曰：「力人也。〔四〕雅以力聞於吴楚間，中貴人器之，謂宜爲爪士，獻言于上，有旨趣音促如京師。」〔五〕頃其至，則仡焉五輩，咸碩其體，毅其容，動睛曄如，曳趾岌如，顧瞻遲回，飲啜有聲。〔六〕泗濱守伓，由將授也，説而勞之，饗以太牢，飲以百壺。〔七〕酒酣氣振，求試自矜，傍如無人，中若有馮。〔八〕有盪舟如沿者，抉鼎如飛者，絇鍵如麻者，開兩弧而脈不僨者，屣巨石而賚如流者。〔九〕異哉，果以力駭世而聞於上也！

異日，話於儒家者流，有客悱然自奮曰：「斯誠力矣。上之，不過誇胡人而戲角抵；次之，不過倅期門而振袀服。〔一〇〕我之力異然，以道用之，可以格三苗而賓左衽；以威用之，可以繫六贏而斷右臂。〔一一〕由是而言，彼力也，長雄於匹夫，然猶駟其騑，餼其食；我力也，無敵於天下，亦當蒲其輪，鶴其書矣。」〔一二〕予詰之曰：「彼之力，用於形者也；子之力，用於心者也。形近而易見，心遠而難明。理乎而言，則子之力大矣；時乎而言，則彼之力大矣。且夫小大迭用，曷常哉？彼固有小矣，子固有大矣，予所不能齊也。」客於邑垂涕洟。〔一三〕

劉子解之曰：「屠羊於肆，適味於衆口也；攻玉於山，俟知於獨見也。〔一四〕貪日得則鼓刀利，要歲計而韞櫝多。」〔一五〕客聞之，破涕曰：「吾方俟多於歲計也。歲歟歲歟，其我與歟！」

【校注】

〔一〕此文爲劉禹錫貞元中自京洛赴淮南途經泗州作。文蓋諷朝廷之重力而不重德。

〔二〕于邁：出行。《詩·大雅·棫樸》：「周王于邁，六師及之。」箋：「于，往。邁，行。」泗濱：泗水之濱，此指泗州，治所在今安徽省盱眙縣。《元和郡縣圖志》卷九「泗州下邳縣」：「泗水，西自彭城縣界流入。」維筰：繫纜。筰，大繩。邇：靠近。傳：傳舍，驛站。

〔三〕馹：驛站。此指馹站車馬。

〔四〕誰何：問訊。《文選》賈誼《過秦論》：「陳利兵而誰何。」李善注：「誰何，問之也。《漢書》有『誰何卒』。如淳曰：『何，謂何官也。』」力人：大力士。唐代有進力士之制。《舊唐書·敬宗紀》：「（寶曆二年七月）乙亥，河中進力士八人。」《雲溪友議》卷上：「李相公紳督大梁日，聞鎮海軍進健卒四人，一曰富蒼龍，二曰沈萬石，三曰馮五千，四曰錢子濤，悉能拔橛角觝之戲。既至，果然趫徑（勁）也。翌日，於毬場内犒勞，以駕車老牛筋皮爲炙，狀瘤魁之臠，坐四輩於地茵，大柈令食之。萬石等三人視炙堅粗，莫敢就食，獨五千瞋目張口，兩手捧炙，如虎啗肉。丞相曰：『真壯士也，可以撲殺西域健兒。』又令試於觝戲，蒼龍等亦不利，獨五千勝之，十萬之衆，爲之披靡。於是獨進五千，蒼龍等退還本道。」

〔五〕爪士：爪牙之士，武臣。《詩·小雅·祈父》：「祈父予王之爪士。」趣：催促。

〔六〕仡：勇壯。《公羊傳·宣公六年》：「祁彌明者，國之力士也，仡然從乎趙盾而入。」曄如：有光彩貌。曳趾：行走。岌如：高貌。

〔七〕泗濱守：泗州刺史。伾：張伾。《舊唐書》本傳：「建中初，以澤潞將鎮臨洺，田悦攻之。……圍解，以功遷泗州刺史。在州十餘年，拜右金吾衛大將軍。詔未至，病卒。貞元二十一年，贈尚書右僕射。」張伾貞元八年六月始爲泗州刺史，見《全唐文》卷四八一吕周任《泗州大水記》。

説：通悦。太牢：大的食器，可盛牛羊豕三牲。百壺：言其多。《詩・大雅・韓奕》：「顯父餞之，清酒百壺。」

〔八〕馮：怒。《廣雅・釋詁二》：「馮，怒也。」

〔九〕沿：順流而下。抉：托舉。絢：搓絞繩索。鍵：鼎上貫穿兩耳的櫝杠。絢鍵如麻，謂力士擰曲鐵棍如搓絞繩索。兩弧：兩弓。脈：血管。僨：僨張。《左傳・僖公十五年》：「亂氣狡憤，陰血周作，張脈僨興。」注：「僨，動也。氣狡憤於外，則血脈必周身而作，隨氣張動。」褰：長衣的下擺，此謂提起衣的下擺。如流：涉水。

〔一〇〕誇胡人：謂侍從皇帝射獵。楊雄《長楊賦》「上將大誇胡人以多禽獸」，發民大捕禽獸，輸長楊射熊館，令「胡人手搏之，自取其獲，上親臨觀焉」。角抵：古代一種類似摔跤的競技活動。《漢書・武帝紀》：「（元封）三年春，作角抵戲，三百里内皆觀。」文穎曰：「兩兩相當角力，角技藝射御，故名角抵。」倅：副職。期門：武官名，掌執兵出入護衛，見《漢書・百官公卿表上》。袀服：上衣下裳顔色相同之服。《吕氏春秋・悔過》：「袀服回建。」注：「袀，同也。兵服上下無别，故曰袀服。」《左傳・僖公五年》：「均服振振。」《漢書・五行志中》引作「袀服」。

〔一一〕格：至。三苗：我國古代部族名。《史記・五帝本紀》：「三苗在江淮、荆州數爲亂。」賓左衽：使外族來賓。左衽，古代少數民族之衣襟朝左，與中原不同。《論語・憲問》：「微管仲，吾其披髮左衽矣。」驘：同騾，《叢刊》本作「蠻」。繫六驘：俘獲外敵首領。《史記・衛將軍驃騎列傳》：「薄莫，單于遂乘六贏，壯騎可數百，直冒漢圍西北馳去。」斷右臂：離間敵人的與國。《史記·大宛列傳》載張騫語：「蠻夷俗貪漢財物，今誠以此時而厚幣賂烏孫，招以益東，居故渾邪之地，與漢結昆弟，其勢宜聽，聽則是斷匈奴右臂矣。」

〔一二〕騑：駕車四馬中在兩旁的馬，此但指馬。餽：贈送，此指供應。蒲其輪：在車輪上纏上蒲草，使乘坐者安穩。《漢書·武帝紀》：「遣使者安車蒲輪，束帛加璧，徵魯申公。」鶴其書：鶴頭書，書體名，常用於徵聘的詔書。《文選》孔稚珪《北山移文》：「鳴騶入谷，鶴書赴隴。」李善注引蕭子良《古今篆隸文體》：「鶴頭書與偃波書俱詔板所用，在漢則謂之尺一簡，仿佛鵠頭，故有其稱。」

〔一三〕於邑：同鬱悒。涕洟：鼻涕眼淚。

〔一四〕屠羊於肆：宰羊於市肆。《莊子·讓王》：「楚昭王失國，屠羊説走而從於昭王。昭王反國，將賞從者，及屠羊説。……王謂司馬子綦曰：『屠羊説居處卑賤，而陳義甚高，子綦爲我延之以三旌之位。』屠羊説曰：『夫三旌之位，吾知其貴於屠羊之肆也。萬鍾之禄，吾知其富於屠羊之利也。然豈可以貪爵禄而使吾君有妄施之名乎？説不敢當，願復反吾屠羊之肆。』遂不受也。」攻玉：治玉。《詩·小雅·鶴鳴》：「它山之石，可以攻玉。」

〔一五〕日得：日有所得。鼓刀：敲擊其刀，指屠宰牲畜。《史記·信陵君列傳》：「朱亥笑曰：『臣乃市井鼓刀屠者。』」歲計：一年中收入支出的計算，此指應科舉考試之舉人歲末隨計吏入京應試，參見卷二《送李策秀才（略）》注。韞櫝：藏於櫝中。此謂待價而沽。《論語・子罕》：「有美玉於斯，韞櫝而藏諸？求善賈（價）而沽諸？」

説驥〔一〕

伯氏佐戎于朔陲，〔二〕獲良馬以遺予。予不知其良也，秣之稊秕，〔三〕飲之污池。既櫪也，上庳而下蒸，羈絡也，綴索而續韋。〔四〕其易之如此。予方病且窶，〔五〕求沽于肆。肆之駔，〔六〕亦不知其良也，評其價，六十緡。將劑矣，有裴氏子，贏其二以求之，謂善價也，卒與裴氏。〔七〕

裴所善李生，〔八〕雅挾相術，於馬也尤工。睹之周體，眙然視，听然笑，既而抃隨之。〔九〕且曰：「久矣，吾之不覯於是也！是何柔心勁骨，奇精妍態，宛如鏘如曄如翔如之備邪！今夫之德也全然矣。〔一〇〕顧其維駒，藏鋭于内，且秣之乖方，是用不説于常目。〔一一〕須其齒備而氣振平，則衆美灼見，上可以獻帝閑，〔一二〕次可以鬻千金。」裴也聞言竦焉，遂儆其僕，蠲其皂，筐其惡，屝其溲，穉以美薦，秣以薌粒，起之居之，澡之挋音震之，無分陰之怠。〔一三〕斯以馬養，養馬之至分也。居無何，果以驥德聞。

客有唁予以喪其寶，且譏其所貿也微，予灑然曰〔一四〕：「始予有是馬也，予常馬畜之。今予易是馬也，彼寶馬畜之。寶與常，在所遇耳。且夫昔之翹陸也，謂將蹄將齧，抵以檛策，不知其籥雲耳。〔一五〕昔之噓吸也，謂爲疵爲癘，投以藥石，不知其噴玉耳。〔一六〕夫如是，則雖曠日歷月，將頓踣是以，〔一七〕曾何寶之有焉？繇是而言，方之於士，則八十其緡也，不猶踰于五羖皮乎〔一八〕！」客謖而竦。〔一九〕予遂言曰：「馬之德也，存乎形者也，可以目取，然猶違之若此，〔二〇〕矧德蘊于心者乎！斯從古之嘆，予不敢嘆。」

【校注】

〔一〕驥：千里馬。文以驥爲喻，説明識别人才的困難。

〔二〕伯氏：劉禹錫兄，其名未詳。參見卷十二《奉送家兄歸王屋山隱居二首》注。佐戎：佐戎幕，謂爲節度使幕僚。朔陲：北方邊塞。

〔三〕秣：飼養。稊秕：稊草的籽實。稊，草名。秕，籽粒不飽滿的穀物。

〔四〕厩：馬圈。櫪：馬槽。庳：低矮。蒸：潮濕。羈絡：籠頭繮繩等馬具。韋：皮革。

〔五〕寠：貧而簡陋。

〔六〕駔：市場經紀人。《吕氏春秋・尊師》：「段干木，晉國之大駔也。」

〔七〕劑：買賣券契，此指成交。《周禮・地官・質人》：「大市以質，小市以劑。」注：「賈玄謂質劑者，爲之券，藏之也。」贏其二：據下文「八十其緡」語，當是增加二十緡。

〔八〕李生：瞿蜕園謂爲李幼清。《唐語林》卷六：「興元中，有知馬者曰李幼清，暇日常取適於馬肆。有致悍馬於肆者，結鎖交絡其頭，二力士以木末支其頤，三四輩執檛而從之，馬氣色如將噬，有不可馭之狀。幼清逼而察之，訊於主者。且曰：『馬之惡無不具也，將貨焉，唯其所酬耳。』幼清以二萬易之，馬主尚慚其多。……幼清自負其知，乃湯沐翦飾，别其皁棧，異其芻秣。數日而神氣一小變，逾月而大變。志性如君子，步驟如俊乂，嘶如龍，顧如鳳，乃天下之駿乘也。」

〔九〕眙：驚視。《文選》王延壽《魯靈光殿賦》：「觀藝於魯，睹斯而眙。」李善注：「愕視曰眙。」听然：笑貌。司馬相如《子虛賦》：「亡是公听然而笑。」抃：鼓掌。

〔一〇〕宛如：柔順貌。鏘如：聲韻優美。曄如：光色鮮明。翔如：行動輕捷。「之德」前，劉本、《全唐文》有「馬」字。

〔一一〕駒：少壯之馬。《周禮·夏官·校人》注：「二歲曰駒。」《詩·小雅·白駒》：「皎皎白駒……縶之維之。」維，《全唐文》作「爲」。乖方：方法不當。説：通悦。

〔一二〕齒備：牙齒長齊，發育成熟。灼見：明顯表現。帝閑：皇帝御厩。

〔一三〕皁：馬槽。惡：髒物，指糞便。蜃：大蛤蜊，此指蚌殼灰，可防潮濕。溲：小便。《吴越春秋·勾踐入臣外傳》：「太宰嚭奉溲惡以出。」《周禮·地官·掌蜃》：「掌斂互物蜃物，以共闉壙之蜃。」注：「互物，蚌蛤之屬。闉，猶塞也。將井椁，先塞下，以蜃禦濕也。」稚：疑當作「摧」，通莝，鍘草。《詩·小雅·鴛鴦》：「乘馬在厩，摧之秣之。」薦：草。《莊子·齊物論》：「麋鹿食薦。」薌粒：美好的穀物。薌，穀物的香氣。拒：擦拭。《爾雅·釋詁》：「拒，清也。」

注：「振訊，拉拭，掃刷，皆所以爲絜清。」

〔一四〕灑然：灑落貌。

〔一五〕翹陸：舉足跳躍。《莊子·馬蹄》：「齕草飲水，翹足而陸，此馬之真性也。」柢：疑當作「抵」，側擊也。檛策：鞭子。籋：通躡。《漢書·禮樂志》：「籋浮雲，晻上馳。」蘇林曰：「言天馬上躡浮雲也。」

〔一六〕噴玉：噓氣鼓鼻時噴出白色唾沫。《穆天子傳》卷五：「使宮樂謡曰：『黄之池，其馬噴沙，皇人威儀；黄之澤，其馬噴玉。』」

〔一七〕頓踣：顛蹶，倒下。以：通已。頓踣是以，劉本、《全唐文》作「將至頓踣」，無「是以」二字。

〔一八〕方之於士：拿士人來比方。羖皮：羊皮，此指賤物。羖，黑色公羊。《史記·秦本紀》：「百里傒亡秦走宛，楚鄙人執之。繆公聞百里傒賢，欲重贖之，恐楚人不與，乃使人謂楚曰：『吾媵臣百里傒在焉，請以五羖羊皮贖之。』楚人遂許與之。」

〔一九〕謏：整肅。《後漢書·蔡邕傳》：「公子謏爾斂袂而興。」

〔二〇〕違之：明本、劉本作「爲之」。

述病〔一〕

劉子嘗涉暑而征，熱攻于腠以致病，其僕也告痡，亦莫能興。〔二〕逮浹日，予有瘳。〔三〕醫診之，曰：「疾幸間矣，顧熱沴而未平，有遺類焉。〔四〕宜謹於攝衛，衛之乖方，則病復矣。」〔五〕所苦既微，而怠其説，倦眠于衾而興焉，倦隱于几而步焉。面不能罷頩，髮不能捐櫛，口不能忘味，心不能無思。〔六〕如是未移日，而疢也瘳疏錦反如，復瘝于躬。〔七〕進藥求汗，凡三涣然後目能視，視既分，則向時之僕已睍然執杯圈，侍予于前矣。〔八〕予訝而曰：「曩吾與若也病偕，呻也呼也，若酷而吾微，藥也餌也，吾殷而若薄，何患之同而痊之異哉？」〔九〕僕諄諄而答云：「己之被病也，兀然而無知；有間也，亦兀然而無知。〔一〇〕髮蓬如而忘乎亂，面黔如而忘乎垢。〔一一〕洎疾之殺也，雖飲食是念，無滑甘之思。〔一二〕日致復初，亦不自知也。」

予喟然嘆曰：「始予有斯僕也，命之理畦則蔬荒，主庖則味乖，顓厩則馬瘠，常謂其無適能適。〔一三〕乃今以兀然而賢我遠甚，利與鈍果相長哉！」僕更矣，劉子遂言曰：「樂於用則豫章貴，厚其生則社櫟賢。〔一四〕唯理所之，曾何膠於域也？」〔一五〕

【校注】

〔一〕文以僕病易瘳爲喻，説明利鈍相長、不才者能以不才全其身的道理。

〔二〕涉暑而征：在大熱天出行。腠：皮膚與肌肉之間的空隙。痡：病。

〔三〕浹日：十日。《國語·楚語下》：「遠不過三月，近不過浹日。」注：「浹日，十日也。」瘳：痊癒。

〔四〕間：病好轉或痊癒。沴：阻塞。類：通纇，疵病。

〔五〕攝衛：調護，養生。梁簡文帝《與慧琰法師書》：「旦來雨氣，殊有初寒，攝衛已久，轉得其力。」乖方：不得法。

〔六〕頮：洗面。櫛：梳頭。

〔七〕瘮如：寒栗貌。瘝：同瘰，病。躬：身。

〔八〕涣：出汗。晥：《叢刊》本作「晥」。杯圈：木杯。《禮記·玉藻》：「母没而杯圈不能飲焉。」注：「圈，屈木所爲，謂巵匜之屬。」

〔九〕酷：嚴重。殷：濃，劑量大。

〔一〇〕兀然：渾噩無知貌。

〔一一〕蓬如：亂貌。黔如：黑貌。

〔一二〕殺：衰減。滑甘：滑膩甜美。

〔一三〕無適能適：意謂没有適合做的事。

〔一四〕豫章：大木，樟類。《淮南子·修務》：「豫章之生也，七年而後知，故可以爲棺舟。」社櫟：社旁櫟樹。《莊子·人間世》：「匠石之齊，至乎曲轅，見櫟社樹。其大蔽數千牛，絜之百圍。其高臨山十仞而後有枝，其可以爲舟者旁十數。觀者如市，匠伯不顧，遂行不輟。弟子厭觀之，走及匠石曰：『自吾執斧斤以隨夫子，未嘗見材如此其美也。先生不肯視，行不輟，何邪？』

曰：『已矣，勿言之矣。散木也。以爲舟則沈，以爲棺槨則速腐，以爲器則速毁，以爲門户則液樠，以爲柱則蠹。是不材之木也，無所可用，故能若是之壽。』」

〔一五〕膠：固定，拘泥。域：指特定的範圍。

讓同平章事表〔一〕

臣某言：高品吴千金至，奉制加臣銀青光禄大夫、同中書門下平章事，兼徐泗濠等州節度觀察處置等使，餘如故者。〔二〕初受恩榮，若登霄漢；退思塵忝，如履春冰。〔三〕臣誠惶誠恐頓首頓首。臣聞以德詔官，以勞定賞，苟或虚授，人無勸心。〔四〕臣自守方隅，累更時歲。荷唐、虞宣力之寄，乏齊、魯報政之能，愧無可稱，以答高位。〔五〕豈意聖慈弘奬，天澤薦加，以爕贊之崇名，被庸虚之陋質，懼速官謗，有玷大猷。〔六〕伏以宰相之職，安危是注。其在當否，繫于慘舒，〔七〕惟以材升，例無平進。舉不失德，則副蒼生之心；苟非其人，或致外夷之哂。〔八〕臣雖愚昧，嘗覽前言，豈敢冒榮，遂安竊位？輒思事理，冀盡芻蕘。〔九〕若以汴河要津，漕運所切，徐方俶擾，師旅未寧。〔一〇〕謹當上禀睿謀，下貞戎律，克期而進，屈指可平。勵衆率先，〔一一〕是臣之志。既行其事，必在正名，所加節制，安敢飾讓？〔一二〕至於銀青貴服，金鉉重名，勛績無聞，豈宜濫及？〔一三〕伏乞賜寢前命，俯亮愚衷，微臣遂知止之宜，聖朝無不稱之服。〔一四〕名器斯慎，〔一五〕退讓有聞，遐邇聆風，孰不知勸！其新授官告，謹重封進。無任懇禱屏營之至。〔一六〕

【校注】

〔一〕表貞元十六年六月在杜佑徐泗幕中任節度掌書記時作。表在原集卷十一之首，卷首「卷第十一」下注：「表章一。爲淮南杜相公佑修。十首。」同平章事：同中書門下平章事的省稱，即宰相。《新唐書・百官志一》：「宰相之職，佐天子總百官，治萬事，其任重矣。然自漢以來，位號不同，而唐世宰相，名尤不正。……永淳元年，以黄門侍郎郭待舉、兵部侍郎岑長倩等同中書門下平章事，『平章事』入銜，自待舉等始。自是以後，終唐之世不能改。」《舊唐書・德宗紀下》：「（貞元十六年）六月丙午，鄆州李師古、淮南杜佑並加同平章事，以佑兼領徐泗濠節度。」劉禹錫《子劉子自傳》：「既免喪，相國揚州節度使杜公領徐泗，素相知，遂請爲掌書記。」此文《古今事文類聚新集》卷七收作李嶠文，誤。

〔二〕高品：宦官品級高者。吴千金：官名。《文苑英華》卷六三一令狐楚《爲人謝賜口脂等并曆日狀》：「中使吴千金至……」餘未詳。銀青光禄大夫：從三品文散階。餘如故：指勛、封、賜等，如前不變。

〔三〕春冰：《書・君牙》：「心之憂危，若蹈虎尾，涉於春冰。」傳：「春冰畏陷，危懼之甚。」

〔四〕詔官：命官。虚授：曹植《求自試表》：「夫論德而授官者，成功之君也；量能而受爵者，畢命之臣也。故君無虚授，臣無虚受。」

〔五〕唐、虞：唐堯、虞舜。宣力：效力。《書·益稷》：「帝曰：『……予欲宣力四方，汝爲。』」齊、魯：周代二諸侯國名。報政：報告政績。《史記·魯周公世家》：「魯公伯禽之初受封之魯，三年而後報政周公。周公曰：『何遲也？』伯禽曰：『變其俗，革其禮，喪三年然後除之，故遲。』太公亦封於齊，五月而報政周公。周公曰：『何疾也？』曰：『吾簡其君臣禮，從其俗爲也。』」

〔六〕燮贊：燮理贊佐。宰相燮理陰陽，故云。陋質：庸碌的才能。官謗：因爲官不稱職而受到的責難批評。大猷：治國大計。

〔七〕慘舒：指陰陽。張衡《西京賦》：「夫人在阳時則舒，在陰時則慘。」《史記·陳丞相世家》：「夫宰相者，上佐天子理陰陽，順四時……」

〔八〕副蒼生之心：見卷二《哭吕衡州時予方謫居》注。致外夷之哂：《漢書·車千秋傳》：「千秋無他材能術學，又無伐閲功勞，特以一言寤意，旬月取宰相封侯，世未嘗有也。後漢使者至匈奴，單于問曰：『聞漢新拜丞相，何用得之？』使者曰：『以上書言事故。』單于曰：『苟如是，漢置丞相，非用賢也，妄一男子上書即得之矣。』」

〔九〕芻蕘：割草打柴，此謙言己如草野之人，所見鄙陋無識。

〔一〇〕汴河：即汴水，見卷六《客有話汴州新政（略）》注。徐方：徐州。《詩·大雅·常武》：「徐方繹騷。」《元和郡縣圖志》卷九「徐州」：「自隋氏鑿汴以來，彭城南控埇橋，以扼汴路，故其鎮尤重。」俶擾：開始擾亂，騷亂。《書·胤征》：「畔官離次，俶擾天紀。」《舊唐書·德宗紀下》：「（貞元十六年五月）徐泗濠節度使、檢校尚書右僕射、徐州刺史張建封卒。壬子，徐州軍亂，不納行軍司馬韋夏卿，迫建封子愔爲留後。」同書《張建封傳》：「初，建封卒，判官鄭通誠權知留後事。通誠懼軍士謀亂，適遇浙西兵遷鎮，通誠欲引入州城爲援。事泄，三軍怒，五六千人斫甲仗庫取戈甲，執帶環繞衙城，請愔爲留後，乃殺通誠、楊德宗、大將段伯熊、吉遂、曲澄、張秀等。軍衆請於朝廷，乞授愔旄節。初不之許，乃割濠、泗二州隸淮南，加杜佑同平章事，以討徐州。」

〔一一〕率，原作「之」，據《叢刊》本改。

〔一二〕正名：《論語·子路》：「子路曰：『衛君待子而爲政，子將奚先？』子曰：『必也正名乎。』『……名不正則言不順，言不順則事不成。』」節制：此指所授徐泗濠等州節度觀察處置等使一職。飾讓：故意推讓。

〔一三〕銀青貴服：唐制，進散階三品銀青光禄大夫，即給金魚袋，服紫，謂之章服，見《新唐書·車服志》。金鉉：鼎鉉，指宰相，參見卷六《浙西李大夫示述夢四十韻（略）》注。

〔一四〕亮：諒察。知止：《老子》下篇：「知足不辱，知止不殆，可以長久。」不稱：不相稱。《詩·曹風·候人》：「彼其之子，不稱其服。」

〔一五〕名器：官爵與車服。《左傳·成公二年》：「惟器與名，不可以假人。」

〔一六〕官告：官員告身，即委任官職的文憑。禱，原作「倒」，據明本、劉本、《全唐文》改。屏營：惶恐貌。

謝平章事表〔一〕

臣某言：伏蒙獎拔，超踐鈞衡，慮玷大猷，昧死陳讓。再奉嚴旨，不令固辭，恩厚命輕，位高責重。中謝。臣聞天下安危，注意將相，處論道具瞻之地，當總戎作鎮之權。〔二〕雖協夢而求，無聞秉鉞之寄；登壇以拜，不兼調鼎之榮。〔三〕授受惟艱，伊昔猶爾，況臣庸瑣，何以克堪！陛下玄造曲成，大明私照，俾掌戎律，復參廟謨。〔四〕寵光之崇，在臣已極；毫髮之效，於國何施！謹當罄竭微誠，奉遵至教，仗天威以懾不類，敷聖澤以遂群生。上分旰食之憂，下塞素餐之責。〔五〕力誠不足，心實念兹，伏乞皇明，俯賜昭鑒。臣恪居官次，遐守藩維，不獲伏謝彤庭，陳露丹慊。〔六〕心存闕下，同犬馬之戀恩；身在淮濆，〔七〕仰雲天而結思。無任懇悃屏營之至。〔八〕

【校注】

〔一〕表貞元十六年七月爲杜佑作。蓋杜佑加同平章事後，上表陳讓，不許，遂接受任命，并上表稱謝。參見前《讓同平章事表》注。

〔二〕注意：《史記・陸賈傳》：「天下安，注意相；天下危，注意將。將相和調，則士務附；士務附，天下雖有變，即權不分。」論道：《書・周官》：「立太師、太傅、太保，兹惟三公，論道經邦，燮理陰陽。」具瞻：爲天下之人所瞻視，謂地位崇高。參見卷十一《和僕射牛相公寓言二首》注。

〔三〕協夢：符合所夢。《史記・殷本紀》：「武丁夜夢得聖人，名曰説。……使百工營求之野，得説於傅險中。……與之語，果聖人，舉以爲相……故遂以傅險姓之，號曰傅説。」秉鉞：秉持斧鉞，謂統軍。《詩・商頌・長發》：「武王載旆，有虔秉鉞。」登壇：登壇拜將，用韓信事，參見卷六《韓信廟》注。調鼎：指拜相，見卷三《庭梅詠寄人》注。

〔四〕玄造：天，天地有冥冥化育之功。元結《憫荒詩》：「令行山川改，功與玄造侔。」曲成：委曲成全。大明：日。私照：偏照。《禮記・禮器》：「大明生於東，月生於西。」注：「大明，日也。」又《孔子閒居》：「日月無私照。」

〔五〕不類：不善。劉琨《勸進表》：「抗明威以攝不類。」旰食之憂：此指徐州軍亂。旰，晚。《左傳・昭公二十年》：「（伍）奢聞員不來，曰：『楚君大夫，其旰食乎！』」注：「將有吴憂，不得早食。」素餐：尸位素餐。《詩・魏風・伐檀》：「彼君子兮，不素餐兮。」

〔六〕彤庭：宫中塗成紅色的殿庭。丹慊：猶丹誠，忠心。陳子昂《諫用刑書》：「發號施令，出於誠慊。」

〔七〕淮濆：淮水堤岸。《詩・大雅・常武》：「鋪敦淮濆，仍執醜虜。」箋：「敦當作屯。……陳屯其兵於淮水大防之上以臨敵。」淮水流經淮南節度使所轄之楚州及徐泗節度使所轄之泗、濠二州，故杜佑取水路進兵。《舊唐書・杜佑傳》：「詔佑以淮南節制檢校左僕射、同平章事，兼徐泗節度使，委以討伐。佑乃大具舟艦，遣將孟準先當之。準渡淮而敗，佑杖之，固境不敢進。」

〔八〕懇悃：懇誠。

謝手詔表〔一〕詔後批云：「朕自書。」

臣某言：中使閻忠信至，奉宣聖旨存問，兼賜臣手詔。拜捧紫泥，跪伸金簡。〔二〕承旨見聖神之略，感恩知身命之輕。中謝。臣素乏異能，幸逢昌運。猥當旄鉞之寄，未靖祆氛；榮分台鼎之名，何階啟沃？〔三〕竊位斯久，速尤是虞。豈謂玄化曲成，鴻私薦及。〔四〕特紆睿思，親灑仙毫。降自九重，粲然五色。初喜麗天之象，遠燭輝光；旋驚垂露之蹤，曲覃霈澤。〔五〕鸞鳳騫翔而變態，煙雲舒卷以呈姿。賦彩飛文，聳神蕩目。恭惟國寶，何幸家藏。感極涕零，莫知上答。應緣軍旅庶務，謹具別狀奏聞。無任欣戴屏營之至。

【校注】

〔一〕表貞元十六年秋在徐泗幕中代杜佑作。

〔二〕紫泥：用以封詔書，上加蓋璽印。衛宏《漢舊儀》卷上：「皇帝六璽……皆以武都紫泥封。」金簡：黄金簡策，此爲詔書美稱。

〔三〕祅氛：此指徐州軍亂。參見前《讓同平章事表》注。啟沃：謂以治國之道開導帝王。《書·説命上》：「啟乃心，沃朕心。」疏：「當開汝心所有，以灌沃我心。」

〔四〕玄化：帝王教化，見卷十二《華清詞》注。鴻私：大恩。薦：再。

〔五〕麗天：《易·離》：「日月麗乎天。」垂露：書體名。《初學記》卷二一引王愔《文字論》：「垂露書，如懸針而勢不遒勁，阿那若濃露之垂，故謂之垂露。」覃：延及，廣施。霈澤：猶洪恩。

謝貸錢物表〔一〕

臣某言：中使南宫懷珍至，奉宣聖旨存問，兼賜臣墨詔。天光下濟，睿澤曲流，銜恩未酬，居寵彌懼。中謝。臣受任斯極，微功莫施。昨以封略未寧，干戈猶動。壽春固壘以備盜，淮甸興師以扞姦。〔二〕經費所資，數盈鉅萬，饋餉時久，供億力殫。〔三〕慮始圖終，不敢緘默，輒陳管見，上黷宸聰。伏蒙聖慈，特遂誠請。遠承如綍之旨，特假聚人之財。〔四〕軍須不愆，士氣彌振。糗糧既備，永無半菽之虞；襦袴足頒，遠超挾纊之感。〔五〕是爲説使，咸願先登。〔六〕臣忝總戎，倍百欣荷。伏以上分國用，俯濟軍興，候清煙塵，謹備償納。

【校注】

〔一〕表貞元十六年秋在徐泗節度使幕中代杜佑作。

〔二〕壽春：郡名，即壽州，屬淮南道，治所在今安徽壽縣。淮甸：淮河兩岸原野，指淮南道。鮑照《上潯陽還都道中》：「登艫眺淮甸，掩泣望荆流。」

〔三〕供億：按需要供應。億，估量。《左傳·隱公十一年》：「寡人惟是一二父兄，不能共億。」

〔四〕綍：大繩。《禮記·緇衣》：「王言如綸，其出如綍。」聚人之財：國庫備用的錢物。聚人，即聚民。《周禮·大司徒》：「以荒政十有二，聚萬民。」注：「荒，凶年也。鄭司農云：救荒之政，十有二品。」

〔五〕半菽：《漢書·陳勝項籍傳》：「今歲饑民貧，卒食半菽，軍無見糧。」臣瓚曰：「士卒食蔬菜，以菽雜半之。」師古曰：「菽，豆也。」挾纊：《左傳·宣公十二年》：「楚子伐蕭……申公巫臣曰：『師人多寒。』王巡三軍，拊而勉之。三軍之士，皆如挾纊。」注：「纊，綿也，言説（悦）以忘寒。」

〔六〕説使：樂爲所用。説，通悦。先登：争先登上敵人營壘。《左傳·隱公十一年》：「公會齊侯、鄭伯伐許。……潁考叔取鄭伯之旗蝥弧以先登。子都自下射之，顛。瑕叔盈又以蝥弧登，周麾而呼曰：『君登矣。』鄭師畢登。」

請赴行營表〔一〕

臣某言：臣自守淮濆，已周星紀。〔二〕虔奉朝典，粗安遐方。素效未聞，新恩薦及。身曳兩綬，〔三〕寄深一隅。蚊蚋負山，力誠不足；鷹鸇逐鳥，志則有餘。〔四〕臣再授兵符，夙參軍幕。〔五〕被堅執鋭，雖未經於戎行；制勝伐謀，亦嘗習於事業。自忝藩翰，屬時清平，無施汗馬之勞，但詠櫜弓之什。〔六〕今則幸遇殊獎，委之專征，以身率先，是臣素志。況聞徐州士衆，本無叛心，蒼卒之間，危疑至此。臣請自臨疆場，親領紀綱。裂帛繫書，諭其禍福；椎牛饗士，養以威聲。〔七〕冀宣皇風，煦兹蠢類。〔八〕以忠義感脅從之伍，以含弘安反側之徒。〔九〕革面悛心，〔一〇〕期乎不日。其揚州留務，請令行軍司馬路應權知。〔一一〕伏乞聖慈，俯賜昭鑒。

【校注】

〔一〕表貞元十六年秋代杜佑作。行營：行軍作戰時所居營帳，此指徐州前綫。杜佑時以淮南節度使兼領徐泗，但實仍坐鎮揚州，故請赴行營，參見前《讓同平章事表》注。

〔二〕淮濆：此指淮南。星紀：古代以歲星紀年，十二年爲一紀。權德輿《大唐（略）岐國公杜公（佑）淮南遺愛碑銘》：「歲在庚午，以禮部尚書至於是邦。」庚午，貞元六年。至此已十一年，接近一紀。

〔三〕綬：繫印絲帶。杜佑時爲淮南節度使，兼領徐泗濠節度使，故云「兩綬」。

〔四〕蚊蚋：蚊子。《説文》：「秦、晉謂之蚋，楚謂之蚊。」《莊子・應帝王》：「其於治天下也，猶涉海鑿河而使蚊負山也。」鷹鸇：猛禽。《左傳・文公十八年》：「見無禮於其君者誅之，如鷹鸇之逐鳥雀也。」

〔五〕再授兵符：杜佑曾爲嶺南節度使，今爲淮南節度，故爲再授。夙參軍幕：《舊唐書・杜佑傳》：「（韋）元甫爲浙西觀察、淮南節度，皆辟爲從事，深所委信。」

〔六〕藩翰：捍衛國家的方面重臣，指節度使等。《詩・大雅・板》：「价人維藩，大師維垣，大邦維屏，大宗維翰。」注：「藩，屏也。……翰，幹也。」櫜：弓衣。櫜弓，納弓於櫜，以示不用。《詩・周頌・時邁》：「載戢干戈，載櫜弓矢。」箋：「王巡狩而天下咸服，兵不復用。」

〔七〕繫書：此謂繫書於箭，射入敵軍營壘中。江淹《恨賦》：「裂帛繫書，誓還漢恩。」椎牛：擊殺牛。《史記・馮唐傳》：「魏尚爲雲中守，其軍市租盡以饗士卒，〔出〕私養錢，五日一椎牛，饗賓客軍吏舍人。」

〔八〕宣：原作「官」，據明本、劉本、《叢刊》本、《文苑英華》、《全唐文》改。蠢類：騷動的蟲類，此指亂軍。束皙《補亡詩》：「蠢蠢庶類，王亦柔之。」

〔九〕含弘：含容寬大。反側：反復無常。

〔一〇〕革面悛心：猶洗心革面。悛，悔改。《書·泰誓》：「惟受罔有悛心。」

〔一一〕留務：留守事宜。行軍司馬：節度使屬下負責軍事的副手。《新唐書·百官志四下》節度使：「行軍司馬，掌弼戎政。居則習蒐狩，有役則申戰守之法，器械、糧精、軍籍、賜予，皆專焉。」路應：路嗣恭之子，字從衆，以蔭爲著作郎，歷虔州刺史，累遷宣歙觀察使，附見《新唐書·路嗣恭傳》。韓愈《唐銀青光禄大夫左散騎常侍致仕陽平路公（應）神道碑》：「拜尚書兵部郎中，兼御史中丞、淮南軍司馬。」

謝兵馬使朱鄭等官表〔一〕 初除侍御史，續除中丞，封異姓王。

臣某言：奏事官韋温回，特蒙聖恩重賜朱鄭等官告。〔二〕宸象昭回，煥然下燭，榮分右職，光賁遐藩。〔三〕中謝。臣伏以朱鄭朴忠爲心，沈毅見色，當建封禦侮之寄，見張愔提孩之年。〔四〕昨者隸職徐州，分鎮蘄縣，繹騷之際，梗亮彌彰。〔五〕歷險而來，寔繁其旅。〔六〕詳探本末，有足褒稱。輒具奏聞，恐須獎勸。伏蒙睿鑒，俯亮微誠。優詔先行，已階直指之列；殊私薦至，超升獨坐之崇。〔七〕户領三千，爵踰五等。〔八〕恩生非次，感異常倫。轅門有光，武旅增氣。遂使感激之士，希勇爵以捐軀〔九〕；猖狂之徒，聆聖澤而悛性。風行草偃，〔一〇〕其勢必然。臣忝總戎麾，倍百欣荷。

【校注】

〔一〕表貞元十六年秋代杜佑作。兵馬使：節度使屬下武將。朱鄭：據表，原爲徐州張建封部將，任兵馬使，駐蘄縣；徐州軍亂，率部奔杜佑，進侍御史，再加御史中丞，封郡王，食邑三千户。題注中「封」字原無，據《文苑英華》增。

〔二〕韋温：未詳。兩《唐書》有《韋温傳》，武宗時官至宣歙觀察使。然據杜牧《韋温墓誌》，貞元四年始生，故别是一人。「回」字原無，據《叢刊》本、《文苑英華》、《全唐文》補。官告：即告身，授官憑證。

〔三〕宸象：天象，指日月星辰。昭回：光明回轉。右職：高官，古代以右爲尊。賁：裝飾，引申爲榮寵。

〔四〕建封：張建封。愔：張愔，張建封子。提孩：即孩提，指幼兒。《孟子・盡心上》：「孩提之童，無不知愛其親者。」注：「孩提，二三歲之間，在襁褓，知孩笑，可提抱者也。」《舊唐書・張建封傳》：「貞元四年……爲徐州刺史，兼御史大夫、徐泗濠節度、支度營田觀察使。……在彭城十年，軍州稱理。……子愔。愔以蔭授虢州參軍。」張建封卒後徐州軍亂，見前《讓同平章事表》注。

〔五〕蘄縣：徐州屬縣，元和四年割屬宿州，在今安徽宿縣南，參見《元和郡縣圖志》卷九。驛騷：動亂。《詩・大雅・常武》：「徐方繹騷。」傳：「繹，陳；騷，動也。」梗亮：梗直磊落。《三國志·吴書·吕蒙傳》注引《江表傳》：「斯人……梗亮有雄氣。」

〔六〕寔繁其旅：謂其部下甚多。《書·仲虺之誥》：「簡賢附勢，寔繁有徒。」

〔七〕直指：指侍御史。私：恩。薦至：屢至。獨坐：指御史中丞。《通典》卷二四：「（漢）武帝時侍御史又有繡衣直指者，出討姦猾，理大獄，而不常置。注：直指而行，無苟私也。衣以繡者，尊寵之也。」又：「御史中丞……與尚書令、司隸校尉朝會皆專席而坐，京師號爲三獨坐。」

〔八〕三千：謂食實封的户數。五等：謂公、侯、伯、子、男五等封爵。《通典》卷三一：「大唐……其庶姓卿士功業特盛者亦封郡王，其次封國公，其次有郡縣開國公侯伯子男之號，亦九等，並無官土。其加實封者則食其封，分食諸郡，以租調給。」

〔九〕勇爵：封賞勇士的爵位。《左傳·襄公二十一年》：「莊公爲勇爵。」注：「勇爵，設爵位以命勇士。」

〔一〇〕偃：倒伏。《論語·顔淵》：「君子之德風，小人之德草，草上之風必偃。」

謝墨詔表〔一〕

臣某言：中使陳日華至，奉宣聖旨，慰勞臣及將佐、官吏、僧道、耆壽、百姓等，〔二〕兼賜臣墨詔。恩降紫泥，澤流下土。跪奉自天之命，遥馳捧日之心。云云。〔三〕伏以皇帝陛下凝旒穆清，軫念黎獻。〔四〕已洽雍熙之化，尚存宵旰之勤。〔五〕遠降王人，特紆宸翰，慰安稠疊，曉諭便蕃。任重力微，不知上答。應緣戎旅庶務，謹具別狀奏聞。伏乞皇明，俯賜昭鑒。無任感戴屏營之至。

【校注】

〔一〕墨詔：皇帝手寫未加璽印的詔書。表云「戎旅庶務」，時徐州亂未平，當作於貞元十六年秋。

〔二〕耆壽：即父老。《唐會要》卷五九：「天寶十二載七月十三日敕，諸郡父老宜改爲耆壽。」

〔三〕捧日：見卷六《歷陽書事七十四韻》。

〔四〕旒：禮冠前後的玉串。凝旒，謂端坐不動。穆清：指天，此指皇宮。《史記·太史公自序》：「漢興以來，至明天子，獲符瑞……受命於穆清。」黎獻：黎民中的賢人，此但指黎民百姓。《書·益稷》：「萬邦黎獻，共惟帝臣。」

〔五〕雍熙：和悦。《晉書·樂志》：「改《芳樹》爲《雍熙》，言魏氏臨其國，君臣邕穆，庶績咸熙也。」宵旰：宵衣旰食。杜甫《秋日夔府詠懷（略）》：「宵旰憂虞軫，黎民疾苦駢。」

賀除虔王等表〔一〕

臣某言：中使李國真至，奉宣聖旨存問，兼賜臣墨詔。鴻澤浹下，大明燭幽；曉諭便蕃，慰安稠疊。中謝。臣伏覩天書，恭承睿旨。弘愛人屈己之道，酌因時適變之宜。擇賢王作鎮徐方，俾張愔便主留務。上則成邦家盤石之固，下則副士衆拜章之請。〔二〕戚藩之寄斯重，舊勛之祀獲全。丕變猖狂之徒，咸躋仁壽之域。〔三〕既弘在宥，〔四〕坐見止戈，率土人臣，孰不欣説。臣素乏方略，謬荷寵光。猥塵將相之名，無施分寸之績。遭逢若此，報效蔑聞，官謗已興，渥刑宜及。〔五〕陛下恩深覆載，道務含弘，恤公私饋餉之勤，念吏士鋒鏑之苦。〔六〕特紓神算，昭發德音，危疑獲安，制置惟固。好生宥過，誠陛下開網之仁〔七〕；尸位無功，重微臣素餐之責。周章跼蹐，〔八〕胡顏自安。但以遐守藩條，恪居官次，不獲仰謝雲陛，陳露血誠。未遂周任知止之言，敢逃臧文竊位之咎？〔九〕無任戰越之至。

【校注】

〔一〕表貞元十六年九月代杜佑作。虔王：李諒。《新唐書·十一宗諸子傳》：「德宗十一子……虔王諒，以王拜開府儀同三司。貞元二年，領蔡州節度大使，以吴少誠爲留後。十年，徙節朔方靈鹽，以李欒爲留後。明年，領横海，又徙徐州，以程懷信、張愔爲留後。不出閤。」《舊唐書·德宗紀下》：「（貞元十六年九月）癸亥，以虔王諒爲徐州節度使，張愔爲留後。」

〔二〕盤石：猶磐石，大石。《史記·孝文本紀》：「高帝封王子弟，地犬牙相制，此所謂盘石之宗也。」拜章：張建封卒後，徐州軍衆曾上表請授節度使於張愔，見前《讓同平章事表》注。

〔三〕戚藩：近親藩王。唐代的方鎮相當於漢代的諸侯王國。舊勛：有功的老臣，指張愔之父張建封。祀：祭祀。這裏指後代得以延續。仁壽之域：《論語·雍也》：「智者樂，仁者壽。」《漢書・王吉傳》：「驅一世之民，躋仁壽之域。」又《董仲舒傳》：「堯舜行德，則民仁壽。」

〔四〕在宥：在寬宥之列。

〔五〕官謗：因爲官不稱職遭到的責難。《左傳・莊公二十二年》：「齊侯使敬仲爲卿，辭曰：『羈旅之臣……敢辱高位，以速官謗。』」渥刑：重刑。

〔六〕覆載：天覆地載。《禮記・中庸》：「天之所覆，地之所載。」饋餉：軍隊給養運輸。鋒鏑：刀鋒箭鏑，指犯死作戰。

〔七〕開網：《史記・殷本紀》：「湯出，見野張網四面，祝曰：『自天下四方皆入吾網。』湯曰：『嘻，盡之矣。』乃去其三面，祝曰：『欲左，左；欲右，右。不用命，乃入吾網。』諸侯聞之，曰：『湯德至矣，及禽獸。』」

〔八〕周章：《楚辭・九歌・雲中君》：「聊翺翔兮周章。」王逸注：「周章，猶周流也。」《顔氏家訓・風操》：「蓬頭垢面，周章道路。」跼蹐：小心戒懼貌。跼，彎腰曲身。蹐，小步行走。《詩・小雅・正月》：「謂天蓋高，不敢不局；謂地蓋厚，不敢不蹐。」

〔九〕周任：《論語・季氏》：「周任有言曰：『陳力就列，不能者止。』」注：「周任，古之良史。言當陳其才力，度己所任，以就其位，不能則當止。」臧文：即臧文仲，又名臧孫辰，春秋魯臣。《論語・衛靈公》：「子曰：『臧文仲其竊位者與！知柳下惠之賢而不與立也。』」

賀復吴少誠官爵表〔一〕

臣某言：中使宋惟澄至，奉宣聖旨存問，兼賜臣墨詔及昭示洗雪吴少誠等事。天地弘覆燾之恩，雷雨施涣汗之澤。〔二〕瑕累咸滌，危疑獲安。中謝。臣伏以少誠擅興兵戈，事生詿誤。〔三〕自王師致討，天威下臨，曾無悖辭，亟聞引咎。初懷疑懼，雖擁衆以偷生；旋感聖神，屢拜章而請命。陛下仁深解網，慮軫納隍。〔四〕念饋餉飛挽之勤，閔戰争暴露之苦。舉兹有過之典，副彼效順之誠。一方承再造之恩，九有睹惟新之化。〔五〕敷鴻霈而覃及蠢類，鼓仁風而臻于大和。罷柝銷鋒，〔六〕自兹而始。臣謬膺重寄，虔守遐藩，不獲稱慶瑶墀，陳露丹懇，仰瞻宸極，倍百常情。無任慶抃屏營之至。

【校注】

〔一〕表貞元十六年十月在淮南幕中代杜佑作。吴少誠：淮西軍將，貞元二年，李希烈爲其牙將陳仙奇所殺，衆推吴少誠爲留後，朝廷遂授以淮西節度觀察留後，尋正授淮西節度使。《舊唐書》本傳：「（貞元）十五年，陳許節度曲環卒，少誠擅出兵攻掠臨潁縣……九月，遂圍許州。尋下詔削奪少誠官爵，分遣十六道兵馬進討。十二月，官軍敗衄於小溵河。……明年正月……官軍復敗。……王師累挫潰。少誠尋引兵退歸蔡州，遂下詔洗雪，復其官爵。」同書《德宗紀下》：「（貞元十六年）九月，宥吴少誠。……（十月）吴少誠引兵歸蔡州，上表待罪。戊子，詔雪吴少誠，復其官爵。」

〔二〕覆燾：又作覆幬，覆蓋。《禮記·中庸》：「辟如天地之無不持載，無不覆幬。」涣汗：出汗，指帝王號令。《易·涣》：「九五，涣汗其大號。」疏：「人遇險厄，驚怖而勞則汗從體出，故以汗喻險厄也。九五處尊履正，在號令之中，行號令以散險厄者也。」

〔三〕詿誤：牽累。《史記·孝文本紀》：「濟北王背德反上，詿誤吏民，爲大逆。」

〔四〕解綱：謂網開三面，參見前《賀除虔王等表》注。隍：壑，無水的護城濠。納隍，猶納溝，使處困境。《孟子·萬章上》：「思天下之民，匹夫匹婦有不被堯舜之澤者，若己推而内之溝中。」《梁書·武帝紀》：「詔曰：『古人云：一物失所，如納諸隍。』」

〔五〕九有：九州。

〔六〕罷柝銷鋒：罷兵，天下太平。柝，軍中警夜的梆子。鋒，刀劍之屬。賈誼《過秦論》：秦始皇削平天下，「收天下之兵聚之咸陽，銷鋒鏑，鑄以爲金人十二」。

謝濠泗兩州割屬淮南表〔一〕

臣某言：伏奉十一月二十九日詔書，其濠、泗兩州令臣依前收管。臣謬承寵光，作鎮淮海，位均九伯，權總十連。〔二〕内省無堪，常恐不逮。豈謂恩私曲被，封略有加。慚無報政之勤，重受分憂之寄。〔三〕伏以兵戈方息，閭里未安，謹當奉宣皇風，慰彼黔首。〔四〕且責成於牧宰，期不失於澄清。伏惟聖明，俯賜昭鑒。無任感戴屏營之至。

【校注】

〔一〕表貞元十六年十一月在淮南幕中代杜佑作。濠：濠州，州治在今安徽鳳陽東。泗：泗州，州治在今江蘇泗洪東南。《舊唐書·杜佑傳》：「及詔以徐州授（張）愔，而加佑兼濠泗等州觀察使。」同書《德宗紀下》：「（貞元十六年）十一月癸卯，泗州、濠州宜隸淮南觀察使。」濠、泗兩州自徐州改隸淮南，蓋爲削弱地方割據勢力。

〔二〕九伯：九州諸侯之長。唐代節度使相當于古之九伯。《左傳·僖公四年》：「昔召康公命我先君大公曰：『五侯九伯，女實征之。』」注：「五等諸侯，九州之伯，皆得征討。」十連：《禮記·王制》：「千里之外設方伯。五國以爲屬，屬有長；十國以爲連，連有帥。」

〔三〕報政：見前《讓同平章事表》注。分憂：爲皇帝分憂。《晉書·宣帝紀》：「（黄初）五年，天子南巡，觀兵吴疆。帝留鎮許昌，改封向鄉侯，轉撫軍、假節，領兵五千，加給事中，録尚書事。帝固辭。天子曰：『吾於庶事，以夜繼晝，無須臾寧息。此非以爲榮，乃分憂耳。』」

〔四〕黔首：百姓。《史記·秦始皇本紀》：「二十六年……更民名曰黔首。」

慰義陽公主薨表〔一〕

臣某言：伏承義陽公主薨，伏惟聖懷，傷悼增切。伏以公主，妍姿令則，冠絶天人。

禀教皇宮，已挺柔嘉之德〔二〕；降嬪卿族，益彰貞粹之儀。方期作範壼闈，〔三〕長榮邸第；豈意遘茲短曆，奄謝昌辰。伏慮陛下軫念未捐，深慈莫遣，有虧常膳，罷設宮懸。〔四〕臣子之情，不任惕戀。況聖凡禮異，邦家制殊。伏願道齊彭殤，理達修短，割肌膚之愛，慰寰海之心。〔五〕率土人臣，孰不相慰。無任懇悃屏營之至。

【校注】

〔一〕表貞元十六年十一月代杜佑作。義陽公主：德宗女。《新唐書·諸帝公主傳》：「德宗十一女。……魏國憲穆公主，始封義陽。下嫁王士平，主恣横不法，帝幽之禁中。……薨，追封及謚。」按《舊唐書·王士平傳》：「貞元二年，選尚義陽公主。……元和中，累遷至安州刺史。時公主縱恣不法，士平與之争忿。憲宗怒，幽公主於禁中。」似義陽公主卒於元和中。按《唐會要》卷六：「永貞元年正月，度支奏，故永昌公主薨，準貞元中義陽、義章公主葬料，一切磚瓦等充給。」《册府元龜》卷一〇七：「（貞元十六年十一月）己亥，以義陽公主薨，起今七日，廢朝三日。」知《舊唐書·王士平傳》所記不確。

〔二〕柔嘉：柔順美好。《詩·大雅·烝民》：「仲山甫之德，柔嘉維則。」

〔三〕壼闈：後宮。壼，宮中道路。《漢書·叙傳》：「壼闈咨趙，朝政在王。」趙，謂趙飛燕，漢成帝皇后。

〔四〕宮懸：宮中樂懸。古代鐘磬等樂器懸於架上，懸掛方式因地位等級不同而異，天子懸掛四面，稱宫懸。

〔五〕齊：齊一，等同。彭殤：彭祖與殤子。相傳彭祖八百歲。修短：長短，指壽命。王羲之《蘭亭集序》：「固知一死生爲虚誕，齊彭殤爲妄作。」又：「修短隨化，終期於盡。」

謝冬衣表〔一〕

臣某言：中使王國清至，伏奉聖旨，慰勞臣及將佐、官吏、僧道、耆壽、百姓等，并賜臣墨詔及冬衣兩副〔二〕、大將衣四副者。大明昭回，遠燭下土。殊錫稠疊，延及偏裨。慶抃失圖，捧戴相賀。云云。臣謬承委寄，獲守藩條，灰琯屢移，塵露無補。〔三〕陛下至仁天覆，玄化風薰。頒以兼衣，賁兹瑣質。〔四〕降自天府，光于轅門。緘縢既開，睹綵章之盛飾；蹈舞而服，發温燠於祁寒。〔五〕愧塵補衮之名，更荷解衣之賜。〔六〕恩波下浹，將校同沾，共戴殊榮，咸思竭節。生成是荷，雨露難酬。無任懇悃慚荷之至。

【校注】

〔一〕據編次，表貞元十六年冬在淮南幕中代杜佑作。

〔二〕冬衣，原作「將衣」，據明本、劉本、《叢刊》本、《文苑英華》、《全唐文》改。

〔三〕謬承，原作「謬矛」，據明本、劉本、《叢刊》本、《文苑英華》、《全唐文》改。灰琯：盛葭灰用來候氣的律管，代指節候。參見卷六《和汴州令狐相公到鎮改月（略）》注。塵露：塵埃與露珠，極言微小不足道。曹植《求自試表》：「冀以塵霧之微，補益山海；螢燭末光，增輝日月。」

〔四〕兼衣：重裘。謝惠連《雪賦》：「酌湘吴之醇酎，御狐貉之兼衣。」賁：飾。瑣質：委瑣形質，自謙之詞。

〔五〕緘縢：緘封裹扎。祁寒：嚴寒。《書·君牙》：「冬祁寒。」

〔六〕補衮：《詩·大雅·烝民》：「衮職有闕，維仲山甫補之。」傳：「有衮冕者，君之上服也。」箋：「衮職者，不敢斥王之言也。王之職有闕，輒能補之者，仲山甫也。」解衣：《史記·淮陰侯列傳》載韓信語：「漢王授我上將軍印，予我數萬衆，解衣衣我，推食食我，言聽計用，故吾得以至於此。」

謝曆日面脂口脂表〔一〕

臣某言：中使霍子璘至，奉宣聖旨，存問臣及將佐、官吏、僧道、耆壽、百姓等，兼賜臣墨詔及貞元十七年新曆一軸，臘日面脂、口脂、紅雪、紫雪并金花銀合二、金稜合二。〔二〕皇明遠燭，殊錫薦臻；抃舞失容，捧戴無措。云云。伏惟皇帝陛下，立極御人，順時布政，禮崇大蜡，澤浹遐藩。臣叨榮日深，竊位時久。謬回宸眷，猥降王人。天書下臨，覩三光之照耀；玉曆爰授，知四氣之環周。〔三〕雕奩既開，珍藥斯見。膏凝雪瑩，含液騰芳。頓光蒲柳之容，〔四〕永去癘疵之患。命輕恩重，上答何階。無任感抃屏營之至。

【校注】

〔一〕表云「禮崇大蜡」，當貞元十六年十二月在淮南幕中代杜佑作。

〔二〕臘日：古代歲終祭祀百神之日。周代臘與大蜡各爲一祭，臘祭祖先，蜡祭百神，秦、漢統稱爲臘。《説文·肉部》：「臘，冬至後三戌，臘祭百神。」《荆楚歲時記》：「十二月八日爲臘日。」唐制，臘日賜臣下面脂藥散。《酉陽雜俎》前集卷一：「臘日，賜北門學士口脂、臘脂，盛以碧鏤牙筩。」杜甫《臘日》：「口脂面藥隨恩澤，翠管銀罌下九霄。」紅雪、紫雪：藥散名。令狐楚《謝敕書賜臘日口脂等表》：「雪散耀紅紫之名，香膏蘊蘭薰之氣。」金稜，原作「含稜」，據明本、《叢刊》本、《文苑英華》、《全唐文》改。

〔三〕三光：日、月、星辰。四氣：春夏秋冬四時。

〔四〕蒲柳：《世説新語·言語》：「顧悦與簡文同年而髪蚤白。簡文曰：『卿何以先白？』對曰：『蒲柳之姿，望秋而落；松柏之質，經霜彌茂。』」

謝春衣表〔一〕

臣某言：中使陳日華至，伏奉聖旨，慰勞臣及將佐、官吏、僧道、耆壽、百姓等，并賜臣墨詔及春衣兩副、大將衣四副。王人捧詔，御府降衣，寵光不隔於遐藩，慶賜猥沾於裨將。云云。臣素乏器能，謬膺驅使，每慚效薄，常懼食浮。〔二〕陛下覃以至仁，均其厚施。宰元和而布澤，順時律以頒衣。出自禁中，賁于臣下。執領襘而抃舞失次，被纖柔而顧眄增輝。〔三〕舉體動容，既安且吉。在身不稱，恐招鵜翼之譏；居位無功，叨受鶴紋之賜。〔四〕下延將校，同荷生成。

【校注】

〔一〕表貞元十七年春在淮南幕中代杜佑作。

〔二〕食浮：俸禄多於己之勞績。《禮記·坊記》：「故君子與其使食浮於人也，寧使人浮於食。」注：「食謂禄也，在上曰浮。禄勝己則近貪，己勝禄則近廉。」

〔三〕襘：交衣衣領，領交會處曰襘。《左傳·昭公十一年》：「衣有襘。」注：「襘，領襘。」眄，劉本、《叢刊》本、《全唐文》作「盼」。

〔四〕鵜翼：鵜鶘翅膀，比喻居官而不稱職。《詩·曹風·候人》：「彼其之子，三百赤芾。維鵜在梁，不濡其翼。彼其之子，不稱其服。」箋：「不稱者，言德薄而服尊。」鶴紋：衣料名。《玉海》卷八二：「晉盧志賜衣一襲、鶴紋袍一領。」張元晏《謝衣段啟》：「況鶴紋價重，龜甲樣新。」

請朝覲表〔一〕

臣某言：臣聞臣之事君，有犯無隱，〔二〕懇誠所至，敢不罄陳。伏惟聖明，俯賜矜察。云云。臣代受國恩，忝承門蔭。〔三〕脱巾筮仕，〔四〕敢期榮名；陳力效官，靡樹聲績。始因孤直，驟歷清班；復加朝獎，作藩外府。〔五〕遠違輦下，十有四年；恪守淮濆，逮今一紀。〔六〕犬馬懷戀，寢興匪遑；蒲柳易衰，〔七〕遲暮俄及。竊位時久，妨賢愧深。况歷官已來，四十八考；祗奉朝謁，時纔二周。〔八〕服勤郡符，〔九〕荏苒垂老。屏營魏闕之思，夢想承明之游，如迫餒寒，不忘衣食。〔一〇〕伏惟睿鑒，俯亮愚衷，早賜擇人，與臣交代。授受之際，冀無可虞。然後脂車，奔赴京輦，微願斯畢，雖死猶生。〔一一〕臣頃以戎務方殷，猥加宰輔。〔一二〕今既事罷，實慚此名，爲有藩鎮同時，未敢輕上印綬。〔一三〕伏以聖朝赫赫，左右惟賢，漢愧得人，周慚多士。〔一四〕臣才略既短，齒髮又衰，柄用之地，〔一五〕甘心自絶。所冀退歸舊里，沐浴皇風。絶「鐘鳴漏盡」之譏，展「維桑與梓」之敬。〔一六〕匪惟名器不假，〔一七〕實貴骸骨可全。知止之心，神祇所鑒。無任懇悃怔營之至。

【校注】

〔一〕表云「遠違輦下，十有四年；恪守淮濆，逮今一紀」，當作於貞元十七年。表中又有「戎務方殷，猥加宰輔，今既事罷」之語，當作於徐泗罷兵後不久，即作於貞元十七年春。

〔二〕有犯無隱：直言進諫。《禮記·檀弓上》：「事君有犯而無隱。」注：「既諫，人有問其國政者，可以語其得失。」

〔三〕代受國恩：《舊唐書·杜佑傳》：「曾祖行敏，荆、益二州都督府長史、南陽郡公。祖慤，左司員外郎，詳正學士。父希望，歷鴻臚卿、恒州刺史、西河太守，贈右僕射。佑以蔭入仕，補濟南郡參軍，剡縣丞。」

〔四〕脱巾：解巾加冠，謂入仕。

〔五〕清班：清貴之朝班。外府：京師外的州府，指容州，設經略使。權德輿《大唐銀青光禄大夫檢校司徒（略）岐國公杜公（佑）淮南遺愛碑銘》：「其初筮仕，州府交辟……由殿中侍御史轉主客員外郎、工部郎中。再爲撫州刺史，以御史中丞領容州刺史、經略使。入爲金部、度支二郎中，復兼中丞，超拜户部侍郎。」加，《全唐文》作「荷」。

〔六〕違輦下：别京師。據《舊唐書》本傳及《德宗紀》，杜佑貞元四年自尚書左丞出爲陝虢觀察使，至貞元十七年已十四年。淮瀆：指淮南。杜佑貞元六年自陝虢觀察使遷淮南節度使，至貞元十七年已十二年，恰爲「一紀」之數。

〔七〕蒲柳：自喻，參見前《謝曆日面脂口脂表》注。

〔八〕考：考績。《新唐書·百官志一》：「考功郎中、員外郎，各一人，掌文武百官功過、善惡之考法及其行狀。……其考法，凡百司之長，歲較其屬功過，差以九等，大合衆而讀之。……親王及中書、門下、京官三品以上、都督、刺史、都護、節度、觀察使，則奏功過狀，以覈考行之上下。」權德輿《唐丞相金紫光禄大夫守太保致仕贈太傅岐國公杜公(佑)墓誌銘》：「在玄宗朝，以門子筮仕，解巾有聲。」杜佑當在玄宗天寶十二年入仕，至此已四十八年，唐制一歲一考績，故經四十八考。朝謁：朝會參見皇帝。權德輿《大唐銀青光禄大夫檢校司徒(略)岐國公杜公(佑)淮南遺愛碑銘》：「超拜户部侍郎。出爲蘇州刺史，屬受代者以憂闋，换饒州刺史。明年，以御史大夫領廣州刺史、嶺南節度觀察使。徵爲尚書左丞。復以御史大夫領陝府長史、陝虢都防禦觀察使。歲在庚午，以禮部尚書至於是邦。」據嚴耕望《唐僕尚丞郎表》，杜佑建中二年十一月以户部侍郎判度支，次年五月即貶蘇州刺史，後在尚書左丞一年半即出鎮陝虢，故在朝「時纔二周」年。

〔九〕服勤：《禮記・檀弓上》：「服勤至死，致喪三年。」注：「勤，勞辱之事也。」

〔一〇〕魏闕：皇宫宫門前觀闕，代指朝廷。《莊子・讓王》：「中山公子牟謂瞻子曰：『身在江海之上，心居乎魏闕之下，奈何？』」承明：《漢書・嚴助傳》：「君厭承明之廬，勞侍從之事。」注引張晏：「承明廬在石渠閣外。」

〔一一〕脂車：用油脂潤滑車軸。《詩・小雅・何人斯》：「爾之亟行，遑脂爾車。」京輦：京師。

〔一二〕戎務：指兼領淮泗節度，平徐州軍亂事，見前《讓同平章事表》。加宰輔：指加同平章事。

〔一三〕事罷：謂罷淮泗節度，見前《賀除虔王等表》。藩鎮同時：指平盧淄青節度使李師古，與杜佑同時加同平章事，見前《讓同平章事表》。上印綬：指辭讓官職。

〔一四〕漢愧得人：《漢書·公孫弘傳》贊：「漢之得人，於兹爲盛。儒雅則公孫弘、董仲舒、兒寬，篤行則石建、石慶，質直則汲黯、卜式，推賢則韓安國、鄭當時，定令則趙禹、張湯，文章則司馬遷、相如，滑稽則東方朔、枚皋，應對則嚴助、朱買臣，曆數則唐都、洛下閎，協律則李延年，運籌則桑弘羊，奉使則張騫、蘇武，將率則衛青、霍去病，受遺則霍光、金日磾，其餘不可勝紀。是以興造功業，制度遺文，後世莫及。」周慚多士：《詩·大雅·文王》：「濟濟多士，文王以寧。」此謂唐人才之盛爲周、漢所不及。

〔一五〕柄用之地：指相位。

〔一六〕鐘鳴漏盡：謂天將明。《三國志·魏書·田豫傳》：「徵爲衛尉，屢乞遜位。太傅司馬宣王以爲豫克壯，書喻未聽。豫書答曰：『年過七十而以居位，譬猶鐘鳴漏盡而夜行不休，是罪人也。』」桑梓：指故鄉。《詩·小雅·小弁》：「維桑與梓，必恭敬止。」傳：「父之所樹，己尚不敢不恭敬。」

〔一七〕名器：見前《讓同平章事表》。

謝端午日賜物表〔一〕

臣某言：中使劉光弼至，奉宣聖旨，慰勞臣及將佐、官吏、僧道、耆壽、百姓等，兼賜臣墨詔并衣一副、金花銀器三事、綵絲一軸，〔二〕大將衣四副、綵絲五軸。寵光荐至，慶賜曲霑，抃舞失容，捧戴無力。云云。伏以朱明仲月，端午佳辰，萬國被薰風之和，九天垂湛露之澤。〔三〕臣幸逢休運，獲守外藩，叨承睿慈，猥受榮賚，發詔而煥窺宸象，振衣而頓失炎威。〔四〕色絲表祥，載光於佩服；珍器充玩，盡飾於圓方。〔五〕恩輝既盈，喜懼交集。下延裨將，共荷鴻私。無任感戴之至。

【校注】

〔一〕表貞元十七年五月在淮南幕中代杜佑作。端午：夏曆五月初五。《太平御覽》卷三一引《風土記》：「仲夏端午，端，初也。俗重五日，與夏至同。」

〔二〕彩絲一軸：「彩絲」，《文苑英華》作「絲索」，《全唐文》作「絲素」。疑當作「百索」。《文苑英華》卷五九五載李嶠等《謝端午賜物表》共七道，所賜物中均有百索。李肇《翰林志》亦云，端午節賜學士物有「衣一副，金花銀器一事，百索一軸」等；竇叔向《端午日恩賜百索》：「仙宮長命縷，端午降殊私。」彩絲：即五色絲綫，舊俗相傳端午節佩五彩絲綫可以避邪。《天中記》卷五引《風俗通》：「五月五日以五絲彩繫臂，辟兵及鬼，令人不病。一名長命縷，一名續命縷，一名辟兵繒，一名五色縷，一名五色絲，一名百索。」是彩絲即百索，但與賜物中「彩絲」重，似有一誤。

〔三〕朱明：《爾雅·釋天》：「夏爲朱明。」注：「氣赤而光明。」薰風：南風。《孔子家語·辨樂》：

「昔者舜彈五絃之琴，造南風之詩，其詩曰：『南風之薰兮，可以解吾民之愠兮。南風之時兮，可以阜吾民之財兮。』」湛露：濃露。《詩·小雅·湛露》：「湛湛露斯，匪陽不晞。厭厭夜飲，不醉無歸。」傳：「湛湛，露茂盛貌。」小序：「《湛露》，天子宴諸侯也。」

〔四〕受，《文苑英華》作「霑」。象，《文苑英華》作「翰」。

〔五〕色絲：五彩絲綫。圓方：各種形狀的器皿。

慰王太尉薨表〔一〕

臣某言：伏承成德軍節度使、太尉，兼中書令王武俊今月某日薨没。伏以武俊生逢昌時，天授忠節，奮揚義勇，茂建勛庸。秩冠朝端，參燮和於台鉉；姻連戚里，承嘉慶於雲霄。〔二〕榮掩華夷，〔三〕事高今昔。方膺作翰之寄，遽迫歸泉之期。〔四〕鼎臣云亡，梁木斯壞。〔五〕伏惟陛下君臣義重，存没感深。臨册禭以興懷，聽鼓鼙而軫念。〔六〕臣恪居官守，奉慰無階。悲慟之誠，有加常品。謹遣某官某乙奉表陳慰以聞。

【校注】

〔一〕表貞元十七年六月在淮南幕中代杜佑作。王太尉：王武俊。初爲史思明部下李寶臣裨將，説李寶臣歸唐，寶臣除恒定等州節度，武俊爲其先鋒兵馬使。建中三年，寶臣死，其子李惟岳謀襲父位，武俊殺之，遂授恒州刺史、恒冀都團練觀察使。旋僭建國號，稱趙王。興元元年，削僞國號，詔授成德軍節度，加司空，同平章事，兼幽州、盧龍兩道節度，封琅琊郡王。貞元十二年，德宗念舊勛，加檢校太尉，兼中書令。《舊唐書》卷一四二、《新唐書》卷二一一有傳。《舊唐書·德宗紀下》：「（貞元十七年六月）丁巳，成德軍節度使、恒冀深趙德棣觀察等使、恒州大都督府長史、檢校太尉、中書令、琅琊郡王王武俊薨。」

〔二〕台鉉：指宰相，參見卷六《浙西李大夫示述夢四十韻（略）》注。戚里：外戚聚居處。《史記·萬石張叔列傳》：「於是高祖召其姊爲美人……徙其家長安城中戚里。」索隱：「於上有姻戚者居之，故名其里爲戚里。」《舊唐書·王武俊傳》：「子士真、士清、士平、士則。……士平，以父勛補原王府諮議。貞元二年，選尚義陽公主，加秘書少監同正、駙馬都尉。」

〔三〕華夷，《叢刊》本作「等夷」。

〔四〕作翰：爲國棟梁。《詩·大雅·崧高》：「維申及甫，維周之翰。」傳：「翰，幹也。」箋：「申，申伯也。甫，甫侯也。皆以賢知入爲周之貞幹之臣。」歸泉：歸於泉下，死亡。

〔五〕鼎臣：三公重臣。鼎三足，故稱。王武俊生前爲司空、太尉，位至三公。梁木：《禮記·檀弓上》記孔子將死時事：「孔子蚤作，負手曳杖，消摇於門，歌曰：『泰山其頹乎！梁木其壞乎！哲人其萎乎！』」

〔六〕册襚：册命死者並贈送衣物。據《舊唐書》本傳，王武俊卒後，贈太師，當加册命。《公羊傳·

隱公元年》：「喪事有賵……衣被曰襚。」鼓鼙：軍鼓。鼙，軍中小鼓。《禮記·樂記》：「君子聽鼓鼙之聲則思將帥之臣。」

謝墨詔表〔一〕

臣某言：中使陳日華至，奉宣聖旨存問，兼賜臣墨詔，又以臣所奏羅珦及裴靖政理有方，〔二〕今各賜手詔激賞者。恩降重霄，澤流下土，義存奬勸，榮冠等夷。云云。臣昨以羅珦、裴靖，勵精吏理，效用著明，人咸説安，俗致殷阜，恐須甄録，以勸在官，輒獻封章，具陳成績。伏蒙睿鑒，俯亮愚衷。載嘉理行之尤，光示絲綸之旨。〔三〕守道者益以固志，懷慝者由是悛心。激俗化人，于兹爲大。臣謬司廉問，職在澄清，幸遇旌善之時，獲免蔽賢之責。〔四〕無任欣感之至。

【校注】

〔一〕表貞元十七年在淮南幕中代杜佑作。

〔二〕羅珦：《舊唐書》卷一八八、《新唐書》卷一九七有傳，《全唐文》卷五〇六權德輿有《唐故大中大夫守太子賓客上柱國襄陽縣開國子賜紫金魚袋羅公墓誌銘》。《新唐書》本傳：「越州會稽人。寶應初，詣闕上書，授太常寺太祝。……擢廬州刺史。民間病者，捨醫藥，禱淫祀，珦下令止之。修學官，政教簡易，有芝草、白雀。淮南節度使杜佑上治狀，賜金紫服。」《全唐文》卷四七八楊憑《唐廬州刺史本州團練使羅珦德政碑》：「羅公牧廬江七年，政洽化淳，遷領壽陽。州之耆老韋挺等……同心上請，遂降中詔。」《金石録》卷九：「《唐廬州刺史羅公德政碑》，楊憑撰，徐璫正書並篆，貞元十九年四月。」《唐刺史考》廬州列羅珦約貞元十二年至十八年。《册府元龜》卷六七三：「羅珦爲廬州刺史。貞元十五年以珦有政能，加朝散大夫，賜紫金魚袋。」按貞元十五年，劉禹錫尚未入杜佑幕，「五」字疑誤。裴靖：《新唐書·宰相世系一上》南來吴裴：「靖，舒州刺史。」符載《廬州進嘉禾表》：「得廬州刺史裴靖狀稱……」其《謝手詔第二表》：「伏蒙詔旨……伏見除改諸州刺史等，路應和而明，裴靖才而通，羅殉（珦）斷而達，李正明强而毅。」二表爲貞元十八年秋至十九年四月在淮南幕中代杜佑作，見岑仲勉《讀全唐文札記》。

〔三〕理行：治行，治績，避高宗李治諱改「治」爲「理」。絲綸：詔書。《禮記·緇衣》：「王言如絲，其出如綸。王言如綸，其出如綍。」

〔四〕司廉問：爲觀察處置使。《新唐書·百官志四下》：「觀察處置使，掌察所部善惡，舉大綱。凡奏請，皆屬於州。」時杜佑以淮南節度使兼本道觀察處置使，裴靖當在舒州刺史任，羅珦在廬州刺史任，二州均屬淮南道，故杜佑同時奏請，均被褒奬。

爲淮南杜相公論新羅請廣利方狀〔一〕

淮南節度觀察處置等使，敕賜《貞元廣利方》五卷。右臣得新羅賀正使朴如言狀稱，請前件方一部，將歸本國者。伏以纂集神效，出自聖衷，藥必易求，疾無隱狀。搜方伎之秘要，拯生靈之夭瘥。坐比華胥，咸躋仁壽。〔二〕遂令絶域，遂聽風聲，〔三〕美兹豐功，爰有誠請。臣以其久稱藩附，素混車書。航海獻琛，〔四〕既已通於華禮；釋疴蠲癘，豈獨隔於外區？正當四海爲家，冀睹十全之效。〔五〕臣即欲寫付，未敢自專，謹録奏聞。〔六〕

【校注】

〔一〕狀貞元十七年在淮南杜佑幕中作。新羅：朝鮮古國名，參見卷八《送源中丞充新羅册立使》注。《廣利方》：唐德宗所撰醫方書名。《新唐書·藝文志三》「醫術類」：「德宗《貞元集要廣利方》五卷。」《唐大詔令集》卷一一四有《頒廣利方敕》。此書今已不存，其方散見於《政和經史證類本草》等書中。《叢刊》本題下注云：「貞元十九年九月十七日。」按貞元十九年，劉禹錫在京兆渭南主簿任，杜佑於該年二月自淮南歸朝，故狀當貞元十七年九月在淮南幕中代杜佑作。

〔二〕華胥：寓言中的理想國。《列子·黄帝》：「黄帝……晝寢而夢，游於華胥氏之國。……其國無師長，自然而已。其民無嗜慾，自然而已。不知樂生，不知惡死，故無夭殤；不知親己，不知疏物，故無愛憎；不知背逆，不知向順，故無利害。……黄帝既寤，怡然自得。……又二十有八年，天下大治，幾若華胥氏之國。」仁壽：見前《賀除虔王等表》注。

〔三〕逖聽：遠聽。《漢書·司馬相如傳下》載《封禪書》：「率邇者踵武，聽逖者風聲。」文穎曰：「逖，遠也。」

〔四〕獻琛：獻寶。《詩·魯頌·泮水》：「憬彼淮夷，來獻其琛。」傳：「琛，寶也。」

〔五〕十全：謂醫術高妙，十治十愈。《周禮·天官·醫師》：「歲終，則稽其醫事，以制其食。十全爲上，十失一次之，十失二次之，十失三次之，十失四爲下。」

〔六〕奏聞：《叢刊》本此下有「伏聽敕旨」四字。

論廢楚州營田表〔一〕

臣某言：中使曹進玉至，奉宣聖旨存問，兼賜臣墨詔，以楚州營田廢置事令臣商量奏來者。跪捧天書，恭承睿旨，道存致用，義在隨時。云云。伏以本置營田，是求足食。今則徒有糜費，鮮逢順成。刈獲所收，無裨於國用；種糧每闕，常假於供司。較其利害，宜廢已久。比來循守舊制，不敢輕有上陳。皇明鑒微，特革斯弊。取其田蓄，授彼黎蒸。仍俾薄租，誠爲至當。但以田數雖廣，地力各殊，須量沃瘠，用立程度。臣已追里正，〔二〕臣與商量利便，謹具别狀奏聞。伏惟聖慮，俯賜詳擇。無任震越屏營之至。

【校注】

〔一〕表貞元十七年在淮南幕中爲杜佑作。楚州：屬淮南道，州治在今江蘇淮安。營田：即屯田，軍隊屯墾。《新唐書·食貨志三》：「唐開軍府以扞要衝，因隙地置營田，天下屯總九百九十二。」《通典》卷二：「後上元中，於楚州古謝陽湖置洪澤屯，壽州置芍陂屯，厥田沃壤，大獲其利。」《全唐文》卷七六三鄭吉《楚州新修南門記》：「楚最東，爲名郡，疆土綿遠，帶甲四千人，征賦二萬計，屯田五千頃。」《新唐書·地理志五》「楚州寶應縣」：「西南八十里有白水塘、羨塘，證聖中開，置屯田。西南四十里有徐州涇、青州涇，西南五十里有大府涇，長慶中興白水塘屯田，發青、徐、揚州之民以鑿之，大府即揚州。」蓋楚州屯田，後仍未廢。

〔二〕里正：《通典》卷三：「大唐令：諸户以百户爲里，五里爲鄉，四家爲鄰，五家爲保。每里置正一人，掌按比户口，課植農桑，檢察非違，催驅賦役。……諸里正，縣司選勳官六品以下白丁清平强幹者充。」

謝賜門戟表〔一〕

臣某言：臣得進奏官裴遘狀報，今月九日，軍器使梁延壽奉宣進止，付所司准省牒賜臣門戟十二竿者。〔二〕恩降雲天，榮加門户，承旨慶抃，省躬慚惶。伏以禮著等威，朝有命數，是昭懋賞，必在疇庸。〔三〕臣謬荷寵光，素無績效。旌旄之寄，已忝外藩；棨戟爰列，〔四〕更光私第。賁於棖闑，〔五〕慶及子孫，覩兹盛儀，實愧虚受。無任欣戴屏營之至。

【校注】

〔一〕表貞元十七年在淮南幕中代杜佑作。門戟：列於宫殿、官署、達官門前的木戟。《唐會要》卷三二：「（貞元）五年十二月十九日，中書門下奏，應請列戟官，準儀制令：正一品、開府儀同三司、嗣王、郡王並勛官上柱國、柱國等，帶職事三品已上，並許列戟。」餘參見卷一《春日退朝》注。

〔二〕進奏官：進奏院官，掌節度、觀察使在京師進奏院。柳宗元《邠寧進奏院記》：「凡諸侯述職之禮，必有棟宇建於京師。……唐興因之，則皆院以備進奏。」《唐會要》卷七八：「大曆十二年五月……十一日，諸道先置上都邸務，名留後使，宜令並改爲上都進奏院官。」軍器使：宦官官名。《資治通鑑》卷二三八：「（元和五年八月），上罷承璀中尉，降爲軍器使。」胡注：「唐中世以後置内諸司使，以宦官爲之，軍器庫使其一也。宋白曰：軍器本屬軍器監，中世置軍器使，貞元四年廢武庫，其器械隸於軍器使。」宣進止：即宣諭，謂聖旨令進則進，令止則止。十二竿：唐制，門戟多少視官員品級而定。《唐會要》卷三二：「上柱國、柱國帶職事三品，上護軍帶職事二品，若中都督、上州、上都護，門十二戟。」

〔三〕疇庸：酬報功勞。疇，通酬。《梁書·孔休源傳》：「褒德疇庸，先王令典。」

〔四〕棨戟：有繒衣或油漆的木戟，即門戟，亦可用作官吏出行時先導的儀仗。

〔五〕賁：裝飾。棖闑：門。棖，門兩旁長木。闑，門中間竪木。

謝男師損等官表〔一〕

伏見今月二日制，授臣長男師損秘書省著作郎、次男式方太常寺主簿，又得進奏官裴遘狀報，伏承聖恩特降中使送官告到臣宅分付師損者。〔二〕寵渥非常，授任不次，驚躍無措，覥懼失容。云云。臣謬分重寄，獲守外藩，受恩既深，無績可紀。男師損等，器惟凡品，教闕義方。〔三〕早沐睿慈，已階官次，每懷塵忝，常誡滿盈。豈謂鴻霈曲覃，大明私照。寵臣尸素之責，念臣葵藿之誠，下延胤息，叨踐班級。〔四〕天書出禁，中貴臨門，榮冠等夷，慶流宗族。況著作乃論撰之地，唯才吏是居；太常實禮樂之司，非儒者勿履。顧兹庸昧，忽此超昇，内省慚惶，若墜冰谷。伏以聖朝立制，建官惟賢，名實無乖，輪轅盡適。〔五〕微臣父子，獨爲幸人，非據踰涯，〔六〕自中徂外。虛受丘山之賜，實增負乘之憂。〔七〕進退彷徨，不知所據。無任戰汗屏營之至。

【校注】

〔一〕表貞元十七年在淮南幕中代杜佑作。師損：杜佑長子。《舊唐書·杜佑傳》：「三子：師損嗣，位終司農少卿。式方字考元，以蔭授揚府參軍，轉常州晉陵尉。……從鄆，以蔭貞元末再遷太子司議郎。」

〔二〕二日，劉本、《叢刊》本、《文苑英華》、《全唐文》作「一日」。著作郎：《新唐書·百官志二》「秘書省」：「著作局，郎二人，從五品上……掌撰碑誌、祝文、祭文，與佐郎分判局事。」同書《百官志三》「太常寺」：「主簿二人，從七品上。」《舊唐書·杜式方傳》：「浙西觀察使王緯辟爲從事，入爲太子通事舍人，改太常寺主簿。明練鐘律，有所考定，深爲高郢所賞。時父作鎮揚州，家財鉅萬，甲第在安仁里，杜城有別墅，亭館林池爲城南之最。昆仲皆在朝廷，與時賢游從，樂而有節。」

〔三〕義方：做人的正道。《左傳·隱公三年》：「臣聞愛子教之以義方，弗納於邪。」

〔四〕鴻霈：大恩。曲覃：委曲施及。大明：日光。私照：偏照。尸素：尸位素餐。《漢書·朱雲傳》：「今朝廷大臣，上不能匡主，下亡以益民，皆尸位素餐……」葵藿之誠：曹植《求通親親表》：「若葵藿之傾葉，太陽雖不爲之迴光，然終向之者，誠也。」胤息：子嗣。

〔五〕輪轅盡適：謂量才録用，直者爲轅，曲者爲輪，各得其所。元稹《賽神》：「歲深樹成就，曲直可輪轅。」

〔六〕非據：竊據。《易·繫辭下》：「非所困而困焉，名必辱。非所據而據焉，身必危。」踰涯：超越極限。

〔七〕丘山：極喻其重。負乘：負重而乘車，比喻居非其位，才不稱職，招致禍患。《易·解》：「負且乘，致寇至。」疏：「乘者，君子之器也。負者，小人之事也。施之於人，即在車騎之上而負於物也。故寇盜知其非己所有，於是競欲奪之。」

爲淮南杜相公論西戎表〔一〕

臣某言〔二〕：臣一辭闕庭，已僅二載，官當重任，身受厚恩。既懷子牟戀闕之心，又負臧文竊位之責。〔三〕思所以歌頌聖德，裨補箴規，塵露至微，〔四〕不任懇迫。臣遠祖詩，顯名漢代，出牧南陽，讜言善策，隨事獻納，忠醇之至，聞于中外，遺風可襲，有激愚衷。〔五〕臣是以輒竭聞見，粗陳梗概。雖不盡陛下聖明萬分之一，然臣子之心，有直必獻。伏惟皇帝陛下，德合天地，道躋文武，弛張普博，事法陰陽，氣均生成，人沾亭育。〔六〕凡是氛沴，覆以春和，銷除容納，皆如聖意。寬宥肆赦，實賴皇明。河中誅鋤，不勞兵革；淮右底定，不戮一人。〔七〕慶浹萬邦，事出千古。近又西戎背約，〔八〕寇犯王師。陛下弘貸豺狼，矜其兇悍，布以恩澤，果此知慚，功因德成，不以兵制。故《詩》云「玁狁孔熾」，《書》稱「蠻夷猾夏」。〔九〕

臣觀自古帝王，不忍小忿貽大患，故竭耗中國，盡力邊陲。至如滅昆明之城，平大宛之種，豈足發輝皇猷，增榮簡册？〔一〇〕故賢哲之論，薄衛、霍之功。〔一一〕陛下鏡歷代無益之端，修大君文德之教，遂得北狄深藏，五城晏閉，百蠻嚮化，四海無虞。〔一二〕惟此小蕃，尚迷聲教。陛下示之大信，弘以舊恩，雖關防暫驚，而烽燧旋罷。臣負恩方鎮，初懼寇戎，正於憂迫之時，果聞仁聖之諭。攘卻兇孽，不勞干戈。臣靜思遠圖久計，莫若存信施惠，以愧其心，歲通玉帛，待以客禮。昭宣聖德，擇奉誼之臣；恢拓皇威，選謹邊之將。積粟塞下，坐甲關中，以逸待勞，以高御下。重其金玉之贈，結以舅甥之歡。〔一三〕小來則慰安，大至則嚴備。明其斥候，不撓不侵，則戎狄爲可封之人，沙場無戰死之骨。〔一四〕若天下無事，人安歲稔，然後訓兵命將，破虜摧衡，□□原州，營田靈武，盡復舊地，通使安西。〔一五〕國家長算，悉在於此。計孰事定，舉必有功，苟未可圖，豈得容易。此皆陛下朝夕倦談之事，前後立驗之謀。臣質性頑疏，籌畫庸近。受恩非據，敢忘獻忠；犬馬之心，實所罄盡。〔一六〕謹遣某官某奉表。

【校注】

〔一〕題：《文苑英華》卷六一五作《論西戎表》，注云「爲淮南杜相公，憲宗」。按，此文載《劉賓客文集·外集》卷九，文之作年、作者均有可疑之處。表云：「臣一辭闕庭，已僅二載。」下孝萱《劉禹錫年譜》據謂此文作於貞元十七年。按《舊唐書・杜佑傳》：「貞元三年，徵爲尚書左丞。又出爲陝州觀察使，遷檢校禮部尚書、揚州大都督府長史，充淮南節度使。」據同書《德宗紀》，杜佑出鎮陝州在貞元四年八月；貞元六年遷鎮淮南，見權德輿《大唐銀青光禄大夫（略）岐國公杜公淮南遺愛碑銘》，至貞元十七年遠不止「二載」。杜佑在淮南任之「二載」爲貞元六年，此年劉禹錫年僅十九，尚未登進士第，更未入杜佑幕。此表多爲散行文字，與劉集中表狀之四六駢體不同。瞿蜕園《劉禹錫集箋證》則據「二載」語謂此文貞元七年或八年爲杜佑作，云：「文中所云……『西戎背約』，指貞元三年（七八七）平涼敗盟之事。」按《舊唐書・吐蕃傳下》，貞元三年五月，渾瑊與尚結贊會盟於平涼，吐蕃背盟，劫持盟會副使崔漢衡等六十餘人，將士死者四五百人，驅掠者千餘人，渾瑊僅以身免。此事性質及後果均十分嚴重。然表僅云「寇犯王師」，又云「雖關防暫驚，而烽燧隨罷」，似均過於輕描淡寫。建中四年七月，也曾有與吐蕃會盟事，但吐蕃旋即背盟。《舊唐書・馬燧傳》：「（貞元）二年冬，吐蕃大將尚結贊陷鹽、夏二州，各留兵守之，結贊大軍屯於鳴沙，自冬及春，羊馬多死，糧餉不繼。德宗以燧爲綏銀麟勝招討使，令與華帥駱元光、邠帥韓游瓌及鳳翔諸鎮之師會於河西進討。燧出師，次石州。結贊聞之懼，遣使請和，仍約盟會。上皆不許。又遣其大將論頰熱厚禮卑辭申情於燧請和，燧頻表論奏，上堅不許。三年正月，燧軍還太原。四月，燧與論頰熱俱入朝，燧盛言蕃情可保，請許其盟。上然之。燧既入朝，結贊遽自鳴沙還蕃。是歲閏五月十五日，侍中渾瑊與蕃相尚結贊盟于平涼，爲蕃軍所劫，狼狽僅免，陷將吏六十餘員，由燧之謬謀也。」表所云「陛下弘貸豺狼，矜其兇悍，布以恩澤，果此知慚，功因德成，不以兵制」，當即指貞元三年四月許盟事。故疑表作於貞元三年平涼背盟之前。時淮南節度使爲杜亞。貞元三年吐蕃劫盟後，德宗下詔罪己，曰「此皆由朕之不明，致其至此」，遂決心抗禦。此後，屢有戰事發生。至五年十月，西川韋皋大破吐蕃，殺其大兵馬使二人，斬首二千餘級，收獲器械一萬餘件，馬牛羊一萬餘頭，盡復巂州之境。這種形勢下，也自然不會上表歌頌涵容的政策。故《箋證》謂表上於貞元七、八年，似亦不確。且表中云：「臣負恩方鎮，初懼寇戎，正於憂迫之時，果聞仁聖之諭。」則表主所處之地似在防禦吐蕃之前綫，不當在遠離前綫之淮南。表自承東漢杜詩之後，但據《新唐書·宰相世系二上》，杜佑乃西漢杜延年之後，亦與杜詩無關。疑此表非杜佑上，此文亦非劉禹錫作。然《文苑英華》已載此文於劉禹錫名下，宋敏求輯入《外集》，《文苑英華》所載此文中又有「佑」字，故仍附禹錫淮南幕中諸作之末。

〔二〕臣某，《文苑英華》作「臣佑」。

〔三〕子牟：見前《請朝覲表》注。臧文：見前《賀除虔王等表》注。

〔四〕塵露：見前《謝冬衣表》注。

〔五〕詩：杜詩，後漢河内汲人。南陽：漢郡名，今屬河南。《後漢書·杜詩傳》：「（建武）七年，遷南陽太守。……詩身雖在外，盡心朝廷，讜言善策，隨事獻納。」

〔六〕弛張：《禮記·雜記》：「張而不弛，文武弗能也；弛而不張，文武弗爲也。一張一弛，文武之道也。」疏：「喻民一時須勞，一時須逸，勞逸相參。」普博：普遍，廣泛。生成：指生物。亭育：養育。

〔七〕河中：府名，府治在今山西永濟。誅鋤：謂平李懷光事。懷光爲郭子儀部將，以平朱泚功，官至太尉。《新唐書·李懷光傳》：「懷光至河中，取同、絳二州，按兵觀望。京師平，命給事中孔巢父、中人啖守盈召之，皆爲懷光帳下所害，於是繕兵嚴守。帝乃遣渾瑊討之。……貞元元年八月，朔方部將牛名俊斬懷光，傳首以獻。」淮右：指淮西，唐方鎮名，治蔡州。底定：平定，謂平李希烈事。據《舊唐書·李希烈傳》，希烈大曆十四年爲淮西節度使，建中二年以平襄州梁崇義功加西平郡王，交通河北諸鎮，自稱建興王。四年，攻陷汴州，僭號曰武成，以汴州爲大梁府，署百官。「貞元二年三月，因食牛肉遇疾，其將陳仙奇令醫人陳仙甫置藥以毒之而死。」

〔八〕西戎：謂吐蕃。

〔九〕玁狁：匈奴古名。《詩·小雅·六月》：「玁狁孔熾，我是用急。王于出征，以匡王國。」猾夏：擾亂華夏。《書·舜典》：「蠻夷猾夏，寇賊姦宄。」

〔一〇〕昆明：古國名。《漢書·西南夷傳》：「南夷……西自桐師以東，北至葉榆，名爲巂、昆明，編髮，隨畜移徙，亡常處，亡君長，地方可數千里。」同書《武帝紀》：「發謫吏穿昆明池。」臣瓚曰：「《西南夷傳》有越巂、昆明國，有滇池，方三百里。漢使求身毒國，而爲昆明所閉，今欲伐之，故作昆明池象之，以習水戰。」大宛：西域古國名。《漢書·西域傳》：「大宛國，王治貴山城，去長安萬二千五百五十里。……多善馬。……上遣使者持千金及金馬，以請宛善馬。宛王以漢絶遠，大兵不能至，愛其寶馬不肯與。漢使妄言，宛遂攻殺漢使，取其財物。於是天子遣貳師將軍李廣利將兵前後十餘萬人伐宛，連四年。宛人斬其王毋寡首，獻馬三千匹，漢軍乃還。」又《匈奴傳》：「漢既誅大宛，威震外國。」

〔一一〕衛、霍：衛青、霍去病，漢武帝時人，曾屢率兵擊破匈奴，《史記》、《漢書》有傳。《漢書·匈奴傳上》：「初，兩將（按指衛青、霍去病）大出圍單于，所殺虜八九萬，而漢士物故者亦萬數，漢馬死者十餘萬匹，匈奴雖病，遠去，而漢馬亦少，無以復往。」又《匈奴傳下》引嚴尤語：「臣聞匈奴爲害，所從來久矣，未聞上世有必征之者也。……漢武帝選將練兵，約齎輕糧，深入遠戍，雖有克獲之功，胡輒報之，兵連禍結三十餘年，中國罷耗，匈奴亦創艾，而天下稱武，是爲下策。」

〔一二〕北狄：此指回紇。五城：杜甫《塞蘆子》：「五城何迢迢，迢迢隔河水。」仇兆鰲注：「指定遠、豐安及三受降城。」按五城爲邊防要塞，五城晏閉，謂邊境無事。

〔一三〕舅甥：貞觀十五年，太宗以文成公主下降吐蕃贊普棄宗弄贊，後吐蕃贊普上表自稱外甥，稱唐帝爲皇帝舅。《舊唐書·吐蕃傳上》載開元十七年吐蕃上表：「外甥是先皇帝舅宿親，又蒙降金城公主，遂和同爲一家，天下百姓普皆安樂。」又《吐蕃傳下》載建中二年吐蕃贊普語：「我大蕃與唐舅甥國耳，何得以臣禮見處？」

〔一四〕斥候：哨兵或偵察兵。《漢書·賈誼傳》：「斥候望烽燧，不得卧。」可封：《漢書·王莽傳上》：「唐虞之時，可比屋而封。」

〔一五〕衡，《叢刊》本作「衝」。「原州」上二空格，原無，據劉本增。原州：州治在今寧夏固原。靈武：郡名，即靈州，治所在今寧夏回樂。安史亂後，今甘肅境内河、湟諸州盡陷吐蕃，靈、原等州成爲防禦吐蕃的前綫。安西：唐方鎮名，治所在安西都護府，今新疆庫車。安史亂後，吐蕃盡陷河、湟諸州，安西、北庭遂假道於回紇以朝奏。貞元六年吐蕃陷北庭，殺節度使楊襲古，自是安西阻絶，莫知存否。見《舊唐書·吐蕃傳下》。

〔一六〕非據：竊位，見前《謝男師損等官表》注。

爲京兆韋尹賀雨止表〔一〕夏卿。

臣某言：今月某日，中使吴文政奉宣聖旨，緣今年雨多，恐傷苗稼，〔二〕諸有靈跡處並宜祈禱者。臣謹檢尋祀典，方議遍祠，惟德動天，倏已澄霽。伏以至教惠農，兆人務本。〔三〕今歲宿麥，〔四〕茂於常年，爰自季春，遂逢多雨。蓋陰陽常數，有以推遷，而隴畝之間，未聞傷敗。陛下勞謙思切，覆育恩深，或慮成災，先期軫念。〔五〕昭薦未陳於方社，睿誠已格於上玄。〔六〕文明焕開，陰曀潛掃。〔七〕有年之慶，實兆於兹辰；先天不違，〔八〕夐超於前代。臣謬司京邑，虔撫蒸黎，欣抃之誠，倍百群品。無任踴躍屏營之至。

【校注】

〔一〕表貞元十八年四月在渭南尉任作。韋尹：韋夏卿，字雲客，杜陵人，大曆中應制舉，入高等，授高陵主簿，貞元末累官至吏部侍郎，轉京兆尹，歷太子賓客、東都留守，遷太子少保，卒。《舊唐書》卷一六五、《新唐書》卷一六二有傳。《舊唐書·德宗紀下》：「（貞元十七年十月）庚戌，以京兆尹顧少連爲吏部尚書，以吏部侍郎韋夏卿爲京兆尹。」渭南爲京兆府屬縣，故代作賀表。此文底本缺，據明本録。「爲」字原無，《叢刊》本作「代」，據明本及劉本目録、《全唐文》增。

〔二〕傷，《叢刊》本作「損麥」。

〔三〕兆人：即兆民。《禮記·内則》：「降德於衆兆民。」注：「萬億曰兆。天子曰兆民，諸侯曰萬民。」「兆人」上《叢刊》本有小字「中謝」。務本：從事農業生産。《漢書·文帝紀》載十二年詔：「道民之路，在於務本。」

〔四〕宿麥：經冬之麥，即冬小麥。

〔五〕勞謙：《易·謙》：「九三，勞謙，君子有終，吉。」疏：「勞謙君子，處下體之極，履得其位，上下無陽以分其民，……上承下接，勞謙匪解。」按謙卦卦象爲☷☶。覆育：《禮記·樂記》：「天地訢合，陰陽相得，煦嫗覆育萬物。」

〔六〕方社：四方與社。《詩·大雅·雲漢》：「祈年孔夙，方社不莫，昊天上帝，則不我虞。」箋：「我祁豐年甚早，祭四方與社又不晚……何由當遭此旱也？」格：至。上玄：天。

〔七〕文明：《易·乾》：「見龍在田，天下文明。」疏：「陽氣在田，始生萬物，故天下有文章而光明也。」陰曀：陰晦。《詩·邶風·終風》：「曀曀其陰。」

〔八〕先天不違：《易·乾·文言》：「夫大人者，與天地合其德……先天而天弗違。」疏：「若在天時之先行事，天乃在後不違，是天合大人也。」

爲京兆韋尹降誕日進衣狀〔一〕 貞元十八年四月十九日。

衣一副四事：黄折造衫一領，白吴綾汗衫一領，白花羅半臂一領，白花羅袴一腰。〔二〕

右伏以正陽令月，〔三〕誕聖嘉辰，運協千年，慶流萬國。凡在臣子，合有獻陳。敢傾就日之心，願奉如山之壽。〔四〕輕瀆宸扆，無任兢惶。

【校注】

〔一〕狀貞元十八年四月代韋夏卿作。題注原無，據《叢刊》本增。韋尹：韋夏卿，見前表注。降誕日：生日。《舊唐書·德宗紀上》：「天寶元年四月癸巳，生於長安大内之東宫。」天寶元年四月乙亥朔，癸巳爲十九日。

〔二〕黄折造：折造是一種貴賤通服的衣料，黄色則爲帝王專用。《唐會要》卷三一載大和六年敕：

「三司官典及諸色場庫所由等，其孔目、勾檢、勾覆、支對、勾押、權遣指引進庫官、門官等，請許服細葛布折造及無紋綾充衫及袍襖。」半臂：短袖衣。

〔三〕正陽令月：謂四月，其時白晝最長，陽氣最盛。《藝文類聚》卷三引傅玄《述夏賦》：「四月惟夏，運臻正陽。」

〔四〕就日：《史記·五帝本紀》：「帝堯者放勛，其仁如天，其知如神，就之如日，望之如雲。」如山：《詩·小雅·天保》：「如月之恒，如日之升。如南山之壽，不騫不崩。」

爲京兆韋尹賀祈晴獲應表〔一〕

臣某言：今月十七日中使某奉宣聖旨，以霖雨未晴，諸有靈跡處並令祈禱者。臣當時於興聖寺竹林神親自祈祝，〔二〕兼差官城外分路遍祠。伏以神祇效靈，景物澄霽，兆庶睹動天之德，大田俟多稼之期。〔三〕臣謬荷恩輝，忝司京邑，抃説之至，實倍常情。

【校注】

〔一〕表云「大田俟多稼之期」，當貞元十八年秋在渭南尉任上代京兆尹韋夏卿作，參見前《爲京兆韋尹賀雨止表》注。此文底本缺，據明本録。「爲」字明本無，《叢刊》本作「代」，據底本目録及劉本目録、《全唐文》增。

〔二〕興聖寺：《類編長安志》卷五：「興聖尼寺，在通義坊西南隅，高祖龍潛舊宅。武德元年，以爲通義宫。貞觀元年，立爲寺。」

〔三〕動天：《書·大禹謨》：「益贊於禹曰：『惟德動天，無遠弗届。』」大田：《詩·小雅·大田》：「大田多稼，既種既戒，既備乃事。」

爲京兆韋尹謝許折糴表〔一〕

臣某言：伏奉詔旨，以臣所請畿内折糴，宜令度支計會定數奏來者。〔二〕天慈廣被，人瘼是求。〔三〕臣自理京邑，不先威刑，唯務便安，所期富庶。每因賜對，常奉德音，府縣之間，巨細令奏。伏以聖明在上，風雨應時，順成之年，穀糴常賤。若無輕重之法，〔四〕必利兼併之家。輒敢上聞，請行折糴。天光下燭，人隱無遺，宣付所司，允臣所奏。事關理本，惠及生靈，臣忝尹京，倍百欣荷。無任歡躍屏營之至。

【校注】

〔一〕表云「順成之年」，當貞元十八年秋末冬初作。韋尹：韋夏卿，參見前《爲京兆韋尹賀雨止表》注。折糴：以穀物折算交納青苗税錢。白居易《論和糴狀》：「臣伏見有司以今年豐熟，請令畿内及諸處和糴，令收賤穀，以利農人。以臣所睹，有害無利。……必不得已，則不如折糴。折糴者，折青苗税錢，使納斛斗，免令賤糴，別納見錢，在於農人，亦甚爲利。」題中「爲」字明本無，《叢刊》本作「代」，據底本及劉本目録、《全唐文》增。本文「下燭」以前原缺，據明本録。

〔二〕度支：尚書省户部所轄曹司名。《新唐書·百官志一》尚書省户部：「度支郎中、員外郎各一人，掌天下租賦、物産豐約之宜，水陸道塗之利，歲計所出而支調之，以近及遠，與中書門下議定乃奏。」

〔三〕人瘼：即民瘼，民間疾苦。《後漢書·循吏傳序》：「廣求民瘼，觀納風謡。」

〔四〕輕重之法：理財之法。《史記·管晏列傳》：「其（按，指管仲）爲政也，善因禍而爲福，轉敗而爲功，貴輕重，慎權衡。」索隱：「輕重，謂錢也。《管子》有《輕重》篇。」

爲京兆韋尹進野猪狀〔一〕

野猪一口。〔二〕右伏以收穫之餘，田獵有獲，異於芻豢，著在方書。〔三〕既堪充庖，輒敢上獻。前件野猪，謹隨狀進。謹奏。

【校注】

〔一〕狀貞元十八年冬代京兆尹韋夏卿作。韋尹：韋夏卿，屢見前注。

〔二〕野猪一口，四字原無，據《叢刊》本增。

〔三〕豶豢：謂飼養的家猪。方書：醫書。輯復本孟詵《食療本草》卷中「野猪」：「其肉主顛癇，補肌膚，令人虚肥。雌者肉美。肉色赤者，補人五臟，不發風虚氣也。其肉勝家猪也。」

爲京兆韋尹賀元日祥雪表〔一〕

臣某言：伏以去冬已來，久無雨雪。臣每於内殿，親奉德音，以宿麥未滋爲虞，以兆人生疾爲念。聖情所屬，神理潛通，獻歲發春，〔二〕佳雪肇降。當夷夏會同之日，〔三〕睹天人合應之徵。迎喜氣於三元，〔四〕浹歡心於萬國。癘疵永息，豐阜可期。臣以疾疹未平，步趨有阻，伏蒙恩貸，已具奏聞。謹於光宅寺中句當本務，不獲隨例稱慶明庭。〔五〕既睹嘉祥，益彰聖德。無任欣躍屏營之至。

【校注】

〔一〕韋尹：韋夏卿，已見前注。《舊唐書·德宗紀下》：「（貞元十八年正月）戊午朔，大雨雪，罷朝賀。」瞿蜕園《劉禹錫集箋證》以爲「與此表正合」。按表云「當夷夏會同之日」，云以足疾「不獲隨例稱慶明庭」，時當仍未罷元日朝會，故依編次，定爲貞元十九年正月元日爲韋夏卿作。「爲」字原無，《叢刊》本作「代」，據底本及劉本目録、《全唐文》增。

〔二〕獻歲：一年之始。《楚辭·招魂》：「獻歲發春兮，汩吾南征。」

〔三〕會同：會集。《書·禹貢》：「四海會同。」傳：「四海之内，會同京師。」

〔四〕三元：指正月初一。《初學記》卷四引《玉燭寶典》：「正月爲端月，其一日爲元日……亦云三元。」注：「歲之元，時之元，月之元。」

〔五〕光宅寺：《類編長安志》卷五：「光宅寺，在光宅坊。儀鳳二年，望氣者言此坊有異氣，敕令掘得石函，函内有佛舍利骨萬餘粒，遂立光宅寺。」按文云「於光宅寺中句當本務」，韋夏卿不當於佛寺中辦公，時當在京兆尹公署。《唐兩京城坊考》卷四「光德坊」：「東南隅，京兆府廨。」注：「府廨先爲雍州解舍，見《雍録》。府内廨宇並隋開皇中制度，其後隨事改作。開元元年，孟温禮爲京兆尹，因奏請以贓贖錢修繕。」「光宅寺」疑爲「光德府署」之奪誤。

爲京兆韋尹賀春雪表〔一〕

臣某言：伏奉詔旨充某郡主禮命使，〔二〕謝恩之日，親承德音。以春初已來，雨雪猶少，慮妨農事，有軫睿慈。今當下嫁之辰，克致上玄之感。雲生河漢，及佳期而降祥；雪滿寰區，應豐年而呈瑞。臣官當撫字，職在肅雍，慶抃之誠，實倍常品。〔三〕

【校注】

〔一〕表貞元十九年春代京兆尹韋夏卿作。「爲」字原無，《叢刊》本作「代」，據底本及劉本目録、《全唐文》增。

〔二〕郡主：《新唐書·百官志一》：「皇太子女爲郡主，從一品。」時順宗李誦爲皇太子。據《新唐書·諸帝公主傳》：順宗十一女，此郡主當爲其中之一，未詳何人。

〔三〕撫字：養育愛護。京兆尹爲一方長官，當如父母撫字子女一樣愛護百姓。《北齊書·封隆之傳》：「隆之素得鄉里人情，頻爲本州，留心撫字，吏民追思，立碑頌德。」肅雍：肅敬和諧。《詩·召南·何彼穠矣》：「曷不肅雝，王姬之車。」傳：「肅，敬；雝，和。」小序：「《何彼穠矣》，美王姬也。雖則王姬亦下嫁於諸侯，車服不繫其夫，下王后一等，猶執婦道以成肅雝之禮也。」因韋夏卿時充郡主禮命使，故云。

爲杜相公自淮南追入長安至長樂驛謝賜酒食狀〔一〕

具官臣某。右臣今日至長樂驛，高品某奉宣聖旨賜臣酒食者。伏以恩降王人，榮分御膳，未展儀於雙闕，先受賜於八珍。〔二〕品越脤膰，味兼醪醴，頓驚凡口，倍益歡心。〔三〕無任欣躍。

【校注】

〔一〕狀貞元十九年二月作。杜相公：杜佑。《舊唐書·德宗紀下》：「（貞元十九年二月）甲辰，淮南節度使杜佑來朝。」長樂驛：在長安東長樂坡。《元和郡縣圖志》卷一「京兆府萬年縣」：「長樂坡在縣東北二十里。」

〔二〕雙闕：此處指大明宮，爲朝會之所，宮前有翔鳳、棲鸞二闕，見卷一《闕下口號呈柳儀曹》注。八珍：《周禮·天官·膳夫》：「凡王之饋……珍用八物。」注：「珍，謂淳熬、淳毋、炮豚、炮牂、擣珍、漬、熬、肝膋也。」

〔三〕脤膰：《周禮·春官·大宗伯》：「以脤膰之禮，親兄弟之國。」注：「脤膰，社稷宗廟之肉，以賜同姓之國，同福禄也。」醪醴：美酒。曹植《酒賦》：「宜城醪醴，蒼梧縹清。」

爲杜相公謝就宅賜食狀〔一〕

具官臣某。右高品某奉宣聖旨，賜臣食者。出自太官，〔二〕飫于私第。光榮曲被，猥承推食之恩；鴛蹇未施，益重素餐之責。〔三〕舉其匕筯，若負丘山。無任戰荷踴躍之至。

【校注】

〔一〕狀貞元十九年二月作。杜相公：杜佑。《舊唐書·德宗紀下》：「（貞元十九年）三月壬子朔，以杜佑檢校司空、同中書門下平章事、太清宮使。」杜佑宅在長安安仁里，見前《謝男師損等官表》注。表云「鴛蹇未施」，當作於貞元十九年二月杜佑回京後，時尚未得拜相之新命。

〔二〕太官：秦、漢官名，屬少府，見《漢書·百官公卿表上》。師古曰：「太官主膳食。」

〔三〕推食：《史記・淮陰侯列傳》載韓信語：「漢王授我上將軍印，予我數萬衆，解衣衣我，推食食我，言聽計用，故吾得以至於此。」駑蹇：劣馬，喻才能庸下。《漢書・敘傳》：「斗筲之材，徒思罄力；駑蹇之足，終慚遠致。」

爲京兆李尹賀遷獻懿二祖表〔一〕實。

臣某言：伏見詔書，以今月某日奉遷獻祖、懿祖神主祔于德明、興聖皇帝廟。〔二〕盛禮云畢，宗祧永安。云云。伏以太祖景皇帝膺期撫運，啟封于唐，爲百代不遷之宗，開三靈眷命之兆。〔三〕頃以本朝初建，清廟備儀，二祖冠西室之先，景皇闕東向之位。〔四〕諸儒獻議，歷載未行。陛下濬發睿謨，旁延正論，爰詔多士，會於中臺。〔五〕酌《三禮》之前文，參百王之故事。〔六〕講貫斯定，詢謀僉同，撰日展儀，考祥視履。〔七〕配貴神於遠祖，正尊位於始封。〔八〕廟貌有嚴，禘嘗允穆。〔九〕示人以孝，得禮之中。既觀秩秩之容，必降穰穰之福。〔一〇〕臣職居内史，屬忝本枝，躬導盛儀，獲申誠敬。〔一一〕無任感説屏營之至。

【校注】

〔一〕表貞元十九年四月作。李尹：李實。《舊唐書・李實傳》：「李實者，道王元慶玄孫。以蔭入仕……爲司農少卿，加檢校工部尚書、司農卿。貞元十九年，爲京兆尹，卿及兼官如故，尋封嗣道王。」同書《德宗紀下》：「（貞元十九年三月）乙亥，以司農卿李實爲京兆尹。」獻：獻祖，德宗十一代祖李熙廟號。懿：懿祖，德宗十代祖李天錫廟號。《舊唐書・高祖紀》：「姓李氏，諱淵。其先隴西狄道人，涼武昭王暠七代孫也。暠生歆。歆生重耳。……重耳生熙，……儀鳳中追尊宣皇帝。熙生天錫……儀鳳中追尊光皇帝。」同書《玄宗紀上》：「（開元十一年）秋八月戊申，尊八代祖宣皇帝廟號獻祖，光皇帝廟號懿祖，始祔於太廟之九室。」同書《德宗紀下》：「（貞元十九年三月）丁卯，以今年孟夏禘饗，前議太祖、獻、懿之位未決，至此禘祭，方正太祖東向之位，已下序列昭穆。其獻祖、懿祖祔於德明、興聖之廟，每禘祫年就本室饗之。……夏四月……戊戌，百官以祔廟畢，蹈舞稱賀。」貞元十九年四月辛巳朔，戊戌爲四月十八日，表上於此時。題中「爲」字原無，《叢刊》本作「代」，據底本及劉本目録、《全唐文》增。表文「正尊位」以下原缺，據明本録。

〔二〕懿祖，二字原無，據明本、劉本、《叢刊》本、《文苑英華》、《全唐文》補。祔，原作「附」，據明本、劉本、《叢刊》本、《文苑英華》、《全唐文》改。德明、興聖皇帝：《舊唐書・禮儀志四》：「（開元二年）三月壬子，親謁玄元宮……尊皋繇爲德明皇帝，涼武昭王爲興聖皇帝。」按《新唐書・宗室世系上》述李氏得姓之由，云皋繇後恩成，世爲大理，因官命曰理氏；至殷紂時，理徵得罪而死，妻與子利貞逃難於伊侯之墟，食木子得全，遂改理爲李氏。故李氏尊皋繇爲祖。

〔三〕太祖景皇帝：李虎。《舊唐書・高祖紀》：「皇祖諱虎，後魏左僕射，封隴西郡公，與周文帝及太保李弼、大司馬獨孤信等以功參佐命，當時稱爲『八柱國家』，仍賜姓大野氏。周受禪，追封唐國公，謚曰襄。至隋文帝作相，還復本姓。武德初，追尊景皇帝，廟號太祖，陵曰永康。」百代不遷：謂不因世數過遠而遷廟。《禮記·大傳》：「有百世不遷之宗，有五世則遷之宗。」三靈：日、月、星。《漢書·揚雄傳》：「方將上獵三靈之流，下決醴泉之滋。」注：「三靈，日、月、星，垂象之應也。」《南史·虞寄傳》：「四海樂推，三靈眷命。」

〔四〕清廟：文王之廟，此泛指祖廟。《舊唐書·禮儀志六》：「貞元七年十一月二十八日，太常卿裴郁奏曰：『……國家誕受天命，累聖重光。景皇帝始封唐公，實爲太祖。中間世數既近，於三昭三穆之内，故皇家太廟，惟有六室。其弘農府君，宣、光二祖，尊於太祖，親盡則遷，不在昭穆之數。……開元中，加置九廟，獻、懿二祖，皆在昭穆，是以太祖景皇帝未得居東向之尊。……伏以太祖上配天地，百代不遷而居昭穆，獻、懿二祖，親盡廟遷而居東向，徵諸故實，實所未安。請下百僚僉議。』敕旨依。」

〔五〕中臺：尚書省。《新唐書·百官志一》：「龍朔二年，改尚書省曰中臺。」

〔六〕三禮：《周禮》、《儀禮》、《禮記》的合稱。百王：歷代帝王。

〔七〕講貫：講習。《國語·魯語下》：「士朝而受業，晝而講貫。」注：「貫，習也。」撰：選擇。考祥視履：《易·履》中句。疏：「視其所履之行善惡得失，考其禍福之徵祥。」

〔八〕貴神：指李熙與李天賜。遠祖：指皋繇與李暠。尊位：東向之位。始封：指李虎，始封唐公。

〔九〕禘嘗：祭祀。《禮記・王制》：「天子諸侯家廟之祭，春曰礿，夏曰禘，秋曰嘗，冬曰烝。」允穆：肅敬。

〔一〇〕秩秩：《詩・小雅・賓之初筵》：「賓之初筵，左右秩秩。」傳：「秩秩然，肅敬也。」穰穰：《詩・周頌・執競》：「磬筦將將，降福穰穰。」傳：「穰穰，衆多也。」

〔一一〕内史：即京兆尹。《通典》卷三三：「《周官》有内史，秦因之，掌治京師。漢景帝二年，分置左右内史；武帝太初元年，更名右内史爲京兆尹。」本枝：指皇室宗屬。李實爲道王李元慶玄孫，元慶是唐高祖子，唐太宗異母弟，故云。

爲京兆李尹降誕日進衣狀〔一〕

衣一副四事。云云。右伏以德水方清，〔二〕真龍下降。天長地久，瞻北極以常尊；獻壽稱觴，配南山而永固。〔三〕臣地居宗屬，職忝尹京，慶賀之誠，倍萬常品。〔四〕前件衣服，謹詣銀臺門奉進。〔五〕輕瀆宸扆，伏用兢惶。貞元十九年四月十九日。

【校注】

〔一〕狀貞元十九年四月代李實作。李尹：李實，參見前表注。降誕日：德宗生於天寶元年四月十九日，見前《爲京兆韋尹降誕日進衣狀》注。

〔二〕德水：黄河。河清爲天下太平的祥瑞。《史記·秦始皇本紀》：「始皇推終始五德之傳……更名河曰德水，以爲水德之始。」德水，原作「水德」，據《叢刊》本、《文苑英華》改。

〔三〕北極：星名，代指天子。《論語·爲政》：「爲政以德，譬如北辰，居其所而衆星共（拱）之。」南山：見前《爲京兆韋尹降誕日進衣狀》注。

〔四〕宗屬：皇室宗親。李實爲道王李元慶玄孫，見前表注。

〔五〕銀臺門：大明宫中門名。

爲京兆李尹賀雨表〔一〕

臣某言：伏奉進旨，〔二〕以時雨愆候，有妨耕農，應諸有靈跡處並令祈請者。德音纔發，膏雨驟飛，滂霈已周，動植咸説。〔三〕云云。伏以久愆時澤，上軫聖慈，爰命禱祈，俾申誠敬。神應如響，天且不違。未興《雲漢》之詩，已致桑林之雨。〔四〕臣謬司京邑，虔撫黎蒸，睹豐年之可期，同比屋而稱慶。〔五〕無任欣抃之至。

【校注】

〔一〕表貞元十九年七月作。李尹：李實，參見前《爲京兆李尹賀遷獻懿二祖表》注。《舊唐書·德宗紀下》：「（貞元十九年五月）自正月至是未雨，分命祈禱山川。秋七月戊午，以關輔饑，罷吏部選、禮部貢舉。……甲戌，始雨。」貞元十九年七月己酉朔，甲戌爲七月二十六日。「爲」字原無，《叢刊》本作「代」，據底本及劉本目録、《全唐文》增。

〔二〕進旨：疑當作「進止」，猶處分。《能改齋漫録》卷一：「今奏御札子，各稱『進止』，自唐已然。顔真卿上疏曰：『御史中丞李進等傳宰相語，稱奉進止……』」

〔三〕德音：指皇帝詔令。膏雨：滋潤禾稼的時雨。滂霈：雨大貌。周：周遍。説：通悦。

〔四〕《雲漢》：《詩·大雅》篇名，中云：「旱既太甚，滌滌山川。旱魃爲虐，如惔如焚。」小序曰：「《雲漢》，仍叔美宣王也。宣王……遇災而懼，側身修行，欲銷去之。天下喜於王化復行，百姓見憂，故作是詩也。」桑林：《淮南子·主術》：「湯之時，七年旱，以身禱於桑林之際，而四海之雲湊，千里之雨至。」

〔五〕黎蒸：黎民百姓。比屋：指普通百姓，民居屋宇連比。《尚書大傳》卷五：「周人可比屋而封。」

爲京兆李尹答于襄州第一書〔一〕

閤下以大墓世在三原，而去河南益遠，尚繫望於數百年之外，於義不安，遂奮然移群從，率先行古，占數爲京兆人。〔二〕且命使者修敬於鄙薄，缺然不敢當此之重。〔三〕洪惟閤下，世雄朔易，四姓之冠。〔四〕其宗勛有八柱之貴，其碩德有三老之重。〔五〕因都入雒，錫之土田，自生齒已上，列於侯籍，與夫其先嘗爲編户民者大殊。〔六〕謹按《永徽格》，貫在兩都者，無害爲本部官。〔七〕蓋神州赤縣，尊有所厭，非它士之比。〔八〕實待罪輦轂下，閤下宣風江漢，爲諸侯師，介圭入覲，必參大政，其展禮措事，宜爲群倫所觀。〔九〕非據之榮，〔一〇〕赧然汗下。不宣。實再拜。

【校注】

〔一〕書貞元十九年三月至十月間作。李尹：李實，見前《爲京兆李尹賀遷獻懿二祖表》注。于襄州：于頔。《舊唐書·于頔傳》：「貞元十四年，爲襄州刺史，充山南東道節度觀察。……及憲宗即位……入覲，册拜司空、平章事。」韓愈《上襄陽于相公書》：「伏蒙示……《移族從》並《與京兆書》。」舊注：「頔世雄朔易，時移群從，占數爲京兆人，以書修敬於京兆尹李實。《劉夢得集》有《代李尹答書》可考。」按，時禹錫仍在京兆府渭南主簿任，故代作答書。李實於貞元十九年三月爲京兆尹，劉禹錫則於同年閏十月自京兆府渭南縣主簿遷監察御史，此及下書作於三至十月間。于頔與京兆尹李實書已佚。

〔二〕大墓：祖塋。三原：京兆府屬縣，今屬陝西。河南：河南府，今河南洛陽。頔本鮮卑族人，先人隨魏孝文帝入洛，遂爲河南洛陽人。《舊唐書·于頔傳》：「于頔字允元，河南人也。周太師燕文公謹之後也。」柳芳《姓系論》：「代北則爲虜姓，元、長孫、宇文、于、陸、源、竇首之。虜姓者，魏孝文帝遷洛，有八氏十姓、三十六族九十二姓。八氏十姓，出於帝宗屬，或諸國從魏者；

三十六族九十二姓，世爲部落大人。並號河南洛陽人。」望：郡望，一郡中爲人所瞻望的世家大族。移：移書曉諭。群從：兄弟行。占數：占籍。

〔三〕鄙薄：李實自謙之詞。缺然：欠缺貌，此謂己德薄無能。《莊子·逍遥游》：「堯讓天下於許由，曰：『……吾自視缺然，請致天下。』」

〔四〕朔易：泛指北方。《後漢書·南匈奴傳論》：「南面而朝單于，朔、易無復匹馬之蹤。」注：「朔方易水之地。」四姓：高貴的姓氏，爲魏孝文帝遷洛後所定之制。柳芳《姓系論》：「『郡姓』者，以中國士人差第閥閲爲之制，凡三世有三公曰『膏粱』，有令、僕者曰『華腴』，尚書、領、護而上者爲『甲姓』，九卿若方伯者爲『乙姓』，散騎常侍、太中大夫者爲『丙姓』，吏部正員郎爲『丁姓』，凡得入者謂之『四姓』。又詔代人諸胄，初無族姓，其穆、陸、奚、于，下吏部勿充猥官，得視『四姓』。」

〔五〕宗勛，《叢刊》本作「崇勛」。八柱：八柱國，指北魏時八位曾任柱國大將軍者。此指于謹。《通典》卷三四「勛官」：「上柱國、柱國，皆楚之寵官。……至後魏孝莊以爾朱榮有翊戴之功，拜爲柱國大將軍，位在丞相上，又拜大丞相、天柱大將軍，增佐吏。……至大統中，始以宇文泰爲之。……自大統十六年以前，任者凡有八人：宇文泰、元欣、隴西公諱、李弼、獨孤信、趙貴、于謹、侯莫陳宗（崇）……當時榮盛，莫以爲比，其稱門閥者，咸推八柱國家。」三老：三公中之年長者。《後漢書·禮儀志》注引盧植《禮記注》：「選三公老者爲三老。」《北史·于謹傳》：「孝閔踐阼，進封燕國公，邑萬户，遷太傅、大宗伯。……保定二年，謹以年老乞骸骨，優詔不許。三年，以謹爲三老。」于謹爲于頔先人，故云。

〔六〕雒：通洛。因都入雒：謂隨魏孝文帝拓跋宏自平城遷都洛陽。《北史·魏孝文帝紀》：「（大和十七年十月）詔徵司空穆亮與尚書李沖、將作大匠董爵經始洛京。……（十八年正月）乙亥，幸洛陽西宮。……（十九年六月）丙辰，詔遷洛人死葬河南，不得還北。於是，代人南遷者悉爲河南洛陽人。」錫：賜。錫土田，謂封侯。《北史·于栗磾傳》：「（孫于烈）進爵洛陽侯，轉衛尉卿。……時遷洛邑，烈與高陽王雍奉神主於洛陽，遷光禄卿。」頔爲于烈後人。生齒：嬰兒。《周禮·秋官·司寇》：「及大比，登民數，自生齒以上，登於天府。」注：「人生齒而體備。男八月而生齒，女七月而生齒。」編户民：編入户籍需服徭役交賦税的平民百姓。《史記·貨殖列傳》：「千乘之王，萬家之侯，百室之君，尚猶患貧，況匹夫編户之民乎！」

〔七〕《永徽格》：唐高宗永徽年中頒行的律令。《新唐書·藝文志二》：「《永徽律》十二卷。又……《散頒天下格》七卷、《留本司行格》十八卷，太尉無忌、司空李勣……等奉詔撰定。分格爲二部，以曹司常務爲『行格』，天下所共爲『散頒格』。永徽三年上。」貫：原籍。兩都：西京長安、東京洛陽。本部：此即謂兩都。

〔八〕神州赤縣：指京師及其所轄縣。厭：鎮壓，抑制。京師爲天子輦下，故「有所厭」，謂當地豪族縱爲本部官也不得恣意妄爲。

〔九〕待罪輦轂下：李實謙言己爲京兆尹。《文選》任昉《齊竟陵文宣王行狀》：「神皋載穆，轂下以清。」李善注引胡廣《漢官解故注》：「轂下，喻在輦轂之下，京城之中也。」介圭入覲：《詩・大雅・崧高》：「錫爾介圭，以作爾寶。」箋：「圭長尺二寸謂之介，非諸侯之圭，故以爲寶。」又《韓奕》：「韓侯入覲，以其介圭，入覲於王。」參大政：謂爲相。

〔一〇〕非據：猶竊據，指京兆尹一職。《易・繫辭下》：「非所困而困焉，名必辱。非所據而據焉，身必危。」

爲京兆李尹答于襄州第二書〔一〕

實白：前辱閣下書，厚自枉屈，執州人之禮，兼示《移群從書》，明所以去河南從京兆爲望之旨，於古儀爲得。〔二〕然而，通行之自久，或獻疑焉，是以前書不敢不逡巡牢讓，亦有以發閣下之雄辯，使𡸣然爲世程者。〔三〕今月某日，函使至，果貽理言，大明時人之所以失，而我獨障頽波而逢其原。〔四〕既一辭不獲命，又學淺不堪往復，〔五〕敢不敬從。前史稱，以大將軍而有揖客，豈不爲重？〔六〕循汲直之言，〔七〕則有以略其禮而增高者。今鄙人之不讓，適有以增閣下之重耳。實白。

【校注】

〔一〕第二書：即代李實作之與于頔第二書。參見前書。

〔二〕州人：州民，當州百姓。于頔自承爲京兆人，故對京兆尹李實自稱「州民」。《移群從書》：于頔所作，已佚，見韓愈《上襄陽于相公書》中。

〔三〕逡巡：遲疑。牢讓：堅決辭讓。皭然：潔白光明貌。世程：世人榜様。

〔四〕原：源本字。劉知幾《史通·邑里》曾批評唐人稱舊望之陋習云：「昔五經、諸子，廣書人物，雖世族可驗，而邑里難詳。逮太史公始革兹體，惟有列傳，先述本居。……既而天長地久，文軌大同，州郡則廢置無恒，名目則古今各異。而作者爲人立傳，每云某所人也，其地皆取舊號，施之於今。……求諸自古，其義無聞。」自注：「時修國史，予被配纂《李義琰傳》。琰家於魏州昌樂，已經三代，因云：『義琰，魏州昌樂人也。』監修者大笑，以爲深乖史體。遂依李氏舊望，改爲隴西成紀人。」

〔五〕往復：書信往還，指反復論辯。

〔六〕前史：謂《漢書》。揖客：見面時長揖不拜之客。《漢書·汲黯傳》：「爲主爵都尉，列於九卿。……大將軍（衛）青既益尊，姊爲皇后，然黯與亢禮。人或説黯曰：『自天子欲群臣下大將軍，大將軍尊貴，誠重，君不可以不拜。』黯曰：『夫以大將軍有揖客，反不重邪？』大將軍聞，愈賢黯。」

〔七〕汲直：即汲黯。《漢書·賈捐之傳》：「置之争臣，則汲直。」注：「汲黯方直，故世謂之『汲直』。」

爲東都韋留守謝賜食狀〔一〕

具官臣某。右臣今日發至長樂驛，〔二〕中使某奉宣聖旨賜臣食者。伏以味兼海陸，品溢圓方，〔三〕降自御廚，光臨傳舍。臣初辭魏闕，倍懷犬馬之誠；猥受珍羞，更切稻粱之感。〔四〕無任欣躍。

【校注】

〔一〕狀貞元十九年十月作。東都：洛陽。韋留守：韋夏卿。《舊唐書·德宗紀下》：「（貞元十九年）冬十月乙未，以太子賓客韋夏卿爲東都留守、東都畿汝都防禦使。」韋夏卿前爲京兆尹時，劉禹錫爲其下級，故於送别之時代作謝狀。

〔二〕長樂驛：在長安東長樂坡，爲唐人送别之所。

〔三〕圓方：指各種形狀的食器。

〔四〕魏闕：代指皇宫，參見前《請朝覲表》注。稻粱：喻指優厚待遇。揚雄《逐貧賦》：「人皆稻粱，我獨藜餐。」鮑照《雁賦》：「空穢君之園池，徒慚君之稻粱。」

舉崔監察群自代狀〔一〕

御史臺：宣歙池等州都團練判官、監察御史裏行崔群。〔二〕右臣蒙恩授監察御史，伏準建中元年正月五日制，常參官上後三日舉一人自代者。伏以前件官在諸生中號爲國器，繄維外府，人咸惜之。〔三〕臣既深知，敢舉自代。云云。貞元十九年閏十月日。

【校注】

〔一〕狀貞元十九年閏十月上。崔群：字敦詩，貞元八年進士，後官至宰相，《舊唐書》卷一五九、《新唐書》卷一六五有傳。監察：監察御史，係崔群在幕府爲僚佐時所帶憲銜。自代狀：舉人代己之文狀。《舊唐書·德宗紀上》：「（建中元年正月辛未）御丹鳳門，大赦天下。……常參官、諸道節度觀察防禦等使、都知兵馬使、刺史、少尹、畿赤令、大理司直評事等，授訖三日内，於四方館上表讓一人以自代。其外官委長吏附送其表，付中書門下。每官闕，以舉多者授之。」

〔二〕宣歙池：唐方鎮名，轄宣、歙、池（今安徽宣州、歙縣、貴池）三州，治所在宣州。《新唐書·方鎮表五》：大曆元年，「復置宣歙池等州都團練守捉觀察處置使兼采石軍使」。團練判官：團練使僚屬。觀察處置使兼團練使，僚屬有副使、判官、推官、巡官、衙推各一人，見《新唐書·百官志四下》。監察御史裏行：《新唐書·百官志三》御史臺：「又置御史裏行使、侍御史裏行使、殿中裏行使、監察裏行使，以未爲正官，無員數。」又：「至德後，諸道使府參佐，皆以御史爲之，謂之外臺；復有檢校、裏行、内供奉，或兼或攝，諸使下官亦如之。」崔群佐宣歙幕事，兩《唐書》本傳不載。《韓昌黎集》卷一七《與崔群書》舊注：「貞元十二年八月，以崔衍爲宣歙觀察使，群與李博俱在幕府。」《唐代墓誌彙編》元和〇〇一《崔稅十六女崔楊墓誌》：「考府君皇江南西道南昌軍副使、試大理評事諱稅……前年七月即代，嗣子羣、章等號奉靈輿，浮江北歸。羣堂兄群爲宣城從事，遂留十六女於從事之處。……去年秋八月，群拜右補闕。」誌立於元和元年，知崔群貞元二十一年秋方自宣歙判官拜補闕歸京。

〔三〕國器：有治國才具之人。《史記·晉世家》：「晉公子賢而困於外久，從者皆國器。」縶維：羈繫。《詩·小雅·白駒》：「皎皎白駒，食我場苗。縶之維之，以永今朝。」韓愈《與崔群書》：「足下賢者，宜在上位，託於幕府，則不爲得其所。」

爲李中丞謝賜紫雪面脂等表〔一〕汶。

臣某言：中使某乙至，奉宣聖旨，賜臣紫雪、紅雪、面脂、口脂各一合，澡豆一袋。〔二〕特降王人，俯臨私第。銜恩慶抃，省己慚惶。云云。臣謬荷寵私，素無績效，空變星霜之候，猥霑慶賜之恩。跪捧雕奩，榮觀珍藥。功能去疾，永絶於癘疵；澤可飾容，頓光於蒲柳。〔三〕生成是荷，雨露難酬。無任感戴。

【校注】

〔一〕表貞元十九年冬作。中丞：御史中丞，御史臺副長官。李中丞：李汶，文部侍郎李暐子。《新唐書·宗室世系上》大鄭王房：「御史中丞汶。」《柳河東集》卷四〇《祭李中丞文》：「維貞元二十年歲次甲申五月某朔二十二日，故吏儒林郎守侍御史王播、將仕郎守殿中侍御史穆質、奉議郎行殿中侍御史馮邈、承奉郎守監察御史韓泰、宣德郎行監察御史范傳正、文林郎守監察御史劉禹錫、承務郎監察御史裏行柳宗元、承務郎監察御史裏行李程等，謹以清酌之奠，敬祭於故中丞贈刑部侍郎李公之靈。」文云李「乃刺於商」，「有詔徵還，丞我御史」，舊注未詳其名。按《國史補》卷上：「李汶爲商州刺史，渭南尉張宏毅過商州……及拜御史中丞，首請爲監察御史。」李汶爲御史中丞薦王播爲監察御史，貞元二十年爲陳京所訴，分別見《新唐書》王播、陳京二傳，故劉、柳文中李中丞爲李汶無疑。貞元十九年冬，劉禹錫自渭南尉遷監察御史，表即其年代李汶作。題中「爲」字原無，《叢刊》本作「代」，此據底本及劉本目録、《全唐文》補。題下注「汶」原作「文」，據明本、劉本、《叢刊》本改。

〔二〕澡豆：古代用於洗滌的清潔劑，以豆末和諸藥製成，有去污及潤澤皮膚之效。《外臺秘要》卷三二有《澡豆方》。《世説新語·紕漏》：「王敦初尚主，如廁。……既還，婢擎金澡盤盛水，瑠璃碗盛澡豆。因倒著水中而飲之，謂是乾飯。群婢莫不掩口而笑之。」

〔三〕蒲柳：見《謝曆日面脂口脂表》注。

爲李中丞謝鍾馗曆日表〔一〕

臣某言：中使某乙至，奉宣聖旨，賜臣畫鍾馗一、新曆日一軸。恩降雲霄，光生里巷，雖當歲暮，如煦陽和。云云。伏以將慶新年，聿循故事。繢其神像，表去癘之方；頒以曆書，敬授時之始。〔二〕微臣何幸，天意不遺。無任感戴屏營之至。

【校注】

〔一〕表云「當歲暮」、「將慶新年」，當貞元十九年十二月作。李中丞：御史中丞李汶，參見前表。鍾馗：相傳爲唐進士，能驅鬼。《圖畫見聞志》卷六：「昔吴道子畫鍾馗，衣藍衫，鞹一足，眇一目，腰笏巾首而蓬髪，以左手捉鬼，以右手抉其鬼目，筆跡遒勁，實繪事之絶格也。」《日知録》卷三二：「《方言》：『齊人謂椎爲終葵。』……蓋古人以椎逐鬼，若大儺之爲耳。今人於户上畫鍾馗像，云唐時人，能捕鬼，玄宗嘗夢見之，事載沈存中《補筆談》，未必然也。」按唐玄宗夢鍾馗並令吴道子圖其像事，見沈括《補筆談》卷下。題中「爲」字原無，《叢刊》本作「代」，此據底本及劉本目録、《全唐文》補。

〔二〕繢：同繪。授時：敬授民時。《書·堯典》：「乃命羲和，欽若昊天，曆象日月星辰，敬授人時。」

爲武中丞謝新茶表〔一〕元衡。

臣某言：中使竇國安奉宣聖旨，〔二〕賜臣新茶一斤。猥降王人，光臨私室，恭承慶賜。

跪啟緘封。云云。伏以方隅入貢，采擷至珍；自遠爰來，以新爲貴。捧而觀妙，飲以滌煩。〔三〕顧蘭露而慚芳，豈柘漿而齊味。〔四〕既榮凡口，倍切丹心。無任歡躍感恩之至。貞元二十年三月日。

【校注】

〔一〕表貞元二十年三月代武元衡作。武中丞：武元衡，貞元二十年春代李汶爲御史中丞，參見卷一《和武中丞秋日寄懷簡諸僚故》注。「爲」字原無，《叢刊》本、《全唐文》作「代」，此據底本及劉本目録補。《叢刊》本題注「元衡」下有「二首」二字。

〔二〕國安，《叢刊》本、《文苑英華》作「國晏」。

〔三〕滌煩：《國史補》卷下：「常魯公（公字衍，下同）使西蕃，烹茶帳中，贊普問曰：『此爲何物？』魯公曰：『滌煩療渴，所謂茶也。』」

〔四〕柘漿：即甘蔗汁。《漢書·禮樂志》：「泰尊柘漿析朝酲。」注：「柘漿，取甘柘汁以爲飲也。」

爲武中丞謝春衣表〔一〕

臣某言：中使某乙奉宣聖旨，賜臣春衣一副。王人臨第，御府降衣，抃舞失容，捧戴無措。云云。伏以律當春暮，慶洽時邕。〔二〕萬物被薰風之和，九天垂湛露之澤。〔三〕臣受任非次，速尤是虞。〔四〕方懷匪服之憂，更荷解衣之賜。〔五〕恩加盡飾，拖朱紫以爲榮；受非以庸，顧形影而增愧。〔六〕丹誠徒罄，玄造難酬。〔七〕無任踴躍屏營之至。〔八〕

【校注】

〔一〕表云「律當春暮」，當貞元二十年三月作。武中丞，武元衡，見前表注。「爲」字原無，《叢刊》本、《全唐文》作「代」，此據底本及劉本目録補。「王人」以下，底本原缺，據明本録。

〔二〕時邕：同時雍，謂天下太平，風俗和美。《書·堯典》：「黎民於變時雍。」傳：「雍，和也。」

〔三〕薰風、湛露：均見前《謝端午日賜物表》注。露，明本作「靈」，據劉本、《叢刊》本、《文苑英華》、《全唐文》改。

〔四〕速尤：加速過失的到來。

〔五〕匪服：謂德不稱服，參見前《謝春衣表》注。解衣：參見前《謝冬衣表》注。

〔六〕以爲榮，明本作「而爲榮」，據《叢刊》本、《文苑英華》校語改。庸：功績。

〔七〕玄造：天，此指天地化育之恩，參見前《謝平章事表》注。

〔八〕屏營，《文苑英華》、《全唐文》作「感恩」。

爲武中丞再謝新茶表〔一〕

臣某言：中使某乙奉宣聖旨，賜臣新茶一斤。猥沐深恩，再沾殊錫；承旨慶抃，省躬慚惶。伏以貢自外方，珍殊衆品，效參藥石，芳越椒蘭。出自仙廚，俯頒私室。義同推食，空荷於曲成；責在素餐，實慚於虚受。〔二〕

【校注】

〔一〕表貞元二十年夏作。武中丞，武元衡，見前《爲武中丞謝新茶表》注。「爲」字原無，《叢刊》本、《全唐文》作「代」，此據底本目録及劉本目録補。此表底本原缺，據明本録。

〔二〕推食：見前《爲杜相公謝就宅賜食狀》注。素餐：尸位素餐。

爲武中丞謝新橘表〔一〕

臣某言：中使某乙至，奉宣聖旨，賜臣新橘若干顆。特降恩光，猥頒慶賜，珍逾百果，榮比兼金。〔二〕伏以丹實初成，苞貢爰至。〔三〕芬馨味重，方列於御筵；雨露恩深，忽沾於賤品。感同推食，事等絶甘。〔四〕豈唯適口爲珍，實冀捐軀上答。臣無任感戴之至。〔五〕

【校注】

〔一〕表貞元二十年秋末代御史中丞武元衡作。此表底本原缺，據明本録。「爲」字原無，《叢刊》本作「代」，此據底本目録及劉本目録、《全唐文》補。

〔二〕恩光，劉本作「寵光」。兼金：《孟子·公孫丑下》：「王饋兼金一百而不受。」注：「兼金，好金也。其價兼倍於常者，故謂之兼金。」

〔三〕苞貢：猶包貢，包裹而致的特殊貢品。《書·禹貢》：「淮海惟揚州……厥包橘柚錫貢。」傳：「小曰橘，大曰柚，其所包裹而致者，錫命乃貢，言不常。」

〔四〕推食：見《爲杜相公謝就宅賜食狀》注。絶甘：謂己不食美味而以分賜下屬。《漢書·司馬遷傳》載《報任安書》：「李陵素與士大夫絶甘分少。」師古曰：「自絶旨甘而與衆人分之，共同其少多也。」

〔五〕臣無任感戴之至：七字明本無，據《文苑英華》、《全唐文》補。

爲武中丞謝柑子表〔一〕

臣某言：中使某乙至，奉宣聖旨，賜臣柑子若干顆。〔二〕特降殊私，再頒名果，自遠稱貴，以新爲榮。伏以果實既成，南方有貴；瓊茅合貢，中禁爲珍。〔三〕方貢外來，人間未睹，黄苞輝穎，雕俎增華。芬芳初佐於天庖，〔四〕慶賜遂霑於凡口。甘逾蘋實，剖食既同於楚謡；寒比柘漿，析醒何慚於漢史？〔五〕感恩思效，倍百常情。〔六〕

【校注】

〔一〕表云「再頒名果」，當作於前表之後，亦貞元二十年秋末代御史中丞武元衡作。題：《文苑英華》、《全唐文》作「代武中丞謝賜新柑表」。題中「爲」字原無，據底本目録及劉本目録補。此表底本原缺，據明本録。

〔二〕柑子，《文苑英華》、《全唐文》作「新柑」。

〔三〕「伏以」上《文苑英華》、《全唐文》有「臣某中謝」四字，《叢刊》本有「中謝」二字。「伏以」下「果實」至「爲珍」十六字明本無，據《文苑英華》、《全唐文》補。瓊茅：一種可用來占卜的靈草。《離騷》：「索瓊茅以筳篿兮，命靈氛爲余占之。」此指菁茅。據《書·禹貢》，揚州貢有橘柚，荆州貢有菁茅。

〔四〕天庖：御廚，原作「大庖」，據《文苑英華》、《全唐文》改。

〔五〕蘋實：即萍實。劉峻《送橘啟》：「甘逾萍實，冷亞冰壺。」《孔子家語》卷二：「楚昭王渡江，江中有物大如斗，圓而赤，直觸王舟。舟人取之，王大怪之，遍問群臣，莫之能識。王使使聘于魯，問於孔子。子曰：『此所謂萍實者也。可剖而食之，吉祥也。唯霸者爲能獲焉。』使者返，王遂食之，大美。……大夫因子游問曰：『夫子何以知其然？』曰：『吾昔之鄭，過乎陳之野，聞童謡曰：「楚王渡江得萍實，大如斗，赤如日，剖而食之甜如蜜。」……吾是以知之。』」柘漿：甘蔗汁。析醒：醒酒。漢史：指《漢書》。均參見前《爲武中丞謝新茶表》注。

〔六〕「感恩」二句《文苑英華》、《全唐文》作「恩光斯重，尸素彌彰。誓當捐軀，以申上答。臣無任感戴之至」。

爲武中丞謝冬衣表〔一〕

臣某言，中使某乙至，奉宣聖旨，賜臣冬衣一副。恩降重霄，榮加陋質；承旨慶抃，省躬慚惶。臣受任以來，微效莫著，每更時律，慚曠官常。〔二〕豈謂玄造曲成，鴻私薦及，念茲戒寒之候，〔三〕錫以禦冬之衣。抃舞失容，顧眄增飾。鶴文是錫，遠慚晉代之賢；鶵翼不濡，實懼《曹風》之刺。〔四〕無任感戴屏營之至。

【校注】

〔一〕表云「戒寒之候」，當貞元二十年九月代御史中丞武元衡作。表文「微效」以上底本缺，據明本録。題中「爲」字明本無，《叢刊》本、《全唐文》作「代」，此據底本及劉本目録補。

〔二〕官常：居官的職責。《周禮·天官·大宰》：「四曰官常。」注：「官常，謂各自領其官之常職。」

〔三〕戒寒：《國語·周語中》：「火見而清風戒寒。」注：「謂霜降之後，清風先至，所以戒人爲寒備也。」霜降爲九月中。

〔四〕鶴文：即鶴紋，參見前《謝春衣表》注。晉代之賢：指盧志。《晉書·盧志傳》：「帝悦，賜志絹二百匹，綿百斤，衣一襲，鶴綾袍一領。」綾，《玉海》卷八二作「紋」。鶵翼：鶵鶘翅膀。曹風：《詩經》十五國風之一，此指其中的《候人》，均參見前《謝春衣表》注。

爲杜相公謝鍾馗曆日表〔一〕

臣某言：高品某乙至，奉宣聖旨，賜臣鍾馗一、新曆日一軸。星紀方回，雖逢歲盡；恩輝忽降，已覺春來。云云。伏以圖寫威神，驅除群癘；頒行律曆，敬授四時。施張有嚴，既增門户之貴；動用協吉，常爲掌握之珍。瞻仰披尋，皆知聖澤。無任欣戴之至。貞元二十一年十二月日。〔二〕

【校注】

〔一〕表貞元二十年十二月作。杜相公：杜佑，見前《爲杜相公自淮南追入長安至長樂驛謝賜酒食狀》注。鍾馗：見前《爲李中丞謝鍾馗曆日表》注。題中「爲」字原無，《叢刊》本作「代」，此據底本目録及劉本目録、《全唐文》補。

〔二〕貞元二十一年：即永貞元年，其年八月改元，九月劉禹錫即已貶離長安，故當爲貞元二十年之誤。蓋衍一「一」字。

爲杜司徒讓度支鹽鐵等使表〔一〕

臣某言：伏奉制書，授臣檢校司徒、同中書門下平章事，充度支及諸道鹽鐵轉運等使者。臣久塵高位，尸素已多〔二〕；更受新恩，滿盈爲懼。云云。伏惟皇帝陛下，〔三〕紹登寶位，光纂鴻猷，擢用之間，華夷聳聽。況利權所在，宜適變通；國計是資，須明輕重。當至化鼎新之日，〔四〕是微臣遲暮之年。將何以上副宸衷，下成庶務？進退維谷，冰炭在懷。〔五〕輒罄愚誠，冀回天監。〔六〕陳力無補，庶遵周任之言；循涯若驚，敢飾范宣之讓？〔七〕慚惶踴躇，倍萬常情。謹奉表陳讓以聞。

【校注】

〔一〕表貞元二十一年（永貞元年）三月作。杜司徒：杜佑。度支鹽鐵等使：《新唐書·百官志一》：「宰相事無不統，故不以一職名官。自開元以後，常以領他職。……時方用兵，則爲節度使；時崇儒學，則爲大學士；時急財用，則爲鹽鐵轉運使。」韓愈《順宗實録》卷二：「（貞元二十一年三月）丙戌，詔曰：『檢校司空、平章事杜佑，可檢校司徒、平章事，充度支并鹽鐵使。』」《舊唐書·王叔文傳》：「叔文賤時，每言錢穀爲國大本，將可以盈縮兵賦，可操柄市士。叔文初入翰林，自蘇州司功爲起居郎，俄兼充度支鹽鐵副使，以杜佑領使，其實成於叔文。」題中「爲」字原無，《叢刊》本作「代」，此據底本目録及劉本目録、《全唐文》補。

〔二〕尸素：尸位素餐。

〔三〕皇帝陛下：此處指順宗李誦。貞元二十一年正月癸巳，德宗卒，丙申，皇太子李誦即位，是爲順宗。

〔四〕鼎新：更新。鼎爲烹飪器皿，生者可使熟，堅者可使柔，故有更新之義。《周易》有鼎卦。《易·雜卦》：「鼎，取新也。」

〔五〕進退維谷：進退兩難。《詩·大雅·桑柔》：「人亦有言，進退維谷。」傳：「谷，窮也。」冰炭：比喻内心的矛盾憂懼。陶潛《雜詩》：「孰若當世士，冰炭滿懷抱。」

〔六〕天監：此指皇帝的意見。《詩·大雅·烝民》：「天監有周，昭假於下。」箋：「監，視也。」

〔七〕周任：見前《賀除虔王等表》注。循涯：任昉《到大司馬記室箋》：「顧己循涯，寔知塵忝。」范宣：范宣子，名士匄，春秋晉人。《左傳·襄公十三年》：「荀罃、士魴卒，晉侯蒐於綿上以治兵，使士匄將中軍。辭曰：『伯游長。昔臣習於知伯，是以佐之，非能賢也。請從伯游。』荀偃將中軍，士匄佐之。……君子曰：讓，禮之主也。范宣子讓，其下皆讓……晉國以平，數世賴之。」

舉開州柳使君公綽自代狀〔一〕

尚書屯田某官。守開州刺史柳公綽。右臣蒙恩授尚書屯田員外郎，伏準建中元年正月五日制，常參官上後三日舉一人自代者。〔二〕伏以前件官，以賢良方正再敭王庭，在流輩間號爲端士。〔三〕昨除遠郡，人皆惜之。臣初蒙授官，得以論薦，多士之内，非無其人，竊惟用材，宜自遠始。謹具如前，謹録奏聞，伏聽敕旨。貞元二十一年四月八日。

【校注】

〔一〕狀貞元二十一年四月作。開州：州治在今四川開縣。柳公綽：字起之，京兆華原人，書法家柳公權之兄，大和中，官至河東節度使、兵部尚書，《舊唐書》卷一六五、《新唐書》卷一六三有傳。《舊唐書》本傳：「慈隰觀察使姚齊梧奏爲判官，得殿中侍御史。冬，薦授開州刺史。」

〔二〕屯田員外郎：尚書省工部屯田一曹副長官，「掌天下屯田及京文武職田、諸司公廨田，以品給焉」，見《新唐書·百官志一》。

〔三〕賢良方正：唐制科名目。端士：正直之士。《舊唐書·柳公綽傳》：「年十八，應制舉，登賢良方正直言極諫科，授秘書省校書郎，貞元元年也。貞元四年，復應制舉，再登賢良方正科，時年二十一。制出，授渭南尉。」

爲杜司徒謝追贈表〔一〕

臣某言：伏奉制書，褒贈臣亡父先臣某官尚書左僕射者。〔二〕時逢霈澤，禮極徽章。云云。臣家受國恩，至臣累葉。常懼不克負荷，〔三〕以忝前人；豈意多幸遭逢，猥居高位。陛下應乾御極，作解庇人，〔四〕恩浹寰區，禮成宗廟。垂仁布德，自葉流根。紫書忽降於重霄，密印榮加於厚夜。〔五〕星霜增感，蒸嘗有輝，〔六〕非臣殞越，所能上報。無任感咽屏營之至。

【校注】

〔一〕表貞元二十一年春夏間代杜佑作。題中「爲」字原無，《叢刊》本作「代」，此據底本及劉本目録、《全唐文》補。

〔二〕亡父：杜希望。權德輿《唐丞相金紫光禄大夫守太保致仕贈太傅岐國公杜公（佑）墓誌銘》：「父希望，皇銀青光禄大夫、鴻臚卿、恒州刺史、西河郡太守，飾終三加至尚書左僕射。」

〔三〕負荷：背負肩擔，比喻繼承。《左傳·昭公七年》：「子産曰：『古人有言曰，其父析薪，其子弗克負荷。』」

〔四〕應乾：順應天意。《易·履》：「履，柔履剛也。説而應乎乾，是以履虎尾，不咥人，亨。剛中正，履帝位而不疚，光明也。」注：「乾，剛正之德者也。不以説行乎佞邪，而以説應乎乾，宜其履虎尾不見咥而亨。」作解：《易·解》：「雷雨作解，君子以赦過宥罪。」

〔五〕紫書：詔書，以紫泥封，見前《謝手詔表》注。密印：即蜜印，蠟印，用於追贈死者。厚夜：比喻地下。

〔六〕蒸嘗：祭祀。《禮記·祭統》：「凡祭有四時：春祭曰礿，夏祭曰禘，秋祭曰嘗，冬祭曰烝。」蒸，通烝。

爲杜司徒讓淮南立去思碑表〔一〕

臣某言：伏見淮南節度使王鍔所奏當道將吏、僧道、耆壽、百姓等請爲臣立去思碑，伏奉聖旨，允其所奏。〔二〕臣内惟菲薄，聲績無聞，祇荷恩私，慚懼交至。云云。臣伏蒙先朝過獎，累典方隅。〔三〕頃鎮江都，十有四載。〔四〕數周星紀，水旱備經；境接淮瀆，〔五〕兵戈時起。至於邑里，粗免流離，非臣所能，悉禀聖化。在唐堯可封之日，奚假吏師；當漢宣責實之時，皆承詔旨。〔六〕王鍔與臣交代，輒有上聞。況以去思爲名，慚無可紀之績。伏以建碑有制，甲令垂文，苟非至公，翻益貽誚。臣伏覽故事，宋璟自廣州都督入爲尚書，南海之人，請爲刊石，璟自遜讓，至于再三，雖勒其文，竟從降制，著在《國史》，垂爲美談。〔七〕璟非苟榮，人益見德。臣才誠不逮，心實慕之。伏乞聖慈，賜寢前命。臣情非飾讓，義在徇公。無任懇款之至，謹奉表陳讓以聞。〔八〕

【校注】

〔一〕表貞元二十一年（永貞元年）夏秋間作。去思碑：吏民爲離任的有治績的地方官吏所立紀念碑。《漢書·何武傳》：「其所居亦無赫赫名，去後常見思。」表云「杜司徒」，當作於貞元二十一年三月杜佑加司徒後，即其年夏秋間。題中「爲」字原無，《叢刊》本作「代」，據底本及劉本目録、

《全唐文》補。

〔二〕王鍔：字昆吾，本湖南團練營將，從曹王李皋，有戰功，歷容管經略，嶺南、淮南、河中、太原諸節度，《舊唐書》卷一五一、《新唐書》卷一七〇有傳。《舊唐書·德宗紀下》：「（貞元十九年）三月壬子朔，以杜佑檢校司空、同中書門下平章事、太清宫使；以淮南行軍司馬王鍔檢校尚書右僕射，兼揚州大都督府長史、淮南節度使。」權德輿《大唐銀青光禄大夫檢校司徒同中書門下平章事太清宫及度支諸道鹽鐵轉運等使崇文館大學士上柱國岐國公杜公（佑）淮南遺愛碑銘》：「貞元十九年……淮南節度觀察使、左僕射、相國杜公政成入覲。乃三月壬子朔，登拜司空，秉鈞居中。間一歲，上皇承末命。越八月，皇帝受神器……乃作司徒……進封岐土。……初，公之入輔也，制詔副節度使、兵部尚書王公爲左僕射，代居師帥。州壤鄉部，鰥孤幼艾，蒙公之化也久，感公之惠也深，欝陶詠嘆，願刻金石。王公累章上請，公輒牢讓中止。至是，復以邦人不可奪之誠，達於聰明，且用季孫行父請史克故事，故德輿得類其話言而鋪其馨香云。」百姓，二字原無，據《叢刊》本增。

〔三〕方隅：邊境四隘。典方隅，謂爲方鎮。杜佑鎮淮南前曾歷容管經略使、嶺南節度使、陝州觀察使。

〔四〕江都：揚州屬縣名，代指揚州。杜佑貞元六年至十九年在淮南任，首尾十四年，參見前《請朝覲表》注。

〔五〕淮瀆：指淮西。貞元中吴少誠爲淮西節度使，攻略鄰道，曾詔諸道進討，參見前《賀復吴少誠官爵表》注。

〔六〕可封：《漢書·王莽傳上》：「唐虞之時，可比屋而封。」漢宣：漢宣帝劉詢。責實：循名責實，考察是否名副其實。《淮南子·主術》：「故有道之主……循名責實，使有司任而弗詔，責而弗教。」《漢書·宣帝紀贊》：「信賞必罰，綜核名實。」

〔七〕宋璟：玄宗時名相，《舊唐書》卷九六、《新唐書》卷一二四有傳。南海：郡名，即廣州。《新唐書·宋璟傳》：「玄宗開元初……坐小累爲睦州刺史，徙廣州都督。廣人以竹茅茨屋，多火。璟教之陶瓦築堵，列邸肆，越俗始知棟宇利而無患災。召拜刑部尚書。……廣人爲璟立遺愛頌。璟上言：『頌所以傳德載功也。臣之治不足紀，廣人以臣當國，故爲溢辭，徒成諂諛者。欲釐正之，請自臣始。』有詔許停。」今張説有《廣州都督嶺南按察五府經略使宋公遺愛碑頌》，即爲宋璟作，文甚簡略，蓋即所謂「從降制」者。《國史》：唐代史官修撰的紀傳體本朝史，其内容多爲《舊唐書》所采用。《新唐書·藝文志二》：「《國史》一百六卷，又一百一十三卷。」參見《陔餘叢考》卷十「《舊唐書》多《國史》原文」、《廿二史札記》卷十六「《舊唐書》前半全用《實録》《國史》舊本」等條。

〔八〕「無任」二句原無，據《文苑英華》、《全唐文》補。

劉禹錫全集編年校注卷十四　文　元和上

上杜司徒書〔一〕　時元和元年。

月日，故吏守朗州司馬員外置同正員劉某，〔二〕謹齋沐致誠，命僕夫持書，敢獻于司徒相公閤下。昔稱韓非善著書，而《説難》、《孤憤》，尤爲激切，故司馬子長深悲之，爲著于篇，顯白其事。〔三〕夫以非之書可謂善言人情，使逢時遇合之士觀之，固無以異於它書矣，而獨深悲之者，豈非遭罹世故，〔四〕益感其言之至邪？小人受性顓蒙，涉道未至，末學見淺，少年氣粗。〔五〕常謂盡誠可以絶嫌猜，徇公可以弭讒愬，謂慎獨防微爲近隘，謂艱貞用晦爲廢忠。〔六〕芻狗已陳，刻舟徒識，罟擭隨足，倀然無知，事去凝想，時時自笑。〔七〕然後知韓非之善説，司馬子長之深悲，跡符理會，千古相見，雖欲勿悲，可乎？

大凡恒人之所以靈於庶類，以其能群以勝物也；烈士之所以異於恒人，以其伏節以死誼也。〔八〕然則，交相喪者世與道，〔九〕難合并者機與時。是以有死誼之心，而卒不獲其所者，世人悲之。獲其所矣，而一旦如不得終焉者，君子悲之。世人之悲，悲其不遇，無成而虧，故其感也近。君子之悲，悲其不幸，既得而喪，故其感也深。其悲則同，其所以爲悲則異。若小人者，其不幸歟！

間者昧於藩身，推致危地，始以飛謗生釁，終成公議抵刑，旬朔之間，再投裔土。〔一〇〕外黷相公知人之鑒，内貽慈親非疾之憂。常恐恩義兩乖，家國同負，寒心銷志，以生爲慚。雖欲瀝血以自明，籲天以自訴，適足來衆多之誚，豈復有特達見知者邪？〔一一〕遂用詛盟於心，不復自白，以内咎爲弭謗之具，以吞聲爲窒隙之媒，庶乎日月至焉而是非乃辨。〔一二〕

會友人江陵法曹掾韓愈以不幸相悲，且曰：「相國扶風公之遇子也厚，非獨余知之，天下之人皆知之矣。〔一三〕余聞初子之横爲口語所中，獨相國深明之；及不得已而退，則爲之流涕以訣；又不得已而譴，則爲之擇地以居。求之於今，難與侔矣。抑余又聞，曩子之介于司徒府，奉誠敬於山園，上公亟稱於人，以爲不懈于位。〔一四〕今則有修儀以贊其詔相者，有備物以贊其容衛者，七月禮畢，一朝慶行，誥言歘之，授以顯秩。〔一五〕子獨足趾一跌，而前勞併捐。祝網之辰，動絓疏目；可封之代，乃爲窮人。〔一六〕斯常情之所悲，矧知子之厚者？夫瘖者思起，必呼而求拯；疾者思愈，必呻而求醫。子宜呼於有力而呻於有術，如何以箝口自絶爲智，以甘心受誣爲賢，嗛然自咎，求知於默？〔一七〕彼李斯逐焉而爲上卿，鄒陽囚焉而爲上客，二子者豈默以求知者邪？〔一八〕若可訴而不言，則陷於畏；可言而不辯，則鄰於怨。畏與怨，君子之所不處，子其處之哉？」韓生之言未及竟，而小人不知感從中來，始赧然以愧，又缺然以慄，終悄然以悲。〔一九〕悲斯嘆，嘆斯憤，憤必有泄，故見乎詞，敢聞左右，投所閔也。

嗟夫！人之至信者心目也，天性者父子也，不惑者聖賢也。然而於竊鈇而知心目之可亂，於掇蜂而知父子之可間，於拾煤而知聖賢之可疑。〔二〇〕況乎道謝孔、顏，恩異天性〔二一〕！是非之際，愛惡相攻。爭先利途，虞相軋則釁起；希合貴意，雖無嫌而謗生。魯酒致邯鄲之圍，飛鳶生博者之禍。〔二二〕伯仁之殺由偶對，伯奢之冤以器聲。〔二三〕動罹險中，皆出意表；雖欲周防去，亦難曲施。加以吠聲者多，辨實者寡，飛語一發，臚言四馳。〔二四〕萌牙始奮，枝葉俄茂，方謂語怪，終成禍梯。〔二五〕嗚呼！人必求知，不能自達。何投分效節，有積塵之難？〔二六〕何譖行愛弛，有決防之易？〔二七〕何將進之日，必自見其可而後親？何將退之時，乃人言其否而逆棄？良由邪人必微，邪謀必陰，陰則難明，微則易信，罔極大甚，〔二八〕古今同途。是以前修鑒其若此，姑以推心取信，不以循跡生嫌。由是求忠臣於孝子，求良婦於罵己。〔二九〕食子，盡節也，推其忍可以疑心；放麑，違命也，推其仁可以屬國。〔三〇〕若謂其孝於親未必能忠，專於夫未必能貞，忍於子未必能忍於其它，仁於獸未必能仁於其類，則是天下之人盡不可信而盡可誣，固不然也。

凡人之行己，必恒於所安，苟非狂易，不能甚異。〔三一〕小人自居門下，僅踰十年，未嘗信宿而不侍坐。〔三二〕率性所履，固無遁逃，言行之間，足見真態。伏惟推心以明其跡，追往以鑒于今。苟謂其嘗掩人以自售矣，嘗近名以冒進矣，嘗欺謾於言説矣，嘗沓貪於求取矣，嘗狎比其瑣細矣，嘗媒孽其僚友矣，嘗矯激以買直矣，嘗詀譶以取容矣，嘗漏言於咨諏矣，嘗敗務於簿書矣，有一于此，雖人謂其賢，我得而刑也，豈止於棄乎？〔三三〕苟或反是，雖人謂其盜，我得而任也，庸可而棄乎？

由是而言，小人之善否，不在衆人。所以受譴已還，行及半歲，當食而嘆，聞弦尚驚，不以衆人之善爲是非，唯以相公之意爲衡準。〔三四〕自違門左右，亟蒙簡書，慰誨勤勤，窮頽增感。伏想仁念，必思有以拯之。況禮道貴終，人情尚舊，嘗盡其力，必加以仁。於犬馬之微，有帷蓋之報。〔三五〕顧異如是，豈無庶幾？儻浮言可以事久而明，衆嗤可以時久而息，弘我大信，以袪群疑，使煢煢微志，無已矣之嘆。〔三六〕覬乎異日，得夷平民，然後裹足西向，謝恩有所，復以塵纓蟄貌，稱故吏於相門。〔三七〕此言朝遂，可以夕死。〔三八〕何則？復於變者其義重，拯於危者其感深。〔三九〕睽而後合，示終不可睽也；否而後泰，示終不及否也。〔四〇〕獲寶於已喪，得途於既迷，與夫平居不爲艱故所激者，其味異矣。

伏以大君繼明，元宰柄用。〔四一〕鴻鈞播平分之氣，懸象廓無私之照。〔四二〕涣汗大號，與人惟新。〔四三〕昭回汪濊，旁下郡國，投荒爲民者，咸釋拲梏，遂還里閭。〔四四〕繫於稍食，猶在羈絆，伏讀赦令，許移近郊。〔四五〕今武陵距京師，贏二千者無幾。小人祖先壤樹在京索間，瘠田可耕，陋室未毁，濡露增感，臨風永懷。〔四六〕伏希閔其至誠，而少加推恕，命東曹補吏，置籍於滎陽伍中，得奉安輿而西，拜先人松檟，誓當齎志没齒，盡力於井臼之間，斯遂心之願也。〔四七〕如或官謗未塞，私欲未從，雖爲裔民，乃有善地，則北距澧浦，資宿舂而可行，無道途之勤，蠲僕賃之費。〔四八〕重以鎮南，用和輔理，扇仁風於上游，霽嚴施惠，得以自遂，斯便家之願也。〔四九〕伏惟降意詳察，擇可行者處之。乞恩於指顧之間，爲惠有生成之重，雖百穀之仰膏雨，豈喻其急焉。〔五〇〕

嗟哉，小生仕逢聖日，豈曰不辰？知有相君，豈曰不遇？〔五一〕而乘運鍾否，〔五二〕俾躬罹災，同生無手足之助，終歲有病貧之厄。孰不求達？而獨招嫌。孰不求安？而獨乘坎。〔五三〕賦命如此，雖悔可追。湘沅之濱，寒暑一候，陽雁纔到，華言罕聞。〔五四〕猿哀鳥思，啁啾異響，暮夜之後，併來愁腸。懷鄉倦越吟之苦，舉目多似人之喜。〔五五〕俯視遺體，仰安高堂，悲愁惴慄，常集方寸。〔五六〕盡意之具，固不在言，身遠與寡，捨茲何託？是以因言以見意，恃舊以求哀，敢希末光，〔五七〕下燭幽蟄。孤志多感，重恩難忘，顧瞻門館，慚戀交會。伏紙流涕，不知所云。禹錫惶悚再拜。

【校注】

〔一〕書元和元年夏在朗州作。杜司徒：杜佑。《舊唐書·杜佑傳》：「元和元年，册拜司徒，同平章事，封岐國公。」同書《憲宗紀下》：「（元和元年四月）丁未，以檢校司空、平章事杜佑爲司徒，所司備禮册拜，平章事如故；罷領度支、鹽鐵、轉運等使，從其讓也。」按，永貞元年三月，杜佑已檢校司徒，此係真拜，《憲宗紀》云「檢校司空」，當誤。書中云「受讉已還，行及半歲」，蓋即作於元和元年四五月間。

〔二〕員外置同正員：意謂該官員爲定員之外所置，品級俸禄等與正員官相同。唐代多以此名目安置貶降官員。

〔三〕韓非：戰國時期思想家，著有《韓非子》，《説難》、《孤憤》爲其篇名。《史記·老子韓非列傳》：「韓非者，韓之諸公子也。喜刑名法術之學，而其歸本於黄老。非爲人口吃，不能道説，而善著書。與李斯俱事荀卿，斯自以爲不如非。非見韓之削弱，數以書諫韓王，韓王不能用，於是韓非疾治國不務修明法治……悲廉直不容於邪佞之臣，觀往者得失之變，故作《孤憤》、《五蠹》、《内外儲》、《説林》、《説難》十餘萬言。……申子、韓子皆善著書，傳於後世，學者多有。余獨悲韓子爲《説難》而不能自脱耳。」傳載其《説難》全篇。司馬子長：司馬遷，字子長，著有《史記》。

〔四〕世故：指李陵之禍。《史記·太史公自序》：「七年而太史公遭李陵之禍。幽於縲紲，乃喟然而嘆……而深惟曰：『夫《詩》、《書》隱約者，欲遂其志之思也。昔西伯拘羑里，演《周易》；孔子厄陳、蔡，作《春秋》；屈原放逐，著《離騷》；左丘失明，厥有《國語》；孫子臏腳，而論《兵法》；不韋遷蜀，世傳《吕覽》；韓非囚秦，《説難》、《孤憤》；《詩》三百篇，大抵聖賢發憤之所爲作也。此人皆意有所鬱結，不得通其道也，故述往事，思來者。』於是卒述陶唐以來，至於麟止，自黄帝始。」

〔五〕顓蒙：愚昧。《漢書・揚雄傳下》：「天降生民，倥侗顓蒙，恣於情性，聰明不開。」涉道：《漢書・元后傳》：「朕承先帝聖緒，涉道未深，不明事情。」末學：淺薄之學。《文選》張衡《東京賦》：「若客所謂末學膚受、貴耳而賤目者也。」薛綜注：「末學，謂不經根本。」

〔六〕嫌猜：猜忌。鮑照《放歌行》：「明慮自天斷，不受外嫌猜。」弭：止。讒慝：讒謗之言。《周書・蕭大圜傳》：「大圜以世多故，恐讒慝生焉，乃屏絶人事。」慎獨：於獨處時謹慎不苟。《禮記・中庸》：「莫見乎隱，莫顯乎微，故君子慎其獨也。」防微：防微杜漸。艱貞用晦：《易・明夷》：「明夷，利艱貞。象曰：……利艱貞，晦其明也。」疏：「既處明夷之世，外晦其明，恐陷於邪道，故利在艱固其貞，不失其正。」

〔七〕芻狗：以草紮成的狗，用於祭祀。《莊子・天運》：「夫芻狗之未陳也，盛以篋衍，巾以文繡，尸祝齊戒以將之；及其已陳也，行者踐其首脊，蘇者取而爨之而已。」刻舟：《吕氏春秋・察今》：「楚人有涉江者，其劍自舟中墜於水，遽契其舟，曰：『是吾劍之所從墜。』舟止，從其所契者入水求之。舟已行矣，而劍不行。求劍如此，不亦惑乎！」罟：網。擭：裝有機括的捕獸機。《禮記·中庸》：「驅而納諸罟擭陷阱之中。」倀然：茫然不知所措貌。《荀子·修身》：「人無法則倀倀然。」楊倞注：「倀，無所適貌，言不知所措履。」

〔八〕恒人：常人。庶類：萬物。伏節：死節。誼：通義。《漢書·刑法志》：「至魯成公作丘甲，哀公用田賦……於是師旅亟動，百姓罷敝，無伏節死難之誼。」

〔九〕交相喪：《莊子·繕性》：「世喪道矣，道喪世矣，世與道交相喪也。」

〔一〇〕藩身：保護自己。《左傳·昭公元年》：「梁其踁曰：『貨以藩身，子何愛焉。』」裔土：荒遠之地。此指永貞元年因參與革新初貶連州刺史、再貶朗州司馬事。

〔一一〕瀝血：滴血（以盟誓）。籲：呼告。《書·泰誓》：「無辜籲天，穢德彰聞。」特達：珪璋特得通達，不假餘幣，此指特殊關係的知己，參見卷一《華山歌》注。

〔一二〕詛盟：盟誓。自白：自我表白。罣隙：堵塞縫隙，彌合裂痕，此指人際關係而言。揚雄《解嘲》：「是以士頗得信其舌而奮其筆，罣隙蹈瑕而無所詘也。」李奇曰：「君臣上下，有釁罅瑕隙乖離之漸，則可抵而取也。」師古曰：「罣，罣塞也。」日月至：時間推移。《論語·雍也》：「子曰：『回也，其心三月不違仁，其餘則日月至焉而已矣。』」

〔一三〕江陵：今屬湖北。韓愈永貞元年冬量移江陵法曹參軍，與被貶南來之劉禹錫會於江陵，見卷一《韓十八侍御見示岳陽樓別竇司直詩（略）》注。扶風公：即杜佑。蓋永貞元年劉禹錫與韓愈會於江陵時，杜佑封爵仍爲扶風郡公，至元和元年方進封岐國公。

〔一四〕介：僚屬，此用作動詞。山園：指德宗陵墓崇陵。上公：對三公的尊稱，指時爲司空的杜佑。韓愈《順宗實録》：「貞元二十一年癸巳，德宗崩……以檢校司空、平章事杜佑攝冢宰，兼山陵使。」時劉禹錫爲崇陵使判官，見卷十九《子劉子自傳》。

〔一五〕修儀：撰定喪禮儀制。詔相：教告襄助。《周禮·秋官·大行人》：「若有大喪，則詔相諸侯之禮。」注：「詔相，左右教告之也。」備物：指殉葬用品，備而不用。七月：此指葬期。《禮記·王制》：「天子七日而殯，七月而葬。」慶：慶賞。德宗崇陵事畢，有關人員均有封賞。《全唐文》卷五五順宗《崇陵優勞德音》：「山陵使杜佑若子若孫，與一人五品正員官。禮儀使杜黄裳特加一階，與一子六品官。副使李鄘、按行山陵地副使李扞賜一級，各與一子官。鹵簿使鄭雲達與一子出身。儀仗使、舁梓宫官各賜爵一階，邑爵掌優賜有差。」

〔一六〕祝網：用商湯事，見卷十三《賀除虔王等表》注。絓：絆住。疏目：稀疏的網眼，喻執法寬大。可封之代：指清平治世。《漢書·王莽傳》：「故唐虞之世，可比屋而封。」窮人：困厄之人。

〔一七〕箝口：箝夾其口，謂緘默不言。自絶：自行斷絶（原有關係）。嗛然：懷恨隱忍貌。

〔一八〕李斯：楚人，相秦。《史記·李斯列傳》：「李斯者，楚上蔡人也。……秦王拜斯爲客卿。會韓人鄭國來間秦，以作注溉渠，已而覺。秦宗室大臣皆言秦王曰：『諸侯人來事秦者，大抵爲其主游間於秦耳，請一切逐客。』李斯議亦在逐中。斯乃上書曰：『臣聞吏議逐客，竊以爲過矣。……』秦王乃除逐客之令，復李斯官，卒用其計謀，官至廷尉。二十餘年，竟併天下，尊主爲皇帝，以斯爲丞相。」鄒陽：漢武帝時人。《漢書·鄒陽傳》：「從孝王游。陽爲人有智略，忼慨不苟合，介於羊勝、公孫詭之間。勝等疾陽，惡之孝王。孝王怒，下陽吏，將殺之。陽客游以讒見禽，恐死而負累，乃從獄中上書曰……書奏孝王，孝王立出之，卒爲上客。」

〔一九〕赧然：羞愧面赤貌。缺然：如有所失貌。

〔二〇〕鈇：斧。《列子·說符》：「人有亡鈇者，意其鄰之子。視其行步，竊鈇也；顔色，竊鈇也；言語，竊鈇也；動作態度無爲而不竊鈇也。俄而扣其谷而得其鈇，他日復見其鄰人之子，動作態度無似竊鈇者。」掇蜂：《太平御覽》卷五一一引《琴操》：「尹吉甫，周卿也。子伯奇，母早亡，吉甫更取後妻。妻乃譖之於吉甫曰：『伯奇見妾美，欲有邪心。』吉甫曰：『伯奇慈仁，豈有此也？』妻曰：『置妾空房中，君登樓察之。』妻乃取毒蜂綴衣領，令伯奇掇之。於是吉甫大怒，放伯奇於野。」間：離間。煤：煤炱，凝結之灰塵。《呂氏春秋·任數》：「孔子窮乎陳、蔡之間，藜羹不斟，七日不嘗粒，晝寢。顔回索米，得而爨之，幾熟。孔子望見顔回攫其甑中而食之。選間，食熟，謁孔子而進食。孔子佯爲不見之。孔子起曰：『今者夢見先君，食潔而後饋。』顔回對曰：『不可。向者煤炱入甑中，棄食不祥，回攫而飯之。』孔子嘆曰：『所信者目也，而目猶不可信。所恃者心也，而心猶不足恃。弟子記之，知人固不易矣。』」陸機《君子行》：「掇蜂滅天道，拾塵惑孔顔。」

〔一〕謝：不及。孔、顔：孔子、顔回。天性：指父子關係。

〔二〕邯鄲：戰國趙都，今屬河北。《淮南子·繆稱》：「魯酒薄而邯鄲圍。」注：「魯與趙俱朝楚，獻酒於楚。魯酒薄而趙酒厚。楚之主酒吏求酒於趙，不與。楚吏怒，以趙所獻酒獻於楚王，易魯薄酒。楚王以爲趙酒薄而圍邯鄲。」博者之禍：《列子·説符》：「虞氏，梁之富人也……設樂陳酒，擊博樓上，俠客相隨而行。樓上博者射，明瓊張中，反兩榻魚而笑，飛鳶適墜其腐鼠而中之。俠客相與言曰：『虞氏富樂之日久矣，而常有輕易人之志。吾不侵犯之，而乃辱我以腐鼠！此而不報，無以立慬於天下。請與若等戮力一志，率徒屬，必滅其家爲等倫。』皆許諾。至期日之夜，聚衆積兵以攻虞氏，大滅其家。」

〔三〕伯仁：晉周顗字。偶對：兩人對話。顗因醉後來與王導對答遭導誤解，後被殺。《晉書·周顗傳》：「初，敦之舉兵也，劉隗勸帝盡除諸王。司空導率群從詣闕請罪，值顗將入，導呼顗謂曰：『伯仁，以百口累卿！』顗直入不顧。既見帝，言導忠誠，申救甚至，帝納其言。顗喜，飲酒，致醉而出，導猶在門，又呼顗，顗不與言，顧左右曰：『今年殺諸賊奴，取金印如斗大繫肘。』既出，又上表明導，言甚切至。導不知救己，而甚銜之。」後王敦欲殺周顗，以問導，導竟無言。後導得見周顗所進救己之表，「執表流涕，悲不自勝，告其諸子曰：『吾雖不殺伯仁，伯仁由我而死。』」伯奢：呂伯奢，曹操故人，爲曹操所殺。《三國志·魏書·武帝紀》注引《世語》：「太祖過伯奢，伯奢出行，五子皆在，備賓主禮。太祖自以背（董）卓命，疑其圖己，手劍夜殺八人而去。」又引孫盛《雜記》：「太祖聞其食器聲，以爲圖己，遂夜殺之。」

〔二四〕吠聲：聞聲而吠。《潛夫論・賢難》引古諺：「一犬吠形，百犬吠聲。」臚言：傳言。《國語・晉語六》：「風聽臚言於市，辨妖祥於謡。」

〔二五〕禍梯：禍亂之階梯。《史記・趙世家》：「毋爲怨府，毋爲禍梯。」

〔二六〕投分：志向相投，相知定交。《文選》潘岳《金谷集作詩》：「投分寄石友，白首同所歸。」李善注：「阮瑀《爲魏武與劉備書》：『披懷解帶，託分投意。』分，猶志也。」效節：猶效忠。吴質《答魏太子箋》：「並騁材力，效節明主。」積塵：喻困難。張華《女史箴》：「崇猶塵積，替若駭機。」

〔二七〕決防：潰堤。

〔二八〕罔極、大甚：均指憂讒畏譖。《詩・小雅・何人斯》：「爲鬼爲蜮，則不可得。有靦面目，視人罔極。」箋：「使女爲鬼爲蜮也，則女誠不可得見也。姡然有面目，女乃人也。人相視無有極時，終必與女相見。」小序：「《何人斯》，蘇公刺暴公也。暴公爲卿士而譖蘇公焉，故蘇公作是詩而絶之。」《詩・小雅・巷伯》：「彼譖人者，亦已大甚。」箋：「大甚者，謂使己得重罪也。」小序：「《巷伯》，刺幽王也。寺人傷於讒，故作是詩也。」

〔二九〕求忠臣於孝子：《孝經・廣揚名》：「君子之事親孝，故忠可移於君。」疏：「言君子之事親能孝者，故資孝爲忠，可移孝行以事君也。」求良婦於罵己：《戰國策・秦策一》：「楚人有兩妻者，人誂其長者，詈之；誂其少者，少者許之。居無幾何，有兩妻者死。客謂誂者曰：『汝取長者乎？少者乎？』『取長者。』客曰：『長者詈汝，少者和汝，汝何爲取長者？』曰：『居彼人之所，則欲其許我也。今爲我妻，則欲其爲我詈人也。』」

〔三〇〕食子：《韓非子·説林上》：「樂羊爲魏將而攻中山，其子在中山，中山之君烹其子而遺之羹，樂羊坐於幕下而啜之，盡一杯。文侯謂堵師贊曰：『樂羊以我故而食其子之肉。』答曰：『其子而食之，且誰不食？』樂羊罷中山，文侯賞其功而疑其心。」麛：同麑，幼鹿。屬國：託付國事。《淮南子·人間》：「孟孫獵而得麑，使秦西巴持歸烹之。麑母隨之而啼，秦西巴弗忍，縱而予之。孟孫歸，求麑安在。秦西巴對曰：『其母隨而啼，臣誠弗忍，竊縱而予之。』孟孫怒，逐秦西巴。居一年，取以爲子傅。左右曰：『秦西巴有罪於君，今以爲子傅，何也？』孟孫曰：『夫一麑而不忍，又何況於人乎？』此謂有罪而益信者也。」

〔三一〕行己：指自己的行爲。《晉書·王裒傳》：「裒少立操尚，行己以禮。」狂易：精神失常變態。《漢書·馮昭儀傳》：「(張)由素有狂易病。」注：「狂易者，狂而變易常性也。」

〔三二〕僅：幾乎。劉禹錫貞元十五年冬入杜佑淮泗節度使幕，至元和元年，首尾八年。信宿：連續兩夜。《左傳·莊公三年》：「凡師一宿爲舍，再宿爲信，過信爲次。」注：「信者，住經再宿，得相信問也。」

〔三三〕沓：多。狎比：親暱朋比。瑣細：指小人。媒孽：進讒言。矯激：故爲過激言行。買直：求取正直之名。詀讘：低語。漏言：言語中泄漏機密。咨諏：諮詢。

〔三四〕半歲：劉禹錫於永貞元年冬末至朗州，至元和元年四五月，將及半年。當食：鮑照《擬行路難》：「對案不能食，拔劍擊柱長嘆息。」聞弦：謂已成驚弓之鳥，參見卷二《送李策秀才（略）》注。

〔三五〕帷蓋：車帷與車蓋。《禮記・檀弓下》：「仲尼之畜狗死，使子貢埋之，曰：『吾聞之也，敝帷不棄，爲埋馬也；敝蓋不棄，爲埋狗也。丘也貧，無蓋，於其封也，亦予之席，毋使其首陷焉。』路馬死，埋之以帷。」

〔三六〕煢煢：孤獨貌。已矣之嘆：人莫我知的嘆息。屈原《離騷》：「已矣哉，國無人莫我知兮。」

〔三七〕覬：希冀。夷：齊等。裹足：纏裹其足，引申爲猶豫不敢向前。李斯《諫逐客書》：「使天下之士退而不敢西向，裹足不入秦。」塵纓黧貌：狀己風塵之色。黧，黑色。

〔三八〕夕死：《論語・里仁》：「子曰：『朝聞道，夕死可矣。』」

〔三九〕拯，原作「極」，據明本、劉本、《叢刊》本、《全唐文》改。

〔四〇〕睽、否、泰：均《周易》卦名。《易・睽》疏：「睽者，乖異之名。」餘見卷三《游桃源一百韻》注。

〔四一〕大君：指唐憲宗李純。繼明：指嗣位。《易・離》：「明兩作離，大人以繼明照於四方。」注：「謂不絶也。明照相繼不絶曠也。」元宰：丞相，此指杜佑。柄用：被信用掌權柄。《漢書・谷永傳》：「永知王鳳方見柄用，陰欲自託。」

〔四二〕鴻鈞：大鈞，指天，造物主。賈誼《鵩鳥賦》：「大鈞播物兮坱圠無垠。」平分之氣：宋玉《九辯》：「皇天平分四時兮，竊獨悲此廩秋。」懸象：日月星辰。《易·繫辭上》：「懸象著明，莫大於日月。」無私之照：《禮記·孔子閒居》：「日月無私照。」

〔四三〕大號：指赦令。《易·渙》：「九五，渙汗其大號。」參見卷十三《賀復吴少誠官爵表》注。惟新：指憲宗改元後大赦事。《書·胤征》：「舊染污俗，咸與惟新。」傳：「言其餘人久染污俗，本無惡心，皆與更新，一無所問。」《舊唐書·憲宗紀上》：「元和元年春正月丙寅朔，皇帝率群臣於興慶宫奉上太上皇尊號曰應乾聖壽太上皇。丁卯，御含元殿受朝賀。禮畢，御丹鳳樓，大赦天下，改元曰元和。自正月二日昧爽已前，大辟罪已下，常赦不原者，咸赦除之。」

〔四四〕昭回：光輝照耀回轉。《詩·大雅·雲漢》：「倬彼雲漢，昭回於天。」汪濊：浩大貌。投荒爲民者：指流人。拲梏：刑具。《周禮·秋官·掌囚》：「凡囚者，上罪梏拲而桎。」鄭司農曰：「拲者，兩手共一木也。」

〔四五〕繫於稍食：爲俸禄所維繫，指被貶官者。《周禮·天官·宫正》：「幾其出入，均其稍食。」注：「稍食，禄廩。」

〔四六〕壤樹：封土植樹，指墳墓。《禮記·檀弓上》：「國子高曰：『葬也者，藏也。藏也者，欲人之弗得見也。……反壤樹之哉！』」疏：「人死可惡……欲其深邃，不使人知，今乃反更封壤為墳，而種樹以標之哉！」京索：二水名，在今河南滎陽縣境。《元和郡縣圖志》卷八「鄭州滎陽縣」：「京水，出縣南平地。索水，出縣南三十五里小陘山。古大索城，今縣理是也。……小索城，縣北四里。……京縣故城，縣東南二十里。」濡露增感：謂因時節推移而增思親之感，參見卷二《送僧元暠南游》注。

〔四七〕東曹：《後漢書·百官志一》：「太尉……掾史屬二十四人……東曹主二千石長吏遷除及軍吏。」此指丞相屬官。安輿：安車，老人所乘。時禹錫老母在堂，故云。松檟：均木名，可爲棺木，代指墳墓。《左傳·襄公四年》：「季孫爲己樹六檟於蒲圃東門之外。」注：「季文子樹檟，欲自爲櫬。」齎志：懷志。没齒：没世，一生。江淹《恨賦》：「齎志没地，長懷無已。」井臼：水井石臼，此指從事汲水舂米等勞動。

〔四八〕官謗：居官不稱職而受到的責難。《左傳·莊公二十二年》：「羈旅之臣……敢辱高位，以速官謗？」未塞：未止。裔民：邊遠之民。澧浦：指澧州。宿舂：隔夜加工的糧食，指數量很少。《莊子·逍遥游》：「適百里者，宿舂糧。」

〔四九〕鎮南：晉杜預曾爲鎮南將軍，都督荆州諸軍事，此借指裴均，時爲江陵尹、荆南節度使。朗、澧均爲荆南屬州，大約劉禹錫與裴均關係較好，故有此請求。參見後《復荆門縣記》注。

〔五〇〕膏雨：猶甘雨。《詩·曹風·下泉》：「芃芃黍苗，陰雨膏之。」

〔五一〕不辰：不得其時。《詩·大雅·桑柔》：「我生不辰，逢天僤怒。」不遇：不遇知己。《漢書·賈誼傳贊》：「天年早終，雖不至公卿，未爲不遇也。」

〔五二〕鍾：當。否：《周易》卦名，爲天地不交，上下閉塞不通之象，故指命運不好。

〔五三〕坎：《周易》卦名。《易·坎》：「習坎，重險也。」疏：「坎是險陷之名。」

〔五四〕一候：同候，謂冬無大寒。華言：中原語音。

〔五五〕越吟：用莊舄事，見卷二《聞道士彈思歸引》注。似人之喜：《莊子·徐無鬼》：「子不聞夫越之流人乎？去國數日，見其所知而喜；去國旬月，見所嘗見於國中者喜；及期年也，見似人者而喜矣。不亦去人滋久，思人滋深乎！」

〔五六〕遺體：指己身。《禮記·祭義》：「身也者，父母之遺體也。」高堂：指老母。方寸：心，參見後《上杜司徒啟》注。

〔五七〕末光：微光，餘光。曹植《求自試表》：「螢燭末光，增輝日月。」

機汲記〔一〕

瀕江之俗，不飲於鑿而皆飲之流。〔二〕予謫居之明年，主人授館于百雉之内，江水沄沄，周墉間之。〔三〕一旦，有工爰來，思以技自賈，且曰：「觀今之室廬，及江之涯，間不容畝，顧積塊峙焉而前耳。請用機以汲，俾矗然之狀莫我遏已。」〔四〕予方異其説，且命之飾力焉。〔五〕

工也儲思環視，〔六〕相面勢而經營之。由是比竹以爲畚，寘于流中，中植數尺之臬，輦石以壯其趾，如建標焉。〔七〕索綯以爲絙，縻于標垂，上屬數仞之端，亘空以峻其勢，如張弦焉。〔八〕鍛鐵爲器，外廉如鼎耳，内鍵如樂鼓，牝牡相函，轉於兩端，走于索上，且受汲具。〔九〕及泉而修綆下縋，盈器而圓軸上引，其往有建瓴之駛，其來有推轂之易。〔一〇〕瓶繘不羸，如搏而升，枝長瀾，出高岸，拂林杪，踰峻防。〔一一〕刳蟠木以承澍，貫修筠以達脈。〔一二〕走下潺潺，聲寒空中，通洞環折，唯用所在。周除而沃盥以蠲，入爨而錡釜以盈。〔一三〕飪餗之餘，移用于湯沐；湅澣之末，泄注于圃畦。〔一四〕雖瀵涌于庭，莫尚其霈洽也。〔一五〕

昔予嘗登陴，憪然念懸流之莫可遽挹，方勉保庸，督臧獲，㪺而挈之，至于裂肩龜手，然猶家人視水如酒醪之貴。〔一六〕今也一任人之智，又從而信之，機發于冥冥而刑於用物，浩漾東流，赴海爲期，斡而遷焉，逐我頤指，向之所謂阻且艱者，莫能高其高而深其深也。〔一七〕觀夫流水之應物，植木之善建，繩以柔而有立，金以剛而無固，軸卷而能舒，竹圓而能通，合而同功，斯所以然也。〔一八〕今之工咸盜其古先工之遺法，故能成之，不能知所以爲成也，智盡于一端，〔一九〕功止于一名而已。噫，彼經始者，其取諸《小過》歟〔二〇〕！

【校注】

〔一〕文云「予謫居之明年」，當元和元年作於朗州。機汲：用機械汲水。

〔二〕瀕：臨，濱。鑿：井。《藝文類聚》卷一一引《帝王世紀》：「鑿井而飲，耕田而食。」流：江河。

〔三〕主人：指朗州刺史。授館：爲賓客安排館舍，此指安排住處。《周禮·環人》：「掌送逆邦國之通賓客……舍則授館。」百雉：城牆，見卷一《韓十八侍御見示岳陽樓别竇司直詩（略）》注。

〔四〕爰：語詞。自賈：自售。積塊：大地，土堆。《列子·天瑞》：「地，積塊耳。」遏：阻隔。江水：指沅水。沄沄：水流汹涌貌。《楚辭·九思·哀歲》：「流水兮沄沄。」

〔五〕飭力：盡力。飭，通飭。《周禮·冬官》：「飭力以長地財謂之農夫。」賈公彦疏云：「飭，勤也。」

〔六〕視，原作「現」，據明本、劉本、《叢刊》本、《全唐文》改。

〔七〕比：編次。畚：畚箕，此似指盛石竹籠之類。臬：木桿。

〔八〕索綯：絞作繩索。《詩·豳風·七月》：「宵爾索綯。」絙：粗繩。縻：繫縛。標垂：木桿頂部。

〔九〕器：器具，此指滑輪。外廉：外側。鍵：軸。牝牡：指鍵與鍵孔。《禮記·月令》：「修鍵閉。」注：「鍵，牡；閉，牝也。」疏：「凡鎖器，入者謂之牡，受者謂之牝。」相函：相套合。

〔一〇〕泉：此指江流。瓴：盛水瓶。《史記·高祖本紀》：「譬猶居高屋之建瓴水也。」集解引如淳曰：「瓴，盛水瓶也。居高屋之上而幡瓴水，言其向下之勢易也。」轂：車輪軸，代指車。《漢書·馮唐傳》：「臣聞上古王者遣將也，跪而推轂。」

〔一二〕繘：繩索。羸：毀壞。《易·井》：「汔至亦未繘井，羸其瓶。凶。」疏：「繘，綆也。雖汲水以至井上，然綆出猶未離井口，而鉤羸其瓶而覆之也。」枝：分取。峻防：高堤。

〔一二〕刳：挖空。澍：時雨，此指被汲上的江水。貫：打通（竹節）。修[illegible]：長竹。脈：血管，此處指輸水管。

〔一三〕周除：繞階。沃盥：洗手洗面。蠲：免除，此處指免除捧盤捧水之勞。《禮記·内則》：「進盥少者奉槃，長者奉水，請沃盥。盥卒，授巾。」爨：廚房。錡釜：炊具。《詩·召南·采蘋》：「于以湘之，維錡及釜。」傳：「錡，釜屬。有足曰錡，無足曰釜。」

〔一四〕飪餗：烹飪。飪，煮熟。餗，鼎中食品。湯沐：沐浴。涑澣：洗滌。

〔一五〕瀵：泉水涌出。霈洽：充沛便利。

〔一六〕陴：城上矮牆。撊然：突然。《左傳·昭公十八年》：「今執事撊然授兵登陴，將以誰罪？」注：「撊然，勁忿貌。」懸流：落差大的水流。《水經注·江水》：「懸流飛瀑，近三百許步，下散漫十許步，上望之連天，若曳飛練於霄中矣。」保庸：僕役。《史記·司馬相如列傳》：「與保庸雜作，滌器於市中。」臧獲：奴婢。司馬遷《報任安書》：「臧獲婢妾，猶能引決。」斢：舀取。龜：同皸，皮膚開裂。《莊子·逍遥游》：「宋人有善爲不龜手之藥者。」

〔一七〕浩渼：水大貌。斡：旋轉，改變方向。頤指：以下巴示意。逐我頤指，謂順從己之意願。

〔一八〕應物：順應外物。善建：善於樹立。《老子》下篇：「善建者不拔。」有立：《書·臯陶謨》：

「寬而栗，柔而立。」傳：「和柔而能立事。」金剛：《南史・張充傳》：「金剛水柔，性之别也。」無固：不固執，指可熔鑄鍛造成各種形狀。

〔一九〕一端：一方面。班固《西都賦》：「徒觀跡於舊墟，聞之乎故老，十分而未得其一端。」

〔二〇〕經始者：指始創機汲之法者。小過：《易》卦名。《易・小過》：「小過，亨，利貞。可小事，不可大事。」此謂始爲機汲者善用物性，但以之爲小事；若推而廣之，應物善建，柔而能立，剛而無固，卷舒圓通，則可成大事。末句蓋仿傚《易・繫辭下》「蓋取諸《乾》《坤》」、「蓋取諸《涣》」等語。

口兵戒〔一〕

余讀蒙莊書曰：「兵莫憯於志，莫邪爲下。」〔二〕缺然知志士之傷夫生也。〔三〕它日，讀遠祖中壘校尉書曰：「口者，兵也。」〔四〕畫然知言之爲兵，〔五〕又憯乎志。因博考前載，極其兩端。夫志兵之薄人，激烈抗憤，不過無從容於世耳。口兵之起，其刑渥焉。〔六〕繇是知吾祖之言爲急，作戒以書於盤盂：

五刃之傷，藥之可平；一言成痏，智不能明。〔七〕人或罹兵，道塗奔救，投方效技，思恐其後。人或罹譖，比肩狐疑，借有解紛，毁輒隨之。故曰：舌端之孽，慘乎楚鐵。〔八〕夷竈誠謀，執戈以驅；掩人誠智，折笄以詈。〔九〕賢者誨子，〔一〇〕信其有旨。發言之難，伸舌猶爾。〔一二〕辯爲詐媒，默爲德基。玉櫝不啟，焉能瑕疵？〔一三〕韡麋深居，〔一三〕孰謂可嗤？戒哉〔一四〕！我口之啟，爾心之門。〔一五〕無爲我兵，當爲我藩。以慎爲鍵，以忍爲閽。〔一六〕可以多食，勿以多言。

【校注】

〔一〕文謂言語之傷人甚於五兵，當元和初年作於朗州。

〔二〕蒙莊書：即《莊子》。《史記·老子韓非列傳》：「莊周，蒙人也。」莫邪：春秋吴鑄劍師干將之妻，又寶劍名。《吴越春秋》卷二：「干將者，吴人也，與歐冶子同師，俱能爲劍。」吴王闔廬使干將作劍，采五山之鐵精，六合之金英，而劍不成。其妻莫邪乃斷髮剪爪，投於爐中，金鐵乃濡，遂以成劍，陽曰干將，陰曰莫邪。《莊子·庚桑楚》：「兵莫憯於志，鏌鋣爲下。」郭象注：「夫志之所攖，燋火凝冰，故其爲兵甚於劍戟也。」郭慶藩集釋：「夫憯毒傷害莫甚乎心，心志所緣，不疾而速，故其爲損害甚於鏌鋣。以此較量，劍戟爲下。」

〔三〕缺然：空缺，有所失貌。

〔四〕中壘校尉：此指西漢劉向，見卷一《韓十八侍御見示（略）》注。馬總《意林》卷三引劉向《説苑》：「口者，兵也，出言不當反自傷也。」按今本《説苑》卷一六《説叢》作「舌者，兵也」。

〔五〕蠹然：傷痛貌。《書·酒誥》：「民罔不蠹傷心。」

〔六〕渥：厚，重。

〔七〕盤盂：《漢書·田蚡傳》：「學《盤盂》諸書。」注：「黄帝史孔甲所作也，凡二十九篇，書盤盂中，所以爲法戒也。」五刃：即五兵。《國語·齊語》：「定三革，隱五刃。」注：「五刃，刀、劍、矛、戟、矢也。」

〔八〕楚鐵：指利器，春秋戰國時楚國鐵器優良。《史記·范睢傳》：「秦昭王曰：『吾聞楚之鐵劍利而倡優拙。』」

〔九〕夷竈：平毁炊竈。《左傳·成公十六年》：「楚晨壓晉軍而陳，軍吏患之。范匄趨進曰：『塞井夷竈，陳於軍中而疏行首。晉、楚唯天所授，何患焉！』文子執戈逐之，曰：『國之存亡，天也，童子何知焉！』」掩人：蓋過他人。《國語·晉語五》：「范文子暮退於朝，武子曰：『何暮也？』對曰：『有秦客廋辭於朝，大夫莫之能對也。吾知三焉。』武子怒曰：『大夫非不能也，讓父兄也。爾僮子，而三掩人於朝。吾不在，晉國亡無日矣！』擊之以杖，折其委笄。」注：「委，委貌冠。笄，簪也。」詈：駡。

〔一〇〕賢者：指范武子與范文子。文子，士燮。范匄，范宣子，文子子。武子，隨會，文子父。

〔一一〕伸舌：揚雄《解嘲》：「上世之士……士頗得信其舌而奮其筆，窒隙蹈瑕而無所詘也。」信，通伸。伸舌，《文苑英華》、《全唐文》作「往古」。

〔一二〕玉櫝：盛玉木匣。

〔一三〕犨麋：古之醜人。《文選》左思《魏都賦》：「亦獨（猶）犨麋之與子都，培塿之與方壺也。」李善

注：「《吕氏春秋》曰：『陳有惡人焉，曰敦洽讎麋，椎顙廣顔，色如漆赭，陳侯悦之。』」

〔一四〕戒哉，《叢刊》本無此二字。

〔一五〕「我口」二句：《文苑英華》、《全唐文》作「我誡於口，惟心之門」。心之門：《國語·魯語三》：「夫衆口，禍福之門。」

〔一六〕鍵：門閂。閽：守門人。

【集評】

王應麟曰：劉禹錫《口兵戒》「可以多食，勿以多言」，本《鬼谷子》「口可以食，不可以言」。（《困學紀聞》卷一七）

救沈志〔一〕

貞元季年夏大水，熊、武五溪，鬥洪于沅，突舊防，毁民家。〔二〕躋高望之，溟涬葩華，山腹爲坻，林端如莎。〔三〕湍道駛悍，不風而怒。崱嶷前邁，〔四〕浸淫旁掩。柔者靡之，固者脱之，規者旋環之，矩者倒顛之，輕而泛浮者硠磕之，重而高大者前卻之。〔五〕生者力音，殪者弛形，蔽流而東，若木柹然。〔六〕有僧愀焉，誓於路曰：「浮圖之慈悲，救生最大。能援彼於溺，我當爲魁。」〔七〕里中兒願從四三輩，皆狎川勇游者。相與乘堅舟，挾善器，維以修筰，杙於崇丘。〔八〕水當洄洑，人易寘力，凝矑執用，俟可而拯。〔九〕大凡室處之類，穴居之彙，在牧之群，在豢之馴，上羅黔首，下逮毛物，拔乎洪瀾、致諸生地者，數十百焉。〔一〇〕

適有摯獸，如鵖夷而前，攫持流柎，首用不陷。〔一一〕隅目旁睨，其姿弭然，甚如六擾之附人者。〔一二〕其徒將取焉，僧趣音促訶之曰：「第無濟是爲〔一三〕！」目之可里所，〔一四〕而不能有所持矣。舟中之人曰：「吾聞浮圖之教貴空，空生普，普生慈。不求報施之謂空，不擇善惡之謂普，不逆困窮之謂慈。曏也生必救，而今也窮見廢，無乃計善惡而忘普與慈乎？」

僧曰：「甚矣，問之迷且妄也！吾之教惡乎無善惡哉？六塵者，在身之不善也，佛以賊視之。〔一五〕末伽聲聞者，在彼之未寤也，佛以邪目之。〔一六〕惡乎無善惡邪？吾曏也所援而出死地者衆矣。形乾氣還，各復本狀，蹄者躑躅然，羽者翹蕭然，而言者諓諓然。〔一七〕隨其所之，吾不尸其施也。不德吾則已，烏能害爲？彼形之乾，髬髵之姿也；彼氣之還，暴悖之用也。〔一八〕心足反噬，而齒甘最靈，是必肉吾屬矣，庸能躑躅諓諓之比歟〔一九〕！夫虎之不可使知恩，猶人之不可使爲虎也。非吾自遺患焉爾，且將遺患于衆多，吾罪大矣。」

子劉子曰：余聞「善人在患，不救不祥；惡人在位，不去亦不祥」，〔二〇〕僧之言遠矣，故志之。

【校注】

〔一〕文元和元年在朗州作。

〔二〕貞元季年：謂貞元二十一年，即永貞元年。《新唐書・五行志三》：「永貞元年夏，朗州之熊、武五溪溢。秋，武陵、龍陽二縣江水溢，漂萬餘家。」熊、武五溪：見卷二《武陵書懷五十韻》注。泆：同溢，明本、劉本、《全唐文》作「決」。防：堤防。

〔三〕溟涬：水浩大貌。《淮南子・本經》：「共工振滔洪水……四海溟涬，民皆上丘陵，赴樹木。」葩華：《文選》木華《海賦》：「葩華踧沑。」李善注：「葩華，分散也。」坻：水中小洲。莎：草名。

〔四〕崱嶷：山高峻貌。此狀波浪。

〔五〕倒顛，《文苑英華》、《全唐文》作「顛倒」。硠磕：水石相擊聲。司馬相如《子虛賦》：「礧石相擊，硠硠磕磕。」

〔六〕力音：大聲呼喊，謂盡力呼救。殪者：死者。弛形：身體鬆弛，不復挣扎求生。木柹：木片。《晉書・王濬傳》：「濬造船於蜀，其木柹蔽江而下。」

〔七〕浮圖：一作浮屠，即佛。魁：首領。

〔八〕修筰：長繩。杙：木橛，此謂以木橛固定。杙，原作「栈」，據明本、劉本、《全唐文》改。

〔九〕洄洑：迴旋。凝矑：凝視。矑，瞳人，原作「臚」，據明本、劉本、《叢刊》本、《文苑英華》、《全唐文》改。用：工具。

〔一〇〕匯：同類。黔首：指人類。《禮記·祭義》：「明命鬼神，以爲黔首則。」注：「黔首，謂民也。」首，原作「百」，據明本、劉本、《叢刊》本、《文苑英華》、《全唐文》改。毛物：獸類。

〔一一〕摯獸：猛獸，此指老虎。摯，通鷙。《禮記·曲禮上》：「前有摯獸，則載貔貅。」疏：「摯獸猛而能擊，謂虎狼之屬也。」鴟夷：皮袋。《史記·鄒陽傳》：「臣聞比干剖心，子胥鴟夷。」索隱引韋昭注：「以皮作鴟鳥形，名曰鴟夷。」枿：樹木根株。陷：陷溺，沉没。

〔一二〕隅目：《文選》張衡《西京賦》：「隅目高眶，威懾兕虎。」薛綜注：「隅目，角眼視也。」弭然：安順貌。六擾：六畜。《周禮·夏官·職方氏》：「其畜宜六擾。」注：「六擾，馬、牛、羊、豕、犬、鷄。」

〔一三〕第：但，且。濟：救。

〔一四〕目之，原作「自之」，據明本、劉本、《文苑英華》、《全唐文》改。

〔一五〕六塵：佛教語，指色、香、聲、味、觸、法，六者能通過眼、耳、鼻、舌、身、意六根影響内心之清浄，故爲塵。《大般涅槃經》卷二三：「六大賊者，即外六塵。菩薩摩訶薩觀此六塵如六大賊，何以故？能劫一切諸善法故。」

〔一六〕末伽：梵語末伽梨或末伽梨俱舍梨之省，六師外道之一。聲聞：聲聞乘，佛教以爲小根器人從佛聞法，悟四諦，證阿羅漢果，爲聲聞乘。大乘佛教流行後，被貶稱爲小乘。

〔一七〕翹蕭：同翹遥。《文選》張衡《南都賦》：「翹遥遷延。」李善注：「翹遥，輕舉貌。」諓諓：巧言貌。

〔一八〕彼：指摯獸。髬髵：獸類豎毛發威貌。《文選》張衡《西京賦》：「及其猛毅髬髵。」薛綜注：「髬髵，作毛鬣也。」

〔一九〕齒甘最靈：謂以人爲美食。《漢書·刑法志》：「夫人……有生之最靈者也。」肉吾屬：以我輩爲食，意即噬人。

〔二〇〕「善人在患」四句：《國語·晉語八》載：虢之會，魯人食言背盟，楚令尹欲殺魯國與盟的叔孫穆子，趙文子勸叔孫逃，叔孫以爲死可以「安君利國」，不逃。文子曰：「吾聞之曰：『善人在患，弗救不祥；惡人在位，不去亦不祥。』必免叔孫。」遂固請於楚而免叔孫。

袁州萍鄉縣楊岐山故廣禪師碑〔一〕

天生人而不能使情欲有節，君牧人而不能去威勢以理，至有乘天工之隙以補其化，釋王者之位以遷其人，則素王立中區之教，懋建大中，慈氏起西方之教，習登正覺，至哉〔二〕！乾坤定位，而聖人之道參行乎其中，亦猶水火異氣，成味也同德，輪轅異象，致遠也同功。〔三〕然則儒以中道御群生，罕言性命，故世衰而寖息；佛以大悲救諸苦，廣啟因業，故劫濁而益尊。〔四〕自白馬東來而人知像教，佛衣始傳而人知心法。〔五〕弘以權實，〔六〕示其攝修。味真實者即清淨以觀空，存相好者怖威神而遷善，厚於求者植因以覬福，罹於苦者證業以銷冤。〔七〕革盜心於冥昧之間，泯愛緣於生死之際，〔八〕陰助教化，總持人天。所謂生成之外，别有陶冶，刑政不及，曲爲調柔，其方可言，其旨不可得而言也。〔九〕惟四海之大，群倫之富，必有以得其門而會其宗者，爲世導師焉。〔一〇〕

禪師諱乘廣，其生容州，〔一一〕姓張氏。七歲尚儒，以俎豆爲戲；十三慕道，遵壞削之儀。〔一二〕至衡陽，依天柱想公，以啟初地。〔一三〕至洛陽，依荷澤會公，以契真乘。〔一四〕洪鍾蘊聲，扣之斯應；陽燧含焰，晞之乃明。〔一五〕始由見性，終得自在。常謂機有淺深，法無高下。分二宗者，衆生存頓漸之見；説三乘者，如來開方便之門。〔一六〕名自外得，故生分别；道由内證，則無異同。遂以攝化爲心，〔一七〕經行不倦。愍彼南裔，不聞佛經，由是結廬此山，心與境寂。應念以起教，隨方而立因。居涉旬而善根者知歸，逮周月而滯縛者漸悟。〔一八〕以月倍日，以年倍時，瘖矇洞開，荒憬潛革。〔一九〕邑中長者，十方善衆，咸發信願，大其藩垣。法堂四阿，股引僧舍，身心恒寂，象馬交馳，〔二〇〕隨其去來，皆得利益。踰嶺之北，涉湘而南，仰兹高山，知道有所在。此地緣盡，翛然化俱，神歸佛境，悲結人世。自趺坐而滅至于荼毗，〔二一〕三百有六旬矣。爪髮加長，容澤差衰。真子號呼，圍繞薪火，得舍利如珠璣者數十百焉。〔二二〕於戲，肖圓方之形，故寂滅以示盡；入菩提之位，故殊相以現靈。〔二三〕亦猶鳳毛成字，麟角生肉，必有以異，不知其然。〔二四〕於是服勤聞法之上首曰甄叔，乃率其徒圓寂、道

弘、如亮、如海等，相與抆淚具役，建塔于禪室之右端，從衆也。〔二五〕

初，廣公始生之辰，歲在丁巳，當玄宗之中元；生三十而受具，更臘五十二而終，終之夕，歲直戊寅，當德宗之後元三月既望之又十日也。〔二六〕後九年，其門人還源以爲崇塔以存神，與建銘以垂休，皆憑像寄懷，不可以闕一，謬謂余爲習於文者，故繭足千里，〔二七〕以誠相攻。大懼其先師德音與時寖遠，且曰：「白月中黑，東川無還，颺於金石，傳信百劫。〔二八〕彼墮淚之感，〔二九〕豈儒家者流專之？」敬酬斯言，銘示真俗。〔三〇〕文曰：

如來說法，遍滿大千，得勝義者，强名爲禪。〔三一〕至道不二，至言無辯，心法東行，〔三二〕群迷丕變。七葉無嗣，四魔潛扇，佛衣生塵，佛法如綫。〔三三〕吾師覺者，冥極道樞，承受密印，〔三四〕端如貫珠。一室寥然，〔三五〕高山之隅，爲法來者，百千人俱。裔民蚩蚩，户有犀渠，攝以方便，家藏佛書。〔三六〕願力既普，度門斯盛，合爲一乘，散爲萬行。〔三七〕即動求静，故能常定，絶緣離覺，乃得究竟。生非我樂，死非我病，現滅者身，常圓者性。本無言說，付囑其誰？等空無礙，〔三八〕後覺得之。像闕靈塔，跡留仁祠，十方四輩，瞻禮於斯。〔三九〕

【校注】

〔一〕碑元和二年在朗州作。袁州：州治在今江西宜春。萍鄉：今屬江西。楊岐山：《輿地紀勝》卷二八「袁州景物」：「楊岐山，在萍鄉縣北七十里，世傳楊朱泣岐之所。」廣禪師：乘廣。《金石録》卷二九：「右《唐乘廣禪師碑》，劉禹錫撰。初，余爲《金石録》，頗以唐賢所爲碑版正文集之誤。禹錫之文所録纔數篇，最後得此碑以校集本，是正凡數十字。以此知典籍歲久轉寫，脱誤可勝數哉。」此碑中國國家圖書館藏有拓片，殘泐已多，見《北圖藏歷代石刻拓片圖録》。《金石萃編》卷一〇五録文，云「朗州司馬員外□□（置同）正員劉禹錫纂並書，中山劉申錫篆額」，「元和二年五月二十七日建」。《輿地紀勝》卷二八「袁州碑記」：「唐劉禹錫碑，萍鄉楊岐山廣利禪院，唐開元中廣利禪師塔，劉禹錫作碑銘尚存。」似即一碑，疑廣利爲乘廣之誤，開元爲貞元之誤。

〔二〕釋王者之位：棄去王位，指佛祖釋迦牟尼，爲中印度迦毗羅國王淨飯王長子，年十九入雪山修行，後得悟世間無常及緣起諸理，説法以度世人。素王：有帝王之德而無其位的人，此指孔子。《論衡·定賢》：「孔子不王，素王之業在於《春秋》。」大中：指儒家學説。《論語·雍也》：「中庸之爲德也，其至矣乎！」《禮記·中庸》：「中也者，天下之大本也。」慈氏：佛教菩薩名，即彌勒佛，爲將繼承釋迦佛位的未來佛。正覺：梵語菩提之意譯，謂明辨善惡，覺悟真理。

〔三〕乾坤：指天地。《易·繫辭上》：「天尊地卑，乾坤定矣。」聖人：指孔子與釋迦。《金石萃編》「水火」、「輪轅」上均有「其」字。

〔四〕罕言性命：《論語·子罕》：「子罕言利，與命與仁。」因業：佛教語，即因緣，諸法皆因緣和合而生。《大日經》卷二：「諸法無形像，清澄無垢濁，無執離言説，但從因業起。」劫濁：末世，參見卷三《送慧則法師(略)》注。

〔五〕白馬東來:《魏書・釋老志》:「後(東漢)孝明帝夜夢金人,項有日光,飛行殿庭,乃訪群臣,傅毅始以佛對。帝遣郎中蔡愔、博士弟子秦景等使於天竺,寫浮屠遺範。愔仍與沙門攝摩騰、竺法蘭東還洛陽。……愔之還也,以白馬負經而至,漢因立白馬寺於洛城雍門西。」像教:即佛教,以形像設教,故名。佛衣始傳:相傳禪宗初祖菩提達磨來中國,傳佛祖心法,以袈裟爲記。《六祖壇經・悟法傳衣第一》:「昔達磨大師初來此土,人未之信,故傳此衣,以爲信體,代代相承。法則以心傳心,皆令自悟自解。」

〔六〕弘:弘揚。權實:佛教以適於一時機宜之法爲權,究竟不變之法爲實。法既有權、實,智、教亦各有權、實之分。

〔七〕真實:此指佛法。相好:佛教語,指佛像。佛書言釋迦牟尼有八十二相,三十二好,相爲大相,好爲莊嚴大相之小相。遷善:回心向善。植因:謂行善布施以植善因。證,《金石萃編》作「鏡」。業:梵語「羯磨」的意譯,指身口意善惡無記之所作。故有身業、語業、意業,業有善惡,必獲或樂或苦之果,六道中的生死輪迴,由業決定。故人所受苦難乃有業因。

〔八〕愛緣:見卷三《送慧則法師(略)》注。

〔九〕生成:指天地化生育成萬物。調柔:調節改變。柔,使變軟或彎曲等。

〔一〇〕導師:佛教語,引導人成佛的人,佛菩薩的通稱。此指指迷引路之人。

〔一一〕容州：州治在今廣西容縣。

〔一二〕俎豆：古代禮器，俎以盛肉，豆以盛乾肉一類食物。《史記·孔子世家》：「孔子爲兒嬉戲，常陳俎豆，設禮容。」壞削之儀：指佛教毁膚剃髮的受戒儀式。

〔一三〕天柱：衡山峰名。想公：僧人，其事未詳。初地：佛教稱修行漸進的十種境界爲十地，其第一地爲初地。

〔一四〕荷澤：佛寺名。會公：神會，俗姓高，襄陽人，師曹溪六祖慧能，遂傳其法。後至洛陽弘法，致北宗普寂之門盈而後虚。安史亂後，於洛陽主持戒壇度僧，以所獲財帛頓支軍費，肅宗爲造禪宇於荷澤寺中。上元元年卒，謚真宗，後人尊爲禪宗（南宗）七祖。《宋高僧傳》卷八有傳。

〔一五〕陽燧：古代以日光取火的凹面銅鏡。《淮南子·覽冥》：「夫陽燧取火於日。」晞：曬，照射。

〔一六〕二宗：指禪宗南、北二宗。菩提達磨所創立的禪宗，五傳至弘忍，弘忍弟子慧能、神秀分别在南方和北方傳法，時稱「南能北秀」，遂分爲南北二宗。頓漸：指頓悟和漸修兩種不同的修行方法。禪宗南宗主張頓悟，北宗主張漸修。三乘：見卷九《送宗密上人歸南山草堂寺（略）》注。

〔一七〕攝化：謂攝取化度衆生。

〔一八〕涉旬：十天。善根者：佛教謂爲善、有善性的人，其所爲善，固不可拔，能生妙果，故以根爲喻。周月：一月。滯縛者：指滯迷束縛於塵世苦海的人。滯，原作「帶」，據《金石萃編》改。

〔一九〕瘖：啞疾。矇：失明。荒憬：荒遠之地。賀知章《奉和聖制送張説巡邊》：「荒憬盡懷忠，梯航已自通。」

〔三〇〕象馬：坐騎，參見卷三《送慧則法師（略）》注。

〔三一〕滅：示滅，即死。荼毗：梵語，意譯爲焚燒，此指火化。

〔三二〕真子：佛教信徒。《涅槃經·壽命品》：「成就如是無量功德，一切皆是佛之真子。」舍利：佛骨。《魏書·釋老志》：「佛既謝世，香木焚屍，靈骨分碎，大小如粒，擊之不壞，焚亦不燋，或有光明神驗，胡言謂之舍利。弟子收奉，置之寶瓶，竭香花，致敬慕，建宫宇，謂爲塔。」

〔三三〕肖圓方之形：謂人首圓而足方，肖天地。《大戴禮記·曾子天圓》：「天之所生上首，地之所生下首。上首之謂圓，下首之謂方。」《孝經援神契》：「人頭圓象天，足方法地。」示盡：示人以盡。《魏書·釋老志》：「諸佛法身有二種義，一者真實，二者權應。……權形雖謝，真體不遷，但時無妙感，故莫得常見耳。明佛生非實生，滅非實滅也。」菩提：梵語，意譯爲正覺。

〔三四〕鳳毛成字：相傳黄帝時，有大鳥鳳凰止於東園，「鷄頭燕喙，龜頸龍形，麟翼魚尾，狀如鶴，體備五色，三文成字，首文曰順德，背文曰信義，膺文曰仁智」。見《太平御覽》卷九一五引《帝王世紀》。麟角生肉：相傳孔子至楚，遇一小兒捶麟，傷其前左足，孔子云：「吾所見一禽，如麏，羊頭，頭上有角，其末有肉。」見《太平御覽》卷八八九引《孝經右契》。

〔三五〕甄叔：袁州楊岐山僧，事見《宋高僧傳》卷十、《五燈會元》卷三、《金石萃編》卷一〇八沙門至閑《大唐袁州萍鄉縣楊岐山故甄叔大師塔銘》。叔，原作「升」，據《文苑英華》、《金石萃編》改。

圓寂,《金石萃編》「圓」上有「道進」二字。室,《金石萃編》作「堂」。

〔二六〕玄宗之中元:謂玄宗第二個年號開元。丁巳,開元五年(七一七)。受具:受具足戒,受爲僧尼當受之戒。臘:僧臘,指僧人受戒後的年歲。戊寅,貞元十四年(七九八)。德宗之後元:德宗第三個年號貞元。

〔二七〕繭:通趼,手足因摩擦而生的硬皮,《金石萃編》作「趼」。《莊子·天道》:「吾固不辭遠道而來願見,百舍重趼而不敢息。」

〔二八〕白月中黑:月中有黑影,相傳有吴剛伐桂月中等傳説。白月,朗月。東川:東逝之水。百劫,《金石萃編》作「億劫」。

〔二九〕墮淚之感:懷念死者之感。《晉書·羊祜傳》:「(祜卒)襄陽百姓於峴山祜平生游憩所建碑立廟,歲時饗祭焉,望其碑者莫不流涕,杜預因名爲墮淚碑。」

〔三〇〕真俗:猶僧俗。真,真子,僧徒。《金石萃編》「俗」下有「時宜春得良守齊口,理行第一,雅有護持之功,化被於邑之庶寮及里之右族,咸能回向,如邦君之志,故偕具爵里名字,列於其陰」五十字。錢大昕《潛研堂金石文跋尾》卷八:「碑文之末有『時宜春……』凡五十字,集本無之,當是夢得編定文集時删去之耳。」齊口(錢大昕云似是「君」字),齊總。光緒《江西通志》卷八:「齊總,袁州刺史。《宜春縣志》,元和二年任。」

〔三一〕大千:佛教語,三千大千世界,即指世界。勝義:深妙佛理。禪宗主張諸佛妙理,非關語言文字，以心印心，即可頓悟成佛，故曰「强名」。

〔三二〕心法東行：指菩提達磨東來。

〔三三〕七葉：禪宗以達磨爲初祖，以下依次爲慧可、僧璨、道信、弘忍、慧能，以法及衣相傳。至六祖慧能以後不傳衣，分爲南北宗，别尊弘忍弟子神秀爲北宗六祖。慧能傳神會，神秀傳普寂，分别爲禪宗南北二宗的七祖。四魔：天魔、煩惱魔、蘊魔、死魔的合稱。《釋氏六帖》卷十三：「《般若經》云，梵語魔羅，此云破壞，爲能破壞一切善法。」

〔三四〕密印：佛教稱各菩薩爲標示自己本誓用兩手十指作成的種種形相爲密印，禪宗藉以稱直指之心印。

〔三五〕寥然，《金石萃編》作「寥寥」。

〔三六〕裔民：邊鄙之民。蚩蚩：《詩·衛風·氓》：「氓之蚩蚩，抱布貿絲。」傳：「蚩蚩，敦厚之貌。」蚩蚩，原作「嗤嗤」，據《叢刊》本、《金石萃編》改。犀渠：盾牌，此代指武器。《文選》左思《吴都賦》：「家有鶴膝，户有犀渠。」劉逵注：「犀渠，盾也，犀皮爲之。」

〔三七〕普，原作「昔」，據明本、劉本、《叢刊》本、《全唐文》、《金石萃編》改。度門：猶佛門，佛法爲度世之門。武則天曾於江陵當陽山爲神秀置度門寺，見《宋高僧傳》卷八《神秀傳》。

〔三八〕無礙，原作「無得」，據劉本、《叢刊》本、《全唐文》改。

〔三九〕靈塔，原作「虚塔」，據《金石萃編》改。仁祠：佛寺，見卷三一《秋日過鴻舉法師寺院(略)》注。

四輩：即僧俗四衆比丘（僧）、比丘尼（尼）及俗家信佛者優婆塞（男居士）、優婆夷（女居士）的合稱。

觀市〔一〕

由命士已上不入于市，《周禮》有焉。〔二〕乃今觀之，蓋有因也。元和二年，沅南不雨，自季春至于六月，毛澤將盡，郡守有志于民，誠信而雩，遂遍山川、方社。〔三〕又不雨，遂遷市于城門之逵，余得自麗譙而俯焉。〔四〕

肇下令之日，布市籍者咸至，〔五〕夾軌道而分次焉。其左右前後，班間錯跱，如在闤之制。〔六〕其列題區榜，揭價名物，參外夷之貨。馬牛有縶，私屬有閑。〔七〕在巾笥者，織文及素焉；在几閣者，雕彤及質焉；在筐筥者，白黑巨細焉。〔八〕業於饔者，列饔饎陳餅餌而苾然；業於酒者，舉酒旗滌杯盂而澤然；鼓刀之人，設高俎解豖羊而赫然。〔九〕華實之毛，畋漁之生，交蜚走，錯水陸，群狀夥名，入隧而分。〔一〇〕韞藏而待價者，負挈而求沽者，乘射其時者，奇贏以游者，坐賈顒顒，行賈遑遑，利心中驚，貪目不瞬。〔一一〕於是質劑之曹，較固之倫，合彼此而騰躍之。〔一二〕冒良苦之巧言，數量衡於險手。〔一三〕秒忽之差，鼓舌傖儜。〔一四〕詆欺相高，詭態横出。鼓囂譁，坌煙埃，奮膻腥，疊巾屨，嚙而合之，異致同歸。〔一五〕鷄鳴而爭赴，日中而騈闐，〔一六〕萬足一心，恐人我先。交易而退，陽光西徂，幅員不移，徑術如初。〔一七〕中無求隙地俱，唯守犬烏烏，樂得腐餘。

是日，倚衡而閱之三，感其盈虛之相尋也速，故著于篇云。〔一八〕

【校注】

〔一〕文元和二年在朗州作。

〔二〕命士：受命爲士，即士。命士已上：謂自國君至士。《周禮·地官·司市》：「國君過市則刑人赦，夫人過市罰一幕，世子過市罰一帟，命夫過市罰一蓋，命婦過市罰一帷。」注：「市者，人之所交利而行刑之處，君子無故不游觀焉。」命夫，合卿、大夫、士而言。

〔三〕毛澤：莊稼、植物。有志於民：關心百姓。雩：祈雨之祭，原作「雲」，據明本、劉本、《叢刊》本、《文苑英華》、《全唐文》改。《穀梁傳·定公元年》：「秋大雩，非正也。……毛澤未盡，人力未竭，未可以雩也。」注：「凡地之所生謂之毛。……言秋百穀之潤澤未盡也。」又《僖公三年》：「閔雨，有志乎民者也。」又《桓公五年》：「大雩者何？旱祭也。」方社：四方與社，參見卷十三《爲京兆韋尹賀雨止表》注。

〔四〕遷市：《禮記·檀弓下》：「歲旱，穆公召縣子而問然，曰：『天久不雨……』……『徙市則奚若？』曰：『天子崩，巷市七日。諸侯薨，巷市三日。爲之徙市，不亦可乎。』」注：「徙市者，庶人之喪禮。今徙市，是憂慼於旱若喪。」逵：大道。麗譙：城樓。劉禹錫來朗州後居鄰城樓，見後《楚望賦》。

〔五〕市籍：商人户籍。布市籍，謂列於市籍。《史記·平準書》：「賈人有市籍者，及其家屬，皆無得籍名田，以便農。」

〔六〕跱：安置。闤：市垣，此指原有固定的市肆。

〔七〕繂：拴牲畜的繩索。閑：栅欄。

〔八〕織文：織錦或印染花紋的繒帛。素：指未經印染者。雕彤：雕鏤油漆。彤，紅色。質：指未雕鏤油漆者。筐筥：盛物竹筐，方曰筐，圓曰筥。

〔九〕饔：熟食。饎：酒食。苾然：芳香貌。高，原作「膏」，據《叢刊》本、《文苑英華》改。

〔一〇〕毛：指植物。生：指動物。蜚走：飛禽走獸。錯：錯雜陳列。水陸：指水陸的物産。隧：《文選》班固《西都賦》：「九市開場，貨別隧分。」薛綜注：「隧，列肆道也。」

〔一一〕待價：待價而沽。《論語·子罕》：「子貢曰：『有美玉於斯，韞櫝而藏諸？求善賈（價）而沽諸？』子曰：『沽之哉，沽之哉，我待賈者也。』」乘射：乘時射利。左思《吴都賦》：「乘時射利，財豐巨萬。」奇贏：囤積居奇。《漢書·食貨志上》載賈誼《論積貯疏》：「商賈大者積貯倍息，小者坐列販賣，操其奇贏，日游都市，乘人之急，所賣必倍。」師古曰：「奇贏，謂有餘財而畜積奇異之物也。」顒顒：企盼貌。遑遑：遑遽貌。

〔一二〕質劑：《周禮·天官·小宰》：「以官府之八成經邦治……七曰聽賣買以質劑。」疏：「質劑謂券書。有人争市事者，則以質劑聽之。」較固：兩種欺行霸市的行爲。《唐律疏義》卷二六：「諸賣買不和而較固取者……杖八十。」注：「較謂專略其利，固謂障固其市。」

〔三〕冒，《文苑英華》作「易」，校云「集作冒，非」。良苦：優劣。《周禮・天官・典婦功》：「辨其苦良，比其大小而賈之。」之巧，《文苑英華》作「於巧」。斁：敗。

〔四〕杪忽：極言其細微。杪，同秒，古代極小的時間單位。忽：古代極小的長度和重量單位。傖儜：語音粗俗不正。

〔五〕坌：（塵土）飛揚。嚙：咬，此似指討價還價。

〔六〕駢闐：連屬。

〔七〕徑術：道路。

〔八〕衡：欄杆。三：多次。盈虛：滿與空。《易・豐》：「天地盈虛，與時消息。」《藝文類聚》卷七七引江總《大莊嚴寺碑》：「前望則紅塵四合，見三市之盈虛。」相尋：相繼。

復荊門縣記〔一〕

直故郢北走之道，其聚邑曰荊門。〔二〕揭起重關，殿于樂都，名視縣内之制，居殷形束之要，故吏師重焉。〔三〕通外民之底貢，會南藩之述職，故賓禮蕃焉。〔四〕其肇允經營，實王孫昌夔居荊以表之，命行名建，而締構之弗暇。〔五〕無幾何，有由勇爵而授赤社于茲者，徼馳名於省嗇，謂相沿爲非智，因請罷去其號，發踐更以董之。〔六〕有司不能端究事本，循空言而可其奏。繇是分地征以歸它邑，野之人有回遠之嘆；廢文吏而顓戍督，行之旅有誰何之艱，是利之不及下也，黎民病之。〔七〕自鄖而南，斯爲畫疆；抵郡之路，貫其七舍，持瑞節而銜急宣之使，蓋陰相交。〔八〕遂使服縵胡者備問俗之對，執刀匕者申餼牽之禮，是敬之不及賓也，君子病之。〔九〕如是幾二十歲距。

永貞元年，江陵尹裴公，政成上游，德及矜人，大建長利，俾無遺害。〔一〇〕乃外濟群欲，内張全摹，周圖經制，條白于狀。〔一一〕昌言既從，公議攸同。〔一二〕忘勞之徒，樂用之工，載大其門，載高其墉，徑術脈分，闤闠架空。〔一三〕然後析便地以肥之，建具官以司之，縻羨財以償其力役，汰冗食以資其秩稍，田里不聞於徵令，縣官無減於歲入。〔一四〕越某月，既成而落之。〔一五〕官修其方，人樂其居，將迎犒飫之儀展，厩置符繻之事舉。〔一六〕戍夫有伍，公吏有職，由彙而分，率無踰閑，入其封者，可以知教。〔一七〕

元和元年，四海會同，天子命公，師長南宮。〔一八〕三年，公以介圭入覲，〔一九〕途出斯邑。邑人之華皓幼童，咸須于道周，距躍而謡，曰：「起我堙廢而完之，徠我蕩析而安之。昔室于墟，風摇雨濡，自公優柔，郛閈盈兮。昔飲于洿，夏涸冬枯，自公感通，觱沸生兮。淑旂之華兮，四牡之騑，傒公之還兮，觴以祝之。」〔二〇〕卻略翩躚，〔二一〕百形一音。公爲駐錯衡而勞之。〔二二〕有以文從公者，紀事于牘，且曰：「民可懷也，盍命夫學舊史之事以志焉。」公不得讓而從之，走是以有授簡之辱。〔二三〕

初，公以縣之之便聞于上也，禹錫方以郎位貼職于計曹，章下之日，得以省事。〔二四〕逮今以遷人獲宥于善部，工休之日，得以踐履。〔二五〕故於拜命無牢讓，於傳信無愧詞。以爲古之創物建庸宜于人民而得其時者，則必歌其事功，爲後代法。《雅》有營謝，美召伯也；《傳》稱「城沂」，賢蔿敖也。〔二六〕賦水泉原隰之狀，志慮事命日之規，當書而詠之，細亦弗可略也。〔二七〕是用謹其本始而存乎篇，俾後之視今者，知楚郊之令典云。

【校注】

〔一〕文元和三年在朗州作。荆門：江陵府屬縣，今屬湖北。《新唐書·地理志四》「江陵府」：「縣八：……荆門，次畿，貞元二十一年析長林置。」

〔二〕故郢：指荆州江陵府，爲楚國故郢都。聚邑：居民聚居之所。《後漢書·衛颯傳》：「流民稍還，漸成聚邑。」

〔三〕重關：猶重門。關，門閂。曹植《美女篇》：「青樓臨大路，高門結重關。」殿：位置較後。樂都：樂國之都。張衡《南都賦》：「於顯樂都，既麗且康。陪京之南，居漢之陽。」唐肅宗上元元年九月，改荆州爲江陵府，置爲南都，見《舊唐書·肅宗紀》。制：謂山川形制。《輿地紀勝》卷七八引張栻《鼓角樓記》：「峰巒對峙，厥狀如門，故曰荆門。説者爲荆之北門也。」殷：當。吏師：官吏。

〔四〕底貢：致貢。南藩：南方節度、觀察、經略等使。按自嶺南五管、湖南、黔中、荆南等道赴長安均經此。述職：《孟子·梁惠王下》：「諸侯朝於天子曰述職。述職者，述所職也。」

〔五〕肇允：肇始。《詩·周頌·小毖》：「肇允彼桃蟲，拚飛維鳥。」昌夔：即李昌巙，建中二年二月自桂管觀察使授江陵尹、荆南節度使，見《舊唐書·德宗紀上》。《新唐書·宗室世系上》大鄭王房：「荆南節度使、檢校工部尚書昌巙。」爲淮南王李神通五世孫。表之：上表請建縣。締構：締造構築。

〔六〕勇爵：封賞勇士的爵位，參見卷十三《謝兵馬使朱鄭等官表》注。赤社：《史記·三王世家》：「立子胥爲廣陵王，曰：『於戲，子胥，受此赤社。』」集解引張晏曰：「王者以五色土爲太社，封四方諸侯，各以其方色土與之，苴以白茅，歸以立社。」授赤社，指爲南方節度使，此指張伯儀。《舊唐書·德宗紀上》：「（建中三年三月）以嶺南節度使張伯儀檢校兵部尚書，兼江陵尹、御史大夫、荆南節度等使。」《新唐書·張伯儀傳》：「魏州人，以戰功隸（李）光弼軍。浙賊袁晁反，使伯儀討平之，功第一，擢睦州刺史。後爲江陵節度使。樸厚不知書。」《輿地紀勝》卷七八「荆門軍」：「尋以舊基州之地立荆門縣，屬江陵府，張伯儀奏廢之。」徼：要，求取。省嗇：節約。踐更：更賦爲秦漢時徭役的一種，被僱用替代當應更賦爲卒的人稱踐更，此指吏卒。《史記·游俠列傳》：「是人，吾所急也，至踐更時脱之。」如淳注：「更有三品，有卒更，有踐更，有過更。

古有正卒無常人，皆當迭爲之，一月一更，是爲卒更也。貧者欲得顧（僱）更錢者，次直者出錢顧之，月二千，是爲踐更也。」

〔七〕地徵：賦税。它邑：指鄰邑長林縣。誰何：稽查詰問。賈誼《過秦論》：「良將勁弩，守要害之處，信臣精卒，陳利兵而誰何。」利之不及，「之」字原無，據《叢刊》本增。

〔八〕鄀：古邑名，此指襄州。《元和郡縣圖志》卷二一「襄州宜城縣」：「故宜城，在縣南九里，本楚鄀縣。」畫疆：疆界。抵郡之路：指自荆門至江陵之路。舍：傳舍，驛站。瑞節：玉製符節。蓋：車蓋。蓋陰相交：謂使者往來絡繹不絶。

〔九〕縵胡：猶曼胡，武士纓帶名。《莊子·説劍》：「吾王所見劍士，皆蓬頭突鬢垂冠，曼胡之纓，短後之衣。」陸德明音義：「司馬云：『曼胡之纓，謂粗纓無文理也。』」問俗之對：謂對答外國使者的詢問。《禮記·曲禮上》：「入國而問俗。」執刀匕者：指執賤事者。《禮記·檀弓下》：「蕢也，宰夫也，非刀匕是供，又敢與知防，是以飲之也。」餼牽之禮：接待供應賓客之禮。餼牽，贈送的活牲。《左傳·僖公三十三年》：「吾子淹久於敝邑，唯是脯資餼牽竭矣。」疏：「生曰餼。牛羊豕，可牽行，故云牽。」

〔一〇〕裴公：裴均。《舊唐書·德宗紀下》：「（貞元十九年五月）乙未，以荆南行軍司馬裴筠（均）爲江陵尹，兼御史大夫、荆南節度使。」矜人：貧病可憐之人。《詩·小雅·鴻雁》：「爰及矜人，哀此鰥寡。」長利：長遠利民之事。

〔一一〕濟群欲：滿足大衆願望。《左傳·昭公十三年》：「二三子……若求安定，則如與之，以濟所欲。」摹：通模，規制，劉本作「謨」，《全唐文》作「模」。周圖：周密考慮。經制：制度。

〔一二〕昌言：善言。《書·大禹謨》：「禹拜昌言曰『俞』。」攸：語詞。《詩·大雅·文王有聲》：「四方攸同。」

〔一三〕徑術：道路。《禮記·月令》：「審端徑術。」闤：市垣。闠：里門。

〔一四〕具官：配備應有的官員。《史記·孔子世家》：「古者，諸侯出疆必具官以從。」縻：花費。羨財：餘財。冗食：不勞而食（俸禄），指冗員。秩稍：官員俸禄。秩，俸禄。稍，廩食，官府發放的糧食。

〔一五〕落：建築物落成的祭禮。

〔一六〕方：爲政的方法。《左傳·昭公二十九年》：「夫物，物有其官，官脩其方。」疏：「居此官者，修其爲官方術。」將迎：送往迎來。犒飫：犒勞飲宴。廐置符繻之事：驛傳及檢驗符信之事。廐，馬圈。符繻，均信物。《漢書·終軍傳》注：「繻，帛邊也。舊關出入皆以傳，傳煩，因裂繻頭，合以爲符信也。」

〔一七〕彙：類。踰閑：踰法。《論語·子張》：「大德不踰閑。」封：疆界。

〔一八〕會同：古代諸侯朝見天子。南宮：尚書省。師長南宮，謂爲僕射。《新唐書·百官志一》尚書省：「左右僕射各一人，從二品，掌統理六官，爲令之貳，令闕則總省事，劾御史糾不當者。」太宗曾爲尚書令，故此後尚書令不輕以授人，僕射遂爲尚書省首長。同書《裴均傳》：「就拜荆南節度使……元和三年，入爲尚書右僕射，判度支。」

〔一九〕介圭：見卷十三《爲京兆李尹答于襄州第一書》注。

〔二〇〕華皓：華顛皓首，指老人。須：等待。距躍：跳躍。《左傳·僖公二十八年》：「距躍三百。」堙廢：廢墟。徠：招來。蕩析：流離失所。《書·盤庚下》：「今我民用蕩析離居，罔有定極。」疏：「播蕩分析，離其居宅，無有安定之極。」優柔：寬容。杜預《春秋序》：「優而柔之，使自求之。」郛閈：城邑。郛，外城。閈，里門。洿：水坑，池塘。溷：混濁。觱沸：指泉水。《詩·小雅·采菽》：「觱沸檻泉。」傳：「觱沸，泉出貌。」淑旂：《詩·大雅·韓奕》：「韓侯入覲……王錫韓侯，淑旂綏章。」傳：「淑，善也。交龍爲旂。」騑：騑騑。《詩·小雅·四牡》：「四牡騑騑，周道倭遲。」傳：「騑騑，行不止之貌。」俟：待。

〔二一〕卻略：聯緜詞，逡巡退讓貌。樂府《隴西行》：「卻略再拜跪，然後持一杯。」蹁躚：起舞貌。

〔二二〕錯衡：車前有文飾的横木，代指車。《詩·小雅·采芑》：「約軝錯衡，八鸞瑲瑲。」傳：「錯衡，文衡也。」

〔二三〕走：下走，作者自謙之詞。授簡：授予簡牘，命作文字。

〔二四〕貼職：兼職。計曹：主管國用會計的官府，指尚書省户部度支。劉禹錫永貞元年以屯田員外郎判度支鹽鐵，見卷十九《子劉子自傳》。章：指裴均奏請復縣的奏章。

〔二五〕遷人：被貶謫之人。宥：寬宥，佑助。善部：指荆南。禹錫時被貶朗州司馬，屬荆南道。工休：完工。踐履：踩踏，親臨。

〔二六〕營謝：《詩·小雅·黍苗》：「肅肅謝功，召伯營之。」傳：「謝，邑也。」箋：「肅肅，嚴正之貌。……美召伯治謝邑，則使之嚴正。」城沂：築沂城。《左傳·宣公十一年》：「楚令尹蔿艾獵城沂。」注：「艾獵，孫叔敖也。沂，楚邑。」

〔二七〕原隰：《詩·小雅·黍苗》：「原隰既平，泉流既清，召伯有成，王心則寧。」箋：「召伯營謝邑，相其原隰之宜，通其水泉之利。」慮事：謀劃其事。命日：安排工程時間。《左傳·宣公十一年》：「楚令尹蔿艾獵城沂，使封人慮事，以授司徒。量功命日，分財用，平板幹，稱畚築，程土物，議遠邇，略基址，具餱糧，度有司。事三旬而成，不愆于素。」

答柳子厚書〔一〕

禹錫白：零陵守以函置足下書爰來，屑末三幅，小章書，僅千言，申申亹亹，茂勉甚悉。〔二〕相思之苦懷，膠結贅聚，至是泮然以銷，所不如晤言者無幾。〔三〕書竟，獲新文二篇，且戲余曰：「將子爲巨衡，以揣其鈞石銖黍。」〔四〕余吟而繹之。〔五〕顧其詞甚約，而味奫然以長。〔六〕氣爲幹，文爲支，跨躒古今，鼓行乘空。〔七〕附離不以鑿枘，咀嚼不有文字。〔八〕端而曼，苦而腴，佶然以生，癯然以清。〔九〕余之衡誠懸於心，其揣也如是。子之戲余，果何如哉？

夫矢發乎羿彀而中，〔一〇〕微存乎它人。子無曰「必我之師而能我衡」，苟然，則譽羿者皆羿也，可乎？索居三歲，理言蕪而不治，臨書輒輒，不具。〔一一〕禹錫白。

【校注】

〔一〕文云「索居三載」，當元和三年在朗州作。柳子厚：柳宗元，時貶爲永州司馬。《困學紀聞》卷一七：「劉夢得《答子厚書》曰：『獲新文二篇，且戲余曰：「將子爲巨衡，以揣其鈞石銖黍。」此書不見於集……則遺文散佚多矣。」

〔二〕零陵：郡名，即永州。元和三年永州刺史爲崔敏，見柳宗元《唐故朝散大夫永州刺史崔公墓誌》。爰來：來，《叢刊》本作「員」。《書·秦誓》：「若弗員來。」爰、員，均助詞，無意義。屑末：細小。章書：即章草，書體的一種。《法書要録》卷七：「案章草者，漢黄門令史游所作也。……漢元帝時，史游作《急就章》，解散隸體，粗書之。漢俗簡墮，漸以行之，是也。」《因話録》卷三：「元和中柳柳州書，後生多師效，就中尤長於章草，爲時所寶。」僅：將及。申申：《楚辭·離騷》：「女嬃之嬋娟兮，申申其詈余。」注：「申申，舒緩貌。」亹亹：勤勉不倦貌。《詩·大雅·文王》：「亹亹文王，令聞不已。」

〔三〕賚聚：會聚。《漢書·武帝紀》元狩元年詔「毋賚聚」注：「各遣就其所居而賜之，勿會聚也。」

泮然：解散貌。晤言：會面交談。

〔四〕巨衡：大秤。鈞石銖黍：均古代重量單位。《漢書·律曆志上》：「一籥容千二百黍，重十二銖，兩之爲兩。二十四銖爲兩。十六兩爲斤。三十斤爲鈞。四鈞爲石。」

〔五〕繹：尋繹，玩味。

〔六〕𣽺然：水深廣貌。

〔七〕支：同肢。跨躒：跨越凌躒，越過。鼓行：軍隊進軍，擊鼓而行。《周禮·夏官·大司馬》：「車徒皆作鼓行。」

〔八〕附離：附着。鑿枘：榫卯和榫頭。不以鑿枘，謂自然結合，不假人工。《莊子·駢拇》：「附離不以膠漆，約束不以纆索。」咀嚼：玩味。《文心雕龍·序志》：「傲岸泉石，咀嚼文義。」有，劉本作「以」。

〔九〕端：正。曼：美。腴：甘美。佶然：壯健貌。癯然：清瘦貌。

〔一〇〕羿：古代善射者。彀：張弓。《莊子·德充符》：「游於羿之彀中……然而不中者，命也。」注：「羿，古之善射者。弓矢所及爲彀中。」

〔一一〕索居：獨處。《禮記·檀弓上》：「吾離群而索居，亦已久矣。」理言：謂作文。蕪而不治：謂雜亂無章。軋軋：同乙乙，文思枯澀貌。《文選》陸機《文賦》：「思乙乙其若抽。」李善注：「乙，難出之貌。《説文》曰：『陰氣尚强，其出乙乙然。』乙音軋。」

董氏武陵集紀〔一〕

片言可以明百意，坐馳可以役萬景，〔二〕工於詩者能之。風雅體變而興同，古今調殊而理冥，達於詩者能之。〔三〕工生於才，達生於明，二者還相爲用，而後詩道備矣。余嘗執斯評爲公是，〔四〕且衡而度之。誠懸乎心，默揣群才，鈞銖尋尺，〔五〕隨限而盡，如是所閲者百態。一旦得董生之詞，杳如搏翠屏，浮層瀾，視聽所遇，非風塵間物。〔六〕亦猶明金粹羽，〔七〕得于遐裔，雖欲勿寶，可乎？

生名侹，字庶中，幼嗜屬詩，〔八〕晚而不衰。心源爲鑪，筆端爲炭，鍛煉元本，雕礱群形，糾紛舛錯，逐意奔走，因故沿濁，協爲新聲。嘗所與游皆青雲之士，聞名如盧、杜，盧員外象、杜員外甫高韻如包、李，包祭酒佶、李侍郎紓迭以章句揚於當時。〔九〕末路寡徒，值余歡甚。因相謂曰：「間者以廷尉屬爲荆州從事，〔一〇〕移疾罷去，幽卧於武陵，迨今四年。言未信於世，道不施於人，寓其性懷，播爲吟詠。時復發笥，紛然盈前，凡五十篇，因地爲目。吾子常號知我，盍表而志之，爲生羽翼？」余不得讓而著于篇。因繫之曰：

詩者，其文章之藴邪！義得而言喪，故微而難能；境生於象外，故精而寡和。千里之繆，不容秋毫。非有的然之姿，可使户曉，必俟知者，然後鼓行於時。〔一一〕自建安距永明已還，〔一二〕詞人比肩，唱和相發。有以「朔風」、「零雨」高視天下，「蟬噪」、「鳥鳴」蔚在史策。〔一三〕國朝因之，粲然復興，由篇章以躋貴仕者，相踵而起。兵興已還，右武尚功，公卿大夫以憂濟爲任，不暇器人於文什之間，故其風寖息。〔一四〕樂府協律，不能足去聲新詞以度曲，夜諷之職，寂寥無紀。〔一五〕則董生之貧卧于裔土也，其不得於時者歟？其不試故藝者歟？

【校注】

〔一〕文元和三或四年在朗州作。董氏：董侹，生平詳見後《故荆南節度推官董府君墓誌》。《新唐書·藝文志四》：「董侹《武陵集》，卷亡。」當即據本文著録。《全唐文》卷六八四董侹《修陽山廟碑》：「永貞元年，沅水泛溢。……明年，雲漢爲厲，稼穡之土，斂爲負租。三年，旱彌深。……故良牧宇文公得以肆力焉。」《輿地紀勝》卷六八「常德府碑記」：「唐梁山廟二碑：唐元和四年董侹撰《修陽山廟碑》……」知董侹元和三、四年在朗州。

〔二〕坐馳：身坐而神馳。《莊子·人間世》：「瞻彼闋者，虚室生白，吉祥止止；夫且不止，是之謂坐馳。」萬景，劉本作「萬里」。

〔三〕風雅：《詩經》中詩歌的兩種類别。《毛詩大序》：「故詩有六義焉：一曰風，二曰賦，三曰比，四曰興，五曰雅，六曰頌。」疏：「風、雅、頌者，詩篇之異體；賦、比、興者，詩文之異辭耳。大小不同而得並爲六義者，賦、比、興是詩之所用，風、雅、頌是詩之成形。用彼三事，成此三事，是故同稱爲義。」又曰：「比、賦、興之義，有詩則有之。」理冥：理合，劉本作「理異」。

〔四〕公是：公認的是非標準。

〔五〕鈞銖：重量單位。二十四銖爲兩，十六兩爲斤，三十斤爲鈞。參見前《答柳子厚書》注。尋尺：長度單位。八尺爲尋。

〔六〕翠屏：喻陡峭山峰。孫綽《游天台山賦》：「踐石徑之莓苔，搏壁立之翠屏。」層瀾：波濤洶涌，指浩大水面。風塵：風起塵揚，喻人世的紛擾。《世説新語·賞譽》：「王戎云：『太尉（王衍）神姿高徹，如瑶林瓊樹，自然是風塵外物。』」

〔七〕明金：優質黄金。《韓非子·内儲説上》：「荆南之地，麗水之中生金。」王訓《奉和同泰寺浮圖詩》：「崑山雕潤玉，麗水瑩明金。」《舊唐書·賈耽傳》載耽《進海内華夷圖表》：「故瀘南貢麗水之金，漠北獻余吾之馬。」綷羽：五色羽毛，指孔雀。《文選》左思《吴都賦》：「孔雀綷羽以翱翔。」吕向注：「五色曰綷。」

〔八〕嗜，原作「恃」，據明本、劉本、《文苑英華》、《全唐文》改。

〔九〕盧象：盛唐詩人，官司勛員外郎，詳見卷十九《唐故尚書主客員外郎盧公集紀》。杜甫：盛唐詩人，曾在成都嚴武幕中，授檢校工部員外郎。杜甫集中有《别董頲》詩，大曆三年冬作於公安，即别董侹之作。包佶：字幼正，潤州延陵人，貞元中官至秘書監、國子祭酒。《新唐書》卷一四九有傳。梁肅《秘書監包府君集序》：「有唐故秘書監、丹陽公包氏諱佶，字幼正，烈考集賢院學士、大理司直、贈秘書監諱融，實以文藻盛名揚於開元中。洎公與兄起居何，又世其業，競爽於天寶之後，一動一静，必形於文辭，由是議者稱爲『二包』。」李紓：字仲舒，大曆中歷補闕、中書舍人，德宗朝官至禮、兵、吏部侍郎。《舊唐書》卷一三七、《新唐書》卷一六一有傳。章句：指詩歌。盧、包、李與董侹交游唱和之詳情無考。

〔一〇〕間者：原作「間身」，《文苑英華》、《全唐文》作「間者身」，此據劉本改。廷尉屬：指大理評事。《通典》卷二五：「今大理者……秦爲廷尉，漢因之，掌刑辟。」董侹貞元末以大理評事參荆南幕府，詳見後《故荆南節度推官董府君墓誌》。

〔一一〕鼓行：見前《答柳子厚書》注。

〔一二〕建安：東漢獻帝年號（一九六—二二〇）。建安時期，五言詩發展成熟，形成高潮。《文心雕龍·時序》：「自獻帝播遷，文學蓬轉，建安之末，區宇方輯……觀其時文，雅好慷慨，良由世積亂離，風衰俗怨，並志深而筆長，故梗概而多氣也。」永明：齊武帝年號（四八三—四九三）。永明詩人沈約等提出「四聲八病」之説，形成了早期格律詩「永明體」。《南史·陸厥傳》：「（永明）時盛爲文章，吴興沈約、陳郡謝朓、琅琊王融，以氣類相推轂。汝南周顒善識聲韻。約等文皆用宫商將平上去入四聲，以此制韻，有平頭、上尾、蜂腰、鶴膝，五字之中音韻悉異，兩句之内角徵不同，不可增減，世呼爲『永明體』。」

〔一三〕朔風：王瓚（字正長）《雜詩》：「朔風動秋草，邊馬有歸心。」零雨：孫楚（字子荆）《征西官屬送於陟陽候作詩》：「晨風飄歧路，零雨被秋草。」《宋書·謝靈運傳論》：「子荆『零雨』之章，正長『朔風』之句，並直舉胸情，非傍詩史，正以音律調韻，取高前式。」蟬噪、鳥鳴：王籍《若耶溪詩》：「蟬噪林逾静，鳥鳴山更幽。」《梁書·王籍傳》：「除輕車湘東王諮議參軍，隨府會稽。郡境有雲門、天柱山，籍嘗游之，或累月不反。至若耶溪賦詩，其略云：『蟬噪林逾静，鳥鳴山更幽。』當時以爲文外獨絶。」

〔一四〕兵興：指安史之亂。右武：崇尚武功。憂濟：憂國濟世。《文苑英華》作「安濟」。曹植《求自試表》：「夫憂國忘家捐軀濟難，忠臣之志也。」器人：《漢書·史丹傳》：「若乃器人於絲竹鼓鼙之間，則是陳惠、李微高於匡衡，可相國也。」注：「器人，取人器能也。」

〔一五〕樂府：漢代音樂機構。《漢書·禮樂志》：「武帝定郊祀之禮……乃立樂府，采詩夜誦。有趙、代、秦、楚之謳。以李延年爲協律都尉，多舉司馬相如等數十人造爲詩賦，略論律吕，以合八音之調，作十九章之歌。」師古曰：「采詩，依古遒人徇路，采取百姓謳謡，以知政教得失也。夜誦者，其言辭或秘不可宣露，故於夜中歌誦也。」夜諷之職：即采詩。此改「誦」爲「諷」，蓋避順宗李誦諱。

辯易九六論〔一〕

乾之爻皆九而坤六，何也？世之儒曰：吾聞諸孔穎達云，陽尊得兼乎陰，陰不得兼乎陽也。〔二〕它日，予與董生言及《易》，生曰：吾聞諸畢中和云，舉老而稱也。〔三〕請徵諸揲蓍。〔四〕夫端策者，一變而遇少，與歸奇而爲五；再變而遇少，與歸奇而爲四；三變如之。〔五〕是老陽之數分措于指間者十有三策焉，〔六〕其餘三十有六，四四而運，得九是已。故《易·繫》注云「乾一爻三十六策」也。〔七〕一變而遇多，與歸奇而爲九；再變而遇多，與歸奇而爲八；三變如之。〔八〕是老陰之數分措于指間者二十有五策焉，其餘二十有四，四四而運，得六是已。故《易·繫》注云「坤一爻二十四策」也。〔九〕借如一變而遇少，再變、三變而遇多，是少陽之數，分措于指間者二十有一策，其餘二十有八，四四而運，得七。一變而遇多，再變、三變而遇少，是少陰之數，分措于指間者十有七策，其餘三十有二，四四而運，得八。故九與六爲老，老爲變爻；七與八爲少，少爲定位。故曰舉老而稱，亦曰尚變而稱。

且夫筮爲乾者，常遇七，斯乾矣；常遇九，斯得坤矣。筮爲坤者，常遇八，斯坤矣；常遇六，斯得乾矣。在左氏《國語》有之。〔一〇〕「晉公子親筮之曰：『尚有晉國。』得貞『屯』、悔『豫』，皆八。」〔一一〕八非變爻，故不曰有所之。按「坎」二世而爲「屯」，「屯」之六二爲世爻；「震」一世而爲「豫」，「豫」之初六爲世爻。〔一二〕「屯」之二，「豫」之初，皆少陰，不變，斯非八乎？卦由老數而舉曰六，筮由蓍數故斥曰八，在《左氏春秋傳》有之，曰：「穆姜薨于東宮，始往而筮之，遇『艮』之八。〔一三〕史曰：是謂『艮』之『隨』。」〔一四〕夫「艮」䷳艮下艮上之

「隨」☱☳震下兑上，唯二不動，斯遇八也；餘五位皆九六，故反焉。筮法以少爲卦主，變者五而定者一，故以八爲占。《艮》之六二曰：「艮其腓，不拯其隨，其心不快。」〔一五〕史以爲東宫實幽也，遇此爲不利，故從變爻而占，苟以説于姜也。〔一六〕何則？卦以少爲主。若定者五而變者一，即宜曰「之」某卦，「『觀』之『否』」、「『師』之『臨』」類是也。〔一七〕變與定均，即決以内外。今變者五，定者一，宜從少占，懼不吉而更之，故曰「是謂『艮』之『隨』」。「是謂」之云者，苟以説也。故穆姜終死于東宫，與「艮」會耳。而杜元凱于此注，以爲雜用三《易》，故有「遇八」之云，非臻極之理也。〔一八〕

劉子曰：余與董生言九六之義，信與理會，爲不誣矣。余又於左氏二書參焉，〔一九〕若合形影然。而世人往往攘臂于其間，〔二〇〕曰：「生之名孰與潁達著邪？而才孰與元凱賢邪？」歷載曠日，未嘗有聞人明是説者，雖余憤然用口舌争，特貌從者什一二焉。嗟呼，由數立文，所如皆合，昭昭乎若觀三辰，其不晦也如此。然猶貴聽而賤視，齗齗五姦反然莫可更也，〔二一〕矧無形之理，不可見之道邪！余獨悲而志之，以俟夫後覺。初，董生言本畢中和，中和本其師，師之學本一行云。〔二二〕

第一指餘一益三，餘二益二，餘三益一，餘四益四。

第二指餘一益二，餘二益一，餘三益四，餘四益三。

第三指與第二指同。

右揲蓍數。掛從下起，指亦自下始。第一指法地，故益成偶。第二法天，故益成奇。第三人極法天，故同。

第一指遇一益三，并掛一爲五。遇三遇二，并謂之少，與一同。

第二指遇一益二，并掛一爲四。

第三指遇一益二，并掛一爲四。

右三指俱遇少，通計十三策。其餘三十六策，四四運之，得九，爲老陽。故《易・繫》云：「乾之策二百一十有六。」注云：「陽爻九，一爻三十六策，六爻二百一十有六。」

第一指遇四益四，與掛一爲九。

第二指遇四益三，與掛一爲八。遇三亦同。

第三指遇四益三，與掛一爲八。遇三亦同。

右三指俱遇多，通計二十五策。其餘二十四策，四四運之，得六，爲老陰。故《易・繫》云：「坤之策百四十有四。」謂「陰爻六。一爻二十四策，六爻一百四十有四」。

第一指遇一益三，并掛一爲五。

第二指遇四益三，并掛一爲八。

第三指遇四益三，并掛一爲八。

右初指少，第二、第三指多，以少爲主，通計二十一策。其餘二十八策，四四運之，得七，爲少陽。

第一指遇四益四，并掛一爲九。

第二指遇一益二，并掛一爲四。

第三指遇一益二，并掛一爲四。

右初指多，第二、第三指少，〔二三〕以多爲主。通計一十七策。其餘三十二策，四四而運，得八，爲少陰。

第一指遇多，謂四四也，並止於九。

第二指遇少，謂一二也，並止於四。

第三指遇多，謂三四也，並止於八。

右初指多，第二指少，第三指又多，以少爲主。通計二十一策。其餘二十八策，四四而運，得七，爲少陽。〔二四〕

第一指遇少，謂一二也，〔二五〕並止於五。

第二指遇多，謂三四也，並止於八。

第三指又遇少，謂一二也，並止於四。

右初指少，第二指多，第三指又少，以多爲主。通計一十七策。其餘三十二策，四四而運，得八，爲少陰。

第一指遇多，謂四也，止於九。

第二指又遇多，〔二六〕謂三四也，止於八。

第三指遇少，謂一二也，止於四。

右初指、第二指並多，第三指獨少，以少爲主，通計二十一策。其餘二十八策，四四運之，得七，爲少陽。

第一指遇少，止於五。

第二指又遇少，止於四。

第三指遇多，止於八。

右初指、二指並少，三指獨多，以多爲主。通計一十七策。其餘三十二策，四四運之，得八，爲少陰。

「穆姜薨于東宮。始往而筮之，遇『艮』之八。史曰：是謂『艮』之『隨』。」夫「艮」䷳艮下艮上之「隨」䷐震下兑上，唯六二爻不動，餘五盡變。變者遇九六也，二不動者遇八也。

「晉公子親筮之曰：『尚有晉國。』得貞『屯』悔『豫』，皆八。」夫「屯」䷂震下坎上六位盡不遇六九，故不動。既無所之，即以世爻爲占，按「屯」是「坎」宮二世卦，故以六二爲占，〔二七〕則遇八。夫「豫」䷏坤下震上是震宮一世卦，以初六爲占，亦遇八。韋昭于此注云：「内曰貞，外曰悔。『震』下『坎』上爲『屯』，『坤』下『震』上爲『豫』。言得此兩卦，『震』在『屯』爲貞，在『豫』爲悔。八謂『震』兩陰爻，在『貞』、在『悔』皆不動。」所以筮史占之，謂「閉而不通者，爻無爲也」。乾之策，二百一十有六。謂陽爻九〔二八〕，一爻三十六策，六爻當二百一十六。言三十六者，舉老陽也。坤之策一百四十有四。謂陰爻六，一爻二十四策，六爻當百四十有四。言二十四者，舉老陰也。

凡三百有六十，當朞之日。二篇之策萬有一千五百二十，當萬物之數。六十四卦都三百八十四爻，陰陽相半，各一百九十二爻。〔二九〕

陽爻一爻三十六策，合爲六千九百一十二。陰爻一爻二十四策，合爲四千六百八。

右六九之數。

一行《大衍論》云〔三〇〕：「三變皆剛，太陽之象也。三變皆柔，太陰之象也。一剛二柔，少陽之象也。一柔二剛，少陰之象也。少陽之剛有始有壯有究，少陰之柔有始有壯有究。〔三一〕因綜四象之變，而成八象焉。八象之位，而八卦之本列矣。」注云：太陽始動，施于太陰而生震象之七，謂少陽之七，爲震初九。再動于壯而生坎象之七，謂再索而得男也。三動于究而生艮象之七。謂三索而得男也。太陰始動，施于太陽而生巽象之八，謂少陰之八，爲巽初六。再動于壯而生離象之八，謂再索而得女也。三動于究而生兑象之八。謂三索而得女也。是以九六七八分爲八象。〔三二〕

右《大衍論》。

《國語》又云：「董因迎公于河，公問焉，曰：『吾其濟乎？』對曰：『臣筮之，得泰之八，曰，是謂天地配亨，小往大來。今及之矣，何不濟之有？』」〔三三〕韋昭云：「『泰』三至五『震』象爲侯，陰爻不動，其數皆八，與貞『屯』悔『豫』義同。」〔三四〕

劉子曰：昭此説，用互體有震。按董因之言，天地配亨，是六五「帝乙歸妹，以祉元吉」之爻。〔三五〕夫泰乾坤體全，内外位正，内爲身，外爲事。卜得國事也，以外卦爲占。六五居尊位，故統論卦下辭曰「小往大來」，〔三六〕爻遇歸妹，故曰天地配亨，何必取「互體」也？

右與董生言《易》。

【校注】

〔一〕文約元和三、四年在朗州作。易九六：《周易》稱卦象中陽爻爲九，陰爻爲六。按此文言古蓍筮之法，可參見程迥《周易古占法》、朱熹《筮儀》諸書。

〔二〕孔穎達：字沖遠，冀州衡水人，經學家，唐太宗時官至國子祭酒，受詔與顔師古等撰定《五經正義》一百八十卷，兩《唐書》有傳。《易・乾》：「初九，潛龍勿用。」孔穎達正義：「居第一之位，故稱初；以其陽爻，故稱九。……陽爻稱九，陰爻稱六，其説有二。一者，乾體有三畫，坤體有六畫。陽得兼陰，故其數九；陰不得兼陽，故其數六。二者，老陽數九，老陰數六，老陰老陽皆變。《周易》以變者爲占，故杜元凱注《襄九年傳》『遇艮之八』及鄭康成注《易》，皆稱《周易》以變者爲占，故稱九稱六。所以老陽數九，老陰數六者，以揲蓍之數，九遇揲則得老陽，六遇揲則得老陰，其少陽稱七，少陰稱八，義亦準此。」

〔三〕董生：名未詳。文云董生之學傳於一行，一行亦精於曆象者。按元和初在朗州與劉禹錫交游者有董侹，後歸荆州，見前《董氏武陵集紀》及卷二《覽董評事思歸之什（略）》等詩注。但禹錫《故荆南節度推官董府君墓誌》並未言其精於《易》學，師承有自。此疑爲董和。《國史補》卷下：「大曆已後專學者……曆算則董和。」句下原注：「名嫌，憲宗廟諱。」《新唐書・藝文志三》：「董和《通乾論》十五卷。」注：「和，本名純，避憲宗名改。善曆算。裴胄爲荆南節度，館之，著是書云。」裴胄貞元末爲荆南節度使。永貞中，劉禹錫南貶，經荆州；其《復荆門縣記》云「工休之日，得以踐履」，蓋元和三年，又至荆州，故有可能與董和相識。畢中和：據後文，其師曾師事一行，餘未詳。老：謂老陽、老陰，其數分别爲九、六。

〔四〕揲蓍：以蓍草卜卦。《易・繫辭上》：「大衍之數五十，其用四十有九。分而爲二以象兩，掛一以象三，揲之以四以象四時。」疏：「分揲其蓍，皆以四四爲數，以象四時。」

〔五〕端策者：卜筮者。《楚辭・卜居》：「屈原既放……往見太卜鄭詹尹，曰：『余有所疑，願因先生決之。』詹尹乃端策拂龜，曰：……」注：「整容儀也。五臣云：策，蓍也，立蓍拂龜，以展敬也。」歸奇：《易・繫辭上》：「歸奇于扐以象閏。」李鼎祚《周易集解》卷一四引虞翻曰：「奇，所掛一策。扐，所揲之餘，不一則二，不三則四也。取奇以歸扐，扐并合掛左手之小指，爲一扐。」如之：謂三變如再變之數，即爲四。

〔六〕分措：分置。措，原作「惜」，據明本、劉本、《叢刊》本、《全唐文》及下文改。

〔七〕《易・繫辭上》：「乾之策二百一十有六。」注：「陽爻六，一爻三十六策，六爻二百一十六策。」

〔八〕如之：謂如再變之數，即其數爲八。

〔九〕《易・繫辭上》：「坤之策百四十有四。」注：「陰爻六，一爻二十四策，六爻百四十四策。」

〔一〇〕左氏《國語》：相傳《國語》爲左丘明作。《史記・太史公自序》：「左丘失明，厥有《國語》。」

〔一一〕晉公子：指晉公子重耳，晉獻公子，爲驪姬所譖，出奔狄，十九年後歸國，是爲晉文公。《國語・晉語四》載：歸國前，「公子（重耳）親筮之，曰：『尚有晉國。』得貞『屯』、悔『豫』，皆八也」。韋昭注：「尚，上也，命筮之辭也。《禮》曰：『某子尚饗之。』內曰貞，外曰悔。『震』下『坎』上，『屯』；『坤』下『震』上，『豫』。得此兩卦，『震』在『屯』爲貞，在『豫』爲悔。八，謂『震』兩陰爻，在貞在悔皆不動，故曰『皆八』，謂爻無爲也。」

〔一二〕二世、一世：坎卦（䷜）一世變節（䷻），二世變屯（䷂），三世變既濟（䷾），震卦（䷲）一世變豫（䷏），二世變解(䷧),三世變恒(䷟),見惠棟《易漢學》卷四。世爻:即謂所變之爻。

〔一三〕穆姜:魯宣公夫人。《左傳·襄公九年》:「穆姜薨于東宮。始往而筮之,則『艮』之八。史曰:『是謂艮之隨。隨其出也,君必速出。』」穆姜不出,遂死於東宮。注:「太子宫也。穆姜淫僑如,欲廢成公,故徙居東宫。事在《成十六年》。䷳,艮下艮上。《周禮》,大卜掌三《易》,然則雜用《連山》、《歸藏》、《周易》。二《易》皆以七八爲占,故言『遇艮之八』。」疏:「《周易》之爻唯有九六,此筮乃言『遇艮之八』,二《易》皆以七八爲占,故此筮遇八,謂『艮』之第二爻不變者是八也。揲蓍求爻,《繫辭》有法,其揲所得有七八九六。説者謂七爲少陽,八爲少陰,其爻不變也。九爲老陽,六爲老陰,其爻皆變也。」

〔一四〕是謂「艮」之「隨」:《左傳·襄公九年》注:「䷐,震下兑上,『隨』。史疑古《易》遇八爲不利,故更以《周易》占變爻,得『隨』卦而論之。」

〔一五〕《艮》之六二:《易·艮》:「六二,艮其腓,不拯其隨,其心不快。」注:「隨謂趾也。止其腓,故其趾不拯也。」疏:「腓,腸也,在足之上。腓體或屈或伸,躁動之物。腓動則足隨之,故謂足爲隨。拯,舉也。今既施止於腓,腓不得動,則足無拯舉。……腓是躁動之物而强止之,貪進而不得動,則情與質乖也。故曰其心不快。此爻明施止不得其所也。」

〔一六〕説:通悦。

〔一七〕「觀」之「否」,「師」之「臨」:觀、否、師、臨,均《周易》卦名。《左傳·莊公二十二年》:「周史有以《周易》見陳侯者，陳侯使筮之，遇『觀』之『否』。曰：『是謂觀國之光，利用賓於王。』」注：「䷓，坤下巽上，『觀』。䷋，坤下乾上，『否』。『觀』六四爻變而爲『否』。」《左傳・宣公十二年》：「晉師救鄭……知莊子曰：『此師殆哉，《周易》有之，在『師』之『臨』，曰：師出以律，否臧凶。』」注：「䷆，坎下坤上，『師』。䷒，兌下坤上，『臨』。『師』初六變而之『臨』。」

〔一八〕杜元凱：杜預，字元凱，晉人，好《左傳》，自云有「《左傳》癖」，著有《春秋左氏傳集解》等，《晉書》有傳。三《易》：指《周易》與《連山》、《歸藏》。《周禮・春官・大卜》：「掌三易之法：一曰《連山》，二曰《歸藏》，三曰《周易》。」注引杜子春曰：「《連山》，宓戲；《歸藏》，黄帝。」孔穎達疏以《連山》爲夏易，《歸藏》爲殷易，詳參《周易正義卷首・論三代易名》。

〔一九〕左氏二書：謂《左傳》及《國語》，相傳爲左丘明所作。

〔二〇〕攘臂：捋袖出臂，表示激動或憤怒。《史記・蘇秦列傳》：「於是韓王勃然作色，攘臂瞋目按劍，仰天太息曰……」

〔二一〕斷斷然：争辯貌。《史記・魯周公世家》：「余聞孔子稱曰：『甚矣，魯道之衰也！洙泗之間斷斷如也。』」集解引徐廣曰：「故斷斷争辭，所以爲道衰。」

〔二二〕一行：俗姓張，名遂，魏州昌樂人，精曆象、陰陽、五行之説。出家爲僧，師嵩山普寂。開元五年，詔徵至京師，撰《大衍論》三卷。時《麟德曆經》推步漸疏，一行推《周易》大衍之數，改撰《開元大衍曆經》。《舊唐書》卷一九一有傳。

〔二三〕第三指，「指」字原脱，據《叢刊》本補。

〔二四〕「第一指遇多謂四四也」至「得七爲少陽」，此整段原奪，據劉本補。

〔二五〕一二，《叢刊》本作「一二三」。

〔二六〕第二指，「二」原作「一」，據明本、劉本、《叢刊》本、《全唐文》改。

〔二七〕六二，原作「二」，據《叢刊》本補「六」字。

〔二八〕九，疑當作「六」，下亦云「六爻」。

〔二九〕三百八十四，原作「三百六十四」，據《叢刊》本、《全唐文》改。一百九十二，原作「一百九十三」，據明本、劉本、《叢刊》本、《全唐文》改。

〔三〇〕大衍論：《新唐書·藝文志》一《易》類：「僧一行《大衍論》二十卷。」

〔三一〕有壯，原二「有壯」均作「有牡」，據劉本改。下二「動于壯」同。

〔三二〕九六七八，原作「九六十八」，據明本、劉本、《叢刊》本、《全唐文》改。

〔三三〕「國語又云」至「何不濟之有」：此所引文，見《國語·晉語四》。董因：韋昭注：「因，晉大夫，周太史辛有之後。《傳》曰『辛有之二子，董之晉』，故晉有董史。」公：謂晉文公重耳。時晉惠公卒，秦穆公納重耳於國，自秦渡黄河之晉，故董因筮之。

〔三四〕「韋昭云」至「與貞屯悔豫義同」：今本《國語》韋昭注云：「『乾』下『坤』上，『泰』。遇『泰』無動爻，無爲侯也。『泰』三至五『震』爲侯，陰爻不動，其數皆八，故得『泰』之八，與貞『屯』悔

『豫』皆八義同。」

〔三五〕帝乙歸妹，以祉元吉：《周易·泰》六五爻辭。

〔三六〕小往大來：《周易·泰》卦辭。

【附録】

與劉禹錫論周易九六書　柳宗元

見與董生論《周易》九六義，取老而變，以爲畢中和承一行僧得此説，異孔穎達疏，而以爲新奇。彼畢子、董子，何膚末於學而遽云云也？都不知一行僧承韓氏、孔氏説，而果以爲新奇，不亦可笑矣哉。

韓氏注「乾之策二百一十有六」，曰「乾一爻三十有六策」，則是取其遇揲四分而九也；「坤之策一百四十有四」，曰「坤一爻二十四策」，則是取其遇揲四分而六也。孔穎達等作《正義》，論云：九六有二義：其一者曰「陽得兼陰，陰不得兼陽」；其二者曰「老陽數九，老陰數六」。二者皆變用，《周易》以變者占。鄭玄注《易》，亦稱以變者占，故云九六也。所以老陽九、老陰六者，九遇揲得老陽，六遇揲得老陰，此具在《正義》「乾」篇中。周簡子之説亦若此，而又詳備。何畢子、董子之不視其書，而妄以口承之也！君子之學，將有以異也，必先究窮其書，究窮而不得焉，乃可以立而正也。今二子尚未能讀韓氏注、孔氏《正義》，是見其道聽途説者，又何能知所謂《易》者哉！足下取二家言觀之，則見畢子、董子膚末於學而遽云云也。

足下所爲書，非元凱兼三《易》者則諾，若曰孰與穎達著，則此説乃穎達説也，非一行僧、畢子、董子能有異者也。無乃即其謬而承之者歟！觀足下出入筮數，考校左氏，今之世罕有如足下求《易》之悉者也。然務先窮昔人書，有不可者而後革之，則大善。謹之勿遽。宗元白。（《柳河東集》卷三一）

上淮南李相公啟〔一〕

某啟：某間以昧於周身，〔二〕措足危地。駭機一發，浮謗如川；巧言奇中，別白無路。〔三〕祝網之日，漏恩者三，咋舌兢魂，分終裔壤。〔四〕豈意天未剿絶，仁人登庸，施一陽於剥極之際，援衆溺於坎深之下。〔五〕南箕播物，不勝昌言；危心鍛翮，繇是自保。〔六〕陰施之德，已然乃聞，受恩同人，〔七〕盟以死答。私感竊抃，積于窮年；化權禮絶，〔八〕孤志莫展。

今幸伍中牽復，司存宇下，伏慮因是記其姓名，謹獻詩二篇，敢聞左右。〔九〕古之所以導下情而通比興者，必文其言以表之。雖甿謡俚音，可儷風什。伏惟降意詳擇，斯大幸也。謹因揚子程留後行，〔一〇〕謹奉啟不宣。謹啟。

【校注】

〔一〕啟元和四年在朗州作。李相公：李吉甫，元和二年爲相，三年九月至六年正月爲淮南節度使，見卷二《奉和淮南李相公（略）》注。蓋吉甫在相位時，於劉曾有「陰施之德」，至此因程异牽復赴淮南，故獻詩及啟。

〔二〕間以，劉本作「向以」。周身：猶藩身，保全自身。《魏書·高允傳》載《徵士頌》：「智足周身，言足爲治。」

〔三〕駭機：靈巧厲害的機括。《後漢書·皇甫嵩傳》：「今將軍遭難得之運，蹈易駭之機，而踐運不撫，臨機不發，將何以保大名乎？」浮謗：没有根據的壞話。如川：《國語·周語上》：「厲王虐，國人謗王。……王怒，得衛巫，使監謗者。以告，則殺之。……邵公曰：『是障之也。防民之口，甚於防川。』」巧言：讒言。《詩·小雅·巧言》：「巧言如簧，顔之厚矣。」别白：表白，辯白。

〔四〕祝網：指帝王施行仁德之政。用商湯事，見卷十三《賀除虔王等表》注。據《舊唐書·憲宗紀上》，元和元年正月改元、元和二年二月郊天、元和三年正月上尊號均曾「大赦天下」，但劉禹錫等永貞中被貶的一干人「縱逢恩赦，不在量移之限」，故云「漏恩者三」。咋舌：咬舌，謂因害怕而不敢説話。

〔五〕剿絶：消滅。《書·甘誓》：「有扈氏威侮五行，怠棄三正，天用剿絶其命。」仁人：此指李吉甫。登庸：爲相。李吉甫元和二年正月爲相。剥、坎：《周易》卦名，剥極、坎深，言困厄到極點。《易·序卦》：「剥者，剥也。物不可以終盡。剥窮上及下，故受之以復。」《易·復》：「反復其道，七日來復。」注：「陽氣始剥盡至來復時凡七日。」疏：「五月一陰生，至十一月一陽生。」《易·坎》：「習坎，入於坎窞，凶。」注：「處重險而復入於坎底……無應援可以自濟，是以凶也。」

〔六〕箕：星宿名，東方蒼龍七宿之一，此喻進讒言之人。《詩·小雅·大東》：「維南有箕，不可以簸揚。……維南有箕，載翕其舌。」《史記·天官書》：「箕爲敖客，曰口舌。」索隱：「《詩》云：『維南有箕，載翕其舌。』又《詩緯》云：『箕爲天口，主出氣。』是箕有舌，象讒言。」昌言：善言，此指李吉甫所言。昌，原作「曷」，《叢刊》本作「願」，此據《文苑英華》改。

〔七〕同人：《周易》卦名，此指永貞中同被貶者。

〔八〕化權：化育之權，指宰相高位。

〔九〕伍中：行列中，此指同被貶者。牽復：牽連復歸於正道，指貶降官員量移或復位。《易·小畜》：「牽復，吉。」此指永貞八司馬之一的程异被重新起用爲鹽鐵轉運揚子留後一事，詳見卷二《詠古二首有所寄》注。宇下：屋宇之下。揚子留後，在揚州淮南節度使治下，故云「宇下」。詩二篇：未詳。或即以《詠古二首有所寄》當之。然二詩爲寄同被貶者程异口吻，恐非是。

〔一〇〕揚子：揚州屬縣名，其地有揚子津、揚子橋等。《唐會要》卷八七：「順宗即位，有司重奏鹽法，以杜佑判度支鹽鐵轉運使，治於揚州。」然杜佑時在長安，故於揚子置留後。程留後，即程异。

【集評】

宋祁曰：柳子厚云：「嘻笑之怒，甚於裂肌；長歌之音（哀），過於慟哭。」劉夢得云：「駭機一

發，浮謗如川。」信文之險語。（《宋景文筆記》卷中）

砥石賦〔一〕并引。時在朗州。

南方氣泄而雨淫，地慝而傷物，媼神噫濕，渝色壞味，雖金之堅，亦失恒性。〔二〕始余有佩刀甚良，至是澀不可拔，剖其室乃出。〔三〕遡陽眇眂，傅刃蒙脊，鱗然如痏痂，如黑子，如青蠅之惡，鋭氣中錮，猶人被病然。〔四〕客有聞焉，袖密石以遺余。〔五〕沃之草腴，雜以烏膏，切劘上下，真質焯見。〔六〕躊躇四顧，逌爾謝客：「微子之貽，幾喪吾寶。」〔七〕客曰：「吾聞諸梅福曰：『爵禄者，天下之砥石也，高皇帝所以礪世摩鈍。』有是耶？」〔八〕余退感其言，作《砥石賦》。

我有利金兮以利爲佩，遭土卑而慝作兮，雄芒爲之潛晦。〔九〕如景昏而蝕既兮，與肌漆而爲癘。〔一〇〕顧秋蓬之不可剬兮，尚何游乎髖髀之外？〔一一〕利物蒙蔽，〔一二〕材人惆悵。俾百汰之至精，蟠一檢而多恙。〔一三〕豈害氣之獨然兮，將久不試而然。〔一四〕彼屠者之刃兮，獵者之鋋，不灌不淬兮揉錯銜鉛，日鼓月揮兮刲腴擊鮮。〔一五〕晥爧爠以耀芒，翕淫夷而騰膻。〔一六〕豈不涉暑而蒙沴兮，鼎用之而成妍。〔一七〕

有客自東，遺余越砥，圭形石質，蒼色膩理。〔一八〕剗其鱗皴，滑以瀡瀡。〔一九〕如衣澣垢，如鼎出否。〔二〇〕霧盡披天，苹開見水。拭寒焰以破眦，〔二一〕擊清音而振耳。故態復還，寶心再起。〔二二〕既賦形而終用，一蒙垢焉何恥。感利鈍之有時兮，寄雄心於瞪視。

嗟乎，石以砥焉，化鈍爲利；法以砥焉，化愚爲智。武王得之，商俗以厚；高帝得之，傑材以湊。〔二三〕得既有自，失豈無因。漢氏以還，三光景分，〔二四〕隨道闊狹，用之得人。五百餘年，唐風始振，懸此大砥，以礱兆民。〔二五〕播生在天，成器在君。〔二六〕天爲物天，君爲人天，安有執礪世之具而患乎無賢歟？

【校注】

〔一〕賦元和初在朗州作。砥石：磨刀石。賦云「既賦形而終用，一蒙垢焉何恥」，對前途仍充滿信心，當作於元和初貶朗州時。并引：二字原無，劉本、《叢刊》本、《文苑英華》作「并序」，《全唐文》作「有序」，按劉禹錫父諱緒，集中「序」皆避諱改「引」，據增改。

〔二〕淫：多。慝：惡。媪神：地神。《正字通·女部》：「媪，地神曰媪。」《漢書·禮樂志二》引《郊祀歌》：「媪神蕃釐。」李奇曰：「媪神，地也。」媪神，原作「嫗神」，《叢刊》本作「嫗伏」，此據劉本、《文苑英華》、《全唐文》改。

〔三〕澀：滯澀，指生銹。室：刀劍的鞘。

〔四〕遡陽眇眡：迎着陽光細看。眡，同視。傅：通附。痂：瘡疤。黑子：黑痣。《史記·高祖本紀》：「左股有七十二黑子。」惡：糞便。《漢書·昌邑哀王傳》：「陛下左側讒人衆多，如是青蠅惡矣。」師古曰：「惡，即矢也。」

〔五〕袖，劉本作「裹」，《全唐文》作「裒」。密石：文理細密的磨刀石。《國語·晉語八》：「天子之室斲其椽而礱之，加密石焉。」注：「密，細密文理；石，謂砥也。」

〔六〕草腴：未詳，疑指植物油脂或草灰之類。鳥膏：鸊鵜鳥膏，可塗於刀劍上防銹。杜甫《荊南兵馬使太常卿趙公大食刀歌》：「鐫錯碧甖鸊鵜膏，鋩鍔已瑩虛秋濤。」焯見：明見。

〔七〕躊躇：躊躇滿志。《莊子·養生主》：庖丁解牛後，「提刀而立，爲之四顧，爲之躊躇滿志」。逌爾：笑貌。班固《答賓戲》：「主人逌爾而笑。」

〔八〕梅福：字子真，九江壽春人，少學於長安，爲郡文學，補南昌尉，後棄官歸壽春，《漢書》有傳。高皇帝：指漢高祖。《漢書·梅福傳》載梅福所上書曰：「士者，國之重器。得士則重，失士則輕。……今欲致天下之士，民有上書求見者，輒使詣尚書問其所言。言可采取者，秩以升斗之禄，賜以一束之帛。若此，則天下之士發憤懣，吐忠言，嘉謀日聞於上，天下條貫，國家表裏，爛然可睹矣。……故爵禄束帛者，天下之砥石，高祖所以厲世摩鈍也。」

〔九〕土卑：地勢低窪。《史記·屈原賈生列傳》：「長沙卑濕。」朗州地近長沙，故云。雄芒：寶刀寶劍的鋒刃。《文選》張協《七命》：「建雲髦，啟雄芒。」李善注：「芒，鋒刃也。」吕向注：「雄芒，劍戟之利刃。」潛晦：潛匿暗淡。

〔一〇〕景：日光。蝕既：（日月）蝕盡。癘：惡瘡，此指漆瘡。

〔一一〕秋蓬：秋日乾枯的蓬草。剚：砍。何，原作「可」，據《文苑英華》、《全唐文》改。游：游刃。《漢書·賈誼傳》：「屠牛坦一朝解十二牛，而芒刃不頓者，所排擊剥割，皆衆理解也。至於髖髀之所，非斤則斧。」注：「髀，股骨也。髖，髀上也。」

〔一二〕利物：猶利器。蒙蔽：遮蓋，此指銹蝕。

〔一三〕百汰：無數次篩選。《晉書·袁宏傳》：「精金百汰，在割能斷。」蟠：盤曲，蟄伏。檢：書檢，此指盛刀的匣子。

〔一四〕不試：不用。此兩句謂寶刀生銹不獨因爲氣候，也是長期不用的緣故。

〔一五〕鋋：鐵把短矛。灌：鑄煉。《文選》張協《七命》：「乃鍊乃鑠，萬辟千灌。」李善注：「灌，謂鑄之。……王粲《刀銘》曰：『灌辟以數，質象以呈也。』」淬：淬火，驟然冷卻以增加金屬的硬度。淬，原作「碎」，據明本、劉本、《叢刊》本、《文苑英華》、《全唐文》改。揉錯：交揉錯雜。銜鉛：含有鉛等雜質。日鼓月揮：天天使用。《戰國策·韓策二》載聶政語：「嗟乎，政乃市井之人，鼓刀以屠。」因持刀屠宰有聲，故曰鼓刀。刲：割殺。腴：胯下肉，代指牲畜之肥者。擊鮮：《漢書·陸賈傳》：「數擊鮮。」師古曰：「鮮，謂新殺之肉也。」

〔一六〕晥：明亮貌。㸌爡：火光閃爍貌。翕：盛貌。淫夷：大量殺傷。《文選》揚雄《長楊賦》：「金鏃淫夷者數十萬人。」

〔一七〕沴：氣不和而生的災害。鼎用：重用，常用。成妍：成美。妍，原作「研」，據明本、劉本、《叢刊》本、《文苑英華》、《全唐文》改。

〔一八〕膩理：細密文理。

〔一九〕鱗皴：如鱗的皴皺，指石上不平處。滑：潤滑。滫瀡：古代一種烹調方法，在食品中加入調和後的植物澱粉使之柔滑。此指磨刀時加入的某種潤滑劑。《禮記・内則》：「滫瀡以滑之，脂膏以膏之。」注：「秦人溲曰滫，齊人滑曰瀡也。」

〔二〇〕澣垢：洗去污垢。出否：倒出髒物。《易・鼎》：「鼎顛趾，利出否。」王弼注：「否謂不善之物。」

〔二一〕寒焰：寒光，此指刀。破眦：猶決眦、裂眦，此指光芒耀眼。

〔二二〕故態：原有狀態。寶心：寶愛之心。

〔二三〕武王：周武王姬發。《書・畢命》：「商俗靡靡，利口惟賢。」又曰：「惟文王、武王敷大德於天下，用克受殷命，惟周公左右先王綏定厥家……既歷三紀，世變風移。」陸倕《石闕銘》：「周變商俗。」高帝：漢高祖劉邦。《漢書・梅福傳》載福上書曰：「昔高祖納善若不及，從諫若轉圜，聽言不求其能，舉功不考其素。陳平起於亡命而爲謀主，韓信拔於行陳而建上將。故天下之士，雲合歸漢，争進奇異。知者竭其策，愚者盡其慮，勇士極其節，怯夫勉其死。……此高祖所以亡(無)敵於天下也。」傑材：漢高祖稱張良、蕭何、韓信爲人傑，見後《上門下武相公啟》注。

〔二四〕三光：日、月、星辰。「三光」句，指漢末三國以後的長期分裂局面。

〔三五〕五百餘年：自東漢獻帝建安元年（一九六）至唐高祖武德元年（六一八），僅得四百二十二年。大砥：喻指爵禄。

〔三六〕成器：《詩·小雅·鶴鳴》：「它山之石，可以爲錯。」傳：「錯，石也，可以琢玉。」疏：「國家得賢臣輔以成治，猶寶玉得石錯琢以成器。」

楚望賦〔一〕并引

予既謫於武陵，其地故郢之裔邑，與夜郎諸夷錯雜。〔二〕繫乎天者，陰伏陽驕是已；繫乎人者，風巫氣竊是已。〔三〕囂雰浮浮，利于樓居。〔四〕城之麗譙，實鄰所舍，四垂無蔽，萬景坌入。〔五〕因道其遠邇所得爲《楚望賦》云。

翼軫之野，祝融司方。〔六〕陰迫而專，〔七〕專實生沴。天濡而雾，土泄而泥。〔八〕氣罕淑清兮淫氛噎噎，中人體支兮爲瘥爲瘵。〔九〕以曠滌煩兮，利居高于物外。我卜我居，于城之隅，宛在藩落，麗譙渠渠。〔一〇〕四阿垂空，洞户發樞，眸子不運，坐陵虚無。〔一一〕歲更周流，時極慘舒，萬象起滅，森來既予。〔一二〕

櫺軒之外，群山巃嵸，岡陵靡陁，勢若相拱。〔一三〕出雲見怪，竊蔚森聳，露夕霞朝，望如飛動。〔一四〕檐廡之下，大江澒洞，支流合輸，泄入雲夢。〔一五〕羲和、望舒，出没兩涯，涵泳之族，聱耴歑呀。〔一六〕秋水灌盈，漩石飄沙，流枘軒昂，舞于盤渦。〔一七〕逮及收潦，淡如緑醽，白石磷磷，倒影羅生。〔一八〕蘋末風起，有文無聲，悠遠煙綿，與空蒼然。〔一九〕

湘沅之春，先令而行。〔二〇〕臘月寒盡，温風發榮，土膏如濡，言鳥嚶嚶。〔二一〕三星嘒其曉中，植物颯以飄英。〔二二〕雲歸高唐，草蔽洞庭。〔二三〕目與天盡，神將化并。圓方相涵，〔二四〕游氣杳冥。熙熙藹藹，藻飾群形。〔二五〕枘樹童丘，〔二六〕積空凝青。環洲曲塘，含景曜明。

恢台之氣，發於春季，涉夏如鑠，逮秋愈熾。〔二七〕土山焦熬，止水瀵沸。〔二八〕翔禽跕墮，呀咮垂翅。〔二九〕曦赫歊蒸，陽極反陰，二儀交精，下上相歆。〔三〇〕雲興天際，欻若車蓋，凝矑未瞬，彌漫霮霸。〔三一〕驚雷出火，喬木糜碎，殷地爇空，萬夫皆廢。〔三二〕懸霤綆縋，日中見昧，移晷而收，野無完塊。〔三三〕

少陰之中，景物澄鮮，丹葉星房，燭耀川原。〔三四〕夕月既望，曜于丹泉，上鏡下冰，湔塵濯煙。〔三五〕宿麗潛芒，獨行高躔，皓一氣之悠悠，潔有形而溢清玄。〔三六〕杳微明而斐亹，想游目於化先。〔三七〕夜無朕以徂征，〔三八〕金霞暈乎海壖。明星方揚，斜漢西懸。〔三九〕璇柄如墮，〔四〇〕半沈層瀾。

鷄啁哳而晨鳴兮，〔四一〕日荏苒以騰晶。動植瞭兮已分，山川鬱乎不平。復人寰之喧卑，汹浩浩以營營。〔四二〕追向時之景光，不可驟得以再更。意華胥之夢還，猶仿像而馳精。〔四三〕

日次于房，〔四四〕天未降霜。百卉猶澤，水泉收脈，故道朘音宣削，衍爲廣斥。〔四五〕水禽嬉戲，引吭伸翮，紛驚鳴而决起，拾彩翠于沙礫。〔四六〕時時北風，振槁揚埃，〔四七〕蕭條邊聲，與雁俱來。寒氛委積，萬竅交激，楚雲改容，飛雨凝滴，灑林遞響，淅瀝梢櫼。〔四八〕飛電照雪以騰光，柔蔬傲霜而秀拆。〔四九〕

躔次殊氣，川谷異宜，民生其間，俗鬼言夷。〔五〇〕招三閭以成謡，德伏波而構祠，投粔籹以鼓楫，豢鱣魴而如犧。〔五一〕蟠木靚深，孽妖憑之，祈年去癘，蠲敬祇威。〔五二〕擊鼓肆筵，河旁水湄，薦誠致祝，卻略躨跜。〔五三〕

渚居鮮食，大掩水物，罟張餌啗，不可遁伏。〔五四〕顯舉潛縋，晝撞夜觸，設機沈深，如拾於陸。〔五五〕彼游鯈之瑣類，咸跳脱於窘束，雖三趾與六眸，時或加乎一目。〔五六〕亦有輕舟，軒輊泛浮，拕綸往復，馴鷗相逐。〔五七〕暮夜澄寂，嘯歌群族，傖音俚態，幽怨委曲，逗疏柝於江城，引哀猿於山木。〔五八〕

巢山之徒，捽木開田，灼龜伺澤，兆食而燔，鬱攸起于巖阿，騰絳氣而蔽天。〔五九〕熏歊雨濡，穎垂林巔，盜天和而藉地勢，諒無勞而有年。〔六〇〕

罷士閒人，逸爲末作，求金渚涘，淘汏瀺灂，流注瀆沱，縈光熠爚。〔六一〕貪賈來貿，發於懷握，無翼而飛，潤于豐屋。〔六二〕哂耕耘之悒悒，徒胼胝以自鞫。〔六三〕

我處層軒，日星回還。〔六四〕閲天數而視民風，〔六五〕百態變見乎其間。非耳剽以臆説兮，固幽求而縱觀。〔六六〕觀物之餘，遂觀我生。〔六七〕何廣覆與厚載，〔六八〕豈有形而無情。高莫高兮九閽，〔六九〕遠莫遠兮故園。舟有楫兮車有轄，〔七〇〕江山坐兮不可越。吾又安知其所如，悅臨高以觀物。〔七一〕

【校注】

〔一〕賦元和初在朗州作。楚望：《左傳·哀公六年》：「江、漢、雎、漳，楚之望也。」此賦描寫朗州四時景物與風俗民情，實不限於眺望楚地所見。題注原無，劉本、《叢刊》本有「并序」二字，據改補。

〔二〕武陵：即朗州，見卷二《武陵書懷五十韻》注。郢：戰國楚都，今湖北江陵。裔邑：邊邑。夜郎：西漢時古國名，約在今貴州西北、雲南東北及四川南部地區，漢武帝元鼎六年攻滅之，置牂牁郡，見《漢書·西南夷傳》。西漢時，武陵、牂牁二郡接壤。

〔三〕陰伏陽驕：陰氣蟄伏而陽氣旺盛，謂氣候炎熱。風巫氣窳：民風信巫鬼而性怠惰。窳，懶惰。

〔四〕囂雰：浮游的霧氣。雰，同氛。《晉書·隱逸傳序》：「藏聲江海之上，卷跡囂氛之表。」

〔五〕麗譙：城上樓。所舍：所居。劉禹錫《機汲記》謂己來朗州後，「主人授館於百雉之内」。四垂：四面。坌入：併入。

〔六〕翼軫：二星宿名，荆州爲翼、軫二宿的分野，見卷二《武陵書懷五十韻》注。祝融：南方之神，見卷二《武陵觀火詩》注。

〔七〕專：通團，聚集。

〔八〕霁：同霧。《爾雅·釋天》：「天氣下，地不應曰霁。」郭璞注：「言蒙昧。」泄：泄漏，指滲水。泥：泥濘。

〔九〕淑清：和淑清明。《淮南子·本經》：「日月淑清而揚光。」曀曀：陰暗貌。《詩·邶風·終風》：「曀曀其陰。」瘥、瘵：均指疾病。

〔一〇〕藩落：籬落，此指城牆。《三國志·魏書·劉馥傳》引應璩箋：「藩落高峻，絶穿窬之心。」《辭通》卷三：「護城芘籬，亦謂之虎落。中周虎落者，謂於内城、小城之中間，以籬落圍遶之。」渠渠：高大貌。《詩·秦風·權輿》：「夏屋渠渠。」

〔一一〕四阿：指樓檐的四角。《周禮·考工記·匠人》：「四阿重屋。」注：「四阿，若今四柱屋。」洞户：房室的門户相通。《後漢書·梁冀傳》：「冀乃大起第舍……堂寢皆有陰陽奥室，連房洞户。」發樞：開啟。樞，門户轉軸。陵：通凌。虚無：猶虚空。

〔一二〕周流：循環變化。慘舒：《文選》張衡《西京賦》：「夫人在陽時則舒，在陰時則慘。」薛綜注：「陽謂春夏，陰謂秋冬。」《文心雕龍·物色》：「春秋代序，陰陽慘舒。」起滅：生滅。森：盛貌。貺：賜與。

〔一三〕巃嵸：山險峻貌。司馬相如《上林賦》：「崇山矗矗，巃嵸崔巍。」靡陁：猶陁靡，連延貌。司馬相如《子虚賦》：「平原廣澤，登降陁靡。」

〔一四〕出雲：枚乘《七發》：「山出内雲，日夜不止。」見怪：呈現怪異。窈蔚森聳：幽深茂盛，森然高聳。

〔一五〕大江：此指沅水。澒洞：浩大無際。雲夢：古澤藪名，此指洞庭湖。《元和郡縣圖志》卷二七「岳州巴陵縣」：「巴丘湖，又名青草湖，在縣南七十九里，周迴三百六十五里，俗云古雲夢澤也。」

〔一六〕羲和：日神，指日，見卷一《監祠夕月壇書事》注。望舒：月神之馭者，此指月。《離騷》：「前望舒使先驅兮。」王逸注：「望舒，月御也。」涵泳之族：水族。聱耴：《文選》左思《吴都賦》：「魚鳥聱耴，萬物蠢生。」李善注：「聱耴，衆聲也。」歔呀：同喊呀，張口貌。柳宗元《解祟賦》：「回禄煽怒而喊呀。」

〔一七〕灌盈：《莊子・秋水》：「秋水時至，百川灌河。」漩：水流旋轉。枿：同櫱，樹木根株。軒昂：高低。

〔一八〕潦：積水。宋玉《九辯》：「寂寥兮收潦而水清。」緑醽：亦作醁醽、醽醁，美酒名。《抱朴子・嘉遯》：「藜藿嘉於八珍，寒泉旨於醽醁。」磷磷：水石明浄貌。劉楨《贈從弟》：「泛泛東流水，磷磷水中石。」

〔一九〕蘋：水草。《爾雅・釋草》：「苹，蓱，其大者蘋。」宋玉《風賦》：「夫風起於青蘋之末。」文：水波紋。

〔二〇〕令：節令。兩句謂湘沅的春天來得早。

〔二一〕發榮：發芽開花。曹植《七啟》：「夫辯言之艷，能使窮澤生流，枯木發榮。」土膏：《國語·周語上》：「陽氣俱蒸，土膏其動。」韋昭注：「膏，潤也。」嚶嚶：鳥鳴聲。《詩·小雅·伐木》：「鳥鳴嚶嚶。」

〔二二〕三星：參宿。《詩·唐風·綢繆》：「綢繆束薪，三星在天。」傳：「三星，參也。」箋：「三星謂心星也。……今我束薪於野，乃見其在天，則三月之末、四月之中見於東方矣。」嘒：明亮貌。《詩·召南·小星》：「嘒彼小星，三五在東。」飄英：花落，謂春暮。

〔二三〕高唐：宋玉《高唐賦》：「昔者楚襄王與宋玉游於雲夢之臺，望高唐之觀，其上獨有雲氣。」高唐神女旦爲行雲，見卷四《竇夔州見寄（略）》注。洞庭：洞庭湖，其南部一名青草湖。

〔二四〕圓方：天地。相涵：相包容。

〔二五〕熙熙：和樂貌。藹藹：盛貌。藻飾：修飾裝點。群形：衆物。

〔二六〕童丘：童山，無草木之山。童丘，劉本作「童立」，疑當從《文苑英華》作「同丘」。

〔二七〕恢台：夏季之氣。《楚辭》宋玉《九辯》：「收恢台之孟夏兮，然欿傺而沉藏。」洪興祖補注：「黄魯直云：恢，大也。台，即胎也。言夏氣大而育物。」鑠：銷熔。熾：盛。

〔二八〕瀵：涌出。

〔二九〕跕墮：墜落。《後漢書·馬援傳》：「下潦上霧，毒氣重蒸，仰視飛鳶跕跕墮水中。」呀：張口貌。咮：鳥嘴。

〔三〇〕曦赫：猶赫曦，光明貌，指日。《初學記》卷三夏侯湛《大暑賦》：「何太陽之赫曦，乃鬱陶以興熱。」歊蒸：熱氣。張華《勵志詩》：「土積成山，歊蒸鬱冥。」二儀：天地。相歊：相感。

〔三一〕欻：忽。車蓋：曹丕《雜詩》：「西北有浮雲，亭亭如車蓋。」矑：瞳子。瞬：眨眼。霮䨴：雲密集貌。王延壽《魯靈光殿賦》：「雲覆霮䨴，洞杳冥兮。」注：「善曰，皆幽邃之貌。」

〔三二〕殷：震動。司馬相如《上林賦》：「殷天動地。」爇：燒灼。廢：不起。塊：土。

〔三三〕懸霤：屋檐下滴之水。綆縋：下垂的汲水繩，此形容檐間滴水不斷。見：通現。昧：昏暗。移晷：猶移時，經過一段時間。晷，日影。張華《游獵篇》：「馳騁未及倦，曜靈俄移晷。」

〔三四〕少陰之中：指秋季。《漢書·律曆志上》：「少陰者，西方。西，遷也。陰氣遷落物，於時爲秋。」丹葉：紅葉。星房：即星。羅隱《七夕》：「月帳星房次第開。」

〔三五〕既望：舊曆十六日。十五爲望，日月相望。丹泉：即丹淵，月出之所，避唐高祖李淵諱改。阮籍《大人先生傳》：「日没不周西，月出丹淵中。」湔：洗滌。

〔三六〕宿：星宿。麗：運行。《説文·鹿部》：「麗，旅行也。」潛芒：無光。月明故星光不顯。躔：躔次，日月運行的度次。有形：有形之物，萬物。清玄：天。

〔三七〕斐亹：文采貌。化先：天地未分之時。劉禹錫《韓十八侍御見示岳陽樓别竇司直詩（略）》（見卷一）：「曙色未昭晰，露華遥斐亹。浩爾神骨清，如觀混元始。」化先，猶「混元始」。

〔三八〕朕：朕兆。徂征：往，過去。

〔三九〕明星：啟明星，即金星，晨見於東方。揚：昇起。漢：銀河。

〔四〇〕璇柄：北斗星的斗柄。璇，北斗星第二星。

〔四一〕啁哳：狀多而細碎之聲。

〔四二〕營營：往來貌。

〔四三〕華胥：寓言中的國名。《列子·黄帝》：「晝寢而夢，游於華胥氏之國。……其國無師長，自然而已。其民無嗜慾，自然而已。不知樂生，不知惡死，故無夭殤；不知親己，不知疏物，故無愛憎；不知背逆，不知向順，故無利害。」仿像：依稀仿佛。《文選》木華《海賦》：「且希世之所聞，惡審其名，故可仿像其色，靉霼其形。」李善注：「仿像，不審之貌。」馳精：心馳神往。

〔四四〕房：星名，東方七宿之一。日次於房，指舊曆九月。《禮記·月令》：「季秋之月，日在房，昏虚中，旦柳中。」

〔四五〕百卉，《叢刊》本作「木卉」。猶澤：猶有光澤，未枯槁。故道：指河道。朘削：減少縮小。衍：擴展。廣斥：鹽鹹地，此指水邊陸地。《書·禹貢》：「海岱惟青州……厥土：白墳，海濱廣斥。」疏：「《説文》云：鹵，鹹地也，東方謂之斥，西方謂之鹵。海畔迥闊，地皆斥鹵，故云『廣斥』。言水害除，復舊性也。」

〔四六〕拾，劉本作「舍」。彩翠：指羽毛。

〔四七〕振槁：吹落槁葉。《荀子·議兵》：「秦師至而鄢、郢舉，若振槁然。」楊倞注：「振，擊也。槁，枯葉也。」揚，原作「陽」，據明本、劉本、《叢刊》本、《文苑英華》、《全唐文》改。

〔四八〕萬竅交激：謂發出各種各樣的聲音。《莊子·齊物論》：「夫大塊噫氣，其名爲風。是唯無作，作則萬竅怒號。」淋瀝：雨聲。梢槭：猶蕭槭，風吹樹葉聲。

〔四九〕拆：通坼，裂開，發芽。拆，明本、劉本、《叢刊》本作「坼」。

〔五〇〕躔次：日月星辰運行的度次，此指星宿的分野。殊氣：氣候不同。異宜：所適用的不同。《禮記·王制》：「凡居民材，必因天地寒暖燥濕。廣谷大川異制，民生其間者異俗，剛柔輕重遲速異齊，五味異和，器械異制，衣服異宜。」兩句意謂，星宿分野不同氣候也不同，地理環境不同民俗等也不同。俗鬼言夷：俗信巫鬼而言爲夷語。

〔五一〕三閭：三閭大夫，指屈原。《史記·屈原列傳》：「屈原行於江濱……漁父見而問之曰：『子非三閭大夫歟？何故而至此？』」餘見卷三《競渡曲》注。伏波：伏波將軍，指東漢馬援，參見卷三《經伏波神祠》注。粔籹：一種食品，見卷六《歷陽書事七十四韻》注。投粔籹，當指投角黍於江以弔屈原事。明本、劉本「籹」下音注：「尼呂反。」鼓楫：划槳，此指龍舟競渡。豢：養殖。鱣魴：均魚名。犧：祭祀用的純色牲。如犧，此謂養魚用於祭祀。

〔五二〕靚：通靜。孽妖：妖孽。憑：憑藉依附。祈年：祈求豐收。去癘：除去瘟疫。蠲敬：清潔恭敬。祇威：神威。祇，地神。

〔五三〕肆筵：陳設酒筵。卻略：逡巡退讓貌。躨跜：踞伏貌。李白《化城寺大鐘銘》：「爾其龍質炳發，虎形躨跜。」以上記楚地信鬼好祠之俗。

〔五四〕掩：掩捕。罟張餌啗：張設網罟，啗食釣餌。

〔五五〕舉：舉網。縋：垂釣。機：指捕魚器。

〔五六〕游儵：游魚。《莊子·秋水》：「儵魚出游從容。」跳脱：往來貌，此狀魚在網罟中跳躍掙扎。《易林·无妄之師》：「火起上門，不爲我殘。跳脱東西，獨得生完。」窘束：被束縛的窘境。三趾：三足鱉。六眸：六眼龜。《文選》郭璞《江賦》：「有鱉三足，有龜六眸。」李善注引郭璞曰：「今吴興郡陽羨縣山上有池，池中出三足鱉，又有六眼龜。」一目：指網。目，網眼。《文選》禰衡《鸚鵡賦》：「雖綱維之備設，終一目之所加。」李善注引《文子》：「有鳥將來，張羅而待之，得鳥者羅之一目也。」

〔五七〕軒輊：車前高後低曰軒，前低後高曰輊，此指小船隨波起伏。《詩·小雅·六月》：「戎車既安，如輊如軒。」拕，劉本作「柁」，《叢刊》本作「拖」。綸：釣絲，此指漁具。

〔五八〕傖音俚態：村野的聲音，粗俗的姿態。逗：引逗。疏柝：稀疏的更點聲。以上記渚居者漁釣的生活。

〔五九〕巢山：居於山中。捽：拔；原作「抨」，劉本作「捽」，《文苑英華》校「一作捽」，據改。捽木開田，指畬田，參見卷五《畬田行》注。灼龜：燒灼龜甲，以占卜。伺澤：等待雨水。兆食：龜兆食墨，即燒灼龜甲形成的裂紋與所畫墨紋合，卦兆吉利。《書·洛誥》：「我乃卜澗水東，瀍水西，惟洛食。」傳：「卜必先墨畫龜，然後灼之，兆順食墨。」燔：燒，此指燒山。鬱攸：火氣。《左傳·哀公三年》：「濟濡帷幕，鬱攸從之，蒙葺公屋。」注：「鬱攸，火氣也。」蔽，原作「瞥」，據明本、劉本、《叢刊》本、《文苑英華》、《全唐文》改。

〔六〇〕熏：煙上騰，此指煙。穎：禾穎，指穀物果實。有年：豐收。以上言山居者畬田之俗。

〔六一〕罷士：行爲不端的人。《國語·齊語》：「罷士無伍，罷女無家。」注：「罷，病也。無行曰罷。」罷，通疲。末作：猶末業，指工商業。《管子·治國》：「凡爲國之急者，必先禁末作文巧。」涘：水邊。瀺灂：水聲，此指水流。濆沱：《文選》郭璞《江賦》：「碧沙濆沱而往來。」李善注：「沙水隨石之貌。」熠爚：光彩閃耀貌，此指金砂。爚，火光。

〔六二〕無翼：《管子·戒》：「無翼而飛者，聲也。」潤：裝飾使美麗，此猶言富。《禮記·大學》：「富潤屋，德潤身。」疏：「言家若富，則能潤其屋，有金玉，又華飾見於外也。」豐屋：富庶殷實之家。《易·豐》：「豐其屋，蔀其家，窺其户，闃其無人。」

〔六三〕耕耘：指農夫。悒悒：憂悶不樂貌。胼胝：手足生繭。《史記·李斯列傳》：「禹鑿龍門，通大夏，疏九河，曲九防……手足胼胝，面目黎黑。」自鞠：自陷於窮苦。鞫，同鞠，窮困。《書·盤庚中》：「爾惟自鞠自苦。」傳：「鞠，窮也。」以上言末作淘金之俗。

〔六四〕回還：旋轉。

〔六五〕天數：《易·繫辭》言數有天數、地數，此但指天象運行的情況。

〔六六〕耳剽：憑耳聞而得。《漢書·朱博傳》：「廷尉本起於武吏，不通法律……然廷尉治郡斷獄以來且二十年，亦獨耳剽日久，三尺律令，人事出其中。」臆説：主觀想像的無根之談。裴駰《史記集解序》：「未詳則闕，弗敢臆説。」幽求：於幽遠深邃處探求。王中《頭陀寺碑》：「殷鑒四門，幽求六歲，亦既成德，妙盡無爲。」

〔六七〕遂觀我生：北齊顔之推有《觀我生賦》，述「予一生而三化，備荼苦而蓼辛」的遭際，抒「嗟宇宙之遼曠，愧無所而容身」的痛苦，見《北齊書》本傳。

〔六八〕廣覆：指天。厚載：指地。《禮記·中庸》：「天之所覆，地之所載。」

〔六九〕九閽：猶九關，此指皇宫。《楚辭·招魂》：「虎豹九關，啄害下人些。」注：「言天門凡有九重，使神虎豹執其關閉，主啄嚙天下欲上之人而殺之也。」

〔七〇〕轄：車軸兩端固定車輪的銷釘。

〔七一〕悅：通恍，失意貌。

【集評】

蘇軾曰：子厚《記》云：「每風自四山而下，震動大木，掩冉衆草，紛紅駭緑，蓊勃薌氣。」柳子厚、劉夢得皆善造語，若此句，殆入妙矣。夢得云：「水禽嬉戲，引吭伸翮。紛驚鳴而決起，拾彩翠於沙

礫。」亦妙語也。（《蘇軾文集》卷六七《書子厚夢得造語》）

葛立方曰：瓊州進士姜唐佐，東坡極愛之。……東坡嘗書唐佐課册云，「雲興天際，欻若車輪，凝矑未瞬，彌漫霮䨴，驚雷出火，喬木糜碎」，「懸霤緶縋，日中見昧，移晷而收，野無完塊」。今亦刊集中，乃戲書劉夢得《楚望賦》也。（《韻語陽秋》卷一八）

答饒州元使君書〔一〕

傳使至，〔二〕蒙致書一函，辱示政事與治兵之要。明體以及用，通經以知權，視陰陽慘舒之節，取震虩澤濡之象，知天而不泥於神怪，知人而不遺於委瑣，先鄉社之治以浹于舉郡，首隊伍之法以及于成師。〔三〕猶言數者起一而至萬，操律者本黄鍾以極八音，誠通人之説，章章必可行者也。〔四〕鄙生涉吏日淺，嘗耳剽老成人之言，孰矣。〔五〕今研核至論，淵乎有味，非游言架空之徒，喜未嘗不至抃也，故揚榷所見，以累下執事云。〔六〕

蓋豐荒異政，繫乎時也；夷夏殊法，牽乎俗也。因時在乎善相，因俗在乎便安。不知發斂重輕之道，雖歲有順成，猶水旱也。〔七〕不知日用樂成之義，雖俗方阜安，猶蕩析也。〔八〕徙木之信必行，〔九〕則民不惑，此政之先也。置水之清必勵，〔一〇〕則人知敬，此政之本也。鉦箭之機或行，〔一一〕則姦不敢欺，此政之助也。則有以其弛張雄雌，唯變所適。古之賢而治者，稱謂各異，非至當有二也，顧遭時不同耳。夫民足則懷安，安則自重而畏法；乏則思濫，濫則迫利而輕禁。故文、景之民厚其生，爲吏者率以仁恕顯；武、宣之民亟於役，爲吏者率以武健稱。〔一二〕其寬猛迭用，猶質文循環，必稽其弊而矯之，是宜審其救奪耳。〔一三〕

太史公云：「身修者，官未嘗亂也。」〔一四〕然則修身而不能及治者有矣，未有不自己而能及民者。今之號爲有志於治者，咸能知民困於杼柚，罷於征徭，則曰司牧之道，莫先於簡廉奉法而已。〔一五〕其或才拘於局促，智限於罷懦，不能斟酌盈虛，使人不倦，以不知事爲簡，以清一身爲廉，以守舊弊爲奉法，是心清於棖闑之內，而柄移於胥吏之手。〔一六〕歲登事簡，偷可理也；歲札理叢，則潰然攜矣。〔一七〕故曰，身修而不及理者有矣。若執事之言政，詣理切情，斥去迂緩，簡而通，和而毅，其修整非止乎一身，必將及物也。其程督非務乎一切，必將經遠也。坊民之理甚周，而不至皎察；字民之方甚裕，而不使侵牟。〔一八〕知革故之有悔，審料民之多撓，厚發姦之賞，峻欺下之誅。〔一九〕調賦之權，不關於猾吏；逋亡之責，不遷於豐室。〔二〇〕因有年之利以補敗，汰不急之用以嗇財。爲邦之要，深切著明，若此其悉也。〔二一〕推是言按是理而篤行之，烏有不及治邪？

古稱言之必可行，非樂垂空文耳。有人民社稷，固可踐其言也。瀕江之郡饒爲大，履番君之故地，漸甌越之遺俗。〔二二〕餘干音翰有畝鍾之地，武林有千章之材。〔二三〕其民牟利鬥力，狃於輕悍，故用暴虐聞。重以山茂櫝茶，金豐鐐銑，齊民往往投鎡錤而即鏟鑄，損絲枲而工搴擷，乘時詭求，其息倍稱。〔二四〕間聞主分土者盡籠其利而斡之，坐簿書舛錯，爲中執法所劾，事下三府，以受賕論，其刑甚渥，于今列郡不寒而慄。〔二五〕彼邦人聆其風聲，固曰：彼浚民者上罪之若此，〔二六〕其念民也，至矣。今二千石以前失職非其罪，執事者即人心而用之，彼邦人是必翹然須其至而安矣。〔二七〕以思治之民，遇習治之守，欲不至於富庶，〔二八〕得乎？

昌黎韓宣英，〔二九〕好實蹈中之士也。前爲司封郎，以餘刃剸劇于計曹，號無逋事〔三〇〕能承其家法而紹明之，庭堅、仲容之族也。〔三一〕坐事爲彼郡司馬，更閏餘者再焉。〔三二〕是必能知風俗之良窳，采寮之善否，盍嘗問焉，足爲群疑之寶龜也。〔三三〕至於否臧文律，戢玩之戒，均權以制動，函隸以稔勇，平居使不墮，萃聚使不譁，坐作疾徐，心和氣振，誠纖悉於所示也。〔三四〕故置之，以須執事異日承進律之命，握獸符而駕寅車，然後貢其簪言，重曉左右耳。〔三五〕

【校注】

〔一〕書元和五年至六年間作。饒州：州治在今江西波陽。元使君：元洪。《元和姓纂》卷四「河南元氏」：「挹，吏部員外，生注、洪、錫。……洪，饒州刺史，生晦。」按洪子元晦寶曆元年制科及第，見《唐會要》卷七六，洪當德、憲朝人。《姓纂》成書於元和七年，饒州刺史當即元洪元和七年見官。元洪貞元末爲鄧州刺史，爲于頔誣奏貶吉州長史，見《舊唐書·于頔傳》。《柳河東集》卷三一《答元饒州論春秋書》、卷三二《答元饒州論政理書》即與元洪往還之作。後書云：「奉書辱示以政理之説，及劉夢得書，往復甚善。」即指此書。前書云：「又聞亡友韓宣英及亡友吕和叔言他義。」吕温字和叔，元和六年八月卒，見卷二《哭吕衡州（略）》注。劉書稱韓曄貶饒州「更閏餘者再焉」。據《二十史朔閏表》，元和元年閏六月，四年閏三月，六年閏十二月，故二人書信往來必在元和四年閏三月後，六年閏十二月前，即元和五六年間。元洪原書已佚。

〔二〕傳使：乘驛的使者。

〔三〕體：本體；原作「禮」，據劉本、《叢刊》本、《全唐文》改。經：常道。權：權變。陰陽慘舒：氣候變化，見前《楚望賦》注。震虢：雷震威嚴，令人畏懼，喻爲政威猛。《易·震》：「震來虩虩。」疏：「虩虩，恐懼之貌也。……震之爲用，天之威怒，所以肅整怠慢。……施之於人事，則是威嚴之教行於天下也。」澤濡：湖澤濡潤，喻爲政寬柔。鄉社：地方基層組織。《通典》卷三：「大唐令：諸户以百户爲里，五里爲鄉。」舉郡：全郡，一州。隊伍：軍隊的基層組織。《通典》卷一四八：「司馬穰苴曰：五人爲伍，十伍爲隊，一軍凡二百五十隊。」成師：全軍。

〔四〕言數者起一：《漢書·律曆志》：「數……紀於一，協於十，長於百，大於千，衍於萬，其法在算術。」黄鍾：十二律之首。八音：《漢書·律曆志》：「聲者，宫、商、角、徵、羽也。……八音：土曰塤，匏曰笙，皮曰鼓，竹曰管，絲曰絃，石曰磬，金曰鍾，木曰柷。……五聲之本，生於黄鍾之律，九寸爲宫，或損或益，以定商、角、徵、羽。」通人：學識淵博通達事理的人。章章：著明。

〔五〕耳剽：聽説，參見前《楚望賦》注。老成人：年高有德之人。《詩·大雅·蕩》：「雖無老成人，尚有典刑。」孰：同熟。

〔六〕游言：浮誇不實的言論。架空：没有基礎，比喻没有根據。抃：鼓掌。揚榷：舉而引之，指進一步申説。《漢書·叙傳》：「揚搉古今，監世盈虚。」注：「揚，舉也。搉，引也。揚搉者，舉而引之，陳其趣也。」下執事：書信中敬稱。謂不敢直指對方，而指其下屬供役使的人。

〔七〕發斂：散發或屯聚（糧食）。顔延之《庭誥》：「量時發斂，視歲穰儉。」順成：豐收。

〔八〕日用：《詩·小雅·天保》：「民之質矣，日用飲食。群黎百姓，遍爲爾德。」樂成：樂其成功。《易·革》注：「夫民可與習常，難與適變，可與樂成，難與慮始。」日用樂成之義，即「可與樂成，難與慮始」之義。阜安：富庶安定。蕩析：動盪離析。

〔九〕徙木：《史記·商君列傳》：「孝公……以衛鞅爲左庶長，卒定變法之令。……令既具，未布，恐民之不信，已乃立三丈之木于國都市南門，募民有能徙置北門者予十金。民怪之，莫敢徙。復曰『能徙者予五十金』，有一人徙之，輒予五十金，以明不欺，卒下令。」

〔一〇〕置水之清：《後漢書·龐參傳》：「拜參爲漢陽太守。郡人任棠者，有奇節，隱居教授。參到，先候之。棠不與言，但以薤一大本，水一盂，置户屏前，自抱孫兒伏於户下。主簿白以爲倨。參思其微意，良久曰：『棠是欲曉太守也。水者，欲吾清也。拔大本薤者，欲吾擊强宗也。抱兒當户，欲吾開門恤孤也。』於是嘆息而還。參在職，果能抑强扶弱，以惠政得民。」

〔一一〕 缿筩：猶今之檢舉箱。《漢書·趙廣漢傳》：「遷潁川太守。……先是，潁川豪桀大姓相與爲婚姻，吏俗朋黨。廣漢患之，厲使其中可用者受記，出有案問，既得罪名，行法罰之，廣漢故漏泄其語，令相怨咎。又教吏爲缿筩，及得投書，削其主名，而託以爲豪桀大姓子弟所言。其後彊宗大族家家結爲仇讎，姦黨散落，風俗大改，吏民相告訐，廣漢得以爲耳目，盜賊以故不發，發又輒得。壹切治理，威名流聞，及匈奴降者言匈奴中皆聞廣漢。」蘇林曰：「缿音項，如瓶，可受投書。」孟康曰：「筩，竹筩也，如今官受密事筩也。」

〔一二〕 文、景：漢文帝劉恒、漢景帝劉啟。厚其生：使百姓生活充裕。《書·大禹謨》：「正德，利用，厚生，惟和。」疏：「厚生，謂薄征徭，輕賦税，不奪農時，令民生計温厚，衣食豐足。」武、宣：漢武帝劉徹、漢宣帝劉詢。《漢書·循吏傳序》：「漢興之初，反秦之敝，與民休息……至於文、景，遂移風易俗。是時循吏如河南守吴公、蜀守文翁之屬，皆謹身帥先，居以廉平，不至於嚴，而民從化。孝武之世，外攘四夷，内改法度，民用凋敝，姦軌不禁。時少能以化治稱者。」

〔一三〕 寬猛：《左傳·昭公十二年》：「仲尼曰：『善哉，政寬則民慢，慢則糾之以猛；猛則民殘，殘則施之以寬。寬以濟猛，猛以濟寬，政是以和。』」質文：《論語·雍也》：「質勝文則野，文勝質則史。」稽：考察。救：禁止。奪：强取。

〔一四〕太史公：司馬遷。《史記・循吏列傳》：「太史公曰：『法令所以導民也，刑罰所以禁姦也。文武不備，良民懼然身修者，官未曾亂也。奉職循理，亦可以爲治，何必威嚴哉！』」

〔一五〕杼柚：織布機上的梭與筘，此代指賦税。《詩・小雅・大東》：「小東大東，杼柚其空。」箋：「小也大也，謂賦斂之多少也。小亦於東，大亦於東。」罷：通疲。司牧：治理百姓。

〔一六〕椳闑：指門户。椳，承托門户轉軸的門臼。闑，門中所立木。椳，明本、劉本、《叢刊》本、《全唐文》作「棖」。棖，門兩旁長木，亦通。柄：權柄。胥吏：官府中小吏。

〔一七〕歲登：豐收年。偷，《叢刊》本作「猶」。《禮記・表記》：「安肆日偷。」注：「偷，苟且也。」札：疫病。《周禮・地官・大司徒》：「大荒大札，則令邦國移民通財。」攜：離貳。

〔一八〕坊：同防，防範。皎察：明察，此指過于明察。《漢書・東方朔傳》：「水至清則無魚，人至察則無徒。」字：撫育。侵蛑：即侵牟，侵害。

〔一九〕革故：革除舊制。《易・雜卦》：「革，去故也。」有悔：《易・乾》：「亢龍有悔。」疏：「未至大凶，但有悔吝而已。」料民：清理户籍。《國語・周語上》：「宣王既喪南國之師，乃料民於大原。」注：「料，數也。」多撓：多所擾亂，阻力很大。

〔二〇〕責：通債，指（流亡者）拖欠的賦税。豐室：殷實富户。

〔二一〕深切著明：《史記・太史公自序》：「我欲載之空言，不如見之於行事之深切著明也。」悉：

詳備。

〔二二〕番君：吴芮。《漢書·吴芮傳》：「秦時番陽令也。甚得江湖間民心，號曰番君。」《元和郡縣圖志》卷二八「饒州」：「本秦鄱陽縣也。……隋開皇九年平陳，改鄱陽爲饒州，其城即吴芮爲番令所居城。」漸：浸染。甌越：古部族名，百越之一，分布於今浙江南部。

〔二三〕餘干：饒州屬縣名，今屬江西。《通典》卷一八二「饒州」：「餘干，漢餘汗縣。汗音干，越王勾踐之西界，所謂干越也。」「干」下原空闕一格，據明本、劉本、《叢刊》本補音注「音翰」二字。畝鍾之地：畝産一鍾糧食之地，肥沃土地。一鍾容六斛四斗。武林：饒州地名。《史記·東越列傳》：「入白沙、武林、梅嶺，殺漢三校尉。」索隱：「今豫章北二百里，接鄱陽界，地名白沙。……東南八十里有武陽亭，亭東南三十里，地名武林。」千章之材：大材。《史記·貨殖列傳》：「水居千石魚陂，山居千章之材……帶郭千畝畝鍾之田……此其人皆與千户侯等。」索隱引如淳曰：「言任方章者千枚，謂章，大材也。」

〔二四〕櫝：茶樹。鐐：銀之美者。銑：金之美者。《新唐書·地理志五》「饒州」：「土貢：麩金、銀、簟、茶。有永平監錢官。有銅坑三。」齊民：百姓。鎡錤：即鎡基，鋤頭。《禮記·月令·季冬之月》：「修耒耜，具田器。」注：「田器，鎡錤之屬。」錤，原誤作「䤎」，《叢刊》本作「基」。此據《全唐文》改。鏟鑄：謂開礦冶鑄。鑄，原作「鏄」，據明本、劉本、《叢刊》本、《全唐文》改。絲枲：絲麻。枲，大麻雄株不結實者。搴擷：采摘（茶葉）。息：利。倍稱：倍於原值。《漢書·

食貨志上》：「當具有者半賈而賣，亡者取倍稱之息。」如淳曰：「取一償二爲倍稱。」

〔二五〕主分土者：主管劃分的疆土者，此指楊憑，永貞元年至元和二年曾爲江西觀察使。斡：旋轉，操縱。中執法：御史中丞，此指李夷簡。三府：指御史臺、刑部與大理寺，重大案件由此三府會同審理。賕：賄賂。渥：濃，此指（量刑）重。《舊唐書·楊憑傳》：「元和四年，拜京兆尹，爲御史中丞李夷簡劾奏憑前爲江西觀察使贓罪及他不法事，敕付御史臺覆按，刑部尚書李鄘、大理卿趙昌同鞫問臺中。又捕得憑前江西判官、監察御史楊瑗繫於臺，復命大理少卿胡珦、左司員外郎胡証、侍御史韋顗同推鞫之。詔曰：『楊憑頃在先朝，委以藩鎮，累更選用，位列大官。近者憲司奏劾，暴揚前事，計錢累萬，曾不報聞。蒙蔽之罪，於何逃責！……宜從遐譴，以誡百僚。可守賀州臨賀縣尉同正，仍馳驛發遣。』……繩之太過，物論又譏其深切。」

〔二六〕浚：索取。

〔二七〕今二千石：當指元洪前任饒州刺史，因事貶降，其人其事未詳。翹然：翹首企望貌。

〔二八〕富庶：富足繁衍。《論語·子路》：「子適衛，冉有僕。子曰：『庶矣哉。』冉有曰：『既庶矣，又何加焉？』曰：『富之。』」集解：「庶，衆也，言衛人衆多。」

〔二九〕昌黎：郡名，三國魏置，治所在今遼寧義縣，隋初廢。昌黎爲韓氏郡望。韓宣英：韓曄，字宣英，永貞元年自司封郎中貶池州刺史，再貶爲饒州司馬，與劉禹錫、柳宗元同爲八司馬之一。

〔三〇〕司封郎：此指司封郎中，屬尚書省吏部。餘刃：游刃有餘，語出《莊子·養生主》，此猶言餘力。剸：斷割。剸劇，處理繁劇公務。計曹：尚書省户部。逋事：遺漏之事。《舊唐書·王叔文傳》：「韓曄，宰相滉之族子，有俊才，依附韋執誼，累遷尚書司封郎中。叔文敗，貶池州刺史，尋改饒州司馬。」唐代常以尚書省他曹官員兼判户部事，韓曄當是以司封郎中判度支。參見卷七《秋日題竇員外崇德里新居》注。

〔三一〕家法：韓曄爲韓滉族子，據《舊唐書·韓滉傳》，滉曾爲度支、鹽鐵、轉運等使，「明於吏道」，長於理財，故云「能承家法」。庭堅、仲容：傳説中的古代人物。《左傳·文公十八年》：「昔高陽氏有才子八人：蒼舒、隤敳、檮戭、大臨、尨降、庭堅、仲容、叔達，齊聖廣淵，明允篤誠，天下之民謂之八愷。」注：「此即垂、益、禹、皋陶之倫。庭堅，即皋陶字。」

〔三二〕彼郡：指饒州鄱陽郡。《舊唐書·憲宗紀上》：「（永貞元年九月己卯）司封郎中韓曄貶池州刺史。……（十一月）己卯，再貶……饒州司馬。」閏餘：指閏月。《漢書·律曆志上》：「《易》窮則變，故爲閏法。」孟康曰：「閏亦日之窮餘。」書作於元和五六年間，韓曄在饒州已於元和元年、四年再經閏月。

〔三三〕窳：怠惰。采寮：即寀寮，官吏。《爾雅·釋詁》：「寀、寮，官也。」寶龜：龜甲，爲占卜工具。《左傳·桓公十一年》：「卜以決疑，不疑何卜？」

〔三四〕「至於否臧」以下，均指治兵之道。否臧：指作戰失敗與勝利。律：軍法。《易·師》：「師出以律，否臧凶。」疏：「律，法也。……若其失律，行師無問否之與臧，皆爲凶也。否謂破敗，臧謂有功。」「文律」之「文」，疑爲「之」字之訛，與下「之戒」一律。戢玩之戒：謂治兵當加强控制，不可輕忽。《左傳·隱公四年》：「夫兵，猶火也。弗戢，將自焚也。」《説苑·指武》：「夫兵不可玩，玩則無威。」函隸：未詳。稔勇：培養勇氣。纖悉：詳盡。所示：指元洪原書。

〔三五〕須：待。執事：敬詞，指元洪。進律：謂官職遷升。《禮記·王制》：「有功德於民者，加地進律。」獸符：虎符，兵符。寅車：戰車。《詩·小雅·六月》：「元戎十乘，以先啟行。」傳：「夏后氏曰鉤車，殷曰寅車，周曰元戎。」箋：「寅，進也。二者及元戎皆可以先前啟突敵陳之前行。」握獸符、駕寅車，謂爲藩鎮大員，統率軍隊。瞽言：謙詞，言己所云乃如盲人無見之妄言。《漢書·谷永傳》：「瞽言觸忌諱，罪當萬死。」左右：敬詞，指元洪。

故荊南節度推官董府君墓誌〔一〕

元和七年夏四月某日，前荊州部從事董府君以疾終于故府私第，〔二〕年若干。其孤泣書前人之爵里耿光，求我以銘于幽，且先志也，故重爲之。〔三〕

董姓出於豢龍氏，至辛有而分，在晉爲良史，在趙佐簡子爲能臣。〔四〕項羽主盟，爲翟王。〔五〕高皇帝舉兵漢中，劫其兵衆，不克其土，後裔遂爲隴西人。〔六〕凡稱事不稱名，不待事而彰也。〔七〕始予謫于武陵，人多中之賢有董生，爲守令客。〔八〕既而以士相見之禮成，與之言，能言墳、典、數，旁捃百氏之學。〔九〕弱年嗜屬詩，工弈棋，用是索合于貴游，多所慰薦。〔一〇〕中年奉浮圖，説三乘，用是貢誠于清賢，多被辟書。〔一一〕脱巾爲弘文館校書郎，再選至大理評事，咸視真秩而不纍其章，職繫于外故也。〔一二〕晚節尚道，故投紱於幕府，治扁舟，浮江、沱，泛洞庭，登熊耳，訪浮丘以探異，賦枉渚以寄傲。〔一三〕居數歲，投老于南荆，迷邦縱性，委和從化。〔一四〕逮夫寢巨室也，自含襚至於卜窆，皆仁人之賻焉。〔一五〕是歲五月十二日卜葬於龍山之某岡，〔一六〕外姻至矣。

君名侹，字庶中。大父曰思簡，位至汝南太守。〔一七〕父承祖，没于試守太子舍人。〔一八〕始，爲君求婦于鄭之里，生嗣子夏卿，既立而夭，今未之從。〔一九〕其後，又娶于閻氏，生二子，曰周卿、雲卿。嫠也，繐裳髽首，〔二〇〕有正家之道。嗚呼！道愈富而室愈貧，志甚修而知甚寡，士以隴西爲貴，〔二一〕將在令名歟？銘曰：

學待問而文藻身，〔二二〕藝不試兮名孰聞？大道甚夷兮非我辰，何生不茂兮非我春？修門之達兮連岡膴膴，蔓草如茵兮新墳若斧，于嗟董生兮於焉終古〔二三〕！

【校注】

〔一〕誌元和七年四月或稍後在朗州作。荆南：唐方鎮名，節度使治所在今湖北江陵。推官：節度使僚屬。《新唐書·百官志四下》：「節度使……推官一人。」董府君：董侹。《寶刻類編》卷四董挺：「《江陵府官石幢記》，吴仲舒撰，張澤書，盧佐元題衆官。篆額。貞元十三年，江陵。」董挺當即董侹，時荆南節度使爲裴胄。《全唐文》卷六八四董侹《荆南節度使江陵尹裴公重修玉泉關廟記》：「荆南節度、工部尚書、江陵尹裴均……以小子曾忝下介，多聞故實，見命紀事。……貞元十八年記。」則董侹又曾參荆南裴均幕。

〔二〕荆州部：漢武帝分置全國爲十三刺史部，荆州部爲其中之一，此代指荆南。故府：即荆南節度使府。

〔三〕爵里：官爵籍貫。耿光：光輝，指道德、事業等。《書·立政》：「以覲文王之耿光，以揚武王之大烈。」銘於幽：爲墓誌銘。幽，指墳墓。先志：先人之志，遺志。

〔四〕豢龍氏：《左傳·昭公二十九年》：「昔有飂叔安，有裔子曰董父，實甚好龍，能求其嗜欲以飲食之，龍多歸之。乃擾畜龍以服事帝舜，帝賜之姓曰董，氏曰豢龍。」辛有：周人。《左傳·昭公十五年》：「昔而高祖孫伯黶，司晉之典籍，以爲大政，故曰籍氏。及辛有之二子董之晉，於是乎有董史。」注：「辛有，周人也。其二子適晉爲太史，籍黶與之共董督晉典，因爲董氏，董狐其後。」良史：指董狐。《左傳·宣公二年》：「孔子曰：『董狐，晉之良史也，書法不隱。』」能臣：指董安于。《史記·趙世家》：「趙簡子疾，五日不知人，大夫皆懼。醫扁鵲視之，出，董安于問。」集解引韋昭曰：「安于，簡子家臣。」

〔五〕翟王：指董翳。《史記·項羽本紀》：「乃分天下，立諸將爲侯王。……立董翳爲翟王，王上郡，都高奴。」

〔六〕高皇帝：漢高祖劉邦。《史記·高祖本紀》：「二年，漢王東略地，塞王欣、翟王翳、河南王申陽皆降。」劫：奪。兵衆：軍隊與百姓。隴西：郡名，秦漢時治所在狄道（今甘肅臨洮南），三國魏移治襄武（今甘肅隴西南）。董翳王上郡，在今陝西北部及内蒙烏審旗等地，與隴西郡相近。

〔七〕不待事：疑當作「不待名」，謂董狐等其事甚彰，不待稱名即知。

〔八〕中之：《叢刊》本作「言之」，疑原文當作「人多言邑中之賢有董生」，此奪「言邑」二字。守令：刺史、縣令。

〔九〕士相見：此下疑奪「之禮見」三字，文當作「以士相見之禮見之，禮成與之言」，因「見之禮」三字重，故奪。《儀禮》有《士相見禮》。墳典：三墳五典，泛指古籍。數：指《易》數。捃：摭拾。百氏之學：諸子百家之學。

〔一〇〕弱年：弱冠之年。索合：求合。慰薦：猶慰藉，安慰舉薦。《後漢書·隗囂傳》：「囂乃上書詣闕，光武素聞其風聲，報以殊禮……所以慰藉之良厚。」注：「慰，安也。藉，薦也。言安慰而薦藉之良甚也。」

〔一一〕浮圖：指佛教。三乘：佛教以車乘喻佛法，有聲聞、緣覺、菩薩三乘，指按學習者接受能力不同而區分的三種情況。清賢：清正賢明，指官吏。《三國志·魏書·邴原傳》：「大鴻臚鉅鹿張泰、河南尹扶風龐迪以清賢稱。」

〔二〕脱巾：猶解褐，指爲官。顔延之《秋胡行》：「脱巾千里外，結綬登王畿。」弘文館：掌校正圖籍、教授生徒的機構，屬門下省，有校書郎二人，從九品上，見《新唐書·百官志二》。再選：疑當作「再遷」，形近而誤。唐制，幕府僚佐由府主徵聘，朝廷委任，不經吏部銓選。大理評事：屬大理寺，從八品下，掌出使推按，見《新唐書·百官志三》。視真秩：品秩與正員官相同。章：印章。職繫於外：在外府任職。校書郎等官職是董侹在幕府中任推官等所加銜，不是職事官，所以只享受有關官員的待遇，而没有印章等。

〔三〕投劾：提出引咎自責的辭呈，辭職。《後漢書·范滂傳》：「滂覩時多艱，知意不行，因投劾去。」沱：古水名，其説不一，一謂即今泯江支流郫江。《書·禹貢》：「浮於江、沱、潛、漢。」《寶刻類編》卷四張瀆：「《關將軍祠堂記》，董侹撰，貞元十八年五月立，成都。」知貞元末董侹離荆南幕後曾入蜀。熊耳：山名。《元和郡縣圖志》卷六「虢州盧氏縣」：「熊耳山在縣南五十里，《禹貢》導洛於此。」浮丘：浮丘公，古仙人名。枉渚：在朗州，參見卷二《武陵書懷五十韻》注。

〔四〕投老：臨老。《法書要録》卷十《右軍書記》：「實望投老得盡田里骨肉之歡。」迷邦：隱居不仕。《論語·陽貨》：「懷其寶而迷其邦，可謂仁乎？」集解：「知國不治而不爲政，是迷邦也。」委和：《莊子·知北游》：「生非汝有，是天地之委和也。」從化：婉言其死。

〔一五〕寢巨室：葬入墓穴。含襚：指斂屍之事。《周禮・天官・小宰》：「喪荒，受其含襚幣玉之事。」注：「口實曰含，衣服曰襚。」卜竁：指墓葬之事。竁，開掘墓穴。賻：以財物助人喪事。

〔一六〕龍山：《輿地紀勝》卷六四「江陵府」：「龍山，《江陵志》云，在江陵縣西。」

〔一七〕大父：祖父。汝南：郡名，即蔡州。董思簡爲汝南太守當在天寶中蔡州改名汝南郡時。

〔一八〕太子舍人：屬東宫右春坊，正六品上，掌行令書表啟。見《新唐書・百官志四上》。

〔一九〕夏卿：其下原有「殷卿」二字，據劉本、《叢刊》本删。未之從：未從葬。

〔二〇〕嫠：寡居的婦女，謂侹妻閻氏。繐裳：喪服。繐，布之細而疏者。《禮記・檀弓上》：「縣子曰：『綌衰繐裳，非古也。』」髽首：婦女居喪時的露髻，以麻束之。《儀禮・喪服》：「布總箭笄，髽衰三年。」

〔二一〕隴西：董氏郡望。

〔二二〕學待問：《易・乾・文言》：「君子學以聚之，問以辯之。」藻身：飾身。

〔二三〕修門：古楚國郢都城門，此指江陵城門。《楚辭・招魂》：「魂兮歸來入修門些。」王逸注：「修門，郢城門也。」膴膴：肥沃。《詩・大雅・綿》：「周原膴膴，堇荼如飴。」茵，原作「徒」，據《全唐文》改。若斧：《禮記・檀弓上》：「吾見封之若堂者矣……見若履夏屋者矣，見若斧者矣。」注：「斧形，旁殺，刃上而長。」

絶編生墓表〔一〕

顧彖，吴郡人，食力於武陵沅水上，以讀《易》聞。〔二〕病且死，飭其子曰：「吾年十有五，而授《易》于師，積六十三年于兹，未嘗一日不吟乎《繫》、《象》。〔三〕里中兒從吾讀其文多矣，死則必葬我于黨庠之側，〔四〕尚其有知，且聞吾書。」君子曰：若彖者，可謂志篤于學矣〔五〕！因以絶編生謚之，且表其墓，後之讀功令者或採焉。〔六〕

予既謫居是邦，始至之日，問能道古語可與言者，邑子以生爲對，既而執贄請見之。〔七〕生危冠大袂，闊視雅拜，及門知讓，俟肅而後入，又肅而躋階，心存聖言，潤徹眉睫，有野態而無苟容。〔八〕問其所執，曰：「幼學《易》，老而尤嗜。」問安學，曰：「始聞於師，晚執于心。自尼父兼三才，紬《八索》，繫辭焉以通微言，與宓犧、文王並行，猶夫三辰，同麗太極。〔九〕秦脱火患，完文顯行。〔一〇〕漢之田、丁、京、劉，而東京有馬、鄭，魏之何、荀、兩王，而吴有韋、陸。〔一一〕前者導源，後者濬之，渢融混合，百派奔奏。〔一二〕唐興，沙門一行方洩天幾，以探古人，神友造物，智斟人事，制動也有柅，變道也無方，縣之支流，委輸于我。〔一三〕其它紬繹祖述三十有餘家，朱藍之，樸斲之，爲羽翼，爲鼓吹，疇咨天人之際，旁魄上下，騖精於捃摭，匱巧於穿鑿。〔一四〕猶制氏之於樂，鏗鏘而已，徐氏之於禮，善容而已。〔一五〕然而前修之盡心也，得以味朠搴芳焉，手胝於運管，目矉於臨燭，而氣耗於詠呻。〔一六〕家居無訾，不能與計偕，地偏且遠，無有能晤語者。〔一七〕心愈苦而跡愈卑，寒膚嗛腹，〔一八〕以至於耋老。微夫子之問，持是安施乎？」〔一九〕

它日，予造其室廬，瓢簞在左，汗簡在右，有龜枵然，有筴甚澤。〔二〇〕余攈蓍指骨而訊之曰：「是亹亹者曾不子欺乎？」〔二一〕生攸爾而對云：「古先聖人知道之妙不可摶而得也，故設象以致意，梯有以取無，取當其粗，用當其精。〔二二〕夫權衡所以揣輕重，不爲捶鈎者設也；尋尺所以商遠邇，不爲運斤者設也；龜筴所以決群疑，不爲知幾者設也。〔二三〕幾存乎人，是則以天時爲卦體，以地理爲爻位，外附人事以象焉，内取諸身以彖焉。〔二四〕得樞於寰中，迎數于象外，自然之理，不知其然，雖欲强名，措說無地。彼枯莖朽殼，安能與於此乎？今夫揲之以至刓，灼之以殆盡，徒與夫蚩蚩者問歉穰、占熊虺、起訟需食、亡羊喪牛之間耳。〔二五〕資其握粟以餬予口，〔二六〕烏足爲夫子道哉！」余以斯言邃於《易》，故書之。

噫！國有大學，學有館，以延顓門。〔二七〕若生者，苦形役志如是其顓也，茹經于腹，湮滅糞壤，辟水湯湯，不聞其聲，摧藏僕遬，與山木同朽，豈地遠然邪？〔二八〕彼文甲綷毛，剽筋壽革，嶺嶠之華實，炎溟之蜃蝦，飛苞驛篚，所至而貴。〔二九〕夫豈邇也哉？說者衆故也。〔三〇〕

生之死，在元和七年秋七月。由死之日推而上求，直始生之辰，得四百有七十甲子。〔三一〕葬在枉渚西石磯上，其墳可隱東望里塾，尚行其志云。〔三二〕

【校注】

〔一〕文元和七年七月在朗州作。絶編生：顧彖私謚。《史記·孔子世家》：「讀《易》，韋編三絶。」顧彖精於《易》，故劉禹錫謚他爲絶編生。墓表：墓碑，立於墓前，以表功德。

〔二〕吴郡：即蘇州，今屬江蘇省。食力：依靠勞動生活。《國語·晉語四》：「庶人食力。」

〔三〕飭：訓誡。《繫》、《象》：相傳孔子爲《易》所作「十翼」中的兩篇。《史記·孔子世家》：「孔子晚而喜《易》，序《彖》、《繫》、《象》、《説卦》、《文言》。」正義：「夫子作『十翼』，謂《上彖》、《下彖》、《上象》、《下象》、《上繫》、《下繫》、《文言》、《序卦》、《説卦》、《雜卦》也。……《上象》，卦辭；《下象》，爻辭。」又引《易正義》：「《繫辭》者，取綱繫之義也。」今《周易》中，《繫辭上》、《繫辭下》單獨成篇，《上象》、《下象》分入上下經卦中。

〔四〕黨庠：鄉學。古以五家爲鄰，五鄰爲里，五百家爲黨。庠，鄉學。

〔五〕篤于學：《史記·伯夷列傳》：「顔淵雖篤學，附驥尾而行益顯。」

〔六〕讀功令者：指史官。《史記·儒林列傳》：「太史公曰：『余讀功令，至於廣厲學官之路，未嘗不廢書而嘆也。』」索隱：「案，謂學者課功著之于令，即今學令是也。」

〔七〕是邦：指朗州。邑子：邑中人。贄：初見面時所送禮品。

〔八〕危冠大袂：高冠寬袖，儒者服飾。俟肅：待主人以禮引導。肅，引導。躋：登。《禮記·曲禮上》：「凡與客入者，每門讓於客。……客固辭，主人肅客而入。……主人就東階，客就西階。……主人與客讓登。」注：「肅，進也。進客，謂道（導）之。」

〔九〕尼父：指孔子，字仲尼。父，古代對男子的美稱。三才：天、地、人。《易·説卦》：「昔者聖人之作《易》也，將以順性命之理，是以立天之道曰陰與陽，立地之道曰柔與剛，立人之道曰仁與義。」絀：廢棄。《八索》：相傳古代解説八卦的典籍。孔安國《尚書序》：「八卦之説，謂之《八索》，求其義也。」又：「先君孔子，生於周末，睹史籍之煩文，懼覽之者不一，遂乃定禮樂，明舊章，删《詩》爲三百篇，約史記而修《春秋》，贊《易》道以黜《八索》，述職方以除《九丘》。」繫辭：指孔子作「十翼」。《易·繫辭下》：「八卦成列，象在其中矣。因而重之，爻在其中矣。剛柔相推，變在其中矣。繫辭焉而命之，動在其中矣。」正義：「謂繫辭於爻卦之下而呼命。」微言：精微之言。《漢書·藝文志》：「仲尼没而微言絶。」宓犧：即伏羲，又作包犧，傳説中上古帝王，相傳宓犧始作八卦，文王重之爲六十四卦。《易·繫辭下》：「古者包犧氏之王天下也，仰則觀象於天，俯則觀法於地，觀鳥獸之文與地之宜，近取諸身，遠取諸物，於是始作八卦。」《史記·周本紀》：「西伯……其囚羑里，蓋益《易》之八卦爲六十四卦。」正義：「《乾鑿度》云：『垂黄策者羲，益卦演德者文，成命者孔也。』《易正義》云：『伏羲制卦，文王《卦辭》，周公《爻辭》，孔《十翼》』也。」三辰：日、月、星。太極：《易·繫辭上》：「易有太極，是生兩儀。」正義：「太極謂天地未分之前，元氣混而爲一。」

〔一〇〕火患：指秦始皇焚書之事。完文：完整的《易》。《漢書・藝文志》：「及秦燔書，而《易》爲筮卜之書，傳者不絕。」《隋書・經籍志一》：「及秦焚書，《周易》獨以卜筮得存，唯失《説卦》三篇。後河内女子得之。」

〔一一〕田、丁、京：田何、丁寬、京房。《漢書・儒林傳》：「漢興，田何以齊田徙杜陵，號杜田生，授東武王同子中、雒陽周王孫、丁寬、齊服生，皆著《易傳》數篇。……要言《易》者本之田何。丁寬，字子襄，梁人也。初梁項生從田何受《易》，時寬爲項生從者，讀《易》精敏，材過項生，遂事何。……作《易説》三萬言。」又：「京房受《易》梁人焦延壽。……至成帝時，劉向校書，考《易》説，以爲諸《易》家説皆祖田何、楊叔元、丁將軍，大誼略同，唯京氏爲異。……房授東海殷嘉、河東姚平、河南乘弘，皆爲郎、博士，繇是《易》有京氏之學。」劉：未詳。或指劉安。《漢書・藝文志》「《易》類」：「《淮南道訓》二篇，淮南王安聘明《易》者九人，號『九師』説。」東京：東漢。馬、鄭：馬融、鄭玄。《隋書・經籍志一》：「《周易》九卷，後漢大司農鄭玄注。梁又有漢南郡太守馬融注《周易》一卷，亡。」何：未詳。荀、兩王：指荀煇、王肅、王弼。《隋書・經籍志一》：「《周易》十卷，魏衛將軍王肅注。《周易》十卷，魏尚書郎王弼注《六十四卦》六卷，韓康伯注《繫辭》以下三卷，王衍又撰《易略例》一卷。梁有……魏散騎常侍荀煇注《周易》十卷，亡。」又：「後漢施、孟、梁丘、京氏，凡四家並立，而傳者甚衆。漢初又有東萊費直傳

《易》，其本皆古字，號曰《古文易》。……後漢陳元、鄭衆，皆傳費氏之學。馬融又爲其傳，以授鄭玄。玄作《易注》，荀爽又作《易傳》。魏代王肅、王弼並爲之注。自是費氏大興。」韋：未詳。陸：指陸績。《隋書·經籍志一》：「《周易》十五卷，吴鬱林太守陸績注。」

〔一二〕濬：疏浚，原作「灑」，據《叢刊》本改。渢融：猶豐融。嵇康《琴賦》：「豐融披離。」李善注：「豐融，盛貌。」奏：通湊，會合。劉本、《全唐文》作「湊」。

〔一三〕沙門一行：唐玄宗時僧人，天文學家。參見前《辯易九六論》注。《新唐書·藝文志一》：「僧一行《周易論》，卷亡；又《大衍玄圖》一卷，《義決》一卷，《大衍論》二十卷。」天幾：即天機。神友：疑當作「神交」，形近而誤。劉禹錫《送惟良上人·引》：「古所謂神交造物者，非空言耳。」柅：刹車器。《易·姤》：「繫於金柅。」注：「柅者，制動之主。」正義：「馬云，柅者，在車下，所以止輪令不動者也。」無方：《易·益》：「天施地生，其益無方。」支流：指漢以後説《易》諸家。委輸：運送。委輸於我，猶言爲我所用。

〔一四〕紬繹：《漢書·谷永傳》：「燕見紬繹，以求咎愆。」注：「紬讀曰抽。紬繹者，引其端緒也。」三十餘家：按《新唐書·藝文志一》「《易》類」，惟著録任希古、孔穎達、李鼎祚等十餘家。樸斲之：謂整理加工。《書·梓材》：「若作梓材，既勤樸斲，惟其塗丹雘。」正義：「若梓人治材爲器，已勞力樸治斲削其材……」爲羽翼：爲其羽翼，指輔助。鼓吹：猶羽翼，輔佐。《晉書·孫綽傳》：「絶重張衡、左思賦，每曰：『《三都》、《兩京》，五經之鼓吹也。』」疇咨：原爲嗟嘆之詞，後用來指訪求。《書·堯典》：「疇咨若時登庸。」《後漢書·崔駰傳》：「人有昏墊之厄，主有疇咨之憂。」旁魄：同磅礴。《史記·司馬相如列傳》：「沕潏漫衍，旁魄四塞。」鶩精：馳神運思。捃摭：拾取。匱巧：用盡巧思。穿鑿：喻深入鑽研，以求貫通。

〔一五〕制氏：漢代樂官。《漢書·藝文志》：「漢興，制氏以雅樂聲律，世在樂官，頗能紀其鏗鏘鼓舞，而不能言其義。」徐氏：指漢儒徐生的子孫。善容：善於揖讓進退的禮儀。《漢書·儒林傳》：「魯徐生善爲頌。孝文時，徐生以頌爲禮官大夫，傳子至孫延、襄。襄，其資性善爲頌，不能通經。」師古曰：「頌，讀與容同。」

〔一六〕前修：前賢。味腴搴芳：享用美味，摘取花枝，指從中受益。胝：手上生繭。運管：持筆。

〔一七〕眥：通貲，財産，劉本作「貲」。與計偕：與州中上計簿的官吏同至京師，指作爲貢士應舉。參見卷二《送李策秀才（略）》注。顧彖明《易》，可應明經舉。

〔一八〕寒膚：受凍。嗛腹：捱餓。嗛，同歉。

〔一九〕是：指明《易》。安施：何所施，有什麼用。

〔二〇〕瓢簞：水瓢和盛飯的圓形竹器。《論語·雍也》：「子曰：『賢哉，回也！一簞食，一瓢飲，在陋巷，人不堪其憂，回也不改其樂。』」汗簡：經烘烤後用來書寫的竹簡，指書籍。汗簡，劉本、《全唐文》作「污樽」。《禮記·禮運》：「污尊而抔飲。」注：「污尊，鑿地爲尊也。」枵然：中空貌。筴：用來占卜的蓍草。澤：有光澤。

〔一〕攟：以手指按捺。亹亹者：指龜筴。《易・繫辭上》：「成天下之亹亹者，莫大乎蓍龜。」正義：「案《釋詁》云：『亹亹，勉也。』言天下萬事悉動而好生，皆勉勉營爲，此蓍龜知其好惡得失，人則棄其得而取其好，背其失而求其得，是成天下之亹亹也。」

〔二〕攸爾：迅速貌。摶：以手捏使聚合。摶而得，謂輕易取得。《禮記・曲禮上》：「毋摶飯。」正義：「取飯作摶則易得多。」摶，原作「博」，《叢刊》本作「徒」，《全唐文》作「摶」，此據劉本改。象：卦象。《易・繫辭上》：「子曰：『聖人立象以盡意。』」梯有：以有爲梯。粗、精：《莊子・秋水》：「可以言論者，物之粗也；可以意致者，物之精也。」

〔三〕權衡：量度重量的器具。捶鈎者：《莊子・知北游》：「大馬之捶鈎者，年八十矣，而不失豪芒。」音義：「捶，郭音丁果反。……捶者，玷捶鈎之輕重，而不失豪芒也。」玷捶，即掂掇。尋尺：長度單位，八尺爲尋。商：量。運斤者：指匠石，古代技藝精湛的木匠，運斤成風，參見卷二《翰林白二十二學士（略）》詩注。知幾者：指聖人。幾，指細微的跡象。《易・繫辭下》：「知幾其神乎。」正義：「聖人知幾窮理。」知幾者無疑，故不用龜筴。

〔四〕地理，原作「物理」，據劉本、《叢刊》本、《全唐文》改。彖：指《易》中彖辭，相傳爲孔子所作，分上下篇，今分散於各卦之中。《易・乾》正義：「夫子所作彖辭，統論一卦之義。……褚氏、莊氏並云：『彖者，斷也。斷定一卦之義，所以名爲彖也。』」

〔二五〕揲：抽點成束物的數目，此指抽點蓍筴。《易·繫辭上》：「揲之以四，以象四時。」刓：磨損。灼：燒灼，此指燒灼龜甲。蚩蚩者：指忠厚老實的百姓。《詩·衛風·氓》：「氓之蚩蚩，抱布貿絲。」傳：「蚩蚩者，敦厚之貌。」問歉穰：問年成好壞。穰，豐收。占熊虺：占卜生男生女。《詩·小雅·斯干》：「吉夢維何？維熊維羆，維虺維蛇。大人占之，維熊維羆，男子之祥。維虺維蛇，女子之祥。」起訟：提起訴訟。需食：《易·需》：「九五，需於酒食。」

〔二六〕握粟：手中握持的糧食，此處指占卜的費用。《詩·小雅·小宛》：「握粟出卜，自何能穀。」

〔二七〕大學：指國子學。唐國子監有國子學、廣文館、四門館等，國子學設五經博士各二人，《周易》爲五經之一，見《新唐書·百官志三》。顓，通專。

〔二八〕辟水：辟雍之水，環繞國學的水，參見卷五《酬楊司業巨源見寄》注。湯湯：水大貌。摧藏：摧折挫傷。僕遬：同樸樕，小木，參見卷一《飛鳶操》注。

〔二九〕文甲：有花紋的甲殼。《漢書·西域傳贊》：「自是之後，明珠、文甲、通犀、翠羽之珍盈於後宮。」注：「文甲，即瑇瑁也。」綷毛：五彩的羽毛。左思《吴都賦》：「孔雀綷羽以翱翔。」吕向注：「五色曰綷。」剽筋：强勁的獸筋。《周禮·考工記·弓人》：「凡相筋，欲小簡而長，大結而澤。小簡而長，大結而澤，則其爲獸必剽，以爲弓，則豈異於其獸？」壽革：堅硬耐久的皮革。《周禮·考工記·函人》：「犀甲壽百年，兕甲壽二百年，合甲壽三百年。」嶺嶠之華實：指荔枝、龍眼之類。炎溟：南海。苞：通包。篚：方形的筐。

〔三〇〕説：通悦。

〔三一〕四百有七十甲子：二萬八千二百日。顧象當生於開元二十四年（七三六），享年七十八歲。

〔三二〕枉渚：在朗州，見卷二《武陵書懷五十韻》注。里塾：鄉里學堂。

上杜司徒啟〔一〕時謫朗州。

某啟：一自謫居，七悲秋氣。越聲長苦，〔二〕聽者誰哀？湯網雖疏，〔三〕久而猶詿。失意多病，衰不待年。心如寒灰，頭有白髮。惕厲之日，利於退藏，是以彌年不敢奏記。〔四〕近本州徐使君至，〔五〕奉手筆一函。稱謂不移，問訊加劇，重復點竄，一無客言。忽疑此身，猶在門下，收紙長想，欣然感生。尋省遭罹，萬重不幸。方寸之地，〔六〕自不能言；求人見諒，豈復容易？伏蒙遠示，且曰浮謗漸消，況承慶宥，期以振刷。〔七〕方今聖賢合德，朝野多歡，澤柔異類，仁及行葦。〔八〕萬族咸説，獨爲窮人；四時平分，未變寒谷。〔九〕自同類牽復，〔一〇〕又已三年，側聞衆情，或似哀嘆。

某材略無取，廢錮是宜，若非舊恩，孰肯留念？六翮方鎩，思重託於扶摇；孤桐半焦，冀見收於煨燼。〔一一〕伏紙流涕，不知所言。謹啟。

【校注】

〔一〕啟元和七年秋作。杜司徒：杜佑。《舊唐書·憲宗紀下》：「（元和七年六月）癸巳，以金紫光禄大夫、守司徒、同平章事……岐國公杜佑爲光禄大夫，守太保致仕，宜朝朔望，佑累表懇請故也。……十一月……辛巳，太保致仕杜佑卒。」啟云「七悲秋氣」，「同類牽復，又已三年」，又及册皇太子事，當作於元和七年秋。

〔二〕越聲：越地鄉音，用莊舄事，見卷二《聞道士彈思歸引》注。

〔三〕湯綱：比喻刑政寬仁，參見卷十三《賀除虔王等表》注。

〔四〕惕厲：戒懼。《易·乾》：「君子終日乾乾，夕惕若厲，无咎。」疏：「厲，危也。言尋常憂懼，恒如傾危，乃得无咎。」奏記：寫給上級的書信。

〔五〕本州：朗州。徐使君：當是徐縯。《元和姓纂》卷二「東海徐氏」：「縯，兵部郎中、諫議大夫，生縯、弘毅。縯，朗州刺史。弘毅，侍御史。」徐縯大曆十二年坐元載事自諫議大夫貶官，見《新唐書·元載傳》（《舊唐書·代宗紀》誤徐璜），其子徐縯元和中得仕至州刺史。《姓纂》成書於元和七年，朗州刺史即徐縯見官。

〔六〕方寸之地：指心。《三國志·蜀書·諸葛亮傳》：「（徐）庶辭先主而指其心曰：『本欲與將軍共圖王霸之業者，以此方寸之地也。今已失老母，方寸亂矣。』」

〔七〕慶宥：因喜慶而赦罪宥過。振刷：重新起用或洗雪。《舊唐書·憲宗紀下》：「（元和七年六月）

乙亥，制立遂王宥爲皇太子，改名恒。」《唐大詔令集》卷二九崔群《元和七年册皇太子赦》：「自元和七年十月十七日昧爽以前，天下應犯死罪非殺人者遞減一等，左降官、流人並與量移。」

〔八〕朝野：張協《詠史》：「昔在西京時，朝野多歡娛。」行葦：道旁葦草。《詩·大雅·行葦》：「敦彼行葦，牛羊勿踐履。」小序：「《行葦》，忠厚也。周家忠厚，仁及草木，故能内睦九族，外尊事黄耇，養老乞言，以成其福禄焉。」

〔九〕説：通悦。寒谷：用鄒衍事，見卷六《和浙西李大夫伊川卜居》注。

〔一〇〕同類：同被貶者，此指程异。牽復：復職。程异元和四年春得到重新任用，見卷二《詠古二首有所寄》及前《上淮南李相公啟》注。

〔一一〕六翮：見卷一《洛中送楊處厚（略）》注。扶摇：自下盤旋而上的暴風。《莊子·逍遥游》：「鵬之徙於南冥也，水擊三千里，摶扶摇而上者九萬里。」孤桐：用蔡邕焦尾琴事，見卷四《答楊八敬之絶句》注。

傷往賦〔一〕并引

人之所以取貴於蜚走者，〔二〕情也。而誕者以遣情爲智，豈至言邪？〔三〕予授室九年而鰥，痛若人之夭閼，弗遂也，作賦以傷之，冀夫覽者有以增伉儷之重云。〔四〕

嘆獨處之邑邑兮，憒伊人之我遺。〔五〕情可殺而猶毒，〔六〕境當歡而復悲。人或朝嘆而暮息，夫何越月而踰時？〔七〕太極運乎三辰，〔八〕轉寒暑而下馳。有歸於無兮，盛復于衰。猶昧爽之必暮，又安得而怨咨？〔九〕我今怨夫若人兮，曾旭旦而潛暉。〔一〇〕飄零日及之萼，倏忽蜉蝣之衣。〔一一〕川走下而不還，露迎暘而易晞。〔一二〕恩已甚兮難絶，見無期兮永思。〔一三〕

我行其野，農民桑者，舉案來饁，〔一四〕亦在林下。我覩于途，裨販之夫，同荷均挈，荆釵布襦。〔一五〕羽毛之蕃，鱗介之微，和鳴灌叢，雙泳漣漪。〔一六〕薨薨伊蟲，蠢蠢伊豸，游空穴深，兩兩相比。〔一七〕何動類之萬殊，必雌雄而與俱。物莫失儷以孤處，我方踽踽而焉如？〔一八〕我復虚室，目凄涼兮心伊鬱。〔一九〕心伊鬱兮將語誰？坐匡牀兮撫嬰兒。〔二〇〕何所丐沐兮，何從仰飴？〔二一〕襦袴在身兮昔圍差跌，鞶囊附臂兮餘馥葳蕤。〔二二〕誠天性之潛感，顧童心兮如疑。〔二三〕嘵然有難繼之慕，漠然減好弄之姿。〔二四〕指遺袿兮能認，遡空帷兮欲歸。〔二五〕

我入寢宫，〔二六〕痛人亡兮物改其容。寶瑟偃兮絃柱絶，瑶臺傾兮鏡奩空。〔二七〕寒爐委灰，虚幌多風。〔二八〕隙駒晨轉，窗蟾夜通。〔二九〕步摇昏兮網黏翡翠，芳褥掩兮塵化蛩蛩。〔三〇〕閲刀尺之餘澤，〔三一〕見巾箱之故封。玩服儼兮猶具，〔三二〕繁華謝兮焉從。想翩僊於是非，求偲窣與冥蒙。〔三三〕信奇術之可致，〔三四〕嗟此生兮不逢。徒注視以寂聽，怳神疲而目窮。還抱影以獨出，〔三五〕紛百哀而攻中。系曰：

龍門風霜苦，別鶴哀鳴夜銜羽。〔三六〕吴江波浪深，雌劍一去無遺音。〔三七〕悲之來兮憒予心，洶如行波洊浸淫。〔三八〕浩緣情而莫極，思執禮以自箴。〔三九〕已焉哉，苒苒生死，悠悠古今。乘彼一氣兮，聚散相尋。〔四〇〕或鼓而興，或罷而沈。〔四一〕以無涯之情愛，悼不駐之光陰。諒自迷其有分，徒終怨於匪忱。〔四二〕彼蒙莊兮何人，〔四三〕予獨累嘆而長吟。

【校注】

〔一〕賦元和七年在朗州作。傷往：猶悼往，即悼亡。元和七年劉禹錫妻薛氏卒於朗州，賦爲此而作，參見卷二《謫居悼往二首》注。

〔二〕蜚走：飛禽走獸。

〔三〕誕者：放誕之人。遣情：猶忘情。《世説新語·傷逝》：「王戎喪兒萬子，山簡往省之。王悲不自勝，簡曰：『孩抱中物，何至於此？』王曰：『聖人忘情，最下不及情。情之所鍾，正在我輩。』」至言：至理名言。

〔四〕授室：授新婦以家事，指娶妻。《禮記·郊特牲》：「舅姑降自西階，婦降自阼階，授之室也。」劉禹錫貞元二十年娶薛謇女爲妻，至元和七年爲九年，詳見卷十九《唐故福建等州都團練觀察處置使（略）薛公神道碑》。若人：彼人，指薛氏。《論語·憲問》：「君子哉若人！尚德哉若人！」夭閼：摧折遏止，此指死亡。弗遂：謂未除喪服。《左傳·昭公十五年》載叔向語：「三年之喪，雖貴遂服，禮也。王雖弗遂，宴樂以早，亦非禮也。」伉儷：夫婦。《晉書·孫楚傳》：「初，楚除婦服，作詩以示（王）濟，濟曰：『未知文生於情，情生於文，覽之淒然，增伉儷之重。』」

〔五〕邑邑：同悒悒，憂傷。《文苑英華》作「悒悒」。我遺：棄我。

〔六〕殺：衰減。毒：傷痛。

〔七〕息：止。何，原作「向」，據明本、劉本、《叢刊》本、《文苑英華》、《全唐文》改。時：季。

〔八〕太極：此指宇宙。《易·繫辭上》：「易有太極，是生兩儀。」疏：「太極謂天地未分之前，元氣混而爲一。」三辰：日、月、星。

〔九〕昧爽：黎明。怨咨：怨嗟。

〔一〇〕旭旦：猶旭日。此謂其妻猶如初昇之日，但很快潛隱去她的光華。

〔一一〕日及：木槿別名。《藝文類聚》卷八九潘尼《朝菌賦》：「朝菌者，蓋朝華而暮落，世謂之木槿，或謂之日及。」日，原作「白」，據明本、劉本、《叢刊》本、《文苑英華》、《全唐文》改。《文苑英華》「日及」下注：「日及，木槿也。晉成公綏、潘尼有賦。」明本、劉本注：「日及，槿也，朝開暮落，一名王蒸，《爾雅》。」倏忽：迅疾貌。倏，原作「倐」，據明本、劉本、《叢刊》本、《文苑英華》、《全唐文》改。蜉蝣：一種生命短促的小蟲。《詩·曹風·蜉蝣》：「蜉蝣之羽，衣裳楚楚。」傳：「蜉蝣，渠略也，朝生夕死。」

〔一二〕暘：日出。晞：曬乾。原作「希」，據明本、劉本、《叢刊》本、《文苑英華》、《全唐文》改。《古今注》卷中引喪歌《薤露》：「薤上露，何易晞。露晞明朝更復落，人死一去何時歸。」

〔一三〕思，原作「患」，據明本、劉本、《叢刊》本、《文苑英華》、《全唐文》改。

〔一四〕舉案：《後漢書·梁鴻傳》：「每歸，妻爲具食，不敢於鴻前仰視，舉案齊眉。」饁：給田間勞作者送飯。《詩·豳風·七月》：「同我婦子，饁彼南畝。」陸德明音義：「饁，野饋也。」

〔一五〕裨販：小商販。張衡《西京賦》：「爾乃商賈百族，裨販夫婦。」荷：肩負。挈：提攜。荆釵：以荆枝爲髻釵，爲貧家婦女的裝飾。皇甫謐《烈女傳》：東漢梁鴻妻孟光「常荆釵布裙，每進食，舉案齊眉」。

〔一六〕和鳴：嵇康《贈兄秀才入軍》：「鴛鴦于飛，肅肅其羽。……邕邕和鳴，顧眄儔侶。」雙泳，原作「雙冰」，據明本、劉本、《叢刊》本、《文苑英華》、《全唐文》改。漣漪：水波。《詩·魏風·伐檀》：「河水清且漣漪。」

〔一七〕薨薨：蟲群飛聲。《詩·齊風·鷄鳴》：「蟲飛薨薨。」蠢蠢：蠕動貌。《晉書·天文志》：「庶物蠢蠢，咸得繫命。」豸：無足之蟲。相比：相親，相從。

〔一八〕儷：配偶。踽踽：《詩·唐風·杕杜》：「獨行踽踽。」傳：「踽踽，無所親也。」焉如：何往。禰衡《鸚鵡賦》：「顧六翮之殘毀，雖奮迅其焉如？」

〔一九〕伊鬱：同抑鬱，憤懣煩憂。班彪《北征賦》：「諒時運之所爲兮，永伊鬱其誰訴？」

〔二〇〕匡牀：大而方正的牀。嬰兒：禹錫在朗州曾得子。《重修政和經史證類本草》卷十九「鷄子」引劉禹錫《傳信方》：「頃在武陵生子，蓐内便有熱瘡發於臀腿間。初塗以諸藥及他藥，無益，日加劇，蔓延半身，狀候至重，晝夜啼號，不乳不睡。因閲《本草》，至『髮髲』，本經云：合鷄子黄煎之，消爲水，療小兒驚熱下痢。注云：俗中嫗母爲小兒作鷄子煎，用髮雜熬，良久得汁，與小兒服，去痰熱，主百病，用髮皆取久梳頭亂者。又檢『鷄子』，本經云：療火瘡。因是用之，果如神立效。」

〔二一〕丐沐：乞討洗頭用的淘米水，指細心照料小孩。《史記·外戚世家》載：竇廣國幼家貧，爲人所略賣。後其姊爲漢文帝皇后，廣國上書自陳，云：「姊去我西時，與我決於傳舍中，丐沐沐我，請食飯我，乃去。」索隱：「丐者，乞也。沐，米瀋也。謂后乞瀋爲弟沐。」飴：糖。

〔二二〕襦：短衣。袴：同褲。圍：衣服的胸圍或腰圍。差跌：減小。因小孩長大，原有衣服已經太小。差，原作「蹉」，據劉本、《叢刊》本、《文苑英華》改。鞶囊：小囊，懸於手臂以盛手帕、香料之類物品。《禮記·内則》：「男鞶革，女鞶絲。」注：「鞶，小囊，盛帨巾者。」葳蕤：盛貌。

〔二三〕童心：兒童之心。《左傳·襄公三十一年》：「於是昭公十九年矣，猶有童心。」

〔二四〕嘵然：大叫貌。慕：思慕。《禮記·檀弓下》：「有子與子游立，見孺子慕者。」又：「弁人有其母死而孺子泣者，孔子曰：『哀則哀矣，而難爲繼也。』」漠然：無聲貌。好弄：喜愛玩耍。

〔二五〕袿：婦女上衣。遡：向。《文苑英華》作「愬」，通遡。

〔二六〕寢宮：卧房。

〔二七〕瑶臺：以玉爲飾的鏡臺。

〔二八〕寒爐：見卷二《泰娘歌》注。幌：帷幔。潘岳《悼亡詩》：「牀空委清塵，室虚來悲風。」

〔二九〕隙駒：喻光陰易逝。《莊子·知北游》：「人生天地之間，若白駒之過隙，忽然而已。」成玄英疏：「白駒，駿馬也，亦言日也。」劉峻《重答劉秣陵沼書》：「隙駟不留，尺波電謝。」窗蟾：指月，相傳月中有蟾蜍。潘岳《悼亡詩》：「皎皎窗中月，照我室南端。……歲寒無與同，朗月何朧朧。」

〔三〇〕步摇：婦女頭上飾物。《釋名·釋首飾》：「步摇，上有垂珠，步則摇動也。」蛩蛩：獸名，此指被褥上圖案。《山海經·海外北經》：「北海内……有素獸焉，狀如馬，名曰蛩蛩。」《藝文類聚》卷四〇引嵇含《伉儷詩》：「夏摇比翼扇，冬卧蛩蛩氈。」

〔三一〕刀尺：剪刀與尺，裁製衣裳的工具。

〔三二〕玩服：器玩服裝。沈約《爲東宫謝敕賜孟嘗君劍啟》：「人高事遠，遺物足奇，謹加玩服，以深存古之懷。」

〔三三〕翩僊：即翩躚，輕颺飄逸貌。是非：是耶非耶之省，指一種迷離恍惚的狀態。《漢書·外戚傳》：「上思念李夫人不已，方士齊人少翁言能致其神，乃夜張燈燭，設帷帳，陳酒肉，而令上居他帳，遥望見好女如李夫人之貌，還幄坐而步。又不得就視，上愈益相思悲感，爲作詩曰：『是邪，非邪？立而望之，偏何姗姗其來遲？』」僁窣：象聲詞，此象衣裳摩擦聲。冥蒙：模糊不清。左思《吴都賦》：「曠瞻迢遞，回眺冥蒙。」

〔三四〕奇術：指如李少君能致死者神魂的道術。

〔三五〕抱影：形容孤獨。陸機《赴洛道中作》：「夕息抱影寐，朝徂銜思往。」

〔三六〕系：辭賦末尾總結全文的言詞。《文選》張衡《思玄賦》：「系曰：天長地久歲不留，俟河之清祇懷憂。」李善注引舊注：「系，繫也。言繫賦之前意也。」龍門：《文選》枚乘《七發》：「龍門之桐，高百尺而無枝。……其根半死半生，冬則烈風漂霰飛雪之所激也，夏則雷霆霹靂之所感也。……使琴摯斫斬以爲琴。」別鶴：《別鶴操》，琴曲名。《古今注》卷中：「《別鶴操》，商陵牧子所作也。娶妻五年而無子，父兄將爲之改娶。妻聞之，中夜起，倚户而悲嘯。牧子聞之，愴然而悲，乃歌曰……」

〔三七〕吴江：即吴淞江。雌劍：《吴地記》：「干將鑄成二劍，進雄劍於吴王而藏雌劍，時時悲鳴，憶其雄也。」後二劍爲張華、雷焕所得，入水化龍，事見卷六《浙西李大夫示述夢四十韻（略）》注。

〔三八〕憒：昏亂。洊：屢次，再三。《易·坎》：「水洊至。」王弼注：「相仍而至。」浸淫：積漸擴大。《文選》宋玉《風賦》：「浸淫谿谷。」李善注：「漸進也。」

〔三九〕浩，明本、劉本、《叢刊》本、《文苑英華》、《全唐文》作「悵」，《英華》校「一作浩，又作既」。自箴：規勸告誡自己。

〔四〇〕一氣：《莊子·知北游》：「人之生，氣之聚也。聚則爲生，散則爲死。……故曰，通天下一氣耳。」尋：循環。

〔四一〕鼓：振作。興：起。罷：通疲。

〔四二〕分：緣分。匪忱：無信。

〔四三〕蒙莊：莊子。《史記・老子韓非列傳》：「莊子者，蒙人也。」《莊子・至樂》：「莊子妻死，惠子弔之，莊子則方箕踞鼓盆而歌。」潘岳《悼亡詩》：「上慚東門吴，下愧蒙莊子。」

上門下武相公啟〔一〕

某啟：去年本州吏人自蜀還，伏奉示問，兼賜衣服繒彩等。〔二〕雲水路遥，緘滕貺厚。恭承惠下之旨，重以念舊之懷。熙如陽和，列在緗簡。〔三〕苦心多感，危涕自零。〔四〕鶩神驛思，若侍函杖。〔五〕伏以聖上注意理本，鋭求國楨，念外臺報政之功，追宣室前席之事，重下丹詔，再升黄樞。〔六〕群情合符，和氣來應；八柄所在，三人同心。〔七〕協台座之精，膺傑材之數。〔八〕談笑於規隨之際，〔九〕從容於陶冶之間。物皆由儀，人識所措。

某久罹憲綱，兀若枯株，當萬類咸説之辰，抱窮途終慟之苦。〔一〇〕清朝無絳、灌之列，至理絶椒、蘭之嫌，此時不遇，可以言命。〔一一〕嗟呼，一身主祀，萬里望枌榆之鄉；高堂有親，九年居蠻貊之地。〔一二〕從坐之典，固有等差；同類之中，又尋牽復。〔一三〕頃在臺日，獲奉準繩，指吏途於按黷，道文律於章奏。〔一四〕藻鑒之下，〔一五〕難逃陋容；炎涼載移，足見真態。自違間左右，沈淪遐荒，歲月滋深，艱貞彌厲。〔一六〕緬思受譴之始，它人不知。屬山園事繁，〔一七〕孱懦力竭。本使有内嬖之吏，供司有恃寵之臣，言涉猜嫌，動礙關束。〔一八〕城社之勢，〔一九〕函矢紛然；彌縫其間，崎嶇備盡。始慮罪因事闕，寧虞謗逐跡生，智乏周身，又誰咎也？

伏以趙國公頃承一顧之重，高邑公夙荷見知之深，雖提挈不忘，而顯白無自。〔二〇〕蓋以永貞之際，皆在外方，〔二一〕雖得傳聞，莫詳本末。特哀黨錮，〔二二〕亟形話言。自前歲振淹，〔二三〕命行中止，或聞輿論，亦慜重傷。伏遇相公秉鈞，輒已自賀。儻重言一發，清議攸同，使聖朝無錮人，大冶無廢物。自新之路既廣，好生之德遠彰。群蟄應南山之雷，窮鱗得西江之水。〔二四〕指顧之内，生成可期。伏惟發膚寸之陰，成彌天之澤；回一瞬之念，致再造之恩。〔二五〕誠無補於多士之時，〔二六〕庶有助於陰施之德。無任懇悃之至。謹啟。

【校注】

〔一〕啟元和八年在朗州作。武相公：武元衡。《舊唐書·憲宗紀下》：「（元和八年二月）甲子，以劍南西川節度使、銀青光禄大夫、檢校吏部尚書、兼門下侍郎、同平章事、上柱國、臨淮郡開國公、食邑二千户武元衡復入中書知政事，兼崇玄館大學士、太清宫使。」《新唐書·宰相表中》：元和八年三月甲子，武元衡爲門下侍郎、平章事；己巳，至自西川。啟云「九年居蠻貊之地」，即作於元和八年。

〔二〕去年：謂元和七年。《柳河東集》卷三五有《上西川武元衡相公謝撫問啟》，元和六年作，可見武元衡與劉、柳之間猶存舊誼。賜，原無，據《叢刊》本、《文苑英華》補。

〔三〕緗簡：書信。緗，淡黄色。

〔四〕危涕：即墜涕。江淹《恨賦》：「孤臣危涕，孽子墜心。」爲墜涕、危心之互置。

〔五〕驛思：馳思。王勃《上武侍極啟》：「馳魂霧谷，忻逢紫岫之英；驛思霞丘，佇接青田之響。」函杖，當作「函丈」。《禮記·曲禮上》：「席間函丈。」注：「函猶容也。講問宜相對容丈，足以指畫也。」又《文王世子》：「凡侍坐於大司成者，遠近間三席，可以問。」注：「席之制，廣三尺三寸三分，則是所謂函丈也。」此以代指尊者。函杖，原作「潁杖」，劉本作「杖屨」，此據《叢刊》本改。

〔六〕鋭求：鋭意求取。國楨：國之楨幹，指棟梁之材。報政：見卷十三《讓同平章事表》注。宣室：漢未央宫中殿名。《史記·賈生列傳》：「賈生爲長沙王太傅三年……後歲餘，賈生徵見，文帝方受釐，坐宣室，上因感鬼神事而問鬼神之本。賈生因具道所以然之狀。至夜半，文帝前席。既罷，曰：『吾久不見賈生，自以爲過之，今不及也。』」黄樞：即黄門，指門下省。《新唐書·百官志二》門下省：「開元元年曰黄門省。」武元衡元和二年爲門下侍郎、同平章事，至此再以門下侍郎爲相，故云「再陞」。

〔七〕八柄：八種權柄。《周禮·天官·大宰》：「以八柄詔王馭群臣：一曰爵，以馭其貴；二曰禄，以馭其富；三曰予，以馭其幸；四曰置，以馭其行；五曰生，以馭其福；六曰奪，以馭其貧；七曰廢，以馭其罪；八曰誅，以馭其過。」三人：謂當時宰相李吉甫、李絳及元衡，詳後。《易·繫辭下》：「二人同心，其利斷金。」

〔八〕台座：指三台星，參見卷四《南海馬大夫遠示著述（略）》注。傑材：指漢初三傑。《史記·高祖本紀》：「高祖曰：『……夫運籌策帷帳之中，決勝於千里之外，吾不如子房。鎮國家，撫百姓，給饋餉，不絶糧道，吾不如蕭何。連百萬之軍，戰必勝，攻必取，吾不如韓信。此三人者，皆人傑也，吾能用之，此吾所以取天下也。』」

〔九〕規隨：規劃與執行。揚雄《解嘲》：「夫蕭規曹隨，留侯畫策。」《史記·曹相國世家》：「參爲漢相國，出入三年，卒……百姓歌之曰：『蕭何爲法，顜若畫一；曹參代之，守而勿失。載其清淨，民以寧一。』」

〔一〇〕憲網：法網。兀：静止貌。陸機《文賦》：「兀若枯木，豁若涸流。」説：通悦。窮途：《晉書·阮籍傳》：「時率意獨駕，不由徑路，車跡所窮，輒慟哭而反。」

〔一一〕絳、灌：西漢絳侯周勃、灌嬰，此指讒佞之人。《史記·賈生列傳》：「天子議以爲賈生任公卿之位。絳、灌、東陽侯、馮敬之屬盡害之，乃短賈生曰：『雒陽之人，年少初學，專欲擅權，紛亂諸事。』於是天子後亦疏之，不用其議，乃以賈生爲長沙王太傅。」椒、蘭：戰國時楚國人子椒、子蘭。《楚辭·離騷》：「余以蘭爲可恃兮，羌無實而容長。委厥美以從俗兮，苟得列乎衆芳。椒專佞以慢慆兮，樧又欲充夫珮幃。……覽椒蘭其若茲兮，又況揭車與江離。」王逸注：「蘭，懷王少弟，司馬子蘭也。……椒，楚大夫子椒也。……言觀子椒、子蘭變志若此，況朝廷衆臣，而不爲佞媚以容其身邪？」

〔一二〕主祀：主祭祀。按劉禹錫《上杜司徒書》云己「同生無手足之助」，故云「一身主祀」。枌榆之鄉：故鄉。《漢書·郊祀志》：「高祖禱豐枌榆社。」晉灼曰：「枌，白榆也。社在豐東北十五里。」按劉邦爲沛縣豐邑人。

〔一三〕同類：指永貞中同被貶者。程异元和四年牽復授官，見卷二《詠古二首有所寄》注。

〔一四〕臺：御史臺。貞元末劉禹錫爲監察御史時，武元衡爲中丞，見卷一《和武中丞秋日寄懷簡諸僚故》注。準繩：準爲測量平面的水準器，繩爲測量直綫的墨綫，引申爲衡量，裁督。按：巡察。讞：議獄斷罪。監察御史「掌分察百僚，巡按州縣，獄訟、軍戎、祭祀、營作、太府出納皆莅焉」，見《新唐書·百官志三》。

〔一五〕藻鑒：品藻鑒別。杜甫《上韋左相二十韻》：「持衡留藻鑑，聽履上星辰。」

〔一六〕艱貞：《易·明夷》：「明夷，利艱貞。」疏：「時雖至闇，不可隨世傾邪，故宜艱難堅固，守其貞正之德。」

〔一七〕山園：指德宗崇陵。永貞中，劉禹錫爲杜佑奏舉爲崇陵使判官，見卷十九《子劉子自傳》。

〔一八〕本使：當指杜佑等。韓愈《順宗實録》卷一：「（正月二十六日）以檢校司空、平章事杜佑攝冢宰、兼山陵使，中丞武元衡爲副使，宗正卿李紓爲按行山陵地使，刑部侍郎鄭雲逵爲鹵簿使。」供司：供應物資的官府。關束：制約。

〔一九〕城社：城狐社鼠，城牆洞中的狐狸與社壇中的老鼠，喻倚勢爲惡之人。《晉書·謝鯤傳》：「及（王）敦將爲逆，謂鯤曰：『劉隗姦邪，將危社稷。吾欲除君側之惡，匡主濟時，何如？』對曰：『隗誠始禍，然城狐社鼠也。』」

〔二〇〕趙國公：李吉甫。《舊唐書》本傳：「（元和五年）正月，授吉甫金紫光禄大夫、中書侍郎、平章事、集賢殿大學士、監修國史、上柱國、趙國公。」一顧：指被稱揚或提攜。謝朓《和王主簿怨情》：「平生一顧重，宿夕千金輕。」按李吉甫永貞中雖未在朝爲官，但貞元十八年曾在長安，參與宴集，權德輿貞元末作《韋賓客宅宴集詩序》中之「郴守李君」即吉甫。高邑公：李絳，時與吉甫、元衡同在相位。《舊唐書》本傳：「補渭南尉，貞元末拜監察御史。元和二年，以本官充翰林學士。……（六年）以絳爲中書侍郎、同中書門下平章事。……八年，封高邑縣男。」李絳與禹錫「爲布衣游，及仕畿服，幸公同邑」，故「夙荷見知」，見卷十八《唐故相國李公集紀》。

〔二一〕外方：按《舊唐書·李吉甫傳》，吉甫貞元中爲明州員外長史，起爲忠州刺史，遷郴、饒二州刺史，憲宗即位，徵拜考功郎中、知制誥，故永貞中在外方。李絳在外方之事未詳。

〔二二〕黨錮：被禁錮的黨人，指永貞中被貶的劉、柳等一干官員。東漢末年，宦官專權，名士李膺等與太學生徒聯合抨擊宦官，被稱爲黨人。延熹九年（一六六）及建寧二年（一六九）曾大批逮捕、流放、殺害黨人，史稱黨錮之禍，詳見《後漢書·黨錮列傳》。

〔二三〕前歲：指元和七年。振淹：振拔淹滯。《左傳·文公六年》：「宣子於是乎始爲國政……續常職，出滯淹。」注：「拔賢能也。」元和七年，有重新起用永貞八司馬之議，參見前《上杜司徒啟》注。

〔二四〕群蟄：《禮記·月令·仲春之月》：「雷乃發聲。始電。蟄蟲咸動，啟户始出。」《詩·召南·殷其雷》：「殷其雷，在南山之陽。」窮鱗：涸轍之魚，用莊子貸粟於監河侯事，見卷五《送張盥赴舉》注。

〔二五〕膚寸之陰：小塊陰雲。彌天之澤：指大雨，參見卷四《望衡山》注。

〔二六〕多士：人才衆多；原作「多事」，據《文苑英華》改。

上中書李相公啟〔一〕 絳。

某啟：去年國子主簿楊歸厚致書相慶，〔二〕伏承相公言及廢錮，愍色甚深。哀仲翔之久謫，恕元直之方寸。〔三〕思振淹之道，廣錫類之人。〔四〕遠聆一言，如受華衮。〔五〕伏自不窺牆仞，〔六〕九年于兹，高卑邈殊，禮數懸絶。雖身居廢地，而心恃至公。

伏以相公久以紆謨，參于宥密。〔七〕材既爲時而出，道以得君而專。令發於流水之源，化行猶偃草之易。〔八〕習强伉者自納於軌物，困杼軸者咸躋於仁壽。〔九〕六轡在手，〔一〇〕平衡居心。運思於陶冶之間，宣猷於魚水之際。〔一一〕然能軫念廢物，遠哀窮途。嗟哉小生，有足悲者。内無手足之助，外乏强近之親。〔一二〕爲學苦心，本求榮養〔一三〕；得罪由己，翻乃貽憂。捫躬自劾，愧入肌骨。禍起飛語，刑極淪胥。〔一四〕心因病怯，氣以愁耗。

近者否運將泰，〔一五〕仁人持衡。伏惟推曾、閔之懷，憐烏鳥之志；處夔、龍之位，傷屈、賈之心。〔一六〕沛然垂光，昭振幽蟄；言出口吻，澤濡寰區。昔者行葦勿傷，枯骼猶掩，哀老以出弊，愍窮而開懷。〔一七〕無情異類，尚或嬰慮。顧惟江干逐客，曾是相府故人，言念材能，誠無所取；譬諸飛走，庸或知恩。〔一八〕

嗚呼！以不駐之光陰，抱無涯之憂悔；當可封之至理，爲永廢之窮人。聞弦尚驚，危心不定；垂耳斯久，長鳴孔悲。〔一九〕腸回淚盡，言不宣意。謹啟。

【校注】

〔一〕啟元和八年在朗州作，與前《上門下武相公啟》同時。李相公：李絳。《新唐書・宰相表中》：元和六年十一月己丑，户部侍郎李絳爲中書侍郎、同中書門下平章事；九年二月癸卯，絳罷爲禮部尚書。

〔二〕楊歸厚：元和七年自拾遺貶國子主簿分司，見卷二《寄楊八拾遺》注。

〔三〕廢錮：免官後終身不再録用。《漢書·息夫躬傳》：「躬同族親屬，素所厚者，皆免，廢錮。」師古曰：「終身不得仕。」此指永貞八司馬，時有「縱逢恩赦，不在量移之限」的詔令。仲翔：虞翻字。久謫，原作「人謫」，據明本、劉本、《叢刊》本、《文苑英華》、《全唐文》改。《三國志·吴書·虞翻傳》：「字仲翔……性疏直，數有酒失。……（孫）權積怒非一，遂徙翻交州。……在南十餘年，年七十卒。」注引《江表傳》：「後權遣將士至遼東，於海中遭風，多所没失，權悔之，乃令曰：『昔趙簡子稱，諸君之唯唯不如周舍之諤諤。虞翻亮直，善於盡言，國之周舍也。前使翻在此，此役不成。』促下問交州：『翻若存者，給其人船，發遣還都；若以亡者，送喪還本郡，使兒子仕宦。』會翻已終。」元直：徐庶字。方寸：心。《三國志·蜀書·諸葛亮傳》：「潁川徐庶元直與亮友善。……（劉）琮聞曹公來征，遣使請降。先主在樊聞之，率其衆南行，亮與徐庶並從，爲曹公所追破，獲庶母。庶辭先主而指其心曰：『本欲與將軍共圖王霸之業者，以此方寸之地也。今已失老母，方寸亂矣，無益於事，請從此别。』遂詣曹公。」時禹錫老母已八十餘，故云。

〔四〕振淹：見前《上門下武相公啟》注。錫類之人：指孝子。《詩·大雅·既醉》：「孝子不匱，永錫爾類。」傳：「匱，竭；類，善也。」箋：「孝子之行，非有竭極之時，長以與汝之族類，謂廣之以教道天下也。」

〔五〕華衮：多彩的衮衣。衮，古代上公的禮服。范寧《春秋穀梁傳序》：「一字之褒，寵踰華衮之贈。」

〔六〕牆仞：高牆，指門庭。《論語・子張》載子貢語：「夫子（孔子）之牆數仞，不得其門而入，不見宗廟之美，百官之富。」

〔七〕宥密：指國家大政。《詩・周頌・昊天有成命》：「成王不敢康，夙夜基命宥密。」傳：「宥，寬；密，寧也。」箋：「文王、武王……順天命不敢解倦，行寬仁安静之政，以定天下。」

〔八〕流水：《史記・管晏列傳》：「下令如流水之源，令順民心。」偃草：草隨風倒伏，喻百姓被其德化。見卷二《元和癸巳歲仲秋詔發江陵偏師（略）》注。

〔九〕强伉：强横驕縱。軌物：法度與規範。《左傳・隱公五年》：「君將納民於軌物者也。故講事以度軌量謂之軌，取材以章物采謂之物。不軌不物，謂之亂政。」杼軸：即杼柚，織機上的梭子與卷織物的滾筒。《詩・小雅・大東》：「小東大東，杼柚其空。」《三國志・吴書・賀邵傳》：「百姓罹杼軸之困，黎民罷（疲）無已之求。」仁壽：見卷十三《賀除虔王等表》注。

〔一〇〕六轡：《詩・秦風・駟驖》：「駟驖孔阜，六轡在手。」疏：「謂（六轡）在手而已，不假控制，故爲馬之良也。」此以高明駕馭之術比喻治理國家。

〔一一〕魚水之際：謂君臣相得。《三國志・蜀書・諸葛亮傳》：「先主……與亮情好日密，關羽、張飛等不悦，先主解之曰：『孤之有孔明，猶魚之有水也。』」

〔一二〕强近：勉强可算親近。李密《陳情事表》：「外無期功强近之親，内無應門五尺之僮。」

〔一三〕榮養：贍養父母。《晉書·趙至傳》：「初，至自恥士伍，欲以宦學立名，期於榮養。」

〔一四〕淪胥：相互牽連。《詩·小雅·雨無正》：「若此無罪，淪胥以鋪。」傳：「淪，率也。」箋：「胥，相；鋪，遍也。言王使此無罪者見牽率相引而遍得罪也。」

〔一五〕否、泰：《周易》卦名，參見卷一《韓十八侍御見示（略）》注。

〔一六〕曾、閔：孔子弟子曾參與閔損。《史記·仲尼弟子列傳》：「曾參……孔子以爲能通孝道，故授之業，作《孝經》。」又：「閔損，字子騫。……孔子曰：『孝哉閔子騫，人不間於其父母昆弟之言。』」烏烏：烏鴉，古代認爲是一種孝鳥。《太平御覽》卷九二〇引《譙子·法訓》：「烏者，猶有返哺，況人而無孝心者乎！」李密《陳情事表》：「烏鳥之情，願乞終養。」夔、龍：《書·舜典》：「帝曰：『夔，命汝典樂，教胄子。……龍……命汝作納言，夙夜出納朕命。』」傳：「夔、龍，二臣名。」傷：傷憫，同情。屈、賈：屈原、賈誼，均爲逐臣。屢見前注。

〔一七〕行葦：道旁葦草，參見前《上杜司徒啟》注。枯骼：枯骨。《禮記·月令·孟春之月》：「掩骼埋胔。」注：「骨枯曰骼，肉腐曰胔。」出弊：孔子出敝帷以埋畜狗，見前《上杜司徒書》注。窮：謂窮鳥，趙壹有《窮鳥賦》。開懷：開懷納之。《顔氏家訓·省事》：「窮鳥入懷，仁人所憫。」温庭筠《上首座相公啟》：「窮鳥入懷，靡求它所；羈禽繞樹，更託何枝？」

〔一八〕江干逐客：禹錫自謂。劉禹錫《唐故相國李公集紀》（見卷十八）：「始愚與公爲布衣游，及仕畿服，幸公同邑。」故爲絳「故人」。

〔一九〕聞弦：見卷二《送韋秀才道沖赴制舉》注。垂耳：不得志貌。賈誼《弔屈原文》：「驥垂兩耳，服鹽車兮。」長鳴：《文選》劉琨《答盧諶詩并書》：「昔騄驥倚輈於吴坂，長鳴於良、樂，知與不知也。」李善注引《戰國策》：「楚客謂春申君曰：『昔騏驥駕鹽車，上吴坂，遷延負轅而不能進。遭伯樂，仰而鳴之，知伯樂知己也。今僕屈厄日久，君獨無意使僕爲君長鳴乎？』」

爲容州竇中丞謝上表〔一〕群。時在朗州相逢，因以見託。

臣某言：伏奉某月日制書，授臣容州刺史、兼御史中丞，充本管經略招討等使。臣發開州日，〔二〕已差某官某乙奉表陳謝。伏以道途遐阻，水陸縈紆，臣以今月某日到本任上訖。謹宣聖旨，慰諭遠人。云云。

臣本書生，素無吏術，頃因多幸，賁自丘園，累沐聖慈，驟居清貫。〔三〕識昧通變，動乖事宜，愧無善狀，以塞公責。伏惟睿聖文武皇帝陛下，〔四〕凝旒穆清，洞照寰海。推共理之義，分寄股肱；念蒸人之勤，溥沾遐邇。察臣前任事實，〔五〕恕臣本性朴愚，賜以恩輝，拔於廢棄。遠辭偏郡，重委方隅，捧印綬以爲榮，望闕庭而增戀。〔六〕雖到官之始，惠未及人；而率下之誠，務先克己。凡施政教，皆稟詔條，參以土宜，遂其物性。可行必守，有弊必除。使蠻夷生梗之風，〔七〕慕臣子盡忠之道。力誠不足，心實在兹。伏乞聖明，俯賜昭鑒。無任感戴屏營之至。元和八年。云云。

【校注】

〔一〕元和八年在朗州代竇群作。容州：州治在今廣西容縣，時爲容管經略使治所。竇中丞：竇群，元和八年自開州刺史授容州刺史、容管經略使，參見卷二《和竇中丞晚入容江作》注及題下原注。

〔二〕開州：州治在今四川開縣。

〔三〕賁：裝飾。賁自丘園，謂己自處士徵召，不由科舉或門蔭入仕。《易·賁》：「六五，賁于丘園，束帛戔戔。」疏引舊説云：「唯用束帛招聘丘園，以儉約待賢。」清貫：清班，清貴的官職。《舊唐書·竇群傳》：「隱居毗陵，以節操聞。……後學《春秋》於啖助之門人盧庇者，著書三十卷，號《史記名臣疏》。貞元中，蘇州刺史韋夏卿以丘園茂異薦，兼獻其書，不報。及夏卿入爲吏部侍郎，改京兆尹，中謝日，因對復薦群，徵拜左拾遺，遷侍御史。」

〔四〕睿聖文武皇帝：唐憲宗。《舊唐書·憲宗紀上》：「（元和）三年春正月……癸巳，群臣上尊號曰睿聖文武皇帝。」

〔五〕前任：指在黔中任。《舊唐書·竇群傳》：「改黔州刺史、黔州觀察使。在黔中屬大水壞其城郭，復築其城，徵督谿洞諸蠻，程作頗急，於是，辰、錦生蠻乘險作亂，群討之不能定。六年九月，貶開州刺史。」

〔六〕偏郡：指開州。方隅：邊境四隘，此指方鎮。竇群自黔中觀察使貶開州刺史，復遷容管經略使，故云「重委」。

〔七〕使，《叢刊》本作「便」。生梗：阻塞，不開化。《北史·郭彦傳》：「蠻左生梗，不營農業。」韓愈《永貞行》：「蠻俗生梗瘴癘蒸。」

謝中使送上表〔一〕

臣某言：中使吐突仕曉至，奉宣聖旨慰諭，并送臣至本任者。深山遠郡，忽降王人；跪受恩榮，仰瞻宸極。〔二〕伏以發自巴峽，〔三〕至于南荒，涉水陸湍險之途，當炎夏鬱蒸之候。山川縈轉，晨夜奔馳，幸無它疾，得至本管。九重結戀，遥傾捧日之心；萬里獲安，皆荷自天之佑。無任感戴屏營之至。

【校注】

〔一〕表元和八年秋在朗州代竇群作。中使：以宦官充使者。朱金城《白居易年譜》長慶四年條據表中「伏以發自巴峽，至於南荒，涉水陸湍險之途，當炎暑鬱蒸之候」數語，謂劉禹錫「是年夏轉和州刺史」，疑表作於和州刺史任。但和州在安徽，不得稱「南荒」；唐制，節度、觀察、經略等使，例以中使送上，刺史則無此例（參見李吉甫《饒州刺史謝上表》）；劉禹錫赴和州任乃在秋日而非夏日；在劉禹錫集中，此表次《爲容州竇中丞謝上表》之後，蓋亦元和八年代竇群所作。

〔二〕遠郡：指開州，見前表注。王人：皇帝使者。宸極：北極星，代指京師和皇帝。

〔三〕巴峽：長江三峽之一。開州州治在今四川開縣，故竇群取道巴峽轉赴容州。

答容州竇中丞書〔一〕

健步劉子良至，猥奉書教，以愚爲希儒之徒。〔二〕重言一發，華衮非貴。〔三〕世之服儒衣冠、道古語、居學官者爲不鮮矣，求其知所以然者，幾何人？借曰有之，未必不詬病耳。今夫挾弓注矢遡空而發者，人自以爲皆羿，可矣。〔四〕移之於澤宫，〔五〕則噤而不敢言。何哉？有的不可欺故也。〔六〕今夫儒者，函矢相攻，蜩螗相喧，不啻於彀弓射空矢者，孰爲其的哉〔七〕！異日，兄道大行，則言益重，使儒者之的懸於舌端，不得讓也。由是知辱教之喜，可勝既乎！

間承得一二《易》生，列侍絳帳，荒服之外，持經鼎來，争捐珠璣，以易編簡。〔八〕不疾而速，其君子之德風歟〔九〕！南裔慓俗，已丕變矣。〔一〇〕顧其風候，非民和可移，地泄恒燠，冬無嚴氣，其在嗇神以佑藥，兼味以禦祲。〔一一〕所謂「養賢以及萬民」，《頤》之時義，〔一二〕不可不順。苟以有待及物爲心，則養己與養民，非二道也，矧群情之顒顒乎。〔一三〕禹錫再拜。

【校注】

〔一〕文元和九年在朗州作。竇中丞：竇群，元和八年四月自開州刺史爲容管經略使，參見卷二《和竇中丞晚入容江作》注。

〔二〕健步：善行者，信使。《三國志·魏書·鄧艾傳》：「毌丘儉作亂，遣健步賫書，欲疑惑大衆。」希儒：希望成爲儒者。

〔三〕華衮：華美的衮衣。衮冕爲古代上公之服。范寧《春秋穀梁傳序》：「一字之褒，寵逾華衮之贈。」

〔四〕注矢：搭箭。《左傳·昭公二十一年》：「（公子城）將注，豹則關矣。」注：「注，傅（附）矢。關，引弓。」迦空：向空。羿：古之善射者，見前《答柳子厚書》注。

〔五〕澤宫：射宫，古代習射取士之所。《禮記·射義》：「必先習射於澤。澤者，所以擇士也。」

〔六〕的：箭靶。

〔七〕函矢：鎧甲與箭。《孟子·公孫丑上》：「矢人惟恐不傷人，函人惟恐傷人。」。蜩螗：蟬。蜩即蟬，螗爲蟬之一種。《詩·大雅·蕩》：「如蜩如螗。」箋：「飲酒號呼之聲，如蜩螗之鳴。」彀弓：張弓。

〔八〕《易》生：學習《周易》的生徒。絳帳：指講席。《後漢書·馬融傳》：「融才高博洽，爲世通儒，教養諸生，常有千數。……常坐高堂，施絳紗帳，前授生徒，後列女樂，弟子以次相傳，鮮有入其室者。」荒服：離王畿二千里處，五服中之最遠者，見《書·禹貢》。鼎來：《漢書·匡衡傳》：「無説《詩》，匡鼎來。匡説《詩》，解人頤。」注：「鼎來，方且來也。」

〔九〕不疾而速：《易·繫辭上》：「唯神也，故不疾而速，不行而至。」德風：《論語·顏淵》：「君子之德風，小人之德草，草上之風必偃。」

〔一〇〕南裔：南方邊地。憬俗：荒遠處的民俗。丕變：大變。

〔一一〕風候：氣候。民和：百姓安居樂業。泄：發泄。《呂氏春秋·季春紀》：「生氣方盛，陽氣發泄。」燠：熱。嚴氣：寒氣。《禮記·鄉飲酒義》：「天地嚴凝之氣，始於西南而盛於西北，此天地之尊嚴氣也。」嗇神：愛惜保養精神。《後漢書·周磐傳》：「昔方回、支父嗇神養和，不以榮利滑其生術。」佑：明本、《全唐文》作「佐」。兼味：兩種以上的菜肴，此指注意飲食營養衛生。《穀梁傳·襄公二十四年》：「大侵之禮，君食不兼味。」祲：陰陽二氣相侵形成的不祥之氣，此指瘴癘之氣。

〔一二〕頤：《周易》卦名。《易·頤·彖》：「頤，貞吉。養正則吉也。觀頤，觀其所養也。自求口實，觀其自養也。天地養萬物，聖人養賢以及萬民，頤之時大矣哉。」疏：「以象釋頤義，於理既盡，更無餘意，故不云『義』，所以直言『頤之時大矣哉』。」

〔一三〕有待：有所期待作爲。《禮記·儒行》：「愛其死，以有待也；養其身，以有爲也。」矧：況且。

顒顒：仰慕貌。《淮南子·俶真》：「是故聖人呼吸陰陽之氣，而群生莫不顒顒然仰其德以和順。」

何卜賦〔一〕

余既幼惑力命之説兮，身久放而愈疑。〔二〕心回穴其莫曉兮，將取質夫東龜。〔三〕

楚人俗巫而好術兮，叟有鬻卜而來思。〔四〕乃招而祝之曰：「嘻，人莫不塞，有時而通，伊我兮久而愈窮。〔五〕人莫不病，有時而間，〔六〕伊我兮久而滋蔓。吾聞人肖五行，〔七〕動止有則，四時轉續，變於所極。一歲之旱，人斯具舟；三月之熱，人斯具裘。極必反焉，〔八〕其猶合符。予首圓而足方，〔九〕予腹陰而背陽，胡形象之有肖，而變化之殊常？經曰，剥極則賁，居賁而未嘗剥者其誰？〔一〇〕否極受泰，居否而未嘗泰者又其誰？〔一一〕鶴胡不截？鳧胡不裨？〔一二〕夔何罰而踸踔，蚿何功而扶持？〔一三〕紛紜恣睢，交作舛馳，似予似奪，似信似欺，孰主張之？〔一四〕問於子龜。」

卜者曰：「招我以粗，問我以微。有天下之是非，有人人之是非。〔一五〕在此爲美兮，在彼爲嗤。〔一六〕或昔而成，或今而虧。君問曷由，主張其時。時乎時乎，去不可邀，來不可逃，淹淹兮孰舍孰操？〔一七〕堇喙之毒苓，鷄首之賤毛，各於其時，而伯音霸其曹。〔一八〕屠龍之伎，非曰不偉，時無所用，莫若屨豨。〔一九〕作俑之工，非曰可珍，時有所用，貴於斲輪。〔二〇〕絡首縻足兮，驥不能踰跬；前無所阻兮，跛鼈千里。〔二一〕同涉于川，其時在風，沿者之吉，泝者之凶。同藝于野，其時在澤，伊穜之利，乃穋之厄。〔二二〕故曰：是耶非耶？主者時耶？〔二三〕諒淑惡之同出兮，顧所丁之若何。〔二四〕夫如是，得非我美，失非我恥。其去曷思，其來曷期。姑蹈常而俟之，〔二五〕夫何卜爲？」

言訖，執龜而起。予退而作《何卜賦》，於是蹈道之心一，〔二六〕而俟時之志堅。內視群疑，猶冰釋然。〔二七〕

【校注】

〔一〕賦云已「身久放」，當作於元和中貶朗州之後期。何卜：《左傳·桓公十一年》：「卜以決疑，不疑何卜？」

〔二〕力命：謂人力與天命。《列子》有《力命》篇，大旨謂壽夭、窮達、貴賤、貧富非人力之所能，而是天命。張湛注：「命者，必然之期，素定之分也。雖此事未驗，而此理已然。若以壽夭存於御養，窮達係於智力，此惑於天理也。」放：放逐，貶謫。

〔三〕回穴：猶回泬，旋轉不定貌。《文選》宋玉《風賦》：「回穴錯迕。」李善注：「凡事不能定者迴穴。」質：質詢，質正。東龜：即龜，古代以龜甲占卜。《周禮·春官·龜人》：「龜人掌六龜之屬。……東龜曰果屬。」

〔四〕術：方術，術數。鬻卜：賣卜。思：語詞。《詩·小雅·采薇》：「今我來思，雨雪霏霏。」

〔五〕塞：困窘。伊：語詞。

〔六〕間：病愈。《方言》卷三：「差、間，愈也。南楚病愈者謂之差，或謂之間。」

〔七〕宵：通肖，類：《叢刊》本作「稟」，明本、劉本、《全唐文》作「肖」。《漢書·刑法志》：「夫人宵天地之貌。」注引應劭曰：「宵，類也。」五行：金、木、水、火、土。《禮記·禮運》：「故人者，其天地之德，陰陽之交，鬼神之會，五行之秀氣也。」

〔八〕極必反：《鶡冠子·環流》：「物極則反，命曰環流。」

〔九〕首圓足方：首圓肖天，足方肖地。見前《袁州萍鄉縣楊岐山故廣禪師碑》注。

〔一〇〕經：指《周易》。剥、賁：均《易》卦名。居賁而未嘗剥者，指居於顯位而未經謫降流貶者。《易·剥》：「剥，剥也。柔變剛也。不利有攸往，小人長也。」《易·賁》：「賁，亨，小利有攸往。」《易·説卦》：「賁者，飾也。致飾然後亨則盡矣，故受以剥。」

〔一一〕否、泰：均《易》卦名。居否而未嘗泰者，指長期遭受貶謫者。《易·泰》：「天地交而萬物通也。……君子道長，小人道消。」《易·否》：「天地不交而萬物不通也。……小人道長，君子道消。」

〔一二〕鳧：野鴨。裨：補，接續。《莊子·駢拇》：「鳧脛雖短，續之則憂。鶴脛雖長，斷之則悲。」

〔一三〕夔：相傳爲一足之獸。踸踔：同趻踔，跛行貌。蚿：百足蟲。扶持：謂得多足支撐。《莊子·秋水》:「夔謂蚿曰:『吾以一足跉踔而行,予無如矣。今子之使萬足,獨奈何?』」

〔一四〕 恣睢:放縱横暴。舛馳:相背而馳。《揚子》:「見諸子各以其智舛馳。」主張:主宰。

〔一五〕 天下之是非:天下公認的是非標準。人人之是非:各人不同的是非標準。《莊子·齊物論》:「故有儒、墨之是非,以是其所非而非其所是。」人人,《叢刊》本作「仁人」。

〔一六〕 嗤:通蚩,醜;劉本、《全唐文》作「蚩」。《莊子·知北游》:「是其所美者爲神奇,其所惡者爲臭腐。」郭象注:「各以所美爲神奇,所惡爲臭腐耳。然彼之所美,我之所惡也。我之所美,彼或惡之。」

〔一七〕 淹淹:遲緩貌。捨:捨棄。操:把握。

〔一八〕 堇喙:即堇,一名烏頭,一名烏喙,有毒,可入藥。《爾雅·釋草》:「芨,堇草。」郭璞注:「即烏頭也,江東呼爲堇。」《急就篇》:「烏喙附子椒芫華。」堇喙,明本、《全唐文》作「豕喙」,劉本作「烏喙」。苓,明本、劉本、《全唐文》作「堇」。鷄首:即鷄頭,芡的别名。毛:草。伯其曹:爲同類之長。《莊子·徐無鬼》:「藥也,其實堇也,桔梗也,鷄廱也,豕零也,是時爲帝者也,何可勝言。」注:「當其所須則無賤,非其時則無貴。貴賤有時,誰能常也。」陸德明音義:「鷄廱,徐於容反,本或作壅,音同。司馬云,即鷄頭也,一名芡,與藕子合爲散,服之延年。……藥草有時迭相爲帝,謂其王相休廢,各得所用也。」

〔一九〕 屠龍之伎:《莊子·列禦寇》:「朱泙漫學屠龍於支離益。單(殫)千金之家,三年技成而無所用其巧。」履豨：檢查猪的肥瘦。《莊子·知北游》：「正獲之問於監市履豨也，每下愈況。」郭象注：「豨，大豕也。夫監市之履豕以知其肥瘦者，愈履其難肥之處，愈知豕肥之要。」

〔二〇〕俑：當作「踊」，受刑刖足者所穿的鞋子。《左傳·昭公三年》：「國之諸市，屨賤踊貴。」注：「踊，刖足者屨，言刖者多。」斲輪：製作車輪的匠人。《莊子·天道》：「桓公讀書於堂上，輪扁斲輪於堂下。」

〔二一〕跬：半步。《荀子·勸學》：「是故不積跬步，無以致千里。」同書《脩身》：「蹞步而不休，跛鼈千里。」蹞，同跬。

〔二二〕藝：種植。澤：雨水。穜、穋：即穜、稑。《周禮·天官·内宰》：「上春，詔王后帥六宫之人，而生穜稑之種。」鄭司農曰：「先種後孰謂之穜，後種先孰謂之稑。」因二者收穫季節不同，故對雨水的需求亦異。

〔二三〕「時耶」下《叢刊》本有「主者命邪」四字。

〔二四〕淑惡：美惡。丁：當。

〔二五〕蹈常：遵行常道。

〔二六〕蹈道：猶行道，即堅守正道。《史記·匈奴列傳》：「朕與單于皆捐往細故，俱蹈大道，墮壞前惡，以圖長久。」

〔二七〕釋：融化。《老子》上篇：「涣兮若冰之將釋。」

【集評】史繩組曰：東坡《泗州僧伽塔》詩：「耕田欲雨刈欲晴，去得順風來者怨。」此乃檃括劉禹錫《何卜賦》中語曰「同涉於川，其時在風，沿者之吉，泝者之凶。同藝於野，其時在澤，伊穜之利，乃穋之厄」。坡以一聯十四字而包盡劉禹錫四對三十二字義，蓋奪胎換骨之妙也。（《學齋占畢》卷二「坡文之妙」）

宋長白曰：東坡《泗州塔》詩：「耕田欲雨刈欲晴，去得順風來者怨。」語氣全用劉夢得「同施於陸，其時在澤，伊穜之利，乃穋之厄。同舟於江，其時在風，沿者之吉，溯者之凶」。李德遠《東西船行》祖其意而擴充之，似不如髯蘇之一語包盡也。（《柳亭詩話》卷一六）

武陵北亭記〔一〕

郡北有短亭，〔二〕繇舊也。亭孤其名，地藏其勝，前此二千石全然見之，建言而莫踐，去之日，率遺恨焉。〔三〕

七年冬，詔書以竹使符授尚書水曹外郎竇公常曰〔四〕：「命爾爲武陵守。」莅止三月，以碩畫佐元侯，平裔夷，降渠魁。〔五〕又三月，以順令率蒸民，增水坊，表火道。〔六〕是歲大穰，明年政成，農緣畝以勇勸，工執技以思賈。因民之餘力，乘日之多暇，乃顧其屬曰：

「郊道有候亭，示賓以不慁也。〔七〕雅聞兹地，韜美未發，豈有待邪？自吾之治于斯也，購徒庀材，大起堙廢，未嘗植私庭，葺燕寢，役必先公，人不余瑕。〔八〕調賦幸均矣，城池幸完矣，而重浹辰之役，掠苛簡之問，卒使勝躅冒没，猶璞而不攻。〔九〕懼换符之日，還復賫恨，無乃遺誚於來者乎？」〔一〇〕言得其宜，智愚同贊。

於是，撤故材以移用，相便地而居要，去凡木以顯珍茂，汰污池以通淪漣。自天而勝者列於騁望，由我而美者生於頤指。〔一一〕箕張筵楹，股引房櫳，斧斤息響，風物異態。〔一二〕大道出乎左藩，澄湖浸乎前垠，仙舟祖軷，由是區處。〔一三〕九月壬午，工告休，亭長受成，赤車威遲，於以落之。〔一四〕肅賓而入，圜視有適。〔一五〕沈水北澳，陽山南麓，黕焉蘧蘧，雄殿郊隅〔一六〕。前軒舒陽，朱檻環之，舞衣迴旋，樂簴參差。〔一七〕北廡延陰，外阿旁注，芊眠清泚，羅入洞户。〔一八〕初筵修平，雕俎静嘉，林風天籟，與金奏合。〔一九〕

亦既醉止，州從事舉白而言曰：「室成於私，古有發焉，矧成於公，庸敢無詞？〔二〇〕觀乎棼楣有嚴，丹雘相宣，象公之文律暐然而光也。〔二一〕望之弘深，〔二二〕即之坦夷，象公之酒德温然而達也。庭芳萬本，跗萼交映，如公之家肥熾而昌也。〔二三〕門闢户闔，連機弛張，似公之政經便而通也。〔二四〕因高而基，因下而池，躋其高可以廣吾視，泳其清可以濯吾纓。〔二五〕俯于逵，惟行旅謳吟是采；瞰于野，惟稼穡艱難是知。〔二六〕雲山多狀，昏旦異候。〔二七〕百壺先韋之餞迎，退食私辰之宴嬉，觀民風於嘯詠之際，展宸戀於天雲之末，動合於誼，匪惟寫憂。」〔二八〕公曰：「夫言之必可書者，公言也。從事不以私視予，余從而讓之，是自還也，〔二九〕其可乎？」乃授簡于放臣，〔三〇〕俾書以示後。後之思公者，雖灌叢萋草，尚勿翦拜，矧翬飛之革然，石刻之隱然歟〔三一〕！

【校注】

〔一〕文元和九年九月在朗州作。武陵北亭：朗州北郊的候亭。

〔二〕短亭：驛路上供迎送賓客及休息的亭子，五里處爲短亭，十里處爲長亭。庾信《哀江南賦》：「十里五里，長亭短亭。」

〔三〕二千石：指朗州刺史。建言：提出建議。莫踐：未付諸實行。去：指離任。

〔四〕竹使符：漢代任命太守的信物。《漢書·文帝紀》：「九月，初與郡守爲銅虎符、竹使符。」唐代刺史信物爲銅魚符。竇常爲朗州刺史，見卷二《酬竇員外使君寒食日（略）》注。

〔五〕碩畫：遠大的謀略。元侯：諸侯之長，此處指荆南節度使嚴綬。裔夷：邊地少數民族。渠魁：首領，指辰、錦諸州蠻首領張伯靖。竇常預平蠻之事，見卷二《元和癸巳歲仲秋詔發江陵偏師（略）》、《酬竇員外郡齋宴客（略）》二詩注。

〔六〕順令：《史記·秦始皇本紀》：「天下承風……莫不順令。」蒸民：衆民。蒸，通烝。增水坊：加高河道隄防。表火道：預防火災發生。《左傳·襄公九年》：「火所未至，徹小屋，塗大屋……繕守備，表火道。」注：「火起則縱其所趣摽表之。」

〔七〕不慁：不雜亂。

〔八〕購徒：懸賞徵求工匠。庀材：備辦材料。礱：磨治。《國語・晉語八》：「趙文子爲室，斲其椽而礱之。」燕寢：《禮記・曲禮下》疏：「周禮，王有六寢，一是正寢，餘五寢在後，通名燕寢。」此指個人起居休息之所。

〔九〕調賦：賦税。調爲賦税的一種，唐時輸綾絹布麻等。浹辰之役：需時較多的工程。浹辰，古代以干支紀日，故以自子至亥一周十二日爲浹辰。掠苟簡之問：得到辦事草率簡略的名聲。問，通聞。《漢書・董仲舒傳》：「秦繼其後……其心欲盡滅先王之道，而顓爲自恣苟簡之治。」勝躅：勝跡，此處指北亭附近自然景物。璞：藴玉的石。攻：攻治。

〔一〇〕换符：指刺史替代。賫恨：有遺憾。

〔一一〕自天而勝者：指自然之美。騁望：極目遠望。馬融《廣成頌》：「騁望千里，天與地莽。」由我而美者：指人工之美。頤指：以下巴指點示意。

〔一二〕箕張：如簸箕之向前伸張。張衡《東京賦》：「鵝鸛魚麗，箕張翼舒。」筵：席。楹：廳堂前部的柱子。股引：如雙股之向兩旁延展。房櫳：指房。櫳，窗櫺。

〔一三〕仙舟：此指水程，用李膺、郭泰事，參見卷五《和東川王相公新漲驛池八韻》注。祖軷：出行前祭路神，此指陸程。區處：分别安排。

〔一四〕壬午：元和九年九月壬戌朔，壬午爲二十一日。赤車：官吏所乘之車。威遲：緩行貌。落：舉行落成的祭典。《左傳·昭公七年》：「楚子成章華之臺，願以諸侯落之。」注：「宫室始成祭之爲落。」

〔一五〕圜：通環。

〔一六〕沈水：未詳，疑爲沅水之訛。澳：港灣。陽山：山名，見卷二《陽山廟觀賽神》注。黕：黑貌。蘧蘧：同渠渠，高聳貌。王延壽《魯靈光殿賦》：「飛梁偃蹇以虹指，揭蘧蘧而騰湊。」

〔一七〕舒陽：開敞向陽。樂簴：懸掛樂器的架子。

〔一八〕阿：屋棟。注：向下傾斜。芊眠：草茂盛。清泚：水清澈。

〔一九〕筵：筵席。《詩·小雅·賓之初筵》箋：「筵，席也。」雕俎：雕鏤精美的食器。静嘉：潔净美好。《詩·大雅·既醉》：「其告維何，籩豆静嘉。」金奏：指音樂聲。

〔二〇〕發：發禮往賀。《禮記·檀弓下》：「晉獻文子成室，晉大夫發焉。張老曰：『美哉輪焉，美哉奂焉！歌於斯，哭於斯，聚國族於斯！』文子曰：『武也得歌於斯，哭於斯，聚國族於斯，是全要領以從先大夫於九京也。』北面再拜稽首。君子謂之善頌善禱。」矧：況且。

〔二一〕棼：閣樓的棟。有嚴：有威嚴。《詩·小雅·六月》：「有嚴有翼，共武之服。」丹雘：赤色塗料。《書·梓材》：「惟其塗丹雘。」文律：文章的音律。陸機《文賦》：「普辭條與文律，良余膺之所服。」暐然：光彩鮮明貌。

〔二二〕弘深：弘敞深邃。蔡邕《郭有道碑》：「器量弘深。」

〔二三〕庭芳：庭中花木。跗萼：花萼，喻指兄弟。跗，花萼的底部。《詩·小雅·常棣》：「常棣之華，鄂不韡韡。凡今之人，莫如兄弟。」鄂，通萼。不，跗的假借字。家肥：《禮記·禮運》：「父子篤，兄弟睦，夫婦和，家之肥也。」竇常兄弟五人，時常弟牟爲洛陽令，群爲容管經略使，庠爲宣歙團練副使，鞏爲山南東道節度掌書記。

〔二四〕門闢户闔：互文，言門户開闔。政經：爲政有常道。《左傳·宣公十二年》：「昔歲入陳，今兹入鄭，民不罷勞，君無怨讟，政有經矣。」注：「經，常也。」

〔二五〕廣吾視：開闊視野，語意雙關。李尤《洛銘》：「廣視遠聽，審任賢良。」濯吾纓：《孟子·離婁上》：「有孺子歌曰：『滄浪之水清兮，可以濯我纓；滄浪之水濁兮，可以濯我足。』」

〔二六〕逵：道路。謳吟：歌謡。《文心雕龍·樂府》：「匹夫匹婦，謳吟土風，詩官採言，樂盲被律。」稼穡：農業生産勞動。《書·無逸》：「君子所其無逸，先知稼穡之艱難，乃逸，則知小人之依。」

〔二七〕異候：氣候景物不同。謝靈運《石壁精舍還湖中作》：「昏旦變氣候，山水含清暉。」

〔二八〕百壺：指餞送。《詩·大雅·韓奕》：「韓侯出祖，出宿于屠。顯父餞之，清酒百壺。」先韋之餞：指犒勞接風的酒宴。韋，皮革。《左傳·僖公三十三年》：「秦師（襲鄭）……及滑，鄭商人弦高將市於周，遇之，以乘韋先，牛十二犒師。」疏：「遺人之物，必以輕先重後，故先韋乃入牛。」退食：指公餘休息。《詩・召南・羔羊》：「退食自公。」傳：「公，公門也。」私辰：鮑照《玩月城西門廨中》：「休浣自公日，宴慰及私辰。」宸戀：對帝王及京師的眷戀。誼：通義，宜。寫：排遣。《詩・邶風・泉水》：「駕言出游，以寫我憂。」

〔二九〕自還：當指有私心。《韓非子・五蠹》：「古者蒼頡之作書也，自環者謂之私，背私謂之公。」還、環通。自還，劉本、《全唐文》作「自遠」。

〔三〇〕放臣：逐臣，禹錫自謂。

〔三一〕灌叢：灌木叢。葽：草名。翦拜：拔除。《詩・召南・甘棠》：「蔽芾甘棠，勿翦勿拜。」傳：「翦，去。」箋：「拜之言拔也。」餘參見卷一《途次敷水驛（略）》注。翬：五彩山雉。《詩・小雅・斯干》：「如鳥斯革，如翬斯飛。」傳：「革，翼也。」疏：「斯革、斯飛，言檐阿之勢似鳥飛也。」隱然：高起貌。

謫九年賦〔一〕

古稱思婦，已歷九秋〔二〕；未必有是，舉爲深愁。莫高者天，莫濬者泉，推以極數，無踰九焉。〔三〕伊我之謫，至於數極。長沙之悲，三倍其時；廷尉不調，行當跂而。〔四〕天有寒暑，閏餘三變；朝有考績，明幽三見。〔五〕顧堯之民兮，亦昏墊而有嘆。〔六〕嘆息兮徜徉，登高高兮望蒼蒼。〔七〕

突弁之夫，我來始黄；合抱之木，我來猶芒。〔八〕山增昔容，水改故坊，童者鬱鬱，而涸者洋洋。〔九〕天覆地生，翕兮無傷。〔一〇〕彼族而居，歸之投荒；彼軒而游，昨日桁楊。〔一一〕信及澤濡，俄然復常。〔一二〕

稽天道與人紀，咸一僨而一起。〔一三〕去無久而不還，棼無久而不理。〔一四〕何吾道之一窮兮，貫九年而猶爾。噫！不可得而知，庸詎得而悲。苟變化之莫及兮，又安用夫宵天地之形爲〔一五〕！

【校注】

〔一〕賦元和九年在朗州作。劉禹錫《問大鈞賦》：「俟罪朗州，三見閏月，人咸曰數之極，理當遷焉，因作《謫九年賦》以自廣。是歲臘月，詔追……」禹錫又有《元和甲午歲詔書盡徵江湘逐客（略）》詩（參見卷四），知賦作於元和九年。

〔二〕九秋：《文選》張衡《南都賦》：「結九秋之增傷，怨西荆之折盤。」李善注：「古樂府有《歷九秋妾薄相行》，歌辭曰：『齊謳楚舞紛紛，歌聲上徹青雲。』」

〔三〕浚：深。極數：《素問·三部九候論》：「天地之至數，始於一，終於九焉。」汪中《述學·釋三九》：「凡一二之所不能盡者，則約之以三以見其多。三之所不能盡者，則約之九以見其極多。」故天最高處稱「九天」，地最深處稱「九泉」。

〔四〕長沙之悲：指賈誼。《史記·屈原賈生列傳》：「賈生爲長沙王太傅三年。」廷尉：漢官名，此指張釋之。不調：不改官升遷。《史記·張釋之傳》：「以訾爲騎郎，事孝文帝，十歲不得調，無所知名。……其後，拜釋之爲廷尉。」跂而：「跂而望歸」之省。跂，踮起腳跟。《詩·衛風·河廣》：「誰謂宋遠，跂予望之。」《史記·高祖本紀》：「軍吏士卒皆山東之人也，日夜跂而望歸。」句謂行路之時亦當踮腳望歸。

〔五〕閏餘：《史記·曆書》：「蓋黄帝考定星曆，建立五行，起消息，正閏餘。」集解引《漢書音義》：「以歲之餘爲閏，故曰閏餘。」考績：考核官員政績。《書·舜典》：「三載考績。三考，黜陟幽明。」傳：「三年有成，故以考功。九歲則能否幽明有别，黜退其幽者，升進其明者。」唐代尚書省考功郎中、員外郎掌内外文武官考課，見《舊唐書·職官志二》。

〔六〕昏墊：陷溺迷惘而無所適從。《書·益稷》：「禹曰：『洪水滔天，浩浩懷山襄陵，下民昏墊。』」堯時有洪水，見《書·堯典》。

〔七〕徜徉：逍遥貌。高高：指山。蒼蒼：指天。《莊子·逍遥游》：「天之蒼蒼，其正色耶？」

〔八〕突弁之夫：已成年的人。《詩·齊風·甫田》：「婉兮孌兮，總角丱兮。未幾見兮，突而弁兮。」傳：「弁，冠也。」箋：「婉孌之童，少自脩飾，丱然而稚。見之無幾何，突耳加冠，爲成人也。」始黄：始生。《新唐書·食貨志一》：「凡民始生爲黄，四歲爲小……」合抱之木：大樹。芒：草末端。《老子》：「合抱之木，生於毫末。」

〔九〕故坊：猶故道。坊，隄。童者：指童山，不生草木的山。鬱鬱：草木茂盛貌。涸者：指乾涸的河流陂池。洋洋：水大貌。

〔一〇〕蓊：蓬勃興旺貌。

〔一一〕族而居：聚族而居。投荒：投諸四裔，指被貶謫流放者。軒而游：乘車而游。桁楊：刑具，借指犯人。《莊子·在宥》：「今世，殊死者相枕也，桁楊者相推也，刑戮者相望也。」成玄英疏：「桁楊者，械也。夾腳及頸，皆名桁楊。」

〔一二〕澤濡：雨露霑潤，此處指皇帝恩澤。元和七年有起用劉、柳等人之議，後「命行中止」，故云「復常」。參見前《上杜司徒啟》、《上門下武相公啟》注。

〔一三〕稽：查考。僨：顛仆。

〔一四〕棼：亂。《左傳·隱公四年》：「臣聞以德龢民，不聞以亂。以亂，猶治絲而棼之也。」

〔一五〕宵天地之形：指首圓足方等，參見前《何卜賦》注。宵，通肖；明本、劉本、《叢刊》本、《全唐文》作「肖」。

望賦〔一〕

邈不語兮臨風，境自外兮感從中。晦明轉續兮，八極鴻濛。〔二〕上下交氣兮，群生異容。〔三〕發孤照於寸眸，騖遐情乎太空。〔四〕物乘化兮多象，〔五〕人遇時兮不同。嗟乎，有目者必騁望以盡意，當望者必緣情而感時。有待者瞿瞿，忘懷者熙熙。〔六〕慮深者瞠然若喪，

樂極者沖然無違。〔一七〕外徙倚其如一，中糾紛兮若斯。〔一八〕

望如何其望最樂，睎慶霄兮遡阿閣。〔一九〕如雲兮天顏咫尺，如草兮臣心踴躍。〔二〇〕扇交翟兮葳蕤，旗升龍兮蠖略。〔二一〕日轉黄道，天開碧落。〔二二〕凝瑞景於庭樹，擲非煙於殿幕。〔二三〕

望如何其望且歡，登灞岸兮見長安。〔二四〕紛擾擾兮紅塵合，鬱葱葱兮佳氣盤。〔二五〕池象漢兮昭回，城依斗兮闌干。〔二六〕避御史之驄馬，逐倖臣之金丸。〔二七〕

望如何其望攸好，宗萬靈兮越四隩。〔二八〕漢帝仙臺兮，秦皇海嶠。〔二九〕霓衣踴于河上，馬跡窮乎越徼。〔三〇〕紫氣度關而斐亹，神光屬天而照耀。〔三一〕睆眷眷以馳精，聳專專而觀妙。〔三二〕

望如何其望有形，視蠢蠢兮窮冥冥。〔三三〕楚塞氛惡兮，蕭關燧明。〔三四〕暈籠孤月，角奮長庚。〔三五〕沙多似雪，磧有疑城。〔三六〕烟雲非女子之氣，草木盡王者之兵。〔三七〕審曳柴之虛警，破來騎之先聲。〔三八〕信有得於風馬，示無言於旆旌。〔三九〕

望如何其望且慕，〔三〇〕恩意隔兮年光度。雕輦已辭兮，金屋何處？〔三一〕長信草生兮，長門日暮。〔三二〕徯翠華之儻來，〔三三〕仰玄天以自訴。況復湘水無還，漳河空注，淚染枝葉，香餘紈素。〔三四〕風蕭蕭兮北渚波，煙漠漠兮西陵樹。〔三五〕夫不歸兮江上石，子可見兮秦原

墓。〔三六〕拍琴翻朔塞之音，挾瑟指邯鄲之路。〔三七〕

望如何其望最傷，俟環玦兮思帝鄉。〔三八〕龍門不見兮，〔三九〕雲霧蒼蒼。喬木何許兮，〔四〇〕山高水長。春之氣兮説萬族，獨含顰兮千里目。〔四一〕秋之景兮懸清光，偏結憤兮九回腸。〔四二〕羨環拱於白榆，惜馳暉於落桑。〔四三〕諒衝斗兮誰見，伊戴盆兮何望平聲？〔四四〕豈止蘇武在胡，管寧浮海？〔四五〕送飛鴻之滅没，附陰火之光彩。〔四六〕鶴頸長引，烏頭未改。〔四七〕恨已極兮平原空，起何時兮東山在。〔四八〕永望如何，傷懷孔多。〔四九〕降將有依風之感，宫人成憶月之歌。〔五〇〕歌曰：張衡側身愁思久，王粲登樓日回首。〔五一〕不作渭濱垂釣臣，羞爲洛陽拜塵友。〔五二〕

【校注】

〔一〕賦以「天顔咫尺」爲樂，「見長安」爲歡，「俟環玦」、「思帝鄉」爲傷，當作於貶朗州期間，確年無考。

〔二〕晦明：指晝夜。八極：八方極遠處。鴻濛：自然之氣。《莊子·在宥》：「雲將東游，過扶摇之枝，而適遭鴻蒙。」

〔三〕上下交氣：謂天地陰陽之氣交感。群生：猶萬物。《易·繫辭下》：「天地絪緼，萬物化醇。男女構精，萬物化生。」

〔四〕寸眸：左思《魏都賦》：「八極可圍於寸眸，萬物可齊於一朝。」騖：馳騁。

〔五〕乘化：順應自然的變化。

〔六〕有待者：指需要依靠客觀條件的人。《莊子·逍遥游》：「列子御風而行，泠然善也。……此雖免乎行，猶有所待者也。」瞿瞿：張望貌。《禮記·檀弓下》：「既殯，瞿瞿如有求而弗得。」熙熙：和樂貌。《老子》：「衆人熙熙，如享太牢，如春登臺。」

〔七〕瞠然：瞪視貌。若喪：如有所失。沖然：謙和貌。

〔八〕外：外貌。徙倚：徘徊。中：内心。糾紛：糾纏紛亂。斯，劉本作「迷」。

〔九〕此爲朝會之望。睎：遠望。慶霄：即慶雲，古人認爲一種吉祥的雲氣。《文選》謝瞻《張子房》：「明兩燭河陰，慶霄薄汾陽。」李善注：「慶霄，即慶雲也。」遡：回望。阿閣：閣之有四檐者，此指皇宫。《竹書紀年》：「黄帝二十年……有鳳凰集，或止帝之東園，或巢於阿閣。」

〔一〇〕如雲：《史記·五帝本紀》：「帝堯者放勛，其仁如天，其知如神，就之如日，望之如雲。」咫尺：形容近。《左傳·僖公九年》：「天威不違顔咫尺。」如草：曹植《七啟》：「世有聖宰，翼帝霸世。……民望如草，我澤如春。」

〔一一〕扇：宫扇，皇帝儀仗。翟：長尾雉；《叢刊》本作「鳳」。《新唐書·儀衛志上》「其人君舉動必以扇」，有雉尾障扇、小團雉尾扇、方雉尾扇等。蠖略：《文選》揚雄《甘泉賦》：「蠖略蕤綏。」李善注：「龍行之貌也。」

〔一二〕黄道：古人想像中日繞地球運行的軌道。日轉黄道，爲吉日。碧落：天空。

〔一三〕景：日光。非煙：即慶雲。《史記·天官書》：「若煙非煙，若雲非雲，鬱鬱紛紛，蕭索輪囷，是謂卿雲。卿雲，喜氣也。」正義：「卿音慶。」

〔一四〕此爲京師之望。灞岸：灞水之岸，在長安東。王粲《七哀詩》：「南登灞陵岸，回首望長安。」王粲詩係離長安赴荆州時作，此則指入京時「登灞岸」而「見長安」。

〔一五〕擾擾：紛亂貌。《晉書·索靖傳》：「紛擾擾以猗靡，中持疑而猶豫。」佳氣：帝王之氣。漢光武帝劉秀南陽人，「望氣者蘇伯阿爲王莽使至南陽，遥望見舂陵郭，唶曰：『氣佳哉，鬱鬱葱葱然。』」見《後漢書·光武帝紀》。盧照鄰《長安古意》：「佳氣紅塵暗天起。」盤：鬱盤；原作「槃」，據明本、劉本、《叢刊》本、《全唐文》改。

〔一六〕池：昆明池。漢：天河。昭回：光明旋轉。《詩·大雅·雲漢》：「倬彼雲漢，昭回於天。」《三輔黄圖》卷四引《關輔古語》：「昆明池中有二石人，立牽牛織女於池之東西，以象天河。」依斗：《三輔黄圖》卷一「漢長安故城」：「本秦離宫也，初置長安，城本狹小，至惠帝更築之。……城南爲南斗形，城北爲北斗形，至今人呼漢京城爲斗城是也。」闌干：横斜貌。

〔一七〕驄馬：青白色馬。《後漢書·桓典傳》：「拜侍御史，是時宦官秉權，典執政無所迴避，常乘驄馬，京師畏憚，爲之語曰：『行行且止，避驄馬御史。』」倖臣：近倖之臣，指韓嫣。《西京雜記》卷四：「韓嫣好彈，常以金爲丸，所失者日有十餘。長安爲之語曰：『苦飢寒，逐金丸。』京師兒童每聞嫣出彈，輒隨之，望丸之所落輒拾焉。」

〔一八〕此爲求仙之望。攸：語詞。宗萬靈：即朝萬神。《史記・封禪書》：「黄帝時萬諸侯，而神靈之封居七千。……其後黄帝接萬靈明廷。明廷者，甘泉也。」四隩：四方。《書・禹貢》：「九州攸同，四隩既宅。」傳：「四方之宅已可居。」

〔一九〕漢帝：漢武帝。《史記・封禪書》：「又作甘泉宫，中爲臺室，畫天、地、太一諸鬼神，而置祭具以致天神。……公孫卿曰：『仙人可見，而上往常遽，以故不見。今陛下可爲觀，如緱城，置脯棗，神人宜可致也。』於是上令長安則作飛廉桂觀，甘泉則作益延壽觀，使卿持節設具而候神人。乃作通天莖臺，置祠具其下，將招來仙神人之屬。」秦皇：秦始皇。海嶠：海邊山。《史記・封禪書》：「於是始皇遂東游海上，行禮祠名山大川及八神，求仙人羡門之屬。」

〔二〇〕霓衣：仙人以雲霓爲衣，此指雲氣。相傳漢武帝迎寶鼎於汾陰，有黄雲現。又《史記・封禪書》：「天子爲塞河，興通天臺，若有光云。」越徼：邊遠的越地。《史記・封禪書》：「及至秦始皇併天下，至海上，則方士言之（海中三神山）不可勝數。始皇自以爲至海上而恐不及矣，使人乃賫童男女入海求之。……其明年，始皇復游海上，至琅邪，過恒山，從上黨歸。後三年，游碣石，考入海方士，從上郡歸。後五年，始皇南至湘山，遂登會稽，並海上，冀遇海中三神山之奇藥。不得，還至沙丘崩。」會稽，古越國地，唐爲越州。

〔二一〕紫氣度關：《史記・老子列傳》：「居周久之，見周之衰，乃遂去。至關，關令尹喜曰：『子將隱矣，强爲我著書。』於是老子乃著書上下篇，言道德之意五千餘言而去，莫知其所終。」正義：

「《抱朴子》云：『老子西游，遇關令尹喜於散關，爲喜著《道德經》一卷，謂之《老子》。』或以爲函谷關。」索隱引《列仙傳》：「老子西游，關令尹喜望見有紫氣浮關，而老子果乘青牛而過也。」斐亹：光彩貌。屬天：連天。《漢書·禮樂志》：「至武帝定郊祀之禮……以正月上辛用事甘泉圜丘，使童男女七十人俱歌，昏祠至明，夜常有神光如流星止集于祠壇。」

〔二二〕睆：睆睆，視貌。《莊子·天地》：「睆睆然在纆繳之中，而自以爲得。」睆，原作「皖」，據明本、劉本、《叢刊》本、《全唐文》改。眷眷：依戀不捨貌。王粲《登樓賦》：「情眷眷而懷歸兮，孰憂思之可任？」馳精：心馳神往。聳：聳動。專專：專一。宋玉《九辯》：「計專專之不可化兮，願遂推而爲臧。」

〔二三〕此爲軍中之望。蠢蠢：騷動貌，此指邊塞來犯之敵。《詩·小雅·采芑》：「蠢爾蠻荆。」傳：「蠢，動也。」

〔二四〕氛惡：謂有戰事。《左傳·襄公二十七年》：「楚氛甚惡。」蕭關：古關名，故址在今寧夏固原東南。《元和郡縣圖志》卷三「原州平高縣」：「蕭關故城，在縣東南三十里。《漢書》文帝十四年，匈奴入蕭關，殺北地都尉，是也。」燧：烽火。

〔二五〕暈：月亮四周的光環。《淮南子·覽冥》：「畫隨灰而月運闕。」注：「將有軍事相圍守則月運出也。以蘆草灰隨牖下月光中令圜畫，缺其一面，則月運亦缺於上。」運，通暈。角：軍中樂器。長庚：即金星。《詩·小雅·大東》：「東有啟明，西有長庚。」傳：「日旦出謂明星爲啟明，日既入謂明星爲長庚。」此言日落時角聲奮起，仍在戰鬥。

〔二六〕疑城：干寶《晉紀》：「魏文帝之在廣陵，吴人大駭，乃臨江爲疑城，自石頭至於江乘，車以木楨，衣以葦席，加采飾焉，一夕而成。」

〔二七〕女子之氣：《漢書·李陵傳》：「陵曰：『吾士氣少衰而鼓不起者，何也？軍中豈有女子乎？』始軍出時，關東群盜妻子徙邊者隨軍爲卒妻婦，大匿車中。陵搜得，皆劍斬之。」王者之兵：《晉書·苻堅載記》：「堅與苻融登城而望王師，見部陣齊整，將士精鋭，又北望八公山上草木，皆類人形，顧謂融曰：『此亦勍敵也，何謂少乎？』」

〔二八〕曳柴：以車馬拖曳樹枝造成軍隊移動的假象以迷惑敵人。《左傳·僖公二十八年》：「晉師陳於莘北……欒枝使輿曳柴而僞遁。楚師馳之……楚師敗績。」先聲：指佯攻。《漢書·韓信傳》：「廣武君曰：『兵故有先聲而後實者。』」

〔二九〕風馬：原作「風鳥」，據劉本改。《漢書·禮樂志·郊祀歌》：「靈之下，若風馬。」師古曰：「言速疾也。」《書·泰誓》：「馬牛其風，臣妾逋逃勿敢越逐。」疏：「風，放也。牝牡相誘謂之風，然則馬牛風逸，因牝牡相逐而遂至放佚遠去也。……軍當各守部署……勿敢棄越壘伍而遠求逐之。」旆旌：旗幟。《詩·小雅·車攻》：「蕭蕭馬鳴，悠悠旆旌。……之子于征，有聞無聲。」傳：「有善聞而無喧嘩之聲。」

〔三〇〕此爲思慕之望。慕：思慕。

〔三一〕雕輦：雕鏤花紋的車，此指皇帝車駕。李白《宫中行樂詞》：「選妓隨雕輦，徵歌出洞房。」金屋：用漢武帝陳皇后事，參見卷二《詠古二首有所寄》注。

〔三二〕長信：西漢長安宫名。《漢書·孝成班倢伃傳》：「其後趙飛燕姊弟亦從自微賤興，踰越禮制，寖盛於前，班倢伃及許皇后皆失寵。……倢伃恐久見危，求共養太后長信宫。上許焉。倢伃退處東宫，作賦自傷悼。其辭曰：『……華殿塵兮玉階苔，中庭萋兮緑草生。』」長門：宫名，見卷一《秋螢引》注。司馬相如《長門賦》：「日黄昏而望絶兮，悵獨託於空堂。」

〔三三〕徯：待。翠華：代指皇帝車駕，見卷十二《阿嬌怨》注。儻來：意外忽來。

〔三四〕湘水：用湘妃淚滴竹上成斑事，見卷三《瀟湘神二首》注。漳河：用曹操遺令侍妾分香事，見卷十二《魏宫詞》注。

〔三五〕北渚波：《九歌·湘夫人》：「帝子降兮北渚。」又：「洞庭波兮木葉下。」西陵：曹操陵墓，見卷十二《魏宫詞》注。

〔三六〕江上石：即望夫石。劉義慶《幽明録》：「武昌北山上有望夫石，狀若人立。古傳云：昔有貞婦，其夫從役，遠赴國難，攜弱子餞送此山，立望夫而化爲立石，因以爲名焉。」秦原墓：疑指漢武帝子劉據墓，在虢州湖城縣。劉據被害後，葬於湖，武帝「憐太子無辜，乃作思子宫，爲歸來望思之臺於湖」，見《漢書·武五子傳》。師古曰：「言己望而思之，庶太子之魂來歸也。其臺在今湖城縣之西，閿鄉之東，基址猶存。」

〔三七〕拍琴：指琴曲《胡笳十八拍》。諸樂有拍，惟琴無拍，但後有大小《胡笳十八拍》，見《敬齋古今黈》卷八。蔡琰《胡笳十八拍》：「胡笳本自出胡中，緣琴翻出音律同。」《樂府詩集》卷五九引劉商《胡笳曲序》：「蔡文姬善琴，能爲《離鸞》、《别鶴》之操。胡虜犯中原，爲胡人所掠，入番爲王后，王甚重之。武帝與邕有舊，敕大將軍贖以歸漢。胡人思慕文姬，乃卷蘆葉爲吹笳，奏哀怨之音。後董生以琴寫胡笳聲爲十八拍，今之《胡笳弄》是也。」挾瑟：《漢書·張釋之傳》：「至中郎將，從行至霸陵，上居外臨厠。時慎夫人從，上指視慎夫人新豐道，曰：『此走邯鄲道也。』使慎夫人鼓瑟，上自倚瑟而歌，意淒愴悲懷，顧謂群臣曰：『嗟乎，以北山石爲椁，用紵絮斮陳漆其間，豈可動哉！』」慎夫人，邯鄲人。

〔三八〕此爲遷客之望。俟環玦：偏指俟環，即等待召回朝廷，參見卷三《游桃源一百韻》注。

〔三九〕龍門：楚郢都的東門，此代指都門。《楚辭·哀郢》：「過夏首而西浮兮，顧龍門而不見。」王逸注：「龍門，楚東門也。」洪興祖補注：「龍門，即郢城之東門。」

〔四〇〕喬木：指故鄉。《孟子·梁惠王下》：「所謂故國者，非謂有喬木之謂也，有世臣之謂也。」

〔四一〕説：通悦。千里目：宋玉《九辯》：「目極千里兮傷春心。」

〔四二〕清光：江淹《望荆山詩》：「秋日懸清光。」九迴腸：《漢書·司馬遷傳》：「是以腸一日而九迴。」

〔四三〕環拱：環繞拱衛。白榆：樂府《隴西行》：「天上何所有，歷歷種白榆。」後人以榆樹叢生喻星之密布，稱星榆。馳暉：西馳之日。落桑，原作「落棠」，據劉本改。《太平御覽》卷三引《淮南子》：「日西垂景在樹端，謂之桑榆。」

〔四四〕衝斗：氣衝牛斗，用豐城劍氣事，參見卷六《浙西李大夫示述夢四十韻（略）》注。駱賓王《幽縶書情通簡知己》：「有氣還衝斗，無時會鑿坏。」戴盆：頭戴瓦盆，喻蒙受不白之冤。《漢書·司馬遷傳》：「僕以爲戴盆何以望天。」

〔四五〕蘇武：西漢人，天漢元年使匈奴，被留十九年方歸。事見《漢書》本傳。管寧：東漢人，漢末天下大亂，寧聞公孫度令行於海外，遂至遼東。魏文帝即位，徵寧，遂將家屬浮海還郡。事見《三國志·魏書·管寧傳》。

〔四六〕飛鴻：飛雁。《漢書·蘇武傳》載：昭帝即位，匈奴與漢和親，漢求武等，匈奴詭言武死。後漢使復至匈奴，「言天子射上林中，得雁，足有係帛書，言武等在某澤中」，單于驚，乃謝漢使，曰「武等實在」，遣歸。陰火：海中生物所發的光。《三國志·魏書·管寧傳》裴松之注引《傅子》曰：「寧之歸也，海中遇暴風，船皆没，唯寧乘船自若。時夜風晦冥，船人盡惑，莫知所泊。望見有火光，輒趣之，得島。島無居人，又無火燼，行人咸異焉，以爲神光之祐也。」

〔四七〕烏頭未改：謂仍無還期。《博物志》卷八：「燕太子丹質於秦，秦王遇之無禮，不得意，思欲歸。請於秦王，王不聽，謬言曰：『令烏頭白，馬生角，乃可。』丹仰而嘆，烏即頭白；俯而嗟，馬生角。秦王不得已而遣之。」

〔四八〕平原空：江淹《恨賦》：「試望平原，蔓草縈骨，拱木斂魂，人生到此，天道寧論。」東山：用謝安事，參見卷二《哭吕衡州時予方謫居》注。

〔四九〕孔：大，甚。

〔五〇〕降將：當指李陵，降匈奴。依風之感：思鄉之感。《古詩十九首》：「胡馬依北風，越鳥巢南枝。」李陵《與蘇武書》：「遠託異國，昔人所悲，望風懷想，能不依依。」宫人：未詳所指。

〔五一〕側身：張衡《四愁詩》：「我所思兮在太山，欲往從之梁父艱，側身東望涕沾翰。」登樓：王粲《登樓賦》：「平原遠而極目兮，蔽荆山之高岑。……悲舊鄉之壅隔兮，涕横墜而弗禁。」

〔五二〕渭濱垂釣臣：指姜太公吕望。《史記·齊太公世家》：「吕尚蓋嘗窮困，年老矣，以漁釣奸周西伯。……周西伯獵，果遇太公於渭之陽，與語大説……號之曰『太公望』，載與俱歸，立爲師。」洛陽拜塵友：指晉潘岳等。《晉書·潘岳傳》：「岳性輕躁，趨世利，與石崇等諂事賈謐，每候其出，與崇輒望塵而拜。……謐二十四友，岳爲其首。」

天論上〔一〕

世之言天者二道焉。拘於昭昭者則曰：「天與人實影響，禍必以罪降，福必以善徠，窮厄而呼必可聞，隱痛而祈必可答，如有物的然以宰者。」故陰騭之説勝焉。〔二〕泥於冥冥者則曰：「天與人實剌異；霆震于畜木，未嘗在罪；春滋乎堇荼，未嘗擇善。跖、蹻焉而遂，孔、顔焉而厄，是茫乎無有宰者。」故自然之説勝焉。〔三〕余之友河東解人柳子厚作《天説》，以折韓退之之言，文信美矣，蓋有激而云，非所以盡天人之際，故余作《天論》，以極其辯云。〔四〕

大凡入形器者，〔五〕皆有能有不能。天，有形之大者也；人，動物之尤者也。天之能，人固不能也；人之能，天亦有所不能也。故余曰：天與人交相勝耳。其説曰：天之道在生植，其用在强弱；人之道在法制，其用在是非。陽而阜生，陰而肅殺；水火傷物，木堅金利；壯而武健，老而耗眊；氣雄相君，力雄相長：天之能也。〔六〕陽而藝樹，陰而揫斂；防害用濡，禁焚用光；斬材窾堅，液礦硎鋩；義制强訐，禮分長幼；右賢尚功，建極閑邪：人之能也。〔七〕

人能勝乎天者，法也。法大行則是爲公是，非爲公非。天下之人，蹈道必賞，違之必罰。〔八〕當其賞，雖三旌之貴，萬鍾之禄，處之咸曰宜。〔九〕何也？爲善而然也。當其罰，雖族屬之夷，〔一〇〕刀鋸之慘，處之咸曰宜。何也？爲惡而然也。故其人曰：「天何預乃事邪？〔一一〕唯告虔報本，肆類授時之禮曰天而已矣。〔一二〕福兮可以善取，禍兮可以惡召，奚預乎天邪？」法小弛，則是非駁。賞不必盡善，罰不必盡惡。或賢而尊顯，時以不肖參焉；或過而僇辱，時以不辜參焉。〔一三〕故其人曰：「彼宜然而信然，理也。彼不當然而固然，豈理邪？天也。福或可以詐取，而禍或可以苟免。」人道駁，故天命之説亦駁焉。法大弛，則是非易位。賞恒在佞，而罰恒在直。義不足以制其强，刑不足以勝其非，人之能勝天之具盡喪矣。夫實已喪而名徒存，彼昧者方挈挈然提無實之名，〔一四〕欲抗乎言天者，斯數窮矣。

故曰：天之所能者，生萬物也；人之所能者，治萬物也。法大行，則其人曰：「天何預人邪？我蹈道而已。」〔一五〕法大弛，則其人曰：「道竟何爲邪？任天而已。」〔一六〕法小弛，則天人之論駁焉。今以一己之窮通，而欲質天之有無，惑矣！余曰：天恒執其所能以臨乎下，非有預乎治亂云爾；人恒執其所能以仰乎天，非有預乎寒暑云爾。生乎治者，人道明，咸知其所自，故德與怨不歸乎天；生乎亂者，人道昧，不可知，故由人者舉歸乎天。非天預乎人爾。

【校注】

〔一〕文元和中作於朗州。天論：《荀子》有《天論》篇，云「天道有常，不爲堯存，不爲桀亡」，大旨言吉凶禍福在人不在天，以明天人之分。元和中，韓愈致書柳宗元，認爲人類的活動「使天地萬物不得其情」，是「天地之讎」，因此天將會重賞殘害人類的人，而重罰危害天地的人。柳宗元因此作《天説》，認爲天地、元氣、陰陽「無異果蓏癰痔草木」，都是物，不能「賞功而罰禍」。劉禹錫同意柳宗元的觀點，但認爲其論述不够深入，故作此文，進一步論述了天人關係，提出「天

了理論依據。人交相勝」的觀點，進而指出宿命思想産生的根源在於「人道昧」、「法大弛」，爲政治革新提供

〔二〕昭昭：光亮明白貌，指天能明察一切。徠：招來。的然：明顯貌。陰騭：暗中主宰。《書·洪範》：「惟天陰騭下民。」傳：「騭，定也。天不言而默定下民。」

〔三〕泥：拘執。冥冥：暗昧無知貌。刺異：乖戾不同。刺，《叢刊》本作「相」。在罪：察罪。《書·舜典》：「在璇璣玉衡，以齊七政。」傳：「在，察也。」堇：草名，俗名烏頭，有毒。荼：草名，味苦。跖：盜跖，春秋末期的大盜，《莊子》有《盜跖》篇。蹻：戰國時楚國大盜。《漢書·賈誼傳》：「謂隨、夷溷兮，謂跖、蹻廉。」李奇曰：「跖，秦大盜也。楚之大盜爲莊蹻。」孔：指孔子，曾拘於匡，厄於陳、蔡之間，歷聘七十國而不能用，見《史記·孔子世家》。顔：孔子弟子顔淵，名回，窮困早死。《史記·伯夷列傳》：「七十子之徒，仲尼獨薦顔淵爲好學，然回也屢空，糟糠不厭，而卒蚤夭。……盜跖日殺不辜，肝人之肉，暴戾恣睢，聚黨數千人，横行天下，竟以壽終。……儻所謂天道，是邪非邪？」

〔四〕河東：郡名，治所在今山西永濟。解：河東郡屬縣，今山西永濟。柳宗元《天説》見附録。天人之際：指天人關係。《漢書·董仲舒傳》：「臣謹按《春秋》之中，視前世已行之事，以觀天人相與之際，甚可畏也。」

〔五〕入形器者：有形質的事物。

〔六〕皁生：茂盛生長。耗眊：衰弱眼花。

〔七〕藝：種植。揫斂：聚集收斂。防害用濡，禁焚用光：防止水災卻用水灌溉，防止火災卻用火照明。窾：挖空。液礦硎芒：熔化礦石，磨礪刀劍。硎，磨刀石，此用作動詞。强訐：强暴和惡意攻擊。右賢尚功：尊重賢能和有功的人。古代以右爲尊。建極閑邪：建立制度防止邪惡。《易·乾·文言》：「閑邪存其誠。」正義：「言防閑邪惡當自存其誠實也。」

〔八〕違之，《叢刊》本作「違善」。

〔九〕三旄之貴：指高官。《莊子·讓王》：「子綦爲我延之以三旄之位。」釋文：「三旄，三公位也。」萬鍾之禄：指豐厚的俸禄。鍾，古代量器，容六斛四斗。《孟子·告子上》：「萬鍾則不辨禮義而受之，萬鍾於我何加焉？」

〔一〇〕族屬之夷：親戚家族的株連被殺，指滅九族等刑法。

〔一一〕乃事：《叢刊》本、《唐文粹》作「乃人事」。

〔一二〕告虔報本、肆類授時之禮：指祭天的典禮。告虔，祭祀時告其誠敬。報本，報謝其本。《禮記·郊特牲》：「郊之祭也，大報本反始也。」《書·舜典》：「肆類於上帝。」傳：「肆，遂也。類，謂攝位事類，遂以攝告天及五帝。」授時，記天時以授於百姓，頒佈曆法。《書·堯典》：「乃命羲和，欽若昊天，曆象日月星辰，敬授人時。」

〔一三〕駁：駁雜，混亂。僇辱：定罪處罰。不辜：無罪。

〔一四〕挈挈然：孤獨貌。

〔一五〕蹈道：依正道而行。

〔一六〕任天：原作「任人」，據《唐文粹》改。

天論中

或曰：「子之言天與人交相勝，其理微，庸使户曉，曷取諸譬焉。」劉子曰：「若知旅乎？夫旅者，群適乎莽蒼，〔一〕求休乎茂木，飲乎水泉，必强有力者先焉，否則雖聖且賢莫能競也。斯非天勝乎？群次乎邑郛，求蔭于華榱，飽于餼牢，必聖且賢者先焉，否則强有力莫能競也。〔二〕斯非人勝乎？苟道乎虞、芮，〔三〕雖莽蒼，猶郛邑然；苟由乎匡、宋，〔四〕雖郛邑，猶莽蒼然。是一日之途，天與人交相勝矣。吾固曰：是非存焉，雖在野，人理勝也；是非亡焉，雖在邦，天理勝也。然則天非務勝乎人者也，何哉？人不宰，則歸乎天也。人誠務勝乎天者也，何哉？天無私，故人可務乎勝也。吾於一日之途而明乎天人，〔五〕取諸近也已。」

或者曰：「若是，則天之不相去乎人也，信矣。〔六〕古之人曷引天爲？」答曰：「若知操舟乎？夫舟行乎濰、淄、伊、洛者，疾徐存乎人，次舍存乎人。〔七〕風之怒號，不能鼓爲濤也；流之泝洄，不能峭爲魁也。〔八〕適有迅而安，亦人也；適有覆而膠，〔九〕亦人也。舟中之人未嘗有言天者，何哉？理明故也。彼行乎江、河、淮、海者，疾徐不可得而知也，次舍不可得而必也。鳴條之風可以沃日，車蓋之雲可以見怪。〔一〇〕恬然濟，亦天也；黯然沈，亦天也；阽危而僅存，亦天也。〔一一〕舟中之人未嘗有言人者，〔一二〕何哉？理昧故也。」

問者曰：「吾見其駢焉而濟者，風水等耳，而有沈有不沈，非天曷司歟？」答曰：「水與舟，〔一三〕二物也。夫物之合并，必有數存乎其間焉。數存然後勢形乎其間焉。一以沈，一以濟，適當其數乘其勢耳。彼勢之附乎物而生，猶影響也。〔一四〕本乎徐者其勢緩，故人得以曉也；本乎疾者其勢遽，故難得以曉也。彼江、海之覆，猶伊、淄之覆也，勢有疾徐，故有不曉耳。」

問者曰：「子之言數存而勢生，非天也，天果狹於勢邪？」答曰：「天形恒圓而色恒青，周回可以度得，晝夜可以表候，非數之存乎？〔一五〕恒高而不卑，恒動而不已，非勢之乘乎？今夫蒼蒼然者，〔一六〕一受其形于高大，而不能自還於卑小；一乘其氣于動用，而不能自休於俄頃，又惡能逃乎數而越乎勢邪？吾固曰：萬物之所以爲無窮者，交相勝而已矣，還相用而已矣。天與人，萬物之尤者耳。」

問者曰：「天果以有形而不能逃乎數，彼無形者，子安所寓其數邪？」答曰：「若所謂無形者，非空乎？空者，形之希微者也。爲體也不妨乎物，而爲用也恒資乎有，必依於物而後形焉。今爲室廬，而高厚之形藏乎内也；爲器用，而規矩之形起乎内也。音之作也有大小，而響不能踰；表之立也有曲直，而影不能踰，非空之數歟？夫目之視，非能有光也，必因乎日月火炎而後光存焉。所謂晦而幽者，目有所不能燭耳，彼狸狌犬鼠之目，庸謂晦爲幽邪？〔一七〕吾固曰：以目而視，得形之粗者也；以智而視，得形之微者也。烏有天地之内有無形者邪？古所謂無形，蓋無常形耳，必因物而後見耳，烏能逃乎數邪？」

【校注】

〔一〕莽蒼：指郊野。《莊子・逍遥游》：「適莽蒼者，三餐而反，腹猶果然。」成玄英疏：「莽蒼，郊野之色，遥望之不甚分明也。」

〔二〕邑郛：城市。郛，外城。華榱：有彩繪的屋椽，代指華美的房屋。饇牢：食物。饇，糧食。牢，牲畜。；《文苑英華》、《全唐文》作「牽」。

〔三〕虞、芮：殷末二小國名，分别在今山西平陸北及陜西大荔縣朝邑城南，此代指「法大行」的地方。《史記・周本紀》：「虞、芮之人有獄不能决，乃如周。入界，耕者皆讓畔，民俗皆讓長，虞、芮之人未見西伯，皆慚……遂還，俱讓而去。」

〔四〕匡：春秋衛邑名，在今河南睢縣南。宋：春秋國名，都商丘（今屬河南）。匡、宋，代指「法大弛」的地方。《史記・孔子世家》：「過匡……匡人聞之，以爲魯之陽虎，陽虎嘗暴匡人，匡人於是遂止孔子……拘焉五日。」又：「孔子去曹適宋，與弟子習禮大樹下，宋司馬桓魋欲殺孔子，拔其樹。」

〔五〕一日：原作「百」，蓋「一日」之合體，據明本、劉本、《叢刊》本、《全唐文》改。

〔六〕相：佐助。

〔七〕濰、淄、伊、洛：均小水名。濰水、淄水在今山東境内，伊水、洛水在今河南洛陽附近。疾徐存乎人：「人」原作「天」，據劉本、《叢刊》本、《全唐文》改。次舍：止宿，指泊舟。

〔八〕峭爲魁：聳起如山峰，形成巨浪。《文選》木華《海賦》：「㵸而爲魁。」李善注：「賈逵《國語》注曰：川阜曰魁。」

〔九〕覆：傾翻。膠：擱淺。

〔一〇〕鳴條之風：可以吹響樹枝的小風。董仲舒《雨雹對》：「太平之世，則風不鳴條。」沃日：澆日，形容浪大。木華《海賦》：「蕩雲沃日。」車蓋之雲：小塊雲彩。曹丕《雜詩》：「西北有浮雲，亭亭如車蓋。」見：通現。

〔一一〕恬然：安然貌。濟：渡過。黯然：沮喪貌。阽危：臨近危險。

〔一二〕言人：《叢刊》本作「不言天」。

〔一三〕與舟，原作「興舟」，據明本、劉本、《叢刊》本、《全唐文》改。

〔一四〕猶影響也：猶影之附形，響之隨聲。

〔一五〕周回：天體的運行。《詩·大雅·雲漢》：「倬彼雲漢，昭回于天。」表候：以儀表測量。表，測量日影的標杆。

〔一六〕蒼蒼：青蒼色。蒼蒼然者，指天。《莊子·逍遥游》：「天之蒼蒼，其正色邪？」

〔一七〕狸：獸名，似狐而小，身肥而短。狌：鼬鼠，俗名黄鼠狼。《莊子·秋水》：「騏驥驊騮一日而馳千里，捕鼠不如狸狌。」

天論下

或曰：「古之言天之曆象，有宣夜、渾天、《周髀》之書，言天之高遠卓詭，有《鄒子》。〔一〕今子之言有自乎？」答曰：「吾非斯人之徒也。大凡入乎數者，由小而推大必合，由人而推天亦合。以理揆之，萬物一貫也。

「今夫人之有顔、目、耳、鼻、齒、毛、頤、口，百骸之粹美者也，然而其本在乎腎、腸、心、腹。〔二〕天之有三光懸寓，〔三〕萬象之神明者也，然而其本在乎山川五行。濁爲清母，重爲輕始，兩位既儀，還相爲庸，噓爲雨露，噫爲雷風。〔四〕乘氣而生，群分彙從，〔五〕植類曰生，按《尚書》傳云，海隅蒼生，謂草木也。動類曰蟲。倮蟲之長，〔六〕爲智最大，能執人理，與天交勝。用天之利，立人之紀，紀綱或壞，復歸其始。〔七〕

「堯、舜之書，首曰『稽古』，不曰稽天；〔八〕幽、厲之詩，〔九〕首曰『上帝』，不言人事。在舜之庭，元、凱舉焉，〔一〇〕曰『舜用之』，不曰天授；在殷中宗，襲亂而興，心知説賢，乃曰『帝賚』。〔一一〕堯民之餘，難以神誣；商俗已訛，引天而敺。〔一二〕由是而言，天預人乎？」

【校注】

〔一〕宣夜、渾天：古代兩家天體學説。《周髀》：古代數學著作，即《周髀算經》，主張蓋天説。《晉書·天文志上》：「古言天者有三家：一曰蓋天，二曰宣夜，三曰渾天。漢靈帝時，蔡邕於朔方上書，言『宣夜之學，絶無師法。《周髀》術數具存，考驗天狀，多所違失。惟渾天近得其情，今史官候臺所用銅儀，則其法也』。……蔡邕所謂《周髀》，即蓋天之説也。其本庖犧氏立周天曆度，其所傳則周公受於殷高，周人志之，故曰《周髀》。髀，股也；股者，表也。其言天似蓋笠，地法覆槃，天地各中高外下。……各依算術，用句股重差推晷影極游，以爲遠近之數皆得於表股者也。故曰《周髀》。……宣夜之書亡，惟漢秘書郎郗萌記先師相傳云：『天了無質……青非真色，而黑非有體也。日月衆星，自然浮生虚空之中，其行其止皆須氣焉。』……《渾天儀注》云：『天如鷄子，地如鷄中黄，孤居於天内，天大而地小。天表裏有水，天地各乘氣而立，載水而行。周天三百六十五度四分度之一，又中分之，則半覆地上，半繞地下，故二十八宿半見半隱，天轉如車轂之運也。』」卓詭：特異。《鄒子》：書名，戰國時陰陽家鄒衍所作。《漢書·藝文志》陰陽家：「《鄒子》四十九篇。名衍，齊人，爲燕昭王師，居稷下，號『談天衍』。」《史記·

孟子荀卿列傳》：「騶衍睹有國者益淫侈，不能尚德……乃深觀陰陽消息而作怪迂之變，《終始》、《大聖》之篇十餘萬言。其語閎大不經，必先驗小物……推而遠之，至天地未生，窈冥不可考而原也。」

〔二〕顔：額；劉本、《全唐文》作「頭」。頤：面頰。百骸：指人體所有器官。腹，《叢刊》本作「腑」。

〔三〕懸寓：即懸宇，天空。寓，原作「寓」，形近而誤，據明本、《叢刊》本、《全唐文》改。

〔四〕濁、清：指天地未分時的元氣。《藝文類聚》卷一引《廣雅》：「太初，氣之始也，清濁未分。太始，形之始也，清者爲精，濁者爲形。……二氣相接，剖判分離，輕清者爲天。」又引徐整《三五曆紀》：「天地開闢，陽清爲天，陰濁爲地。」儀：形，形成。「兩位既儀」似當作「兩儀既位」，謂天地形成。嘘：緩吐氣。噫：急吐氣。《莊子·齊物論》：「夫大塊噫氣，其名爲風。」

〔五〕彙從：以類相從。

〔六〕倮蟲：没有羽毛鱗甲的動物。《大戴禮·易本命》：「倮之蟲三百六十，而聖人爲之長。」

〔七〕歸其始：歸於天。

〔八〕堯、舜之書：指《尚書》中的《堯典》和《舜典》。《書·堯典》篇首云：「曰若稽古帝堯。」又《舜典》篇首云：「曰若稽古帝舜。」傳：「稽，考也。」

〔九〕幽、厲：周幽王、周厲王，西周末期兩個昏暴的君主。幽、厲之詩，指《詩經》中揭露諷刺幽王和厲王無道的詩篇。《詩・小雅・正月》：「有皇上帝，伊誰云憎。」小序：「《正月》，大夫刺幽王也。」《詩・大雅・板》：「上帝板板，下民卒癉。」小序：「《板》，凡伯刺厲王也。」

〔一〇〕元、凱：八元、八凱。《史記・五帝本紀》：「昔高陽氏有才子八人，世得其利，謂之『八愷』。高辛氏有才子八人，世謂之『八元』。……舜舉八愷，使主后土……舉八元，使布五教於四方。」

〔一一〕殷中宗：當爲殷高宗之誤。高宗，武丁。説：傅説。帝賚：上帝賜與。《史記・殷本紀》：「帝武丁即位，思復興殷，而未得其佐。……武丁夜夢得聖人，名曰説，以夢所見視群臣百吏，皆非也，於是乃使百工營求之野，得説於傅險中。是時説爲胥靡，築於傅險。見於武丁，武丁曰：『是也。』得而與之語，果聖人，舉以爲相，殷國大治。故遂以傅險姓之，號曰傅説。」《書・説命上》載武丁語：「夢帝賚予良弼。」

〔一二〕誣：欺罔。引天而毆：利用天命來役使（百姓）。毆，同驅。

【集評】

宋祁曰：劉夢得著《天論》三篇，理雖未極，其辭至矣。（《宋景文筆記》卷中）

【附録】

天説　　柳宗元

韓愈謂柳子曰：「若知天之説乎？吾爲子言天之説。今夫人有疾痛、倦辱、飢寒甚者，因仰而呼天曰：『殘民者昌，佑民者殃！』又仰而呼天曰：『何爲使至此極戾也？』若是者，舉不能知天。夫果蓏、飲食既壞，蟲生之。人之血氣敗逆壅底，爲癰瘍、疣贅、瘻痔，蟲生之。木朽而蝎中，草腐而螢飛，是豈不以壞而後出耶？物壞，蟲由之生；元氣陰陽之壞，人由之生。蟲之生而物益壞，食齧之，攻穴之，蟲之禍物也滋甚。其有能去之者，有功於物者也；繁而息之者，物之讎也。人之壞元氣陰陽也亦滋甚，墾原田，伐山林，鑿泉以井飲，窾墓以送死，而又穴爲偃溲，築爲牆垣、城郭、臺榭、觀游，疏爲川瀆、溝洫、陂池，燧木以燔，革金以鎔，陶甄琢磨，悴然使天地萬物不得其情，倖倖衝衝，攻殘敗撓而未嘗息。其爲禍元氣陰陽也，不甚於蟲之所爲乎？吾意有能殘斯人使日薄歲削，禍元氣陰陽者滋少，是則有功於天地者也；蕃而息之者，天地之讎也。今夫人舉不能知天，故爲是呼且怨也。吾意天聞其呼且怨，則有功者受賞必大矣，其禍焉者受罰亦大矣。子以吾言爲何如？」

柳子曰：「子誠有激而爲是耶？則信辯且美矣。吾能終其説。彼上而玄者，世謂之天；下而黄者，世謂之地；渾然而中處者，世謂之元氣；寒而暑者，世謂之陰陽。是雖大，無異果蓏、癰痔、草木也。假而有能去其攻穴者，是物也，其能有報乎？蕃而息之者，其能有怒乎？天地大果蓏也，元氣大癰痔也，陰陽大草木也，其烏能賞功而罰禍乎？功者自功，禍者自禍，欲望其賞罰者大謬；呼而怨，欲望其哀且仁者，愈大謬矣。子而信子之仁義以游其内，生而死爾，烏置存亡得喪於果蓏、癰痔、草木耶？」（《柳河東集》卷一六）

答劉禹錫天論書

柳宗元

宗元白：發書，得《天論》三篇，以僕所爲《天説》爲未究，欲畢其言。始得之，大喜，謂有以開明吾志慮。及詳讀五六日，求其所以異吾説，卒不可得。其歸要曰：「非天預乎人也。」凡子之論，乃吾《天説》傳疏耳，無異道焉。諄諄佐吾言，而曰有以異，不識何以爲異也。

子之所以爲異者，豈不以贊天之能生植也歟？夫天之能生植久矣，不待贊而顯。且子以天之生植也，爲天耶？爲人耶？抑自生而植乎？若以爲爲人，則吾愈不識也。若果以爲自生而植，則彼自生而植耳，何以異夫果蓏之自爲果蓏，癰痔之自爲癰痔，草木之自爲草木耶？是非爲蟲謀明矣，猶天之不謀乎人也。彼不我謀，而我何爲務勝之耶？子所謂「交勝」者，若天恒爲惡，人恒爲善，人勝天則善者行，是又過德乎人，過罪乎天也。又曰「天之能者生植也，人之能者法制也」，是判天與人爲四而言之者也。余則曰：生植與災荒，皆天也；法制與悖亂，皆人也。二之而已，其事各行不相預，而凶豐理亂出焉，究之矣。凡子之辭，枝葉甚美，而根不直取以遂焉。

又子之喻乎旅者，皆人也，而一曰「天勝」焉，一曰「人勝」焉，何哉？莽蒼之先者，力勝也；邑郛之先者，智勝也。虞、芮，力窮也；匡、宋，智窮也。是非存亡，皆未見其可以喻乎天者。若子之説，要以亂爲天理，理爲人理耶？謬矣。若操舟之言人與天者，愚民恒説耳；幽、厲之云爲「上帝」者，無所歸怨之辭爾，皆不足喻乎道。子其熟之，無羨言侈論以益其枝葉，姑務本之爲得，不亦裕乎。獨所謂「無形爲無常形」者甚善。宗元白。（《柳河東集》卷三一）

傷我馬詞〔一〕

馬乾類，〔二〕蓋健而善馳，君子之所宜求。爲獸也，故法求於力，或逸而喜駭；法求於和，或乾而易仆，由德稱者鮮焉。〔三〕曩予知善馬之難遭也，不求于肆而于其鄉。一旦果得陰山之阿，蠖略其形，蕭蕭其鳴，長顱遠視，順而能力。〔四〕顧其軀，非騫然而偉也，〔五〕雖士得以乘之。

始予被皂衣于朝，朝之人多四三其壯以迭馭，吾無兼焉。〔六〕水轍之淋漓，淖途之汪洋，結爲确犖，融爲坳堂，前有僨輈，後有濡裳。〔七〕我策垂空，我鑣方揚，振鬣軒昂，矯如飛翔。〔八〕翹翹其雄也，非力而何？烈火之具舉，鈎膺之疊舞，一蹊千趾，駢比齟齬，痑者斯擠，悍者斯怒。〔九〕我鞍如山，我轡如組，弭毛容與，宛若孤處。〔一〇〕靡靡其柔也，非慧而何？前日，予之獲譴于闕下，背商顏，趣昭丘，日中而踰舍。〔一一〕修門之南，非騎所宜，夷則沮洳，高則嶔巇，虎咆空林，魖鬥荒馗。〔一二〕風雨孤征，簡書之威，俾予弗顛，我馬焉依。〔一三〕屑屑其勞也，〔一四〕非德而何？

予至武陵，居沅水傍，或踰月未嘗跨焉，以故莫得伸其所長。跼蹐顧望兮頓其鎖繮，飲齕日削兮精耗神傷。〔一五〕寒櫪騷騷兮瘁毛蒼涼，路聞躞蹀兮逸氣騰驤。〔一六〕朔雲深兮邊

草遠，意欲往兮聲不揚。隤然似不得其所而死，故其嗟也兼常。〔一七〕

初，玄宗羈大宛而盡有名馬，命典牧以時起居。〔一八〕洎西幸蜀，〔一九〕往往民間得其種而蕃焉。故良毛色者，率非中土類也。稽是毛物，〔二〇〕豈祖於宛歟？漢之歌曰：「龍爲友。」〔二一〕武陵有水曰龍泉，遂歸骨于是川，且弔之曰：生於磧礰善馳走，萬里南來困丘阜。〔二二〕青菰寒菽非適口，病聞北風猶舉首。〔二三〕金臺已平骨空朽，投之龍淵從爾友。〔二四〕

【校注】

〔一〕文云「予至武陵」，當元和中在朗州作，確年無考。題：《叢刊》本作《弔馬文》。文爲弔馬作，實亦傷己之被貶南來，莫得騁其驥足，一展所長。

〔二〕乾類：《易·説卦》：「乾爲馬。」又：「乾，健也。」乾，明本、劉本作「龍」。

〔三〕逸：奔逸。駭：受驚。和：柔馴。乾：枯瘦。

〔四〕陰山：在今内蒙中部。《史記·秦始皇本紀》：「西北斥逐匈奴，自榆中並河以東，屬之陰山。」集解引徐廣曰：「在五原北。」蠖略：龍行貌，見前《望賦》注。顔延之《赭白馬賦》：「時濩略而龍翥。」

〔五〕騫然：高舉貌。

〔六〕皂衣：黑衣。唐制，八品、九品服青。貞元末，劉禹錫登朝爲監察御史，爲正八品下。朝之人：指朝中官員。迭馭：换乘。兼：兩匹。

〔七〕淖途：泥濘道路。确犖：即犖确，石大而多貌，此指冰塊。韓愈《山石》：「山石犖确行徑微。」坳堂：堂屋的低窪處，此指水坑。《莊子·逍遥游》：「覆杯水於坳堂之上，則芥爲之舟。」僨輈：傾覆的車子。輈，車轅，代指車。《左傳·隱公三年》：「鄭伯之車僨於濟。」注：「僨，弗問反，仆也。」濡裳：（因車馬顛簸）弄濕衣裳。曹丕《黎陽作詩》：「轔轔大車，載低載昂。……蒙塗冒雨，沾衣濡裳。」

〔八〕策：馬鞭。鑣：馬嚼子，代指馬首。矯如：高舉貌。

〔九〕烈火：即列火，田獵時所列火把。《詩·鄭風·大叔于田》：「叔在藪，火烈具舉。」注：「烈，列；具，俱也。」箋：「列人持火俱舉，言衆同心。」鉤膺：馬腹部的飾物。《詩·大雅·崧高》：「四牡蹻蹻，鉤膺濯濯。」注：「鉤膺，樊纓也。」疏：「鉤者，馬婁頷之鉤。……膺者，直是馬之膺前……謂膺有樊纓也。」蹊：小路。千趾：言馬之多。齟齬：齒參差不齊，此喻衆馬相擠擦。瘆：馬病；原作「瘆」，據劉本改。

〔一〇〕組：絲編成的織物。如組，如編組，喻馭馬的熟練。《詩·鄭風·大叔于田》：「大叔于田，乘乘馬。執轡如組，兩驂如舞。」箋：「如組者，如織組之爲也。」弭毛：謂不揚毛作威。弭，止息。容與：安閒自得貌。《楚辭·湘夫人》：「時不可乎驟得，聊逍遥兮容與。」

〔一一〕商顔：即商山，在今陝西商縣。《漢書·溝洫志》：「於是爲發卒萬人穿渠，自徵引洛水至商顔下。」師古曰：「商顔，商山之顔也。謂之顔者，譬人之顔額也。」昭丘：楚昭王墓，在今湖北當陽。《文選》王粲《登樓賦》：「北彌陶牧，西接昭丘。」李善注引《荆州圖記》：「富陽東南七十里，有楚昭王墓，登樓則見，所謂昭丘。」舍：古代行軍以三十里爲一舍。

〔一二〕修門：戰國時楚都郢的城門，此指江陵。《楚辭·招魂》：「魂兮歸來，入修門些。」王逸注：「修門，郢城門也。」夷：平地。沮洳：潮濕，此指泥濘。《詩·魏風》有《汾沮洳》篇。嶔巇：高峻貌。魖：鬼名。馗：道路。

〔一三〕簡書：此謂貶謫的制書。《詩·小雅·出車》：「王事多難，不遑啓居。豈不懷歸，畏此簡書。」傳：「簡書，戒命也。」焉依：猶是依，謂所依賴。《左傳·隱公六年》：「我周之東遷，晉、鄭焉依。」注：「平王東徙，晉文侯、鄭武公左右王室，故曰『晉鄭焉依』。」《國語》作「是依」。

〔一四〕屑屑：勞苦貌。《漢書·王莽傳》：「晨夜屑屑，寒暑勤勤，無時休息。」

〔一五〕跼蹐：小步行走。頓：抖動，謂意圖掙脱。齕：咬。削：減少。

〔一六〕騷騷：風勁貌。張衡《思玄賦》：「寒風淒其永至兮，拂穹岫之騷騷。」躞蹀：小步貌，此指馬蹄聲。

〔一七〕隤：通頹。兼常：倍於常情。

〔一八〕羈：羈縻維繫之。大宛：古西域國名，其地在今烏茲別克斯坦費爾干納盆地，唐玄宗改其國爲寧遠。《漢書·西域傳上》：「大宛國，王治貴山城……別邑七十餘城。多善馬，馬汗血，言其先天馬子也。」《資治通鑑》卷二一五：「(天寶三載十二月)癸卯，以宗女爲和義公主，嫁寧遠奉化王阿悉爛達干。」胡注：「帝以拔汗那助平吐火仙，册其王爲奉化王，改其國曰寧遠。」典牧：牧監官員。《新唐書·百官志三》太僕寺：「諸牧監……掌群牧孳課。」《通典》卷二五「太僕卿」：「諸牧監……隋曰典牧署……大唐初因之，分曰牧監，置監、副監、丞、主簿。」起居：站立與蹲伏，指訓練。

〔一九〕幸蜀：指天寶十五載安史之亂中玄宗奔成都事。

〔二〇〕稽：考察。

〔二一〕龍爲友：《漢書·禮樂志》載《郊祀歌·天馬》：「太一況，天馬下。……今安匹，龍爲友。」

〔二二〕龍泉：《輿地紀勝》卷六八「常德府」：「龍泉池，裴松之《列瑞傳》云，謝承爲武陵太守，有黄龍見此。今在府城東。」磧礫：沙漠。

〔二三〕菰：茭白，此指菰米。菽：豆類。按豆類爲上等馬料，北方多有，故疑字當作「蔣」，蔣亦菰屬。白居易《初到江州》：「菰蔣餵馬行無力。」元稹《酬翰林白學士代書一百韻》自注：「南方馬食菰蔣，蓋北方稊稗之屬。」北風：《文選·古詩》：「胡馬依北風，越鳥巢南枝。」李善注引《韓詩外傳》：「詩云『胡馬依北風，越鳥巢南枝』，皆不忘本之謂也。」

〔二四〕金臺：用燕昭王黄金臺事。李白《古風五十九首》：「燕昭延郭隗，遂築黄金臺。」《戰國策·燕策》：「燕昭王收破燕，後即位，卑身厚幣以招賢者，欲將以報讎，故往見郭隗先生。……郭隗先生曰：『臣聞古之君人，有以千金求千里馬者，三年不能得，涓人……「請求之」，君遣之，三月得千里馬。馬已死，買其首五百金，反以報君。君大怒。……涓人對曰：死馬且買之五百金，況生馬乎，天下必以王能市馬，馬今至矣。於是不能期年，千里馬之至者三。今王誠欲致士，先從隗始。隗且見事，況賢於隗者乎，豈遠千里哉！』於是昭王爲隗築宮而師之……士爭湊燕。」臺，原作「壺」，據明本、《文苑英華》改。龍淵：即龍泉。

【集評】

林紓曰：此文似亦發源於《騷》，微帶有《選》意，且不脱詩人口吻。（《林氏選評名家文集·劉賓客集》）

劉禹錫全集編年校注卷十五　文　元和下

謝上連州刺史表〔一〕

臣某言：伏奉去三月七日制，授臣使持節連州刺史。〔二〕恭承睿旨，跪奉詔書。皇恩重於丘山，聖澤深於雨露。抃舞失次，神魂再揚，臣某中謝。臣性愚拙，謬學文詞，幸遇休明，累登科第。〔三〕出身入仕，並不因人。德宗臨御之時，臣忝御史；陛下龍飛之日，臣忝郎官。〔四〕恭守章程，勤修職業。權臣奏用，蓋聞虚名，實非曲求，可以覆視。〔五〕跡卑易枉，無路自明。亦緣臣有微才，所以嫉臣者衆，競生口語，廣肆加誣。伏賴陛下至仁，特從寬典。舉以緣坐，貶佐遐藩。〔六〕屢變星霜，頻經恩赦，犬馬懷戀，寢興匪寧，唯讀佛經，願延聖壽。

昨蒙詔命，追赴上都，隨例授官，俾居遠郡。〔七〕在臣之分，榮幸已多。伏荷陛下孝理弘深，皇明照燭，哀臣老母羸疾，憫臣一身零丁，特降新恩，得移善部。〔八〕光榮廣被，母子再生。凡在人臣，皆感聖德；凡爲人子，皆荷聖慈。豈惟賤臣，獨受恩造？不覺喜極，至于涕零！昔殷王俯念於前禽，且聞解網；漢帝有哀於少女，爰命罷刑。〔九〕方之聖朝，不足多尚。感召和氣，慰安群生，非臣隕越，所能上報。

伏以南方癘疾，多在夏中。臣自發郴州，便染瘴瘧，扶策在道，不敢停留。即以今月十一日到州上訖。謹宣聖旨，以示遠人，恭述詔條，所期富庶。無任感恩戀闕之至。〔一〇〕

【校注】

〔一〕表元和十年六月初至連州作。

〔二〕去，《全唐文》作「去年」。三月七日：《舊唐書·憲宗紀下》：「（元和十年三月）……乙酉，以虔州司馬韓泰爲漳州刺史，以永州司馬柳宗元爲柳州刺史，饒州司馬韓曄爲汀州刺史，朗州司馬劉禹錫爲播州刺史，台州司馬陳諫爲封州刺史。御史中丞裴度以禹錫母老，請移近處，乃改授連州刺史。」按，元和十年三月壬申朔，乙酉爲十四日。

〔三〕累登科第：劉禹錫《子劉子自傳》：「禹錫既冠，舉進士，一幸而中試。間歲，又以文登吏部取士科。」

〔四〕龍飛：謂即帝位。《易·乾》：「飛龍在天，利見大人。」疏：「聖人有龍德，飛騰而居天位。德備天下，爲萬物所瞻睹，故天下利見此居王位之大人。」劉禹錫於德宗貞元十九年閏十月爲監察御史，於順宗永貞元年四月授屯田員外郎，見卷十三《舉崔監察群自代狀》及《舉開州柳使君公綽自代狀》注；永貞元年八月憲宗即位時，劉禹錫在屯田員外郎任。

〔五〕權臣：當指王叔文等，參見卷十九《子劉子自傳》注。曲求：曲意求取。

〔六〕佐遐藩：指爲朗州司馬。

〔七〕上都：指長安。遠郡：指播州，治所在今貴州遵義市。

〔八〕善部：指連州。《資治通鑑》卷二三九胡注謂播州在京師南四千四百五十里，連州在京師南三千六百六十五里。胡注復引《考異》云：「《舊·禹錫傳》：『元和十年，自武陵召還，宰相復欲置之郎署。時禹錫作《游玄都觀詠看花君子》詩，語涉譏刺，執政不悦，復出爲播州刺史。』……按當時叔文之黨，一切除遠州刺史，不止禹錫一人，豈緣此詩？蓋以此得播州惡處耳。《實録》曰：『中丞裴度奏：「其母老，必與此子爲死别。臣恐傷陛下孝理之風。」憲宗曰：「爲子尤須謹慎，恐貽親之憂。禹錫更合重於他人，卿豈可以此論之！」度無以對。良久，帝改容而言曰：「朕所言，是責人子之事，然終不欲傷其所親之心。」明日，改授禹錫連州。』趙元拱《唐諫諍集》：『裴度曰：陛下方侍太后，以孝理天下，至於禹錫，誠合哀矜。憲宗乃從之。明日，制授禹錫連州。既而語左右：裴度終愛我切。』趙璘《因話録》曰：『憲宗初徵柳宗元、劉禹錫至京城，俄而柳爲柳州刺史，劉爲播州刺史。柳以劉須侍親，播州最爲惡處，請以柳州换。上不許。宰相對曰：「禹錫有老親。」上曰：「但要與郡，豈係母在？」裴晉公進曰：「陛下方侍太后，不合發此言。」上有愧色。劉遂改爲連州。』按《柳宗元墓誌》，將拜疏而未上耳，非已上而不許也。禹錫除播州時，裴度未爲相。今從《實録》及《諫諍集》。」

〔九〕殷王：殷湯。解網事見卷十三《賀除虔王等表》注。漢帝：謂漢文帝。《史記·扁鵲倉公列傳》：「太倉公者……姓淳于氏，名意。……文帝四年中，人上書言意，以刑罪當傳西之長安。意有五女，隨而泣。意怒，罵曰：『生子不生男，緩急無可使者！』於是少女緹縈傷父之言，乃隨父西，上書曰：『……妾願入身爲官婢，以贖父刑罪，使得改行自新也。』書聞，上悲其意，此歲中亦除肉刑法。」

〔一〇〕感恩戀闕之至：六字原無，據《全唐文》補。

謝門下武相公啟〔一〕

某啟：某一坐飛語，廢錮十年。昨蒙徵還，重罹不幸。〔二〕詔命始下，周章失圖；吞聲咋舌，顯白無路。〔三〕豈謂烏鳥微志，〔四〕惻于深仁，恤然動拯溺之懷，煦然存道舊之旨。言念鷇觫，慰安蒼黃；推以恕心，期於造膝。〔五〕重言一發，睿聽克從。回陽曜於肅殺之辰，沃天波於蹭蹬之際。〔六〕俾移善地，獲奉安輿。〔七〕率土知孝治之源，〔八〕群生識人倫之厚。感召和氣，發揚皇風，〔九〕豈惟匹夫，獨受其賜？

某即以今月十一日到州上訖。守在要荒，拘於印綬，巾韝詣謝，有志莫從。〔一〇〕誠知微生，不足酬德。捐軀之外，無地寄言；效節蕃屏，〔一一〕虔然心禱。無任懇悃屏營之至。謹勒軍事衙官、左威衛慈州吉昌府别將員外置同正員常懇奉啟起居，〔三〕不宣。謹啟。

【校注】

〔一〕啟元和十年六月初至連州作。武相公：武元衡。《舊唐書》本傳：「充劍南西川節度使。……（元和）八年，徵還。至駱谷，重拜門下侍郎、平章事。」據《舊唐書·憲宗紀下》，武元衡元和十年六月三日爲盜所殺，劉禹錫啟即作於此月，蓋時在連州，尚未聞武之死訊。參見卷四《代靖安佳人怨二首》注。

〔二〕不幸：指初授播州刺史事，參見前《謝上連州刺史表》注。

〔三〕周章：《文選》左思《吴都賦》：「輕禽狡獸，周章夷猶。」劉逵注：「周章，謂章皇周流也。」劉良注：「周章夷猶，恐懼不知所之也。」咋舌：咬舌，謂吞聲無語。

〔四〕烏鳥微志：謂孝養父母之志，參見卷十四《上中書李相公啟》注。

〔五〕觳觫：《孟子·梁惠王上》：「王坐於堂上，有牽牛而過堂下者。王見之，曰：『牛何之？』對曰：『將以釁鍾。』王曰：『舍之。吾不忍其觳觫，若無罪而就死地。』」注：「觳觫，牛當到死地處恐貌。」觳，原作「斛」，據明本、劉本、《文苑英華》、《全唐文》改。蒼黄：同倉皇。造膝：進至膝前，此指向皇帝進言。《三國志·魏書·中山恭王傳》：「兄弟有不良之行，當造膝諫之。」

〔六〕陽曜：日光。蹭蹬：《文選》木華《海賦》：「蹭蹬窮波，陸死鹽田。」李善注：「蹭蹬，失勢之貌。」

〔七〕善地：指連州。安輿：安穩的車子，老人所乘，此代指老母。

〔八〕率土：《詩·小雅·北山》：「率土之濱，莫非王臣。」孝治：《孝經·孝治》：「子曰：『昔者明王之以孝治天下也，不敢遺小國之臣，而况於公侯伯子男乎！』」

〔九〕皇風，原作「星風」，據明本、劉本、《叢刊》本、《文苑英華》、《全唐文》改。

〔一〇〕要荒：要服與荒服，指邊遠之地。古代依據距王畿距離，由近及遠，將國土分爲侯、甸、綏、要、荒五服，見《書·益稷》。巾韝：即巾褠，巾幘和單衣。《資治通鑑》卷一二三：「帝數幸（雷）次宗學館，令次宗以巾褠侍講。」胡注：「江南人士交際以爲盛服，蓋次於朝服。」《南史·毛修之傳》載修之語：「吾昔在南，殷（景仁）尚幼少，我歸罪之日，便當巾韝到門。」

〔一一〕蕭屏：室内屏障。

〔一二〕「左威」上，《叢刊》本、《文苑英華》、《全唐文》有「守」字。左威衛：唐禁軍十六衛之一，掌宮禁宿衛，見《新唐書·百官志四上》。慈州：州治在今山西吉縣。《新唐書·地理志三》「慈州」：「有府三，曰仵城、吉昌、平昌。」别將：唐武官名，諸衛折衝都尉府别將一人，上府正七品下，中府從七品上，下府從七品下，見《新唐書·百官志四上》。此常懇乃以别將充連州軍事衙官。

謝中書張相公啟〔一〕

某啟：某智乏周身，動必招悔，一坐飛語，如衝駭機。〔二〕昨者詔書始下，驚懼失次，叫閽無路，擠壑是虞。〔三〕草木賤軀，誠不足惜；烏鳥微志，〔四〕實有可哀。伏蒙聖慈，遽寢前命，移莅善部，載形綸言。〔五〕凡在人臣，皆感至德；凡爲人子，同荷至仁。豈唯鰥生，〔六〕獨受其賜？

伏以相公，心符上德，道冠如仁。一夫不獲，〔七〕戚見于色；密旨未下，嘆形于言。竟回三舍之光，能拔九泉之厄。〔八〕袁公之平楚獄，不忍錮人；晏子之哀越石，乃伸知己。〔九〕所以慶垂胤祚，言成春秋，神理孔昭，報應斯必。〔一〇〕身侔蟬翼，何以受恩？死輕鴻毛，固得其所。〔一一〕卑守有限，拜謝未由。〔一二〕無任感激兢惶之至。謹勒軍事衙官、守左威衛慈州吉昌府别將員外置同正員常懇奉啟起居，不宣。謹啟。

【校注】

〔一〕啟元和十年六月在連州作。張相公：張弘靖。《新唐書·宰相表中》：元和九年「六月壬寅，河中節度使張弘靖爲刑部尚書、同中書門下平章事；……十二月庚戌，弘靖守中書侍郎」。

〔二〕駭機：靈敏可怕的機括，喻猝發的禍難。《後漢書·皇甫嵩傳》：「今將軍遭難得之運，蹈易駭之機，而踐運不撫，臨機不發，將何以保大名乎？」

〔三〕詔書：指初授劉禹錫播州刺史之制書。叫閽：猶叩閽，詣闕訴冤。杜甫《奉留贈集賢院崔于二學士》：「昭代將垂白，途窮乃叫閽。」擠壑：《左傳·昭公十三年》：「小人老而無子，知擠於溝壑矣。」

〔四〕烏鳥微志：指孝養之心，參見卷十四《上中書李相公啟》注。

〔五〕綸言：王言，制書。《禮記·緇衣》：「王言如絲，其出如綸。」

〔六〕鯫生：對儒生的蔑稱，此爲謙詞。《史記·留侯世家》：「沛公曰：『鯫生教我距關無内（納）諸侯，秦地可盡王，故聽之。』」索隱：「吕静云：鯫，魚也，謂小魚也。」

〔七〕一夫不獲：《書·説命下》：「一夫不獲，則曰時予之辜。」傳：「伊尹見一夫不得其所，則以爲已罪。」

〔八〕三舍：三座星宿的距離。恒星二十八宿，一宿爲一舍。回三舍之光，謂感動上天。宋景公時，熒惑在心，子韋以爲天將罰宋，禍當在君，但可設法移於宰相、民及歲。景公均不贊成，寧可自己獨死。子韋賀曰：「君有至德之言三，天必三賞君，今夕熒惑其徙三舍。」是夕，熒惑果徙三舍。事見《吕氏春秋·制樂》。九泉：九重之泉，地深處。

〔九〕袁公：袁安，明楚王英獄，後人四世爲三公，見卷三《讀張曲江集作》注。晏子：晏嬰，春秋齊相。越石：越石父。《史記·管晏列傳》：「越石父賢，在縲紲中。晏子出，遭之途，解左驂贖之，載歸。弗謝，入閨。久之，越石父請絶，晏子懼然，攝衣冠謝曰：『嬰雖不仁，免子於戹，何子求絶之速也？』石父曰：『不然。吾聞君子詘於不知己而信於知己者。方吾在縲紲中，彼不知我也。夫子既已感寤而贖我，是知己；知己而無禮，固不如在縲紲之中。』晏子於是延入爲上客。」信，通伸。乃伸，《叢刊》本、《文苑英華》作「仍伸」。

〔一〇〕胤祚：後嗣。指袁安後人四世三公事。春秋：指《晏子春秋》。晏子釋越石父事，原載《晏子春秋·内篇雜上》。

〔一一〕蟬翼、鴻毛：均喻極輕。潘岳《河陽縣作詩》：「微身輕蟬翼，弱冠忝嘉招。」《漢書·司馬遷傳》：「人固有一死，死有重於泰山，或輕於鴻毛，用之所趨異也。」

〔一二〕未由，劉本作「末由」。

吏隱亭述〔一〕

元和十年，再牧於連州，作吏隱亭海陽湖壖。〔二〕入自外門，不知藏山，歷級東望，怳非人寰。前有四榭，隔水相鮮。凝藹蒼蒼，潨流布懸。架險通蹊，有梁如蜺；輕泳徐轉，有舟如翰。〔三〕澄霞漾月，若在天漢，視彼廣輪，〔四〕千畝之半。翠麗于是，與世殊貫。澄明峭絶，藿靡葱倩，炎景有宜，昏旦迭變。〔五〕疑昔神鼇，負山而抃，擢其別島，置此高岸。〔六〕海陽之名，自元先生，先生元結，有銘其碣。〔七〕元維假符，予維左遷，其間相距，五十餘年。〔八〕封境懷人，其猶比肩。

天下山水，非無美好，地偏人遠，空樂魚鳥。謝公開山，涉月忘還，豈曰無娱，伊險且艱。〔九〕溪山尤物，城池爲伍，卻倚佛寺，左聯仙府。勢拱臺殿，光含厢廡，窈如壺中，〔一〇〕別見天宇。石堅不老，水流不腐，不知何人，爲今爲古？〔二〕堅焉終泐，流焉終竭，不知何時，再融再結！

【校注】

〔一〕文元和十年在連州作。吏隱：身兼官吏及隱士雙重身份，隱於下僚。宋之問《藍田山莊》：「宦游非吏隱，心事好幽偏。」吏隱亭，在連州海陽湖，蓋劉禹錫至連州後所修。吕温《初發道州答崔三連州題海陽亭見寄絶句》：「吏中習隱好躋攀，不擾疲人便自閑。聞説殷勤海陽事，令人轉憶舜祠山。」詩元和五年吕温自道州赴衡州刺史任時作，亭或據此命名。

〔二〕十年：原作「十五年」。按劉禹錫元和十年再牧連州，十四年離任，「五」字當爲衍文，今徑删。海陽湖：在連州。《太平寰宇記》卷一一七「連州桂陽縣」：「海陽池在郡城西南隅，水自中子山激流至池，入於江。」

〔三〕蜺：霓虹。翰：錦鷄，赤羽山鷄。

〔四〕廣輪：面積。《周禮·地官·大司徒》：「周知九洲之地域廣輪之數。」疏引馬融云：「東西爲廣，南北爲輪。」

〔五〕澄，原作「微」，《叢刊》本作「澂」，此據劉本、《全唐文》改。藿靡：當作「藿蘼」，藿香與蘼蕪，兩種香草。昏旦：謝靈運《石壁精舍還湖中作》：「昏旦變氣候，山水含清暉。」

〔六〕神鼇：傳説中海中大龜。《楚辭·天問》：「鼇戴山抃，何以安之？」王逸注引《列仙傳》：「有巨靈之鼇，背負蓬萊之山而抃舞。」《列子·湯問》：渤海之東有大壑，其中有五山焉，所居之人皆仙聖之種，「而五山之根無所連著，常隨潮波上下往還，不得暫峙焉。仙聖毒之，訴之於帝。帝恐流於西極，失群仙聖之居，乃命禺彊使巨鼇十五舉首而戴之」。

〔七〕元結（七一九—七七二）：字次山，汝州魯山人，天寶十三載進士，官至容管經略使，《新唐書》卷一四三有傳。其《海陽泉銘》已佚。《同治連州志》卷六「古跡」：「湖光亭，唐元結客游連州，鑿湖瀦水，建亭其上，今圮。」日人河世寧《全唐詩逸》卷下據藤田佐理真跡中《海陽泉帖》録無名氏《海陽泉》、《海陽湖》等詩十三首。日人太田晶二郎考證，詩當爲元結所作，又《海陽泉帖》尚載《瀀泉銘》一文，當即此文中所云「有銘其碣」者。譯文見《吴中學刊》一九九四年第四期《無名氏〈海陽泉〉詩當爲元結所作》。

〔八〕假符：假與符印，此指假攝刺史。元結假攝連州刺史事，史闕載。自元和十年上推五十一年，爲永泰元年（七六五），其時元結正在道州刺史任上，道、連二州相鄰，同屬湖南觀察使管轄，故元結當以道州刺史權攝連州刺史。五十：原作「十五」，與史實相違，徑乙。

〔九〕謝公：謝靈運。《宋書·謝靈運傳》：「太祖登祚，誅徐羨之等，徵爲秘書監，……靈運意不平，多稱疾不朝直。穿池植援，種竹樹堇，驅課公役，無復期度。出郭游行，或一日百六七十里，經旬不歸，既無表聞，又不請急。」傳又載：「（靈運免官後東歸始寧）奴僮既衆，義故門生數百，鑿山浚湖，功役無已。尋山陟嶺，必造幽峻，巖嶂千重，莫不備盡。……自始寧南山伐木開逕，直至臨海，從者數百人。臨海太守王琇驚駭，謂爲山賊，徐知是靈運乃安。又要琇更進，琇不肯，靈運贈琇詩曰：『邦君難地嶮，旅客易山行。』」

〔一〇〕壺中：謂神仙世界。此用壺公事，見卷三《游桃源一百韻》注。

〔一一〕石堅，《叢刊》本作「石石」。水流，《叢刊》本作「水水」。「不腐」以下六字，原漫漶，據劉本、《叢刊》本、《全唐文》補。

含輝洞述〔一〕

河東薛公景晦，以文無害爲尚書刑部郎中，以訕爲道州刺史。〔二〕居郡大理，至於無事，清機羨溢，盡付山水。一旦以書來誇曰：「吾得異境于近郊。自城西門，並南山，俯江水，有石穹然如夏屋，其左右前後，又如回廊曲房藻繡雕彤之象。〔三〕雲生日入，怪狀迭發，水石卉木，沓非人寰。意其嘗爲餐霞御氣者之所游息，委蛻而去，不知其幾千百年。〔四〕逮今得諸黄冠野夫，及詣而信，因名其地曰含輝洞，蓋詩家流所謂『山水含清輝』者是已。〔五〕吾子常以詞雄於世，〔六〕盍爲我志焉？」

愚得書，退而深惟，若薛公者，少居江湖，閒游名山，東探禹穴，歷四明、句曲、金華、陽羨，南過九江，薄匡廬，以涉彭蠡，天下山水之籍，存乎胸中，第其高下，銖兩不失。〔七〕及是而口呿不能名，〔八〕顧爲奇，信矣！若江華者，九疑、三湘之佳麗地也。〔九〕前此二千石御史中執法河南元次山、諫大夫北平陽亢宗、司刑大夫東平吕和叔，皆碩人也，《考槃》、《招隱》之致恒汲汲然，卒使兹境貴于異日，豈地愛其寶，有時而發耶？〔一〇〕顧謂異，信矣！夫物之有作，俟言而遠，故述焉以書于洞陰，曰：

營陽鬱鬱，〔一一〕山水第一。洞有含輝，游人忘歸。忘歸孔樂，請言其朔。〔一二〕先是斯境，翳于榛薄，天姿孤絶，凡目所忽，閟其清光，有待而發。〔一三〕公之來思，探異玩奇，芟野憩林，而民説之。〔一四〕既説其至，益知所嗜，捫陘歷峴，〔一五〕來適公志。偶得奇絶，聿來告公。駕言從之，谷岸溟蒙，有石如門，又如垣墉。〔一六〕樛蔓交互，似綸似組，乃芟乃治，乃可布武，伸胑掉臂，空洞無阻。〔一七〕左右回環，儼若廊廡，飛泉出竇，練縋花吐，觸石吹沙，佩摇絃撫。〔一八〕側逕寅緣，豁然見天，有石如堂，度之五筵。〔一九〕東西二門，與日明昏，奥者如室，宣者如軒。因其高下，爰構亭榭，匠生於心，隨指如化。開山剪木，役以私屬，結構塈茨，子來嬉嬉，無事而就，邦人不知。〔二〇〕

淑清之辰，休澣之時，雅步幅巾，琴壺以隨，前無俗人，與白雲期。〔二一〕耳目盡適，形神不羈，元氣顥然，觀吾朵頤。〔二二〕遵渚之鴻，有時而飛，石門之下，可以棲遲。〔二三〕此谷而盈，彼丘而夷，維公之揄，跡永在斯。〔二四〕

【校注】

〔一〕文約元和十一年在連州作。含輝洞：在道州營道縣含暉巖。《輿地紀勝》卷五八「道州景物下」：「含暉巖，在營道縣南。唐劉夢得有記，曰白石巖，亦曰金華巖。」又「道州碑記」：「《含暉巖記》，唐劉夢得文。」按，洞與巖當在一地，然本文無「白石巖」、「金華巖」之語，似《含暉巖記》别是一文。

〔二〕河東：郡名，今山西永濟。河東爲薛氏著望。薛公景晦：薛伯高。文無害：指諳習吏事，善處公務。《漢書·蕭何傳》：「以文毋害爲沛主吏掾。」應劭曰：「雖爲文吏而不刻害也。」蘇林曰：「毋害，若言無比也。一曰：害，勝也，無能勝害之者。」訕：訕謗。道州：州治在今湖南道縣。《柳河東集》卷二八《道州毁鼻亭神記》：「元和九年，河東薛公由刑部郎中刺道州。」同書卷五《道州文宣王廟碑》：「謹案某年月日，儒師河東薛公伯高由尚書刑部郎中爲道州。」舊注：「伯高名景晦。」

〔三〕竝：通傍。穹然：高高隆起貌。夏屋：大屋。《楚辭·大招》：「夏屋廣大，沙堂秀只。」

〔四〕餐霞御氣者：道家服食修煉之士。顔延之《五君詠》：「中散不偶世，本自餐霞人。」御氣，猶御風。委蜕：蟲類蛹化後遺留的外皮，婉言死亡，道家用來指屍解。《莊子·知北游》：「孫子非汝有，是天地之委蜕也。」

〔五〕黄冠野夫：指農夫。《禮記·郊特牲》：「野夫黄冠。黄冠，草服也。」山水含清輝：謝靈運《石壁精舍還湖中作》：「昏旦變氣候，山水含清暉。」

〔六〕雄，原作「集」，《叢刊》本作「業」，此據劉本、《全唐文》改。

〔七〕禹穴：在今浙江紹興，參見卷九《酬浙東李侍郎（略）》注。四明：山名，在今浙江寧波西南。《方輿勝覽》卷七「慶元府」：「四明山，在州西八十里。……《福地記》云：『三十六洞天，第九曰四明山。……上有四門，通日月星辰之光，故曰四明山。』」句曲：山名，在今江蘇句容南。《太平寰宇記》卷九〇「潤州句容縣」：「茅山，在縣南五十里，本勾曲山，其山形如勾字三曲。晉茅君得道於此山，後人遂名爲茅山。」金華：山名，在今浙江金華北。《太平寰宇記》卷九七「婺州金華縣」：「長山，在縣南二十里，一名金華山，即黄初平初起遇道士教以仙方處。」陽羨：秦漢縣名，即唐常州宜興。《太平寰宇記》卷九二「常州宜興縣」：「張公山，在縣南三十五里，山巔空穴到底。郭璞注云：『陽羨有張公山，洞中南北二堂，古老傳云張道陵居此求仙，因有張公之名。』」九江：郡名，今屬江西。薄：迫近。匡廬：即廬山，見卷四《送僧方及南謁柳員外》注。彭蠡：湖名，即今江西鄱陽湖。

〔八〕口呿：口張開。《莊子·秋水》：「公孫龍口呿而不合，舌舉而不下。」

〔九〕江華：郡名，即道州。《舊唐書·地理志三》「道州」：「天寶元年改爲江華郡，乾元元年復爲道州。」九疑：山名，在今湖南寧遠南，參見卷三《瀟湘神二首》注。三湘：瀟湘、沅湘、蒸湘的合稱，泛指湖南之地。佳麗地：謝朓《晚登三山還望京邑》：「江南佳麗地，金陵帝王州。」

〔一〇〕二千石：指州刺史，相當於漢秩二千石的太守。御史中執法：御史中丞。《通典》卷二四：「初，漢御史大夫有兩丞，一曰御史丞，一曰中丞，亦謂中丞爲御史中執法。」元次山：元結，字次山。顔真卿《唐故容州都督兼御史中丞本管經略使元君表墓碑銘》：「起家爲道州刺史。」諫大夫：即諫議大夫。陽亢宗：陽城，字亢宗。《資治通鑑》卷二三五：貞元十四年九月，「己巳，左遷(陽)城爲道州刺史」。韓愈《順宗實録》卷二：貞元二十一年三月壬申，「(追)前諫議大夫、道州刺史陽城赴京師……未聞追詔而卒於遷所」。司刑大夫：即刑部郎中。《新唐書·百官志一》：「龍朔二年，改刑部曰司刑。」吕和叔：吕温，字和叔，曾自刑部郎中出守道州，參見卷二《吕八見寄郡内書懷(略)》注。碩人：大人。《考槃》：《詩·衛風》篇名，首云：「考槃在澗，碩人之寛。」傳：「考，成；槃，樂也。」箋：「碩，大也。有窮處成樂在於此澗者，形貌大人，而寛然有虚乏之色。」《招隱》：左思詩篇名。元結性愛山水，今存其在道州所著《右溪記》、《陽華巖銘》、《浯溪銘》等詩文多篇，吕温存《道州刺史後廳壁記》。

〔一一〕營陽：古郡名，即道州。《舊唐書·地理志三》「道州弘道縣」：「漢營浦縣，屬零陵郡。吴置營陽郡。……貞觀八年，改爲道州。」

〔一二〕朔：始。《禮記·禮運》：「後聖有作……皆從其朔。」

〔一三〕翳：遮蔽，隱藏。榛薄：叢生的草木。閟：閉。

〔一四〕芨：跋涉。《資治通鑑》卷二一八：「芨涉至此，勞苦至矣。」胡注：「草行爲芨，水行爲涉。」

說：通悦。

〔一五〕捫陘歷峴：猶言翻山越嶺。《文選》謝靈運《從斤竹澗越嶺溪行》：「逶迤傍隈隩，迢遞陟陘峴。」李善注：「《爾雅》曰：『山絶曰陘。』郭璞曰：『連山中斷曰陘。』《聲類》曰：『峴，山嶺小高也。』」

〔一六〕聿：句首語詞。駕言：即駕。言，語詞。

〔一七〕樛蔓：絞結的藤蔓。互：劉本、《全唐文》作「木」，《叢刊》本作「才」，當是「木」之殘文。綸：青絲綬。組：絲帶。芟：除去（雜草）。布武：足跡散布不相重，即放開步子走。《禮記·曲禮上》：「堂上接武，堂下布武。」脰：頸。掉臂：甩動手臂。

〔一八〕練縋：白練下垂，喻瀑布。佩：玉佩。絃：琴絃。佩摇絃撫，此乃以環佩聲及琴聲喻水聲。

〔一九〕寅緣：同夤緣，沿着行走；劉本作「夤緣」。筵：筵席，古人用筵的多少表示面積的大小，五筵言其寬廣。《周禮·考工記·匠人》：「周人明堂，度九尺之筵，東西九筵，南北七筵。」

〔二〇〕剪木：伐木。私屬：家人奴僕。《左傳·宣公十七年》：「郤子至，請伐齊，晉侯弗許。請以其私屬，又弗許。」注：「私屬，家衆也。」結構：構建。墍茨：粉刷苫蓋。《書·梓材》：「若作室家，既勤垣墉，惟其塗墍茨。」傳：「惟其當塗既茨蓋之。」墍，原作「暨」，徑改。子來：（百姓）如兒子來爲父母效力。《詩·大雅·靈臺》：「經始勿亟，庶民子來。」

〔二一〕淑清之辰：指晴和的日子。《淮南子·本經》：「日月淑清而揚光。」休澣：休假。幅巾：以一幅絹束髮。《後漢書・鮑永傳》：「悉罷兵，但幅巾與諸將及同心客百餘人詣河内。」注：「幅巾謂不著冠，但幅巾束首也。」《三國志・魏書・武帝紀》建安二十五年注引《傅子》：「漢末王公，多委王服，以幅巾爲雅。」

〔二〕朵頤：嚼食。《易・頤》：「觀我朵頤。」疏：「朵是動義，如手之捉物，謂之朵也。今動其頤，故知嚼也。」

〔三〕遵渚之鴻：比喻失志的賢人，此指薛伯高。《詩・豳風・九罭》：「鴻飛遵渚，公歸無所，於汝信處。」箋：「鴻，大鳥也，不宜與鳧鷖之屬飛而循渚，以喻周公今與凡人處東都之邑，失其所也。」棲遲：《詩・陳風・衡門》：「衡門之下，可以棲遲。」傳：「棲遲，游息也。」箋：「賢者不以衡門之淺陋則不游息於其下。」

〔四〕夷：平。羭：美好。《左傳・僖公四年》：「專之渝，攘公之羭。」注：「羭，美也。」「維公」二句，劉本作「維公之跡，永永在斯」。

連州刺史廳壁記〔一〕

此郡於天文與荆州同星分，田壤制與番禺相犬牙，觀民風與長沙同祖習。〔二〕故嘗隸三府，〔三〕中而別合，乃今最久而安，得人統也。按宋高祖世，始析郴之桂陽爲小桂郡，後以州統縣，更名如今，其制誼也。〔四〕郡從嶺，州從山，而縣從其朔。〔五〕

邑東之望曰順山，由順以降，無名而相歆者以萬數，回環鬱繞，迭高爭秀，西北朝拱于九疑。〔六〕城下之浸曰湟水，〔七〕由湟之外，支流而合輪以百數，淪漣汩潏，擘山爲渠，東南入于海。山秀而高，靈液滲漉，故石鍾乳爲天下甲，歲貢三百銖。〔八〕原鮮而膴，卉物柔澤，故紵蕉爲三服貴，歲貢十筩。〔九〕林富桂檜，土宜陶旊，故侯居以壯聞。〔一〇〕石侔琅玕，水孕金碧，故境物以麗聞。〔一一〕環峰密林，激清儲陰，海風驅溫，交戰不勝，觸石轉柯，化爲涼颸。〔一二〕城壓赭岡，踞高負陽，土伯噓濕，〔一三〕抵堅而散，襲山逗谷，化爲鮮雲。故罕罹嘔泄之患，亟有華皓之齒。信荒服之善部，而炎裔之涼墟也。

永貞元年，余始以尚書外郎坐黨累，〔一四〕出補兹郡。居無何，吏議以是遷也不足庚其責，〔一五〕故道貶爲朗州司馬。後十年，詔書徵還，抵京師，俄復前命，佩故印綬而南。曩之騎竹馬北向相傒者，咸仕郡縣，巾韝來迎。〔一六〕下車之日，私喜且笑。既視事，得前二千石名姓于壁端，宰臣王晙、倖卿劉晃、儒官嚴士元、聞人韓泰僉拜焉。〔一七〕或久於其治，功利存乎人民；或不之厥官，翹顒載于歌謠。〔一八〕余不佞，從群公之後。肇武德距于今，凡五十有七人，所舉者四君子，猶振裘之於領袖焉。〔一九〕元和十一年七月二十四日，刺史中山劉某記。

【校注】

〔一〕文元和十一年七月在連州作。

〔二〕星分：星宿分野。《通典》卷一八三「荆州」：「春秋至戰國時並爲楚地。其在天文，翼、軫則楚之分野。漢之南郡、江夏、零陵、桂陽、武陵、長沙，皆其分也，今……連山……等郡地是。」番禺：廣州屬縣名，此指嶺南道，治所在廣州。犬牙：犬牙交錯。長沙：郡名，即潭州，時爲湖南觀察使治所。

〔三〕三府：指荆南、嶺南與湖南三府。據《新唐書·方鎮表》，連州原屬嶺南道，上元元年改隸荆南，後復改隸湖南。《元和郡縣圖志》卷二九：湖南觀察使管州七，有連州。

〔四〕宋高祖：劉裕。按宋高祖時置小桂郡事未詳。《能改齋漫録》卷七：「齊《任昉集》有《小桂郡刺史鄧阿魯記》云……」《通典》卷一八三述連州沿革云：「連州，春秋時楚地。秦屬長沙郡之南境。二漢屬桂陽郡。吴屬始興郡，晉因之。宋明帝時置宋安郡，後省宋安，屬廣興郡。齊復屬始興郡。梁又分爲陽山郡。隋平陳，郡廢。煬帝初，置熙平郡，大唐改爲連州，或爲連山郡，領縣三：桂陽，陽山，連山。」誼，適宜；劉本作「宜」。

〔五〕郡：當指小桂郡。連州有小桂嶺，見卷四《送僧方及南謁柳員外》注。州：連州。《元和郡縣圖志》卷二九：「隋文帝開皇十年置連州，因黄蓮嶺爲名。」縣：指連州郭下縣桂陽縣。朔：初。蓋連州原爲桂陽郡地。《禮記·禮運》：「治其麻絲，以爲布帛……皆從其朔。」注：「朔，亦初也。」

〔六〕望：望祭山川，此指名山。《大明一統志》卷七九「廣州府」：「順山，在連州東北四里。」歆，南寧遠縣境。

《全唐文》作「欽」。繞，原作「撓」，據明本、劉本、《全唐文》改。九疑：山名，在連州西北今湖南寧遠縣境。

〔七〕浸：可蓄水灌溉的川澤。湟水：《通典》卷一八三「連州」：「桂陽，漢舊縣，在桂水之陽，前有……湟水。漢伏波將軍路博德討南越，出桂陽下湟水，即此也。」

〔八〕石鍾乳：石灰巖洞頂部檐冰狀物，由水中的碳酸鈣凝固而成。柳宗元《零陵郡復乳穴記》：「石鍾乳，餌之最良者也，楚越之山多產焉。於連於韶者，獨名於世。」《新唐書·地理志七上》，連州土貢有「鍾乳」。

〔九〕紵：麻布。蕉：蕉葛，亦布名。《南方草木狀》：「甘蕉，一名芭蕉，或曰芭苴……莖解散如絲……可紡績爲絺綌，謂之蕉葛。」三服：謂首服、冬服、夏服，見《漢書·元帝紀》「齊三服官」注。笥：盛衣物的方形竹器。《新唐書·地理志七上》：連州土貢有「竹紵練」、「白紵細布」。

〔一〇〕旊：摶塑黏土製瓦器。《周禮·考工記》：「摶埴之工，陶、旊。」侯居：此指刺史公廨。

〔一一〕琅玕：石而似玉者。金碧：金沙及玉。陸機《文賦》：「石藴玉而山輝，水含珠而川媚。」

〔一二〕驅：原作「歐」，據明本、劉本、《叢刊》本、《全唐文》改。涼颸：涼風。

〔一三〕土伯：土神。《楚辭·招魂》：「土伯九約，其角觺觺些。」王逸注：「土伯，后土之侯伯也。」

〔一四〕黨累：黨人之累，指永貞革新黨人。

〔一五〕庚：補償。

〔一六〕騎竹馬：謂兒童，見卷九《奉送浙西李僕射相公赴鎮》注。傒：通徯，等候。巾韝：見前《謝門下武相公啟》注。

〔一七〕王晙：相玄宗，《舊唐書》卷九三、《新唐書》卷一〇一有傳。劉晃：開元中官司勛郎中、太常少卿、給事中，附見《新唐書·劉仁軌傳》。嚴士元：《全唐文》卷七八四穆員《國子司業嚴公墓誌銘》：「雅素儒學，選國子司業。建中宰政怙威，朋家構閔，公以親累貶潮州司户。時泰道長，公議興能，推連州刺史。换彬（郴）州，累加朝議大夫，封馮翊縣男，旌異政也。公母弟士良，並龔、黄之寄。」蓋即嚴士元墓誌。韓泰：永貞八司馬之一，《舊唐書》卷一三五、《新唐書》卷一六八有傳。王、劉、韓三人爲連州刺史事未詳。

〔一八〕翹顒：翹首企望。顒，仰首。

〔一九〕不佞：不才，謙詞。武德：高祖李淵亦即唐王朝第一個年號（六一八—六二六）。據郁賢皓《唐刺史考全編》，自武德元年至元和十一年，連州刺史姓名可考者有區世略等二十七人。振裘：抖動皮衣。《荀子·勸學》：「若挈裘領，詘五指而頓之，順者不可勝數也。」

【集評】

張邦基曰：予少年在襄陽，曾紘伯容云：唐人能造奇語者，無若劉夢得作《連州廳壁記》云：「環峰密林，激清儲陰，海風驅温，交戰不勝，觸石轉柯，化爲涼颸。城壓赭岡，踞高負陽，土伯噓濕，抵堅而散，襲山逗谷，化爲鮮雲。」蓋前人所未道者。不獨此爾，其他刻峭清麗者，不可概舉。學爲文者，不可不成誦也。

問大鈞賦〔一〕并引

始，余失臺郎爲刺史，又貶州司馬。〔二〕俟罪朗州，三見閏月，人咸謂數之極，理當遷焉，因作《謫九年賦》以自廣。〔三〕是歲臘月，詔追。〔四〕明年，自闕下重領連山郡印綬。〔五〕人咸曰：「美惡周必復，第行無恤，歲杪其復乎！」〔六〕居三年，〔七〕不得調。歲二月，有事于社，前一日致齋，孤居慮静，滯念欻起，伊人理之不可以曉也，將質諸神乎〔八〕！謹貢誠馳精，敢問大鈞。其夕有遇，寤而次第其詞以爲賦。

圓方相函兮，浩其無垠，窅冥翕闢兮，走三辰以騰振。〔九〕孰主張是兮，有工其神，迎隨不見兮，强名之曰大鈞。〔一〇〕欹以臨下兮，〔一一〕巍乎雄尊。天爲獨陽，高不可問，〔一二〕工居其中，與人差近。身執其權，心平其運，循名想象，斯可以訊。曰：「嘻，蒙之未生，其猶泥耳。〔一三〕落乎埏埴，唯鈞所指，忽然爲人，爲幸大矣。〔一四〕工賦其形，七情與俱，嗇智不授，畀之以愚。〔一五〕坦坦之衢，萬人所趨，蒙一布武，化爲畏途。〔一六〕人或譽平聲之，百説徒虚；人或排之，半言有餘。物壯則老，乃唯其常，否終則傾，亦不可長。〔一七〕老先期而驟至兮，否踰數而亘量。〔一八〕雖一夫之不獲兮，亦大化之攸病。〔一九〕謹薦誠上問兮，俯伏以聽。」

是夕寢執，夢游乎無何有之鄉，抗陛級乎重霄兮，異人間之景光。〔二〇〕中有威神兮，金甲而煒煌，頷之使前兮，其音琅琅。〔二一〕曰：「吾大化之一工也，居上臨下，廉其不平，〔二二〕汝今有辭，吾一以聽。播形宵貌，生類積億，槖籥圈匡，鎔鍊消息。〔二三〕我之司智，初不爾嗇，不守以愚，覆爲汝賊。〔二四〕既賦汝形，輔之聰明，盍求世師，資適攸宜？〔二五〕胡然抗志，遐想前烈？〔二六〕倚梯青冥，〔二七〕舉足斯跌。韜爾智斧，無爲自伐，鑿竅太繁，天和乃泄。〔二八〕利逕前誘，多逢覆轍，名腸内煎，外火非熱。〔二九〕今哀汝窮，將厚汝愚，剔去剛健，納之柔濡，塞前竅之傷痍兮，招太和而與居。〔三〇〕貫以待人兮，急以自拘，道存壺奥，無示四隅。〔三一〕軋物之勢不作兮，見傷之幾自無。〔三二〕汝不善用，吾焉嗇乎！

且夫貞而騰氣者膴膴，健而垂精者昊昊。〔三三〕我居其中，猶輪是蹈，以不息爲體，以日新爲道。〔三四〕倮鱗蜚走，灌莽苞皂，乃牙乃甲，乃殈乃剖。〔三五〕陽榮陰悴，生濡死藁，各乘氣化，不以意造。〔三六〕賦大運兮無有淑惡，〔三七〕彼多方兮自生醜好。爾奚不德余以驟壯，姑尤我以速老邪？觀汝百爲，〔三八〕又或不然。赤子哇哇，急其能言，亦既名物，幾時蹁躚？〔三九〕春耕其丘，投種之日，釋耒而嘆，何時實栗？〔四〇〕望所未至，謂余舒舒，欲其久留，謂我瞥如。〔四一〕我一子二，誰之曲歟？〔四二〕

彼蒹葭之蒼蒼兮，霜霰苦而中堅。〔四三〕松竹之皸皴索籜兮，不若樠筍之可憐。〔四四〕納材葦而構明堂兮，固容消而力完。〔四五〕揚且之皙兮，〔四六〕不可以常然。當錫爾以老成。〔四七〕蒼眉皓髯，山立時行。〔四八〕去敵氣與矜色兮，噤危言以端誠。〔四九〕俾人望之，侮黷不生。〔五〇〕爾之所得，孰與壯多？不善處老，問余而何？」

受教而回，蘧蘧形開，〔五一〕向之威神，孰爲來哉？乃遽衣促盥，端慮滌想，委佩低簪，持簿叩顙而言曰：「楚臣《天問》不酬，今臣過幸，一獻三售。〔五二〕始厚以愚，終期以壽。忘上問之罪，濯已然之咎，心懵故術，腹飽新授。馳神清玄，拜手稽首。」〔五三〕

【校注】

〔一〕賦元和十二年二月在連州作。鈞：製作陶器的轉輪。大鈞，喻指大自然，造物主。參見卷一《德宗神武孝文皇帝挽歌》注。題注原無，劉本、《叢刊》本有「有序」二字，據增改。

〔二〕臺郎：尚書郎。禹錫永貞元年自尚書屯田員外郎貶連州刺史，道中再貶朗州司馬。

〔三〕三見閏月：見卷十四《謫九年賦》注。自廣：自我寬解。《史記·屈原賈生列傳》：「賈生爲長沙王太傅三年……長沙卑濕，自以爲壽不得長，傷悼之，乃爲賦以自廣。」索隱：「姚氏云，廣猶寬也。」

〔四〕是歲：元和九年。其年臘月詔追赴闕事見卷四《元和甲午歲詔書盡徵江湘逐客（略）》注。

〔五〕連山郡：即連州。

〔六〕周必復：周而復始，向相反方向轉化。《漢書·五行志下之上》：「國主山川，山崩川竭，亡之徵也。美惡周必復。」第：但。恤：憂慮。

〔七〕三年，原作「五年」，據劉本改。

〔八〕有事於社：祭社神。《禮記・月令》：「仲春之月……擇元日，命民社。」注：「社，后土也。使民祀焉，神其農業也。祀社日用甲。」致齋：祭祀前清潔身心的儀式。《新唐書・禮樂志一》：「凡祭祀之節有六……二曰齋戒，其别有三：曰散齋，曰致齋，曰清齋。」質：通詰，詢問。諸神乎：三字原闕，據明本、劉本、《叢刊》本、《全唐文》補。

〔九〕圓方：指天地。《大戴禮・曾子天圓》：「曾子曰：『參嘗聞之夫子曰：天道曰圓，地道曰方。』」函：包容。窅冥：深遠難見貌，指天。翕闢：開合，指地。《易・繫辭上》：「夫坤，其静也翕，其動也闢，是以廣生焉。」三辰：日月星。

〔一〇〕主張：主宰。《莊子・天運》：「天其運乎？地其處乎？日月其争於所乎？孰主張是？孰維綱是？孰居無事，推而行是？」工：工匠。賈誼《鵩鳥賦》：「天地爲爐兮，造化爲工。」

〔一一〕欹：傾側。古有蓋天之説，以爲天形如倚蓋，參見卷一《奉和中書崔舍人（略）》注。

〔一二〕不可問：《楚辭・天問》王逸注：「《天問》者，屈原之所作也。何不言問天？天尊不可問，故曰天問也。」

〔一三〕蒙：幼稚，愚蒙，此自指。《易・序卦》：「蒙者，蒙也，物之幼稚者也。」泥：陶土，製作陶器的原料。《太平御覽》卷七八引《風俗通義》：「天地開闢，未有人民。女媧摶黄土作人，劇務力不暇供，乃引絙於泥中，舉以爲人。」

〔一四〕埏埴：製陶器的模子和黏土。《老子》：「埏埴以爲器，當其無，有其用。」《管子·任法》：「昔者堯之治天下也，猶埴之在埏也，唯陶之所以爲。」指，明本作「措」。忽然爲人：賈誼《鵩鳥賦》：「忽然爲人兮，何足控摶？」

〔一五〕七情：《禮記·禮運》：「何謂人情？喜、怒、哀、懼、愛、惡、欲，七者弗學而能。」畀：給予。

〔一六〕布武：指行走，參見前《含輝洞述》注。畏途：見卷二《送僧元暠南游》注。

〔一七〕否：《易》卦名。《易·否》：「象曰：否終則傾，何可長也。」正義：「否道已終，通道將至，故否之終極則傾損，其否何得長久？」

〔一八〕叵：不可。

〔一九〕不獲：不得其所。《書·説命下》：「一夫不獲，則曰時予之辜。」傳：「伊尹見一夫不得其所，則以爲己罪。」大化：造化。攸病：所擔心憂慮。

〔二〇〕孰：通熟。無何有之鄉：虛無之鄉。《莊子·逍遥游》：「今有大樹，患其無用，何不樹之於無何有之鄉？」抗：高。

〔二一〕兮金甲：原作「巾金巾」，明本、《全唐文》作「巾金甲」，此據劉本、《叢刊》本改。煒煌：鮮亮光明貌。頷：下巴，此謂以下巴示意。琅琅：形容聲音清越響亮。

〔二二〕廉：察問。

〔二三〕宵貌：《漢書・刑法志》：「夫人宵天地之貌。」注引應劭曰：「宵，類也。」生類：生物。《列子・説符》：「天地萬物，與我並生類也。」注：「同是生類。」積億：《文選》賈誼《鵩鳥賦》：「衆人惑惑兮，好惡積億。」李善注：「李奇曰：所好所惡，積之萬億。」億，原作「意」，據明本、劉本、《全唐文》改。橐籥：古代鼓風器，見卷一《華山歌》注。圈匡：疑當作「圜匡」，即圓方。《周禮・考工記・輪人》：「是故規之以眡其圜也，矩之以眡其匡也。」消息：消散止息。賈誼《鵩鳥賦》：「合散消息兮，安有常則？千變萬化兮，未始有極。」

〔二四〕守以愚：安於愚拙，不賣弄聰明。《孔子家語・三恕》：弟子問持滿之道，孔子曰：「聰明睿智，守之以愚。功被天下，守之以讓。勇力振世，守之以法。富有四海，守之以謙。此所謂損之又損之之道也。」覆：反。賊：害。

〔二五〕賦：予。《文心雕龍・麗辭》：「造化賦形，支體必雙。」世師：《鶡冠子・世兵》：「伊尹酒保，太公屠牛，管子作革，百里奚官奴，海内荒亂，立爲世師。」

〔二六〕抗志：高尚其志，不隨波逐流。《晉書・夏統傳》：「有……嚴遵之抗志，黄公之高節。」前烈：前人功業。《書・武成》：「公劉克篤前烈。」傳：「能厚先人之業。」

〔二七〕青冥：天空，猶青雲，指仕途。

〔二八〕韜：藏。智斧：智慧之斧。自伐：自我誇耀。《老子》：「自伐者無功，自矜者不長。」鑿竅：《莊子・應帝王》：「南海之帝爲儵，北海之帝爲忽，中央之帝爲渾沌。儵與忽時相與遇於渾沌之地，渾沌待之甚善。儵與忽謀報渾沌之德，曰：『人皆有七竅以視聽食息，此獨無有，嘗試鑿之。』日鑿一竅，七日而渾沌死。」天和：自然的和氣。《莊子·知北游》：「正汝形，一汝視，天和將至。」元好問《寄英禪師師時住龍門寶應寺》：「竅繁天和泄，外腴中已乾。」即本此語。

〔二九〕利逕：名利之途。覆轍：覆車的車轍。《後漢書·范昇傳》：「馳騖覆車之轍。」

〔三〇〕濡：柔順。痍：創傷。太和：元氣。《易·乾》：「保合大和，乃利貞。」大，同太。

〔三一〕貰：借貸，引申爲寬厚，劉本作「恕」。急：緊縮。壼奥：宫巷與室隅，屋内深處，比喻事物的精微深奥。《漢書·叙傳》：「究先聖之壼奥。」四隅：四角，猶四方。

〔三二〕軋：輾壓，凌轢。幾：通機。

〔三三〕膴膴：(土地)肥美貌。《詩·大雅·緜》：「周原膴膴。」傳：「美也。」健：剛强有力。《易·乾》：「天行健。」垂精：垂光。曹丕《月重輪行》：「三辰垂光，照臨四海。」昊昊：元氣浩大貌。

〔三四〕不息：《易·乾》：「君子以自强不息。」日新：《易·大畜》：「剛健篤實輝光，日新其德。」又《繫辭上》：「日新之謂盛德。」

〔三五〕倮：無羽毛鱗介的動物，人類。鱗：有鱗甲的動物，魚類。蜚：同飛，鳥類。走：獸類。灌莽：草木。苞皂：繁茂結果。《詩·大雅·生民》：「實方實苞。」箋：「苞亦茂也。」《詩·小雅·大田》：「既方既皂。」傳：「實未堅曰皂。」牙：通芽，萌芽。甲：甲坼，果實發芽時外殼裂開。《易·解》：「雷雨作而百果草木皆甲坼。」殈：鳥卵破裂。剖：裂開。

〔三六〕榮：草木開花。悴：衰萎。陶潛《形贈影》：「草木得常理，霜露榮悴之。」濡：沾濕，潤澤。蕘：墓地，此通槁，枯槁。

〔三七〕大運：猶天運。淑惡：美惡；劉本作「淑慝」。《書·畢命》：「旌別淑慝，表厥宅里。」

〔三八〕百爲：各種行爲。《書·多方》：「至於百爲。」傳：「至於百端所爲。」

〔三九〕哇哇：象聲詞，小兒哭聲。名物：稱名辨物，指稍稍懂事。蹁躚：舞貌。張衡《南都賦》：「翹遥遷延，蹩躠蹁躚。」幾時蹁躚，謂盼其早日長大。

〔四〇〕釋耒：放下手中農具。《史記·酈生陸賈列傳》：「農夫釋耒，工女下機。」實栗：莊稼成熟。《詩·大雅·生民》：「實穎實栗。」正義：「實成就而栗栗然。」實栗，原作「粟實」，據劉本改。

〔四一〕舒舒：緩慢貌。瞥如：迅速貌。

〔四二〕曲：理虧，無理。

〔四三〕蒹葭：蘆葦。《詩·秦風·蒹葭》：「蒹葭蒼蒼，白露爲霜。」

〔四四〕皸皴：（皮膚）裂開起皺，指松。索籜：散盡筍殼，指竹。𣓌：樹木直立貌。《文選》宋玉《高唐賦》：「其始出也，𣓌兮若松榯。」李善注：「𣓌，直竪貌。」

〔四五〕納材葦：《禮記·月令》：「季夏之月……命澤人納材葦。」注：「蒲葦之屬，此時柔刃，可取作器物也。」明堂：古代天子宣明政教的地方。構明堂，需用老松。容消：青春容顔消失。完：備，足。

〔四六〕揚且之皙：指美好容顏。《詩·鄘風·君子偕老》：「揚且之皙也。」傳：「揚，眉上廣。皙，白皙。」

〔四七〕錫：賜。老成：《詩·大雅·蕩》：「雖無老成人，尚有典刑。」按，「當錫」上疑奪一句。

〔四八〕山立：《禮記·樂記》：「總幹而山立。」注：「山立，猶正立也。」時行：《易·大有》：「應乎天而時行。」王弼注：「德應於天則行不失時。」

〔四九〕矜色：驕矜之色。噤：噤口不言。危言：《論語·憲問》：「邦有道，危言危行。邦無道，危行言孫。」集解：「包曰：危，厲也。邦有道，可以厲言行也。」

〔五〇〕侮黷：輕慢不敬。

〔五一〕蘧蘧：警醒貌。《莊子·齊物論》：「昔者，莊周夢爲蝴蝶……俄然覺，則蘧蘧然周也。」成玄英疏：「蘧蘧，驚動之貌也。」形開：覺醒。《莊子·逍遥游》：「其寐也神交，其覺也形開。」

〔五二〕委佩低簪：恭謹貌，參見卷一《監祠夕月壇書事》注。叩顙：即稽首，屈膝下拜，以額觸地，表示敬意。楚臣：指屈原。《天問》：屈原所作。《楚辭·天問》王逸序：「屈原放逐，憂心愁悴，彷徨山澤……見楚有先王之廟及公卿祠堂，圖畫天地山川神靈，琦瑋僑佹，及古賢聖怪物行事……因書其壁，何而問之，以泄憤懣，舒瀉愁思。」酬：對答。售：同讎，對答。

〔五三〕清玄：天。《易·坤·文言》：「天玄而地黄。」拜手：跪拜禮，跪後兩手相拱至地，俯首至手。《書·益稷》：「皋陶拜手稽首。」

【集評】

陳郁曰：李華《弔古戰場文》本於庾信《哀江南賦》，韓愈《送窮文》本於揚雄《逐貧賦》，李白《大鵬賦》本於司馬相如《大人賦》，而相如《大人賦》又本於屈原之《遠游》，皮日休《桃花賦》殆出於舒元輿《牡丹賦》，若柳宗元之《乞巧文》、劉禹錫之《問大鈞賦》，則同時而暗合者也。（《藏一話腴》外編卷上）

與柳子厚書〔一〕

間發書，得《箏郭師墓誌》一篇，以爲其工獨得於天姿，「使木聲、絲聲均其所自出，抑折愉繹，學者無能如」。〔二〕繁休伯之言薛訪車子，不能曲盡如此。〔三〕能令鄙夫冲然南望，〔四〕如聞善音，如見其師。尋文寤事，神騖心得，倘佯伊鬱，〔五〕久而不能平。

嗟乎，郭師與不可傳者死矣〔六〕！絃張柱差楚宜反，榤然貌存，中有至音，含糊弗聞。〔七〕噫，人亡而器存，布方册者是已。〔八〕余之伊鬱也，豈獨爲郭師發邪？〔九〕想足下因僕書重有概耳。〔一〇〕不宣。禹錫白。

【校注】

〔一〕書元和十二年歲末作。書爲答柳宗元寄《箏郭師墓誌》而作，郭師元和十二年丁酉九月卒於柳州，故書當作於同年歲末。詳見附録柳宗元《箏郭師墓誌》。

〔二〕郭師：名無名，曾爲僧，善箏，故人呼爲郭師，後因嗜酒，蓄髮爲道士。詳見附録《箏郭師墓誌》。抑折：《柳河東集》作「屈折」。愉繹：未詳，疑同「於邑」，狀樂音之悲哀。如：《柳河東集》作「知」。

〔三〕繁休伯：繁欽，字休伯。《三國志·魏書·王粲傳》注引《典略》：「欽字休伯，以文才機辯，少得名於汝潁。欽既長於書記，又善爲詩賦，其所與太子書，記喉轉意，率皆巧麗。」薛訪車：人名，其子能囀喉發聲如笳。《文選》繁欽《與魏文帝箋》：「時都尉薛訪車子，年始十四，能喉囀引聲，與笳同音。白上呈見，果如其言。……潛氣内轉，哀音外激。大不抗越，細不幽散。聲悲舊笳，曲美常均。及與黄門鼓吹温胡，迭唱迭和，喉所發音，無不響應。曲折沈浮，尋變入節。……暨其清激悲吟，雜以怨慕。詠北狄之遐征，奏胡馬之長思，悽入肝脾，哀感頑艶。」李善注：「《文章志》曰：『繁欽，字休伯，潁川人，少以文辯知名，以豫州從事稍遷至丞相主簿。病卒。』文帝《集序》云：『上西征，余守譙，繁欽從。時薛訪車子能喉囀，與笳同音，欽箋還與余而盛嘆之。雖過其實，而其文甚麗。』」

〔四〕沖然：寂默貌。

〔五〕倘佯：徘徊。伊鬱：同抑鬱，憂憤鬱結。

〔六〕不可傳者：指精華。《莊子·天道》：桓公讀書於堂上，輪扁曰：「古之人與其不可傳也死矣。

然則君之所讀者，古人之糟魄已夫。」

〔七〕柱差：箏柱參差。枵然：中空貌。至音：最美好的聲音。《淮南子·説林》：「至言不文，至樂不笑，至音不叫。」

〔八〕方册：即簡策。方，供書寫的大的木牘。《儀禮·聘禮》：「百名以上書於策，不及百名書於方。」注：「策，簡也。方，板也。」《禮記·中庸》：「文、武之政，布在方策。其人存，則其政舉；其人亡，則其政息。」

〔九〕郭師：原作「虢師」，據前文改。

〔一〇〕概：通慨，感慨。

【附録】

箏郭師墓誌　　柳宗元

郭師名無名，無字。父爽，雲中大將。無名生善音，能鼓十三絃。其爲事天姿獨得，推七律三十五調，切密邃靡，布爪指，運掌擪，使木聲絲聲均其所自出，屈折愉繹。學者無能知。自去乳，不近葷肉，以是慕浮圖道。既失父母，即棄去兄弟，自髡緇。入代清涼山，又南來楚中，然遇其故器，不能無撫弄。

吴王宙刺復州，或以告，乃延入，强之。宙號知聲音，抃蹈以爲神奇。會宙貶賀州，遂以來。性愛酒，不能已，因縱髮爲黄老術。薛道州伯高抵宙以書，必致之，至與坐起。伯高，褒邪人也，嗜其音，至善處，輒自爲擊節，教閽管謹視出入。餌仄柏，不食穀，三年，變服遁逃九疑叢祠中。披取之，益善，親遇終不屑。卒乘暴水入小船，下峋嶁山，求道籙。會歐陽師死，不果受。張誠副嶺南，又强與偕。誠死，至是抵余，時已得骨髓病，日猶鼓音四五行。居數日，益篤。既病，自爲歌。死三日，葬州北崗西。志其詞曰：「雲州生，柳州死。年五十，病骨髓。天與之音今止矣。丁酉之年秋既季，月闕其團於是始。心爲浮圖形道士，仁人我哀埋勿棄。」（《柳河東集·外集》卷上）

答道州薛郎中論書儀書〔一〕

吾兄不知愚無似，猥以書見攻其非，且曰：「我與子中外屬，當爲伯仲，其抵我書，執禮太卑。〔二〕按舊儀，凡兄姊之齒有『唯』無『伏』，它以是爲衰。〔三〕其於匹敵，〔四〕即前云『顛』，後云『白』而已。大曆初，李贊皇、賈常侍猶守之無渝。〔五〕二公何人也？我與子何人也？烏有從末俗以姑息爲禮，〔六〕而不虞識者所窺邪？」其旨云爾。愚得書，退而思惟，愀然自賀曰：在恒人爲宜，而在愚爲過，豈不甚幸歟？故盡言於兄，期有以相暢耳。〔七〕

夫禮之文爲著定，宜尊宜卑，猶四方上下左右前後，稱謂一立，古先聖賢所不敢移。管敬仲不敢當命卿之饗，虞人不敢承士之招，先禮而後身也。〔八〕汲黯不爲大將軍而虧九卿，王祥不爲録尚書而屈三公，先道而後時也。〔九〕是則非據之榮，雖君命有所不受；非道之利，雖衆尚有所不爲。〔一〇〕兄長於大曆初，嘗接前輩游，故其風采去承平時不甚相遠。〔一一〕愚長於貞元中，所與游皆後來諸生，然猶於稠人廣坐，時聞老成人之説，灌注耳目，斑斑然不絶如綫。〔一二〕其後爲御史，四方諸侯率以書來賀，校其禮皆駁不同，唯洪州牧李常侍巽、潭州牧楊中丞憑始言「執事」，其它如儀。〔一三〕而同在憲司者，咸以二牧爲不遜。〔一四〕愚時與其僚柳宗元昌言於衆曰：「監察八品也，當衣碧，言『執事』爲宜，不當經怪。」〔一五〕衆咸听然而哈，復謂愚云：「子奚不碧其服邪？」〔一六〕其不堪「執事」色，深不可以言解。

及謫官十年，居僻陋，不聞世論。所以書相問訊，皆昵親密友，不容變更，而時態高下，無從知耳。前年，祗召抵京師，偶故人席夔談，因及是事，乃知與十年前大殊，至有同姓屬尊致書於屬卑而貴者，其紙尾言起居新婦。〔一七〕夔獨竊笑之而已，然猶不敢顯言詆之。今有人謂東爲西者，一言發則凡人嗤爲騃且狂。〔一八〕苟不衆非之，則東西易位久矣。尊卑失其儀，恬而不怪，〔一九〕安得使人如東西不敢易之哉！

曾子有云：「君子之愛人也以德，細民之愛人以姑息。」〔二〇〕謂古人悉朴且賢，則斯言不當發於洙泗間耳。〔二一〕蓋三代之尚，未嘗無弊，由野以至僿，豈一日之爲？〔二二〕漸靡使之然也。嫉其弊而救之，以歸于中道，必俟乎薦紳先生德與位并者，揭然建明之，斯易也。〔二三〕語曰：「矦自直之箭，〔二四〕則百代無一矢；矦自圓之木，則千歲無一輪。執矯揉之器者視之，〔二五〕灌叢無非良材耳。竊觀今之人，於文章無不慕古，甚者或失於野，於書疏獨陋古而汩於浮，二者同出於言而背馳。非不能盡如古也，蓋爲古文者得名聲，爲今書者無悔吝，如水走□爲闕

【校注】

〔一〕書元和十二年在連州作。道州：州治在今湖南道縣。薛郎中：薛景晦，字伯高。元和九年爲道州刺史，參見前《含輝洞述》注。此書云「前年祇召抵京師」，當作於元和十二年。書儀：書信禮儀，唐人甚重之。《新唐書・藝文志三》著録《鄭氏書儀》二卷、裴度《書儀》二卷等，均佚。今敦煌遺書中存書儀殘卷多種，見趙和平輯《敦煌表狀箋啟書儀輯校》。

〔二〕無似：猶言不肖，自謙之詞。《禮記・哀公問》：「寡人雖無似也，願聞所以行三言之道，可得聞乎？」猥：辱，謙詞。中外屬：中表姻親。按據劉禹錫《唐故福建等州都團練觀察處置使（略）薛公神道碑》，劉禹錫娶薛謇之長女；又據《新唐書・宰相世系三下》，薛伯高與薛謇同屬薛氏西祖房「瀵上五門大房」，伯高爲薛謹十一世孫，謇爲薛謹十世孫，伯高從叔，故劉與伯高爲「伯仲」。

〔三〕有「唯」無「伏」：省去書信中敬詞「伏惟」中的「伏」字。衰：等衰，按一定等級由大到小遞減。

〔四〕匹敵：對等，此處指平輩友人。

〔五〕大曆：唐代宗第三個年號（七六六—七七九）。李贊皇：李栖筠。《新唐書》本傳：「以治行進銀青光禄大夫，封贊皇縣子。……栖筠喜奬善，而樂人攻己短，爲天下士歸重，不敢有所斥，稱贊皇公云。」賈常侍：賈至。《新唐書》本傳：「（大曆）七年，以右散騎常侍卒。」無渝：不變。

〔六〕末俗：末世衰敗的風俗。姑息：無原則的寬容。《禮記·檀弓上》：「曾子曰：『爾之愛我也不如彼。君子之愛人也以德，細人之愛人也以姑息。』」

〔七〕暢：盡情，此指通過書信往復盡情暢論。宋玉《神女賦》：「交希恩疏，不可盡暢。」

〔八〕管敬仲：即管仲，謚曰敬。《史記·齊太公世家》：「齊使管仲平戎於周，周欲以上卿禮管仲。管仲頓首曰：『臣陪臣，安敢！』三讓，乃受下卿禮以見。」虞人：古代掌管山澤苑囿田獵的官員。《左傳·昭公二十年》：「齊侯田於沛，招虞人以弓，不進。公使執之。辭曰：『昔我先君之田也，旃以招大夫，弓以招士，皮冠以招虞人，臣不見皮冠，故不敢進。』」士，劉本作「大夫」。按《孟子·萬章下》：「齊景公田，招虞人以旌，不至，將殺之。……（招虞人）以皮冠，庶人以旃，士以旂，大夫以旌。以大夫之招招虞人，虞人死不敢往。」二説不同。

〔九〕汲黯：漢武帝時人，官主爵都尉，列於九卿。大將軍：指衛青，衛皇后之弟。汲黯見衛青，揖而不拜，見卷十三《爲京兆李尹答于襄州第二書》注。王祥：魏晉時人，仕魏，官至太尉、侍中。録尚書：即録尚書事。《通典》卷二二：「和帝時，太尉鄧彪爲太傅，録尚書事，位在三公上，漢制遂以爲常。每少帝立，則置太傅、録尚書事，猶古冢宰總己之義。」《晉書·王祥傳》：「及武帝爲晉王，祥與荀顗往謁。顗謂祥曰：『相王尊重，何侯既已盡敬，今便當拜也。』祥曰：『相國誠爲尊貴，然是魏之宰相。吾等魏之三公，公、王相去一階而已，班例大同，安有天子三司而輒拜人者？損魏朝之望，虧晉王之德！君子愛人以禮，吾不爲也。』及入，顗遂拜，而祥獨長揖。帝曰：『今日方知君見顧之重矣！』」按《晉書》帝紀，宣帝司馬懿、景帝司馬師、文帝司馬昭均曾加録尚書事。

〔一〇〕非據：竊據。《易・繫辭下》：「非所困而困焉，名必辱。非所據而據焉，身必危。」非道：不合道義。《書・太甲下》：「有言遜於汝志，必求諸非道。」

〔一一〕故其：劉本作「欽其」。風采：風俗。《文選》左思《魏都賦》：「壹八方而混同，極風采之異觀。」李善注：「《淮南子》曰：『采俗者，所以一群生之短修，明九夷之風采。』高誘曰：『風，俗也。采，事也。』」承平時：指唐玄宗開元、天寶時。

〔一二〕貞元：唐德宗的第三個年號（七八五—八〇五）。老成人：年高有德之人。《詩・大雅・蕩》：「雖無老成人，尚有典刑。」疏：「年老成德之人。」斑斑然：衆多貌。

〔一三〕御史：指監察御史。劉禹錫貞元十九年任此職。諸侯：指州郡長官，相當於古之諸侯。駁：駁雜。洪州牧：洪州（今江西南昌）刺史，時兼江西觀察使。李巽：《舊唐書》卷一二三、《新唐書》卷一二九有傳。《舊唐書》本傳：「改江西觀察使，加檢校散騎常侍，兼御史大夫。……順宗即位，入爲兵部侍郎。」潭州牧：潭州（今湖南長沙）刺史，時兼湖南觀察使。楊憑：《舊唐書》

卷一四六、《新唐書》卷一六〇有傳。《舊唐書·德宗紀下》：「（貞元十八年）九月乙卯朔，以太常少卿楊憑爲潭州刺史、湖南觀察使。」執事：各部門的專職人員，官吏。書信中用作對對方的敬稱。《左傳·僖公二十六年》：「寡君聞君親舉玉趾，將辱於敝邑，使下臣犒執事。」注：「言執事，不敢斥尊。」《因話録》卷五：「古者三公開閣，郡守比古之侯伯，亦有閣，所以世之書題有『閣下』之稱。前輩呼刺史、太守，亦曰『節下』。與宰相大僚書，往往呼『執事』，言閣下之執事人耳。劉子玄爲史官，與監修宰相書，呼『足下』。韓文公與使主張僕射書，呼『執事』，即其例也。其『記室』本係王侯賓佐之稱，他人亦非所宜。『執事』則指斥其左右之人，尊卑皆可通稱。『侍者』，士庶可用之。近日官至使府御史及畿令，悉呼『閣下』。至於初命賓佐，猶呼『記室』。今則一例『閣下』，亦謂上下無別矣。其『執事』纔施於舉人，『侍者』止行於釋子而已。今又布衣相呼，盡曰『閣下』，雖出於浮薄相戲，亦是名分大壞矣。」

〔一四〕憲司：御史臺。不遜：無禮。

〔一五〕衣碧：據《舊唐書·輿服志》，貞觀四年制，三品以上服紫，五品以下服緋，六品、七品服緑，八品、九品服青；龍朔二年，改八品、九品著碧，朝參之處，聽兼服黄；上元元年八月，又制八品服深青，九品服淺青；文明元年詔又改八品以下服碧。據劉禹錫書，蓋時八品仍服青。經怪：常怪。嵇康《與山巨源絶交書》：「然經怪此意，尚未熟悉於足下，何從便得之也？」

〔一六〕听然：笑貌。哈：笑。碧其服：改著碧色官服。蓋時俗以爲「執事」只可用來稱呼九品官員，御史則當稱「閤下」。

〔一七〕前年：指元和十年，禹錫承召赴京，見卷四《元和十年自朗州承召至京（略）》注。席夔：貞元十年進士，十二年，登博學宏詞科，元和十年官至中書舍人，卒。參見《元和姓纂》卷十及岑仲勉《四校記》。屬：指輩分。紙尾：信末。起居：問候安否之語。

〔一八〕騃：愚，呆。

〔一九〕恬：安然。

〔二〇〕曾子：孔子弟子曾參，其語出《禮記·檀弓上》，「細民」作「細人」。

〔二一〕洙泗：二水名，在今山東省境内。洙泗間，是孔子講學授徒的地方。《元和郡縣圖志》卷一〇「兖州瑕丘縣」：「洙水，東去縣二十三里。泗水，東自曲阜縣界流入，與洙水合。」《禮記·檀弓上》：「曾子怒曰：『……吾與女事夫子於洙、泗之間。』」

〔二二〕尚：通上。野：質朴，粗魯。僿：涼薄，虚僞。

〔二三〕薦紳先生：即搢紳先生，達官。薦，通搢。

〔二四〕俟自直之箭：《韓非子·顯學》：「夫必恃自直之箭，百世無矢；恃自圜之木，千世無輪矣。自直之箭，自圜之木，百世無有一，然而世皆乘車射禽者何也？隱栝之道用也。」

〔二五〕矯揉：矯曲使之直，揉直使之曲。

賀收蔡州表〔一〕

臣某言：伏見詔書，以唐州節度使李愬生擒逆賊吴元濟獻俘，文武百僚於興安門列班稱賀者。〔二〕天威遠被，元惡就誅，一方既平，萬國咸慶。云云。

伏惟睿聖文武皇帝陛下，德超遂古，道合上玄，臨御已來，天人協贊。〔三〕削平吴、蜀，〔四〕掃蕩塞垣，車書大同，夷狄來貢。蕞爾元濟，〔五〕敢懷野心，輒聚犬羊，苟偷時月。陛下聖謨獨運，睿感潛通，天助神兵，人生勇氣。既擒兇逆，遂正刑書。〔六〕伏三紀之逋誅，成九衢之壯觀。〔七〕宗社昭告，華夷式瞻。行弔伐而在禮無違，烜威聲而何城不克。〔八〕楚氛改色，〔九〕淮水安流。漢上疲人，盡沾雨露；汝南遺老，重覩昇平。〔一〇〕凡在具臣，孰不欣抃。

臣久辭朝列，恭守遐藩，不獲稱慶闕庭，陳露丹慊，仰瞻宸極，倍萬群品。〔一一〕無任踴躍慶快之至。元和十二年十二月二十三日。

【校注】

〔一〕表元和十二年十二月在連州作。收蔡州：指平淮西吴元濟事，參見卷四《南海馬大夫遠示著述（略）》、《平蔡州三首》等詩注。

〔二〕唐州：州治在今河南泌陽。《新唐書·方鎮表四》：元和十年，「置唐隋鄧三州節度使，治唐州」；十一年，「廢唐隋鄧節度使，是年復置，徙治隋州」；十二年，「廢唐隋鄧節度使，以唐隋鄧三州還隸山南東道」。蓋唐鄧節度使乃專爲對淮西用兵而置。興安門：長安大明宫南面五門之最西門。《唐兩京城坊考》卷一「大明宫」：「南面五門，正南丹鳳門……丹鳳門西建福門……次西興安門……劉闢、吴元濟獻俘，皆於此門。」《舊唐書·憲宗紀下》：「（元和十二年）十一月丙戌朔，御興安門受淮西之俘，以吴元濟徇兩市，斬於獨柳樹。」李愬擒吴元濟事，見卷四《平蔡州三首》注。

〔三〕睿聖文武皇帝：即唐憲宗。《舊唐書·憲宗紀上》：「（元和三年正月）癸巳，群臣上尊號曰睿聖文武皇帝。」遂古：遠古。遂，通邃。《楚辭·天問》：「遂古之初，誰傳道之？」上玄：天。

〔四〕吴、蜀：指元和初據吴地叛的李錡和據蜀地叛的劉闢，均被平定，詳見卷四《城西行》注。

〔五〕蕞爾：小貌。《左傳·昭公七年》：「鄭雖無腆，抑諺曰『蕞爾國』，而三世執其政柄。」

〔六〕遂正：《文苑英華》、《全唐文》作「爰正」。

〔七〕三紀：三十六年。逋誅：當誅而未誅。《資治通鑑》卷二二三：「（貞元二年）七月，淮西兵馬使吴少誠殺（節度使）陳仙奇，自爲留後。……己酉……以少誠爲留後。」此後，吴少誠堂弟吴少陽、少陽長子元濟相繼據淮西，不奉朝廷。自貞元二年至元和十二年，已三十二年。三紀蓋舉成數。九衢：京師街道。壯觀：謂以吴元濟徇兩市，京師吏民縱觀事。

〔八〕弔伐：弔民伐罪。《晉書・慕容垂載記》：「弔伐之義，先代常典。」烜：盛大顯赫；原作「炟」，據明本、劉本、《文苑英華》、《全唐文》改。

〔九〕楚氛：楚地惡氣。見卷四《南海馬大夫遠示著述（略）》注。

〔一〇〕漢上：漢水濱。漢水流域的唐、鄧、隋諸州與淮西比鄰，常有戰事。汝南：郡名，即蔡州。

〔一一〕恭：《文苑英華》、《全唐文》作「忝」。慊：劉本、《文苑英華》、《全唐文》作「悃」。品：明本、劉本、《文苑英華》、《全唐文》作「情」。

賀門下裴相公啟〔一〕

某啟：伏以相公含道傑出，降神挺生，坐籌以弼睿謨，秉鉞以行天討。〔二〕風雲助氣，川岳效靈。制勝於尊俎之間，指蹤於韝紲之末。〔三〕蕭斧既定，衮衣以歸。〔四〕君心如魚水，人望如風草。〔五〕一德交暢，萬邦和平。〔六〕運神思於洪鑪，納生靈於壽域。〔七〕文武丕績，冠于古今。某恪守遐荒，不獲隨例拜賀。〔八〕

【校注】

〔一〕啟元和十二年十二月爲賀平蔡州吴元濟作。裴相公：裴度。《新唐書・宰相表中》：元和十二年「七月丙辰，（裴）度守門下侍郎、同平章事、彰義節度使、淮西宣慰處置使」。參見前表及卷四《平蔡州三首》注。

〔二〕秉鉞：秉持節鉞，謂掌專征伐之兵權。《詩・商頌・長發》：「武王載旆，有虔秉鉞。」天討：上天的懲罰。

〔三〕尊俎：謂宴席。《晏子春秋・雜上》：「夫不出尊俎之間，而折衝於千里之外，晏子之謂也。」張協《雜詩》：「折衝樽俎間，制勝在兩楹。」指蹤：指示蹤跡，謂指揮部署。韝：立鷹的革製臂套。紲：拴鷹犬的繩索。《漢書・蕭何傳》：「夫獵，追殺獸者狗也，而發縱指示獸處者人也。」注：「發縱，謂解紲而放之也。」縱，《史記・蕭相國世家》作「蹤」。《三國志・魏書・荀彧傳》注引《別傳》：「是以先帝貴指縱之功，薄搏獲之賞，古人尚帷幄之規，下攻拔之捷。」

〔四〕蕭斧：利斧，此指戰事。《説苑・善説》：「夫以秦、楚之强而報讎於弱薛，譬之猶摩蕭斧而伐朝菌也。」衮衣：上公之服。《詩・豳風・九罭》：「我覯之子，衮衣繡裳。」傳：「衮衣，卷龍也。」箋：「王迎周公，當以上公之服往見之。」

〔五〕魚水：喻君臣相得，見卷十四《上中書李相公啟》注。風草：喻政令暢通，見卷二《元和癸巳歲仲秋詔發江陵偏師（略）》注。

〔六〕邦：《文苑英華》作「方」。

〔七〕洪鑪：大火鑪，喻宰相德政，如洪鑪之熔鑄萬物。壽域：仁壽之域，見卷十三《賀除虔王等表》注。

〔八〕「拜賀」下《文苑英華》有「瞻望抃躍無任下情」八字。

賀赦表〔一〕

臣某言：伏奉今月一日制書大赦天下者。聖德廣運，浹于華夷；天光下臨，照彼幽蟄。云云。

伏惟睿聖文武皇帝陛下，神扶寶祚，天贊鴻猷，意有所之，事無不克。當淮右凱旋之後，〔二〕是域中慶幸之時。順陽和以發生，〔三〕施霈澤於寰海。網開三面，危疑者許以自新；耳達四聰，瑕累者期於録用。〔四〕求碩畫於庶位，慮遺材於放臣。〔五〕旌忠烈之家，賞勛庸之胤。〔六〕仁及枯骨，無隔於寇戎；榮加顯親，普霑於存没。〔七〕恤刑已責，實廩蠲徭。〔八〕頒錫彰《有客》之詩，崇儒協宗子之望。〔九〕岳瀆咸秩，耆艾飲和。〔一〇〕大僚承任子之恩，武旅荷賜金之寵。〔一一〕斯皆禹、湯、文、武之遺美，高祖、太宗之耿光，集于聖朝，然後大備。德音所至，和氣隨之。歡謡上徹於九天，福祚永延於億載。能使遠夷屈膝，豈惟小醜革心。率土人臣，不勝大慶。

臣久辭闕下，恪守海隅，犬馬之誠，倍百常品。無任抃躍屏營之至。

【校注】

〔一〕表元和十三年正月在連州作。赦：此處指因平蔡州而大赦事。《舊唐書·憲宗紀下》：「（元和）十三年春正月乙酉朔，御含元殿受朝賀，禮畢，御丹鳳樓，大赦天下。」《全唐文》卷六三有憲宗《平淮西大赦文》。《全唐文》題首有「連州」二字。

〔二〕淮右：即淮西，《全唐文》作「淮甸」。

〔三〕陽和：春日和氣。憲宗《平淮西大赦文》：「可大赦天下。元和十三年正月十日昧爽已前，大辟罪已下，咸赦除之。」

〔四〕網開三面：見卷十三《賀除虔王等表》注。危疑者：指淮西管内曾與謀逆者及據鎮州叛之王承宗。憲宗《平淮西大赦文》：「其淮西管内，縱有跡同惡逆，掛涉流言，事在往時，一切不問。……王承宗若束身赴闕，捨而不問，仍加官爵。」四聰：《書·舜典》：「舜格於文祖，詢於四岳，闢四門，明四目，達四聰。」傳：「廣視聽於四方，使天下無壅塞。」

〔五〕碩畫：大謀。庶位：衆官。《書·説命下》：「旁招俊乂，列於庶位。」傳：「廣招俊乂，使列衆官。」放臣：被放逐流貶的官員。

〔六〕忠烈：指烈士。勛庸：指功臣。憲宗《平淮西大赦文》：「故尚父子儀、贈太師晟、贈太尉秀實、杲卿、真卿、張巡、許遠、南霽雲，與一子官出身有差。」

〔七〕枯骨：指暴露的屍骸。憲宗《平淮西大赦文》：「如聞申、光、蔡、溵四州百姓，干戈之後，餓殍爲病，宜委所在長吏設法綏理。」存没：生者與死者。憲宗《平淮西大赦文》：「中書門下及文武常參官、諸道節度觀察神策諸軍等使祖父母，節級與贈封官，存者量與致仕及邑號。」

〔八〕恤刑：慎用或減輕刑罰。已責：豁免債務。責，通債。實廩：充實倉儲。蠲徭：蠲免徭役。憲宗《平淮西大赦文》：「其諸道州府縣，用兵已來，或慮有權置職名及擅加科配事非永制者，一切禁斷。淮西側近，應緣資給軍用榷税，經奏請者，各委條疏停省。……其度支元和二年已前，諸道借假及懸欠錢物斛斗雜物，當四百八十餘萬貫石端匹枚具斤兩等並放。鹽鐵户部諸監院應有欠負，亦疏理減放。」

〔九〕《有客》：《詩·周頌》篇名。小序：「《有客》，微子來見祖廟也。」傳：「成王既黜殷命，殺武庚，命微子代殷後，既受命來朝而見也。」箋：「有客，二王之後爲客也。」宗子：皇族子弟。

〔一〇〕秩：祭祀。《書·舜典》：「望秩於山川。」傳：「諸侯竟内名山大川，如其秩次望祭之。」耆艾：年六十曰耆，五十曰艾，此泛指老人。飲和：感到自在，享受和樂。《莊子·則陽》：「故或不言而飲人以和。」憲宗《平淮西大赦文》：「天下百姓高年，賜米帛羊酒有差。」

〔一一〕武旅：即虎旅，指將士。憲宗《平淮西大赦文》：「先入擒吴元濟立功將士，委韓宏條疏，宜速具功勞等第聞奏，待有甄獎處分。……神策六軍、威遠金吾及皇城等緣御樓立仗將士等，及在城蕃客，各賜物有差。」

賀赦箋〔一〕

使持節連州諸軍事、守連州刺史劉某，惶恐叩頭。伏見今月一日制書大赦天下者。伏以獻歲布和，皇恩遠降，乾坤交泰，寰海廓清。伏惟皇太子殿下，道冠元良，德兼忠孝。〔二〕承顔拜慶，榮耀古今。某職守有限，不獲隨例稱賀宫庭，無任欣説之至。元和十三年正月二十九日。

【校注】

〔一〕箋元和十三年正月爲賀平淮西大赦而作。

〔二〕皇太子：李恒，憲宗第三子。《舊唐書·憲宗紀下》：「（元和七年六月）乙亥，制立遂王宥爲皇太子，改名恒。」元良：大善。《禮記·文王世子》：「一有元良，萬國以貞，世子之謂也。」

上門下裴相公啟〔一〕

某啟：曩者，淮右逋誅，即戎歲久，天子齋戒，以命元臣，登壇之日，上略前定。〔二〕從九天而下，縱以神兵；分六符之光，掃其長彗。〔三〕授鉞於西顥之半，策勛於北陸之初。〔四〕功成偃節，復執大柄。〔五〕君臣相遇，播于樂章；山河啟封，載在盟府。〔六〕上方注意，人益具瞻。因魚水之協符，極夔龍之事業。〔七〕時屬四始，恩覃萬方。〔八〕致君及物，其德兩大。古先畯賢所未備者，〔九〕我從容而保之。殆非人事，抑有幽贊。〔一〇〕

夫異同之論，我以獨見剖之；文武之道，我以全材統之；崇高之位，我以大功居之；造物之權，我以虚心運之。〔一一〕然持盈之術，〔一二〕古所難也。實在陰施及物，厚其德基，以左右功庸，而百禄是荷，人所欽戴，久而愈宜。〔一三〕昔袁太尉不忍錮人，〔一四〕而楚獄衰息，一言之慶，子孫丕承。以今日將明之材，行前修博施之義，筆端膚寸，澤及九垠，猶夫疾耕，必有滯穗。〔一五〕

某頃墮危厄，嘗受厚恩，詛盟於心，要之自效。〔一六〕常懼廢死荒服，永辜願言，敢因賀牋，一寄丹懇。顧非奇理，不足以縈于沖襟。〔一七〕然則利於行者固在於常談，而卓詭孤特之言未必利於行也。〔一八〕伏惟以愚言與賢者參之。謹啟。

【校注】

〔一〕啟云「時屬四始」，當元和十三年正月在連州作。裴相公：裴度。見前《賀門下裴相公啟》注。

〔二〕淮右：淮西。逋誅：當誅而未受懲罰。吴少誠、吴少陽、吴元濟盤踞淮西三十餘年，見前《賀收蔡州表》注。元臣：大臣，指裴度。《舊唐書·憲宗紀下》：「（元和十二年七月）丙辰，制以中書侍郎、平章事裴度守門下侍郎、同平章事、使持節蔡州諸軍事、蔡州刺史，充彰義軍節度、申光蔡觀察處置等使，仍充淮西宣慰處置使。……八月……庚申，裴度發赴行營，敕神策軍三百人衛從，上御通化門勞遣之。度望門再拜，銜涕而辭，上賜之犀帶。」

〔三〕九天：天最高處，此指李愬雪夜入蔡州事，詳見卷四《平蔡州三首》注。六符：泰階六星。《漢書·東方朔傳》：「願陳泰階六符。」孟康曰：「泰階，三台也。每台二星，凡六星。符，六星之符驗也。」長彗：喻叛逆。《公羊傳·昭公十七年》：「冬有星孛於大辰。孛者何？彗星也。」注：「孛彗者，邪亂之氣，掃故置新之象。」

〔四〕西顥：秋天，見卷一《監祠夕月壇書事》詩注。西顥之半，八月。裴度以八月赴行營。北陸：星名，即虛宿。北陸之初，十二月。《左傳·昭公四年》：「古者，日在北陸而藏冰。」疏：「日在北陸，爲夏之十二月也。十二月，日在玄枵之次。」《爾雅·釋天》：「玄枵，虛也。」又：「北陸，虛也。」《舊唐書·裴度傳》：「（元和十二年）十一月二十八日，度自蔡州入朝。……二月，詔加度金紫光禄大夫、弘文館大學士，賜勛上柱國，封晋國公，食邑三千户，復知政事。」

〔五〕偃節：罷節，謂罷節度使職。執大柄：掌大權，此處指爲相。

〔六〕啟封：此處謂裴度封晋國公事。盟府：掌管保存盟書的官府。《左傳·僖公二十六年》：「昔周公、大公股肱周室，夾輔成王，成王勞而賜之盟，曰：『世世子孫，無相害也。』載在盟府，大師職之。」

〔七〕魚水、夔龍：見卷十四《上中書李相公啟》注。

〔八〕四始：指元旦。《史記·天官書》：「四始者，候之日。」正義：「謂正月旦歲之始，時之始，日之始，月之始，故云四始。」覃：延及。元和十三年正月元日，大赦天下，見前《賀赦表》。

〔九〕晙：通俊。

〔一〇〕幽贊：神明暗中佑護。

〔一一〕異同之論：不同意見。范寧《春秋穀梁傳序》：「故有父子異同之論，石渠分争之説。」此指對淮西用兵事，朝中有不同意見。《舊唐書·裴度傳》：「自討淮西，王師屢敗。論者以殺傷滋甚，轉輸不逮，擬議密疏，紛紜交進。度以腹心之疾，不時去之，終爲大患，不然，兩河之盜，亦將視此爲高下，遂堅請討伐。上深委信，故聽之不疑。」文、武：《禮記·雜記下》：「一張一弛，文、武之道也。」原指周文王、周武王，此雙關統軍與爲相。

〔一二〕持盈：保守成業。《淮南子·道應》：「孔子觀桓公之廟，有器焉，謂之宥巵。孔子……顧曰：『弟子取水。』水至，灌之，其中則正，其盈則覆。孔子造然革容曰：『善哉，持盈者乎！』……曰：『夫物盛而衰，樂極則悲，日中而移，月盈而虧。是故聰明睿智，守之以愚；多聞博辯，守之以陋；武力毅勇，守之以畏；富貴廣大，守之以儉；德施天下，守之以讓。此五者，先王所以守天下而弗失也。反此五者，未嘗不危也。』」

〔一三〕左右：佐佑。功庸：功勛。百禄：百福，衆多福禄。《詩·商頌·玄鳥》：「殷受命咸宜，百禄是何。」箋：「當擔負天之多福。」

〔一四〕袁太尉：漢袁安，明楚王英獄，子孫四世三公，見卷三《讀張曲江集作》注。

〔一五〕將明：謂奉行王命，明辨是非。《詩・大雅・烝民》：「肅肅王命，仲山甫將之。邦國若否，仲山甫明之。」傳：「將，行也。」《漢書・刑法志》：「有司無仲山甫將明之材。」前修：先賢。《論語・雍也》：「子貢曰：『如有博施於民而能濟衆，何如？可謂仁乎？』子曰：『何事於仁？必也聖乎！』」膚寸：小塊陰雲。《公羊傳・僖公三十年》：「觸石而出，膚寸而合，不崇朝而遍雨乎天下者，惟泰山爾。」何休注：「側手爲膚，案指爲寸。」九垠：猶九垓，九州，指天下。滯穗：收割時遺落的禾穗，喻遺才。《詩・小雅・大田》：「彼有遺秉，此有滯穗。」

〔一六〕厚恩：指元和十年裴度爲劉禹錫求改播州爲連州事，參見卷四《元和十年自朗州承召至京（略）》詩及本卷《謝上連州刺史表》注。詛盟：盟誓。

〔一七〕沖襟：寬闊曠遠的胸襟。

〔一八〕然則：「則」字疑衍。卓詭孤特：高遠特異，與衆不同。《漢書・劉輔傳》：「此其言必有卓詭切至當聖心者。」注：「卓，高遠也。詭，異於衆也。」

與刑部韓侍郎書〔一〕

退之從丞相平戎還，以功爲第一官，然猶議者嗛然，如未遷陟。〔二〕此非特用文章學問有以當衆心也，乃在恢廓器度，以推賢盡材爲孜孜，故人心樂其道行，行必及物故耳。

前日赦書下郡國，有棄過之目。〔三〕以大國材富而失職者多，千鈞之機，固省度而釋，豈鼷鼠所宜承當？〔四〕然譬諸蟄蟲坏户而俯者，〔五〕與夫槁死無以異矣。春雷一振，必歘然翹首，與生爲徒。〔六〕況有吹律者召東風以薰之，〔七〕其化也益速。雷且奮矣，其知風之自乎。既得位，當行之無忽。禹錫再拜。

【校注】

〔一〕書元和十三年春在連州作。韓侍郎：韓愈。《舊唐書·韓愈傳》：「元和十二年八月，宰臣裴度爲淮西宣慰處置使，兼彰義軍節度使，請愈爲行軍司馬，仍賜金紫。淮、蔡平，十二月，隨度還朝，以功授刑部侍郎。」同書《憲宗紀下》：「（元和十二年十二月）丙子，以右庶子韓愈爲刑部侍郎。」文云「前日赦書下郡國」，指元和十三年正月大赦事，故書當作於十三年春。書以「推賢進材爲孜孜」期韓愈，係望其援引。

〔二〕丞相：指裴度。第一官：最重要的官職。嗛然：不足貌。嗛，通歉。

〔三〕棄過：赦免罪人。參見前《賀赦表》。

〔四〕材：人才。失職：未被任用。宋玉《九辯》：「坎廩兮貧士失職而志不平。」千鈞之機：强有力的機弩，喻重大的政治措施。省度：慎重考慮。釋：放。鼷鼠：一種小鼠，此以自比。《三國志·魏書·杜襲傳》：「臣聞千鈞之弩，不爲鼷鼠發機；萬石之鍾，不以莛撞起音。」

〔五〕坏户：以泥塗塞門户。《禮記·月令》：「（仲秋之月）蟄蟲坏户。」又：「（季秋之月）蟄蟲咸俯在內，皆墐其户。」坏，通坯。

〔六〕歘然：動貌。《禮記·月令》：「（仲春之月）雷乃發聲，始電。蟄蟲咸動，啟户始出。」

〔七〕吹律者：鄒衍，此指韓愈。《文選》顏延之《秋胡詩》：「寒谷待鳴律。」李善注引劉向《别録》：「鄒衍在燕，有谷寒，不生五穀，鄒子吹律而温，至生黍也。」薰之：使和暖。

賀雪鎮州表〔一〕

臣某言：伏見四月二十七日德音，以王承宗效順著明，復其官爵，所獻二郡，别置藩垣。〔二〕聖德動天，鴻恩及物，瑕累咸滌，蒸黎永安。云云。伏惟睿聖文武皇帝陛下，自承寶位，克振皇綱。既以四海爲家，每念一夫不獲。〔三〕昨因大慶，爰降殊私，廣宥過之科，開自新之路。〔四〕綸言一發，神理潛通。遂令迷誤之徒，頓釋憂危之慮。命胤子以入侍，獻名都以效誠。〔五〕臣心既明，天網爲解。因析四郡，〔六〕别爲一方，惟懷永圖，盡去前弊。大河以北，化爲禮樂之鄉；率土之濱，重見昇平之日。〔七〕臣恪居官次，遐守嶺隅，不獲稱慶闕庭，無任踴躍屏營之至。

【校注】

〔一〕表元和十三年五月在連州作。鎮州：州治在今河北正定縣，唐時爲成德軍節度使治所。元和中，節度使王承宗據鎮州叛，朝廷發兵征討，見卷四《平蔡州三首》注。《資治通鑑》卷二四〇：「（淮西平後）承宗懼，求哀於田弘正，請以二子爲質，及獻德、棣二州，輸租税，請官吏。弘正爲之奏請。……（元和十三年）夏四月甲寅朔，魏博遣使送承宗子知感、知信及德、棣二州圖印至京師。……庚戌，詔洗雪王承宗及成德將士，復其官爵。」按元和十三年四月甲寅朔，二十七日爲庚辰，《通鑑》作庚戌，誤。《舊唐書·憲宗紀》正作庚辰。憲宗《赦王承宗詔》見《全唐文》卷六〇。

〔二〕二郡：謂德、棣二州。《新唐書·方鎮表三》：貞元二年，置横海軍節度使，領滄、景二州，治滄州；元和十三年，以德、棣二州隸横海節度。《舊唐書·憲宗紀下》：「（元和十三年四月）庚辰，詔復王承宗官爵，以華州刺史鄭權爲德州刺史、横海軍節度、德棣滄景等州觀察使。」

〔三〕四海爲家：《漢書·高祖紀》：「天子以四海爲家。」一夫不獲：《書·説命下》：「一夫不獲，則曰時予之辜。」傳：「伊尹見一夫不得其所，則以爲己罪。」

〔四〕大慶：指元和十三年大赦。殊私：特殊恩典。憲宗《平淮西大赦文》：「王承宗若束身赴闕，捨而不問，仍加官爵。」即所謂「殊私」。

〔五〕胤子：嗣子，此處指王承宗子王知感、王知信。名都：指德、棣二州。都，疑當作「部」。憲宗《赦王承宗詔》：「獻德、棣之名部。」

〔六〕四郡：指德、棣、滄、景四州，見前注。

〔七〕大河：黄河。王承宗歸順後，河北諸鎮盡遵朝廷約束，割據藩鎮唯餘河南道淄青一鎮。

答道州薛郎中論方書書〔一〕

禹錫再拜。初，兄出中臺，守江華，人咸曰「函牛之鼎以之烹小鮮」，惜乎餘地澶漫而無庸也。〔二〕愚獨心有概焉，以爲君子受乾陽健行之氣，不可以息。〔三〕苟吾位不足以充吾道，是宜寄餘術百藝以泄神用，〔四〕其無暇日，與得位同。久欲以是理求有得於兄而未有路。會崔生來，辱書教，果惠以所著奇方十通，商古今之宜而去其并猥。〔五〕以一物足以了病者居多，非累試輒效，不在是族。或取諸屑近，亦以捃拾，慮恒人多怠忽不省，必建言顯白，揚其功於已然。〔六〕其它立論，率以弭病於將然爲先，而攻治爲後。〔四〕言君臣必以時，言宣補必以性，言砭灸必本其輸滎，言袚禳必因其風俗。〔八〕齊和之宜，炮剔之良，暴炙有陰陽之候，煎烹有少多之取。〔九〕撓火高反勞以制駛，露置以養潔，味有所走，薰有所歸，存諸孅悉，易則生患。〔一〇〕非博極遐覽之士，孰能知其所從來哉！

愚少多病。猶省爲童兒時，夙具襦袴，保姆抱之以如醫巫家，針烙灌餌，咺然啼號。〔一一〕巫嫗輒陽陽滿志，引手直求，竟未知何等方何等藥餌。〔一二〕及壯，見里中兒年齒比者，必睨然武健可愛，〔一三〕羞己之不如，遂從世醫號富於術者，借其書伏讀之。得《小品方》，於群方爲最古。又得《藥對》，知《本草》之所自出。〔一四〕考《素問》，識榮衛經絡百骸九竅之相成。〔一五〕學切脈以探表候，而天機昏淺，布指於位，不能分纍菽之重輕，第知息至而已。〔一六〕然於藥石不爲懵矣。爾來垂三十年，其術足以自衛，或行乎門內，疾輒良已。家之嬰兒，未嘗詣醫門求治者。

頃因欲編次已試者爲一家方書，顧力不足。今兄能我先，所以辱貺之喜信踰拱璧，〔一七〕有以賞音適道耳。常思世人居平不讀一方，病則委千金於庸夫之手，至于甚殆，而曰不幸，豈真不幸邪？甚者，或乘少壯之氣，笑人言醫，以爲非急，昌言曰：「飴口飽腹，藥其如我何！」所承之氣，有時而既，於禱神佞佛，遂甘心焉。〔一八〕兄以愚言覆觀之，其人固比肩耳。

前蒙示藥焙法，謹如教，地之慝果不能傷，雖茈音柴胡、水寫喜速朽者，率久居而無害。〔一九〕萬物不可以無法，謂生不由養致，其誣乎！山川匪遐，事使之遠。形不接而諭者，莫賢乎書。臨紙怊悵，不宣。禹錫再拜。

【校注】

〔一〕書元和十三年在連州作。道州薛郎中：薛景晦，字伯高，見前《答道州薛郎中論書儀書》注。郎中，原作「侍郎」，據劉本改。方書：醫方之書。

〔二〕中臺：尚書省。江華：郡名，即道州。薛伯高元和九年自尚書省刑部郎中貶守道州，已見《答道州薛郎中論書儀書》注。函牛之鼎：可容一牛的大鼎。小鮮：小魚。《老子》下篇：「治大國若烹小鮮。」澶漫：寬闊貌。張衡《西京賦》：「澶漫靡迤，作鎮於近。」《後漢書·邊讓傳》：「蔡邕深敬之，以爲讓宜處高任，乃薦於何進曰：『傳曰：函牛之鼎以亨（烹）鷄，多汁則淡而不可食，少汁則熬而不可熟。此言大器之於小用，固有所不宜也。』」注引《莊子》：「函牛之鼎沸，蟻不得措一足焉。」無庸：無用。

〔三〕概：通慨。乾陽健行之氣：陽剛之氣。《易·乾》：「君子終日乾乾，夕惕若厲，无咎。……象曰：天行健，君子以自强不息。」

〔四〕餘術百藝：各種技藝，醫術爲其中一種。泄神用：指消耗過剩的精力，使精神有所寄託。

〔五〕崔生：未詳。奇方：謂《古今集驗方》。十通：十卷。《新唐書·藝文志三》：「薛景晦《古今集驗方》十卷。元和刑部郎中，貶道州刺史。」元和十三年，薛景晦將其所著《古今集驗方》十通贈劉禹錫，見後劉禹錫《傳信方述》。并猥：重複繁多。《漢書·董仲舒傳》載武帝舉賢良對策制：「科别其條，勿猥勿并。」師古曰：「猥，積也。并，合也。」

〔六〕屑近：瑣屑普通。恒人：常人。

〔七〕弭病於將然：消弭疾病於將發之時，指預防。攻治：治療。

〔八〕君臣：君臣佐使，此處借指藥物的主治或輔助作用。《神農本草經》：「上藥一百二十種爲君，主養命……中藥一百二十種爲臣，主養性……下藥一百二十種爲佐使，主治病。」宣補：宣通補泄。《本草衍義》總序引陶弘景語：「藥有宣通補泄輕重澀滑燥濕。」砭灸：針灸。原作「砭火」，據劉本改。輸榮：指人體的構造及原理，如經脈氣血的運行等。皇甫謐《黄帝三部針灸甲乙經》有《營衛》篇。營、榮通。榮，原作「滎」，據劉本、《叢刊》本、《全唐文》改。袚禳：祈禱求去災病。原作「被攘」，《叢刊》本作「袚攘」，此據明本、劉本、《全唐文》改。

〔九〕齊和：配方。齊，通劑。炮剔：藥物的選擇與炮製。暴炙：晾曬與烤炙。暴，同曝。

〔一〇〕撓勞：攪拌、屈折使辛勞，醫家謂能改變藥物的性質。《唐語林》卷二文學：「方書中有『勞薪』，亦有『勞水』者，揚之使水力弱，亦勞也。亦用『筆心』，筆亦心勞，一也，與『薪勞』之理皆藥家之妙用。」此文出《劉賓客嘉話録》，「撓勞」當指此。露置：置於夜露中，以增强或改變其藥性。孅悉：細緻詳備。孅，通纖。易：忽視。

〔一一〕針烙：即針灸。烙，燒炙。咺然：啼哭不止貌。《方言》卷一：「咺、唏、㣿、怛，痛也。凡哀泣而不止曰咺。……燕之外鄙、朝鮮洌水之間少兒泣而不止曰咺。」

〔一二〕陽陽：自得貌。《詩・王風・君子陽陽》：「君子陽陽，左執簧，右招我由房。」引手直求：舉手直取。

〔一三〕睨然：斜視貌。此謂神態驕傲。睨，《叢刊》本作「睆」。

〔一四〕《小品方》：古醫方書名。《隋書・經籍志三》：「《小品方》十二卷，陳延之撰。」《藥對》：古藥物學書名。《舊唐書·經籍志下》：「《雷公藥對》二卷。」《本草》：指《神農本草》，藥物學書名。《隋書·經籍志三》：「《神農本草》四卷，雷公集注。」唐永徽中右監門尉長史蘇恭等在梁陶弘景《名醫别録》的基礎上撰《本草》並《圖經》目録等五十四卷，世稱《唐本草》，見《全唐文》卷一八六孔志約《本草序》。今但存輯本。

〔一五〕《素問》：古醫書，我國最早的醫學理論著作，爲秦、漢間人著，託名黄帝。《隋書·經籍志三》：「《黄帝素問》九卷。」榮衛：中醫指營養衛生、氣血循環。《素問》卷九《熱論》：「五藏已傷，六府不通，榮衛不行，如是之後，三日乃死。」經絡：中醫指人體運行榮衛氣血，溝通臟腑表面，統一機體内外的一個系統。《素問》卷六《三部九候論》：「血病身有痛者，治其經絡。」注：「經脈爲裏，支而横者爲絡。」九竅：《難經·三十七難》以二耳、二眼、二鼻及口、舌、喉爲九竅。

〔一六〕纍菽：猶纍黍。菽，豆類。古代以黍粒爲計量基準，排列之以計算長度、容積和重量，參見卷十三《平權衡賦》注。第：但。息：呼吸。醫家以呼吸作爲測量脈搏跳動遲速的時間參數。

〔一七〕拱璧：大玉璧。《左傳·襄公二十八年》：「與我其拱璧。」疏：「此璧兩手拱抱之，故爲大璧。」

〔一八〕既：盡。佞佛：沉迷於佛教。《晉書·何充傳》：「與弟準崇信釋氏，謝萬譏之曰：『二郗諂於道，二何佞於佛。』」

〔一九〕慝：陰氣，此指南方潮濕之氣。茈胡：即柴胡，中草藥名。《太平御覽》卷九九三引《本草經》：「茈胡，一名地薰，味苦平，生川谷。治心腹，祛腸胃結氣。久服輕身明目益精。生弘農。」水寫：即澤瀉，中草藥名。《重修政和經史證類本草》卷六：「澤瀉味甘咸寒，無毒，主風寒濕痹乳難，消水，養五臟，益氣力。……一名水瀉，一名及瀉。」久居：久藏。無害：不失效。

傳信方述〔一〕

余爲連州四年，江華守河東薛景晦以所著《古今集驗方》十通爲贈。〔二〕其志在於拯物，予故申之以書。〔三〕異日，景晦復寄聲相謝，且咨所以補前方之闕。醫拯道貴廣，庸可以學淺爲辭？遂於篋中得已試者五十餘方，用塞長者之問。皆有所自，故以「傳信」爲目云。〔四〕元和十三年六月八日，中山劉禹錫述。

【校注】

〔一〕文元和十三年六月在連州作。傳信方：劉禹錫所著醫方書名。《新唐書·藝文志三》：「劉禹錫《傳信方》二卷。」此書已佚，其方散見於《重修政和經史證類本草》諸書中，今人馮漢鏞著有《傳信方集釋》。參見本書附録二。

〔二〕江華：郡名，即道州。薛景晦：見前《答道州薛郎中論書儀書》注。《古今集驗方》：薛景晦所著醫方書名，參見前《答道州薛郎中論方書書》注。

〔三〕書：即指前《答道州薛郎中論方書書》。

〔四〕傳信：《春秋穀梁傳·桓公五年》：「《春秋》之義，信以傳信，疑以傳疑。」注：「明實録也。」方名「傳信」，蓋取義於此。

賀門下李相公啟〔一〕自西川入爲大夫，拜相。

某啟：伏以聖君當功成愷樂之日，而求賢愈切，思治益深，是上玄垂休，欲速致太平之明效。以相公事業而逢此時，天下之人視仁壽之域，其猶尋尺。〔二〕故命書所至，德風隨之，微材片善，咸自磨拂。〔三〕況同主國柄，如吹塤篪，含生之倫，唯所措置。〔四〕日月亭午，物無邪陰，聖賢合德，人謀正道，雖居畎畝，足以詠歌。〔五〕某遐守要荒，不獲隨例拜賀，私感竊抃，實倍恒情。

【校注】

〔一〕啟元和十三年夏在連州作。李相公：李夷簡，字易之，唐宗室。擢進士，中拔萃科，授藍田尉，元和中累官至御史中丞、户部侍郎判度支，出爲山南東道、劍南西川二節度，遂爲相，復出爲淮南節度使，後以太子少師分司東都，卒。《新唐書》卷一三一有傳。《舊唐書·憲宗紀下》：「（元和十三年）三月庚寅，以前劍南西川節度使李夷簡爲御史大夫。……庚子，以御史大夫李夷簡爲門下侍郎、同平章事。」據《舊唐書·憲宗紀》，同年七月，李夷簡出爲淮南節度使。

〔二〕仁壽之域：見卷十三《賀除虔王等表》注。尋尺：言距離之近。八尺爲尋。

〔三〕德風：《論語·顔淵》：「君子之德風，小人之德草，草上之風必偃。」磨拂：打磨揩拭，謂如鏡、劍之待用。

〔四〕同主國柄：謂同時爲相。據《新唐書·宰相表中》，時相有裴度、崔群、王涯。裴、崔與劉禹錫交誼尤篤。塤篪：喻兄弟，參見卷八《樂天寄洛下新詩（略）》注。含生：一切有生命的事物。

〔五〕亭午：正午，日在天中。畎畝：田野。《莊子·讓王》：「居於畎畝之中，而游堯之門。」疏：「壟上曰畝，壟中曰畎。」

唐故衡岳律大師湘潭唐興寺儼公碑〔一〕

佛法在九州間，隨其方而化。中夏之人汩於榮，破榮莫若妙覺，故言禪寂者宗嵩山。〔二〕北方之人鋭以武，攝武莫若示現，故言神通者宗清涼山。〔三〕南方之人剽而輕，制輕莫若威儀，故言律藏者宗衡山。〔四〕是三名山，爲莊嚴國，必有達者，與山比崇。〔五〕南岳律門，以津公爲上首。〔六〕津之後，雲峰證公承之。證之後，湘潭儼公承之。星月麗天，珠璣同貫，由其門者，爲正法焉。

公號智儼，曹氏子，世爲郴之右姓。〔七〕兆形在孕，母不嗜葷；成童在侶，獨不嗜戲，其夙植因厚者歟！　生九年，樂爲僧，父不能奪其志。　抱經笥入峋嶁山，從名師執業，凡進品受具，聞經傳印，皆當時大長老。〔八〕我入明門，不住諸乘；我行覺路，徑入智地。〔九〕居室方丈，名聞大千；護法大臣，多所賓禮。〔一〇〕嗣曹王皋之鎮湖南，〔一一〕請爲人師。　自是登壇莅事，三十有八載，由我得度者，萬有餘人。　人持寶衣，解纓珞爲禮，公色受之，謂門弟子曰：「彼以有相求我，我以有爲應之。」〔一二〕凡建寶幢，〔一三〕修廢寺，飾大像，皆極其工，應物故也。

元和十三年九月二十七日中夜，具湯沐，剃頤頂，〔一四〕與門人告別，即寂，而視身與色，無有壞相。　嗚呼，豈生能全吾真，故死不速朽，將有願力邪？〔一五〕余不得而知也。　問年八十二，問臘六十一，葬于寺東北隅。〔一六〕傳律弟子中巽、道準，傳經弟子圓晈、貞璨與其徒圓静、文外、惠榮、明素、存政等，欲其師之道光且遠，故咨余乞詞，乃作長句偈以銘之，〔一七〕曰：

祝融靈山禹所治，〔一八〕非夫有道不可止。　中有毗尼出塵土，〔一九〕以津視儼猶孫子。　登壇人師四十祀，南方學徒宗奥旨。　幼無童心至兒齒，〔二〇〕識滅形全異凡死。　長沙潭西幾五里，陶侃故居石頭寺，門前一帶湘江水。〔二一〕吁嗟律席之名兮，〔二二〕與湘流而不已。

【校注】

〔一〕碑元和十三年在連州作。衡岳：南岳衡山，在今湖南衡山縣。律大師：對精通佛教戒律的僧人的尊稱。湘潭：縣名，今屬湖南。唐興寺：故址在今湘潭市内。儼公：智儼。《大清一統志》卷二七七「長沙府」：「唐興寺，在湘潭西七里陶公山。舊名石塔寺，一名石頭寺。唐僧智嚴開埸於此，有石塔在寺側，因以爲名。後褚遂良都督潭州，易爲唐興寺。」按《資治通鑑》卷一九九，褚遂良貶潭州都督在高宗永徽六年，遠在智儼之前。故此寺當爲陳、隋前舊寺。

〔二〕中夏：指中原。妙覺：佛教語，謂覺悟一切而得無上正果，此指佛教的教理。禪寂：坐禪寂定，佛教禪宗的主要修行方法。嵩山：在今河南登封境。相傳如來以心印付囑釋迦爲禪宗初祖，二十八傳至菩提達摩，來中國傳法，爲東土初祖。達摩於北魏孝明帝孝昌三年「寓止於嵩山少林寺，面壁而坐，終日默然，人莫之測，謂之壁觀婆羅門」。故中國禪宗以嵩山爲發祥地。參見《五燈會元》卷一。

〔三〕示現：佛教指佛因應機緣而現種種之身，如觀音現三十三身等。《華嚴經·十地品》：「常有諸佛大神通力，隨衆生心，而爲示現。」清涼山：指五臺山，參見卷四《送僧仲剬東游兼寄呈靈澈上人》注。

〔四〕剽輕：强悍不法。《史記·淮南衡山列傳》：「荆楚剽勇輕悍，好作亂。」威儀：禮儀細節，此指佛教戒律。佛教經律中以行、住、坐、卧爲四威儀。《妙法蓮華經·序品》：「又見具戒，威儀無缺。」律藏：佛教典籍經、律、論三藏之一。

〔五〕莊嚴國：寺廟美盛之地，佛教名山。《無量壽經》卷上：「又講堂精舍，宫殿樓觀，皆七寶莊嚴，自然化成。」

〔六〕律門：律宗，以研習及傳持戒律爲主的佛教宗派，爲唐初道宣所創，道宣居終南山，故又稱南山宗。上首：首座。津公及後文之雲峰證公均未詳。元和中衡岳律僧名較著者有曇清，《宋高僧傳》卷一五「明律篇」有《唐衡岳寺曇清傳》。

〔七〕郴：郴州，今屬湖南。右姓：世家大姓。

〔八〕岣嶁山：即衡山。《元和郡縣圖志》卷二八「衡州衡陽縣」：「岣嶁山，即衡山也，在縣北七十里。」受具：受具足戒，爲僧尼當受之戒，僧爲二百五十戒，尼爲五百戒。

〔九〕明門：光明智慧之門。諸乘：指佛教的各種教法。乘爲車乘，以喻教法，能乘載人達於涅槃彼岸。佛教有大乘、小乘及一乘、二乘、三乘、四乘、五乘的區别。覺路：覺悟之路。錢起《歸義寺題震上人壁》：「白水入禪境，碭山通覺路。」智地：見卷二《送僧元暠南游》注。

〔一〇〕方丈：一丈見方，指小室。維摩詰居士居室四方各一丈，見《法苑珠林》卷三八。大千：佛教謂三千大千世界。

〔一一〕嗣曹王皋：字子蘭，曹王李明玄孫，天寶十一載嗣封曹王，唐德宗建中元年爲湖南觀察使，《舊唐書》卷一三一、《新唐書》卷八〇有傳。

〔一二〕纓珞：即纓絡、瓔珞，珠玉串成的飾物。《妙法蓮華經·普門品》：「即解頸衆寶珠瓔珞，價值百千兩而與之。」有相：佛教語，指一切可見可感的東西，相對於無相而言。《金剛經》：「凡所有相，皆是虚妄。」

〔一三〕凡，原作「名」，據明本、劉本、《叢刊》本、《全唐文》改。幢：鎸刻佛經的石柱或鐵柱。

〔一四〕頤頂：面頰和頭，代指鬚髮。

〔一五〕願力：發願之力。徐陵《五願上智顗禪師書》：「既善根微弱，冀願力莊嚴。」

〔一六〕年：指世俗的年壽。臘：僧人受戒後的年數。

〔一七〕長句偈：七言的偈語。

〔一八〕祝融：南方之神，亦即火神，參見卷二《武陵觀火詩》注。衡山最高峰名祝融峰。《水經注·湘水》：「湘水又北逕衡山縣東，山在西南……爲南岳也。山下有舜廟，南有祝融冢。楚靈王之世，山崩毁其墳，得《營丘九頭圖》。禹治洪水，血馬祭山，得金簡玉字之書。」

〔一九〕毗尼：梵語的音譯，佛教各種戒律的統稱。《翻譯名義集》卷九：「毗奈耶，或毗尼。什師云：『毗尼，秦言善治，謂自治淫怒痴，亦能治衆生惡也。』……正翻爲律，律者，法也。」

〔二〇〕童心：兒童嬉戲之心。《左傳·襄公三十一年》：「於是昭公十九年矣，猶有童心。」

〔二一〕長沙潭：指昭潭，在今湖南湘潭市東北湘江中。《元和郡縣圖志》卷二九「潭州長沙縣」：「昭山，在縣南七十里，臨湘水。下有旋潭，甚深無底，州之得名因此也。」幾，《全唐文》作「逾」。陶侃：晉人。《晉書》本傳：「尋以爲侍中、太尉，加羽葆鼓吹，改封長沙郡公，邑三千户。」《大明一統志》卷六三「長沙府」：「陶公山，在湘潭縣西南七里，晉陶侃卜居於此。」石頭寺：當爲陶侃故居，後爲寺，即唐興寺。今湘潭市唐興寺小學旁有陶侃墓，東臨湘江。

〔三〕律席，疑當作「律師」，形近而誤。

賀平淄青表〔一〕

臣某言：伏見制旨，魏博節度使所奏逆賊李師道并男二人並梟斬訖，以二月十六日御宣政殿受賀者。〔二〕聖德玄運，兵威神速，旬月之内，鯨鯢就誅，泰岳既寧，登封有日。〔三〕云云。

伏惟睿聖文武皇帝陛下，有征必克，舉意無違。天地協神算之期，雷霆助成師之氣。蠢爾孽豎，敢生野心，蕭斧一臨，〔四〕妖氛自滅。皆由聖慈廣被，睿略潛通，獻俘者盡許生還，得地者復令安堵。〔五〕感我仁化，激其深衷，凡是脅從，盡思效節。五紀巢穴，一朝蕩夷，遂使齊魯之鄉，復歸仁壽之域。〔六〕

捷書既至，傳首繼來。〔七〕備文物於明庭，告殊勛於清廟，百辟陳賀，萬方會同。〔八〕從此止戈，所以爲武。〔九〕西周士庶，方觀飲至之容；東岳烟雲，已望告成之禮。〔一〇〕臣恪居遠服，嘗忝班行，慶快之誠，倍萬群品。無任踴躍屏營之至。元和十四年三月二十四日。

【校注】

〔一〕表元和十四年三月在連州作。淄青：淄青平盧節度使，治所在鄆州，今屬山東省。李師道元和中據淄青叛，十四年二月平，參見卷四《平齊行》注。《新唐書·方鎮表二》：興元元年，復置淄青平盧節度使，領淄、青、登、萊、齊、兖、鄆、徐、海、沂、密、曹、濮十三州，治青州；貞元四年，淄青平盧節度使徙治鄆州。

〔二〕魏博節度使：此指田弘正。《舊唐書·憲宗紀下》：「（元和十四年二月）壬戌，田弘正奏，今月九日，淄青都知兵馬使劉悟斬李師道並男二人首請降，師道所管十二州平。甲子，上御宣政殿受賀。己巳，上御興安門受田弘正所獻賊俘，群臣賀於樓下。」

〔三〕鯨鯢：《左傳·宣公十二年》：「古者明王伐不敬，取其鯨鯢而封之。」注：「鯨鯢，大魚名也，以喻不義之人吞食小國者也。」泰岳：東岳泰山，在淄青所轄兖州境。登封：謂登山行封禪之禮。時朝廷有封禪之議，參見卷四《平齊行》注。

〔四〕蕭斧：利斧，此喻大軍，參見前《賀門下裴相公啟》注。

〔五〕安堵：安居。《史記·田單列傳》：「願無虜掠吾族家妻妾，令安堵。」

〔六〕五紀：六十年。自天寶十四載（七五五）安史亂起，至此已六十五年，此舉成數。仁壽之域：見卷十三《賀除虔王等表》注。

〔七〕傳首：驛車遞送之李師道首級。

〔八〕文物：指禮樂典章制度。明庭：明堂，古代帝王宣明政教的地方，此但指典禮朝會之所。《漢書·郊祀志上》：「其後黄帝接萬靈明庭。明庭者，甘泉也。」清廟：宗廟。百辟：百官。會同：朝會。

〔九〕止戈：《左傳·宣公十二年》：「夫文，止戈爲武。」

〔一〇〕西周：西周都鎬京，此代指長安。飲至：凱旋的慶功酒宴。《左傳·隱公五年》：「三年而治兵，入而振旅，歸而飲至，以數軍實。」注：「飲於廟，以數車徒器械及所獲也。」告成：封禪祭天，謂告其成功於神明。

大唐曹溪第六祖大鑒禪師第二碑〔一〕

元和十一年某月日，詔書追褒曹溪第六祖能公，謚曰大鑒，實廣州牧馬總以疏聞，繇是可其奏。〔二〕尚道以尊名，同歸善善，不隔異教，一字之褒，華夷孔懷，得其所故也。〔三〕馬公敬其事，且謹始以垂後，遂咨於文雄今柳州刺史河東柳君爲前碑。〔四〕後三年，有僧道琳，率以其徒自曹溪來，且曰願立第二碑，學者志也。

維如來滅後中五百歲，而摩騰、竺法蘭以經來，華人始聞其言，猶夫重昏之見曶爽。〔五〕後五百歲，而達摩以法來，華人始傳其心，猶夫昧旦之睹白日。〔六〕自達摩六傳至大鑒，如貫意珠，有先後而無同異，世之言真宗者，所謂頓門。〔七〕初，達摩與佛衣俱來，〔八〕得道傳付，以爲真印。至大鑒置而不傳，豈以是爲筌蹄邪，芻狗邪？〔九〕將人人之莫己若而不若置之邪？吾不得而知也。

按大鑒生新州，三十出家，四十七年而没，百有六年而謚。〔一〇〕始自蘄之東山，從第五師，得授記以歸。〔一一〕高宗使中貴人再徵，不奉詔，第以言爲貢，上敬行之。〔一二〕銘曰：

至人之生，無有種類，同人者形，出人者智。〔一三〕蠢蠢南裔，降生傑異，父乾母坤，獨肖元氣。〔一四〕一言頓悟，不踐初地，五師相承，授以寶器。〔一五〕宴坐曹溪，世號南宗，學徒爰來，如水之東。飲以妙藥，差其瘖聾，詔不能致，許爲法雄。〔一六〕去佛日遠，群言積億，著空執有，各走其域。〔一七〕我立真筌，揭起南國，〔一八〕無修而修，無得而得。能使學者，還其天識，如黑而迷，仰見斗極。〔一九〕得之自然，竟不可傳，口傳手付，則礙於有。留衣空堂，〔二〇〕得者天授。

【校注】

〔一〕碑元和十四年在連州作。曹溪：水名，在今廣東曲江東南。第六祖大鑒禪師：即禪宗南宗六祖慧能。《輿地紀勝》卷九〇「韶州」：「曹溪水，在曲江縣東南三十五里。」又：「南華寺……

梁天監元年，有天竺國僧智藥自西土來，泛船至漢土，尋流上至韶州曹溪水口，聞其香，掬嘗其味曰：『此水上流有勝地。』尋之，遂開山立石，名寶林，乃曰：『此去一百七十年，當有無上法寶在此演法。』今六祖南華寺是也。唐萬歲通天初，則天皇后賜賚宣詔，元和間賜塔曰靈照之塔，柳宗元爲記焉。開寶八年，準敕賜額，乃六祖大鑒禪師道場，爲嶺外禪林之冠。」慧能，俗姓盧，南海新興人，從蘄春黄梅東山寺禪宗五祖弘忍，得付授法衣，後歸韶州，開東山法門，自此禪宗分爲南、北二宗，先天二年卒，事見《舊唐書·弘忍傳》及《宋高僧傳》卷八本傳。第一碑：慧能卒後，王維曾應慧能弟子神會之請作《能禪師碑》，見《王右丞集箋注》卷二五。此指元和十一年柳宗元所作《曹溪第六祖賜謚大鑒禪師碑》，見《柳河東集》卷六，故此爲第二碑。碑自云作於柳碑「後三年」，故作於元和十四年。

〔二〕元和十一年：柳宗元《曹溪第六祖賜謚大鑒禪師碑》：「扶風公廉問嶺南三年，以佛氏第六祖未有稱號，疏聞於上，詔謚大鑒禪師，塔曰靈照之塔。元和十年十月十三日下尚書祠部，符到都府。」馬總：時爲嶺南節度使，見卷四《南海馬大夫遠示著述（略）》詩注。按馬總於元和八年十二月爲廣州刺史、嶺南節度使，故詔下當在元和十年，柳宗元碑則撰並立於元和十一年。《寰宇訪碑録》卷四：「《大鑒禪師碑》，柳宗元撰，正書，元和十一年正月。明嘉靖乙巳重刻，廣東曲江。」記載中常將二事混淆。如惠昕本《壇經·教示十僧傳法門》即云：「至元和十一年，詔追謚曰大鑒禪師。」以立碑年爲賜謚年。《輿地碑記目》卷三「韶州碑記」：「《六祖賜謚碑》，唐柳州刺史柳宗元撰，元和十年立。」則以賜謚年爲立碑年。

〔三〕異教：異國之教。一字：指賜謚。《禮記·表記》：「先王謚以尊名。」鄭氏注：「先王論行以爲謚，使聲譽可得而尊信也。」范寧《春秋穀梁傳序》：「一字之褒，寵逾華衮之貴。」孔懷：十分感動懷念。《詩·小雅·常棣》：「兄弟孔懷。」

〔四〕前碑：即柳宗元《曹溪第六祖賜謚大鑒禪師碑》。

〔五〕如來：佛祖釋迦牟尼的法號之一。《金剛經》：「如來者，無所從來，亦無所去，故名如來。」滅：佛教謂死爲示滅。釋迦約卒於公元前四八六年。摩騰、竺法蘭：均印度僧人。《魏書·釋老志》：「後孝明帝夜夢金人，項有日光，飛行殿庭，乃訪群臣，傅毅始以佛對。帝遣郎中蔡愔、博士弟子秦景等使於天竺，寫浮屠遺範。愔乃與沙門攝摩騰、竺法蘭東還洛陽。中國有沙門及跪拜之法，自此始也。愔又得佛經《四十二章經》及釋迦立像。……愔之還也，以白馬負經而至，漢因立白馬寺於洛城雍門西，摩騰、法蘭咸卒於此寺。」按自釋迦示滅至東漢明帝永平元年（五十八），已五百餘年。曶爽：猶昧爽，黎明。《漢書·郊祀志上》：「十一月辛巳朔旦冬至，曶爽，天子始郊拜泰一。」師古曰：「曶爽，謂日尚冥，蓋未明之時也。」王中《頭陀寺碑》：「曜慧日於康衢，則重昏夜曉。」

〔六〕達摩：菩提達摩，南天竺人，中國佛教禪宗的創始者。參見前《唐故衡岳律大師湘潭唐興寺儼公碑》注。心：心印，心法。昧旦：黎明。《詩·鄭風·女曰鷄鳴》：「女曰鷄鳴，士曰昧旦。」

〔七〕六傳：據《五燈會元》卷一，達摩傳慧可，慧可傳僧璨，僧璨傳道信，道信傳弘忍，弘忍傳慧能、神秀，慧能爲南宗六祖，神秀爲北宗六祖。意珠：如意寶珠，佛經中比喻智慧，參見卷五《送義舟師卻還黔南》詩注。真宗：真實宗旨，佛教各教派稱自己所信奉的教派爲真宗。頓門：主張頓悟的法門，指禪宗南宗，相對於北宗主張修行漸進之漸門而言。契嵩本《壇經·南北頓漸第七》：「時祖師居曹溪寶林，神秀大師在荆州玉泉寺。於時兩宗盛化，人皆稱『南能北秀』，故有南北二宗頓漸之分。」

〔八〕佛衣：釋迦牟尼袈裟。《舊唐書·神秀傳》：「昔後魏末，有僧達摩者本天竺王子，以護國出家，入南海，得禪宗妙法，云自釋迦相傳，有衣鉢爲記，世相付授。」神會《顯宗記》：「至於達摩，屆此爲初，遞代相承，於今不絶。……衣爲法信，法是衣宗。唯指衣法相傳，更無別法。內傳心印，印契本心；外傳袈裟，將表宗旨。非衣不傳於法，非法不授於衣。」

〔九〕置而不傳：契嵩本《壇經·悟法傳衣門第一》載慧能語：「昔達摩大師初來此土，人未之信，故傳此衣，以爲信體，代代相承。法則以心傳心，皆令自悟自解。自古佛佛惟傳本體，師師密付本心。衣爲争端，止汝勿傳，若傳此衣，命如懸絲。」又《付囑流通第十》載慧能臨終前語云：「吾於大梵寺説法，以至於今，鈔録流行，目曰《法寶壇經》，汝等守護，遞相傳授，度諸群生，但依此説，是爲正法。今爲汝等説法，不付其衣。」此後，衣遂不傳。筌蹄：即荃蹄，捕魚獵兔的工具。《莊子·外物》：「荃者所以在魚，得魚而忘荃。蹄者所以在兔，得兔而忘蹄。言者所以在意，得意而忘言。」芻狗：祭祀用的草紮的狗。《莊子·天運》：「夫芻狗之未陳也，盛以篋衍，巾以文繡，尸祝齋戒以將之。及其已陳也，行者踐其首脊，蘇者取而爨之而已。」釋文：「芻狗，李頤云，結芻爲狗，巫祝用之。」

〔一〇〕新州：州治在今廣東新興縣。百有六年：按陳垣《釋氏疑年録》卷四：「禪宗六祖大鑒慧能，唐先天二年八月卒，年七十六。《佛祖通載》作先天元年卒，《五燈全書》作開元元年卒，先天二年十二月始改元開元。今據《宋僧傳》八。」自先天二年至元和十年僅得一百零三年。「百」上《叢刊》本、《文苑英華》、《唐文粹》、《全唐文》有「既没」二字。

〔一一〕蘄：蘄州，州治在今湖北蘄春。東山：後更名五祖山。第五師：即五祖弘忍。《輿地紀勝》卷四七「蘄州」：「五祖山，在黄梅縣東北二十五里，即大滿禪師（五祖弘忍）道場也。」法海《六祖大師緣起外記》：「大師名慧能……年二十有四，聞經有省，往黄梅參禮，五祖器之，付衣法，令嗣祖位。」授記：佛教語，梵語「和伽羅那」的意譯，指佛對發心修行的人授與將來成果作佛的預記。此指弘忍所傳袈裟。

〔一二〕中貴人：宦官。高宗遺使徵召慧能事不詳。王維《能大師碑》但云：「則天太后、孝和皇帝，並敕書勸諭，徵赴京城，禪師……竟不奉詔。」契嵩本《壇經·唐朝徵召第八》：「神龍二年上元日，則天、中宗召云：『……南方有能禪師，密受忍大師衣法，傳佛心印……今遣内侍薛簡，馳詔迎請，願師慈念，速赴上京。』師上表辭疾，願終林麓。……其年九月三日，有詔奬諭師曰：

『……薛簡傳師指授如來知見，朕……頓悟上乘，感荷師恩，頂戴無已。』」

〔一三〕至人：道德修養達到最高境界的人。《莊子·逍遥游》：「至人無己。」種類：指高低貴賤之分。契嵩本《壇經·悟法傳衣門第一》：「慧能嚴父本貫范陽，左降流於嶺南，作新州百姓，此身不幸，父又早亡，老母孤遺，移來南海，艱辛貧乏，於市賣柴。」王維《能大師碑》：「名是虚假，不生族姓之家。法無中邊，不居華夏之地。」

〔一四〕蠢蠢：多而雜亂貌。束晳《補亡詩》：「蠢蠢庶類，王亦柔之。」父乾母坤：《易·説卦》：「乾爲天，爲圜，爲君，爲父……坤爲地，爲母。」

〔一五〕頓悟：佛教謂直聞大乘，行大法，不離此生，即得解脱，得證佛果爲頓悟。契嵩本《壇經·悟法傳衣門》：「菩提自性，本來清浄，但用此心，直了成佛。」初地：佛教修行過程中十個階位稱爲「十地」，不踐初地，即不需經由十地循序漸進，亦即頓悟之義。寶器：指佛衣袈裟。

〔一六〕妙藥：喻最高的佛理。差：通瘥，痊癒。

〔一七〕積億：極多。著空執有：或執著於空，或執著於有，謂佛教宗派各持一端。

〔一八〕真筌：同真詮，指佛經的正確解釋。

〔一九〕天識：指自身的佛性。契嵩本《壇經·悟法傳衣門》：「慧能言下大悟：一切萬法，不離自性。遂啟祖言：『何期自性本自清浄，何期自性本不生滅，何期自性本自具足，何期自性本無動摇。』」斗極：北斗星和北極星，能爲夜間迷路者指引方向。

〔一○〕留衣空堂：相傳六祖所傳袈裟後藏曹溪寺，肅宗上元元年取衣入宫中供養。代宗永泰元年，遣使送還曹溪本寺安置（見《全唐文》卷四八《遣送六祖衣鉢諭刺史楊瑊敕》），後遂不知所終。

佛衣銘〔一〕 并引

吾既爲僧琳撰《曹溪第二碑》，且思所以辯六祖置衣不傳之旨，作《佛衣銘》曰〔二〕：

佛言不行，佛衣乃争，忽近貴遠，古今常情。〔三〕尼父之生，土無一里；夢奠之後，履存千祀。〔四〕惟昔有梁，如象之狂，達摩救世，來爲醫王。〔五〕以言不痊，因物乃遷，如執符節，行乎復關。〔六〕民不知官，望車而畏；俗不知佛，得衣爲貴。壞色之衣，道不在兹，由之信道，所以爲寶。六祖未彰，其出也微，既還狼荒，憬俗蚩蚩。〔七〕不有信器，衆生曷歸？〔八〕是開便門，〔九〕非止傳衣。初必有終，傳豈無已？物必歸盡，衣胡久恃？先終知終，用乃不窮。我道無朽，衣於何有？其用已陳，孰非芻狗？〔一○〕

【校注】

〔一〕文元和十四年在連州作。佛衣：菩提達摩來中國傳法所攜袈裟，見前碑注。

〔二〕僧琳：曹溪僧人道琳。《曹溪第二碑》即前《大唐曹溪第六祖大鑒禪師第二碑》。均見該碑注。

〔三〕佛衣乃争：契嵩本《壇經·悟法傳衣門第一》：「五祖（送慧能）歸，數日不上堂。衆疑，詣問曰：『和尚少病少惱否？』曰：『病即無，衣法已南矣。』問：『誰人傳授？』曰：『能者得之。』衆乃知焉。逐後數百人來，欲奪衣鉢。」忽近貴遠：曹丕《典論·論文》：「常人貴遠賤近，向聲背實。」

〔四〕尼父：孔子字仲尼，尊稱尼父。《禮記·檀弓上》載，孔子自稱己爲「東西南北之人」，不知其母葬處，故云「土無一里」。夢奠：指死亡。《禮記·檀弓上》：「夫子曰：『……予疇昔之夜，夢坐奠於兩楹之間。夫明王不興，而天下其孰能宗予？予殆將死也。』」履：《晉書·張華傳》：「武庫火……故累代之寶及漢高祖斬蛇劍、王莽頭、孔子屐等盡焚焉。」自魯哀公時至西晉初，僅得七百餘年。

〔五〕有梁，原作「存梁」，據明本、劉本、《叢刊》本、《全唐文》改。如象之狂：佛教以狂象比喻人妄心狂迷。《涅槃經》卷三一：「心輕躁動轉，難捉難調，馳騁奔逸，如大惡象。」達摩：禪宗初祖，見前碑注。醫王：指佛。梁簡文帝《勸醫詔》：「祇城醫王，明於釋典。」王僧孺《中寺碑》：「發廣大心，吐微妙理，將同商主，取喻醫王。」

〔六〕不痊：喻不能使衆生曉悟。遷：化。復關：一道道關口，出入關口必以符節爲信物。

〔七〕出：指出身。慧能嶺南新州人，見前碑注。狼荒：極荒遠之地。柳宗元《南省轉牒欲具江國圖令盡通風俗故事》：「聖代提封盡海壖，狼荒猶得紀山川。」憬俗：指荒遠邊地的百姓。《字彙·心部》：「憬，遠也。」李嶠《安輯嶺表事平罷歸》：「皇恩溢外區，憬俗詠來蘇。」蚩蚩：敦厚貌。

〔八〕信器：信物，指佛衣。

〔九〕便門：方便之門。《妙法蓮華經·法師品》：「此經開方便門，示真實相。」

〔一〇〕芻狗：被廢棄的無用之物，參見前碑注。

【集評】

程大昌曰：東坡《跋歐公家書》云：「仲尼之存，人削其跡；夢奠之後，履藏千載。」劉禹錫《佛衣銘》曰：「尼父之生，土無一里；夢奠之後，履存千祀。」東坡語意，或因劉耶？然其作問處，不如東坡語貫也。（《演繁露》續集卷四）

祭柳員外文〔一〕

維元和十五年，歲次庚子，正月戊戌朔日，孤子劉禹錫銜哀扶力，謹遣所使黄孟萇具清酌庶羞之奠，敬祭于亡友柳君之靈。〔二〕嗚呼子厚！我有一言，君其聞否？惟君平昔，聰明絶人，今雖化去，夫豈無物！意君所死，乃形質耳，魂氣何託，聽余哀詞。

嗚呼痛哉！嗟余不天，甫遭閔凶，未離所部，三使來弔。〔三〕憂我衰病，諭以苦言，情深禮至，款密重複，期以中路，更申願言。〔四〕途次衡陽，云有柳使，〔五〕謂復前約，忽承訃書，驚號大叫，如得狂病。良久問故，百哀攻中，涕洟迸落，魂魄震越。伸紙窮竟，得君遺書，絶絃之音，悽愴徹骨。初託遺嗣，知其不孤，末言歸輤，從祔先域。〔六〕凡此數事，職在吾徒。永言素交，索居多遠。鄂渚差近，表臣分深，想其聞訃，必勇於義。〔七〕已命所使，持書徑行，友道尚終，當必加厚。〔八〕退之承命，改牧宜陽，亦馳一函，候於便道，勒石垂後，屬于伊人。〔九〕安平、宣英，會有還使，悉已如禮，形於其書。〔一〇〕

嗚呼子厚！此是何事？朋友凋落，從古所悲。不圖此言，乃爲君發。自君失意，沈伏遠郡，近遇國士，〔一一〕方伸眉頭。亦見遺草，恭辭舊府，志氣相感，必踰常倫。〔一二〕顧余負釁，營奉方重，猶冀前路，望君銘旌。〔一三〕古之達人，朋友製服，今有所厭，其禮莫申。〔一四〕朝晡臨後，出就别次，南望桂水，哭我故人。〔一五〕孰云宿草，〔一六〕此慟何極！

嗚呼子厚，卿真死矣！終我此生，無相見矣！何人不達，使君終否！何人不老，使君夭死！皇天后土，胡寧忍此！知悲無益，奈恨無已。子之不聞，余心不理。〔一七〕含酸執筆，輒復中止，誓使周六，同於己子。〔一八〕魂兮來思，知我深旨。嗚呼哀哉！尚饗。

【校注】

〔一〕文元和十五年正月在衡州作。柳員外：柳宗元。韓愈《柳子厚墓誌銘》：「順宗即位，拜禮部員外郎。遇用事者得罪，例出爲刺史。未至，又貶州司馬。……元和中，嘗例召至京師，又偕出爲刺史，而子厚得柳州。……以元和十四年十一月八日卒，年四十七。」時劉禹錫自連州扶母柩北返，行至衡陽，接柳宗元訃告，遂作此文。參見卷四《重至衡陽傷柳儀曹》注。

〔二〕戊戌：元和十五年正月甲戌朔，戊戌爲二十五日。孤子：《管子·輕重己》：「民生而無父母，謂之孤子。」禹錫貞元中喪父，今又喪母，故自稱「孤子」。

〔三〕不天：不爲天所佑，猶不福。甫：方。閔凶：指喪母。閔，通憫。《左傳·宣公十二年》：「寡君少遭閔凶。」所部：指連州。

〔四〕衰病，劉本作「哀痛」。款密：誠摯親切。中路：半路，指扶母柩北歸途中。願言：指思念之情。《詩·邶風·二子乘舟》：「願言思子，中心養養。」

〔五〕柳使：柳州使者。

〔六〕不孤：有所依靠。《晉書·山濤傳》載：康後坐事，臨誅，謂子紹曰：「巨源在，汝不孤矣。」輤：柩車之飾，代指柩車。先域：先人墓地。據柳宗元《先侍御史府君神道表》，其先人墓地在京兆府萬年縣少陵原。韓愈《柳子厚墓誌銘》：「以(元和)十五年七月十日歸葬萬年先人墓側。」

〔七〕鄂渚：指鄂州。表臣：李程字，時爲鄂岳觀察使，見卷五《鄂渚留別李二十六表臣大夫》注。柳、李交誼，見後《爲鄂州李大夫祭柳員外文》。

〔八〕所使：指柳州使者。尚終：貴於有始有終。加厚：指厚贈助喪奠儀。

〔九〕退之：韓愈字。宜陽：指袁州。《元和郡縣圖志》卷二八「袁州宜春縣」：「晉武帝太康元年，以太后諱『春』，改爲宜陽縣。隋開皇十一年，於縣置袁州……復改爲宜春。」《舊唐書·韓愈傳》：「（元和）十四年正月……貶爲潮州刺史……乃授袁州刺史。」據洪興祖《韓子年譜》，韓愈元和十五年春方到袁州，正月正在自潮赴袁道中，故云「候於便道」。勒石：刻石，此指撰寫墓誌；韓愈有《柳子厚墓誌銘》。

〔一〇〕安平：韓泰字，時爲漳州刺史。宣英：韓曄字，時爲汀州刺史。《柳河東集》卷三一《與元饒州論政理書》：「又聞兄之莅政三日，舉韓宣英以代己。」注：「曄字宣英。」其，原作「具」，據劉本、《全唐文》改。

〔一一〕國士：國中傑出人物，指裴行立。韓愈《柳子厚墓誌銘》：「其得歸葬也，費皆出觀察使河東裴君行立。行立有節概，重然諾，與子厚結交，子厚亦爲之盡，竟賴其力。」《舊唐書·穆宗紀》：「（元和十五年二月）甲午，以桂管觀察使裴行立爲安南都護，充本管經略使。」

〔一二〕遺草：遺留的文稿，此指遺書。舊府：指桂管觀察使府。柳州屬桂管。

〔一三〕負釁：負罪，遭遇災禍，指喪母。營奉：營謀侍奉，指護母喪歸葬。方重，劉本作「萬里」。銘旌：書寫死者姓名官位的旗幡，此指靈車。

〔一四〕達人：通達事理的人。制：《全唐文》作「則」。服：喪服。《儀禮·喪服》：「朋友麻。」《孔叢子》卷一：「昔者，虢叔、閎天、太顛、散宜生、南宫括，五臣同寮比德，以贊文、武。及虢叔死，四人者爲之服朋友之服。古之達禮者行之也。」厭：通壓。有所厭，言已有母喪，重孝在身，不得降而服朋友之喪。據《儀禮·喪服》，父卒則爲母服齊衰三年。

〔一五〕朝晡臨：朝夕臨哭其母。別次：分別之處。元和十年劉出守連州，柳出守柳州，同行至衡陽而別，柳宗元有《衡陽與夢得分路贈別》詩，參見卷四《再授連州（略）》注。

〔一六〕宿草：隔年之草。《禮記·檀弓上》：「朋友之墓，有宿草而不哭焉。」

〔一七〕子：原作「余」，《全唐文》作「君」，此據劉本改。不理：紛亂。張衡《思玄賦》：「私湛憂而深懷兮，思繽紛而不理。」

〔一八〕周六：柳宗元子。《韓昌黎集》卷三二《柳子厚墓誌銘》：「子厚有子男二人。長曰周六，始四歲。季曰周七，子厚卒乃生。」舊注：「咸通四年，右常侍蕭倣知舉……中第者二十五人，柳告第三人。……告即子厚之子，字用益。」但不知柳告爲周六抑或周七。《柳河東集》卷十三《朗州員外司户薛君（巽）妻崔氏墓誌》：「巽之……妻之子，女子曰陀羅尼，丈夫子曰某，實後子。」舊注：「按公作此誌，元和十二年丁酉。十四年己亥卒，退之作墓誌云：『二子：長周六，始四歲；季周七，子厚卒乃生。』以年考之，四歲者正崔氏出後子也。」崔氏乃崔簡女，其母爲柳宗元姊，故其子周六爲宗元外甥，出後宗元。《新唐書·吴武陵傳》：「初，柳宗元謫永州，而武陵亦坐事流永州，宗元賢其人。及爲柳州刺史，武陵北還，大爲裴度器遇。每言宗元無子……又遺工部尚書孟簡書曰：『……子厚與猿鳥爲伍，誠恐霧露所嬰，則柳氏無後矣。』度未及用，而宗元死。」

爲鄂州李大夫祭柳員外文〔一〕

嗚呼！至人以在生爲傳舍，以軒冕爲儻來，達於理者，未嘗惑此。〔二〕昔余與君，論之詳孰。〔三〕孔氏四科，罕能相備，惟公特立秀出，幾於全器。〔四〕才之何豐，運之何否？大川未濟，乃失巨艦〔五〕；長途始半，而喪良驥。搢紳之倫，孰不隳泪！

昔者與君，交臂相得，一言一笑，未始有極。〔六〕馳聲日下，鶩名天衢，射策差池，高科齊驅。〔七〕攜手書殿，分曹藍曲，心志諧同，追歡相續。或秋月銜觴，或春日馳轂。〔八〕甸服載朞，同升憲府，察視之列，斯焉接武。〔九〕君遷外郎，予侍内闈，出處雖間，音塵不虧。〔一〇〕勢變時移，遭罹多故，中復賜環，上京良遇。〔一一〕曾不踰月，君又即路，遠持郡符，柳江之壖。〔一二〕居陋行道，〔一三〕疲人歌焉。予來夏口，忽復三年，離索則久，音旣屢傳。〔一四〕篋盈草隸，架滿文篇，鍾、索繼美，班、揚差肩。〔一五〕賈誼賦鵩，〔一六〕屈原問天，自古有死，奚論後先？痛君未老，美志莫宣，邅回世路，奄忽下泉。〔一七〕

嗚呼哀哉！令妻早謝，稚子四歲，天喪斯文，而君永逝。〔一八〕翩翩丹旐，〔一九〕來自遐裔。聞君旅櫬，既及岳陽，寢門一慟，貫裂衷腸。〔二〇〕執紼禮乖，〔二一〕出疆路阻，故人奠觴，莫克親舉。馳神假夢，冀獲晤語，平生密懷，願君遺吐。遺孤之才與不才，敢同己子之相許。〔二二〕

嗚呼哀哉！尚饗。

【校注】

〔一〕文元和十五年扶柩北返途中在鄂州代李程作。鄂州：州治在江夏縣，今湖北武昌。李大夫：李程，見卷五《鄂渚留别李二十六表臣大夫》注。柳員外：柳宗元。

〔二〕至人：道德極高尚的人。《莊子·逍遥游》：「至人無己。」傳舍：客舍。《漢書·蓋寬饒傳》：「平恩侯許伯入第，丞相、御史、將軍、中二千石皆賀。……酒酣樂作……寬饒不説，卬視屋而嘆曰：『美哉！然富貴無常，忽則易人，此如傳舍，所閲多矣。唯謹慎爲得久，君侯可不戒哉！』」師古曰：「言如客舍行客，輒過之，故多所經歷也。」軒冕：古代大夫以上官員的車乘和官服，代指官職爵禄。儻來：意外忽來。《莊子·繕性》：「物之儻來，寄者也。」《陳書·江總傳》：「軒冕儻來之一物，豈是預要乎！」

〔三〕論：原作「諭」，據《全唐文》改。孰：通熟。

〔四〕孔氏：指孔子。四科：指德行、言語、政事、文學。《論語·先進》：「子曰：『從我於陳、蔡者，皆不及門也。』德行：顔淵、閔子騫、冉伯牛、仲弓；言語：宰我、子貢；政事：冉有、季路；文學：子游、子夏。』」全器：全才。

〔五〕巨艦：大船，喻指柳宗元有宰相之器。《書·説命上》載殷高宗命傅説爲相之辭：「若濟巨川，用汝作舟楫。」

〔六〕交臂：手臂相交，親密貌。得：原作「傳」，據劉本、《叢刊》本、《全唐文》改。

〔七〕日下：指京師。王勃《滕王閣序》：「望長安於日下。」天衢：天上道路，喻指朝廷。射策：指進士考試。差池：不齊貌，言有先有後。高科：指博學宏詞科。《舊唐書·李程傳》：「貞元十二年進士擢第，又登宏辭科。」柳宗元貞元九年進士，十二年與李程同登博學宏辭科，見《登科記考》卷十二。

〔八〕書殿：集賢殿書院。分曹：官署分部治事。藍曲：指藍田縣，有藍溪。韓愈《柳子厚墓誌銘》：「以博學宏辭授集賢殿正字。……貞元十九年由藍田尉拜監察御史。」李程當與柳宗元在集賢殿及藍田縣同官。銜觴：銜杯，口銜酒杯，指飲酒。馳轂：駕車奔馳，指游賞。

〔九〕甸服：古代以王畿五百里之内爲甸服，此指京兆府屬縣藍田縣。《書·禹貢》：「五百里甸服。」載朞：朞年，一年。憲府：御史臺。接武：足跡相接。《舊唐書·李程傳》：「貞元……二十年，入朝爲監察御史。」劉、柳和李程同在御史臺，參見卷一《和武中丞秋日寄懷簡諸僚故》注。

〔一〇〕外郎：員外郎。柳宗元永貞元年爲禮部員外郎。内闈：宫中，指翰林院，在大明宫中。《舊唐書·李程傳》：「秋，召充翰林學士。順宗即位，爲王叔文所排，罷學士。」丁居晦《重修承旨學士壁記》：「李程，貞元二十年九月二十七日自監察御史充……（元和）三年七月二十三日知制誥，其年出院。」永貞中李程在翰林院，無「罷學士」之事。間：隔。音塵：音問。

〔一一〕多故：指永貞革新失敗，柳宗元貶永州司馬一事。賜環：召回，見卷三《游桃源一百韻》注。上京：指長安。元和十年柳宗元奉詔還京，見卷四《元和甲午歲詔書盡徵江湘逐客（略）》、《元和十年自朗州承召至京（略）》諸詩注。

〔一二〕柳江：在柳州。《元和郡縣圖志》卷三七：「柳州，因柳江爲名。」《舊唐書·柳宗元傳》：「元和十年，例移爲柳州刺史。」

〔一三〕居陋：居室簡陋，生活儉樸。行道：實踐自己的主張。《孝經·開宗明義章》：「立身行道，揚名於後世，以顯父母，孝之終也。」

〔一四〕夏口：在鄂州，今湖北武昌。《舊唐書·李程傳》：「（元和）十三年……六月，出爲鄂州刺史、鄂岳觀察使。」至元和十五年，首尾已三年。離索：離群索居，分別。

〔一五〕鍾、索：三國魏人鍾繇和晉人索靖，均著名書法家。班、揚：班固、揚雄，漢代著名文學家。差肩：比肩。

〔一六〕賈誼賦鵩：參見卷二《謫居悼往二首》注。屈原問天：參見卷十五《問大鈞賦》注。賈誼《鵩鳥賦》：「萬物變化兮，固無休息。……忽然爲人兮，何足控摶；化爲異物兮，又何足患？」

〔一七〕邅迴：行難進貌。奄忽：迅速貌。下泉：猶黄泉，指地下。

〔一八〕令妻：柳宗元原配楊氏，楊憑女。柳宗元《妻弘農楊氏誌》：「八月一日甲子，至於大疾，年始二十有三。……是歲唐貞元十五年龍集己卯。」稚子：指周六，見前《祭柳員外文》注。斯文：

原指禮樂典章制度，此指柳宗元。《論語・子罕》：「天之將喪斯文也，後死者不得與於斯文也。」

〔一九〕丹旐：書寫死者名位的銘旌，見卷四《傷循州渾尚書》注。

〔二〇〕岳陽：即岳州，時屬鄂岳觀察使，今湖南岳陽。寢門：卧室之門。《禮記・檀弓上》：「孔子曰：『……朋友吾哭諸寢門之外。』」

〔二一〕紼：引柩車繩。《禮記・曲禮上》：「助葬必執紼。」

〔二二〕遺孤：指周六。《三國志・魏書・崔琰傳》：「及琰友人公孫方、宋階早卒，琰撫其遺孤，恩若己子。」

重祭柳員外文〔一〕

嗚呼！自君之没，行已八月，每一念至，忽忽猶疑。〔二〕今以喪來，使我臨哭，安知世上，真有此事！既不可贖，〔三〕翻哀獨生。嗚呼！出人之才，竟無施爲，炯炯之氣，戢於一木。〔四〕形與人等，今既如斯；識與人殊，今復何託？生有高名，没爲衆悲，異服同志，異音同嘆。唯我之哭，非弔非傷，來與君言，不言成哭。〔五〕千哀萬恨，寄以一聲，唯識真者，乃相知耳。庶幾儻聞，君儻聞乎？

嗚呼痛哉！君有遺美，其事多梗。〔六〕桂林舊府，感激主持，俾君内弟，得以義勝。〔七〕平昔所念，今則無違。旅魂克歸，崔生實主。〔八〕幼稚甬上，故人撫之。〔九〕敦詩、退之，各展其分。〔一〇〕安平來賵，〔一一〕禮成而歸。其它赴告，咸復于素，一以誠告，君儻聞乎？〔一二〕嗚呼痛哉！君爲已矣，余爲苟生。何以言别，長號數聲。冀乎異日，展我哀誠。嗚呼痛哉！尚饗。

【校注】

〔一〕文云「自君之没，行已八月」，當元和十五年七月作。韓愈《柳子厚墓誌銘》：「子厚以元和……十五年七月十日歸葬萬年先人墓側。」時柳宗元歸葬萬年縣，故重祭之。

〔二〕忽忽：恍惚貌。司馬遷《報任少卿書》：「居則忽忽若有所亡，出則不知其所往。」

〔三〕不可贖：《詩·秦風·黄鳥》：「彼蒼者天，殲我良人。如可贖兮，人百其身。」

〔四〕炯炯：光明貌。戢：收藏。一木：指棺槨。

〔五〕不言成哭：原作「不成言哭」，據劉本改。

〔六〕遺美：當指柳宗元在柳州德政而言。韓愈《柳子厚墓誌銘》：「子厚得柳州，既至，嘆曰：『是豈不足爲政耶？』因其土俗，爲設教禁，州人順賴。其俗以男女質錢，約不時贖，子本相侔，則没爲奴婢。子厚與設方計，悉令贖歸。其尤貧力不能者，令書其傭，足相當，則使歸其質。觀察使下其法於他州，比一歲，免而歸者且千人。」愈又有《柳州羅池廟碑》詳載柳宗元政績。疑當時柳州百姓奏請爲柳宗元立德政碑而不得，故云「其事多梗」。

〔七〕舊府：指裴行立；時裴已由桂管觀察使遷安南都護，故云「舊府」。參見前《祭柳員外文》注。主持：原作「生持」，據劉本改。内弟：盧遵。韓愈《柳子厚墓誌銘》：「葬子厚於萬年之墓者，舅弟盧遵。遵，涿人，性謹順，學問不厭。自子厚之斥，遵從而家焉，逮其死不去。既往葬子厚，又將經紀其家，庶幾有始終者。」

〔八〕崔生：未詳，疑爲「盧生」之訛，即指盧遵。

〔九〕甬上：未詳。明州（州治在今浙江寧波市）有甬江，但道路遥遠，柳宗元好友時亦無任職明州者。觀禹錫《爲鄂州李大夫祭柳員外文》中「遺孤之才與不才，敢同己子之相許」語，似柳宗元託孤於李程。

〔一〇〕敦詩：崔群字。柳宗元《送崔群序》：「嘗與隴西李杓直、南陽韓安平洎予交友。……余於崔君有通家之舊，外黨之睦。」《舊唐書·崔群傳》：「出爲湖南觀察都團練使。穆宗即位，徵拜吏部侍郎。」《文苑英華》卷九八七崔群《祭柳州柳員外文》：「群宿受交分，行敦情契。遺文在篋，贈言猶佩。撫孤追往，泫然流涕。孑孑丹旐，翩翩素帷……路出長阡，將赴京師，旨酒一觴，哭君江湄。」退之：韓愈字，參見前《祭柳員外文》注。《文苑英華》卷九八七韓愈《祭亡友柳子厚文》：「維元和十五年歲次庚子五月壬寅朔五日景午，韓愈謹以清酌庶羞之奠敬祭於亡友柳君子厚之靈。……臨絶之音，一何琅琅。遍告諸友，以寄厥子。不鄙謂余，亦託以死。」蓋亦曾託孤於韓愈。各展其分：各自表達了情分。

〔二〕安平：韓泰字，見前《祭柳員外文》注。賵：以財助人治喪；劉本作「賻」，《叢刊》本作「贈」。《儀禮·既夕禮》：「書賵於方。」注：「方，版也。書賵奠賻贈之人名與其物於版。」

〔三〕復：告。素：白色生絹。咸復於素，當指將賻贈者姓名及財物數書於素絹，焚於靈前。